Lilian Jackson Braun
im Bastei-Lübbe-Taschenbuchprogramm:

13 353 Die Katze, die rückwärts lesen konnte
13 656 Die Katze, die in den Ohrensessel biß
13 711 Die Katze, die das Licht löschte
13 391 Die Katze, die rot sah
13 408 Die Katze, die Brahms spielte
13 776 Die Katze, die Postbote spielte
13 367 Die Katze, die Shakespeare kannte
13 427 Die Katze, die Leim schnüffelte
13 440 Die Katze, die Lippenstift liebte
13 466 Die Katze, die Geister beschwor
13 480 Die Katze, die hoch hinaus wollte
13 517 Die Katze, die eine Kardinal kannte
13 530 Die Katze, die Berge versetzte
13 561 Die Katze, die rosa Pillen nahm
13 609 Die Katze, die im Schrank verschwand
13 684 Die Katze, die Domino spielte
13 737 Die Katze, die für Käse schwärmte
13 903 Die Katze, die den Dieb vertrieb
13 994 Die Katze, die Gesang studierte

Lilian Jackson Braun

**DIE KATZE,
DIE RÜCKWÄRTS LESEN KONNTE**

**DIE KATZE,
DIE IN DEN OHRENSESSEL BISS**

**DIE KATZE,
DIE DAS LICHT LÖSCHTE**

Drei Romane in einem Band

BASTEI LÜBBE TASCHENBUCH
Band 14 183

Erste Auflage: Dezember 1998
Die Katze, die rückwärts lesen konnte
Originaltitel: The Cat Who Could Read Backwards
© Copyright 1966 by Lilian Jackson Braun
Die Katze, die in den Ohrensessel biß
Originaltitel: The Cat Who Ate Danish Modern
© Copyright 1967 by Lilian Jackson Braun
Die Katze, die das Licht löschte
Originaltitel: The Cat Who Turned On and Off
© Copyright 1968 by Lilian Jackson Braun
Deutsche Lizenzausgabe 1998
Bastei-Verlag Gustav H. Lübbe GmbH & Co.,
Bergisch Gladbach
Titelbild: RST, Köln
Umschlaggestaltung: QuadroGrafik, Bensberg
Satz: KCS GmbH, Buchholz/Hamburg
Druck und Verarbeitung: Elsnerdruck, Berlin
Printed in Germany
ISBN 3-404-14183-0

Der Preis dieses Bandes versteht sich einschließlich
der gesetzlichen Mehrwertsteuer.

Lilian Jackson Braun

DIE KATZE,
DIE RÜCKWÄRTS LESEN KONNTE

Kapitel eins

Jim Qwilleran, dessen Name zwei Jahrzehnte lang Setzer und Lektoren zur Verzweiflung getrieben hatte, kam fünfzehn Minuten zu früh zu seinem Termin mit dem Chefredakteur des *Daily Fluxion*.

Im Vorzimmer nahm er ein Exemplar der Morgenausgabe zur Hand und studierte die Titelseite. Er las die Wettervorhersage (ungewöhnlich warm für die Jahreszeit), die Auflagenhöhe (472 463) und den hochtrabend in Latein gedruckten Slogan des Verlags (*Fiat Flux*).

Er las die Titelgeschichte über einen Mordprozeß und eine zweite groß aufgemachte Story über den Gouverneurs-Wahlkampf, in der er zwei Druckfehler entdeckte. Er erfuhr, daß dem Kunstmuseum der Zuschuß von einer Million Dollar gestrichen worden war, übersprang jedoch die Einzelheiten. Einen weiteren Beitrag über ein Kätzchen, das sich in einem Abflußrohr verfangen hatte, ließ er ebenfalls aus. Sonst las er jedoch alles:

Rowdy nach Schießerei mit Polizei geschnappt. Stripper-Fehde in der Altstadt. Steuerverhandlungen: Demokraten sauer – Aktien steigen.

Hinter einer verglasten Tür konnte Qwilleran vertraute Laute hören – Schreibmaschinen klapperten, Fernschreiber ratterten, Telefone schrillten. Bei diesen Geräuschen sträubte sich sein buschiger, graumelierter Schnurrbart, und er strich ihn mit den Fingerknöcheln glatt. Er sehnte sich danach, einen Blick auf das geschäftige Treiben und das Durcheinander zu werfen, das in einer Lokalredaktion vor Redaktionsschluß herrscht, und ging zur Tür, um durch das Glas zu spähen.

Der Lärm war authentisch; der Anblick hingegen – wie er feststellen mußte – ganz und gar nicht. Die Jalousien hingen gerade. Die Schreibtische waren sauber aufgeräumt und nicht zerkratzt. Zerknülltes Papier und zerfetzte Zeitungen lagen nicht auf dem Fußboden, sondern ordentlich in Papierkörben aus Draht. Als er so dastand und bestürzt auf diese Szene blickte, drang ein fremdartiger Laut an sein Ohr, der überhaupt nicht zu den Hintergrundgeräuschen einer typischen Lokalredaktion, wie er sie kannte, paßte. Und dann entdeckte er einen Laufburschen, der gelbe Bleistifte in eine kleine, dröhnende Apparatur einspeiste. Qwilleran starrte das Ding an. Ein elektrischer Bleistiftspitzer! Nie hätte er gedacht, daß es so weit kommen würde. Jetzt merkte er erst, wie lange er fern vom Schuß gewesen war.

Ein anderer Laufbursche in Tennisschuhen kam mit schnellen Schritten aus der Lokalredaktion und sagte: »Mr. Qwilleran? Sie können jetzt hereinkommen.«

Qwilleran folgte ihm in das kleine Glasbüro, wo er von einem jungen Chefredakteur mit einem aufrichtigen Händedruck und einem aufrichtigen Lächeln erwartet wurde. »Sie sind also Jim Qwilleran! Ich habe schon viel von Ihnen gehört.«

Qwilleran fragte sich, wieviel – und wie schlimm das gewesen sein mochte. In seinem Bewerbungsschreiben an den *Daily Fluxion* nahm sich der Verlauf seiner Karriere etwas fragwürdig aus: Sportreporter, Polizeireporter, Kriegsberichterstatter, Gewinner des Verlegerpreises, Autor eines Buches über Großstadtkriminalität. Danach eine Reihe von Jobs bei immer kleineren Zeitungen, immer nur für kurze Zeit, gefolgt von einer langen Periode, in der er arbeitslos gewesen war – oder Jobs gehabt hatte, die es sich nicht lohnte anzuführen.

Der Chefredakteur sagte: »Ich erinnere mich an Ihre Berichterstattung über den Prozeß, für die Sie den Verlegerpreis bekamen. Ich war damals ein junger, unerfahrener Reporter und ein großer Bewunderer von Ihnen.«

Am Alter und dem geschulten Benehmen des Mannes

erkannte Qwilleran in ihm den neuen Typ des Chefredakteurs – einen Vertreter der präzisen, perfekt geschulten Generation, für die eine Zeitung eher eine Wissenschaft ist als eine heilige Sache. Qwilleran hatte immer für den anderen Typ gearbeitet – die altmodischen, ungehobelten Kreuzzügler.

Der Chefredakteur sagte: »Mit Ihrem Hintergrund sind Sie vielleicht von der Stelle, die wir anzubieten haben, enttäuscht. Wir haben nur einen Schreibtisch in der Feuilletonabteilung für Sie, aber wir würden uns freuen, wenn Sie die Stelle annehmen, bis sich in der Lokalredaktion etwas findet.«

»Und bis ich bewiesen habe, daß ich die Arbeit nicht hinschmeiße?« sagte Qwilleran und sah dem Mann in die Augen. Er hatte einiges an Erniedrigung hinter sich; jetzt kam es darauf an, den richtigen Ton – eine Mischung aus Demut und Selbstvertrauen – anzuschlagen.

»Das versteht sich von selbst. Wie läuft es denn?«

»So weit, so gut. Das Wichtigste ist, wieder bei einer Zeitung unterzukommen. In einigen Städten habe ich meinen Vertrauensvorschuß überstrapaziert, bevor ich endlich kapitulierte. Deshalb wollte ich auch hierherkommen. Eine fremde Stadt – eine dynamische Zeitung – eine neue Herausforderung. Ich glaube, ich kann es schaffen.«

»Aber sicher!« sagte der Chefredakteur und machte ein resolutes Gesicht. »Also, wir haben uns folgendes für Sie vorgestellt: Wir brauchen einen Kulturredakteur.«

»Einen Kulturredakteur!« Qwilleran zuckte zurück und verfaßte im Geist eine Schlagzeile: *Gnadenbrot für abgetakelten Journalisten.*

»Kennen Sie sich mit Kunst aus?«

Qwilleran war ehrlich. Er sagte: »Ich kann die Venus von Milo nicht von der Freiheitsstatue unterscheiden.«

»Dann sind Sie genau der richtige Mann für uns! Je weniger Sie wissen, um so unbefangener ist Ihre Meinung. Wir haben gerade einen Kunstboom in dieser Stadt, und wir müssen mehr darüber bringen. Unser Kunstkritiker schreibt zweimal die Woche eine Kolumne, aber wir brauchen einen erfahrenen Journalisten, der sich nach Storys über die Künstler selbst umschaut. An Material mangelt es nicht. Heutzutage gibt es, wie Sie wissen, mehr Künstler als Hunde und Katzen.«

Qwilleran strich sich mit den Knöcheln über den Schnurrbart.

Der Chefredakteur fuhr zuversichtlich fort: »Sie sind dem Feuilletonredakteur unterstellt, können sich aber aussuchen, worüber Sie schreiben wollen. Wir erwarten von Ihnen, daß Sie in Ihrem Bereich herumkommen, viele Künstler kennenlernen, ein paar Hände schütteln und der Zeitung Freunde bringen.«

Qwilleran verfaßte lautlos eine weitere Schlagzeile: *Abstieg eines Journalisten zum Händeschüttler*. Aber er brauchte den Job. Die Not kämpfte mit dem Gewissen. »Nun«, sagte er, »ich weiß nicht ...«

»Es ist ein nettes, sauberes Ressort, und Sie werden zur Abwechslung mal ein paar anständige Menschen kennenlernen. Von Verbrechern und Schwindlern haben Sie vermutlich schon die Nase voll.«

Qwillerans zuckender Schnurrbart brachte zum Ausdruck ›Wer zum Teufel will schon ein nettes, sauberes Ressort‹, doch sein Besitzer schaffte es, diplomatisch zu schweigen.

Der Chefredakteur sah auf die Uhr und stand auf. »Gehen Sie doch einfach hinauf und besprechen Sie alles mit Arch Riker. Er kann ...«

»Arch Riker! Was macht der denn hier?«

»Er ist der Leiter der Feuilletonredaktion. Kennen Sie ihn?«

»Wir haben in Chicago zusammengearbeitet – vor Jahren.«

»Gut! Von ihm erfahren Sie alle Einzelheiten. Und ich hoffe, Sie entschließen sich, beim *Flux* mitzuarbeiten.« Der Chefredakteur hielt ihm die Hand hin und schenkte ihm ein maßvolles Lächeln.

Qwilleran spazierte wieder durch die Lokalredaktion hinaus – vorbei an den Reihen weißer Hemden mit aufgekrempelten Ärmeln, vorbei an den Köpfen, die völlig versunken über Schreibmaschinen gebeugt waren, vorbei an der unvermeidlichen Reporterin. Sie war die einzige, die ihm einen neugierigen Blick zuwarf, und er richtete sich zu seiner vollen Länge von einem Meter achtundachtzig auf, zog die überflüssigen zehn Pfund ein, die an seiner Gürtelschnalle zerrten, und glättete mit der Hand sein Haar. Wie sein Schnurrbart hatte auch sein Kopfhaar noch drei Viertel schwarze und nur ein Viertel graue Haare aufzuweisen.

Im ersten Stock fand er Arch Riker, der über einen ganzen Saal voll Schreibtische, Schreibmaschinen und Telefone herrschte – alles im selben Erbsengrün.

»Ziemlich ausgefallen, was?« sagte Arch entschuldigend. »Sie nennen das ein augenberuhigendes Olivgrün. Heutzutage muß ein jeder gehätschelt werden. Ich persönlich finde, es sieht eher gallegrün aus.« Die Feuilletonredaktion war eine kleine Ausgabe der Lokalredaktion – ohne die Atmosphäre der Dringlichkeit. Heitere Gelassenheit erfüllte den Raum wie Nebel. Jeder hier wirkte zehn Jahre älter als die Leute in der Lokalredaktion, und Arch selbst war beleibter und kahler als früher.

»Jim, es ist toll, dich wiederzusehen«, sagte er. »Schreibst du dich noch immer mit dem lächerlichen W?«

»Es ist eine ehrbare schottische Schreibweise«, hielt ihm Qwilleran entgegen.

»Und wie ich sehe, hast du auch diesen struppigen Schnurrbart nicht abgelegt.«

»Er ist mein einziges Andenken an den Krieg.« Die Knöchel strichen ihn liebevoll glatt.

»Wie geht's deiner Frau, Jim?«

»Du meinst, meiner Ex-Frau?«

»Oh, das wußte ich nicht. Tut mir leid.«

»Lassen wir das ... Was ist das für ein Job, den ihr für mich habt?«

»Ein Kinderspiel. Du kannst einen Sonntagsbeitrag für uns schreiben, wenn du gleich heute anfangen willst.«

»Ich habe noch nicht gesagt, daß ich den Job nehme.«

»Du wirst ihn nehmen«, sagte Arch. »Er ist genau das richtige für dich.«

»In Anbetracht des Rufes, den ich in letzter Zeit habe, meinst du?«

»Willst du jetzt empfindlich sein? Hör auf damit. Laß das Selbstzerfleischen.«

Qwilleran zog gedankenverloren einen Scheitel durch seinen Schnurrbart. »Ich nehme an, ich könnte es versuchen. Soll ich einen Probeartikel schreiben?«

»Wie du willst.«

»Hast du einen Tip?«

»Ja.« Arch Riker zog ein rosa Blatt Papier aus einem Ordner. »Wieviel hat dir der Chef gesagt?«

»Er hat mir überhaupt nichts gesagt«, antwortete Qwilleran, »außer, daß er publikumswirksame Sachen über Künstler will.«

»Nun, er hat eine rosa Mitteilung heraufgeschickt, in der er eine Story über einen Typen namens Cal Halapay vorschlägt.«

»Und?«

»Hier beim *Flux* haben wir einen Farb-Code. Eine blaue Mitteilung bedeutet ›*Zur Information*‹. Gelb heißt ›*Unverbindlicher Vorschlag*‹. Rosa hingegen bedeutet ›*Nichts wie ran, Mann*‹.«

»Was ist an Cal Halapay so Dringendes?«

»Unter Umständen ist es vielleicht besser, wenn du den Hintergrund nicht kennst. Spring einfach ins kalte Wasser, sprich mit diesem Halapay, und schreib etwas Lesbares. Du bist ja ein alter Hase.«

»Wo finde ich ihn?«

»Du mußt in seinem Büro anrufen, nehme ich an. Er ist ein kommerzieller Künstler und hat eine erfolgreiche Agentur, aber in seiner Freizeit malt er Ölbilder. Er malt Kinder. Seine Bilder sind sehr beliebt. Kinder mit lockigem Haar und rosigen Wangen. Sie sehen aus, als würde sie jeden Moment der Schlag treffen, aber die Leute kaufen sie anscheinend … Sag, willst du Mittagessen? Wir könnten in den Presseclub gehen.«

Qwillerans Schnurrbart richtete sich erwartungsvoll auf. Es hatte eine Zeit gegeben, da waren Presseclubs sein Leben gewesen, seine ganze Liebe, sein Hobby, sein Heim, seine Inspiration.

Dieser hier befand sich gegenüber der neuen Polizeizentrale, in einer rußgeschwärzten Kalksteinfestung mit vergitterten Fenstern, die früher einmal das Bezirksgefängnis gewesen war. In den Mulden der alten und ausgetretenen steinernen Stufen standen Pfützen, der Beweis für das für Februar ungewöhnliche Tauwetter. Der Vorraum war mit altehrwürdigem rotem Holz getäfelt, das unter unzähligen Lackschichten glänzte.

»Wir können in der Bar essen«, sagte Arch, »oder wir können hinauf in den Speisesaal gehen. Da oben haben sie Tischtücher.«

»Essen wir unten«, sagte Qwilleran.

In der Bar war es düster und laut. Lautstarke Gespräche mit vertraulichen Untertönen – Qwilleran war das alles wohlvertraut. Es bedeutete, daß Gerüchte herumschwirrten, Kampagnen gestartet wurden und über einem Bier und einem Hamburger so mancher Fall inoffiziell gelöst wurde.

Sie fanden zwei freie Plätze an der Theke und sahen sich einem Barkeeper mit einer roten Weste und einem verschwörerischen Lächeln gegenüber, das beinahe barst vor Insider-Informationen. Qwilleran erinnerte sich, daß er einige seiner besten Geschichten Tips von Barkeepern in Presseclubs zu verdanken hatte.

»Scotch und Wasser«, bestellte Arch.

Qwilleran sagte: »Einen doppelten Tomatensaft mit Eis.«

»Tom-Tom on the Rocks«, sagte der Barkeeper. »Wollen Sie einen Spritzer Limonensaft und einen Schuß Worcestershire-Sauce?«

»Nein, danke.«

»So mache ich ihn für meinen Freund, den Bürgermeister, wenn er hierher kommt.« Das gebieterische Lächeln wurde stärker.

»Nein, danke.«

»Und wie wäre es mit einem Tropfen Tabasco? Das gibt ihm Biß.«

»Nein, ganz einfach nur pur.«

Die Mundwinkel des Barkeepers zogen sich nach unten, und Arch sagte zu ihm: »Das ist Jim Qwilleran, er ist neu bei uns. Er weiß nicht, daß du ein Künstler bist. ... Jim, das ist Bruno. Er verleiht seinen Drinks eine sehr persönliche Note.«

Hinter Qwilleran sagte eine ohrenbetäubende Stimme: »Für

mich bitte weniger Note und mehr Schnaps. He, Bruno, mach mir einen Martini, und laß den Mist weg. Keine Olive, keine Zitrone, keine Anchovis und keine eingelegte ungeborene Tomate.«

Qwilleran drehte sich um und sah sich einer Zigarre gegenüber, die zwischen grinsenden Zähnen steckte und völlig überdimensioniert wirkte, zumindest im Vergleich zu dem schlanken jungen Mann, der sie rauchte. Die schwarze Kordel, die von seiner Brusttasche baumelte, gehörte offenbar zu einem Belichtungsmesser. Qwilleran mochte ihn auf Anhieb.

»Dieser Clown«, sagte Arch zu Qwilleran, »ist Odd Bunsen vom Fotolabor. ... Odd, das ist Jim Qwilleran, ein alter Freund von mir. Wir hoffen, daß er zum *Flux*-Team stößt.«

Die Hand des Fotografen schnellte vor. »Freut mich, Jim. Wollen Sie eine Zigarre?«

»Ich rauche Pfeife. Trotzdem, vielen Dank.«

Odd betrachtete interessiert Qwillerans üppigen Schnurrbart. »Dieses Gestrüpp wird bald alles überwuchern. Haben Sie keine Angst vor einem Buschbrand?«

Arch sagte zu Qwilleran: »Mit dieser schwarzen Schnur, die aus Mr. Bunsens Tasche hängt, binden wir normalerweise seinen Kopf fest. Aber er ist ein nützlicher Mann. Er hat mehr Informationen als die Nachschlagebibliothek. Vielleicht kann er dir etwas über Cal Halapay erzählen.«

»Klar«, sagte der Fotograf. »Was wollen Sie wissen? Seine Frau sieht scharf aus, 86-56-81.«

»Wer ist denn dieser Halapay überhaupt?« wollte Qwilleran wissen.

Odd Bunsen zog kurz den Rauch seiner Zigarre zu Rate. »Kommerzieller Künstler. Hat eine große Werbeagentur. Ist selbst ein paar Millionen schwer. Wohnt in Lost Lake Hills. Tolles Haus, großes Studio, wo er malt, zwei Swimming-pools. Zwei, haben Sie gehört? Bei dem Wassermangel füllt er vermutlich einen mit Bourbon.«

»Familie?«

»Zwei oder drei Kinder. Tolle Frau. Halapay besitzt eine Insel in der Karibik und eine Ranch in Oregon und ein paar Privatflugzeuge. Alles, was man mit Geld kaufen kann. Und er ist nicht knauserig. Der Typ ist in Ordnung.«

»Was ist mit den Bildern, die er malt?«

»Scharf! Echt scharf«, sagte Odd. »Ich habe eins in meinem Wohnzimmer hängen. Als ich Halapays Frau im letzten Herbst beim Wohltätigkeitsball fotografiert hatte, gab er mir ein Gemälde. Ein paar Kinder mit lockigen Haaren ... Also, ich muß jetzt was essen gehen. Um eins habe ich einen Termin.«

Arch trank sein Glas aus und sagte zu Qwilleran: »Rede mit Halapay und überlege dir, was für Fotos wir machen könnten, und dann versuchen wir, Odd Bunsen dafür zu kriegen. Er ist unser bester Mann. Vielleicht könnte er ein paar Farbfotos machen. Wäre nicht schlecht, die Seite in Farbe zu bringen.«

»Diese rosa Mitteilung macht dich nervös, nicht wahr?« sagte Qwilleran. »Was hat Halapay mit dem *Daily Fluxion* zu tun?«

»Ich nehme noch einen«, sagte Arch. »Willst du noch einen Tomatensaft?«

Qwilleran ließ seine vorherige Frage im Raum stehen, meinte jedoch: »Gib mir nur eine einzige klare Antwort, Arch. Warum bieten sie mir das Kulturressort an? Ausgerechnet mir?«

»Weil das bei Zeitungen so üblich ist. Man engagiert Baseball-Experten als Theaterkritiker und Leute von der Kirchenseite als Nachtklub-Spezialisten. Das weißt du genausogut wie ich.«

Qwilleran nickte und strich traurig über seinen Schnurrbart. Dann sagte er: »Was ist mit diesem Kunstkritiker, der für euch schreibt? Wenn ich den Job annehme, arbeite ich dann mit ihm zusammen?«

»Er schreibt Kritiken«, sagte Arch, »und du wirst richtige Reportagen machen und Personality-Storys. Ich glaube nicht, daß ihr euch in die Quere kommt.«

»Arbeitet er in unserer Redaktion?«

»Nein, er kommt niemals ins Büro. Er verfaßt seine Kolumne zu Hause, spricht sie auf Band und schickt sie ein- oder zweimal die Woche per Boten her. Wir müssen sie abtippen. Sehr lästig.«

»Weshalb kommt er nicht her? Hat er nichts übrig für Erbsengrün?«

»Frag mich nicht. Das hat er mit der Chefetage so vereinbart. Er hat einen phantastischen Vertrag mit dem *Flux*.«

»Wie ist er?«

»Unnahbar. Eigenwillig. Ist nicht sehr leicht, mit ihm auszukommen.«

»Wie nett. Ist er jung oder alt?«

»Irgendwas dazwischen. Er lebt alleine – mit einer Katze, stell dir das mal vor! Viele Leute glauben, daß die Katze die Kolumne schreibt, und vielleicht haben sie recht.«

»Ist das, was er schreibt, gut?«

»*Er* glaubt es. Und unsere Brötchengeber offenbar auch.« Arch rutschte auf dem Barhocker herum, während er seine nächsten Worte abwog.

»Es gibt ein Gerücht, daß der *Flux* den Typen hoch versichert hat.«

»Was ist an einem Kunstkritiker so wertvoll?«

»Der da hat dieses gewisse Etwas, das die Zeitungen so lieben: Er ist kontrovers! Seine Kolumne bringt Hunderte Leserbriefe pro Woche. Nein, Tausende!«

»Was für Briefe?«

»Zornige. Zuckersüße. Hysterische. Die kunstbeflissenen Leser verabscheuen ihn; die anderen halten ihn für den Größten, und dann fangen sie untereinander zu streiten an. Er schafft es, die ganze Stadt ständig in Aufruhr zu versetzen. Weißt du, was unsere letzte Umfrage erbracht hat? Die Kulturseite hat eine größere Leserschaft als der Sportteil! Und du weißt so gut wie ich, daß das eine unnatürliche Situation ist.«

»Ihr müßt eine Menge Kunst-Freaks in der Stadt haben«, meinte Qwilleran.

»Man braucht sich nichts aus Kunst zu machen, um auf unsere Kunst-Kolumne zu stehen; man muß nur gerne Blut sehen.«

»Aber worüber streiten sie sich denn?«

»Das wirst du schon noch merken.«

»Kontroversen im Sport und in der Politik kann ich verstehen, aber Kunst ist Kunst, oder?«

»Das habe ich auch geglaubt«, sagte Arch. »Als ich die Feuilletonabteilung übernahm, hatte ich die naive Vorstellung, daß Kunst etwas Wertvolles sei – etwas für schöne Menschen mit schönen Gedanken. Mann, diese Idee habe ich mir aber schnell abgeschminkt! Die Kunst ist demokratisch geworden. In dieser Stadt ist Kunst der beliebteste Zeitvertreib seit der Erfindung von Canasta, und jeder kann mitspielen. Die Leute kaufen jetzt Gemälde statt Swimming-pools.«

Qwilleran kaute die Eiswürfel aus seinem Tomatensaft und grübelte über die Geheimnisse des Ressorts nach, das der *Daily Fluxion* ihm da anbot. »Übrigens«, sagte er, »wie heißt der Kritiker?«

»George Bonifield Mountclemens.«

»Sag das noch mal, bitte.«

»George Bonifield Mountclemens – der Dritte!«

»Das ist ja ein dicker Hund! Verwendet er wirklich alle drei Namen?«

»Alle drei Namen, alle sieben Silben, alle siebenundzwanzig Buchstaben – und die Ziffern! Zweimal die Woche versuchen wir, seinen Namen in Standard-Kolumnenbreite unterzubringen. Es ist unmöglich, außer senkrecht. Und er gestattet keine Abkürzungen, Bindestriche oder Verstümmelungen!«

Qwilleran warf Arch einen scharfen Blick zu. »Du magst ihn nicht besonders, was?«

Arch zuckte die Schultern. »Ich habe keine große Wahl. Tatsache ist, daß ich den Typen nie zu Gesicht kriege. Ich sehe nur die Künstler, die in die Redaktion kommen und ihm die Zähne einschlagen wollen.«

»George Bonifield Mountclemens III.!« Qwilleran schüttelte verwundert den Kopf.

»Selbst sein Name versetzt einige unserer Leser in Wut«, sagte Arch. »Sie wollen wissen, für wen er sich eigentlich hält.«

»Rede nur weiter. So langsam wird mir dieser Job sympathisch. Der Chef sagte, es wäre ein nettes, anständiges Ressort, und ich hatte schon Angst, ich würde mit einem Haufen Heiliger zusammenarbeiten.«

»Laß dich nicht von ihm verschaukeln. Alle Künstler in dieser

Stadt hassen einander, und alle Kunstliebhaber ergreifen Partei. Und dann werden sie alle grob. Es ist wie Football, nur gemeiner. Unflätige Beschimpfungen, Verleumdungen, Verrat und Betrug ...« Arch rutschte von seinem Hocker. »Komm, holen wir uns ein Cornedbeef-Sandwich.«

Das Blut einiger alter Schlachtrosse, das durch Qwillerans Adern floß, machte sich bemerkbar. Sein Schnurrbart lächelte fast. »Okay, ich nehme an«, sagte er. »Ich nehme den Job.«

Kapitel zwei

Es war Qwillerans erster Arbeitstag beim *Daily Fluxion*. Er belegte einen der erbsengrünen Schreibtische in der Feuilletonredaktion und holte sich einen Vorrat an gelben Bleistiften. Auf dem erbsengrünen Telefon entdeckte er eine mit Schablone gemalte offizielle Aufforderung: *Sei nett zu den Leuten!* Er tippte probeweise ›Viele Morde werden nach Mitternacht begangen‹ auf der erbsengrünen Schreibmaschine. Dann rief er den Fuhrpark des *Fluxion* an, um einen Dienstwagen für die Fahrt nach Lost Lake Hills anzufordern.

Der Weg in den eleganten Vorort fünfzehn Meilen außerhalb der Stadt führte Qwilleran durch selbstgefällige Vorstadtbezirke, vorbei an winterbraunen Farmen mit vereinzelten verschneiten Flecken. Er hatte viel Zeit, um über dieses Interview mit Cal Halapay nachzudenken, und er fragte sich, ob die Qwilleran-Methode wohl noch immer funktionierte. Früher war er berühmt gewesen für die brüderliche Art, mit der er seinen Interviewpartnern die Befangenheit nahm. Sie bestand aus zwei Teilen Wohlwollen, zwei Teilen beruflicher Neugier und einem Teil niedrigem Blutdruck, und sie hatte ihm das Vertrauen alter Damen, jugendlicher Delinquenten, hübscher Mädchen, College-Präsidenten und kleiner Gauner eingebracht.

Nichtsdestotrotz hatte er im Hinblick auf den Halapay-Auftrag seine Bedenken. Es war lange her, seit er ein Interview gemacht hatte, und Künstler waren nicht gerade seine Spezialität. Er vermutete, daß sie eine Geheimsprache hatten. Andererseits war Halapay ein Werbemanager, und es war genausogut möglich, daß er ihm die Kopie einer Presseaussendung in die Hand drückte, die von seiner Public-Relations-Abteilung vorbereitet worden war. Qwillerans Schnurrbart schauderte.

Er hatte sich angewöhnt, den ersten Absatz seiner Story im voraus zu entwerfen. Es funktionierte nie, aber er tat es, um sich aufzuwärmen. Jetzt – auf der Straße nach Lost Lake Hills – versuchte er sich an ein paar Formulierungen für die Einleitung der Halapay-Story.

Vielleicht könnte er schreiben: ›Wenn Cal Halapay am Ende des Arbeitstages seine feudalen Büroräume verläßt, vergißt er den mörderischen Konkurrenzkampf in der Werbebranche und entspannt sich mit ...‹ Nein, das war abgedroschen.

Er versuchte es noch einmal. ›Ein Multimillionär der Werbebranche mit einer schönen Frau (86-56-82) und zwei Swimming-pools (einer davon angeblich mit Champagner gefüllt) gesteht, ein Doppelleben zu führen. Indem er rührende Kinderporträts malt, entkommt er ...‹ Nein, das war Sensationsjournalismus.

Qwilleran dachte an seine kurze Zeit bei einem Nachrichtenmagazin und startete den nächsten Versuch in jenem spröden Stil, den dieses Blatt bevorzugte. ›Im maßgeschneiderten italienischen Sporthemd mit englischer Krawatte – so verbringt der gutaussehende, graumelierte, 1,88 m große Herrscher über ein Imperium von Werbeagenturen seine Freizeit ...‹

Qwilleran nahm an, daß ein Mann, der soviel erreicht hatte wie Halapay, so groß, graumeliert und imposant sein mußte. Vermutlich war er auch im Winter braungebrannt.

›Eine blaue englische Seidenkrawatte, die seine karibische Sonnenbräune zur Geltung bringt ...‹

Die Lost Lake Road endete abrupt an einem massiven Eisentor, das in eine Steinmauer eingelassen war, die unbezwingbar und teuer aussah. Qwilleran bremste und sah sich nach einem Pförtner um.

Beinahe im gleichen Augenblick ertönte aus dem Torpfosten eine freundliche Lautsprecherstimme: »Drehen Sie sich bitte zu dem Pfeiler links von Ihnen und nennen Sie laut und deutlich Ihren Namen.«

Er kurbelte das Wagenfenster herunter und sagte »Qwilleran vom *Daily Fluxion*.«

»Danke«, murmelte der Torpfosten.

Das Tor öffnete sich, und der Reporter fuhr auf das Anwesen. Er folgte einer Straße, die sich durch hohe Kiefernwälder schlängelte und in einem winterlichen Garten endete, in dem sich ein Gartenarchitekt ausgetobt hatte – es wimmelte nur so von Kieselsteinen, Felsblöcken, immergrünen Pflanzen und gewölbten Brücken, die über kleine, gefrorene Teiche führten. In dieser frostigen, aber pittoresken Landschaft stand ein chaotisch angelegtes Haus. Es war ein moderner Bau mit sanft geschwungenem Dach und undurchsichtigen Glaswänden, die wie Reispapier aussahen. Qwilleran revidierte seinen Einleitungssatz mit dem italienischen Sporthemd. Halapay lief vermutlich in einem Seidenkimono in seiner Millionen-Dollar-Pagode herum.

An der Eingangstür, die anscheinend aus Elfenbein geschnitzt war, entdeckte Qwilleran etwas, das aussah wie eine Klingel. Er streckte die Hand danach aus, doch bevor sein Finger den Knopf berührte, leuchtete der Ring um die Klingel blaugrün auf, und drinnen erklang ein Glockenspiel. Gleich darauf hörte man einen Hund bellen, vielleicht waren es auch zwei oder drei. Ein scharfer Befehl, das Bellen verstummte gehorsam, und die Tür wurde schwungvoll aufgerissen.

»Guten Morgen. Ich bin Qwilleran vom *Daily Fluxion*«, sagte der Reporter zu einem Jungen mit lockigem Haar und rosigem Gesicht in Sweatshirt und Arbeitshose. Bevor er hinzufügen konnte: »Ist dein Vater zu Hause?« sagte der junge Mann liebenswürdig: »Kommen Sie herein, Sir. Hier ist Ihr Paß.« Er drückte ihm einen verschwommenen Schnappschuß in die Hand, auf dem ein Gesicht mit einem riesigen Schnurrbart zu sehen war, das besorgt aus einem Autofenster blickte.

»Das bin ja ich!« rief Qwilleran erstaunt.

»Am Tor aufgenommen, bevor Sie hereinfuhren«, sagte der junge Mann offensichtlich erfreut. »Ganz schön unheimlich, nicht wahr? Kommen Sie, ich hänge Ihren Mantel auf. Ich hoffe, Sie haben keine Angst vor den Hunden. Sie sind recht freundlich. Sie lieben Besucher. Das da ist die Mutter. Sie ist vier Jahre alt. Die Jungen sind aus ihrem letzten Wurf. Mögen Sie Irische Terrier?«

Qwilleran sagte: »Ich ...«

»Zur Zeit wollen alle Leute Yorkshire-Terrier haben, aber ich mag die irischen. Sie haben ein schönes Fell, nicht wahr? Hatten Sie Schwierigkeiten, das Haus zu finden? Wir haben auch eine Katze, aber sie ist trächtig, und sie schläft die ganze Zeit. Ich glaube, es wird Schnee geben. Ich hoffe es. Dieses Jahr war bisher miserabel zum Skifahren ...«

Qwilleran, der stolz darauf war, daß er bei seinen Interviews ohne Notizen auskam, machte im Geist eine Inventur des Hauses: Foyer aus weißem Marmor mit Fischteich und einem tropischen Baum, der an die viereinhalb Meter hoch sein mochte. Deckenbeleuchtung zwei Stockwerke höher. Versenkte Wohnlandschaft, mit einem Fell bespannt, das aussah wie weißer Waschbär. Offener Kamin in glänzender schwarzer Wand. Vermutlich Onyx. Außerdem bemerkte er, daß der Junge ein Loch im Ärmel hatte und in dicken Socken herumlief.

»Möchten Sie im Wohnzimmer Platz nehmen, Mr. Qwilleran? Oder wollen Sie gleich ins Studio gehen? Im Studio ist es gemütlicher, wenn Ihnen der Geruch nichts ausmacht. Es gibt Leute, die sind gegen Terpentin allergisch. Allergien sind etwas Komisches. Ich bin allergisch gegen Krustentiere. Das macht mich rasend, denn ich bin ganz verrückt auf Hummer.«

Qwilleran wartete noch immer auf eine Gelegenheit, zu fragen: ›Ist dein Vater zu Hause?‹, als der junge Mann sagte: »Meine Sekretärin sagt, Sie wollen einen Artikel über meine Bilder schreiben. Gehen wir in mein Studio. Wollen Sie Fragen stellen, oder soll ich einfach reden?«

Qwilleran schluckte und sagte: »Ehrlich gesagt habe ich erwartet, daß Sie viel älter ...«

»Ich bin ein Wunderkind«, sagte Halapay, ohne zu lächeln. »Ich habe meine erste Million gemacht, bevor ich einundzwanzig war. Jetzt bin ich neunundzwanzig. Wie es scheint, habe ich ein geniales Talent, Geld zu machen. Glauben Sie, daß es so etwas wie ein Genie gibt? Es ist unheimlich, ehrlich. Hier ist ein Bild von meiner Hochzeit. Meine Frau sieht sehr orientalisch aus, nicht wahr? Sie ist heute vormittag nicht hier, weil sie Kunstunterricht nimmt, aber Sie werden sie nach dem Mittagessen kennenlernen. Wir haben das Haus so entworfen, daß es zu ihrem Aussehen paßt. Möchten Sie Kaffee? Ich rufe den Hausburschen, wenn Sie Kaffee wollen. Seien wir ehrlich, ich sehe jungenhaft aus, und so wird es auch bleiben. Im Studio ist auch eine Bar, wenn Sie lieber etwas Härteres wollen.«

Im Studio roch es nach Farben; es herrschte ziemliche Unordnung. Eine gläserne Wand ging auf einen weißen, zugefrorenen See hinaus. Halapay betätigte einen Schalter, und von der Decke entfaltete sich ein hauchdünnes Material, welches das grelle Licht ausblendete. Er drückte auf einen weiteren Knopf, worauf Türen auseinanderglitten und mehr alkoholische Getränke enthüllten, als die Bar des Presseclubs vorrätig hatte.

Qwilleran sagte, er hätte lieber Kaffee, also drückte Halapay auf einen Knopf und gab seine Bestellung durch ein Messinggitter an der Wand weiter. Außerdem reichte er Qwilleran eine seltsam geformte Flasche von der Bar.

»Das ist ein Likör, den ich aus Südamerika mitgebracht habe«, sagte er. »Hier bekommt man ihn nicht. Nehmen Sie ihn mit nach Hause. Wie gefällt Ihnen der Ausblick von diesem Fenster? Sensationell, nicht wahr? Das ist ein künstlich angelegter See. Die Landschaftsgestaltung allein hat mich eine halbe Million gekostet. Wollen Sie einen Doughnut zu Ihrem Kaffee? Das da an der Wand sind meine Bilder. Gefallen sie Ihnen?«

Die Studiowände waren von gerahmten Bildern bedeckt – Porträts von kleinen Jungen und Mädchen mit lockigem Haar und roten Apfelbäckchen. Wohin Qwilleran auch sah, überall rote Äpfelchen.

»Suchen Sie sich ein Bild aus«, sagte Halapay, »und nehmen Sie es mit – mit den besten Empfehlungen des Künstlers. Die großen sind fünfhundert Dollar wert. Nehmen Sie ein großes. Haben

Sie Kinder? Wir haben zwei Mädchen. Das ist ihr Bild dort auf der Stereoanlage. Cindy ist acht, und Susan ist sechs.«

Qwilleran betrachtete das Foto von Halapays Töchtern. Wie ihre Mutter hatten sie Mandelaugen und klassisch glattes Haar. Er sagte: »Wieso malen Sie nur Kinder mit lockigem Haar und rosigen Wangen?«

»Sie sollten am Samstagabend zum Valentins-Ball gehen. Wir haben eine tolle Jazzband. Wissen Sie von dem Ball? Der Kunstclub veranstaltet alljährlich einen Ball zum Valentinstag. Wir gehen alle in Kostümen, die berühmte Liebespaare darstellen. Wollen Sie kommen? Sie brauchen sich nicht zu verkleiden, wenn Ihnen das keinen Spaß macht. Der Eintrittspreis ist zwanzig Dollar für jedes Paar. Hier, da sind zwei Karten für Sie.«

»Um auf Ihre Bilder zurückzukommen«, sagte Qwilleran, »es interessiert mich, warum Sie sich auf Kinder spezialisiert haben. Warum nicht Landschaften?«

»Ich finde, Sie sollten in Ihrer Kolumne über den Ball berichten«, sagte Halapay. »Es ist das größte Ereignis des Jahres im Club. Ich habe den Vorsitz, und meine Frau ist sehr fotogen. Mögen Sie Kunst? Jeder, der mit Kunst zu tun hat, wird dort sein.«

»Einschließlich George Bonifield Mountclemens III., nehme ich an«, sagte Qwilleran in einem Ton, der scherzhaft sein sollte.

Ohne die geringste Veränderung in seinem ausdruckslosen Tonfall sagte Halapay: »Dieser Schwindler! Sollte dieser Schwindler auch nur einen Fuß in den Vorraum des Clubs setzen, würde man ihn hinauswerfen. Ich hoffe, er ist kein guter Freund von Ihnen. Ich habe nichts übrig für diesen Typen. Er hat keine Ahnung von Kunst, aber er gebärdet sich als Autorität, und Ihre Zeitung läßt zu, daß er etablierte Künstler ans Kreuz schlägt. Sie lassen ihn die gesamte künstlerische Atmosphäre in der Stadt vergiften. Sie sollten das einzig Richtige tun und sich von ihm trennen.«

»Ich bin neu auf diesem Gebiet«, sagte Qwilleran, als Halapay Atem holte, »und ich bin kein Experte …«

»Nur als Beweis, was für ein Schwindler Ihr Kritiker ist: Er baut Zoe Lambreth als große Künstlerin auf. Haben Sie ihre Sachen schon gesehen? Sie sind ein Witz. Sehen Sie sich ihre Bilder in der Lambreth Gallery an, und Sie werden sehen, was ich meine. Keine angesehene Galerie würde ihre Arbeiten ausstellen, also mußte sie einen Kunsthändler heiraten. Es gibt wohl immer Mittel und Wege. Und ihr Ehemann, der ist nicht mehr als ein Buchhalter, der ins Kunstgeschäft eingestiegen ist, und damit meine ich sehr dubiose Geschäfte. Da kommt Tom mit dem Kaffee.«

Ein Hausbursche in einer verschmutzten Drillichhose und mit nur halb zugeknöpftem Hemd kam mit einem Tablett herein, das er ungeschickt auf den Tisch knallte. Er warf Qwilleran einen unfreundlichen Blick zu.

Halapay sagte: »Ich überlege, ob wir ein Sandwich dazu essen sollen. Es ist fast Mittag. Was wollen Sie über meine Arbeit wissen? Los, stellen Sie ein paar Fragen. Wollen Sie sich keine Notizen machen?«

»Ich würde gerne wissen«, sagte Qwilleran, »warum Sie sich darauf spezialisiert haben, Kinder zu malen.«

Der Künstler verfiel in nachdenkliches Schweigen, das erste Mal seit Qwillerans Ankunft. Dann sagte er: »Zoe Lambreth scheint einen guten Draht zu Mountclemens zu haben. Es wäre sicher interessant zu erfahren, wie sie es schafft. Ich hätte ja ein paar Theorien – aber die sind nicht druckreif. Warum gehen Sie der Sache nicht nach? Vielleicht kriegen Sie dabei ein saftiges Exposé, und Mountclemens wird gefeuert. Dann könnten Sie die Kunstkritiken schreiben.«

»Ich will gar nicht …«, setzte Qwilleran an.

»Wenn Ihre Zeitung mit diesem Mist nicht Schluß macht – und zwar bald –, wird sie die Folgen zu spüren bekommen. Ich hätte nichts gegen einen Hot Dog zu diesem Kaffee. Wollen Sie einen Hot Dog?«

Um halb sechs Uhr abends flüchtete sich Qwilleran in das warme, lackglänzende Refugium des Presseclubs, wo er sich mit Arch Riker verabredet hatte. Arch wollte auf dem Heimweg noch schnell ein Glas trinken. Qwilleran wollte eine Erklärung.

Kurz angebunden sagte er zu Bruno: »Tomatensaft mit Eis. Keine Limone, keine Worcester-Sauce, kein Tabasco.« Zu Arch sagte er: »Danke, Kumpel. Danke für die Begrüßungsparty.«

»Was meinst du?«

»War das ein Einweihungsscherz?«

»Ich weiß nicht, wovon du sprichst.«

»Ich spreche von dem Auftrag, Cal Halapay zu interviewen. War das ein Aprilscherz? Das kann doch nicht dein Ernst gewesen sein. Der Typ ist übergeschnappt.«

Arch sagte: »Nun ja, du weißt doch, wie Künstler sind. Individualisten. Was ist passiert?«

»Nichts ist passiert. Nichts, was ich in irgendeiner Form in einem Artikel verwenden könnte – und es hat sechs Stunden gedauert, bis ich das herausfand. Halapay wohnt in so einem verwinkelten Haus, ungefähr so groß wie ein mittleres Internat, nur daß es irgendwie japanisch ist. Und es ist komplett verkabelt und mit allen möglichen Geräten ausgestattet. Innen ist es total irre. Eine Wand besteht aus Glasstäben, die wie Eiszapfen herunterhängen. Wenn man vorbeigeht, bewegen sie sich und hören sich an wie ein Xylophon, das gestimmt werden muß.«

»Nun, warum nicht? Er muß seine Kohle ja für irgend etwas ausgeben.«

»Ja, aber warte mal, bis ich fertig erzählt habe. Da sind also diese ganzen teuren Kulissen, und dann kommt Cal Halapay auf Socken daher und trägt ein Sweatshirt mit einem großen Loch am Ellbogen. Und sieht aus wie fünfzehn.«

»Ja, ich habe gehört, daß er sehr jung aussieht – für einen Millionär«, sagte Arch.

»Und dann noch was. Er gibt ununterbrochen mit seinem Geld an und versucht, einem Geschenke aufzuzwingen. Ich mußte Zigarren, Likör, ein Bild im Wert von fünfhundert Dollar, einen tiefgefrorenen Truthahn von seiner Ranch in Oregon und einen

Irischen Terrierwelpen ausschlagen. Nach dem Mittagessen tauchte seine Frau auf, und ich hatte schon Angst, seine Großzügigkeit würde die Grenzen des Anstands überschreiten. Übrigens, Mrs. Halapay ist eine Wucht.«

»Mich frißt der Neid. Was gab es zum Mittagessen? Straußenzünglein?«

»Hot Dogs. Serviert von einem Hausburschen mit dem Charme eines Gorillas.«

»Du hast ein Gratisessen bekommen. Worüber regst du dich auf?«

»Über Halapay. Er antwortet einfach nicht auf Fragen.«

»Er weigert sich?« fragte Arch überrascht.

»Er ignoriert sie. Man kann ihn nicht festnageln. Er kommt vom progressiven Jazz zu den primitiven Masken, die er in Peru gekauft hat, und von da zu trächtigen Katzen. Mit dem Torfpfosten könnte ich mich besser unterhalten als mit dem Wunderknaben.«

»Hast du überhaupt irgendwas bekommen?«

»Ich habe natürlich seine Bilder gesehen, und ich habe von einem Fest erfahren, das der Kunstclub am Samstagabend veranstaltet. Ich glaube, ich gehe vielleicht hin.«

»Was hältst du von seinen Bildern?«

»Sie sind ein bißchen eintönig. Nichts als rote Bäckchen! Aber ich habe eine Entdeckung gemacht. In all den Bildern von Kindern malt Cal Halapay sich selbst. Ich glaube, er ist fasziniert von seinem eigenen Aussehen. Lockiges Haar. Rosige Haut.«

Arch sagte: »Du hast recht, das ist wohl nicht die Geschichte, die der Chef will. Es hört sich an wie *Tausendundeine Nacht*.«

»Müssen wir denn eine Geschichte schreiben?«

»Du hast die Farbe der Mitteilung gesehen. Rosa.«

Qwilleran knetete seinen Schnurrbart. Nach einer Weile sagte er: »Das einzige Mal, daß ich eine direkte Antwort auf eine Frage bekam, war, als ich George Bonifield Mountclemens erwähnte.«

Arch stellte sein Glas auf den Tisch. »Was hat Halapay gesagt?«

»Er ist explodiert – ohne die Kontrolle zu verlieren, natürlich.

Kurz gesagt, er findet, Mountclemens ist nicht qualifiziert, Kunst zu beurteilen.«

»Das kann ich mir vorstellen. Halapay hatte vor etwa einem Jahr eine Ausstellung, und unser Kritiker hat ihn komplett auseinandergenommen. Die Leser waren begeistert. Es tat ihren schwarzen Seelen gut zu hören, daß ein erfolgreicher Geschäftsmann bei etwas versagt. Aber es war ein harter Schlag für Halapay. Er entdeckte, daß Geld alles kaufen kann, außer einer guten Kunstkritik.«

»Mir bricht gleich das Herz. Was ist mit der anderen Zeitung? Haben die seine Arbeiten auch kritisiert?«

»Sie haben keinen Kritiker. Nur eine nette alte Reporterin, die über die Vernissagen berichtet und über alles ins Schwärmen gerät. Die gehen auf Nummer Sicher.«

Qwilleran sagte: »Also ist Halapay ein schlechter Verlierer!«

»Ja, und du weißt noch gar nicht, wie schlecht«, sagte Arch und rückte seinen Barhocker näher zu Qwilleran. »Seit dieser Geschichte versucht er, den *Flux* zu ruinieren. Er hat eine Menge Anzeigen abgezogen und der anderen Zeitung gegeben. Das tut weh! Besonders, weil er fast die gesamte Lebensmittel- und Modewerbung in der Stadt kontrolliert. Er hat sogar versucht, andere Werbeleute gegen den *Flux* aufzuhetzen. Es ist ihm ernst.«

Qwilleran verzog ungläubig das Gesicht. »Und ich soll wohl einen Artikel schreiben, in dem diesem Stinktier Honig ums Maul geschmiert wird, damit die Anzeigenabteilung wieder Aufträge bekommt!«

»Ganz offen gesagt, es wäre eine Hilfe. Es würde die Wogen etwas glätten.«

»Das gefällt mir nicht.«

»Komm mir nicht mit solchen Ansprüchen«, bat Arch. »Schreib einfach eine zu Herzen gehende kleine Geschichte über einen interessanten Typen, der zu Hause in alten Klamotten und ohne Schuhe herumläuft, Katzen und Hunde hält und Wiener Würstchen zu Mittag ißt. Das kannst du doch.«

»Es gefällt mir nicht.«

»Ich bitte dich ja nicht zu lügen. Triff einfach eine Auswahl.

Laß das mit den gläsernen Eiszapfen weg und den See, der eine halbe Million Dollar gekostet hat, und die Reisen nach Südamerika, und verleg dich auf die Truthahnfarm und seine reizende Frau und die großartigen Kinder.«

Qwilleran ließ es sich durch den Kopf gehen. »Ich nehme an, das nennt man angewandten Journalismus.«

»Es hilft, die Rechnungen zu zahlen.«

»Es gefällt mir nicht«, sagte Qwilleran, »aber wenn eure Lage so schlecht ist, werde ich sehen, was ich tun kann.« Er hob sein Glas mit dem Tomatensaft. »Halapay oder Pleitegeier!«

»Keine ätzenden Bemerkungen. Ich habe einen harten Tag hinter mir.«

»Ich würde gerne ein paar von Mountclemens Kritiken lesen. Sind sie leicht zugänglich?«

»Im Archiv abgelegt«, sagte Arch.

»Ich möchte sehen, was er über eine Künstlerin namens Zoe Lambreth geschrieben hat. Halapay hat eine zweideutige Bemerkung über eine Beziehung zwischen Mrs. Lambreth und Mountclemens gemacht. Weißt du etwas darüber?«

»Ich bearbeite nur seine Beiträge. Ich schaue nicht durch sein Schlüsselloch«, sagte Arch und gab Qwilleran einen Gute-Nacht-Klaps auf die Schulter.

Kapitel drei

Im neueren und dunkleren von seinen beiden Anzügen ging Qwilleran allein auf den Valentins-Ball im Kunstclub, der – wie er herausfand – Turp and Chisel hieß. Der Club war vor vierzig Jahren im Hinterzimmer einer Flüsterkneipe entstanden. Jetzt befand er sich im obersten Stockwerk des besten Hotels und erfreute sich zahlreicher Mitglieder aus den besten Kreisen. Und die mittellosen Bohemiens, die den Verein gegründet hatten, waren jetzt alt, gesetzt und steinreich.

Nach seiner Ankunft konnte Qwilleran unerkannt in den Räumlichkeiten des Turp and Chisel umherspazieren. Er entdeckte einen prächtigen Gesellschaftsraum, einen Speisesaal und eine sehr stark frequentierte Bar. Das Spielzimmer, das mit dem Holz einer alten Scheune getäfelt war, hatte von Darts bis zu Domino alles zu bieten. Im Ballsaal waren die Tische mit roten und weißen Tüchern gedeckt, und ein Orchester spielte gängige Melodien.

Er fragte nach dem Tisch der Halapays und wurde von Sandra Halapay begrüßt, die einen weißen Kimono aus steifer, bestickter Seide trug. Übertriebenes Make-up ließ ihre Augen noch exotischer wirken.

»Ich habe schon befürchtet, Sie würden nicht kommen«, sagte sie und behielt seine Hand noch lange, nachdem der Händedruck vorüber war, in der ihren und entzückte ihn mit einem perlenden Lachen.

»Dieser Einladung konnte ich nicht widerstehen, Mrs. Halapay«, sagte Qwilleran. Dann beugte er sich zu seiner eigenen Überraschung über ihre Hand und strich mit seinem Schnurrbart darüber.

»Bitte, nennen Sie mich doch Sandy«, sagte sie. »Sind Sie alleine gekommen? Auf den Ball der Liebenden?«

»Ja. Ich stelle den Narziß dar.«

Sandy trillerte vor lauter Fröhlichkeit. »Ihr Zeitungsleute seid so gescheit!«

Sie war gefühlvoll, groß und wirklich reizend, fand Qwilleran, und heute abend war sie bezaubernd gelöst, wie das oft bei Ehefrauen der Fall ist, wenn ihre Männer nicht da sind.

»Cal ist Vorsitzender des Ballkomitees«, sagte sie, »und er flitzt ständig herum, also können Sie mein Partner sein.«

Ihre Augen waren nicht nur exotisch, sondern geradezu aufreizend.

Dann schlug Sandy einen formellen Ton an, der ein wenig hohl klang, und stellte ihn den anderen Leuten an ihrem Tisch vor. Sie waren Mitglieder in Cals Komitee, wie sie betonte. Ein Mr. und eine Mrs. Riggs oder Biggs waren in historischen französischen Kostümen erschienen. Ein kleines, rundliches Paar namens Buchwalter, das sich zu langweilen schien, war als Bauern verkleidet. Auch Mae Sisler, die Kulturreporterin der anderen Zeitung, war da.

Qwilleran grüßte sie mit einer kollegialen Verbeugung und schätzte dabei, daß sie zehn Jahre über dem Pensionsalter war.

Mae Sisler reichte ihm ihre knochige Hand und sagte mit dünner Stimme: »Ihr Mr. Mountclemens ist ein sehr böser Junge, aber Sie sehen mir nach einem netten jungen Mann aus.«

»Vielen Dank«, sagte Qwilleran. »Mich hat seit zwanzig Jahren niemand mehr einen jungen Mann genannt.«

»Ihr neuer Job wird Ihnen gefallen«, prophezeite sie. »Sie werden reizende Menschen kennenlernen.«

Sandy beugte sich nahe zu Qwilleran und sagte: »Sie sehen so romantisch aus mit diesem Schnurrbart. Ich wollte immer, daß Cal sich einen wachsen läßt, damit er wenigstens halbwegs erwachsen aussieht, aber er wollte nicht. Er sieht aus wie ein kleines Kind. Finden Sie nicht?« Sie lachte wohlklingend.

Qwilleran meinte: »Es stimmt, er wirkt sehr jung.«

»Ich glaube, er ist irgendwie zurückgeblieben. In ein paar Jahren werden die Leute glauben, er ist mein Sohn. Wird das nicht irre sein?« Sandy warf Qwilleran einen schmachtenden Blick zu. »Wollen Sie mich zum Tanzen auffordern? Cal ist ein fürchterlicher Tänzer. Er hält sich für ganz toll, aber in Wirklichkeit hat er zwei linke Füße.«

»Können Sie in diesem Kostüm tanzen?«

Sandys steifer weißer Kimono wurde in der Mitte von einem breiten schwarzen Obi zusammengehalten. Über ihr glattes dunkles Haar war ebenfalls weiße Seide drapiert.

»Aber klar.« Als sie zur Tanzfläche gingen, drückte sie Qwillerans Arm. »Wissen Sie, was mein Kostüm darstellt?«

Qwilleran verneinte.

»Cal trägt einen schwarzen Kimono. Wir sind die ›Jungen Liebenden in einer verschneiten Landschaft‹.«

»Wer ist das?«

»Ach, das wissen Sie doch. Der berühmte Druck – von Harunobu.«

»Tut mir leid. Was Kunst angeht, bin ich eine absolute Null.« Qwilleran hatte das Gefühl, dieses Geständnis unbesorgt machen zu können, wo er doch in diesem Augenblick mit Sandy ganz hervorragend Foxtrott tanzte, den er mit ein paar eigenen Schnörkeln bereicherte.

»Sie sind ein lustiger Tänzer«, sagte sie. »Man muß wirklich Sinn für Koordination haben, um Foxtrott zu einem Cha-Cha-Cha zu tanzen. Aber wir müssen etwas für Ihre Kunstkenntnisse tun. Soll ich Ihnen Stunden geben?«

»Ich weiß nicht, ob ich Sie mir leisten kann – bei meinem Gehalt«, sagte er, und Sandys Lachen übertönte noch das Orchester. »Was ist mit der kleinen Dame von der anderen Zeitung? Ist sie eine Kunstexpertin?«

»Ihr Mann war im Ersten Weltkrieg Fälscher beim Nachrichtendienst«, sagte sie. »Ich nehme an, da ist sie wohl Expertin.«

»Und wer sind die anderen Leute an Ihrem Tisch?«

»Riggs ist Bildhauer. Er macht langgezogene, ausgemergelte Sachen, die in der Lambreth Gallery ausgestellt sind. Sie sehen aus wie Heuschrecken. Riggs selber eigentlich auch, wenn man es sich genau überlegt. Das andere Paar, die Buchwalters, sollen Picassos berühmtes Liebespaar darstellen. Man merkt gar nicht, daß sie kostümiert sind. Sie ziehen sich immer an wie Bauern.« Sandy rümpfte ihre hübsche Stupsnase. »*Sie* kann ich nicht ausstehen. Sie hält sich für ach so intellektuell. Ihr Mann unterrichtet Kunst an der Penniman School, und er hat eine Ausstellung in der Westside Gallery. Er ist bescheuert, aber er malt reizende Aquarelle.« Dann runzelte sie die Stirn. »Ich hoffe, Zeitungsleute sind keine Intellektuellen. Als Cal zu mir sagte, ich solle – ach was, ist egal. Ich rede zuviel. Tanzen wir einfach.«

Gleich darauf verlor Qwilleran seine Partnerin an einen mürrischen jungen Mann in einem zerrissenen T-Shirt und mit einem Benehmen wie ein Rowdy. Das Gesicht kam ihm bekannt vor.

Als sie später wieder am Tisch saßen, sagte Sandy: »Das war Tom, unser Hausbursche. Er soll Stanley Wie-heißt-er-doch-gleich aus diesem Stück von Tennessee Williams darstellen, und seine Freundin ist hier irgendwo, in einem rosa Negligé. Tom ist ein Lümmel, aber Cal glaubt, daß er Talent hat, und deshalb schickt er den Jungen auf die Kunstschule. Cal macht viele wunderbare Sachen. Sie werden einen Artikel über ihn schreiben, nicht wahr?«

»Wenn ich genug Material bekomme«, sagte Qwilleran. »Er ist schwer zu interviewen. Vielleicht könnten Sie mir helfen.«

»Aber gerne. Haben Sie gewußt, daß Cal Vorsitzender des staatlichen Kunstkomitees ist? Ich glaube, er will der erste professionelle Künstler werden, der ins Weiße Haus einzieht. Und er schafft es vielleicht auch. Er läßt sich von *nichts* aufhalten.« Sie verstummte und wurde nachdenklich. »Sie sollten einen Artikel über den alten Mann am Nachbartisch schreiben.«

»Wer ist das?«

»Sie nennen ihn Onkel Waldo. Er ist ein pensionierter Fleischhauer, der Tiere malt. Er hat nie einen Pinsel in der Hand gehabt, bis er neunundsechzig war.«

»Das kommt mir irgendwie bekannt vor.«

»Ja, natürlich will jeder Pensionist eine zweite Grandma Moses sein, aber Onkel Waldo hat wirklich Talent – selbst, wenn Georgie anderer Meinung ist.«

»Wer ist Georgie?«

»Sie kennen Georgie – Ihren unschätzbaren Kunstkritiker.«

»Ich habe den Mann bis jetzt noch nicht kennengelernt. Wie ist er?«

»Ein richtiges Ekel, das ist er. In seiner Rezension über Onkel Waldos Ausstellung war er richtig grausam.«

»Was hat er geschrieben?«

»Er schrieb, daß Onkel Waldo lieber wieder in den Fleischmarkt zurückgehen und die Kühe und Häschen den Kindern überlassen sollte, die sie mit mehr Phantasie und Ehrlichkeit zeichnen. Er schrieb, Onkel Waldo habe auf der Leinwand mehr Tiere hingemetzelt als je zuvor als Fleischhauer. Alle waren wütend! Viele Leute schrieben an den Herausgeber, doch der arme alte Mann nahm es sehr schwer und hörte auf zu malen. Es war ein Verbrechen! Er hat wirklich bezaubernde primitive Bilder gemalt. Ich habe gehört, sein Enkel, ein Lastwagenfahrer, soll in die Zeitungsredaktion gegangen sein und gedroht haben, George Bonifield Mountclemens zusammenzuschlagen, und ich kann es ihm nicht verdenken. Ihr Kritiker ist total verantwortungslos.«

»Hat er jemals etwas über die Arbeit Ihres Mannes geschrieben?« fragte Qwilleran mit seiner besten Unschuldsmiene.

Sandy schauderte. »Er hat ein paar bösartige Sachen über Cal geschrieben – nur weil Cal ein kommerzieller Künstler und erfolgreich ist. Für Mountclemens gehören kommerzielle Künstler in dieselbe Kategorie wie Häusermaler und Tapezierer. In Wirklichkeit kann Cal besser zeichnen als all diese aufgeblasenen Farbklecksler, die sich ›Abstrakte Expressionisten‹ nennen. Nicht einer von ihnen könnte auch nur ein Wasserglas zeichnen!«

Sandy sah finster drein und schwieg. Qwilleran sagte: »Sie sind hübscher, wenn Sie lächeln.«

Sie tat ihm den Gefallen, indem sie in Lachen ausbrach. »Sehen Sie mal! Ist das nicht zum Schießen? Cal tanzt mit Marcus Antonius!«

Sie zeigte auf die Tanzfläche, und Qwilleran sah, daß Cal Halapay in einem schwarzen japanischen Kimono mit einem kräftigen römischen Soldaten einen langsamen Foxtrott tanzte. Das Gesicht unter Antonius Helm war kühn, aber weich.

»Das ist Butchy Bolton«, sagte Sandy. »Sie unterrichtet Bildhauerei an der Kunstschule – Metallschweißen und dergleichen. Sie und ihre Zimmerkollegin sind als Antonius und Kleopatra gekommen. Ist das nicht irre? Butchy hat ihre Rüstung selbst zusammengeschweißt. Sieht nach ein paar LKW-Kotflügeln aus.«

Qwilleran sagte: »Die Zeitung hätte einen Fotografen schicken sollen. Wir sollten Aufnahmen von all dem hier machen.«

Sandy veranstaltete ein paar akrobatische Kunststücke mit ihren Augenbrauen und sagte: »Zoe Lambreth sollte sich um die Publicity für den Ball kümmern, aber sie ist wohl nur gut, wenn es um ihre eigene Publicity geht.«

»Ich werde in der Fotoredaktion anrufen«, sagte Qwilleran, »und fragen, ob sie jemanden herüberschicken können.«

Eine halbe Stunde später traf Odd Bunsen ein, der die Schicht von eins bis elf hatte – eine 35-mm-Spiegelreflexkamera um den Hals und die übliche Zigarre zwischen den Zähnen.

Qwilleran erwartete ihn im Foyer und sagte: »Sehen Sie zu, daß Sie ein gutes Bild von Cal und Sandra Halapay schießen können.«

Odd sagte: »Nichts leichter als das. Die sind ganz scharf darauf, sich in der Zeitung zu sehen.«

»Versuchen Sie, die Leute paarweise zu bekommen. Sie sind als berühmte Liebespaare verkleidet – Othello und Desdemona, Lolita und Humbert Humbert, Adam und Eva ...«

»Ir-r-r-re!« sagte Odd Bunsen und begann seine Kamera einzustellen. »Wie lange müssen Sie noch hierbleiben, Jim?«

»Nur noch bis ich erfahre, wer die Kostümpreise gewinnt, und der Redaktion telefonisch etwas durchgeben kann.«

»Treffen wir uns doch im Presseclub auf einen Gute-Nacht-Schluck. Wenn ich diese Fotos fertig habe, kann ich Schluß machen.«

Wieder am Tisch der Halapays, wurde Qwilleran von Sandy einer eindrucksvollen Frau in einem perlenbestickten Abendkleid vorgestellt. »Mrs. Duxbury«, erklärte Sandy, »ist die wichtigste Sammlerin in der Stadt. Sie sollten einen Artikel über ihre Sammlung schreiben. Englische Maler aus dem achtzehnten Jahrhundert – Gainsborough und Reynolds, Sie wissen schon.«

Mrs. Duxbury sagte: »Ich bin gar nicht erpicht darauf, daß etwas über meine Sammlung veröffentlicht wird, Mr. Qwilleran, außer, wenn es Ihnen persönlich bei Ihrer neuen Position hilft. Offen gesagt, ich bin überglücklich, Sie hier bei uns begrüßen zu dürfen.«

Qwilleran verneigte sich. »Vielen Dank. Es ist ein völlig neues Gebiet für mich.«

»Ich hoffe doch, Ihre Anwesenheit hier bedeutet, daß der *Daily Flux* zur Vernunft gekommen ist und sich von Mountclemens getrennt hat.«

»Nein«, sagte Qwilleran, »wir erweitern nur unsere Berichterstattung. Mountclemens wird auch weiterhin Rezensionen schreiben.«

»Wie schade. Wir haben alle so gehofft, daß die Zeitung diesen schrecklichen Menschen entläßt.«

Eine Trompetenfanfare von der Bühne kündigte die Preisverleihung für die besten Kostüme an. Sandy sagte zu Qwilleran: »Ich muß Cal holen, er sitzt in der Jury und nimmt am großen Umzug teil. Wollen Sie wirklich nicht länger bleiben?«

»Es tut mir leid, aber ich muß meinen Beitrag abliefern. Und vergessen Sie bitte nicht, daß Sie mir bei dem Artikel über Ihren Mann helfen wollen.«

»Ich werde Sie anrufen und mich selbst zum Mittagessen

einladen«, sagte Sandy und umarmte den Reporter herzlich. »Das wird lustig werden.«

Qwilleran zog sich ans hintere Ende des Saales zurück und notierte die Namen der Gewinner, die verkündet wurden. Er war auf der Suche nach einem Telefon, als eine weibliche Stimme – sanft und tief – sagte: »Sind Sie nicht der neue Mann vom *Daily Fluxion*?«

Sein Schnurrbart bebte. Weibliche Stimmen hatten manchmal diese Wirkung auf ihn, und diese Stimme war wie eine zärtliche Berührung.

»Ich bin Zoe Lambreth«, sagte sie, »und ich fürchte, ich habe bei meiner Aufgabe jämmerlich versagt. Ich hätte die Zeitungen über diesen Ball informieren sollen, und es ist mir vollkommen entfallen. Ich bereite mich auf eine Ausstellung vor und arbeite gerade furchtbar hart – wenn Sie eine lahme Ausrede akzeptieren wollen. Ich hoffe, man vernachlässigt Sie nicht. Bekommen Sie alle Informationen, die Sie brauchen?«

»Ich glaube schon. Mrs. Halapay hat sich um mich gekümmert.«

»Ja, das habe ich bemerkt«, antwortete Zoe, wobei sie ihre wohlgeformten Lippen ein klein wenig zusammenkniff.

»Mrs. Halapay hat mir sehr geholfen.«

Zoes Augenbrauen zuckten. »Da bin ich sicher.«

»Sie sind nicht kostümiert, Mrs. Lambreth.«

»Nein. Mein Mann hatte keine Lust, heute herzukommen, und ich habe nur auf ein paar Minuten vorbeigeschaut. Sie sollten einmal in die Lambreth Gallery kommen und meinen Mann kennenlernen. Wir beide werden Ihnen gerne auf jede erdenkliche Art behilflich sein.«

»Ich werde Hilfe gebrauchen. Das ist völliges Neuland für mich«, sagte Qwilleran und fügte dann ganz beiläufig hinzu: »Mrs. Halapay hat mir angeboten, sich um meine Weiterbildung auf dem Gebiet der Kunst zu kümmern.«

»Ach du *liebe* Zeit!« sagte Zoe in einem Tonfall, der leise Besorgnis ausdrückte.

»Haben Sie Einwände?«

»Nun ... Sandra ist nicht gerade die bestqualifizierte Autorität auf dem Gebiet. Verzeihen Sie mir. Früher oder später werden Sie merken, daß Künstler die sprichwörtlichen falschen Schlangen sind.« Zoes große braune Augen waren entwaffnend offen, und Qwilleran versank vorübergehend darin. »Aber es ist mir wirklich ernst mit meiner Sorge um Sie«, fuhr sie fort. »Ich möchte nicht, daß Sie – fehlgeleitet werden. Vieles von dem, was heute im Namen der Kunst produziert wird, ist schlimmstenfalls Schwindel und bestenfalls Schund. Sie sollten sich über die Qualifikation Ihrer Berater informieren.«

»Was würden Sie vorschlagen?«

»Besuchen Sie die Lambreth Gallery«, forderte sie ihn auf, und ihre Augen spiegelten die Einladung wider.

Qwilleran zog den Bauch ein und spielte mit der Idee, ein paar Pfund abzunehmen – ab morgen. Dann nahm er seine Suche nach dem Telefon wieder auf.

Der große Umzug war vorbei, und die Gäste schlenderten umher. Es hatte sich herumgesprochen, daß der neue Reporter des *Daily Fluxion* unter den Ballbesuchern war und daß man ihn leicht an seinem auffallenden Schnurrbart erkennen konnte. Daher traten zahllose Fremde an Qwilleran heran und stellten sich vor. Jeder einzelne wünschte ihm alles Gute und sagte dann etwas wenig Schmeichelhaftes über George Bonifield Mountclemens. Die Kunsthändler unter ihnen machten noch ein bißchen Reklame für ihre Galerien; die Künstler erwähnten ihre bevorstehenden Ausstellungen; die Laien luden Qwilleran ein, sie zu besuchen und sich ihre Privatsammlungen anzusehen – jederzeit – und auch einen Fotografen mitzubringen, wenn er wollte.

Unter denen, die den Reporter ansprachen, war auch Cal Halapay. »Kommen Sie doch einmal zum Dinner zu uns hinaus«, sagte er. »Und bringen Sie die ganze Familie mit.«

Jetzt begann man sich voll aufs Trinken zu konzentrieren, und die Gesellschaft wurde laut. Der größte Tumult war im Spielzimmer zu hören, und Qwilleran folgte der Menge in diese Richtung. Der Raum war brechend voll mit lachenden Gästen, die so dichtgedrängt standen, daß man kaum ein Whiskyglas heben konnte.

Und alle Augen waren auf Marcus Antonius gerichtet. Sie stand auf einem Stuhl. Ohne Helm war Marcus Antonius schon eher eine Frau – mit einem herben Gesicht und kurzen, in strenge Wellen gelegten Haaren.

»Kommt her, Leute«, bellte sie. »Zeigt, was ihr könnt!«

Qwilleran quetschte sich in den Raum. Er entdeckte, daß die Aufmerksamkeit der Menge einem Darts-Spiel galt. Die Spieler versuchten, die lebensgroße Figur eines Mannes zu treffen, der mit Kreide an die Scheunenholzwand gemalt war; alle anatomischen Einzelheiten waren deutlich eingezeichnet.

»Her mit euch, Leute«, rief die Frau. »Kostet keinen Cent. Jeder hat nur eine Chance. Das Spiel heißt ›Killt den Kritiker‹.«

Qwilleran fand, daß er genug hatte. Sein Schnurrbart fühlte sich irgendwie unbehaglich. Er machte sich unauffällig aus dem Staub, gab seine Story telefonisch an die Zeitung durch und stieß dann im Presseclub zu Odd Bunsen.

»Mountclemens muß wirklich ein Ekel sein«, sagte er zu dem Fotografen. »Lesen Sie seine Kolumne?«

»Wer liest schon?« sagte Odd. »Ich sehe mir die Bilder an und kontrolliere, ob mein Name darunter steht.«

»Er scheint ganz schön viel Ärger zu machen. Wissen Sie etwas über die Situation im Kunstmuseum?«

»Ich weiß, daß dort ein süßes Häschen in der Garderobe arbeitet«, sagte Odd, »und im ersten Stock haben sie ein paar ir-r-r-re Aktbilder.«

»Interessant, aber das habe ich nicht gemeint. Das Museum hat gerade einen Zuschuß von einer Million Dollar von irgendeiner Stiftung verloren, und daraufhin wurde der Direktor gefeuert. Das habe ich heute abend bei dem Fest gehört, und es heißt, der ganze Skandal sei vom Kritiker des *Daily Fluxion* ausgelöst worden.«

»Das würde ich unbesehen glauben. Er macht uns im Fotolabor immer die Hölle heiß. Er ruft an und sagt uns, was wir für seine Kolumne fotografieren sollen. Dann müssen wir in die Galerien gehen und die Fotos schießen. Sie sollten den Mist sehen, den wir ablichten müssen! Vorige Woche bin ich zweimal in die Lambreth Gallery gegangen, und trotzdem bekam ich kein Foto, das man drucken konnte.«

»Wie das?«

»Das Bild war schwarz und marineblau, können Sie sich das vorstellen? Mein Foto sah aus wie ein Kohlenkasten in einer finsteren Nacht, und der Chef glaubte, das sei meine Schuld. Der alte Monty meckert ständig über unsere Fotos. Sollte ich jemals die Gelegenheit haben, dann ziehe ich ihm eins mit der Kamera über.«

Kapitel vier

Am Sonntag morgen holte sich Qwilleran ein Exemplar des *Fluxion* vom Zeitungskiosk seines Hotels. Er wohnte in einem alten, billigen Hotel, in dem man die abgenutzten Teppiche und Samtüberzüge durch Plastikbodenbeläge und Plastiksessel ersetzt hatte. Im Café servierte ihm eine Kellnerin mit Plastikschürze sein Rührei auf einem kalten Plastikteller, und Qwilleran schlug die Kulturseite seiner Zeitung auf.

George Bonifield Mountclemens III. rezensierte die Arbeiten von Franz Buchwalter. Qwilleran erinnerte sich an den Namen. Buchwalter war der stille Mann am Tisch der Halapays – mit der Sozialarbeiterin verheiratet –, der bescheuert war, aber reizende Aquarelle malte, wie Sandy Halapay fand.

Zwei Gemälde des Mannes waren abgebildet, um die Rezension zu illustrieren, und Qwilleran fand sie recht schön. Sie zeigten Segelboote. Er hatte schon immer etwas für Segelboote übrig gehabt. Er begann zu lesen:

Kein Galeriebesucher, der gute Handwerkskunst zu schätzen weiß, darf Franz Buchwalters Ausstellung diesen Monat in der Westside Gallery versäumen: Der Künstler, der Aquarelle malt und an der Penniman School of Fine Art unterrichtet, hat sich entschlossen, eine hervorragende Sammlung von Bilderrahmen auszustellen.

Es ist selbst für das ungeübte Auge unschwer zu erkennen, daß der Künstler das letzte Jahr sehr fleißig an seinen Rahmen gearbeitet hat. Die Leisten sind gut zusammengefügt, und große Sorgfalt wurde auf saubere Kanten verwandt. Die Sammlung zeichnet sich auch durch ihre Vielfalt aus. Es gibt breite Leisten, schmale Leisten und mittlere Leisten; Rahmen, die mit Blattgold und solche, die mit Blattsilber belegt sind; Rahmen aus Nußholz, aus Kirschholz und aus Ebenholz sowie Rahmen mit jenem gedeckten Anstrich, der die so beliebte Fälschung, die man Antikweiß nennt, darstellen soll.

Eines der besten Exponate ist ein Rahmen aus wurmstichigem Kastanienholz. Der Betrachter kann nur schwer feststellen – ohne wirklich mit einer Nadel in die Löcher zu stechen –, ob diese von Würmern in North Carolina oder von elektrischen Bohrern in Kansas City hergestellt worden sind. Jedoch würde ein Rahmenkünstler von Buchwalters Integrität kaum minderwertige Materialien verwenden, und so glaubt der Rezensent doch, daß es sich um echte wurmstichige Kastanie handelt.

Die Exponate sind gut präsentiert. Ein besonderes Lob gilt der Mattierung, deren Strukturen und Farbschattierungen mit Geschmack und Phantasie ausgewählt wurden. Der Künstler hat seine bemerkenswerten Bilderrahmen mit Segelbooten und anderen Dingen gefüllt, die von der hervorragenden Qualität der Rahmen nicht ablenken.

Qwilleran sah sich die Fotos nochmals an, und sein Schnurrbart zuckte in stummem Protest. Die Segelboote waren hübsch – wirklich sehr hübsch.

Er faltete die Zeitung zusammen und ging. Er wollte jetzt etwas tun, was er seit seinem zwölften Lebensjahr nicht mehr getan hatte, und damals hatte man ihn dazu genötigt. Kurz gesagt, er verbrachte den Nachmittag im Kunstmuseum.

Die Kunstsammlung der Stadt war in einem Marmorgebäude untergebracht, das eine Kopie eines griechischen Tempels, einer italienischen Villa und eines französischen Chateaus war. Es schimmerte stolz und weiß in der Sonntagssonne, umrahmt von glitzernden, tropfenden Eiszapfen.

Er widerstand dem Drang, direkt in den ersten Stock zu gehen und einen Blick auf die Aktbilder zu werfen, die Odd Bunsen empfohlen hatte, doch er spazierte in die Garderobe, um sich das süße Häschen anzusehen. Er fand ein langhaariges Mädchen mit einem verträumten Gesicht im Kampf mit den Kleiderbügeln vor.

Sie warf einen Blick auf seinen Schnurrbart und sagte: »Habe ich Sie nicht gestern nacht im Turp and Chisel gesehen?«

»Habe ich Sie nicht in einem rosa Negligé gesehen?«

»Wir haben einen Preis gewonnen – Tom LaBlanc und ich.«

»Ich weiß. Es war ein nettes Fest.«

»Echt cool. Ich dachte, es würde gräßlich werden.«

In der Vorhalle trat Qwilleran an einen Aufseher in Uniform, der den für Museumswärter typischen Gesichtsausdruck hatte – eine Mischung aus Argwohn, Mißbilligung und Grimmigkeit.

»Wo kann ich hier den Museumsdirektor finden?« fragte Qwilleran.

»Er ist normalerweise am Sonntag nicht da, aber ich habe ihn vor einer Minute durch die Halle gehen sehen. Ist vielleicht zum Packen hergekommen. Er hört hier auf, wissen Sie.«

»Wie schade. Ich habe gehört, er soll gut gewesen sein.«

Der Aufseher schüttelte teilnahmsvoll den Kopf. »Politik! Und dieser Schmierfink bei der Zeitung da. Das war der Grund. Ich bin froh, daß ich beim Staat bin ... Wenn Sie Mr. Farhar sprechen wollen, versuchen Sie es in seinem Büro – den Gang hinunter und dann links.«

Der Verwaltungstrakt des Museums war in sonntägliche Stille gehüllt. Außer Noel Farhar, dem Direktor – laut Namensschild an der Tür – war niemand da.

Qwilleran ging durch das leere Vorzimmer und kam in ein holzgetäfeltes Büro, das mit Kunstgegenständen geschmückt war. »Entschuldigen Sie bitte«, sagte er. »Mr. Farhar?«

Der Mann, der in einer Schreibtischschublade herumkramte, fuhr zurück, als hätte man ihn bei etwas Verbotenem erwischt. Einen zerbrechlicheren jungen Mann hatte Qwilleran nie gesehen. Doch obwohl Noel Farhar für einen Museumsdirektor viel zu jung schien, ließ ihn seine ungesunde Magerkeit zugleich gespenstisch alt wirken.

»Entschuldigen Sie, daß ich hier so einfach eindringe. Ich bin Jim Qwilleran vom *Daily Fluxion*.«

Es war nicht zu übersehen, daß Noel Farhar die Zähne zusammenbiß; ein Augenlid zuckte unkontrollierbar. »Was wollen Sie?« fragte er.

Liebenswürdig sagte Qwilleran: »Ich wollte mich nur vorstellen. Ich bin neu im Kunstressort und versuche, mich damit vertraut zu machen.« Er hielt ihm die Hand hin, die zögernd von der zitternden Hand Farhars ergriffen wurde.

»Wenn sie Sie eingestellt haben, um die Sache wieder gutzumachen«, sagte der Direktor kalt, »dann ist es zu spät. Der Schaden ist bereits angerichtet.«

»Ich fürchte, ich verstehe nicht. Ich bin neu in dieser Stadt.«

»Setzen Sie sich, Mr. Qwilleran.« Farhar verschränkte die Arme und blieb stehen. »Ich nehme an, Sie wissen, daß das Museum gerade einen Zuschuß von einer Million Dollar verloren hat.«

»Ich habe davon gehört.«

»Der Zuschuß hätte uns den Anreiz und das nötige Prestige für weitere fünf Millionen von privaten Spendern und der Industrie verliehen. Damit hätten wir die beste Sammlung mexikanischer Kunst aus der Zeit vor der spanischen Eroberung im ganzen Land bekommen, und auch einen neuen Trakt dafür, aber *Ihre Zeitung* hat das gesamte Programm untergraben. *Ihr Kritiker* hat mit seinen ständigen Störaktionen und seinem Spott dieses Museum in ein so unvorteilhaftes Licht gerückt, daß die Stiftung uns von ihrer Liste strich.« Obwohl er sichtlich zitterte, sprach Farhar sehr eindringlich. »Es erübrigt sich zu sagen, daß dieser Fehlschlag – und Mountclemens persönliche Angriffe auf meine Leitung – mich gezwungen haben, meinen Rücktritt anzubieten.«

Qwilleran murmelte: »Das ist eine ernste Anschuldigung.«

»Es ist unglaublich, daß ein einziger Mensch, der keine Ahnung von Kunst hat, das kulturelle Klima der Stadt so verseuchen kann. Aber man kann nichts dagegen unternehmen. Ich verschwende meine Zeit, wenn ich mit Ihnen spreche. Ich habe an Ihren Herausgeber geschrieben und verlangt, daß man diesen Mountclemens stoppt, bevor er unser kulturelles Erbe zerstört.«

Farhar wandte sich wieder seinen Akten zu. »Und jetzt habe ich zu arbeiten – ein paar Papiere vorzubereiten ...«

»Entschuldigen Sie die Störung«, sagte Qwilleran. »Tut mir sehr leid wegen dieser ganzen Sache. Da ich die Fakten nicht kenne, kann ich dazu nichts ...«

»Ich habe Ihnen die Fakten gesagt.« Farhars Tonfall setzte dem Interview ein Ende.

Qwilleran wanderte durch einige Stockwerke des Museums, doch in Gedanken war er nicht bei den Renoirs und Canalettos. Weder die toltekische noch die aztekische Kultur konnte seine Aufmerksamkeit fesseln. Nur die historischen Waffen weckten seine Begeisterung – Dolche für Linkshänder, deutsche Jagdmesser, Morgensterne, spanische Stilette und Rapiere, italienische Dolche. Und immer wieder kehrten seine Gedanken zu dem Kunstkritiker zurück, den jeder haßte.

Am nächsten Tag war Qwilleran zeitig an seinem Arbeitsplatz beim *Fluxion*. In der Nachschlagebibliothek im zweiten Stock bat er um den Ordner mit Mountclemens Rezensionen.

»Hier ist er«, sagte der Bibliothekar mit einem kleinen Zwinkern, »und wenn Sie damit fertig sind, der Erste-Hilfe-Raum ist im vierten Stock – falls Sie ein Beruhigungsmittel brauchen.«

Qwilleran überflog die Kunstkritiken von zwölf Monaten. Er fand die ätzende Beurteilung von Cal Halapays lockigen Kindern (›Kaufhauskunst‹) und die grausamen Worte über Onkel Waldos primitive Malerei (›Alter ist kein Ersatz für Talent‹). Eine Kolumne befaßte sich mit privaten Kunstsammlern – Namen wurden nicht genannt –, denen weniger an der Erhaltung der Kunst als an der Vermeidung von Steuern lag.

Mountclemens fand harte Worte für Butchy Boltons lebensgroße Metallskulpturen des menschlichen Körpers – sie erinnerten ihn an die Rüstungen, die in ländlichen High-School-Aufführungen von *Macbeth* getragen wurden. Er beklagte die Massenproduktion von drittklassigen Künstlern in der Penniman School, deren Fließbänder einer Detroiter Autofabrik zur Ehre gereichen würden.

Er gratulierte den kleinen Vorstadt-Galerien zu ihrer Rolle als gesellschaftliche Zentren, die man anstelle des Bridgeclubs oder des Nähkränzchens am Nachmittag besuchen konnte, obwohl er ihren Wert als Stätten der Kunst bezweifelte. Und er zog über das Museum her: über die Museumspolitik, die Dauerausstellung, den Direktor und die Farbe der Uniform der Aufseher. Zwischen diesen Tiraden kamen jedoch immer wieder begeisterte Besprechungen bestimmter Künstler – besonders von Zoe Lambreth –, doch der Jargon überstieg Qwillerans Horizont. ›Die Komplexität der eloquenten Dynamik in der organischen Struktur ... subjektive innere Impulse finden in affektiver Transformation ihren Ausdruck.‹

Eine Kolumne hatte überhaupt nichts mit Malerei oder Bildhauerei zu tun, sondern befaßte sich mit Katzen (*Felis domestica*) als Kunstwerke.

Qwilleran brachte den Ordner in die Bibliothek zurück und suchte eine Adresse aus dem Telefonbuch. Er wollte herausfinden, warum Mountclemens Zoe Lambreths Arbeit für so gut hielt – und warum Cal Halapay sie für so schlecht hielt.

Die Lambreth Gallery befand sich am Rand des Finanzviertels, in einem alten Lagerhaus, das neben den nahen Bürotürmen winzig wirkte. Die Galerie machte einen exquisiten Eindruck. Goldene Lettern über der Tür, und im Schaufenster nur zwei Bilder, aber dreißig Meter grauer Samt.

Eines der Gemälde im Fenster war marineblau, mit schwarzen Dreiecken gesprenkelt. Das andere war eine mysteriöse Soße aus dick aufgetragenen Farben, in müden Braun- und Purpurtönen gehalten. Dennoch schien ein Bild daraus aufzusteigen, und Qwilleran hatte das Gefühl, als blicke aus den Tiefen ein Augenpaar auf ihn. Während er es betrachtete, wechselte der Ausdruck dieser Augen – der unschuldige Blick wurde wissend und dann wild.

Er öffnete die Tür, faßte Mut und trat ein. Die Galerie war lang und schmal und wie ein Wohnzimmer in kompromißlos modernem Stil – ziemlich prächtig – eingerichtet. Auf einer Staffelei erblickte Qwilleran ein weiteres Arrangement von Dreiecken – grau auf weißem Hintergrund –, das er dem anderen im Schaufenster vorzog. Signiert war es mit ›Scrano‹. Auf einem Postament stand das Knie eines Abflußrohres, gespickt mit Fahrradspeichen. Es hieß ›Ding Nr. 17‹.

Bei seinem Eintreten hatte irgendwo eine Glocke geläutet, und jetzt hörte Qwilleran Schritte auf den Stufen der Wendeltreppe am hinteren Ende der Galerie. Die weiß gestrichene Eisenkonstruktion sah aus wie eine riesige Skulptur. Qwilleran sah zuerst Füße, dann schmale Hosenbeine, und dann den energischen, formellen, ja herablassenden Inhaber der Galerie. Es fiel ihm schwer, sich Earl Lambreth als Ehemann der warmen, fraulichen Zoe vorzustellen. Der Mann schien einiges älter als seine Frau zu sein, und er war übertrieben geschniegelt.

Qwilleran sagte: »Ich bin der neue Kulturberichterstatter des *Daily Fluxion*. Mrs. Lambreth hat mich eingeladen, die Galerie zu besuchen.«

Der Mann setzte zu etwas an, das ein Lächeln werden sollte, jedoch als unangenehme Manieriertheit endete: Er biß mit den Zähnen in die Unterlippe. »Mrs. Lambreth hat von Ihnen gesprochen«, sagte er, »und ich nehme an, Mountclemens hat Ihnen gesagt, daß dies die führende Galerie in der Stadt ist. Im Grunde ist es die *einzige* Galerie, die diesen Namen verdient.«

»Ich habe Mountclemens noch nicht kennengelernt, aber wie ich höre, hält er sehr viel von der Arbeit Ihrer Frau. Ich würde gerne ein paar Bilder von ihr sehen.«

Der Kunsthändler stand steif da, die Hände hinter dem Rücken, und wies mit einer Kopfbewegung auf ein braunes Rechteck an der Wand. »Das ist eines von Mrs. Lambreths letzten Gemälden. Es zeigt die kraftvolle Intensität der Pinselführung, die für sie bezeichnend ist.«

Qwilleran betrachtete das Bild und schwieg vorsichtshalber. Die Oberfläche des Gemäldes erinnerte in ihrer Beschaffenheit an einen dick glasierten Schokoladenkuchen, und er leckte sich, ohne es zu merken, mit der Zunge über die Lippen. Doch er war sich – wieder – eines Augenpaares irgendwo in diesen Farbwirbeln bewußt. Allmählich entstand das Gesicht einer Frau.

»Sie verwendet sehr viel Farbe«, stellte Qwilleran fest. »Muß lange dauern, bis es trocknet.«

Der Kunsthändler nagte wieder an seiner Unterlippe und sagte: »Mrs. Lambreth nimmt Pigmentfarben, um den Betrachter in ihren Bann zu ziehen und ihn sinnlich zu umgarnen, bevor sie zum Thema kommt. Sie entzieht sich immer der direkten Aussage, bleibt unbestimmt – und zwingt so ihr Publikum, aktiv an der Interpretation zu partizipieren.«

Qwilleran nickte unverbindlich.

»Sie ist eine große Humanistin«, fuhr Lambreth fort. »Leider haben wir zur Zeit nur sehr wenige Bilder von ihr hier. Sie hält im Moment alles für ihre Ausstellung im März zurück. Eines ihrer klarsten und diszipliniertesten Werke haben Sie jedoch im Schaufenster gesehen.«

Qwilleran erinnerte sich an die farbverhangenen Augen, die er gesehen hatte, bevor er die Galerie betreten hatte – Augen voller Geheimnis und Bosheit. Er sagte: »Malt sie immer solche Frauen?«

Eine Schulter Lambreths zuckte. »Mrs. Lambreth malt niemals nach einem bestimmten Schema. Sie ist eine äußerst vielseitige und phantasievolle Künstlerin. Und das Gemälde im Schaufenster soll keine menschlichen Assoziationen wecken. Es ist die Studie einer Katze.«

»Oh«, sagte Qwilleran.

»Interessieren Sie sich für Scrano? Er ist einer der bedeutendsten zeitgenössischen Künstler. Sie haben eines seiner Bilder im Schaufenster gesehen. Hier ist noch eines auf der Staffelei.«

Qwilleran sah mit zusammengekniffenen Augen auf die grauen Dreiecke auf weißem Hintergrund. Die weiße Fläche war feinkörnig und glatt, mit fast metallischem Glanz; die Dreiecke waren rauh.

Der Reporter meinte: »Er scheint auf Dreiecke fixiert zu sein. Würde man das hier verkehrt herum aufhängen, hätte man drei Segelboote im Nebel.«

Lambreth sagte: »Der Symbolismus sollte doch wohl offensichtlich sein. In seinen hartkantigen Bildern drückt Scrano in verknappter Form das essentiell wollüstige, polygame Wesen des Menschen aus. Das Gemälde im Schaufenster ist eindeutig inzestuös.«

»Nun, ich glaube, das gibt meiner Theorie den Rest«, sagte Qwilleran. »Ich hoffte schon, ich hätte ein paar Segelboote entdeckt. Was sagt Mountclemens zu Scarno?«

»S-c-r-a-n-o«, verbesserte ihn Lambreth. »In Scranos Arbeit findet Mountclemens eine intellektuelle Virilität, welche die profaneren Überlegungen künstlerischen Ausdrucks übersteigt und sich auf die Reinheit des Konzepts und die Veredelung des Mediums konzentriert.«

»Ziemlich teuer, nehme ich an.«

»Für einen Scrano bezahlt man gewöhnlich fünfstellige Summen.«

»Alle Achtung!« sagte Qwilleran. »Und wie ist das mit den anderen Künstlern hier?«

»Sie erzielen weit niedrigere Preise.«

»Ich sehe hier nirgends Preisschilder.«

Lambreth rückte ein oder zwei Bilder zurecht. »In einer Galerie dieser Güte erwartet man kaum Preisschilder wie in einem Supermarkt. Für unsere großen Ausstellungen drucken wir einen Katalog. Was Sie heute hier sehen, ist nur eine zwanglose Präsentation unserer eigenen Gruppe von Künstlern.«

»Ich war überrascht, daß Sie im Finanzviertel angesiedelt sind«, sagte Qwilleran.

»Unsere gewieftesten Sammler sind Geschäftsleute.«

Qwilleran machte einen Rundgang durch die Galerie und enthielt sich jeglichen Kommentars. Viele der Bilder zeigten Spritzer und Kleckse in schreienden, explodierenden Farben. Einige bestanden nur aus gewellten Streifen. Auf einem Bild von etwa zwei mal zweieinhalb Metern war ein überdimensionaler offener roter Schlund dargestellt, und Qwilleran zuckte instinktiv zurück. Auf einem Podest stand eine eiförmige Metallskulptur mit dem Titel ›Ohne Titel‹. Einige langgezogene Gebilde aus rotem Ton erinnerten an Heuschrecken, doch gewisse Ausbuchtungen überzeugten Qwilleran, daß er unterernährte Menschen vor sich hatte. Zwei Arbeiten aus Altmetall waren als ›Ding Nr. 14‹ und ›Ding Nr. 20‹ gekennzeichnet.

Die Möbel gefielen Qwilleran besser: weiche Schalensessel, Sofas, die auf zierlichen Chromsockeln schwebten, und niedrige Tische mit Marmorplatten.

Er sagte: »Haben Sie Bilder von Cal Halapay?«

Lambreth krümmte sich. »Sie müssen scherzen. Wir sind nicht diese Art von Galerie.«

»Ich dachte, Halapays Zeug wäre sehr erfolgreich?«

»Es läßt sich leicht an Leute verkaufen, die keinen Geschmack haben«, sagte der Kunsthändler, »aber in Wirklichkeit ist Halapays Zeug – wie Sie es so treffend nennen – nichts als Kommerzware, die anmaßenderweise in einen Rahmen montiert wird. Vom künstlerischen Standpunkt völlig wertlos. Der Mann täte dem Publikum einen Gefallen, wenn er auf seinen künstlerischen Anspruch verzichten und sich auf das konzentrieren würde, worauf er sich so gut versteht – Geld machen. Ich habe nichts gegen Hobbymaler, die den Sonntag nachmittag glücklich und zufrieden vor ihrer Staffelei verbringen wollen, aber sie sollen sich nicht als Künstler aufspielen und den allgemeinen Geschmack verderben.«

Qwilleran wandte seine Aufmerksamkeit der Wendeltreppe zu. »Haben Sie oben noch eine Galerie?«

»Nur mein Büro und die Rahmenwerkstatt. Wollen Sie die Werkstatt sehen? Das interessiert Sie vielleicht mehr als die Bilder und Skulpturen.«

Lambreth ging voran, vorbei an einem Lagerraum, wo Bilder in senkrechten Schlitzen aufbewahrt wurden, und die Treppe hinauf. In der Rahmenwerkstatt stand eine Werkbank, auf der ein totales Durcheinander herrschte; der Geruch nach Klebstoff oder Lack war durchdringend.

»Wer macht Ihre Rahmen?« fragte Qwilleran.

»Ein sehr talentierter Handwerker. Wir bieten die beste Ausführung und die größte Auswahl an Leisten in der ganzen

Stadt.« Lambreth, der noch immer stocksteif mit den Händen auf dem Rücken dastand, wies auf eine Leiste auf der Werkbank. »Ein Laufmeter von dieser hier kostet etwa einhundertfünf Dollar.«

Qwillerans Blick wanderte zu einem unordentlichen Büroraum, der an die Werkstatt angrenzte. Er starrte auf das Bild einer Tänzerin, das schief an der Wand hing. Es zeigte eine Ballerina in einem hauchdünnen blauen Kostüm mitten in der Bewegung vor einem Hintergrund aus grünem Blattwerk.

»Also, da ist mal etwas, das ich verstehen kann«, sagte er. »Das gefällt mir wirklich.«

»Und das sollte es auch! Es ist ein Ghirotto, wie Sie an der Signatur sehen können.«

Qwilleran war beeindruckt. »Ich habe gestern im Museum einen Ghirotto gesehen. Das muß ein wertvolles Kunstwerk sein.«

»Es wäre wertvoll – wenn es vollständig wäre.«

»Sie meinen, es ist unvollendet?«

Lambreth sog ungeduldig den Atem ein. »Das ist nur die Hälfte der ursprünglichen Leinwand. Das Gemälde wurde beschädigt. Ich fürchte, einen Ghirotto in gutem Zustand könnte ich mir nicht leisten.«

Dann entdeckte Qwilleran eine Pinnwand mit Zeitungsausschnitten. Er sagte: »Ich sehe, der *Daily Fluxion* bringt ganz schön viel über Sie.«

»Sie haben eine ausgezeichnete Kunstkolumne«, sagte der Kunsthändler. »Mountclemens weiß mehr über Kunst als irgend jemand sonst in dieser Stadt – einschließlich der selbsternannten Experten. Und er ist integer – absolut integer.«

»Hmm«, sagte Qwilleran.

»Sie werden zweifellos hören, wie von allen Seiten über Mountclemens hergezogen wird – weil er die Schaumschläger entlarvt und das Geschmacksniveau hebt. Erst kürzlich hat er der Stadt einen großen Dienst erwiesen, indem er Farhar aus dem Museum vertrieb. Eine neue Leitung wird diese sterbende Institution wiederbeleben.«

»Aber hat das Museum nicht gleichzeitig einen saftigen Zuschuß verloren?«

Lambreth winkte ab. »Im nächsten Jahr werden wieder Zuschüsse verteilt, und bis dahin wird das Museum ihn verdienen.«

Zum ersten Mal bemerkte Qwilleran die Hände des Kunsthändlers. Die schmutzigen Nägel paßten in keiner Weise zu seiner eleganten Kleidung. Der Journalist sagte: »Mountclemens hält viel von Mrs. Lambreths Arbeit, habe ich bemerkt.«

»Er war immer sehr freundlich. Viele Leute glauben, daß er diese Galerie begünstigt, aber die Wahrheit ist: Wir betreuen nur die besten Künstler.«

»Dieser Typ, der die Dreiecke malt – ist er von hier? Vielleicht will ich mal ein Interview.«

Lambreth sah gequält drein. »Es ist ziemlich bekannt, daß Scrano Europäer ist. Er lebt seit vielen Jahren zurückgezogen in Italien. Aus politischen Gründen, glaube ich.«

»Wie haben Sie von ihm erfahren?«

»Mountclemens hat uns auf seine Arbeiten aufmerksam gemacht und den Kontakt zum amerikanischen Agenten des Künstlers vermittelt, wofür wir sehr dankbar sind. Wir haben die exklusive Vertretung für die Werke von Scrano im Mittleren Westen.« Er räusperte sich und sagte stolz: »Scranos Arbeit ist von einer intellektualisierten Virilität, einer transzendenten Reinheit ...«

»Ich werde Ihre Zeit nicht länger in Anspruch nehmen«, sagte Qwilleran. »Es ist fast Mittag, und ich habe eine Verabredung zum Lunch.«

Als Qwilleran die Lambreth Gallery verließ, schwirrten allerhand Fragen in seinem Kopf herum: Wie konnte man gute Kunst von schlechter unterscheiden? Warum stießen Dreiecke auf Zustimmung und Segelboote auf Ablehnung? Wenn Mountclemens so gut war, wie Lambreth sagte, und wenn die Kunstszene in der Stadt so ungesund war, warum blieb Mountclemens in dieser undankbaren Umgebung? War er wirklich ein Missionar, wie Lambreth sagte? Oder ein Ungeheuer, wie alle anderen meinten?

Und dann tauchte noch ein Fragezeichen auf. Gab es überhaupt einen Mann namens George Bonifield Mountclemens?

Im Presseclub, wo er mit Arch Riker zu Mittag aß, sagte Qwilleran zum Barkeeper: »Kommt eigentlich der Kunstkritiker vom *Fluxion* jemals hierher?«

Bruno hielt beim Gläserputzen inne. »Ich wünschte, er käme einmal. Ich wüßte schon, was ich ihm in den Drink gäbe.«

»Warum? Haben Sie Grund zur Klage?«

»Nur einen«, sagte Bruno. »Er ist gegen die gesamte Menschheit.« Er lehnte sich vertraulich über die Bar. »Ich sage Ihnen, der will jeden Künstler in der Stadt fertigmachen. Schauen Sie sich an, was er dem armen alten Mann angetan hat, Onkel Waldo. Und Franz Buchwalter in der gestrigen Ausgabe! Die einzigen Künstler, die er mag, haben mit der Lambreth Gallery zu tun. Man könnte glauben, sie gehört ihm.«

»Es gibt Leute, die halten ihn für eine hochqualifizierte Autorität.«

»Es gibt Leute, die halten oben für unten.« Dann lächelte Bruno wissend. »Warten Sie nur, bis er sich auf Sie einschießt, Mr. Qwilleran. Sobald Mountclemens merkt, daß Sie in seinem Revier herumschnüffeln ...« Der Barkeeper betätigte einen imaginären Abzug.

»Sie scheinen ja eine Menge über die Kunstszene hier in der Stadt zu wissen.«

»Klar. Ich bin selbst Künstler. Ich mache Collagen. Ich würde Ihnen gerne mal meine Sachen zeigen und Ihre ehrliche Meinung darüber hören.«

»Ich habe diesen Job jetzt ganze zwei Tage«, antwortete Qwilleran. »Ich weiß nicht einmal, was eine Collage ist.«

Bruno bedachte ihn mit einem gönnerhaften Lächeln. »Das ist eine Kunstform. Ich löse die Etiketten von Whiskyflaschen, zerschneide sie in kleine Stückchen und klebe sie so auf, daß Porträts von Präsidenten entstehen. Zur Zeit arbeite ich an van Buren. Das gäbe eine tolle Ausstellung.« Seine Miene wurde kumpelhaft.

»Vielleicht könnten Sie mir bei der Suche nach einer Galerie helfen. Glauben Sie nicht, daß Sie so' n bißchen Ihren Einfluß spielen lassen könnten?«

Qwilleran sagte: »Ich weiß nicht, wie bereit das Publikum für Präsidentenporträts aus Whiskyetiketten ist, aber ich werde mich erkundigen ... Wie wär's jetzt mit dem üblichen – mit Eis?«

»Irgendwann kriegen Sie noch Hautausschlag von dem vielen Tomatensaft.«

Als Arch Riker in die Bar kam, kaute der Journalist an seinem Schnurrbart herum. Arch fragte: »Wie ist es heute morgen gelaufen?«

»Gut«, sagte Qwilleran. »Zuerst war ich ein bißchen verwirrt von dem Unterschied zwischen guter Kunst und schlechter Kunst; jetzt bin ich komplett verwirrt.« Er nahm einen Schluck Tomatensaft. »Aber im Hinblick auf George Bonifield Mountclemens III. bin ich zu einem Schluß gekommen.«

»Laß hören.«

»Er ist ein Schwindel.«

»Was meinst du?«

»Er existiert nicht. Er ist eine Legende, eine Erfindung, eine Idee, ein künstliches Wesen, der Traum eines jeden Verlages.«

Arch sagte: »Und wer, glaubst du, schreibt all die Artikel, die wir unter seinem vielsilbigen Namen drucken?«

»Ein paar Ghostwriter. Ein Dreiergespann. Vielleicht ein Mr. George, ein Mr. Bonifield und ein Mr. Mountclemens. Kein einzelner Mensch könnte soviel Ärger machen oder solchen Haß auf sich ziehen oder so ein widersprüchliches Image haben.«

»Du hast bloß keine Ahnung von Kritikern, das ist alles. Du bist Bullen und Gangster gewöhnt.«

»Ich habe noch eine andere Theorie, wenn du mir meine erste nicht abnimmst.«

»Und wie lautet die?«

»Es ist ein Phänomen des Elektronikzeitalters. Die Kunstkolumne wird von ein paar Computern in Rochester, New York, verfaßt.«

»Was hat dir Bruno in den Tomatensaft getan?« fragte Arch.

»Also, etwas kann ich dir sagen: Ich werde an George Bonifield Mountclemens erst glauben, wenn ich ihn sehe.«

»Schön. Wie ist es mit morgen oder Mittwoch? Er war verreist, aber jetzt ist er wieder da. Wir werden einen Termin für dich vereinbaren.«

»Sagen wir, zum Lunch – hier. Wir können im ersten Stock essen – an einem Tisch mit Tischtuch.«

Arch schüttelte den Kopf. »Er wird nicht in den Presseclub kommen. Er kommt niemals in die Innenstadt. Du wirst vielleicht in seine Wohnung fahren müssen.«

»Okay, vereinbare etwas«, sagte Qwilleran, »und vielleicht befolge ich Brunos Rat und leihe mir eine kugelsichere Weste.«

Kapitel fünf

Qwilleran verbrachte den Dienstag morgen im Gebäude der Schulaufsichtsbehörde, wo er eine Ausstellung von Kinderzeichnungen besuchte. Er wollte einen zärtlich-humorvollen Artikel über die mit Buntstift gemalten Segelboote schreiben, die im Himmel schwebten, über die purpurnen Häuser mit grünen Schornsteinen, über die blauen Pferde, die wie Schafe aussahen, und über die Katzen – Katzen und immer wieder Katzen.

Nach seinem Ausflug in die unkomplizierte Welt der Kinderbilder kehrte Qwilleran in zufriedener, gelöster Stimmung in die Redaktion zurück. Als er in die Feuilletonabteilung kam, trat unnatürliche Stille ein. Die Schreibmaschinen hörten auf zu klappern. Über Fahnenabzüge gebeugte Köpfe hoben sich plötzlich. Sogar die grünen Telefone blieben ehrfürchtig stumm.

Arch sagte: »Wir haben Neuigkeiten für dich, Jim. Wir haben Mountclemens angerufen, um eine Verabredung für dich zu treffen, und er will, daß du morgen abend kommst. Zum *Abendessen*!«

»Wie bitte?«

»Haut dich das nicht um? Alle anderen sind fast vom Stuhl gekippt.«

»Ich sehe schon die Überschrift«, sagte Qwilleran. »*Kritiker serviert Reporter vergiftete Suppe.*«

»Er soll ein phantastischer Koch sein«, sagte Arch. »Ein echter Gourmet. Wenn du Glück hast, hebt er sich das Arsen bis zum Nachtisch auf. Hier ist seine Adresse.«

Am Mittwochabend um sechs Uhr nahm Qwilleran ein Taxi zum Blenheim Place 26. Das war in einem alten Teil der Stadt, früher einmal eine elegante Wohngegend mit vornehmen Häusern. Die meisten davon waren jetzt billige Pensionen oder beherbergten merkwürdige Unternehmen. Es gab da zum Beispiel eine Reparaturwerkstatt für antikes Porzellan; Qwilleran nahm an, daß es ein Buchmacherladen war. Daneben befand sich ein altes Münzengeschäft, vermutlich als Tarnung für einen Rauschgiftring. Was die Erzeuger von burlesken Kostümen anlangte, hatte Qwilleran keinerlei Zweifel, um welches Gewerbe es sich dabei in Wirklichkeit handelte.

Und mittendrin hielt ein letztes stolzes, beherztes Stadthaus all dem stand. Es hatte das respektable Flair eines herrschaftlichen Wohnhauses. Es war schmal und hoch und von viktorianischer Förmlichkeit, selbst der dekorative Eisenzaun. Das war Nummer 26.

Qwilleran wich zwei Betrunkenen aus, die den Gehsteig hinunterwankten, und stieg die steinernen Stufen zu dem säulengeschmückten Eingang hinauf. Drei Postkästen wiesen darauf hin, daß das Haus in Einzelwohnungen aufgeteilt worden war.

Er glättete seinen Schnurrbart, der vor Neugier und Erwartung struppig abstand. Dann klingelte er. Mit einem Summton wurde die Eingangstür geöffnet, und er trat in einen Vorraum mit Fliesenboden. Vor ihm war noch eine Tür, ebenfalls versperrt – bis ein anderer Summton sie öffnete.

Qwilleran betrat eine prunkvolle, aber schwach beleuchtete Eingangshalle, deren Einrichtung ihn förmlich umschloß. Er fand sich umgeben von großen vergoldeten Bilderrahmen, Spiegeln, einer Skulptur, einem Tisch, der von goldenen Löwen getragen wurde, einer geschnitzten Bank, die wie ein Kirchenstuhl aussah. Ein roter Teppich bedeckte den Boden der Halle und die Treppe. Von oben sagte jemand mit einer feinen Schärfe in der Stimme:

»Kommen Sie nur herauf, Mr. Qwilleran.«

Der Mann am Ende der Treppe war extrem groß, elegant und schlank. Mountclemens trug eine dunkelrote Samtjacke, und sein Gesicht wirkte auf den Journalisten irgendwie poetisch; vielleicht lag es an der Art, wie er sein dünnes Haar in die hohe Stirn gekämmt hatte. Der Duft von Limonenschalen umgab ihn.

»Ich muß mich für die zugbrückenartigen Vorkehrungen unten entschuldigen«, sagte der Kritiker. »In diesem Viertel geht man kein Risiko ein.«

Er gab Qwilleran die linke Hand und führte ihn in ein Wohnzimmer. Ein Zimmer wie dieses hatte der Reporter noch nie gesehen. Es war überladen und düster. Die einzige Beleuchtung kam von der lauen Glut im Kamin und von verborgenen Spots, die auf Kunstwerke gerichtet waren. Qwilleran sah Marmorbüsten, chinesische Vasen, viele vergoldete Bilderrahmen, einen bronzenen Krieger und ein paar vom Zahn der Zeit angenagte, holzgeschnitzte Engel. Eine Wand des hohen Raumes war mit einem Wandteppich mit den lebensgroßen Figuren mittelalterlicher Jungfrauen bedeckt. Über dem Kamin hing ein Bild, das jeder Kinobesucher als einen van Gogh erkannt hätte.

»Sie scheinen beeindruckt von meiner kleinen Sammlung, Mr. Qwilleran«, sagte der Kritiker, »oder entsetzt über meinen uneinheitlichen Geschmack ... Kommen Sie, geben Sie mir Ihren Mantel.«

»Das ist ja ein kleines Museum«, sagte Qwilleran ehrfürchtig.

»Das ist mein Leben, Mr. Qwilleran. Und ich gebe zu – ganz ohne Bescheidenheit –, daß es wirklich ein gewisses *Ambiente* hat.«

Kaum ein Zentimeter der dunkelroten Wand war frei. Der Kamin war von gutbestückten Bücherregalen flankiert. An anderen Wänden hingen die Bilder bis zur Decke.

Selbst auf dem roten Teppich, der eine ganz eigene Leuchtkraft besaß, standen dicht gedrängt riesige Fauteuils, Tische, Podeste, ein Schreibtisch und eine beleuchtete Vitrine mit kleinen Schnitzereien.

»Ich werde Ihnen einen Aperitif machen«, sagte Mountclemens, »und dann können Sie es sich in einem Lehnstuhl bequem machen und die Füße hochlegen. Ich vermeide es, vor dem Abendessen etwas Stärkeres als Sherry oder Dubonnet zu servieren, weil ich recht stolz auf meine Kochkünste bin, und ich ziehe es vor, Ihre Geschmacksnerven nicht zu betäuben.«

»Ich darf keinen Alkohol trinken«, sagte Qwilleran, »daher sind meine Geschmacksnerven in erstklassiger Verfassung.«

»Wie wäre es dann mit Bitter Lemon?«

Als Mountclemens gegangen war, fielen Qwilleran weitere Einzelheiten auf: ein Diktiergerät am Schreibtisch; Musik, die hinter einem orientalischen Wandschirm hervorklang; zwei weich gepolsterte Lehnstühle, die sich vor dem Kamin gegenüberstanden, und zwischen ihnen eine behäbige Ottomane. Er probierte einen der Lehnstühle aus und versank in der Polsterung. Er lehnte den Kopf zurück und legte die Füße auf die Ottomane; dabei empfand er ein fast unanständiges Gefühl der Behaglichkeit. Er hoffte beinahe, Mountclemens möge nie mit dem Bitter Lemon zurückkommen.«

»Ist die Musik angenehm?« fragte der Kritiker und stellte ein Tablett neben Qwillerans Ellbogen. »Ich finde Debussy um diese Tageszeit beruhigend. Hier ist etwas Salzgebäck zu Ihrem Drink. Wie ich sehe, hat es Sie zum richtigen Sessel gezogen.«

»Dieser Sessel ist fast so gut wie Bewußtlosigkeit«, sagte Qwilleran. »Womit ist er überzogen? Es erinnert mich an ein Material, aus dem früher Hosen für Jungen gemacht wurden.«

»Es ist Cord aus Heidekraut«, sagte Mountclemens. »Ein wunderbares Gewebe, das die Wissenschaftler noch nicht entdeckt haben. Ihre Vorliebe für Materialien aus Kunststoff grenzt an Blasphemie.«

»Ich wohne in einem Hotel, wo alles aus Plastik ist. Ein alter Naturbursche wie ich kommt sich dort antiquiert vor.«

»Wenn Sie sich umsehen, werden Sie feststellen, daß ich die moderne Technik ignoriere.«

»Ich bin überrascht«, sagte Qwilleran. »In Ihren Rezensionen bevorzugen Sie die moderne Kunst, und hier ist alles ...« Es fiel ihm kein Wort ein, das schmeichelhaft klang.

»Ich muß Sie korrigieren«, sagte Mountclemens. Er wies mit einer großen Geste auf zwei Lamellentüren. »Dieser Schrank dort enthält ein kleines Vermögen an Kunst aus dem zwanzigsten Jahrhundert – bei idealen Bedingungen hinsichtlich Temperatur und Feuchtigkeit gelagert. Das sind meine Investitionen. Doch die Bilder, die Sie an der Wand sehen, sind meine Freunde. Ich glaube an die Kunst von heute als Ausdruck ihrer Zeit, aber ich habe mich dafür entschieden, in der milden Abgeklärtheit der Vergangenheit zu leben. Aus demselben Grund versuche ich, dieses schöne alte Haus zu erhalten.«

Wie Mountclemens so dasaß, in seiner Samtjacke, die langen, schmalen Füße in italienischen Schuhen und einen dunkelroten Aperitif in seinen langen weißen Fingern, wirkte er blasiert und selbstsicher, unangreifbar und unwirklich. Seine nasale Stimme, die Musik, der bequeme Sessel, die Wärme des Feuers und die Dunkelheit des Zimmers machten Qwilleran schläfrig. Er mußte etwas tun.

»Darf ich rauchen?« fragte er.

»Zigaretten sind in dem emaillierten Kästchen neben Ihrem Ellbogen.«

»Ich rauche Pfeife.« Qwilleran suchte seine Quarter-bent Bulldog, seinen Tabakbeutel und seine Streichhölzer und begann dann mit dem Ritual des Anzündens.

Als die Flamme seines Streichholzes in dem abgedunkelten Zimmer aufflackerte, fuhr sein Kopf zurück. Er starrte auf die Bücherregale. Er sah ein rotes Licht. Es war wie ein Signal. Nein, es waren zwei rote Lichter. Leuchtend rot – und sehr lebendig!

Qwilleran schnappte nach Luft. Sein Atem blies die Flamme aus, und die roten Leuchtpunkte verschwanden.

»Was war – *das*?« fragte er, als er sich gefangen hatte. »Irgend etwas zwischen den Büchern. Etwas ...«

»Das war nur der Kater«, sagte Mountclemens. »Er ruht sich gerne hinter den Büchern aus. Die Regale sind ungewöhnlich tief, weil ich viele Kunstbände besitze, und so findet er dahinter ein ruhiges Plätzchen. Offenbar hat er sein Nachmittagsschläfchen hinter den Biographien gehalten. Er scheint eine Vorliebe für Biographien zu haben.«

»Ich habe noch nie eine Katze mit leuchtendroten Augen gesehen«, sagte Qwilleran.

»Das ist für Siamkatzen charakteristisch. Wenn man ihnen in die Augen leuchtet, werden sie rubinrot. Normalerweise sind sie blau – wie das Blau in dem van Gogh dort. Sie werden es sehen, wenn sich der Kater entschließt, uns mit seiner Anwesenheit zu beehren. Im Augenblick zieht er die Abgeschiedenheit vor. Er ist damit beschäftigt, Sie mit seinen Sinnen wahrzunehmen. Er weiß bereits einiges über Sie.«

»Was weiß er denn?« Qwilleran wand sich in seinem Sessel.

»Er hat Sie jetzt beobachtet und weiß, daß Sie nicht der Typ sind, der laute Geräusche oder schnelle Bewegungen macht, und das ist ein Pluspunkt für Sie. Ebenso Ihre Pfeife. Er mag Pfeifen, und er wußte, daß Sie Pfeife rauchen, noch bevor Sie sie aus der Tasche zogen. Auch ist ihm bewußt, daß Sie mit einer Zeitung zu tun haben.«

»Woher weiß er denn das?«

»Druckerschwärze. Für den Geruch von Druckerschwärze hat er eine gute Nase.«

»Sonst noch etwas?«

»Jetzt sendet er mir gerade eine Botschaft: Ich soll den ersten Gang servieren, sonst kriegt er sein eigenes Abendessen nicht vor Mitternacht.«

Mountclemens ging hinaus und kehrte mit einem Tablett mit heißen Pasteten zurück.

»Wenn Sie nichts dagegen haben, nehmen wir den ersten Gang im Wohnzimmer. Ich habe kein Personal, und Sie müssen verzeihen, wenn es etwas zwanglos zugeht.«

Die Kruste war flockig; die Füllung bestand aus einer zarten Soße mit Käse und Spinat. Qwilleran genoß jeden Bissen.

»Sie fragen sich vielleicht«, sagte der Kritiker, »weshalb ich es vorziehe, ohne Personal auszukommen. Ich habe eine krankhafte Angst, beraubt zu werden, und ich möchte nicht, daß Fremde in dieses Haus kommen und die Wertsachen, die ich hier aufbewahre, entdecken. Bitte seien Sie so gut und erwähnen Sie meine Sammlung in der Stadt nicht.«

»Gewiß – wenn Sie das wollen.«

»Ich kenne euch Zeitungsleute. Ihr seid Nachrichtenlieferanten aus Instinkt und aus Gewohnheit.«

»Sie meinen, wir sind ein Haufen Schwätzer«, sagte Qwilleran freundlich und genoß den letzten Bissen Käsesoße. Er war neugierig, was als nächstes kommen würde.

»Sagen wir einfach, daß sehr viele Informationen – richtige oder falsche – über die Tische des Presseclubs ausgetauscht werden. Trotzdem habe ich das Gefühl, ich kann Ihnen trauen.«

»Vielen Dank.«

»Wie schade, daß Sie keinen Wein trinken. Ich wollte diesen Anlaß mit einer Flasche Chateau Clos d'Estournel 'fünfundvierzig feiern. Das war ein vorzüglicher Jahrgang – sehr langsam gereift, sogar besser als der achtundzwanziger.«

»Machen Sie sie trotzdem auf«, sagte Qwilleran. »Ich werde Ihnen gerne beim Genießen zusehen. Ehrlich!«

Mountclemens Augen leuchteten. »Sie haben mich überredet. Und Ihnen werde ich ein Glas Catawba Traubensaft anbieten. Ich habe ihn seinetwegen im Haus.«

»Wegen wem?«

»Kao K'o-Kung.«

Qwilleran sah ihn verständnislos an.

»Das ist der Kater«, sagte Mountclemens. »Entschuldigen Sie, ich habe vergessen, daß Sie nicht formell vorgestellt wurden. Er liebt Traubensaft, besonders weißen. Und nur die beste Marke. Er ist ein Feinschmecker.«

»Er scheint ein besonderer Kater zu sein«, sagte Qwilleran.

»Ein bemerkenswertes Tier. Er hat eine Vorliebe für bestimmte Kunstperioden entwickelt, und obwohl ich mit seiner Wahl nicht übereinstimme, bewundere ich seine Unabhängigkeit. Er liest auch die Schlagzeilen in der Zeitung, wie Sie sehen werden, wenn die Spätausgabe geliefert wird. Und jetzt, denke ich, sind wir bereit für die Suppe.« Der Kritiker zog dunkelrote Samtvorhänge auf.

Der Duft von Hummer empfing Qwilleran in der Speisenische. Teller mit dicker, cremiger Suppe standen auf dem bloßen

Tisch, der aussah, als sei er Hunderte Jahre alt. Dicke Kerzen brannten in eisernen Kerzenleuchtern.

Als er sich auf einen reich mit Schnitzereien verzierten, hochlehnigen Stuhl setzte, hörte er im Wohnzimmer einen dumpfen Laut, gefolgt von kehligem Gebrummel. Ein Dielenbrett knarrte, und eine helle Katze mit dunklem Gesicht und schrägen Augen spazierte in die Speisenische.

»Das ist Kao K'o-Kung«, sagte Mountclemens. »Er ist nach einem Künstler aus dem dreizehnten Jahrhundert benannt, und er hat selbst die Würde und Anmut der chinesischen Kunst.«

Kao K'o-Kung stand reglos da und schaute Qwilleran an. Qwilleran schaute Kao K'o-Kung an. Er sah eine lange, schlanke, muskulöse Katze mit weichem Fell und einem geradezu unerträglichen Maß an Selbstbewußtsein und Autorität.

Qwilleran sagte: »Wenn er jetzt denkt, was ich glaube, das er denkt, dann sollte ich lieber gehen.«

»Er nimmt Sie nur gerade mit all seinen Sinnen wahr«, sagte Mountclemens, »und er wirkt streng, wenn er sich konzentriert. Er nimmt seine Eindrücke mit Augen, Ohren, Nase und Barthaaren auf. Die Ergebnisse all dieser Untersuchungen werden an einen zentralen Punkt zur Auswertung und Synthese weitergeleitet, und je nachdem, wie das Urteil lautet, wird er Sie akzeptieren oder nicht.«

»Danke«, sagte Qwilleran.

»Er ist ein ziemlicher Einsiedler und mißtraut Fremden.«

Der Kater nahm sich Zeit, und als er mit der Betrachtung des Besuchers fertig war, sprang er ganz ruhig und ohne sichtbare Anstrengung senkrecht hinauf auf einen hohen Schrank.

»Na so was!« sagte Qwilleran. »Haben Sie das gesehen?«

Auf dem Schrank nahm Kao K'o-Kung eine gebieterische Haltung ein und beobachtete mit intelligenter Aufmerksamkeit die Szene unter sich.

»Ein Zweimetersprung ist für eine Siamkatze nichts Ungewöhnliches«, sagte Mountclemens. »Katzen haben viele Fähigkeiten, die den Menschen versagt sind, und dennoch neigen wir dazu, sie mit menschlichen Maßstäben zu messen. Um eine Katze zu verstehen, muß man sich darüber klar sein, daß sie ihre eigenen Talente hat, ihre eigene Sicht der Dinge, sogar ihre eigene Ethik. Daß eine Katze nicht sprechen kann, macht sie nicht zu einem niedrigeren Tier. Katzen verachten die Sprache. Warum sollten sie sprechen, wenn sie sich ohne Worte verständigen können? Sie schaffen das mit ihresgleichen sehr gut, und dem Menschen versuchen sie geduldig ihre Gedanken mitzuteilen. Doch um eine Katze verstehen zu können, muß man entspannt und aufnahmebereit sein.«

Der Kritiker war ernst und schulmeisterhaft.

»Meistens«, fuhr er fort, »greifen Katzen auf die Pantomime zurück, wenn sie mit Menschen zu tun haben. Kao K'o-Kung verwendet einen Code, der nicht schwer zu lernen ist. Er kratzt an Gegenständen, um Aufmerksamkeit zu erregen. Er schnüffelt, um Mißtrauen anzuzeigen. Er reibt sich an den Knöcheln, wenn er Wünsche hat, und er zeigt die Zähne, um Mißbilligung auszudrücken. Er kann auch auf Katzenart jemandem eine lange Nase machen.«

»Das möchte ich gerne sehen.«

»Ganz einfach. Wenn eine Katze, ein Bild der Anmut und Schönheit, sich plötzlich hinfallen läßt und eine gräßliche Haltung einnimmt, das Gesicht verzieht und sich am Ohr kratzt, sagt sie einem damit: Guter Mann, scher dich zum Teufel!«

Mountclemens trug die Suppenteller hinaus und brachte eine Terrine mit Huhn in einer dunklen, geheimnisvollen Soße herein. Vom Schrank ertönte ein durchdringendes Geheul.

Qwilleran sagte: »Um diese Botschaft zu verstehen, braucht man keine Antenne.«

»Daß der menschliche Körper keine Antennen hat oder Fühler«, sagte der Kritiker, »halte ich für eine grobe Unterlassung, einen kosmischen Patzer sozusagen. Stellen Sie sich nur vor, was der Mensch mit ein paar einfachen Fühlern oder Tasthaaren im Hinblick auf Kommunikation und Vorhersagen hätte erreichen können! Was wir außersinnliche Wahrnehmung nennen, ist für eine Katze ganz normal. Sie weiß, was Sie denken, was Sie tun werden und wo Sie gewesen sind. Ich gäbe mit

Vergnügen ein Auge und ein Ohr für ein paar gut funktionierende Schnurrhaare, wie die Katzen sie haben.«

Qwilleran legte die Gabel hin und wischte sich mit der Serviette sorgfältig den Schnurrbart ab. »Das ist sehr interessant«, sagte er. Er hüstelte und beugte sich dann zu seinem Gastgeber. »Wissen Sie was? Ich habe ein kosmisches Gefühl in bezug auf meinen Schnurrbart. Ich habe das noch niemandem gesagt, aber seit ich mir diesen Oberlippenbart habe wachsen lassen, habe ich so ein seltsames Gefühl, daß mir alles – nun, irgendwie bewußter ist! Verstehen Sie, was ich meine?«

Mountclemens nickte aufmunternd.

»Und davon sollte man im Presseclub auch nichts erfahren«, sagte Qwilleran.

Mountclemens war einverstanden.

»Ich scheine die Dinge deutlicher wahrzunehmen«, sagte der Journalist.

Mountclemens verstand.

»Manchmal scheine ich zu spüren, was geschehen wird, und ich tauche zur richtigen Zeit am richtigen Ort auf. Es ist unheimlich.«

»Kao K'o-Kung macht dasselbe.«

Ein tiefes Grollen ertönte vom Schrank. Der Kater erhob sich, machte einen Katzenbuckel und streckte sich kräftig durch, gähnte ausgiebig und sprang gurrend mit einem weichen Plumps auf den Boden.

»Passen Sie auf«, sagte der Kritiker. »In drei oder vier Minuten wird es an der Tür läuten, und die Zeitung wird gebracht. Im Augenblick ist der Zeitungsjunge auf seinem Fahrrad ein paar Blocks von hier entfernt, aber Kao K'o-Kung weiß, daß er auf dem Weg hierher ist.«

Der Kater spazierte durch das Wohnzimmer und hinaus auf den Gang, wo er auf dem Treppenabsatz wartete. Nach ein paar Minuten läutete es. Mountclemens sagte zu Qwilleran: »Wären Sie so nett, die Zeitung von unten zu holen? Er liest sie gerne, solange die Nachrichten frisch sind. In der Zwischenzeit kümmere ich mich um den Salat.«

Der Kater wartete am oberen Ende der Treppe mit einem Ausdruck würdevollen Interesses, während der Reporter hinunterging, um die Zeitung zu holen, die in den Vorraum geworfen worden war. »Legen Sie die Zeitung auf den Boden«, wies ihn Mountclemens an, »und Kao K'o-Kung wird die Schlagzeilen lesen.«

Der Kater ging sehr gründlich vor. Seine Nase zuckte erwartungsvoll. Seine Schnurrhaare bewegten sich zweimal auf und ab. Dann neigte er den Kopf zu den Zweizoll-Lettern der Schlagzeile hinunter; er berührte jeden einzelnen Buchstaben mit der Nase und zeichnete die Worte nach: TSSAFEG RELLIK RERRI.

Qwilleran sagte: »Liest er immer von hinten nach vorne?«

»Er liest von rechts nach links«, sagte Mountclemens. »Übrigens, ich hoffe, Sie mögen Cäsar-Salat.«

Es war ein Salat, wie Männer ihn mögen, würzig und knusprig. Danach kam ein zartbitteres Schokoladendessert, das samtig auf der Zunge zerging, und Qwilleran fühlte sich wunderbarerweise im Einklang mit einer Welt, in der Kunstkritiker kochen konnten wie französische Küchenchefs und in der Katzen lesen konnten.

Später tranken sie im Wohnzimmer türkischen Kaffee aus kleinen Tassen, und Mountclemens sagte: »Wie gefällt Ihnen Ihr neues Milieu?«

»Ich lerne interessante Persönlichkeiten kennen.«

»Die Künstler in dieser Stadt haben mehr Persönlichkeit als Talent, muß ich leider sagen.«

»Aus diesem Cal Halapay werde ich nicht schlau.«

»Er ist ein Scharlatan«, sagte Mountclemens. »Seine Bilder gehören auf Reklame für Haarshampoo. Seine Frau ist sehr dekorativ, wenn sie den Mund hält, aber zu dieser Großtat ist sie leider nicht fähig. Dann hat er noch einen Hausburschen oder Protégé – oder wie immer man das barmherzigerweise nennen soll –, der die Unverschämtheit besitzt, im Alter von einundzwanzig Jahren eine Ausstellung zu verlangen, die eine Retrospektive seines Lebenswerks zeigt. Haben Sie noch andere Vertreter des bemerkenswerten Kunstlebens dieser Stadt kennengelernt?«

»Earl Lambreth. Er scheint ...«

»Das ist ein bemitleidenswerter Fall. Absolut kein Talent, aber er hofft, an den Schürzenzipfeln seiner Frau zu Ruhm zu gelangen. Seine einzige Leistung bestand darin, eine Künstlerin zu heiraten. Wie er eine so attraktive Frau für sich gewinnen konnte, übersteigt meine Vorstellungskraft.«

»Sie sieht wirklich gut aus«, pflichtete Qwilleran ihm bei.

»Und ist eine ausgezeichnete Künstlerin, obwohl sie lernen muß, sich besser zu verkaufen. Sie hat ein paar Studien von Kao K'o-Kung gemacht und seine ganze Rätselhaftigkeit, seinen Zauber, seine Bösartigkeit, seine Unabhängigkeit, seine Verspieltheit, seine Wildheit und seine Loyalität eingefangen – alles in einem Augenpaar.«

»Ich habe Mrs. Lambreth letztes Wochenende im Turp and Chisel kennengelernt. Dort war eine Veranstaltung ...«

»Verkleiden sich diese alternden Kinder noch immer in verrückten Kostümen?«

»Es war ein Ball zum Valentinstag. Sie kamen alle als berühmte Liebespaare. Den ersten Preis hat eine Bildhauerin namens Butchy Bolton gewonnen. Kennen Sie sie?«

»Ja«, sagte der Kritiker, »und der gute Geschmack verbietet mir, mehr zu sagen. Ich nehme an, auch Madame Duxbury war dort, mit Zobeln und Gainsboroughs behängt.«

Qwilleran zog seine Pfeife hervor und ließ sich Zeit mit dem Anzünden. Dann spazierte Kao K'o-Kung aus der Küche herein, um sich bei seinem Putzritual nach dem Essen bewundern zu lassen. In eifriger Konzentration schleckte er sich mit seiner langen rosa Zunge kraftvoll über das Gesicht. Danach leckte er seine rechte Pfote *gründlich* ab und wusch damit sein rechtes Ohr. Dann wiederholte er die gleiche Prozedur mit der linken Pfote: einmal über die Schnurrhaare, einmal über den Backenknochen, zweimal über das Auge, einmal über die Stirn, einmal über das Ohr, einmal über den Hinterkopf.

Mountclemens sagte zu Qwilleran: »Sie dürfen sich geschmeichelt fühlen. Wenn sich eine Katze vor Ihnen putzt, gewährt sie Ihnen Zutritt zu ihrer Welt ... Wo wollen Sie wohnen?«

»Ich möchte mir so bald wie möglich eine möblierte Wohnung suchen – egal was, nur weg von diesem Plastikhotel.«

»Ich habe unten etwas frei«, sagte Mountclemens. »Klein, aber ausreichend – und ziemlich gut eingerichtet. Die Wohnung hat einen Gaskamin und ein paar meiner zweitbesten Impressionisten. Die Miete wäre sehr niedrig. Mir geht es in erster Linie darum, daß das Haus bewohnt ist.«

»Klingt gut«, sagte Qwilleran aus den Tiefen seines Lehnsessels, noch immer eingelullt von der Erinnerung an den Cäsar-Salat und die Hummersuppe.

»Ich reise sehr viel, besuche Ausstellungen und fungiere als Sachverständiger bei Preisverleihungen, und in diesem zwielichtigen Viertel ist es von Vorteil, wenn aus der vorderen Wohnung im Erdgeschoß Lebenszeichen dringen.«

»Ich würde sie mir gerne ansehen.«

»Ungeachtet aller Gerüchte, die mich als Ungeheuer hinstellen«, sagte Mountclemens in seinem liebenswürdigsten Tonfall, »werden Sie sehen, daß ich kein schlechter Hausherr bin. Ein Kritiker wird von allen gehaßt, wissen Sie, und ich kann mir vorstellen, daß die Schwätzer mich als eine Art kultivierten Beelzebub mit künstlerischen Ambitionen beschrieben haben. Ich habe nur wenige Freunde und – Gott sei Dank – keine Verwandten, mit Ausnahme einer Schwester in Milwaukee, die sich weigert, mich zu verleugnen. Ich lebe ziemlich zurückgezogen.«

Qwilleran machte eine verständnisvolle Geste mit seiner Pfeife.

»Ein Kritiker kann es sich nicht leisten, gesellschaftlich mit Künstlern zu verkehren«, fuhr Mountclemens fort, »und wenn man für sich bleibt, fordert man Eifersucht und Haß heraus. All meine Freunde sind hier in diesem Zimmer, und an etwas anderem liegt mir nicht. Mein einziger Ehrgeiz ist es, Kunstwerke zu besitzen. Ich bin niemals zufrieden. Ich zeige Ihnen meine letzte Errungenschaft. Wußten Sie, daß Renoir zu einem bestimmten Zeitpunkt in seiner Laufbahn Rouleaus bemalt hat?« Der Kritiker beugte sich vor und senkte die Stimme; sein Gesicht leuchtete seltsam verzückt. »Ich habe zwei Rouleaus, die Renoir bemalt hat.«

Kao K'o-Kung stieß einen schrillen Schrei aus; er saß aufrecht und kompakt da und starrte ins Feuer. Es war ein siamesischer Kommentar, den Qwilleran nicht übersetzen konnte. Am ehesten klang er nach einer unheilverkündenden Prophezeiung.

Kapitel sechs

Am Donnerstag brachte der *Daily Fluxion* Qwillerans ersten Beitrag über einen Künstler. Er befaßte sich mit Onkel Waldo, dem ältlichen Künstler, der primitive Bilder von Tieren malte. Qwilleran hatte sorgfältig jeden Kommentar hinsichtlich des künstlerischen Talents des Alten vermieden und konzentrierte sich in seiner Story eher auf die persönliche Philosophie des Fleischhauers, der sein Leben damit zugebracht hatte, Hausfrauen der unteren Mittelschicht den Sonntagsbraten zu verkaufen.

Das Erscheinen des Artikels ließ das Interesse für Onkel Waldos Gemälde wieder aufleben, und am Freitag verkaufte die unbedeutende Galerie, die seine Werke betreute, all ihre verstaubten Bilder von Rindern und wolligen Schafen, und man drängte den alten Mann, wieder zu malen anzufangen. Es trafen Leserbriefe ein, in denen Qwillerans Behandlung des Themas gelobt wurde. Und Onkel Waldos Enkel, der Lastwagenfahrer, kam mit einem Geschenk für Qwilleran in die Redaktion des *Daily Fluxion* – zehn Pfund hausgemachter Wurst, die der pensionierte Fleischhauer im Souterrain hergestellt hatte.

Am Freitag abend erregte Qwilleran dann im Presseclub selbst einiges Aufsehen, als er Knackwürste verteilte. Er traf Arch Riker und Odd Bunsen an der Bar und bestellte den üblichen Tomatensaft.

Arch sagte: »Du mußt ja geradezu ein Kenner von diesem Zeug sein.«

Qwilleran schwenkte das Glas unter der Nase und prüfte

nachdenklich das ›Bouquet‹. »Ein anspruchsloser Jahrgang«, sagte er. »Nichts Bemerkenswertes, aber er hat einen naiven Charme. Leider wird das Bouquet überdeckt vom Rauch von Mr. Bunsens Zigarre. Ich würde meinen, die Tomaten stammen aus ...« (er nippte am Glas und ließ den Schluck über die Zunge rollen) »aus dem nördlichen Illinois. Offenbar von einem Tomatenfeld in der Nähe eines Bewässerungsgrabens, das die Morgensonne aus dem Osten und die Nachmittagssonne aus dem Westen bekam.« Er nahm noch einen Schluck. »Mein Gaumen sagt mir, daß die Tomaten früh am Tag gepflückt wurden – an einem Dienstag oder Mittwoch –, und zwar von einem Landarbeiter, der eine Wunde an der Hand hatte. Im Nachgeschmack klingt ein Hauch von Jod durch.«

»Du bist gut gelaunt«, meinte Arch.

»Stimmt«, sagte Qwilleran. »Ich ziehe aus dem Plastikpalast aus. Ich miete eine Wohnung bei Mountclemens.«

Arch knallte vor Überraschung sein Glas auf den Tisch, und Odd Bunsen verschluckte sich am Zigarrenrauch.

»Eine möblierte Wohnung im Erdgeschoß. Sehr gemütlich. Und sie kostet nur fünfzig Dollar im Monat.«

»Fünfzig! Wo ist der Haken?« fragte Odd.

»Da ist kein Haken. Er will nur nicht, daß das Haus leer steht, wenn er verreist.«

»Es muß einen Haken geben«, beharrte Odd. »Der alte Monty ist viel zu knauserig, um etwas zu verschenken. Sind Sie sicher, daß er nicht von Ihnen erwartet, daß Sie den Katzensitter spielen, wenn er weg ist?«

Arch sagte: »Odd hat recht. Wenn unser Bote die Bänder von ihm abholt, trägt ihm Mountclemens alle möglichen persönlichen Handlangerdienste an, und er gibt dem Jungen niemals ein Trinkgeld. Stimmt es, daß er das ganze Haus voller wertvoller Kunstwerke hat?«

Qwilleran trank einen Schluck Tomatensaft. »Er hat eine Menge Zeug herumliegen, aber wer kann schon sagen, ob es was wert ist?« Er unterließ es, den van Gogh zu erwähnen. »Die große Attraktion ist der Kater. Er hat einen chinesischen Namen – hört sich an wie Koko. Mountclemens sagt, Katzen haben es gern, wenn Silben wiederholt werden, wenn man sie anspricht, und ihre Ohren sind besonders empfänglich für Palatale und Velarlaute.«

»Irgend jemand spinnt hier«, sagte Odd.

»Es ist ein Siamkater, und er hat eine Stimme wie eine Polizeisirene. Wißt ihr etwas über Siamkatzen? Das ist eine Rasse von Superkatzen – sehr intelligent. Dieser Kater kann lesen.«

»*Lesen?*«

»Er liest die Schlagzeilen von Zeitungen, aber sie müssen frisch aus der Presse kommen.«

»Was hält dieser Superkater von meinen Fotos?« fragte Odd.

»Es ist fraglich, ob Katzen bildliche Darstellungen erkennen können, sagt Mountclemens, aber er glaubt, eine Katze kann den *Inhalt* eines Bildes spüren. Koko zieht die moderne Kunst den alten Meistern vor. Meine Theorie ist, daß die frischere Farbe seinen Geruchssinn erreicht. Genau wie frische Druckerschwärze.«

»Wie ist das Haus?« fragte Arch.

»Alt. Heruntergekommenes Viertel. Aber für Mountclemens ist sein Haus ein Heiligtum. Rundherum reißen sie alles ab, aber er sagt, er gibt sein Haus nicht auf. Es ist sehr beeindruckend. Kronleuchter, schön gearbeitetes Holz, hohe Decken – alle stuckverziert.«

»Staubfänger«, sagte Odd.

»Mountclemens wohnt im ersten Stock, und das Erdgeschoß ist in zwei Wohnungen aufgeteilt. Ich nehme die vordere. Die hintere steht auch leer. Es ist schön ruhig dort, außer, wenn die Katze schreit.«

»Wie war das Essen am Mittwoch abend?«

»Wenn man Mountclemens' Essen kostet, verzeiht man ihm, daß er redet wie eine Figur aus einem Stück von Noel Coward. Ich kann mir nicht vorstellen, wie er mit seiner Behinderung solche Speisen zaubert.«

»Du meinst seine Hand?«

»Ja. Was hat er?«

»Er trägt eine Prothese«, sagte Arch.

»Im Ernst? Sie sieht ganz echt aus, nur ein bißchen steif.«

»Das ist der Grund, warum er seine Kolumne auf Band spricht. Er kann nicht maschineschreiben.«

Qwilleran dachte ein Weilchen darüber nach. Dann sagte er: »Irgendwie tut mir Mountclemens leid. Er lebt wie ein Einsiedler. Er findet, Kritiker sollten nicht mit Künstlern verkehren, und dabei gilt sein ganzes Interesse der Kunst – der Kunst und der Erhaltung eines alten Hauses.«

»Was hat er über die Kunstszene in der Stadt gesagt?« fragte Arch.

»Komisch, er hat gar nicht viel über Kunst geredet. Wir haben hauptsächlich über Katzen gesprochen.«

»Sehen Sie? Was habe ich Ihnen gesagt?« sagte Odd. »Monty hat Sie als Teilzeit-Katzensitter vorgesehen. Und erwarten Sie kein Trinkgeld!«

Das für Februar unnatürlich warme Wetter ging in jener Woche zu Ende. Die Temperatur sank rapide, und Qwilleran kaufte sich von seinem ersten vollen Gehalt einen schweren Tweedmantel.

Den Großteil des Wochenendes verbrachte er daheim und genoß seine neue Wohnung. Sie besaß ein Wohnzimmer mit Schlafnische und Kochnische und, wie Mountclemens es ausdrücken würde, *Ambiente*. Qwilleran nannte es Ramsch. Trotzdem sagte ihm der Effekt zu. Es war behaglich, die Sessel waren bequem, und im Kamin brannte ein Gasfeuer. Das Bild über dem Kaminsims war, wie ihm der Besitzer sagte, eines von Monets weniger erfolgreichen Werken.

Das einzige, was Qwilleran störte, war die düstere Beleuchtung. Bei der Glühbirnenstärke schien Mountclemens zu sparen. Qwilleran ging am Samstagmorgen einkaufen und besorgte sich ein paar 75- und 100-Watt-Lampen.

Er hatte sich in der Bücherei ein Buch ausgeliehen, das dem Leser die moderne Kunst näherbringen wollte, und am Samstagnachmittag plagte er sich gerade mit dem Dadaismus in Kapitel neun ab, kaute an seiner gefüllten, aber kalten Pfeife herum, als ein gebieterisches Jammern vor seiner Tür ertönte. Obwohl es eindeutig die Stimme einer Siamkatze war, schien der Schrei in zwei gutgewählten Silben aufgeteilt zu sein, so als laute der Befehl ›*Laß* mich *rein*!‹

Und Qwilleran kam dem Befehl ohne zu zögern nach. Er öffnete die Tür, und da stand Kao K'o-Kung.

Zum ersten Mal sah Qwilleran den Kater des Kritikers bei hellem Tageslicht, das durch die facettierten Glasscheiben der Eingangshalle fiel. Das Licht unterstrich den Glanz des hellen Felles, das satte Dunkelbraun des Gesichts und der Ohren, das unheimliche Blau der Augen. Die langen braunen Beine, gerade und schlank, endeten in zierlichen Füßen, und die kühnen Schnurrhaare schimmerten in allen Regenbogenfarben. Die Stellung seiner Ohren, die er wie eine Krone trug, war die Erklärung für sein königliches Auftreten.

Kao K'o-Kung war kein gewöhnlicher Kater, und Qwilleran wußte kaum, wie er ihn anreden sollte. Sahib? Eure Hoheit? Einem Impuls folgend, beschloß er, den Kater als Gleichgestellten zu behandeln, und sagte daher nur: »Willst du nicht hereinkommen?« und trat beiseite; er merkte nicht, daß er sich leicht verneigte.

Kao K'o-Kung trat zur Türschwelle vor und begutachtete die Wohnung eingehend, bevor er die Einladung annahm. Das dauerte eine Weile. Dann schritt er stolz über den roten Teppich und begann mit einer Routineuntersuchung: der Kamin, der Aschenbecher, etwas Käse und Cracker auf dem Tisch, Qwillerans Jacke, die über der Sessellehne hing, das Buch über moderne Kunst und ein nicht identifizierter und fast unsichtbarer Fleck auf dem Teppich, alles wurde genau inspiziert. Als er schließlich mit allem zufrieden war, wählte er einen Platz mitten auf dem Fußboden – in sorgsam kalkulierter Entfernung vom Gasfeuer – und streckte sich in stolzer Haltung aus.

»Kann ich dir etwas anbieten?« erkundigte sich Qwilleran.

Der Kater gab keine Antwort; er sah seinen Gastgeber nur an

und kniff die Augen zusammen, was Zufriedenheit zu bedeuten schien.

»Koko, du bist ein toller Bursche«, sagte Qwilleran. »Mach es dir gemütlich. Stört es dich, wenn ich weiterlese?«

Kao K'o-Kung blieb eine halbe Stunde, und Qwilleran genoß das Bild, das sie boten – ein Mann, eine Pfeife, ein Buch, eine teuer aussehende Katze –, und er war enttäuscht, als sein Gast aufstand, sich streckte, ein scharfes ›Ciao‹ von sich gab und hinauf in seine eigene Wohnung ging.

Den Rest des Wochenendes freute sich Qwilleran auf seine Verabredung mit Sandra Halapay zum Lunch am Montag. Er umging das Problem, ihren Mann zu interviewen, indem er einen Artikel über Cal Halapay ›aus der Sicht seiner Familie und Freunde‹ schrieb. Sandra sollte ihn zu den richtigen Leuten führen, und sie hatte versprochen, scharfe Schnappschüsse mitzubringen, die ihren Mann zeigten, wie er die Kinder Skifahren lehrte, die Truthähne auf der Farm in Oregon fütterte, und wie er dem irischen Terrier beibrachte, Männchen zu machen.

Den ganzen Sonntag hatte Qwilleran das Gefühl, daß sein Schnurrbart ihm Botschaften sandte – oder vielleicht mußte er nur gestutzt werden. Egal, sein Besitzer hatte jedenfalls das Gefühl, daß die kommende Woche etwas Besonderes sein würde. Ob besonders gut oder besonders schlecht, das verriet die informierte Quelle nicht.

Der Montagmorgen kam und mit ihm eine unerwartete Mitteilung aus dem ersten Stock.

Qwilleran zog sich gerade an und wählte eine Krawatte aus, die Sandys Beifall finden könnte (blau-grünes Karo, eine Krawatte aus Schottland), als er ein gefaltetes Blatt Papier auf dem Boden bemerkte, das halb unter der Tür durchgeschoben worden war.

Er hob es auf. Die Handschrift war miserabel – wie das Gekritzel eines Kindes –, und die Botschaft war knapp und in Abkürzungen gehalten:

Mr. Q – Tonb. bitte bei A. R. ablief. Spart Bot. Weg – GBM.

Qwilleran hatte seinen Hausherrn seit Freitagabend nicht

mehr gesehen, als er seine beiden Koffer aus dem Hotel in die Wohnung gebracht und die Miete für einen Monat bezahlt hatte. Eine vage Hoffnung, daß ihn Mountclemens zum Sonntagsfrühstück einladen würde – zu Eier Benedict oder zu einem Hühnerleberomelette vielleicht – hatte sich in Luft aufgelöst. Wie es schien, würde nur der Kater gesellschaftlichen Kontakt zu ihm pflegen.

Nachdem er die Mitteilung entziffert hatte, öffnete Qwilleran die Tür; die Tonbänder lagen für ihn auf dem Fußboden der Eingangshalle bereit. Er lieferte sie bei Arch Riker ab, fand die Bitte jedoch seltsam – und unnötig. Der *Fluxion* hatte eine ganze Reihe Botenjungen, die meist auf ihrer Bank herumsaßen und sich die Zeit mit Spielen vertrieben.

Arch sagte: »Machst du Fortschritte mit der Halapay-Story?«

»Ich gehe heute mit Mrs. Halapay Mittagessen. Meinst du, daß der *Flux* die Rechnung bezahlt?«

»Klar, ein paar Dollar sind schon drin.«

»Wo gibt es hier ein gutes Lokal, in das ich mit ihr gehen kann? Etwas Besonderes.«

»Frag doch unsere hungrigen Fotografen. Die gehen ständig mit irgendwelchen Leuten auf Spesen essen.«

Im Fotolabor traf Qwilleran auf sechs Paar Füße, die auf Schreibtischen, Tischen, Papierkörben und Aktenschränken lagen und warteten – auf einen Auftrag oder darauf, daß die Fotos trockneten oder daß der Dunkelraum frei wurde.

Qwilleran sagte: »Wo gibt es ein gutes Lokal, in das man jemanden für ein Interview zum Lunch ausführen kann?«

»Wer zahlt?«

»Der *Flux*.«

»Dann Sitting Bull's Chop House«, sagten die Fotografen einmütig.

»Das Lendensteak dort wiegt ein Pfund«, sagte einer.

»Der Käsekuchen ist zehn Zentimeter hoch.«

»Die haben ein doppeltes Lammkotelett, das ist so groß wie mein Schuh.«

Hörte sich gut an, fand Qwilleran.

Das Lokal befand sich in dem Bezirk, in dem die Verpackungsindustrie beheimatet war, und der charakteristische Geruch drang in den Speisesaal und vermischte sich mit dem Zigarrenrauch.

»Oh, was für ein lustiges Lokal«, quietschte Sandy Halapay. »Wie gescheit von Ihnen, mit mir hierher zu gehen. So viele *Männer*! Ich liebe Männer.«

Die Männer liebten Sandy auch. Ihr auffallender roter Hut zog alle Aufmerksamkeit auf sich. Sie bestellte Austern, die das Lokal nicht führte, also begnügte sie sich mit Champagner. Doch mit jedem Schluck wurde ihr Lachen schriller; es wurde von den sterilen weißgefliesten Wänden des Restaurants zurückgeworfen, und die Begeisterung ihres Publikums schwand.

»Jim, mein Lieber, Sie müssen mit mir in die Karibik hinunterfliegen, wenn Cal nächste Woche nach Europa fährt. Ich werde das Flugzeug ganz für mich alleine haben. Wäre das nicht *lustig*?«

Doch sie hatte die Informationen vergessen, die Qwilleran benötigte, und die Schnappschüsse von ihrem Mann waren unbrauchbar. Das Lammkotelett war wirklich so groß wie der Schuh des Fotografen, und es schmeckte auch so. Die Serviererinnen trugen Uniformen wie Krankenschwestern und waren eher tüchtig als herzlich. Das Essen war kein Erfolg.

In der Redaktion mußte sich Qwilleran am Nachmittag telefonische Beschwerden über Mountclemens Artikel in der Sonntagsausgabe anhören. Der Kritiker hatte einen Aquarellmaler einen verhinderten Innenausstatter genannt, und die Freunde und Verwandten des Aquarellmalers riefen an, um sich am *Daily Fluxion* zu rächen und ihre Abonnements zu kündigen.

Alles in allem war der Montag nicht der angenehmste Tag für Qwilleran. Am Ende des ermüdenden Nachmittags floh er in den Presseclub, um dort zu Abend zu essen. Bruno, der ihm den Tomatensaft eingoß, sagte: »Wie ich höre, sind Sie zu Mountclemens gezogen.«

»Ich habe eine seiner leerstehenden Wohnungen gemietet«, fuhr ihn Qwilleran an. »Ist was dagegen einzuwenden?«

»Solange er nicht anfängt, Sie herumzukommandieren, wohl nicht.«

Dann blieb Odd Bunsen lange genug stehen, um den Reporter wissend anzugrinsen und zu sagen: »Ich habe gehört, der alte Monty gibt Ihnen bereits kleine Aufträge.«

Als Qwilleran zum Blenheim Place 26 kam, nach Hause, war er nicht in der Stimmung für das, was er dort vorfand. Unter seiner Tür lag eine weitere Mitteilung.

Mr. Q. Bitte Flugticket abh. – Buchg. Mi. 15h NY – Rechn. an mich – GBM.

Qwillerans Schnurrbart sträubte sich. Schön, das Reisebüro der Fluglinie befand sich direkt gegenüber dem Gebäude des *Daily Fluxion*, und wenn er das Flugticket abholte, dann war das nur ein kleiner Gefallen, um den sein Hausherr ihn als Gegenleistung für ein gutes Abendessen bat. Was ihn störte, war die schroffe Form der Bitte. Oder war es ein Befehl? Glaubte Mountclemens, er sei Qwillerans Chef?

Morgen war Dienstag. Der Flug war für Mittwoch gebucht. Er hatte keine Zeit, um viel Aufhebens zu machen, also murrte Qwilleran vor sich hin und holte das Ticket am nächsten Morgen auf dem Weg zur Arbeit.

Später am Tag traf ihn Odd Bunsen im Aufzug und sagte: »Fahren Sie weg?«

»Nein. Warum?«

»Habe Sie ins Büro der Fluglinie gehen sehen. Dachte, Sie hauen ab.« Dann grinste er spöttisch. »Erzählen Sie mir nicht, daß Sie schon wieder den Laufburschen für Monty machen!«

Qwilleran strich seinen Schnurrbart mit den Knöcheln in Form und versuchte, ruhige Überlegungen darüber anzustellen, daß Neugier und eine scharfe Beobachtungsgabe einen guten Pressefotografen ausmachen.

Als er an diesem Abend heimkam, erwartete ihn die dritte Mitteilung unter seiner Tür. Sie war mehr nach seinem Geschmack:

Mr. Q – Bitte frühstü. Sie m. mir Mi. 8.30 – GBM.

Am Mittwoch morgen ging Qwilleran mit dem Flugticket hinauf und klopfte an Mountclemens Tür.

»Guten Morgen, Mr. Qwilleran«, sagte der Kritiker und hielt ihm eine dünne weiße Hand zum Gruß entgegen, die Linke. »Ich hoffe, Sie haben es nicht eilig. Ich habe einen Eier-Käseauflauf mit Kräutern und saurer Sahne, den ich sofort in den Ofen schieben werde, wenn Sie so lange warten können. Und etwas Hühnerleber und Speck en brochette.«

»Darauf kann ich warten«, sagte Qwilleran.

»Der Tisch ist in der Küche gedeckt. Wir können frische Ananas essen, während wir den Herd im Auge behalten. Ich hatte Glück und habe auf dem Markt eine perfekt ausgereifte Ananas gefunden.«

Der Kritiker trug eine Seidenhose und eine kurze orientalische Jacke, die mit einer Schärpe um seine bemerkenswert dünne Taille gebunden war. Ein Duft nach Limonenschale umgab ihn. Seine Ledersandalen schlappten, als er über den langen Korridor zur Küche vorausging.

Die Wände des Ganges waren vollständig mit Wandteppichen, Schriftrollen und gerahmten Bildern bedeckt. Qwilleran machte eine Bemerkung darüber, wie viele es waren.

»Und gut sind sie auch«, sagte Mountclemens und klopfte auf eine Reihe von Zeichnungen, an denen er gerade vorbeiging.

»Rembrandt ... Holbein. Sehr schön ... Millet.«

Die Küche war groß, sie hatte drei hohe, schmale Fenster. Bambusjalousien hielten das Licht gedämpft, doch Qwilleran spähte durch sie hinaus und sah eine Außentreppe – offenbar eine Feuertreppe –, die zu einem von einer Ziegelmauer umgebenen Hinterhof hinunterführte. In der kleinen Gasse hinter der hohen Mauer konnte er den oberen Teil eines Lieferwagens erkennen.

»Ist das Ihr Auto?« fragte er.

»Dieses groteske Gefährt«, sagte Mountclemens mit einem leisen Schaudern, »gehört dem Schrotthändler gegenüber. Wenn ich ein Auto hätte, dann eines mit einem edleren Design – vermutlich eine europäische Marke. Aber wie es ist, vergeude ich mein Vermögen mit Taxis.«

In der Küche herrschte ein fröhliches Durcheinander von Antiquitäten, Kupferutensilien und Büscheln getrockneter Pflanzen.

»Ich trockne meine eigenen Kräuter«, erklärte Mountclemens. »Möchten Sie die Ananas mit etwas Minze mariniert? Ich finde, das gibt der Frucht eine neue Dimension. Ananas kann etwas *zu* direkt sein. Ich ziehe die Minze in einem Topf auf dem Fensterbrett – hauptsächlich für Kao K'o-Kung. Sein Lieblingsspielzeug ist ein Sträußchen getrocknete Minzeblätter, das in den Vorderteil eines Socken gebunden ist. In einem Augenblick von seltenem Witz haben wir dieses Spielzeug Minzi-Maus genannt. Eine ziemlich freie Abstraktion einer Maus, aber an solchen Dingen findet sein künstlerischer Intellekt Gefallen.«

Mountclemens schob zwei kleine Auflaufformen einzeln in das Backrohr, alles mit der linken Hand. »Wo ist Koko heute morgen?« fragte Qwilleran.

»Sie sollten seinen Blick eigentlich spüren. Er liegt am Kühlschrank und beobachtet Sie – es ist der einzige Kühlschrank mit Daunenkissen westlich des Hudson. Es ist sein Bett. Er weigert sich, woanders zu schlafen.«

Das Aroma von Speck, Kräutern und Kaffee begann sich in der Küche zu verbreiten, und Koko – auf einem Kissen, das so blau war wie seine Augen – hob den Kopf und schnupperte. Qwilleran tat dasselbe.

Er sagte: »Was machen Sie mit dem Kater, wenn Sie nach New York fahren?«

»Ah, das ist das Problem«, sagte der Kritiker. »Er braucht ein gewisses Maß an Betreuung. Wäre es sehr viel verlangt, wenn ich Sie bitten würde, ihm während meiner Abwesenheit seine Mahlzeiten zu bereiten? Ich werde nicht mal eine Woche weg sein. Er braucht nur zwei Mahlzeiten am Tag, und seine Kost ist einfach. Im Kühlschrank ist rohes Rindfleisch. Sie brauchen es nur in kleine Stücke zu schneiden, so groß wie Limabohnen, mit ein wenig Brühe in eine Pfanne zu geben und langsam zu wärmen. Eine Prise Salz und etwas Salbei oder Thymian weiß er zu schätzen.«

»Also ...«, sagte Qwilleran und löffelte den letzten Rest des mit Minze gewürzten Ananassaftes.

»Damit es am Morgen für Sie leichter ist, wenn Sie in die

Redaktion müssen, kann er zum Frühstück eine Scheibe *Pâté de la maison* statt Rindfleisch essen. Das ist eine angenehme Abwechslung für ihn. Möchten Sie Ihren Kaffee jetzt gleich oder später?«

»Später«, sagte Qwilleran. »Nein – ich trinke ihn gleich.«

»Und dann ist da noch sein Kistchen.«

»Was für ein Kistchen?«

»Das Katzenkistchen. Es ist im Badezimmer. Man braucht sich nicht viel darum zu kümmern. Er ist ein äußerst reinlicher Kater. Den Sand für das Kistchen finden Sie in dem chinesischen Teeschränkchen neben der Badewanne. Trinken Sie den Kaffee mit Zucker oder Sahne?«

»Schwarz.«

»Wenn das Wetter nicht zu unfreundlich ist, kann er sich im Hinterhof ein bißchen Bewegung verschaffen, vorausgesetzt, Sie bleiben bei ihm. Normalerweise bekommt er genug Bewegung, wenn er die Vordertreppe auf- und abläuft. Ich lasse meine Wohnungstür angelehnt, damit er ein und aus kann. Zur Sicherheit gebe ich Ihnen auch einen Schlüssel. Kann ich in New York irgend etwas für Sie tun?«

Qwilleran hatte gerade den ersten Bissen Hühnerleber im Speckmantel mit einem Hauch Basilikum gekostet und drehte die Augen dankbar gen Himmel. Dabei begegnete er dem Blick von Kao K'o-Kung, der auf dem Kühlschrank saß. Der Kater kniff langsam und bedächtig ein Auge zu – unverkennbar: Er zwinkerte.

Kapitel sieben

»Ich möchte mich beschweren«, sagte Qwilleran am Mittwoch abend zu Arch.

»Ich weiß, worum es geht. Dein Name ist gestern mit U geschrieben worden, aber wir haben es bei der zweiten Ausgabe schon korrigiert. Du weißt, was kommen wird, nicht wahr? Wenn sich der Betriebsrat der Schriftsetzer das nächste Mal mit der Geschäftsleitung zusammensetzt, wird eine seiner Beschwerden die Schreibweise deines Namens sein.«

»Ich habe noch etwas. Ich bin nicht als Dienstbote für euren Kunstkritiker angestellt, aber das glaubt er anscheinend. Weißt du, daß er heute abend verreist?«

»Ich habe mir so was gedacht«, meinte Arch. »Die letzten Bänder reichen für drei Kolumnen.«

»Zuerst habe ich diese Bänder für ihn abgeliefert. Und dann habe ich das Ticket für den Drei-Uhr-Flug heute nachmittag abgeholt. Und jetzt soll ich Latrinendienst für seine Katze machen!«

»Warte, bis Odd Bunsen das hört!«

»Sag es ihm nicht! Neugierig wie er ist, findet Bunsen das über seine eigenen verzweigten Kanäle früh genug heraus. Ich soll den Kater zweimal täglich füttern, sein Trinkwasser wechseln und sein Kistchen saubermachen. Weißt du, was ein Katzenkistchen ist?«

»Ich kann es mir vorstellen.«

»Für mich war das etwas Neues. Ich habe geglaubt, Katzen laufen einfach in den Hof hinaus.«

»Im Vertrag des Journalistenverbandes steht nichts über Reporter, die niedrige Dienste verrichten«, sagte Arch. »Warum hast du nicht abgelehnt?«

»Mountclemens gab mir keine Chance. Er ist wirklich gerissen! Da saß ich in seiner Küche, total im Bann von frischer Ananas, geschmorter Hühnerleber und Eier-Rahmauflauf. Noch dazu eine *perfekt ausgereifte* Ananas! Was konnte ich tun?«

»Du wirst zwischen Stolz und Gefräßigkeit wählen müssen, das ist alles. Magst du keine Katzen?«

»Klar, ich mag Tiere, und dieser Kater ist menschlicher als ein paar Leute, die ich nennen könnte. Aber er gibt mir das unangenehme Gefühl, daß er mehr weiß als ich – und daß er mir nicht sagt, was.«

Arch sagte: »Wir haben daheim ständig Katzen. Die Kinder bringen sie nach Hause. Aber keine davon hat mir je einen Minderwertigkeitskomplex eingejagt.«

»Deine Kinder haben nie eine Siamkatze heimgebracht.«

»Du wirst es drei, vier Tage aushalten. Wenn es dir zuviel wird, schicken wir einen Laufburschen mit Doktortitel. Der sollte wohl mit einer Siamkatze fertig werden.«

»Schluß damit. Da kommt Odd Bunsen«, sagte Qwilleran.

Noch bevor der Fotograf auftauchte, konnte man seine Zigarre riechen und seine Stimme hören, die über die Kälte draußen schimpfte.

Odd klopfte Qwilleran auf die Schulter. »Sind das Katzenhaare auf Ihrem Kragen, oder haben Sie eine blonde Freundin mit Bürstenhaarschnitt?«

Qwilleran kämmte seinen Schnurrbart mit einem Cocktailstäbchen.

Odd sagte: »Ich habe noch immer Nachtdienst. Will einer von euch mit mir essen? Ich habe eine Stunde Zeit zum Abendessen, wenn niemand das Rathaus in die Luft sprengt.«

»Ich esse mit Ihnen«, sagte Qwilleran.

Sie suchten sich einen Tisch und studierten die Karte. Odd bestellte ein Salisbury-Steak, machte der Kellnerin Komplimente über ihre schmale Taille und sagte dann zu Qwilleran: »Nun, haben Sie den alten Monty inzwischen durchschaut? Würde ich herumlaufen und alle Leute beleidigen wie er, dann würde man mich feuern – oder zur Klatschspalte versetzen, was noch schlimmer ist. Wie kommt er damit durch?«

»Die Freiheit des Kritikers. Außerdem haben die Zeitungen gerne kontroverse Autoren.«

»Und woher hat er das ganze Geld? Ich habe gehört, er lebt recht gut. Reist viel. Fährt einen teuren Wagen. Von dem, was ihm der *Flux* zahlt, kann er sich das nicht leisten.«

»Mountclemens fährt kein Auto«, sagte Qwilleran.

»Aber klar doch. Ich habe ihn am Steuer eines Wagens gesehen. Erst heute morgen.«

»Mir sagte er, er hätte kein Auto. Er fährt Taxi.«

»Vielleicht hat er kein eigenes, aber er fährt manchmal mit einem.«

»Wie, glauben Sie, schafft er das?«

»Kein Problem. Ein Automatik-Auto. Sind Sie noch nie mit einem Arm gefahren? Sie müssen ein miserabler Liebhaber sein. Ich bin schon Auto gefahren, habe den Schalthebel betätigt und dabei einen Hot Dog gegessen.«

»Ich habe auch ein paar Fragen«, sagte Qwilleran. »Sind die Künstler hier wirklich so schlecht, wie Mountclemens sagt? Oder ist er wirklich so ein Schwindler, wie die Künstler glauben? Mountclemens sagt, Halapay ist ein Scharlatan. Halapay nennt Zoe Lambreths Bilder eine Zumutung. Zoe sagt, Sandy Halapay ist ungebildet. Sandy hält Mountclemens für verantwortungslos. Mountclemens sagt, Farhar ist unfähig. Farhar sagt, Mountclemens hat keine Ahnung von Kunst. Mountclemens sagt, Earl Lambreth ist bemitleidenswert. Lambreth sagt, Mountclemens ist ein Ausbund an gutem Geschmack, Wahrheitsliebe und Integrität. Also ... wer hat damit angefangen?«

»Hören Sie mal«, sagte Odd. »Ich glaube, sie rufen mich aus.«

Die murmelnde Durchsage war über den Lärm in der Bar kaum zu hören.

»Ja, das ist für mich«, sagte der Fotograf. »Es muß doch jemand das Rathaus gesprengt haben.«

Er ging zum Telefon, und Qwilleran dachte über die Komplexität der Kunstwelt nach.

Als Odd Bunsen von der Telefonzelle zurückkam, war er ganz außer sich vor Aufregung.

Qwilleran dachte, er ist seit fünfzehn Jahren Pressefotograf, und noch immer strahlt er, wenn es Feueralarm gibt.

»Ich habe Neuigkeiten für Sie«, sagte Odd. Er beugte sich über den Tisch und sprach mit leiser Stimme.

»Was ist los?«

»Ärger in Ihrem Ressort.«

»Was für Ärger?«

»Mord! Ich bin unterwegs zur Lambreth Gallery.«

»Zur Lambreth!« Qwilleran sprang so schnell auf, daß er seinen Stuhl umwarf. »Wer ist es? ... Doch nicht Zoe?«

»Nein. Ihr Mann.«

»Wissen Sie, was passiert ist?«

»Sie haben gesagt, er ist erstochen worden. Wollen Sie mitkommen? Ich habe Ihrer Redaktion gesagt, daß Sie hier sind, und sie meinten, es wäre gut, wenn Sie die Berichterstattung übernehmen könnten. Kendall ist in einer anderen Sache unterwegs, und die beiden anderen Reporter haben zu tun.«

»Okay, ich komme.«

»Rufen Sie lieber zurück und geben Sie ihnen Bescheid. Mein Auto steht draußen.«

Als Qwilleran und Bunsen vor der Lambreth Gallery ankamen, herrschte eine völlig unangemessene Ruhe auf der Straße. Das Finanzviertel war normalerweise nach halb sechs verlassen, und selbst ein Mord hatte keine große Menschenmenge anziehen können. Ein scharfer Wind blies durch die von den nahen Bürohäusern gebildete Schlucht, und nur ein paar bibbernde Nachzügler standen auf dem Gehsteig herum, gingen aber bald weiter. Einsamkeit erfüllte die Straße. Vereinzelte Stimmen klangen unmäßig laut.

Die Zeitungsleute wiesen sich bei dem Polizisten an der Tür aus und gingen hinein. Die teuren Kunstwerke und die luxuriöse Einrichtung der Galerie gaben einen irrealen Hintergrund für die

Ansammlung ungeladener Gäste ab. Ein Polizeifotograf machte Bilder von ein paar Gemälden, die böse zerfetzt worden waren. Bunsen zeigte Qwilleran den Revierinspektor und Hames, einen Beamten des Morddezernats. Hames nickte ihnen zu und deutete mit dem Daumen nach oben.

Die Journalisten wollten die Wendeltreppe hinaufsteigen, mußten aber zurücktreten, um den Fingerabdruckspezialisten herunterzulassen. Er führte Selbstgespräche. Er sagte: »Wie können die da eine Bahre hinuntertragen? Sie werden ihn durch das Fenster hinablassen müssen.«

Oben sagte eine scharfe Stimme: »Kommt schon, Leute. Das könnt ihr auch unten machen. Wir brauchen Platz!«

»Das ist Wojcik vom Morddezernat«, sagte Bunsen. »Mit dem ist nicht zu spaßen.«

Die Rahmenwerkstatt war ungefähr so, wie Qwilleran sie in Erinnerung hatte – abgesehen von den Männern mit Dienstabzeichen, Fotoapparaten und Notizheften. Ein Polizist stand in Lambreths Bürotür, mit dem Rücken zum Büro. Über seine Schulter konnte Qwilleran sehen, daß das Büro ziemlich verwüstet war. Die Leiche lag am Boden neben dem Schreibtisch.

Er sprach Wojcik an und schlug ein kleines Notizheft auf. »Ist der Mörder bekannt?«

»Nein«, sagte der Kriminalbeamte.

»Opfer: Earl Lambreth, Leiter der Galerie?«

»Stimmt.«

»Methode?«

»Mit einem Werkzeug von der Werkbank erstochen. Einem scharfen Meißel.«

»Wo?«

»In die Kehle. Sehr feuchte Angelegenheit.«

»Wo wurde der Tote gefunden?«

»In seinem Büro.«

»Von wem?«

»Seiner Frau, Zoe.«

Qwilleran mußte schlucken und verzog das Gesicht.

»Das wird Z-o-e geschrieben«, sagte der Kriminalbeamte.

»Ich weiß. Anzeichen für einen Kampf?«
»Büro praktisch auf den Kopf gestellt.«
»Was ist mit dem Vandalenakt in der Galerie?«
»Einige Bilder zerstört. Eine Statue zerbrochen. Sie können das unten sehen.«
»Wann ist es passiert?«
»Die elektrische Uhr wurde vom Schreibtisch gestoßen. Steht auf sechs Uhr fünfzehn.«
»Die Galerie war zu der Zeit geschlossen.«
»Stimmt.«
»Irgendwelche Hinweise auf gewaltsames Eindringen?«
»Nein.«
»Dann könnte der Mörder jemand gewesen sein, der Zutritt zur Galerie hatte.«
»Kann sein. Wir haben die Eingangstür versperrt vorgefunden. Ob die Hintertür versperrt war, als Mrs. Lambreth kam, ist nicht sicher.«
»Wurde etwas gestohlen?«
»Auf den ersten Blick nicht zu sagen.« Wojcik schickte sich an, wegzugehen. »Das ist alles. Sie haben die Geschichte.«
»Noch eine Frage. Gibt es Verdächtige?«
»Nein.«

Während Bunsen herumsauste und Fotos machte, betrachtete Qwilleran das Zerstörungswerk genauer. Zwei Ölgemälde waren mit einem scharfen Instrument aufgeschlitzt worden. Ein gerahmtes Bild lag am Boden, das Glas war zerbrochen, als wäre jemand mit dem Fuß draufgetreten. Eine rötliche Tonskulptur schien von einem Tisch mit Marmorplatte gestoßen worden zu sein; die Trümmer lagen überall herum.

Die Bilder von Zoe Lambreth und Scrano – die einzigen beiden Namen, die Qwilleran kannte – waren unversehrt.

Die Skulptur war ihm von seinem vorherigen Besuch noch in Erinnerung. Das langgezogene Gebilde mit den willkürlichen Ausbuchtungen war offenbar eine Frauenfigur gewesen. Das dazugehörige Schild hing noch immer an dem leeren Podest: ›*Eva* – von B. H. Riggs – Terrakotta.‹

Das Aquarell am Boden hatte Qwilleran in der vorherigen Woche nicht bemerkt. Es ähnelte einem vielfarbigen Puzzle – einfach ein angenehmes Muster. Es trug den Titel ›Interior‹, und die Künstlerin hieß Mary Ore. Auf dem Schild wurde es als Gouache bezeichnet.

Dann untersuchte Qwilleran die zwei Ölgemälde. Beide bestanden aus wellenförmigen, vertikalen Farbstreifen, die mit einem breiten Pinsel auf einem weißen Hintergrund aufgetragen waren. Die Farben waren sehr kräftig – rot, purpur, orange, rosa –, und die Bilder schienen förmlich zu vibrieren. Qwilleran fragte sich, wer diese nervenzermürbenden Kunstwerke wohl kaufte. Da zog er seinen zweitklassigen Monet vor.

Er trat näher, um die Schilder zu lesen. Auf einem stand ›Strandszene Nr. 3 von Milton Ore – Öl‹, während das andere ›Strandszene Nr. 2‹ vom selben Künstler war. Irgendwie halfen einem die Titel, die Bilder richtig zu würdigen. Sie begannen Qwilleran an flimmernde Hitzewellen zu erinnern, die von heißem Sand aufstiegen.

Er sagte zu Bunsen: »Sehen Sie sich diese beiden Bilder an. Würden Sie sagen, das sind Strandszenen?«

»Ich würde sagen, der Künstler war betrunken«, erwiderte Odd.

Qwilleran trat ein paar Schritte zurück und betrachtete die beiden Ölbilder mit zusammengekniffenen Augen. Plötzlich sah er eine Gruppe stehender Figuren. Er hatte auf die roten, orangen und purpurnen Streifen geschaut, und er hätte die weißen Stellen dazwischen sehen müssen. Die weißen vertikalen Streifen deuteten weibliche Körper an – abstrakt, aber erkennbar.

Er dachte: ›Weibliche Figuren in diesen weißen Streifen ... ein weiblicher Torso aus zerbrochenem Ton. Sehen wir uns das Aquarell nochmals an‹.

Jetzt, wo er wußte, wonach er suchte, war es nicht schwer zu finden. In den gezackten Keilen, aus denen sich das Muster von Mary Ores Bild zusammensetzte, konnte er ein Fenster erkennen, einen Stuhl, ein Bett – auf dem eine menschliche Figur lag. Eine weibliche Figur.

Er sagte zu Odd Bunsen: »Ich würde gerne zum Haus der Lambreths hinausfahren und schauen, ob Zoe mit mir spricht. Vielleicht hat sie ja auch ein Foto des Toten. Sollen wir in der Redaktion anrufen?«

Nachdem er dem Redakteur, der den Artikel ausarbeiten sollte, die Details durchgegeben und das Okay von der Lokalredaktion erhalten hatte, zwängte sich Qwilleran in Odd Bunsens engen Zweisitzer, und sie fuhren zur Sampler Street 3434.

Die Lambreths hatten ein modernes Stadthaus in einem neuen Viertel (dem man die sorgfältige Planung ansah), in einer Gegend, die früher ein Slum gewesen war. Die beiden Männer läuteten an der Tür und warteten. Hinter den großen Fenstern waren die Vorhänge zugezogen, doch man konnte sehen, daß in jedem Raum, oben und unten, Licht brannte. Sie läuteten nochmals.

Die Tür ging auf, und eine Frau in Hosen stand vor ihnen – die Arme streitbar verschränkt, die Füße fest auf die Schwelle gepflanzt; sie kam Qwilleran bekannt vor. Sie war groß und kräftig. Ihr weiches Gesicht blickte streng.

»Ja?« sagte sie grimmig.

»Ich bin ein Freund von Mrs. Lambreth«, sagte Qwilleran. »Könnte ich sie wohl sprechen und ihr meine Hilfe anbieten? Jim Qwilleran ist mein Name. Das ist Mr. Bunsen.«

»Sie sind von der Zeitung. Sie wird heute nacht nicht mit Reportern sprechen.«

»Das ist kein offizieller Besuch. Wir waren auf dem Nachhauseweg und dachten, wir könnten vielleicht etwas tun. Sind Sie nicht Miß Bolton?«

Aus dem Inneren des Hauses rief eine tiefe, müde Stimme: »Wer ist es, Butchy?«

»Qwilleran und noch ein Mann vom *Fluxion*.«

»Ist schon gut. Bitte sie herein.«

Die beiden Männer traten in einen hypermodern eingerichteten Raum mit wenigen, aber guten Möbeln. Und da stand Zoe Lambreth, an einen Türpfosten gelehnt, in purpurner Seidenhose und lavendelfarbiger Bluse. Sie wirkte hager und verwirrt.

Butchy meinte: »Sie sollte sich hinlegen und ausruhen.«

Zoe sagte: »Mir geht es gut. Ich bin viel zu aufgeregt, um mich auszuruhen.«

»Sie will auch kein Beruhigungsmittel nehmen.«

»Meine Herren, setzen Sie sich«, sagte Zoe.

Qwillerans Miene drückte das teilnahmsvolle Verständnis aus, für das er berühmt war. Selbst sein Schnurrbart trug zum Ausdruck tiefer Sorge bei. Er sagte: »Ich brauche Ihnen meine Gefühle nicht zu beschreiben. Obwohl unsere Bekanntschaft nur kurz war, empfinde ich einen persönlichen Verlust.«

»Es ist schrecklich. Einfach schrecklich.« Zoe saß am Rand des Sofas und hatte die Hände auf den Knien gefaltet.

»Ich habe die Galerie letzte Woche besucht, wie Sie vorgeschlagen haben.«

»Ich weiß. Earl hat es mir erzählt.«

»Es muß ein unvorstellbarer Schock für Sie gewesen sein.«

Butchy unterbrach ihn. »Ich glaube nicht, daß sie jetzt darüber reden sollte.«

»Butchy, ich muß darüber reden«, sagte Zoe, »oder ich werde verrückt.« Sie sah Qwilleran mit den tiefbraunen Augen an, die ihm noch so gut von ihrer ersten Begegnung im Gedächtnis waren, und jetzt erinnerten sie ihn an die Augen in Zoes eigenen Gemälden in der Galerie.

Er sagte: »War es üblich, daß Sie in die Galerie gingen, nachdem sie geschlossen war?«

»Ganz im Gegenteil. Ich ging überhaupt sehr selten hin. Es wirkt unprofessionell, wenn sich eine Künstlerin ständig in der Galerie aufhält, die ihre Bilder ausstellt. Noch dazu in unserem Fall – als Ehepaar. Es würde allzu sehr nach Anbiederung aussehen!«

»Die Galerie machte einen sehr exquisiten Eindruck«, sagte Qwilleran. »Sehr passend für das Finanzviertel.«

Butchy sagte mit unverhohlenem Stolz: »Das war Zoes Idee.«

»Mrs. Lambreth, weshalb sind Sie heute nacht in die Galerie gegangen?«

»Ich war zweimal da. Das erste Mal kurz vor Ladenschluß. Ich war den ganzen Nachmittag einkaufen und schaute vorbei, um zu fragen, ob Earl zum Abendessen in der Stadt bleiben wollte. Er sagte, er könne erst um sieben oder noch später weg.«

»Um welche Zeit haben Sie da mit ihm gesprochen?«

»Die Tür war noch offen, also muß es vor halb sechs gewesen sein.«

»Hat er gesagt, warum er nicht aus der Galerie wegkonnte?«

»Er mußte an den Büchern arbeiten – für den Steuertermin oder so was –, also fuhr ich nach Hause. Aber ich war müde und hatte keine Lust zu kochen.«

Butchy sagte: »Sie hat Tag und Nacht gearbeitet, um alles für ihre Ausstellung fertigzubekommen.«

»Also beschloß ich, ein Bad zu nehmen und mich umzuziehen«, fuhr Zoe fort, »und um sieben Uhr nochmals in die Stadt zu fahren und Earl von seinen Büchern loszueisen.«

»Haben Sie ihn angerufen, um ihm zu sagen, daß Sie nochmals in die Galerie kämen?«

»Ich glaube, ja. Oder vielleicht auch nicht. Ich kann mich nicht erinnern. Ich dachte daran anzurufen, aber in der Hektik, mit der ich mich umzog – ich weiß nicht, ob ich anrief oder nicht ... Sie wissen, wie das ist. Man tut solche Dinge automatisch, ohne zu denken. Manchmal kann ich mich nicht erinnern, ob ich mir die Zähne geputzt habe, und muß nachsehen, ob die Zahnbürste naß ist.«

»Wann sind Sie das zweite Mal in der Galerie angekommen?«

»So um sieben, glaube ich. Earl hatte das Auto zur Reparatur gebracht, deshalb rief ich ein Taxi und sagte dem Fahrer, er sollte mich zum Hintereingang der Galerie fahren. Ich habe den Schlüssel für die Hintertür – für den Notfall.«

»War sie verschlossen?«

»Das ist noch etwas, woran ich mich nicht erinnere. Sie hätte verschlossen sein sollen. Ich habe den Schlüssel ins Schloß gesteckt und den Türknopf gedreht, ohne viel dabei zu denken. Die Tür ging auf, und ich ging hinein.«

»Ist Ihnen im Erdgeschoß aufgefallen, daß etwas nicht in Ordnung war?«

»Nein. Das Licht war ausgeschaltet. Ich ging direkt die Wendeltreppe hinauf. Sobald ich in die Werkstatt kam, merkte ich, daß etwas nicht stimmte. Es war totenstill. Ich hatte fast Angst, ins Büro zu gehen.« Die Erinnerung war sichtlich qualvoll. »Aber ich ging. Zuerst sah ich – Papier und alles über den Boden verstreut. Und dann ...« Sie bedeckte das Gesicht mit den Händen, und im Zimmer war es still.

Nach einer Weile sagte Qwilleran sanft: »Soll ich Mountclemens in New York benachrichtigen? Ich weiß, daß er Sie beide sehr schätzt.«

»Wenn Sie wollen.«

»Sind schon Begräbnisvorbereitungen getroffen worden?«

Butchy sagte: »Es wird kein Begräbnis geben. Zoe hält nichts von Begräbnissen.«

Qwilleran stand auf. »Wir gehen, aber wenn ich irgend etwas tun kann, Mrs. Lambreth, bitte wenden Sie sich an mich. Manchmal hilft es schon, wenn man nur mit jemandem reden kann.«

Butchy sagte: »Ich bin hier. Ich kümmere mich um sie.«

Qwilleran fand, die Frau klang besitzergreifend. Er sagte: »Nur noch eins, Mrs. Lambreth. Haben Sie eine gute Fotografie von Ihrem Mann?«

»Nein. Nur ein Porträt, das ich letztes Jahr gemalt habe. Es ist in meinem Studio. Butchy wird es Ihnen zeigen. Ich glaube, ich gehe jetzt hinauf.«

Sie ging ohne weitere Formalitäten aus dem Zimmer, und Butchy führte die beiden Männer in das Studio an der Rückseite des Hauses.

Dort, an der Wand, war Earl Lambreth – kalt, hochmütig, geringschätzig – ohne Liebe gemalt.

»Die Ähnlichkeit ist perfekt«, sagte Butchy stolz. »Sie hat wirklich seine Persönlichkeit eingefangen.«

Fast unhörbar klickte Odd Bunsens Kamera.

Kapitel acht

Als Qwilleran und Odd Bunsen vom Haus der Lambreths wegfuhren, schwiegen sie bibbernd, bis die Heizung von Odds Auto den ersten, vielversprechenden Schnaufer von sich gab.

Dann sagte Odd: »Den Lambreths scheint es im Kunstgeschäft ja recht gut zu gehen. Ich wünschte, ich könnte so leben. Ich wette, das Sofa dort ist seine tausend Dollar wert. Wer war denn diese Walküre?«

»Butchy Bolton. Unterrichtet Bildhauerei an der Penniman School of Fine Art.«

»Die hat wirklich geglaubt, sie hätte das Kommando. Und es richtig ausgekostet.«

Qwilleran pflichtete ihm bei. »Butchy hat nicht den Eindruck gemacht, als sei sie tief betrübt über den Tod von Earl Lambreth. Ich frage mich, wie sie in dieses Bild paßt. Ist vermutlich eine Freundin der Familie.«

»Wenn Sie mich fragen«, sagte Odd, »ich glaube, die liebreizende Zoe nimmt es auch nicht allzu schwer.«

»Sie ist eine ruhige, intelligente Frau«, erwiderte Qwilleran, »auch wenn sie gut aussieht. Sie ist nicht der Typ, der zusammenbricht.«

»Wenn meine Frau mich je in einer Blutlache findet, dann möchte ich, daß sie zusammenbricht, und zwar ordentlich! Ich will nicht, daß sie heimläuft, ihr Make-up auffrischt und sich in scharfe Klamotten wirft, um die Kondolenzbesucher zu empfangen. Stellen Sie sich das vor, 'ne Lady kann sich nicht erinnern, ob sie ihren Mann angerufen hat oder nicht und ob die Galerietür offen oder versperrt war!«

»Das ist der Schock. Da hat man Blackouts. Sie wird sich morgen wieder erinnern – oder übermorgen. Was halten Sie von dem Porträt, das sie von ihrem Mann gemalt hat?«

»Perfekt. Er ist kalt wie ein Fisch. Ich hätte kein besseres Foto machen können.«

Qwilleran sagte: »Ich habe immer geglaubt, diese modernen Künstler malen Kleckse und Flecken, weil sie nicht zeichnen können, aber jetzt bin ich nicht mehr so sicher. Zoe ist wirklich talentiert.«

»Wenn sie so talentiert ist, warum verschwendet sie ihre Zeit dann mit diesem modernen Mist?«

»Vielleicht, weil es sich gut verkauft. Übrigens, ich würde gerne unseren Polizeireporter kennenlernen.«

»Lodge Kendall? Haben Sie ihn noch nicht kennengelernt? Er ißt fast jeden Mittag im Presseclub.«

»Ich würde mich gerne mit ihm unterhalten.«

»Soll ich für morgen etwas arrangieren?« fragte Odd.

»Okay ... Wohin fahren Sie jetzt?«

»Zurück ins Labor.«

»Wenn es kein Umweg für Sie ist, würden Sie mich bei meiner Wohnung absetzen?«

»Kein Problem.«

Qwilleran sah beim Schein der Armaturenbeleuchtung auf die Uhr. »Schon halb elf!« sagte er. »Und ich habe vergessen, die Katze zu füttern.«

»Aha! Aha!« sagte Odd. »Ich habe Ihnen gesagt, Monty will Sie als Katzensitter.« Ein paar Minuten später, als er auf den Blenheim Place fuhr, fragte er: »Haben Sie nicht mordsmäßig Schiß in dieser Gegend? Die Typen, die hier auf der Straße herumlaufen!«

»Die stören mich nicht«, antwortete Qwilleran.

»*Mich* brächte man nicht dazu, hierher zu ziehen! Ich bin ein Feigling.«

Eine gefaltete Zeitung lag vor der Eingangstür von Nr. 26.

Qwilleran hob sie auf, sperrte die Tür auf und schloß sie schnell wieder hinter sich, froh, aus der Kälte hereinzukommen. Er rüttelte an der Türschnalle, um sich zu vergewissern, daß sie wirklich abgeschlossen war – wie Mountclemens ihm aufgetragen hatte.

Mit einem zweiten Schlüssel sperrte er die innere Tür zur Vorhalle auf. Und dann prallte er entsetzt zurück.

Aus der Dunkelheit kam ein wilder Schrei. Qwillerans Verstand setzte aus. Sein Schnurrbart sträubte sich. Sein Herz hämmerte. Instinktiv packte er die Zeitung wie einen Prügel.

Dann wurde ihm klar, woher der Schrei stammte. Koko wartete auf ihn. Koko schimpfte ihn aus. Koko war hungrig. Koko war wütend.

Qwilleran lehnte sich gegen den Türrahmen und schnappte nach Luft. Er lockerte seine Krawatte.

»Mach das *nie* wieder!« sagte er zu der Katze.

Koko saß auf dem Tisch, der von goldenen Löwen getragen wurde, und antwortete mit einem Schwall von Schmähungen.

»Schon gut! Schon gut!« schrie Qwilleran ihn an. »Ich entschuldige mich. Ich habe es vergessen, das ist alles. Hatte in der Stadt etwas Wichtiges zu erledigen.«

Koko setzte seine Tirade fort.

»Warte wenigstens bis ich den Mantel ausgezogen habe, ja?«

Sobald Qwilleran die Treppe hinaufging, hörte der Lärm auf. Die Katze schlüpfte an ihm vorbei und lief voran in Mountclemens Wohnung, die im Finstern lag. Qwilleran tastete nach einem Lichtschalter. Diese Verzögerung ärgerte Koko, und er begann sofort wieder lautstark zu schimpfen. Jetzt hatten die durchdringenden Schreie einen rauhen Unterton, der drohend klang.

»Ich komme ja schon, ich komme ja schon«, sagte Qwilleran und folgte dem Kater den langen Gang hinunter in die Küche. Koko führte ihn direkt zum Kühlschrank, in dem ein Stück Rindfleisch auf einem Glasteller wartete. Es sah aus wie ein ganzes Lendenstück.

Qwilleran legte das Fleisch auf ein eingebautes Schneidbrett und suchte ein scharfes Messer.

»Wo hat er denn seine Messer?« sagte er und zog eine Lade nach der anderen auf.

Koko sprang leichtfüßig auf eine angrenzende Arbeitsfläche und beschnupperte eine magnetische Leiste, an der fünf stattliche Messer mit der Spitze nach unten hingen.

»Danke«, sagte Qwilleran. Er begann das Rindfleisch zu schneiden und bewunderte die Qualität der Messer. Richtige Messer für einen Küchenchef. Mit denen war Fleischschneiden ein Vergnügen. Wie hatte Mountclemens gesagt, sollte er das Fleisch schneiden? So groß wie kleine Bohnen oder wie dicke Bohnen? Und was war mit der Brühe? Er hatte gesagt, er solle das Fleisch in einer Brühe wärmen. Wo war die Brühe?

Der Kater saß auf der Arbeitsfläche und überwachte – finster und ungeduldig, wie es schien – jede Bewegung.

Qwilleran sagte: »Wie wär's, wenn du es roh frißt, Alter? Wo es schon so spät ist ...«

Koko stieß ein tiefes, kehliges Gurgeln aus, das Qwilleran als Zustimmung auffaßte. Er nahm einen Teller aus einem Schrank – weißes Porzellan mit einem breiten Goldrand. Er richtete das Rindfleisch darauf an – sehr appetitlich, wie er fand – und stellte es auf den Boden neben eine Wasserschüssel aus Porzellan mit der Aufschrift ›Katze‹ in drei Sprachen.

Koko grummelte und sprang hinunter, ging zum Teller und inspizierte das Fleisch. Dann blickte er zu Qwilleran auf; die Stellung seiner Ohren drückte Fassungslosigkeit aus.

»Los, friß«, sagte Qwilleran. »Wohl bekomm's.«

Koko senkte nochmals den Kopf. Er schnüffelte. Er berührte das Fleisch mit der Pfote und schauderte sichtlich. Dann schüttelte er angewidert die Pfote ab und ging mit steif zum Himmel gerichteten Schwanz davon.

Später, nachdem Qwilleran im Kühlschrank eine dünne Brühe gefunden und die Mahlzeit ordnungsgemäß zubereitet hatte, war Kao K'o-Kung geneigt zu speisen.

Dieses Erlebnis erzählte der Reporter am nächsten Tag im

Presseclub, wo er mit Arch Riker und Lodge Kendall zu Mittag aß.

»Aber heute früh habe ich mich hervorragend gehalten«, sagte Qwilleran. »Koko hat mich um halb sieben aufgeweckt – er hat vor meiner Tür gebrüllt –, und ich bin hinaufgegangen und habe das Frühstück zu seiner Zufriedenheit zubereitet. Ich glaube, er wird mir den Job lassen, bis Mountclemens heimkommt.«

Der Polizeireporter war jung, steif und ernsthaft; er nahm alles sehr wörtlich, kein Lächeln entkam ihm. Er fragte: »Wollen Sie damit sagen, daß Sie sich von einer Katze herumkommandieren lassen?«

»Eigentlich tut er mir leid. Armer, kleiner, reicher Kater! Nichts als Lende und *Pâté de la maison*. Ich wünschte, ich könnte ihm eine Maus fangen.«

Arch sagte erklärend zu Kendall: »Wissen Sie, das ist ein Siamkater, der von einem ägyptischen Gott abstammt. Nicht nur, daß er spricht und überhaupt alles unter Kontrolle hat; er liest auch die Schlagzeilen in der Zeitung. Eine Katze, die lesen kann, ist einem Journalisten, der keine Mäuse fangen kann, ganz offensichtlich überlegen.«

Qwilleran sagte: »Fliegen kann er auch. Wenn er auf einen zweieinhalb Meter hohen Schrank hinauf will, legt er einfach die Ohren an und schießt hinauf wie ein Jet. Ohne Flügel. Er verfügt über irgendein aerodynamisches Prinzip, das gewöhnlichen Katzen fehlt.«

Kendall sah die beiden Älteren verwundert und argwöhnisch an.

»Nachdem Koko mich um halb sieben geweckt hatte«, fuhr Qwilleran fort, »begann ich über den Lambreth-Mord nachzudenken. Gibt es irgendwelche neuen Entwicklungen, Lodge?«

»Heute morgen ist nichts bekanntgegeben worden.«

»Sind sie im Hinblick auf den Vandalenakt schon zu einem Schluß gekommen?«

»Nicht daß ich wüßte.«

»Nun, mir ist gestern nacht etwas aufgefallen, das vielleicht interessant ist. Alle vier Kunstwerke, die zerstört worden sind, stellten den weiblichen Körper dar, mehr oder weniger unbekleidet. Ist der Polizei das aufgefallen?«

»Ich weiß es nicht«, sagte der Polizeireporter. »Ich werde es in der Polizeizentrale erwähnen.«

»Man sieht es nicht gleich. Das Zeug ist ziemlich abstrakt, und wenn man nur flüchtig hinsieht, erkennt man gar nichts.«

»Dann muß der Vandale jemand sein, der auf moderne Kunst steht«, sagte Kendall. »Irgend so ein Verrückter, der seine Mutter gehaßt hat.«

»Das engt den Kreis ein«, sagte Arch.

Qwilleran war in seinem Element: Er hatte – wenn auch nur am Rande – mit Polizeiberichterstattung zu tun, dem Ressort, in dem er das Journalistenhandwerk gelernt hatte. Sein Gesicht leuchtete. Sogar sein Schnurrbart sah glücklich aus.

Drei Cornedbeef-Sandwiches wurden serviert, und dazu eine Plastikflasche. Sie konzentrierten sich darauf, den Senf auf die Roggenbrote zu drücken, jeder auf seine Art: Arch produzierte konzentrische Kreise, Kendall malte präzise Zickzacklinien, und Qwilleran erging sich in unbekümmerter abstrakter Senfmalerei.

Nach einer Weile sagte Kendall zu ihm: »Wissen Sie viel über Lambreth?«

»Ich habe ihn nur einmal getroffen. Er war ein ziemlich aufgeblasener Typ.«

»War die Galerie erfolgreich?«

»Schwer zu sagen. Sie war kostspielig eingerichtet, aber das beweist gar nichts. Einige der Bilder kosteten fünfstellige Summen, obwohl ich keine fünf Cents dafür zahlen würde. Ich nehme an, die Leute haben diese Art Kunst als Investitionsobjekte gekauft; das ist auch der Grund, warum Lambreth den Laden im Finanzviertel aufmachte.«

»Vielleicht dachte irgend so ein Blödmann, er sei übers Ohr gehauen worden, und geriet mit dem Händler in Streit, und dann ist es passiert.«

»Das paßt nicht zu der Art von Vandalismus.«

Arch sagte: »Glauben Sie, daß die Wahl der Waffe irgend etwas zu bedeuten hat?«

»Es war ein Meißel von der Werkbank«, sagte Kendall.

»Entweder hat der Mörder in einem Augenblick der Erregung danach gegriffen, oder er hat von vornherein gewußt, daß der Meißel für seinen Zweck da liegen würde.«

»Wer war in der Werkstatt angestellt?«

»Ich glaube nicht, daß überhaupt jemand angestellt war«, sagte Qwilleran. »Ich vermute, Lambreth hat die Rahmen selbst gemacht – trotz der vornehmen Show, die er vor den Kunden abzog. Als ich dort war, wies alles darauf hin, daß an der Werkbank gerade gearbeitet wurde – aber es war kein Arbeiter da. Und als ich fragte, wer die Rahmen machte, gab er mir eine ausweichende Antwort. Und dann fiel mir auf, daß seine Hände schmutzig waren – verfärbt und lädiert, eben so, als verrichte er manuelle Arbeit.«

»Vielleicht war dann die Galerie gar nicht so erfolgreich, und er hat Einsparungen vorgenommen.«

»Andererseits hat er in einer guten Gegend gewohnt, und sein Haus schien teuer eingerichtet zu sein.«

Kendall sagte: »Ich frage mich, ob Lambreth den Mörder nach Ladenschluß eingelassen hat. Oder hat der Mörder selbst die Hintertür aufgeschlossen – mit einem Schlüssel?«

»Ich bin sicher, es war jemand, den Lambreth kannte«, sagte Qwilleran, »und ich glaube, die Kampfspuren sind erst nach dem Mord inszeniert worden.«

»Wieso glauben Sie das?«

»Wegen der Position der Leiche. Lambreth ist anscheinend zwischen seinem Drehstuhl und dem Schreibtisch zu Boden gefallen, so als habe er dort gesessen, als der Mörder sich überraschend auf ihn stürzte. Er würde doch nicht mit jemandem kämpfen, sich dann an seinen Schreibtisch setzen und darauf warten, daß er gekillt wird.«

»Nun, laß die Polizei das aufklären«, sagte Arch.

»Wir haben zu arbeiten.«

Als die Männer vom Tisch aufstanden, winkte der Barkeeper

Qwilleran zu sich. »Ich habe vom Lambreth-Mord gelesen«, sagte er und schwieg vielsagend, bevor er hinzufügte: »Ich kenne diese Galerie.«

»Ja? Was wissen Sie darüber?«

»Lambreth hat die Leute gelinkt.«

»Wieso glauben Sie das?«

Bruno sah sich hastig nach beiden Seiten um. »Ich kenne eine Menge Maler und Bildhauer, und jeder von ihnen kann Ihnen sagen, wie Lambreth gearbeitet hat. Er hat ein Stück für achthundert Dollar verkauft und dem Künstler lumpige einhundertfünfzig gegeben.«

»Glauben Sie, daß einer Ihrer Kumpel ihn umgelegt hat?«

Bruno war gebührend indigniert. »Ich habe nichts dergleichen gesagt. Ich dachte nur, Sie wüßten vielleicht gerne, was für ein Typ er war.«

»Nun, danke.«

»Und seine Frau ist nicht viel besser.«

»Was meinen Sie damit?«

Der Barkeeper nahm ein Tuch und wischte damit die Theke ab, obwohl das gar nicht nötig war. »Jeder weiß, daß sie herumgeflirtet hat. Eines muß man ihr aber lassen. Sie läßt ihre Reize dort spielen, wo es das meiste bringt.«

»Und wo zum Beispiel?«

»Zum Beispiel im ersten Stock des Hauses, in dem Sie wohnen. Wie ich höre, soll das ein sehr gemütliches Nest sein.« Bruno hielt inne und warf Qwilleran einen vielsagenden Blick zu. »Sie geht dorthin, um die Katze zu malen!«

Qwilleran zuckte wortlos die Achseln und wollte gehen.

Bruno hielt ihn zurück. »Und noch etwas, Mr. Qwilleran«, sagte er. »Ich habe da etwas Merkwürdiges über das Museum gehört. Ein wertvolles Exponat fehlt, und sie vertuschen es.«

»Warum sollten sie es vertuschen?«

»Wer weiß? Viele merkwürdige Dinge gehen dort vor sich.«

»Was fehlt denn?«

»Ein Dolch – aus dem florentinischen Saal! Ein Freund von mir – er ist Aufseher im Museum –, der hat entdeckt, daß der

Dolch fehlt, und es gemeldet, aber keiner will deswegen etwas unternehmen. Ich dachte, das wäre doch 'ne Story für Sie.«

»Danke. Ich werde der Sache nachgehen«, sagte Qwilleran. Er hatte einige der besten Tips von Barkeepern in Presseclubs bekommen. Einige der schlechtesten auch.

Auf dem Weg hinaus blieb er in der Eingangshalle des Gebäudes stehen, wo die Damen von der Presse für einen wohltätigen Zweck gebrauchte Bücher verkauften. Für einen halben Dollar erwarb er ein Buch mit dem Titel *Das glückliche Haustier*. Außerdem kaufte er *Die Höhen und Tiefen der amerikanischen Wirtschaft von 1800 bis 1850* für einen Vierteldollar.

In die Redaktion zurückgekehrt, rief er im Haus der Lambreth an. Butchy hob ab und sagte, nein, Zoe könne nicht ans Telefon kommen ... ja, sie hätte ein bißchen schlafen können ... nein, es gäbe nichts, was Qwilleran tun könne.

Er brachte die Arbeit des Nachmittags hinter sich und ging dann nach Hause. Es begann zu schneien, und er stellte den Mantelkragen auf. Er hatte vor, die Katze zu füttern, irgendwo einen Hamburger zu essen und danach zum Kunstmuseum hinüberzuspazieren und sich den florentinischen Saal anzusehen. Es war Donnerstag, und das Museum war abends geöffnet.

Als er bei Nr. 26 ankam, den Schnee von den Schultern schüttelte und von den Schuhen abtrat, wartete Koko bereits auf ihn. Der Kater begrüßte ihn in der Eingangshalle – diesmal nicht mit einer lautstarken Liste von Beschwerden, sondern mit einem anerkennenden Zirpen. Seine Schnurrhaare richteten sich nach vorne, was ihm ein freundlich-erwartungsvolles Aussehen verlieh. Der Journalist fühlte sich geschmeichelt.

»Hallo, alter Knabe«, sagte er. »Wie ist es heute gelaufen? War viel los?«

Aus Kokos unverbindlichen Lautäußerungen schloß Qwilleran, daß der Kater einen etwas weniger interessanten Tag hinter sich hatte als er selbst. Er ging hinauf, um das Lendenstück zu schneiden – oder wie immer das Stück Fleisch hieß, das Mountclemens als Katzenfutter verwendete. Koko hüpfte ihm heute nicht voraus. Statt dessen war ihm der Kater dicht auf den Fersen und lief ihm zwischen die Knöchel, während er die Stiegen hinaufstieg.

»Was hast du vor? Willst du mir ein Bein stellen?« fragte Qwilleran.

Er bereitete das Rindfleisch nach den offiziellen Vorschriften zu, stellte den Teller auf den Boden und setzte sich nieder, um Koko beim Essen zuzusehen. Langsam begann er die Schönheit der Siamkatzen zu schätzen – die eleganten Proportionen des Körpers, die Muskeln, die sich unter dem feinen Fell abzeichneten, und die exquisiten Farbtöne: das cremefarbene Fell ging in helles Rehbraun und dann in samtiges Schwarzbraun über. Qwilleran kam zu dem Schluß, daß es das schönste Braun war, das er je gesehen hatte.

Zu seiner Überraschung zeigte der Kater kein Interesse am Futter. Er wollte sich an den Knöcheln reiben und hohe, klagende Miau-Laute ausstoßen.

»Was ist los mit dir?« fragte Qwilleran. »Aus dir wird man auch nicht schlau.«

Der Kater sah mit einem flehenden Ausdruck in seinen blauen Augen hoch, schnurrte laut und legte eine Pfote auf Qwillerans Knie.

»Koko, ich wette, du bist einsam. Du bist daran gewöhnt, daß den ganzen Tag jemand da ist. Fühlst du dich vernachlässigt?«

Er hob das bereitwillige, warme Fellbündel auf seine Schulter, und Koko schnurrte ihm mit einem krächzenden Unterton ins Ohr, der äußerste Zufriedenheit ausdrückte.

»Ich glaube, ich bleibe heute abend zu Hause«, sagte Qwilleran zu dem Kater. »Schlechtes Wetter. Es schneit immer stärker. Habe meine Schneestiefel in der Redaktion gelassen.«

Als Abendessen stibitzte er sich eine Scheibe von Kokos *Pâté de la maison*. Es war die beste Pastete, die er je gegessen hatte. Koko merkte, daß das ein Fest war, und begann von einem Ende der Wohnung zum anderen zu rasen. Er schien eine Handbreit über dem Teppich dahinzufliegen; seine Füße bewegten sich, schienen aber den Boden nicht zu berühren – er hechtete in einem einzigen Sprung über den Schreibtisch, dann vom Sessel auf das

Bücherregal, auf den Tisch, auf einen anderen Sessel, auf den Schrank – und alles in rasendem Tempo. Jetzt war Qwilleran klar, warum es in der Wohnung keine Tischlampen gab.

Er selbst wanderte auch herum – weitaus gemächlicher. Er öffnete eine Tür in dem langen, schmalen Gang und blickte in ein Schlafzimmer mit einem Himmelbett mit Baldachin und roten Samtvorhängen an den Seiten. Im Badezimmer entdeckte er eine grüne Flasche mit der Aufschrift *Limonenessenz*; er roch daran und erkannte den Duft. Im Wohnzimmer spazierte er herum, die Hände in den Hosentaschen, und sah sich Mountclemens Schätze genauer an. Auf den Messingschildchen der Bilderrahmen waren die Namen *Hals*, *Gauguin*, *Eatkins* eingraviert.

Das war also ein Liebesnest, wie Bruno behauptete. Qwilleran mußte zugeben, daß es für diesen Zweck gut geeignet war: gedämpftes Licht, leise Musik, Kerzenlicht, Wein, große, weiche Fauteuils – all das erzeugte eine angenehm entspannte Stimmung.

Und jetzt war Earl Lambreth tot! Qwilleran blies durch seinen Schnurrbart, während er die Möglichkeiten überdachte. Es war nicht schwer, sich vorzustellen, daß Mountclemens einem anderen die Frau stahl. Mit seinem galanten Charme konnte der Kritiker, wenn er wollte, gewiß jede Frau beeindrucken, und er war der Typ Mann, der ein ›Nein‹ als Antwort nie akzeptieren würde. Ehefrauen stehlen, ja. Einen Mord begehen, nein. Mountclemens war zu elegant, zu kultiviert für so etwas.

Schließlich kehrte Qwilleran in seine eigene Wohnung zurück, gefolgt von einem gutgelaunten Koko. Zur Unterhaltung des Katers band Qwilleran ein gefaltetes Stück Papier an eine Schnur und ließ es baumeln. Um neun wurde die letzte Ausgabe des *Daily Fluxion* geliefert, und Koko las die Schlagzeilen. Als der Reporter es sich schließlich mit einem Buch in einem Lehnstuhl bequem machte, okkupierte der Kater seinen Schoß; sein seidiges Fell bewies, daß er zufrieden war. Mit offensichtlichem Widerstreben verließ ihn Koko um Mitternacht und ging hinauf zu seinem Kissen auf dem Kühlschrank.

Am nächsten Tag beschrieb Qwilleran seinen Abend mit dem

Kater, als er bei Arch Rikers Schreibtisch stehenblieb, um seinen Gehaltsscheck abzuholen.

Arch fragte: »Wie kommst du mit der Katze unseres Kritikers aus?«

»Koko war gestern abend einsam, also blieb ich daheim und unterhielt ihn. Wir haben ›Sperling‹ gespielt.«

»Ist das ein Spiel, das ich nicht kenne?«

»Wir haben es erfunden – es ist wie Tennis, aber mit nur einem Spieler und ohne Netz«, sagte Qwilleran. »Ich mache einen Sperling aus Papier und binde ihn an ein Stück Schnur. Dann schwinge ich ihn hin und her, und Koko schlägt mit seiner Pfote danach. Du mußt wissen, er hat eine beachtliche Rückhand. Jedes Mal, wenn er trifft, bekommt er einen Punkt. Wenn er danebenschlägt, ist das ein Punkt für mich. Einundzwanzig Punkte sind eine Runde. Ich führe Buch über das Ergebnis. Gestern nacht stand es nach fünf Runden einhundertacht für Koko zu zweiundneunzig für Qwilleran.«

»Ich setze voll auf den Kater«, sagte Arch. Er griff nach einem rosa Blatt Papier. »Ich weiß, dieser Kater nimmt einen großen Teil deiner Zeit, Aufmerksamkeit und Kraft in Anspruch, aber ich wünschte, du würdest mit dem Artikel über Halapay weitermachen. Heute morgen ist schon wieder eine rosa Mitteilung gekommen.«

»Noch ein Treffen mit Mrs. Halapay, und ich bin soweit.«

Als er zu seinem Tisch zurückkam, rief er Sandy an und schlug ein Mittagessen am folgenden Mittwoch vor.

»Sagen wir, Abendessen«, meinte sie. »Cal ist in Denver, und ich bin ganz allein. Ich würde gerne irgendwo zu Abend essen, wo eine Band spielt und wo man tanzen kann. Sie sind so ein wunderbarer Tänzer.« Ihr Lachen ließ Zweifel über die Ehrlichkeit ihres Kompliments aufkommen.

Sei nett zu den Leuten! stand auf dem Telefon, und so antwortete er: »Sandy, das wäre ganz toll – aber nicht nächste Woche. Da habe ich Nachtdienst.« Am Telefon stand nichts davon, daß man nicht lügen sollte. »Gehen wir einfach am Mittwoch zum Mittagessen und unterhalten wir uns über Ihren Mann und seine Aktionen für wohltätige Zwecke und für die Öffentlichkeit. Man hat mir einen festen Termin für diesen Artikel gesetzt.«

»Okay«, sagte sie. »Ich hole Sie ab, und wir fahren irgendwo hinaus. Wir werden eine Menge Gesprächsstoff haben. Ich will alles über den Mord an Lambreth hören.«

»Ich fürchte, ich weiß nicht viel darüber.«

»Also, ich denke, das liegt doch auf der Hand.«

»Was liegt auf der Hand?«

»Daß es eine Familienangelegenheit ist.« Bedeutungsschwangere Pause. »Sie wissen doch, was los war, nicht wahr?«

»Nein, das weiß ich nicht.«

»Nun, darüber möchte ich nicht am Telefon sprechen«, sagte sie. »Also dann, bis Mittwoch mittag.«

Qwilleran verbrachte den Vormittag damit, dies und jenes fertigzumachen. Er schrieb einen kurzen, humorvollen Beitrag über einen Grafiker in der Stadt, der sich auf Aquarelle verlegt hatte, nachdem ihm eine hundert Pfund schwere Druckplatte auf den Fuß gefallen war. Danach verfaßte er eine anregende Geschichte über eine preisgekrönte Webkünstlerin, die in der High-School Mathematik unterrichtete, zwei Romane veröffentlicht hatte, den Pilotenschein besaß, Cello spielte und Mutter von zehn Kindern war. Dann dachte er über den talentierten Pudel nach, der mit den Pfoten Bilder malte. Der Pudel hatte eine Ausstellung im Tierschutzhaus.

Gerade, als Qwilleran sich die Überschrift vorstellte (*Pudelkünstler stellt aus*), läutete das Telefon auf seinem Schreibtisch. Er hob ab, und die tiefe, hauchende Stimme am anderen Ende jagte ihm angenehme Schauer über den Rücken.

»Hier ist Zoe Lambreth, Mr. Qwilleran. Ich muß leise sprechen. Können Sie mich hören?«

»Ja. Ist etwas nicht in Ordnung?«

»Ich muß mit Ihnen reden – persönlich –, wenn Sie Zeit für mich haben. Nicht hier. In der Stadt.«

»Wäre Ihnen der Presseclub recht?«

»Gibt es etwas, wo wir ungestörter sind? Es handelt sich um etwas Vertrauliches.«

»Würde es Ihnen etwas ausmachen, in meine Wohnung zu kommen?«

»Das wäre besser. Sie wohnen in Mountclemens Haus, nicht wahr?«

»Blenheim Place Nr. 26.«

»Ich weiß, wo das ist.«

»Wie wäre es morgen nachmittag? Nehmen Sie ein Taxi. Es ist kein sehr gutes Viertel.«

»Morgen. Ich danke Ihnen sehr. Ich brauche Ihren Rat. Ich muß jetzt auflegen.«

Ein abruptes Klicken, und die Stimme war weg. Qwillerans Schnurrbart vibrierte vor Freude. *Exklusiv im Flux: Kunsthändler-Witwe packt aus.*

Kapitel neun

Es war lange her, seit Qwilleran das letzte Mal Damenbesuch in seiner Wohnung gehabt hatte, und so erwachte er am Samstag morgen mit einem leichten Anfall von Lampenfieber. Er trank eine Tasse Instant-Kaffee, kaute an einem altbackenen Krapfen herum und überlegte, ob er Zoe etwas zu essen oder zu trinken anbieten sollte. Kaffee schien unter den Umständen passend. Kaffee, und was dazu? Krapfen würden zu gewöhnlich wirken; warum, konnte er nicht erklären. Kuchen? Zu hochgestochen.

Plätzchen?

In der Nähe gab es einen Laden, der sich auf Bier, billigen Wein und gummiartiges Weißbrot spezialisiert hatte. Unschlüssig inspizierte Qwilleran dort die fertig verpackten Plätzchen, doch die kleingedruckte Liste der Inhaltsstoffe (künstliche Geschmacksstoffe, Emulgatoren, Glyzerin, Lezithin und Invertzucker) dämpfte sein Interesse.

Er erkundigte sich nach einer Bäckerei und marschierte sechs Blocks weiter durch den Februarmatsch zu einem Geschäft, in dem die Waren eßbar aussahen. *Petit fours* kamen nicht in Frage (zu fein), ebensowenig Haferkekse (zu herzhaft); schließlich entschied er sich für Plätzchen mit Schokoladenstückchen und kaufte zwei Pfund.

In seiner Kochnische gab es eine altmodische Kaffeemaschine, doch wie sie funktionierte, war ihm ein Rätsel. Zoe würde sich mit Instant-Kaffee begnügen müssen. Er überlegte, ob sie wohl

Zucker und Sahne nahm. Wieder ging er in den Lebensmittelladen und kaufte ein Pfund Zucker, einen Viertelliter Sahne und ein paar Papierservietten.

Inzwischen war es Mittag geworden, und eine zögernde Februarsonne begann die Wohnung zu erhellen und damit auch den Staub auf den Tischen, Fusseln auf dem Teppich und Katzenhaare auf dem Sofa sichtbar zu machen. Qwilleran wischte den Staub mit Papierservietten ab und eilte dann hinauf in Mountclemens Wohnung, um einen Staubsauger zu suchen. Er fand ihn in einem Besenschrank in der Küche.

Es wurde eins, und er war fertig – bis auf Zigaretten. Er hatte Zigaretten vergessen. Er stürzte hinaus zum Drugstore und kaufte lange, milde, filterlose Zigaretten. Was den Filter anbelangte, war er zu dem Schluß gekommen, daß Zoe nicht der Typ war, der Kompromisse schloß.

Um halb zwei zündete er das Gas im Kamin an, setzte sich hin und wartete.

Zoe kam pünktlich um vier. Qwilleran sah eine reizende Frau in einem weichen braunen Pelzmantel aus einem Taxi steigen, die Straße hinauf- und hinunterblicken und dann zum Eingang hinaufeilen. Dort erwartete er sie.

»Ich bin Ihnen so dankbar, daß ich kommen darf«, sagte sie mit tiefer, atemloser Stimme. »Butchy hat mich nicht aus den Augen gelassen, und ich mußte mich aus dem Haus stehlen ... Ich sollte mich nicht beklagen. In Zeiten wie diesen braucht man eine Freundin wie Butchy.« Sie stellte ihre braune Krokohandtasche ab. »Entschuldigen Sie. Ich bin ganz durcheinander.«

»Nur keine Aufregung«, sagte Qwilleran. »Beruhigen Sie sich erst mal. Würde Ihnen eine Tasse Kaffee guttun?«

»Lieber keinen Kaffee für mich«, sagte sie. »Er macht mich nervös, und ich bin so schon fahrig genug.« Sie reichte Qwilleran ihren Mantel, nahm auf einem einfachen Stuhl mit aufrechter Lehne Platz und schlug sehr attraktiv ihre Knie übereinander. »Macht es Ihnen etwas aus, die Tür zu schließen?«

»Keineswegs, obwohl sonst niemand im Haus ist.«

»Ich hatte das unangenehme Gefühl, verfolgt zu werden. Ich

fuhr mit dem Taxi zum Arcade Building, ging durch und nahm am anderen Ausgang ein anderes. Glauben Sie, daß sie mich beschatten lassen? Die Polizei, meine ich.«

»Ich sehe keinen Grund dafür. Wie kommen Sie auf die Idee?«

»Gestern waren sie bei mir zu Hause. Zwei Männer. Von der Kriminalpolizei. Sie waren ausgesprochen höflich, aber einige ihrer Fragen waren beunruhigend, so, als wollten sie mir eine Falle stellen. Glauben Sie, daß sie *mich* verdächtigen?«

»Ich glaube nicht wirklich, aber sie müssen jede Möglichkeit überprüfen.«

»Butchy war natürlich auch da, und sie war den Polizisten gegenüber sehr feindselig. Das hat keinen guten Eindruck gemacht. Sie bemüht sich so, mich zu beschützen, wissen Sie. Alles in allem war es ein scheußliches Erlebnis.«

»Was haben sie gesagt, als sie gingen?«

»Sie dankten mir für meine Hilfe und sagten, daß sie vielleicht nochmals mit mir sprechen müßten. Danach habe ich dann Sie angerufen – während Butchy im Keller war. Ich wollte nicht, daß sie davon erfährt.«

»Warum nicht?«

»Nun ... weil sie so sicher ist, daß sie alles ganz allein schafft in dieser – dieser Krise. Und auch wegen der Sache, über die ich mit Ihnen reden will ... Sie nehmen nicht an, daß die Polizei mich Tag und Nacht beschattet, oder? Vielleicht hätte ich nicht hierherkommen sollen.«

»Warum hätten Sie nicht herkommen sollen, Mrs. Lambreth? Ich bin ein Freund der Familie. Ich habe beruflich mit Kunst zu tun. Und ich will Ihnen bei diversen Einzelheiten hinsichtlich der Galerie helfen. Wie klingt das?«

Sie lächelte traurig. »Ich komme mir schon wie ein Verbrecher vor. Man muß so vorsichtig sein, wenn man mit der Polizei spricht. Ein falsches Wort oder ein falscher Tonfall, und sie stürzen sich darauf.«

»Nun ja«, sagte Qwilleran so beruhigend wie er konnte, »jetzt denken Sie nicht mehr daran und entspannen Sie sich. Hätten Sie nicht lieber einen bequemeren Sessel?«

»Der hier ist sehr gut. Ich habe mich besser in der Gewalt, wenn ich aufrecht sitze.«

Sie trug ein flauschiges, blaßblaues Wollkleid, in dem sie weich und zerbrechlich aussah. Qwilleran bemühte sich, nicht auf das aufreizende Grübchen direkt unter ihrem Knie zu starren.

Er sagte: »Ich finde diese Wohnung sehr gemütlich. Mein Vermieter ist sehr geschickt beim Einrichten. Woher wußten Sie, daß ich hier wohne?«

»Oh ... so was spricht sich herum in Kunstkreisen.«

»Anscheinend waren Sie schon früher einmal hier.«

»Mountclemens hat uns ein- oder zweimal zum Essen eingeladen.«

»Sie müssen ihn besser kennen als die meisten Künstler.«

»Wir sind ganz gut befreundet. Ich habe ein paar Studien von seiner Katze gemacht. Haben Sie ihn benachrichtigt wegen – wegen des ...?«

»Ich konnte nicht herausbekommen, wo er in New York wohnt. Wissen Sie, in welchem Hotel er absteigt?«

»Es ist in der Nähe des Museum of Modern Art, aber ich kann mich an den Namen nicht erinnern.« Sie drehte am Griff ihrer Handtasche herum, die auf ihrem Schoß lag.

Qwilleran holte einen Teller aus der Kochnische. »Möchten Sie ein paar Plätzchen?«

»Nein, danke. Ich muß ... auf mein Gewicht ... achten ...«, sagte sie stockend und verstummte.

Er merkte, daß sie mit den Gedanken ganz woanders war, und fragte: »Also, worüber wollen Sie mit mir sprechen?« Im Geist nahm er Zoes Maße und fragte sich, warum sie sich über ihr Gewicht Sorgen machte.

»Ich weiß nicht, wo ich anfangen soll.«

»Wie wäre es mit einer Zigarette? Ich vergesse meine Manieren.«

»Ich habe vor ein paar Monaten mit dem Rauchen aufgehört.«

»Stört es Sie, wenn ich Pfeife rauche?«

Unvermittelt sagte Zoe: »Ich habe der Polizei nicht alles gesagt.«

»Nein?«

»Vielleicht war es falsch, aber ich brachte es nicht über mich, einige ihrer Fragen zu beantworten.«

»Welche Fragen?«

»Sie fragten, ob Earl Feinde hatte. Wie hätte ich mit dem Finger auf jemanden zeigen und sagen können, der war sein Feind? Was würde passieren, wenn ich anfinge, alle möglichen Leute in der ganzen Stadt aufzuzählen? Bekannte ... Clubmitglieder ... wichtige Leute. Ich finde es schrecklich, so eine Frage zu stellen, finden Sie nicht?«

»Es war eine notwendige Frage«, sagte Qwilleran freundlich, aber bestimmt. »Und ich werde Ihnen dieselbe Frage stellen. Hatte er viele Feinde?«

»Ich fürchte, ja. Viele Leute mochten ihn nicht. ... Mr. Qwilleran, es ist doch in Ordnung, wenn ich vertraulich mit Ihnen spreche, nicht wahr? Ich muß mich jemandem anvertrauen. Ich bin sicher, Sie gehören nicht zu diesen miesen Reportern, die dann ...«

»Diese Typen gibt es nur im Film«, versicherte er. Er war ganz Mitgefühl und Interesse.

Zoe seufzte schwer und begann. »In Kunstkreisen herrscht eine starkes Konkurrenzdenken und viel Eifersucht. Ich weiß nicht, warum das so ist.«

»Das gibt es überall.«

»Unter den Künstlern ist es schlimmer. Glauben Sie mir!«

»Könnten Sie sich deutlicher ausdrücken?«

»Nun ... die Galeristen, zum Beispiel. Die anderen Galerien in der Stadt glaubten, daß Earl ihnen ihre besten Künstler abspenstig machte.«

»Und stimmte das?«

Etwas ärgerlich sagte Zoe: »Natürlich waren die Künstler daran interessiert, von der besten Galerie vertreten zu werden. Das Ergebnis war, daß Earl bessere Arbeiten zeigte und daß die Ausstellungen der Lambreth Gallery bessere Kritiken bekamen.«

»Und so verstärkte sich die Eifersucht.« Zoe nickte. »Außerdem mußte Earl oft die Arbeiten von weniger guten Künstlern ablehnen, und das hat ihm auch nicht gerade Freunde eingebracht! Für sie war er ein Schuft. Das Ego eines Künstlers ist sehr empfindlich. Leute wie Cal Halapay und Franz Buchwalter – oder Mrs. Buchwalter, genauer gesagt – sind im Club ganz schön über meinen Mann hergezogen, und was sie sagten, war nicht sehr freundlich. Deshalb ist Earl niemals ins Turp and Chisel gegangen.«

»Bisher«, sagte Qwilleran, »haben Sie nur Außenstehende erwähnt, die unfreundlich waren. Gab es jemanden in Ihrem engeren Kreis, der mit Ihrem Mann nicht gut auskam?«

Zoe zögerte. Sie machte ein bedauerndes Gesicht. »Niemand wurde wirklich warm mit ihm. Er war sehr unnahbar. Es war nur eine Fassade, aber nur wenige Menschen haben das verstanden.«

»Es besteht die Möglichkeit, daß das Verbrechen von jemandem begangen wurde, der einen Schlüssel zur Galerie hatte oder freiwillig eingelassen wurde.«

»Das hat Butchy auch gesagt.«

»Hatte irgend jemand anderer außer Ihnen einen Schlüssel?«

»N-nein«, sagte Zoe und kramte in den Tiefen ihrer Handtasche herum.

Qwilleran fragte: »Kann ich Ihnen irgend etwas bringen?«

»Vielleicht ein Glas Wasser – mit etwas Eis. Es ist ziemlich warm …«

Er drehte die Flamme im Kamin kleiner und brachte Zoe ein Glas Eiswasser. »Erzählen Sie mir von Ihrer Freundin Butchy. Wie ich höre, ist sie Bildhauerin.«

»Ja. Sie schweißt Metallskulpturen«, sagte Zoe mit ausdrucksloser Stimme.

»Sie meinen, sie arbeitet mit Schweißbrennern und solchen Dingen? Das gäbe vielleicht eine Story. Schweißerinnen sind immer gut für einen Artikel – mit einem Foto, auf dem die Funken sprühen.«

Zoe überlegte und nickte langsam. »Ja, ich wünschte, Sie würden etwas über Butchy schreiben. Das würde ihr sehr gut tun – vom psychologischen Standpunkt. Vor kurzem hat sie einen Auftrag über fünfzigtausend Dollar verloren, und das hat sie furchtbar getroffen. Wissen Sie, sie unterrichtet an der Penniman School, und der Auftrag hätte ihr Prestige erhöht.«

»Wie hat sie ihn verloren?«

»Butchy war für eine Skulptur vor einem neuen Einkaufszentrum im Gespräch. Und dann ging der Auftrag plötzlich an Ben Riggs, der in der Lambreth Gallery ausstellt.«

»War die Entscheidung berechtigt?«

»O ja. Riggs ist ein viel besserer Künstler. Er arbeitet mit Ton und Bronze. Aber für Butchy war es ein Schlag. Ich würde ihr gerne irgendwie helfen. Würden Sie sie in Ihrer Zeitung groß herausbringen?«

»Ist sie eine gute Freundin von Ihnen?« Qwilleran verglich die sanfte, attraktive Zoe mit dem Mannweib, das sie in der Mordnacht bewacht hatte.

»Ja und nein. Wir sind zusammen aufgewachsen und zur gleichen Zeit in die Kunstschule gegangen, und Butchy war meine beste Freundin, als wir wilde kleine Gören waren. Aber Butchy ist nie aus dem Alter herausgekommen. Sie war immer groß und stark für ein Mädchen, und sie hat das kompensiert, indem sie sich wie ein Junge benahm. Butchy tut mir leid. Wir haben nicht mehr viel gemeinsam – außer den alten Zeiten.«

»Wie kam sie am Mittwoch abend in Ihr Haus?«

»Sie war die einzige, die mir einfiel, die ich anrufen konnte. Nachdem ich Earl gefunden und die Polizei verständigt hatte, war ich wie betäubt. Ich wußte nicht, was ich tun sollte. Ich brauchte jemanden, und so rief ich Butchy an. Sie kam sofort und brachte mich nach Hause und sagte, sie würde ein paar Tage bei mir bleiben. Und jetzt werde ich sie nicht mehr los.«

»Wieso?«

»Sie genießt es, mich zu beschützen. Sie braucht das Gefühl, gebraucht zu werden. Butchy hat nicht viele Freunde, und sie hat eine unangenehme Art, sich an die wenigen, die sie hat, zu klammern.«

»Was hat Ihr Mann von ihr gehalten?«

»Er mochte sie überhaupt nicht. Earl wollte, daß ich den Kontakt zu Butchy abbreche, aber es ist schwer, mit jemandem zu brechen, den man schon sein ganzes Leben kennt – besonders, wenn man sich ständig über den Weg läuft ... Ich weiß gar nicht, warum ich Ihnen diese persönlichen Dinge erzähle. Ich muß Sie doch langweilen.«

»Überhaupt nicht. Sie sind ...«

»Ich muß mit jemandem sprechen, der kein persönliches Interesse hat und der verständnisvoll ist. Mit Ihnen spricht es sich sehr leicht. Sind alle Reporter so?«

»Wir sind gute Zuhörer.«

»Es geht mir jetzt viel besser, und das verdanke ich Ihnen.« Zoe lehnte sich zurück und schwieg, und ein zärtlicher Ausdruck breitete sich auf ihrem Gesicht aus.

Qwilleran strich seinen Schnurrbart mit dem Mundstück seiner Pfeife glatt und strahlte innerlich. Er sagte: »Es freut mich, daß ich ...«

»Brauchen Sie Material für Ihre Kolumne?« unterbrach ihn Zoe. Ihr strahlender Gesichtsausdruck paßte irgendwie nicht zu dieser Frage.

»Natürlich suche ich immer ...«

»Ich möchte Ihnen von Neun-Null erzählen.«

»Wer ist Neun-Null?« fragte Qwilleran lebhaft, um seine leise Enttäuschung zu überspielen.

»Er macht Dinge. Manche nennen ihn einen Schrottkünstler. Er macht sinnhafte Gebilde aus Schrott und nennt sie Dinge.«

»Ich habe sie in der Galerie gesehen. Eines war ein Stück Abflußrohr mit Fahrradspeichen.«

Zoe lächelte ihn strahlend an. »Das ist ›Ding Nr. 17‹. Ist es nicht ausdrucksstark? Es bejaht das Leben, während es die Pseudowelt um uns herum negiert. Sind Sie von der Spannung, diesem Aufbegehren, nicht gepackt worden?«

»Um ehrlich zu sein ... nein«, sagte Qwilleran, ein ganz klein wenig mürrisch. »Es sah aus wie ein Stück Abflußrohr und ein paar Fahrradspeichen.«

Zoe warf ihm einen liebenswürdigen Blick zu, der tadelnd und mitleidig zugleich war. »Ihr Auge hat sich noch nicht auf die zeitgenössischen Ausdrucksformen eingestellt, doch mit der Zeit werden Sie sie schätzen lernen.«

Qwilleran wand sich und blickte finster hinab auf seinen Schnurrbart.

Begeistert fuhr Zoe fort. »Neun-Null ist mein Protégé, mehr oder weniger. Ich habe ihn entdeckt. In dieser Stadt gibt es eine ganze Reihe talentierter Künstler, doch ich kann ehrlich behaupten, daß Neun-Null mehr als Talent hat. Er ist genial. Sie sollten sein Studio besuchen.« Sie lehnte sich eifrig vor. »Möchten Sie Neun-Null gerne kennenlernen? Ich bin sicher, er gäbe gutes Material für eine Story ab.«

»Wie heißt er mit vollem Namen?«

»Neun Null Zwei Vier Sechs Acht Drei«, sagte sie. »Oder vielleicht auch Fünf. Die letzte Zahl kann ich mir nie merken. Wir nennen ihn kurz Neun-Null.«

»Sie meinen, er hat eine Nummer statt eines Namens?«

»Neun-Null ist ein Aussteiger«, erklärte sie. »Er erkennt die Konventionen der gewöhnlichen Gesellschaft nicht an.«

»Er trägt natürlich einen Vollbart.«

»Ja, stimmt. Woher wissen Sie das? Er spricht sogar eine eigene Sprache, aber von einem Genie erwarten wir auch nicht, daß es sich anpaßt, nicht wahr? Daß er statt eines Namens eine Nummer verwendet, ist Teil seines Protestes. Ich glaube, nur seine Mutter und die Leute von der Sozialversicherung kennen seinen richtigen Namen.«

Qwilleran starrte sie an. »Wo hält sich der Typ auf?«

»Er wohnt und arbeitet in einer Hinterhofwerkstatt, Ecke Twelfth und Somers Street, hinter einer Eisengießerei. Sein Studio wird Sie vielleicht schockieren.«

»Ich glaube nicht, daß ich so leicht zu schockieren bin.«

»Ich meine, Sie werden vielleicht irritiert sein von seiner Sammlung von Fundgegenständen.«

»Schrott?«

»Nicht alles ist Schrott. Er hat ein paar sehr schöne Sachen. Der Himmel weiß, wo er sie her hat. Doch zum Großteil ist es Schrott – wunderschöner Schrott. Neun-Nulls Talent, am Straßenrand Dinge aufzulesen, ist fast eine göttliche Gabe. Wenn Sie ihn besuchen, bemühen Sie sich, das Wesen seiner künstlerischen Vorstellungskraft zu verstehen. Er sieht Schönheit, wo andere nur Mist und Dreck sehen.«

Fasziniert betrachtete Qwilleran Zoe – ihre ruhige Lebhaftigkeit, ihre offensichtliche Überzeugung. Er verstand nicht, wovon sie sprach, doch er genoß es, in ihrem Bann zu stehen.

»Ich glaube, Sie werden Neun-Null mögen«, fuhr sie fort. »Er ist elementar und real – und irgendwie traurig. Oder vielleicht sind auch Sie und ich diejenigen, die traurig sind, benehmen wir uns doch nach einem vorgegebenen Muster. Es ist, wie wenn man die Schritte eines Tanzes ausführt, den einem ein diktatorischer Tanzlehrer vorschreibt. Der Tanz des Lebens sollte individuell und spontan in jedem Moment neu erschaffen werden.«

Qwilleran riß sich aus seiner verzückten Betrachtung und sagte: »Darf ich Ihnen eine persönliche Frage stellen? Warum malen Sie so unverständliche Sachen, wenn Sie doch imstande sind, realistische Bilder von konkreten Dingen zu malen?«

Wieder bedachte ihn Zoe mit ihrem liebenswürdigen Blick. »Sie sind so naiv, Mr. Qwilleran, aber Sie sind ehrlich, und das ist erfrischend. Realistische Bilder von konkreten Dingen kann man mit dem Fotoapparat machen. Ich male im forschenden Geist unserer Zeit. Wir kennen nicht alle Antworten, und wir wissen es. Manchmal bin ich selbst verwirrt von meinen eigenen Schöpfungen, doch sie sind meine künstlerische Reaktion auf das Leben, wie ich es im Augenblick sehe. Wahre Kunst ist immer ein Ausdruck ihrer Zeit.«

»Ich verstehe.« Er wollte sich ja überzeugen lassen, aber er war nicht sicher, ob es Zoe gelungen war.

»Wir müssen uns darüber einmal ausführlich unterhalten.« Aus ihrem Gesichtsausdruck sprach eine unerklärliche Sehnsucht.

»Das wäre schön«, sagte er sanft.

Eine befangene Stille machte sich zwischen ihnen breit. Qwilleran überbrückte sie, indem er ihr eine Zigarette anbot.

»Ich habe aufgehört«, erinnerte sie ihn.

»Plätzchen? Mit Schokoladenstückchen.«

»Nein, danke.« Sie seufzte.

Er deutete auf den Monet über dem Kamin. »Was halten Sie davon? Er war schon in der Wohnung.«

»Wenn es ein guter wäre, würde ihn Mountclemens nicht an einen Mieter vergeuden«, sagte sie mit einer jähen Schärfe in der Stimme, und Qwilleran fand den plötzlichen Stimmungswechsel befremdend.

»Aber er hat einen netten Rahmen«, sagte er. »Wer macht die Rahmen in der Lambreth Gallery?«

»Warum fragen Sie?«

»Reine Neugier. Man hat mich auf die gute Handwerksarbeit hingewiesen.« Das war eine Lüge, aber eine von der Sorte, die immer Vertrauen erweckt.

»Oh … Nun, ich kann es Ihnen genausogut sagen. Earl machte sie. Er hat alle Rahmen selbst gemacht, obwohl er nicht wollte, daß das bekannt würde. Es hätte das elitäre Image der Galerie ruiniert.«

»Er hat hart gearbeitet – Rahmen gemacht, die Bücher geführt und die Galerie geleitet.«

»Ja. Das letzte Mal, als ich ihn lebend sah, hat er über die Arbeitsbelastung geklagt.«

»Warum hat er nicht jemanden angestellt?«

Zoe zuckte die Achseln und schüttelte den Kopf.

Das war eine unbefriedigende Antwort, doch Qwilleran beließ es dabei. Er sagte: »Ist Ihnen etwas eingefallen, was bei der Untersuchung helfen könnte? Irgend etwas, was Ihr Mann gesagt hat, als Sie um halb sechs dort waren?«

»Nichts von Bedeutung. Earl hat mir ein paar Grafiken gezeigt, die gerade hereingekommen waren, und ich habe ihm gesagt …« Sie hielt unvermittelt inne. »Ja, da war ein Anruf …«

»War irgend etwas ungewöhnlich daran?«

»Ich habe nicht genau zugehört, aber da war irgend etwas, das Earl gesagt hat – jetzt, wo ich daran denke –, das keinen Sinn ergab. Irgend etwas mit dem Lieferwagen.«

»Hatte Ihr Mann einen Lieferwagen?«

»Jeder Händler muß einen haben. Ich hasse sie.«
»Was hat er darüber gesagt?«
»Ich habe nicht genau aufgepaßt, aber ich habe etwas gehört, daß Bilder für eine Lieferung in den Wagen gepackt werden sollten. Earl sagte, der Lieferwagen stünde in der Seitengasse; ja, er hat es sogar wiederholt und ausdrücklich betont. Deshalb fällt es mir ein ... damals ist mir nichts aufgefallen, aber jetzt kommt es mir seltsam vor.«
»Warum kommt es Ihnen seltsam vor?«
»Unser Wagen war in der Werkstatt zur Überholung. Er ist noch immer dort. Ich habe ihn gar nicht abgeholt. Earl hat ihn an jenem Morgen hingebracht. Und doch beteuerte er am Telefon, daß er in der Seitengasse stünde, als bestreite sein Gesprächspartner das.«
»Wissen Sie, mit wem er sprach?« fragte Qwilleran.
»Nein. Es hat sich angehört wie ein Ferngespräch. Sie wissen, wie die Leute manchmal schreien, wenn sie ein Ferngespräch führen. Selbst wenn die Verbindung hervorragend ist, glauben sie, sie müssen lauter reden.«
»Vielleicht hat Ihr Mann eine kleine Notlüge gebraucht – aus geschäftlichen Gründen.«
»Ich weiß es nicht.«
»Oder vielleicht meinte er den Lieferwagen eines anderen Händlers.«
»Ich weiß es wirklich nicht.«
»Sie haben kein Auto in der Seitengasse stehen sehen?«
»Nein. Ich bin zur Vordertür hinein- und hinausgegangen. Und als ich um sieben Uhr zurückkam, stand überhaupt kein Auto in der Seitengasse. Glauben Sie, das Telefongespräch hat irgend etwas mit dem zu tun, was geschehen ist?«
»Es würde nicht schaden, der Polizei davon zu erzählen. Versuchen Sie, sich an soviel wie möglich zu erinnern.«
Zoe sah geistesabwesend vor sich hin.
»Übrigens«, sagte Qwilleran, »hat Mountclemens ein Auto?«
»Nein«, murmelte sie.
Qwilleran nahm sich Zeit, seine Pfeife wieder zu füllen und

klopfte sie laut auf dem Aschenbecher aus. Wie als Antwort auf dieses Zeichen ertönte ein langgezogenes, verzweifeltes Jammern vor der Wohnungstür.

»Das ist Koko«, sagte Qwilleran. »Er hat etwas dagegen, ausgeschlossen zu sein. Darf er hereinkommen?«

»Oh, ich liebe Kao K'o-Kung!«

Qwilleran öffnete die Tür, und der Kater kam – nach der üblichen Rekognoszierung – herein; sein Schwanz bewegte sich in grazilen Arabesken von einer Seite zur anderen. Er hatte geschlafen und seine Muskeln noch nicht gelockert. Jetzt krümmte er den Rücken zu einem steifen Katzenbuckel, dann streckte er genüßlich beide Vorderbeine durch. Mit weit nach hinten gestreckten Hinterbeinen beschloß er die Aktion.

Zoe sagte: »Er lockert sich auf wie ein Tänzer.«

»Wollen Sie ihn tanzen sehen?« fragte Qwilleran. Er faltete ein Stück Papier und band es an eine Schnur. Erwartungsvoll machte Koko ein paar kleine Schritte nach links und ein paar nach rechts, dann stellte er sich auf die Hinterbeine, als das Papierbällchen hin- und herzuschwingen begann. Er bot ein Bild voller Anmut und Rhythmus, tanzte auf den Zehenspitzen, sprang hoch, vollführte in der Luft unglaubliche akrobatische Kunststücke, landete leichtfüßig und sprang wieder hoch, höher als vorher.

Zoe sagte: »So habe ich ihn noch nie gesehen. Wie hoch er springt! Er ist ein richtiger Nijinskij.«

»Mountclemens legt mehr Wert auf intellektuelle Betätigungen«, sagte Qwilleran, »und dieser Kater hat zuviel Zeit auf Bücherregalen verbracht. Ich hoffe, ich kann sein Interessensspektrum etwas erweitern. Er braucht mehr Sport.«

»Ich würde gerne ein paar Skizzen machen.« Sie griff in ihre Handtasche. »Er bewegt sich wirklich wie ein Ballettänzer.«

Ein Ballettänzer. Ein *Ballettänzer*. Bei diesem Wort tauchte ein Bild vor Qwillerans geistigem Auge auf: ein unordentliches Büro, ein Gemälde, das schief an der Wand hing. Als er das Büro zum zweiten Mal gesehen hatte, über die Schulter eines Polizisten, hatte eine Leiche am Boden gelegen. Und wo war das Gemälde?

Qwilleran konnte sich nicht erinnern, die Ballettänzerin gesehen zu haben.

Er sagte zu Zoe: »Da war ein Gemälde von einer Ballettänzerin in der Lambreth Gallery ...«

»Earls berühmter Ghirotto«, sagte sie, während sie rasche Striche auf einen Block warf. »Es war nur die Hälfte der Originalleinwand, wissen Sie. Es war sein großes Ziel, die zweite Hälfte zu finden. Damit wäre er reich geworden, glaubte er.«

Qwilleran war alarmiert. »Wie reich?«

»Wenn man die beiden Hälften wieder zusammensetzen und gut restaurieren würde, wäre das Gemälde vielleicht einhundertfünfzigtausend Dollar wert.«

Der Journalist blies erstaunt durch seinen Schnurrbart.

»Auf der anderen Hälfte ist ein Affe«, sagte sie. »Ghirotto malte in seiner berühmten Vibratoperiode Ballerinen oder Affen, doch nur einmal hat er eine Tänzerin und einen Affen in ein und demselben Bild gemalt. Es war ein Einzelstück – der Traum eines jeden Sammlers. Nach dem Krieg wurde es an einen New Yorker Händler geschickt und während der Überführung beschädigt – in der Mitte auseinandergerissen. So, wie das Bild aufgebaut ist, konnte der Importeur die beiden Hälften einzeln rahmen und getrennt verkaufen. Earl hat die Hälfte mit der Tänzerin gekauft und gehofft, er könnte die andere Hälfte mit dem Affen aufspüren.«

Qwilleran fragte: »Glauben Sie, der Besitzer des Affen hat versucht, die Ballettänzerin ausfindig zu machen?«

»Kann sein. Earls Hälfte ist die wertvollere von den beiden; sie trägt die Signatur des Künstlers.« Während sie sprach, flog ihr Stift über das Papier, und ihr Blick glitt blitzschnell zwischen Skizzenblock und dem tanzenden Kater hin und her.

»Wußten viele Leute über den Ghirotto Bescheid?«

»Oh, er war Thema vieler Unterhaltungen. Einige Leute wollten die Ballerina kaufen – nur als Spekulationsobjekt. Earl hätte sie verkaufen und einen schönen kleinen Gewinn machen können, aber er hing an seinem Traum von den einhundertfünfzigtausend Dollar. Er hat nie die Hoffnung aufgegeben, den Affen zu finden.«

Qwilleran fragte vorsichtig: »Haben Sie die Ballerina in der Nacht des Verbrechens gesehen?«

Zoe legte Stift und Block nieder und sagte: »Ich fürchte, ich habe überhaupt nicht sehr viel gesehen – in jener Nacht.«

»Ich war dort, habe herumgeschnüffelt«, sagte Qwilleran, »und ich bin ziemlich sicher, daß das Bild weg war.«

»Weg!«

»Es hat bei meinem ersten Besuch über dem Schreibtisch gehangen, und jetzt erinnere ich mich, daß – in der Nacht, als die Polizei dort war – die Wand leer war.«

»Was soll ich tun?«

»Sagen Sie es lieber der Polizei. Es sieht aus, als sei das Bild gestohlen worden. Erzählen Sie ihnen auch von dem Anruf. Wenn Sie nach Hause kommen, rufen Sie im Morddezernat an. Erinnern Sie sich an die Namen der Beamten? Hames und Wojcik.«

Zoe schlug bestürzt die Hände vor das Gesicht. »Ehrlich, den Ghirotto hatte ich total vergessen!«

Kapitel zehn

Als Zoe gegangen war – und Qwilleran mit einer Kanne Kaffee, einem Pfund Zucker, einem Viertelliter Sahne, einem Päckchen Zigaretten und zwei Pfund Plätzchen mit Schokoladenstückchen zurückließ –, fragte er sich, wieviel sie ihm wohl nicht gesagt hatte. Ihre Nervosität deutete darauf hin, daß sie die Informationen filterte. Bei der Frage, ob jemand anderer außer ihr einen Schlüssel zur Lambreth Gallery besaß, hatte sie gestockt. Sie hatte zugegeben, daß sie der Polizei nicht alles gesagt hatte, was ihr eingefallen war. Und sie behauptete, die Existenz eines Gemäldes vergessen zu haben, das – möglicherweise – wertvoll genug war, um einen Mord zu rechtfertigen.

Qwilleran ging hinauf, um Kokos Abendessen zuzubereiten. Langsam und unkonzentriert schnitt er das Fleisch klein, während er über weitere Komplikationen im Fall Lambreth nachgrübelte. Inwiefern traf Sandys Andeutung, dies sei eine ›Familienangelegenheit‹, zu? Und wie würde das mit dem Verschwinden des Ghirotto zusammenpassen? Man mußte auch den Vandalenakt in die Überlegungen einbeziehen, und Qwilleran überlegte, daß das verschwundene Bild in die gleiche Kategorie fiel wie die beschädigten Kunstwerke; es stellte eine spärlich bekleidete weibliche Figur dar.

Er öffnete die Küchentür und blickte hinaus. Die Nacht war eisig, und die Gerüche des Viertels wurden durch die Kälte noch verschärft. Kohlenmonoxyd hing in der Luft, und in der Werkstatt an der Ecke hatte man ölige Lappen verbrannt. Unter ihm war der Hinterhof, ein dunkles Loch; seine hohen Ziegelmauern schlossen jeden Lichtschimmer von fernen Straßenlampen aus.

Qwilleran schaltete das Außenlicht ein, das einen schwachen, gelben Schein auf die Feuerleiter warf. Er dachte, was hat der Mann bloß gegen einen etwas höheren Stromverbrauch? Ihm fiel ein, daß er im Besenschrank eine Taschenlampe gesehen hatte, und er ging sie holen – es war eine leistungsstarke, verchromte Taschenlampe mit langem Griff, die gut in der Hand lag und wunderschön war. Alles, was Mountclemens besaß, sah edel aus: die Messer, die Töpfe und Pfannen, sogar die Taschenlampe. Sie warf einen starken Lichtstrahl auf die Wände und den Boden des leeren Hinterhofes, auf das wuchtige Holztor, auf die hölzerne Feuertreppe. Die Treppe war stellenweise mit gefrorenem Matsch bedeckt, und Qwilleran beschloß, mit weiteren Nachforschungen zu warten, bis es hell war. Morgen könnte er vielleicht sogar Koko mit hinunternehmen, damit er sich ein wenig austoben konnte.

An diesem Abend ging er in ein italienisches Restaurant in der Nähe zum Abendessen, und die braunäugige Serviererin erinnerte ihn an Zoe. Er ging heim und spielte mit Koko ›Sperling‹, und die Bewegungen des Katers erinnerten ihn an die verschwundene Ballettänzerin. Er zündete das Gas im Kamin an und blätterte das gebrauchte Buch über Wirtschaftsgeschichte durch, das er im Presseclub gekauft hatte; die Statistiken darin erinnerten ihn an Neun Null Zwei Vier Sechs Acht Drei – oder war es Fünf?

Am Sonntag besuchte er Neun-Null.

Die Studio-Wohnung des Künstlers in der Hinterhofwerkstatt war genauso deprimierend, wie sie sich anhörte. Ein früherer Bewohner hatte das Gebäude schmutzstarrend hinterlassen, und dazu kam jetzt noch Neun-Nulls Schrottsammlung.

Qwilleran hatte geklopft und keine Antwort erhalten, also spazierte er hinein in die Ansammlung trübseliger Abfälle. Es gab alte Reifen, Berge von zerbrochenem Glas, Betonbrocken, die aus Gehsteigen gerissen worden waren, Dosen jeder erdenklichen Größe und geklaute Türen und Fenster. Er entdeckte einen Kinderwagen ohne Räder, eine Schaufensterpuppe ohne Kopf und Arme, eine Küchenspüle, die innen und außen leuchtend orange gestrichen war, ein völlig verrostetes Eisentor und ein hölzernes Bettgestell im deprimierenden modernistischen Design der dreißiger Jahre.

Ein Heizgerät, das von der Decke hing, spie warme Dämpfe in Qwillerans Gesicht, während die kalte Zugluft in Knöchelhöhe ihm fast die Beine lähmte. Ebenfalls von der Decke hing an einem Seil ein Kristalleuchter von unglaublicher Schönheit.

Dann sah Qwilleran den Künstler bei der Arbeit. Auf einer Plattform im hinteren Teil des Raumes stand ein monströses ›Ding‹ aus hölzernen Abfällen, Straußenfedern und glänzenden Weißblechstücken. Am Kopf des Monstrums befestigte Neun-Null gerade zwei Kinderwagenräder.

Er gab den Rädern einen Schub und trat einen Schritt zurück. Die sich drehenden Speichen, die unter einem Lichtspot glitzerten, wurden zu boshaften Augen.

»Guten Tag«, sagte Qwilleran. »Ich bin ein Freund von Zoe Lambreth. Sie müssen Neun-Null sein.«

Der Künstler schien sich in Trance zu befinden, sein Gesicht erleuchtet vom erregenden Akt der Schöpfung. Hemd und Hosen waren von Farben und Schmutz verkrustet, sein Bart war ungepflegt, und sein Haar hatte wohl schon lange keinen Kamm mehr gesehen. Und trotzdem war er ein gutaussehendes Scheusal – mit klassischen Zügen und einem beneidenswert gut gebauten Körper. Er blickte Qwilleran an, ohne ihn zu sehen, und wandte sich dann wieder dem ›Ding‹ mit den rotierenden Augen zu.

»Haben Sie ihm einen Titel gegeben?« fragte der Reporter.

»Sechsunddreißig«, sagte Neun-Null. Dann bedeckte er das Gesicht mit den Händen und weinte. Qwilleran wartete teilnahmsvoll, bis der Künstler sich erholt hatte, und sagte dann: »Wie schaffen Sie diese Kunstwerke? Wie gehen Sie dabei vor?«

»Ich lebe sie«, sagte Neun-Null. »Sechsunddreißig ist, was ich bin, war und sein werde. Gestern ist vorüber, und wen interessiert es? Wenn ich dieses Studio anzünde, lebe ich – in jeder flackernden Flamme, funkelnden Funken, fletschendem Feuer, flammender Flora.«

»Haben Sie Ihr Material versichert?«

»Wenn ja, dann ja, wenn nein, dann nein. Es ist alles relativ. Der Mensch liebt, haßt, weint, spielt, doch was kann ein Künstler tun? BUMM! So ist das. Eine Welt hinter einer Welt hinter einer Welt hinter einer Welt hinter einer Welt.«

»Eine kosmische Vorstellung«, pflichtete ihm Qwilleran bei, »aber verstehen die Leute Ihre Ideen wirklich?«

»Sie verrenken sich ihre Hirne bei dem Versuch, aber ich weiß, und Sie wissen, und wir alle wissen – was wissen wir denn schon? Gar nichts!«

Neun-Null kam in seiner Begeisterung über diese Unterhaltung dem Reporter immer näher, und Qwilleran trat unauffällig immer weiter zurück. Er sagte: »Neun-Null, Sie scheinen ein Pessimist zu sein, aber bewirkt Ihr Erfolg in der Lambreth Gallery nicht doch eine etwas lebensbejahendere Haltung?«

»Warmes, wildes, wollüstiges, wachsames, wehrloses Weib! Ich spreche mit ihr. Sie spricht mit mir. Wir kommunizieren.«

»Wußten Sie, daß ihr Mann tot ist? Ermordet!«

»Wir sind alle tot«, sagte Neun-Null. »Tot wie Türknöpfe. *Türknöpfe!*« rief er, stürzte sich in einen Berg von Abfall und begann verzweifelt zu suchen.

»Vielen Dank, daß ich Ihr Studio besichtigen durfte«, sagte Qwilleran und ging in Richtung Tür. Als er an einem überquellenden Regal vorbeikam, blinkte ihn etwas Goldglänzendes an, und er rief über die Schulter zurück: »Wenn Sie einen Türknopf suchen, hier ist einer.«

Es lagen zwei Türknöpfe auf dem Regal, und sie sahen aus wie pures Gold. Daneben lagen noch andere Dinge aus glänzendem Metall und auch einige erstaunlich geschnitzte Gegenstände aus Elfenbein und Jade, doch Qwilleran blieb nicht stehen, um sie genauer zu betrachten. Von den Dämpfen aus dem Heizgerät hatte er bohrende Kopfschmerzen bekommen, und er mußte so schnell wie möglich an die frische Luft. Er wollte nach Hause gehen und einen verständlichen, vernünftigen, vergnüglichen Feierabend mit Koko verbringen. Er merkte, daß er anfing, den Kater gern zu haben; es würde ihm leid tun, wenn Mountclemens zurückkam. Er fragte sich, ob Koko die kulturschwangere Atmosphäre im ersten Stock wirklich mochte. Waren die Freuden, die man beim Schlagzeilenlesen oder beim Beschnüffeln alter Meister empfand, wirklich einer lustigen Runde ›Sperling‹ vorzuziehen? Nach vier Tagen stand es vierhunderteinundsiebzig für den Kater und vierhundertneun für ihn.

Als Qwilleran zu Hause ankam und an der Tür ein freundliches, fröhliches, flauschiges Fellbündel vorzufinden hoffte, wurde er enttäuscht. Koko erwartete ihn nicht. Er ging hinauf zu Mountclemens Wohnung und fand die Tür geschlossen. Drinnen hörte er Musik. Er klopfte.

Es dauerte ein Weilchen, bis Mountclemens – im Morgenmantel – öffnete.

»Wie ich sehe, sind Sie wieder zu Hause«, sagte Qwilleran. »Ich wollte mich nur vergewissern, daß der Kater sein Abendessen bekommt.«

»Er hat den Hauptgang schon beendet«, sagte Mountclemens, »und läßt sich jetzt gekochten Eidotter als Nachtisch schmecken. Danke, daß Sie sich um ihn gekümmert haben. Er sieht gesund und glücklich aus.«

»Wir hatten viel Spaß miteinander«, sagte Qwilleran. »Wir haben Spiele gespielt.«

»Tatsächlich! Ich habe mir oft gewünscht, er würde Mah Jongg lernen.«

»Haben Sie schon die schlimme Nachricht von der Lambreth Gallery gehört?«

»Wenn es dort gebrannt hat, dann haben sie es verdient«, sagte der Kritiker. »Dieses Lagerhaus brennt wie Zunder.«

»Es hat nicht gebrannt. Es hat einen Mord gegeben.«

»Tatsächlich!«

»Earl Lambreth«, sagte Qwilleran. »Seine Frau hat ihn vergangenen Mittwoch nacht tot in seinem Büro gefunden. Er ist erstochen worden.«

»Wie unappetitlich!« Mountclemens Stimme klang gelangweilt – oder müde –, und er trat zurück, als wolle er gleich die Tür schließen.

»Die Polizei hat keine Verdächtigen«, fuhr Qwilleran fort. »Haben Sie eine Theorie?«

Kurz angebunden antwortete Mountclemens: »Ich bin gerade beim Auspacken. Und dann will ich ein Bad nehmen. Nichts liegt mir im Augenblick ferner als die Identität von Earl Lambreths Mörder.« Sein Ton setzte der Unterhaltung ein Ende.

Qwilleran akzeptierte wohl oder übel, daß er entlassen war, und ging hinunter. Er zupfte an seinem Schnurrbart und dachte, daß Mountclemens wirklich widerlich sein konnte, wenn ihm danach war.

Dann ging er in ein drittklassiges Restaurant etwas weiter unten an der Straße, wo er mit finsterem Blick vor seinen Frikadellen saß, in einem schlappen Salat herumstocherte und eine Tasse heißes Wasser betrachtete, in der ein Teesäckchen schwamm. Zu seiner Verärgerung über seinen Hausherrn kam noch eine schmerzliche Enttäuschung – Koko war nicht an die Tür gekommen, um ihn zu begrüßen. Unzufrieden und verstimmt ging er nach Hause.

Qwilleran wollte gerade die Tür zum Vorraum aufsperren, als der Duft von Limonenschale durch das Schlüsselloch zu ihm aufstieg, und so war er nicht überrascht, Mountclemens in der Eingangshalle anzutreffen.

»Ach, hier sind Sie!« sagte der Kritiker freundlich. »Ich war gerade heruntergekommen, um Sie auf eine Tasse Lapsang Souchong und ein Dessert einzuladen. Ich habe nämlich unter großen Mühen eine Sahnetorte aus einer hervorragenden Wiener Bäckerei in New York nach Hause transportiert.«

Die Sonne brach durch Qwillerans düstere Stimmung, und er folgte der Samtjacke und den italienischen Schuhen nach oben.

Mountclemens goß den Tee ein und beschrieb die Ausstellungen in New York, während Qwilleran gehaltvolle, cremige Schokolade langsam auf der Zunge zergehen ließ.

»Und jetzt lassen Sie uns die grausigen Einzelheiten hören«, sagte der Kritiker. »Ich nehme an, sie sind grausig. Ich habe in New York nichts von dem Mord gehört, aber dort werden Kunsthändler sowieso nicht alt ... Verzeihen Sie, wenn ich mich an den Schreibtisch setze und die Post öffne, während Sie erzählen.«

Mountclemens saß vor einem Stapel großer und kleiner Kuverts und Umschlägen mit Zeitschriften. Er legte jedes Kuvert mit der Beschriftung nach unten auf den Schreibtisch, fixierte es mit seiner rechten Hand, während die Linke das Papiermesser führte, und zog dann den Inhalt heraus; das meiste warf er verächtlich in den Papierkorb.

Qwilleran schilderte kurz die Einzelheiten des Mordes an Lambreth, wie er in den Zeitungen beschrieben worden war. »Das ist die Geschichte«, sagte er. »Haben Sie eine Idee, was das Motiv gewesen sein könnte?«

»Ich persönlich«, sagte Mountclemens, »habe Mord aus Rache nie begreifen können. Ich finde Mord zum Zweck persönlichen Gewinns unendlich ansprechender. Doch was irgend jemand davon haben könnte, wenn er Earl Lambreth vom Diesseits ins Jenseits beförderte, übersteigt meine Vorstellungskraft.«

»Er hatte ziemlich viele Feinde, wie ich höre.«

»Alle Kunsthändler und alle Kunstkritiker haben Feinde!« Mountclemens öffnete ein Kuvert mit einem besonders heftigen Ruck. »Die erste, die mir in diesem Fall einfällt, ist dieses unbeschreibliche Bolton-Weib.«

»Was hatte die Schweißerin gegen Lambreth?«

»Er hat sie um einen Auftrag über fünfzigtausend Dollar gebracht – das behauptet sie wenigstens.«

»Die Skulptur vor dem Einkaufszentrum?«

»In Wirklichkeit hat Lambreth dem unschuldigen Publikum einen Gefallen getan, indem er die Architekten überredete, den Auftrag einem anderen Bildhauer zu geben. Geschweißtes Metall ist eine Modeerscheinung. Wenn wir Glück haben, wird es bald von der Bildfläche verschwunden sein – von Protagonisten wie dieser Bolton zur Strecke gebracht.«

Qwilleran sagte: »Man hat mir vorgeschlagen, eine Personality-Story über die Künstlerin zu schreiben.«

»Unbedingt, machen Sie ein Interview mit dieser Frau«, sagte Mountclemens, »und sei es nur, damit Sie selbst etwas lernen. Ziehen Sie Tennisschuhe an. Wenn sie einen ihrer Anfälle von Wahnsinn inszeniert, müssen Sie vielleicht um Ihr Leben rennen oder Metalltrümmern ausweichen.«

»Hört sich an, als würde sie eine gute Verdächtige für den Mord abgeben.«

»Sie hat das Motiv und das Temperament. Aber sie hat das Verbrechen nicht begangen, das kann ich Ihnen versichern. Sie wäre nicht fähig, irgend etwas erfolgreich durchzuführen – schon gar nicht einen Mord, der doch ein gewisses Maß an Raffinesse erfordert.«

Qwilleran ließ die letzten bittersüßen Tortenkrümel auf der Zunge zergehen, dann sagte er: »Ich habe auch über den Schrottkünstler, den sie Neun-Null nennen, nachgedacht. Wissen Sie etwas über ihn?«

»Hochbegabt, übelriechend und harmlos«, sagte Mountclemens. »Nächster Verdächtigter?«

»Es wurde die Vermutung geäußert, es sei eine Familienangelegenheit.«

»Mrs. Lambreth hat zuviel Geschmack, um etwas so Vulgäres zu tun wie jemanden zu erstechen. Erschießen, vielleicht, aber nicht erstechen. Mit einer zierlichen kleinen emaillierten Pistole – oder was immer die Frauen in den Tiefen ihrer Handtasche herumschleppen. Ich hatte immer den Eindruck, daß diese Handtaschen mit nassen Windeln vollgestopft sind. Aber es wäre doch gewiß noch Platz für eine zierliche kleine Pistole – emailliert oder mit Schildpatt und Alpaka belegt ...«

Qwilleran sagte: »Haben Sie je das Porträt gesehen, das sie von ihrem Mann gemalt hat? Es ist so lebensecht wie eine Fotografie und nicht sehr schmeichelhaft.«

»Ich danke dem Schicksal, daß mir dieser Anblick erspart geblieben ist ... Nein, Mister Qwilleran, ich fürchte, Ihr Mörder war kein Künstler. Zu erleben, wie es sich anfühlt, wenn man eine Klinge in Fleisch stößt, wäre einem Maler extrem zuwider. Ein Bildhauer hätte ein besseres Gefühl für die Anatomie, aber er würde seine Feindseligkeit auf gesellschaftlich akzeptiertere Weise ausdrücken – indem er Ton mißhandelt, an einem Stein herummeißelt oder Metall martert. Also sollten Sie lieber nach einem aufgebrachten Kunden, einem verzweifelten Konkurrenten, einem psychopathischen Kunstliebhaber oder einer abgewiesenen Geliebten Ausschau halten.«

»Alle Kunstwerke, die zerstört worden sind, stellen weibliche Figuren dar«, sagte Qwilleran.

›R-r-ritsch‹ machte der Brieföffner. »Sehr diszipliniert«, sagte der Kritiker. »Ich beginne an eine eifersüchtige Geliebte zu glauben.«

»Hatten Sie jemals Grund zu der Vermutung, daß Earl Lambreth bei seinen Geschäften nicht ganz ehrlich war?«

»Mein lieber Mann«, sagte Mountclemens, »jeder gute Kunsthändler würde einen hervorragenden Juwelendieb abgeben. Earl Lambreth hat sich entschlossen, seine Talente in orthodoxere Bahnen zu lenken, doch darüber hinaus kann ich nichts sagen. Ihr Reporter seid alle gleich. Wenn Ihr Eure Zähne in eine Story geschlagen habt, müßt Ihr sie gleich zerfleischen ... Noch eine Tasse Tee?«

Der Kritiker schenkte den Tee aus der silbernen Kanne ein und nahm dann wieder seine Post in Angriff. »Hier ist eine Einladung, die Sie vielleicht interessiert«, sagte er. »Hatten Sie jemals Pech, einem Happening beizuwohnen?« Er schob Qwilleran eine magentarote Karte zu.

»Nein. Was passiert da?«

»Nicht viel. Es ist ein äußerst langweiliger Abend, den ein paar Künstler einem Publikum auferlegen, das dumm genug ist, Eintritt zu zahlen. Mit dieser Einladung kommen Sie jedoch gratis hinein, und Sie finden dort vielleicht ein Thema für Ihre Kolumne. Vielleicht amüsiert es Sie sogar ein bißchen. Ich rate Ihnen, alte Kleidung anzuziehen.«

Das Happening hatte einen Namen. Es hieß *Schwere über deinem Kopf*, und es sollte am folgenden Abend in der Penniman School of Fine Art stattfinden. Qwilleran sagte, er würde hingehen.

Bevor der Journalist Mountclemens Wohnung verließ, beehrte sie Koko kurz mit seiner Anwesenheit. Der Kater kam hinter dem orientalischen Wandschirm hervor, warf Qwilleran einen flüchtigen Blick zu, gähnte kräftig und verließ den Raum.

Kapitel elf

Am Montagmorgen rief Qwilleran den Direktor der Penniman School an und bat um Erlaubnis, ein Mitglied des Lehrkörpers zu interviewen. Der Direktor war entzückt. Aus seinem Verhalten hörte Qwilleran die freudige Begeisterung heraus, die die Aussicht auf Gratiswerbung immer hervorruft.

Um eins erschien der Journalist in der Schule und wurde ins Schweiß-Studio geführt. Das war ein eigenes Gebäude im hinteren Teil des Geländes, das efeuüberwachsene Fuhrwerkhaus des ehemaligen Penniman-Anwesens. Das Innere des Studios machte einen aggressiven Eindruck. Überall scharfe Kanten und spitze Stacheln von geschweißten Metallskulpturen; ob die Werke fertig waren oder nicht, konnte Qwilleran nicht sagen. Alles schien einzig den Zweck zu haben, in Fleisch zu stechen und Kleidung zu zerreißen. Ringsum an den Wänden hingen Gasflaschen, Gummischläuche und Feuerlöscher.

Butchy Bolton, in einem Arbeits-Overall schrecklich und mit ihren streng gewellten Haaren lächerlich anzusehen, saß allein da und verzehrte ihr Mittagsmahl aus einer Papiertüte.

»Nehmen Sie ein Sandwich«, sagte sie in schroffem Ton, der aber nicht über ihre Freude hinwegtäuschen konnte, daß sie für die Zeitung interviewt wurde. »Roggenbrot mit Schinken.« Sie machte ihm auf der asbestbelegten Werkbank Platz, indem sie Schraubenschlüssel, Eisenklammern, Zangen und zerbrochene Ziegel beiseiteschob, und schenkte Qwilleran eine Tasse Kaffee ein, der stark wie Teer war.

Er aß und trank, obwohl er eine halbe Stunde zuvor gut zu Mittag gegessen hatte. Er wußte, daß es ein Vorteil war, wenn man während eines Interviews kaute: An die Stelle des förmlichen Frage- und Antwortspiels trat eine ungezwungene Unterhaltung.

Sie sprachen über ihre Lieblingsrestaurants und das beste Rezept für gebackenen Schinken. Von da war es nicht weit zum Thema Diät und körperliche Betätigung. Das wiederum brachte sie auf das Sauerstoff-Acetylenschweißen. Während Qwilleran einen großen, roten Apfel aß, setzte Butchy Schutzhelm und Schutzbrille auf, zog Lederhandschuhe an und führte vor, wie man einen Metallstab puddelt und eine gleichmäßige Schweißnaht herstellt.

»Im ersten Semester müssen wir froh sein, wenn wir die Schüler so weit bringen, daß sie sich nicht selbst anzünden«, sagte sie.

Qwilleran fragte: »Warum arbeiten Sie mit Metall, statt Holz zu schnitzen oder Ton zu modellieren?«

Butchy sah ihn grimmig an, und Qwilleran war nicht sicher, ob sie ihm mit dem Schweißkolben eins überziehen würde oder sich eine scharfe Antwort überlegte. »Sie müssen mit diesem Mountclemens geredet haben«, sagte sie.

»Nein. Ich bin nur neugierig. Es interessiert mich ganz persönlich.«

Butchy gab der Werkbank einen Tritt mit ihrem knöchelhohen Schnürstiefel. »Unter uns gesagt, es ist schneller und billiger«, sagte sie. »Aber für die Zeitung können Sie schreiben, daß Metall etwas ist, das zum zwanzigsten Jahrhundert gehört. Wir haben ein neues Werkzeug für die Bildhauerei entdeckt: Feuer!«

»Ich vermute, es spricht vor allem Männer an.«

»O nein. Es sind auch ein paar liebe kleine Mädchen in meinem Kurs.«

»War Neun-Null, der Schrottkünstler, auch einer Ihrer Schüler?«

Butchy blickte über ihre Schulter, als suche sie eine Stelle zum Ausspucken. »Er war in meiner Klasse, aber ich konnte ihm nichts beibringen.«

»Wie ich höre, hält man ihn für eine Art Genie.«

»Manche halten ihn für ein Genie. Ich halte ihn für einen Blender. Ich kann mir nicht vorstellen, wie er es geschafft hat, in der Lambreth Gallery auszustellen.«

»Mrs. Lambreth hält sehr viel von seiner Arbeit.«

Butchy atmete hörbar durch die Nase aus und schwieg.

»Hat Earl Lambreth ihre Begeisterung geteilt?«

»Vielleicht. Ich weiß es nicht. Earl Lambreth war kein Experte. Er hat nur vielen Leuten vormachen können, daß er ein Fachmann sei – wenn Sie verzeihen, daß ich schlecht von den Toten spreche.«

»Wie ich gehört habe«, sagte Qwilleran, »sind ziemlich viele Leute Ihrer Meinung.«

»Natürlich sind sie meiner Meinung. Schließlich habe ich recht! Earl Lambreth war ein Blender, genau wie Neun-Null. Sie haben ein tolles Paar abgegeben, haben versucht, sich gegenseitig zu blenden.« Sie grinste böse. »Natürlich weiß ein jeder, wie Lambreth gearbeitet hat.«

»Was meinen Sie?«

»Keine Preisschilder. Kein Katalog – außer bei großen Ausstellungen. Das gehörte zum sogenannten exklusiven Image der Galerie. Wenn einem Kunden ein Stück gefiel, konnte Lambreth jeden Preis nennen, den der Kunde zahlen würde. Und wenn der Künstler dann seinen Anteil bekam, konnte er nicht beweisen, zu welchem Preis sein Werk tatsächlich verkauft worden war.«

»Sie glauben, daß Betrug im Spiel war?«

»Natürlich. Und Lambreth kam damit durch, weil die meisten Künstler Idioten sind. Neun-Null war der einzige, der Lambreth vorwarf, ihn übers Ohr zu hauen. Ein Schwindler erkennt den anderen gleich.«

Selbstgefällig schob Butchy ihre gewellten Haare zurecht.

Qwilleran kehrte zurück in die Redaktion und forderte schriftlich einen Fotografen für eine Großaufnahme einer Schweißerin bei der Arbeit an. Er tippte auch eine Rohfassung des Interviews – ohne die Bemerkungen über Lambreth und Neun-Null – und legte sie beiseite, um sie reifen zu lassen. Er war sehr zufrieden mit sich. Er hatte das Gefühl, irgendeiner Sache auf der Spur zu sein. Als nächstes würde er das Kunstmuseum besuchen und die Geschichte mit dem verschwundenen florentinischen Dolch überprüfen, und nach dem Abendessen würde er zu dem Happening gehen. Für einen Montag entwickelte sich der Tag sehr interessant.

Im Kunstmuseum schlug Qwilleran die montagnachmittägliche Stille entgegen. In der Eingangshalle nahm er sich einen Katalog der florentinischen Sammlung und erfuhr, daß die meisten Stücke ein großzügiges Geschenk der Familie Duxbury waren. Percy Duxbury saß in der Museumskommission. Seine Frau war Präsidentin des Spendenkomitees.

In der Garderobe, wo Qwilleran Hut und Mantel abgab, fragte er Tom LaBlancs Freundin, wo die florentinische Sammlung sei.

Sie wies verträumt ans andere Ende des Ganges. »Aber warum wollen Sie Ihre Zeit *damit* verschwenden?«

»Ich habe sie noch nicht gesehen, darum. Ist das ein guter Grund?« fragte er in freundlichem, scherzhaftem Ton.

Sie blickte ihn durch ein paar lange Haarsträhnen an, die über ein Auge gefallen waren. »Wir stellen gerade zeitgenössisches schwedisches Silber aus, eine Leihgabe. Das ist viel aufregender.«

»Okay. Ich werde mir beides ansehen.«

»Sie werden nicht soviel Zeit haben. Das Museum macht in einer Stunde zu«, sagte sie. »Die schwedischen Sachen sind echt cool, und sie sind nur noch diese Woche hier.«

Für eine Garderobenfrau ging ihr Interesse, ihn zu beraten, über das übliche Maß hinaus, fand Qwilleran, und sein beruflicher Argwohn begann sich zu regen. Er ging in den florentinischen Saal.

Das Geschenk der Duxburys war ein Mischmasch von Gemälden, Wandteppichen, Bronzereliefs, Marmorstatuen, alten Handschriften und kleinen Objekten aus Silber und Gold in Glasvitrinen. Einige waren hinter gläsernen Schiebetüren mit winzigen, fast unsichtbaren Schlössern ausgestellt, andere standen auf Podesten unter Glaskuppeln, die fest verankert schienen.

Qwilleran fuhr mit dem Finger die Katalogseite hinunter und

fand das Stück, das ihn interessierte: einen goldenen Dolch, zwanzig Zentimeter lang, kunstvoll ziseliert, sechzehntes Jahrhundert, Benvenuto Cellini zugeschrieben. In den Glasvitrinen – zwischen den Salzstreuern und Bechern und religiösen Statuen – war er nicht zu sehen.

Qwilleran ging in das Büro des Direktors und fragte nach Mr. Farhar. Eine Sekretärin mittleren Alters mit schüchternem Auftreten sagte ihm, daß Mr. Farhar nicht da sei. Könnte ihm vielleicht Mr. Smith behilflich sein? Mr. Smith war der Kustos des Museums.

Smith saß an einem Tisch, auf dem kleine Jadeobjekte lagen, von denen er eines unter einer Lupe betrachtete. Er war ein gutaussehender, dunkelhaariger Mann mit blasser Haut und Augen, die genauso grün waren wie die Jade. Qwilleran erkannte ihn als Humbert Humbert, Lolitas Begleiter beim Valentins-Ball. Der Mann hatte einen verschlagenen Blick, und man konnte sich leicht vorstellen, daß er irgendwelche Scheußlichkeiten beging. Überdies hieß er mit Vornamen John, und ein Mann namens John Smith würde den gutgläubigsten Menschen mißtrauisch machen.

Qwilleran sagte zu ihm: »Wie ich höre, ist ein wertvoller Gegenstand aus dem florentinischen Saal verschwunden.«

»Wo haben Sie das gehört?«

»Die Zeitung hat einen Tip bekommen. Ich weiß nicht, von wem.«

»Das Gerücht entbehrt jeder Grundlage. Es tut mir leid, daß Sie umsonst hergekommen sind. Wenn Sie Material für eine Geschichte suchen, könnten Sie jedoch über diese private Jadesammlung schreiben, die das Museum soeben von einem seiner Kommissionsmitglieder erhalten hat.«

»Vielen Dank. Das werde ich gerne tun«, sagte Qwilleran, »aber ein andermal. Heute interessiere ich mich für florentinische Kunst. Insbesondere bin ich auf der Suche nach einem ziselierten goldenen Dolch, der Cellini zugeschrieben wird, und ich kann ihn anscheinend nicht finden.«

Smith machte eine abfällige Handbewegung. »Der Katalog ist

übertrieben optimistisch. Es sind nur sehr wenige von Cellinis Arbeiten erhalten, aber die Duxburys möchten gerne glauben, daß sie einen Cellini gekauft haben, und so tun wir ihnen den Gefallen.«

»Ich möchte den Dolch selber sehen, egal, von wem er ist«, sagte Qwilleran. »Wären Sie so gut, mit mir zu kommen und ihn mir zu zeigen?«

Der Kustos lehnte sich in seinem Stuhl zurück und hob die Arme hoch. »Okay. Wie Sie wollen. Der Dolch ist im Moment verlegt worden, aber wir wollen das nicht ausposaunen. Das könnte eine Welle von Diebstählen auslösen. So etwas kommt vor, wissen Sie.« Er hatte dem Reporter keinen Stuhl angeboten.

»Wieviel ist er wert?«

»Das sagen wir lieber nicht.«

»Das ist ein städtisches Museum«, sagte Qwilleran, »und die Öffentlichkeit hat ein Recht, davon zu erfahren. Es könnte zur Wiederauffindung des Dolches führen. Haben Sie die Polizei verständigt?«

»Würden wir jedesmal, wenn irgendein kleiner Gegenstand irrtümlich verlegt wird, die Polizei verständigen und die Presse alarmieren, wären wir ein öffentliches Ärgernis.«

»Wann haben Sie bemerkt, daß er fehlt?«

Smith zögerte. »Ein Aufseher hat es schon vor einer Woche gemeldet.«

»Und Sie haben gar nichts unternommen?«

»Eine Routinemeldung wurde Mr. Farhar auf den Schreibtisch gelegt, aber – wie Sie wissen – Mr. Farhar verläßt uns und hat sehr viele andere Dinge im Kopf.«

»Zu welcher Tageszeit hat der Aufseher das Fehlen des Dolches bemerkt?«

»In der Frühe, als er seine erste Bestandsaufnahme machte.«

»Wie oft macht er das?«

»Einige Male am Tag.«

»Und war der Dolch bei der vorherigen Überprüfung noch an seinem Platz?«

»Ja.«

»Wann war das?«

»Am Abend davor, als das Museum schloß.«

»Also ist er während der Nacht verschwunden.«

»Es scheint so.« John Smith war jetzt kurz angebunden und abweisend.

»Gab es irgendeinen Hinweis, daß jemand in das Museum eingebrochen ist oder die ganze Nacht hier eingeschlossen war?«

»Nein.«

Qwilleran erwärmte sich immer mehr für die Sache. »Mit anderen Worten, es hätte jemand von der Belegschaft sein können. Wie wurde der Dolch aus der Vitrine genommen? War das Glas zerbrochen?«

»Nein. Die Vitrine ist ordnungsgemäß geöffnet und wieder verschlossen worden.«

»Um was für eine Art Vitrine handelt es sich?«

»Um ein Podest mit einer Glaskuppel, unter der sich die Objekte befinden.«

»Waren auch andere Objekte unter derselben Kuppel?«

»Ja.«

»Doch die wurden nicht angerührt.«

»Richtig.«

»Wie nimmt man so eine Kuppel ab? Ich habe sie mir angesehen, wurde aber nicht schlau daraus.«

»Sie wird über das Podest gestülpt und von einer Leiste gehalten, die mit verborgenen Schrauben befestigt ist.«

»Mit anderen Worten«, sagte Qwilleran, »man muß den Dreh kennen, um das Ding auseinanderzubekommen. Der Dolch muß von jemandem entfernt worden sein, der sich auskannte – und zwar nachdem das Museum geschlossen worden war. Würden Sie nicht sagen, daß das nach einem Insider aussieht?«

»Mir gefällt Ihre Anspielung auf den *Insider* nicht, Mr. Qwilleran«, sagte der Kustos. »Ihr Zeitungsleute könnt äußerst ekelhaft sein, wie dieses Museum zu seinem Leidwesen erfahren mußte. Ich verbiete Ihnen, ohne Mr. Farhars Genehmigung irgend etwas über diesen Vorfall zu drucken.«

»Sie schreiben einer Zeitung nicht vor, was sie drucken soll und was nicht«, sagte Qwilleran und versuchte, sich zu beherrschen.

»Wenn dieser Artikel erscheint«, sagte Smith, »werden wir daraus schließen müssen, daß der *Daily Fluxion* ein verantwortungsloses Sensationsblatt ist. Erstens könnten Sie falschen Alarm schlagen. Zweitens lösen Sie vielleicht eine Lawine von Diebstählen aus. Und drittens verhindern Sie damit möglicherweise, daß der Dolch wiedergefunden wird, falls er tatsächlich gestohlen wurde.«

»Ich werde das meinem Herausgeber überlassen«, sagte Qwilleran. »Übrigens, fallen Sie die Leiter hinauf, wenn Farhar geht?«

»Sein Nachfolger ist noch nicht bestimmt worden«, sagte Smith, und seine fahle Haut wurde noch eine Spur bleicher.

Zum Abendessen ging Qwilleran ins *Artist and Model*, eine gemütliche Kellerkneipe, die bei der Kulturschickeria gerade ›in‹ war. Die Hintergrundmusik war klassisch, die Speisekarte französisch, und die Wände waren mit Kunstwerken behängt. Man konnte sie im kultiviert gedämpften Licht des Kellerlokals unmöglich betrachten, und selbst das Essen – kleine Portionen auf braunem Steingut – war für die Gabel schwer zu finden.

Die Atmosphäre war eher für ein Gespräch oder zum Händchenhalten geeignet als zum Essen, und Qwilleran gestattete sich einen Augenblick des Selbstmitleids, als er merkte, daß er der einzige war, der allein zu Abend aß. Wieviel angenehmer wäre ein Abend zu Hause, dachte er – er würde ein Stück Pastete mit Koko teilen und dann eine Runde ›Sperling‹ spielen. Dann fiel ihm zu seinem Kummer ein, daß Koko ihn verlassen hatte.

Er bestellte *Ragoût de boeuf Bordelaise* und lenkte sich ab, indem er über den goldenen Dolch nachdachte. Dieser Smith war ein hinterhältiger Typ. Zu Beginn des Gespräches hatte er gelogen, das hatte er sogar zugegeben. Selbst das Mädchen in der Garderobe hatte versucht, Qwilleran davon abzuhalten, in den florentinischen Saal zu gehen. Wer deckte da wen?

Wenn der Dolch gestohlen worden war, warum hatte der Dieb gerade dieses spezielle Stück aus der italienischen Renaissance gewählt? Warum sollte jemand eine Waffe stehlen? Warum nicht einen Becher oder eine Schale? Es war wohl kaum die Art Beute, die ein kleiner Gauner schnell zu Geld machen konnte, und professionelle Juwelendiebe, die im großen Stil operierten, hätten eine größere Beute gemacht. Jemand hatte diesen Dolch unbedingt haben wollen, dachte Qwilleran, weil er aus Gold war, oder weil er schön war.

Das war ein poetischer Gedanke, und Qwilleran schrieb ihn der romantischen Atmosphäre des Restaurants zu. Dann ließ er zufrieden seine Gedanken zu Zoe schweifen. Er fragte sich, wie lange es wohl angemessen war zu warten, bis er sie zum Abendessen einladen konnte. Eine Witwe, die nichts von Begräbnissen hielt und eine purpurne Seidenhose als Trauerkleidung trug, richtete sich offenbar nicht nach Konventionen.

Um ihn herum plauderten und lachten die Paare. Immer wieder erklang eine weibliche Stimme, die trillernd lachte. Diese Stimme war unverkennbar. Sie gehörte Sandy Halapay. Sie hatte offensichtlich eine Abendbegleitung gefunden, mit der sie sich amüsieren konnte, während ihr Mann in Dänemark war.

Als Qwilleran das Restaurant verließ, sah er verstohlen zu Sandys Tisch und auf den dunklen Kopf, der sich ihr zuneigte. Es war John Smith.

Qwilleran vergrub die Hände in den Manteltaschen und ging die paar Häuserblocks zur Penniman School. Seine Gedanken wanderten vom Cellini-Dolch zu John Smith mit dem verschlagenen Blick – zu Sandy, die sich blind stellte – zu Cal Halapay in Dänemark – zu Tom, Halapays mürrischem Hausburschen – zu Toms Freundin in der Garderobe des Museums – und wieder zurück zum Dolch.

Dieses Gedankenkarussell machte Qwilleran etwas schwindlig, und er versuchte, sich die Sache aus dem Kopf zu schlagen. Schließlich ging es ihn gar nichts an. Genau wie der Mord an Earl Lambreth. Sollte die Polizei ihn aufklären.

In der Penniman School gab es andere rätselhafte Dinge, die Qwilleran verwirrten. Das Happening war ein Raum voller Menschen, Dingen, Geräuschen und Gerüchen, die weder Sinn noch Ziel oder Zweck zu haben schienen.

Die Schule war verschwenderisch ausgestattet (Mrs. Duxbury war vor ihrer Heirat eine Penniman gewesen); unter anderem gab es ein beeindruckendes Bildhauerstudio. Mountclemens hatte es in einer seiner Kolumnen als ›so groß wie eine Scheune und so produktiv wie ein Heuschober‹ beschrieben. In diesem Bildhauerstudio fand das Happening statt, für das die Studenten einen Dollar und das gewöhnliche Publikum drei Dollar Eintritt bezahlten. Die Einnahmen waren für den Stipendien-Fonds vorgesehen.

Als Qwilleran hinkam, war der riesige Raum dunkel, abgesehen von ein paar Spots, die auf den Wänden Lichtspiele veranstalteten. Diese schmalen und breiten Lichtbahnen enthüllten eine Nordwand aus undurchsichtigem Glas und eine hohe Decke mit freiliegenden Balken. Außerdem war unter der Decke ein provisorisches Gerüst aufgebaut.

Unten, auf dem Betonboden, standen Menschen aller Altersklassen entweder in Gruppen zusammen, oder sie spazierten zwischen den aufgetürmten großen, leeren Kartons herum, die den Raum in ein Labyrinth verwandelten. Diese Türme aus Pappkarton waren grellbunt bemalt und gefährlich hoch gestapelt, sie drohten bei der leisesten Berührung einzustürzen.

Vom Gerüst baumelten andere bedrohliche Dinge. Ein Schwert hing an einem unsichtbaren Faden. Außerdem Bündel grüner Ballons, rote Äpfel, die an den Stengeln angebunden waren, und gelbe Plastikeimer, die mit wer weiß was gefüllt waren. Ein Gartenschlauch tröpfelte planlos vor sich hin. In einer Seilschlinge hing eine nackte Frau mit langen grünen Haaren, die aus einer Unkrautspritze billiges Parfüm versprühte. Und in der Mitte des Gerüstes hockte, wie eine böse Gottheit, die über allem wachte, das ›Ding Nr. 36‹ mit den rotierenden Augen. Irgend etwas war noch dazugekommen, merkte Qwilleran: Das Ding trug jetzt eine Krone aus Türknöpfen, Neun-Nulls Symbol für den Tod.

Bald erfüllte das Wimmern und Piepsen elektronischer Musik den Raum, die Spots begannen sich im Rhythmus der Musik zu bewegen und rasten schwindelerregend über die Decke oder verharrten auf nach oben gerichteten Gesichtern.

Als das Licht einmal über sie hinwegglitt, erkannte Qwilleran Mr. und Mrs. Franz Buchwalter, deren normale Kleidung jenen Bauernkostümen nicht unähnlich war, die sie beim Valentins-Ball getragen hatten. Die Buchwalters erkannten seinen Schnurrbart sofort.

»Wann beginnt das Happening?« fragte er sie.

»Es hat schon begonnen«, sagte Mrs. Buchwalter.

»Sie meinen, *das* ist es? Mehr geschieht nicht?«

»Es werden im Lauf des Abends noch andere Dinge geschehen«, sagte sie.

»Was tut man denn hier?«

»Sie können herumstehen und die Dinge geschehen lassen«, sagte sie, »oder Sie können selbst veranlassen, daß Dinge geschehen, je nach Ihrer Lebenseinstellung. Ich werde vermutlich ein paar dieser Kartons herumschieben; Franz wird einfach nur warten, bis sie ihm auf den Kopf fallen.«

»Ich warte einfach, bis sie mir auf den Kopf fallen«, sagte Franz.

Mehr Leute kamen, und die Menge war jetzt gezwungen weiterzugehen. Ein Teil der Besucher legte einen geradezu leidenschaftlichen Ernst an den Tag; andere wirkten amüsiert; und wieder andere überspielten ihre Verwirrung mit großem Getue.

»Was halten Sie von all dem?« fragte Qwilleran die Buchwalters, während sie zu dritt durch das Labyrinth wanderten.

»Wir finden, es ist eine interessante Demonstration der Kreativität und der Entwicklung eines Themas«, sagte Mrs. Buchwalter. »Das Ereignis muß eine Form haben und Bewegung, einen dominanten Mittelpunkt, Vielfalt, Einheit – alle Elemente des guten Designs. Wenn man nach diesen Eigenschaften Ausschau hält, steigert es das Vergnügen.«

Franz nickte beifällig: »Steigert das Vergnügen.«

»Das Team erklimmt das Gerüst«, sagte seine Frau, »also wird sich das Tempo des Happenings jetzt beschleunigen.«

In den vorbeiflitzenden Lichtflecken, die die Spots im Halbdunkel erzeugten, sah Qwilleran drei Figuren die Leiter hinaufklettern. Die große war Butchy Bolton im Overall, gefolgt von Tom LaBlanc; nach ihm kam Neun-Null, genauso ungepflegt wie zuvor.

»Der junge Mann mit Bart«, sagte Mrs. Buchwalter, »ist ein ziemlich erfolgreicher Absolvent der Schule, der andere ist Student hier. Miss Bolton kennen Sie vermutlich. Sie unterrichtet hier. Es war ihre Idee, das glotzäugige Ding über das Happening präsidieren zu lassen. Ehrlich gesagt waren wir überrascht, da wir wissen, wie sie über Schrottkunstwerke denkt. Vielleicht wollte sie damit auch gerade ihre Meinung ausdrücken. Heutzutage verehren die Menschen Schrott.«

Qwilleran wandte sich an Franz. »Sie unterrichten hier an der Schule, nicht wahr?«

»Ja«, sagte Mrs. Buchwalter. »Er unterrichtet Aquarellmalerei.«

Qwilleran sagte: »Sie haben eine Ausstellung in der Westside Gallery, Mr. Buchwalter. Ist sie erfolgreich?«

»Er hat fast alles verkauft«, sagte die Frau des Künstlers, »trotz der bemerkenswerten Rezension von George Bonifield Mountclemens. Ihr Kritiker war nicht in der Lage, den Symbolismus in Franz Arbeit zu interpretieren. Wenn mein Mann Segelboote malt, porträtiert er damit eigentlich die Sehnsucht der Seele zu entfliehen, auf weißen Schwingen in ein Morgen aus reinstem Blau zu entfliehen. Mountclemens hat einen sehr geschickten Kniff angewandt, um zu kaschieren, daß er es einfach nicht versteht. Wir fanden das überaus amüsant.«

»Überaus amüsant«, sagte der Künstler.

»Dann fühlen Sie sich von dieser Art Rezension nicht verletzt?«

»Nein. Der Mann hat seine Grenzen, so wie wir alle. Und wir verstehen sein Problem. Er hat unser ganzes Mitgefühl.«

»Was für ein Problem meinen Sie?«

»Mountclemens ist ein verhinderter Künstler. Sie wissen natürlich, daß die eine Hand eine Prothese ist – eine bemerkenswert realistische Prothese –, sie wurde auch von einem Bildhauer in Michigan gemacht. Seine Eitelkeit kann sie befriedigen, aber er kann nicht mehr malen.«

»Ich wußte nicht, daß er Künstler war«, sagte Qwilleran. »Wie hat er seine Hand verloren?«

»Das scheint niemand zu wissen. Es ist passiert, bevor er hierher kam. Offenbar hat dieser Verlust auch seine Persönlichkeit beeinträchtigt. Aber wir müssen lernen, mit seinem exzentrischen Wesen zu leben. Wir werden ihn wohl nicht mehr loswerden. Soviel wir wissen, kann ihn nichts von seinem viktorianischen Haus trennen …«

Lautes Gekreisch unterbrach Mrs. Buchwalter. Der Gartenschlauch, der über den Köpfen hing, hatte plötzlich eine Reihe von Zusehern mit Wasser begossen.

Qwilleran sagte:

»Der Mord an Lambreth war schrecklich. Haben Sie irgendeine Theorie?«

»Wir gestatten uns nicht, uns mit solchen Dingen näher zu befassen«, antwortete Mrs. Buchwalter.

»Wir befassen uns nicht näher damit«, sagte ihr Mann.

Gelächter erfüllte das Studio, als das Team einen Ballen Hühnerfedern ausstreute und ein elektrischer Ventilator sie wie Schnee herumwirbelte.

»Das ist wirklich lustig«, sagte Qwilleran.

Er änderte seine Meinung einen Augenblick später, als die Veranstalter eine giftige Schwefelwasserstoff-Wolke auf sie losließen.

»Es ist alles symbolisch«, sagte Mrs. Buchwalter. »Sie brauchen ihre fatalistische Ansicht nicht zu teilen, aber Sie müssen zugeben, daß sie denken und sich ausdrücken.«

Schüsse ertönten. Schreie erklangen, gefolgt von einem kleinen Tumult unter den Zusehern. Das Team auf dem Gerüst hatte die grünen Ballons aufgestochen, die jetzt auf die Menge unten niedergingen.

Qwilleran sagte: »Ich hoffe, sie wollen nicht auch dieses Damoklesschwert heruntersausen lassen.«

»Bei einem Happening geschieht niemals etwas wirklich Gefährliches«, sagte Mrs. Buchwalter.

»Nein, nichts Gefährliches«, sagte Mr. Buchwalter.

Die Menschenmenge drängte herum, und die Pappkartontürme begannen umzukippen. Von oben regnete es Konfetti. Dann hagelte es Gummibälle aus einem der gelben Plastikeimer. Und dann ...

»*Blut!*« schrie eine gellende Frauenstimme. Qwilleran kannte diese Stimme, und er drängte sich brutal durch die Menge, um zu ihr zu kommen.

Von Sandy Halapays Gesicht tropfte etwas Rotes. Ihre Hände waren rot. Sie stand hilflos da, während John Smith sie zärtlich mit dem Taschentuch abtupfte. Dann lachte sie plötzlich. Es war Ketchup.

Qwilleran ging zu den Buchwalters zurück. »Jetzt wird es ziemlich wild«, sagte er. Die Zuseher hatten begonnen, mit den Gummibällen auf die Veranstalter auf dem Gerüst zu schießen.

Die Gummibälle flogen durch die Luft, trafen das Gerüst, sprangen zurück, prallten von unschuldigen Schädeln und wurden von den höhnisch lachenden Zuschauern erneut geworfen. Die Musik kreischte und blökte. Das Licht der Spots wirbelte schwindelerregend durch den Raum.

»Auf das Monster!« schrie jemand, und ein Hagel von Bällen prasselte auf das Ding mit den rotierenden Augen.

»Nein!« rief Neun-Null. »Aufhören!«

In den Lichtblitzen konnte man sehen, wie das Ding auf seiner Latte zu schwanken begann.

»Aufhören!«

Die Mitglieder des Teams stürzten hin, um es zu retten. Die Gerüstbretter klapperten.

»Vorsicht!«

Das Mädchen in der Seilschlinge schrie auf.

Die Menge lief auseinander. Das Ding krachte herunter. Und mit ihm stürzte ein Körper auf den Betonboden.

Kapitel zwölf

Zwei Ereignisse machten in der Dienstagmorgenausgabe des *Daily Fluxion* Schlagzeilen.

Ein wertvoller goldener Dolch, der Cellini zugeschrieben wurde, war aus dem Kunstmuseum verschwunden. Obwohl sein Fehlen schon vor über einer Woche von einem Aufseher bemerkt worden war, hatte man bei der Polizei keine Meldung erstattet, bis ein Reporter des *Fluxion* entdeckte, daß diese seltene Kostbarkeit aus dem florentinischen Saal verschwunden war. Die Museumsverwaltung konnte keine zufriedenstellende Erklärung für das lange Zögern geben.

Der andere Artikel berichtete von einem tödlichen Unfall.

»Bei einem Sturz kam Montag nacht ein Künstler ums Leben. Der Unfall ereignete sich in der Penniman School of Fine Art während des Happenings, das unter Mitwirkung des Publikums veranstaltet wurde. Der Bildhauer war unter dem Künstlernamen Neun Null Zwei Vier Sechs Acht Fünf bekannt; sein richtiger Name war Joseph Hibber.

Hibber befand sich auf einem hohen Gerüst im abgedunkelten Raum, als durch aggressive Aktionen der Zuseher beinahe eine der riesigen Requisiten der Show zu Fall kam.

Augenzeugen berichteten, Hibber habe verhindern wollen, daß das Objekt auf die Zuseher fiel. Dabei verlor er offenbar den Halt und stürzte acht Meter tief auf den Betonfußboden.

Mrs. Sadie Buchwalter, die Frau von Franz Buchwalter, einem Mitglied des Lehrkörpers, wurde beim Absturz des Objekts von einem Türknopf verletzt, der durch die Luft flog. Ihr Zustand wurde als zufriedenstellend bezeichnet.

Etwa dreihundert Studenten, Lehrer und Gäste, die an der Benefizveranstaltung teilnahmen, waren Zeugen des Unfalls.«

Qwilleran warf die Zeitung auf die Theke des Presseclubs, als Arch Riker kam, mit dem er um halb sechs auf ein Glas verabredet war.

»Zu Tode gestürzt«, sagte Qwilleran, »oder gestoßen.«

»Du siehst überall Verbrechen«, sagte Arch. »Bist du mit einem Mord in deinem Ressort nicht zufrieden?«

»Du weißt nicht, was ich weiß.«

»Dann erzähl mal. Was war das für ein Typ?«

»Ein Bürgerschreck, der sich zufällig mit Zoe Lambreth gut verstand. Und sie hatte ihn auch recht gern, obwohl das schwer zu begreifen war, wenn man den Jungen sah – ein naturbelassener Typ direkt von der städtischen Müllhalde.«

»Bei Frauen weiß man nie«, sagte Arch.

»Und doch muß ich zugeben, daß der Junge gewisse Fähigkeiten hatte.«

»Also, wer hat ihn gestoßen?«

»Nun, da ist mal diese Bildhauerin, Butchy Bolton, die ihn anscheinend nicht leiden konnte. Ich glaube, Butchy war eifersüchtig auf seine Freundschaft mit Zoe und auch in beruflicher Hinsicht. Er hatte weit mehr Erfolg bei den Kritikern als sie. Und Butchy war in Zoe vernarrt.«

»Ach, eine von denen!«

»Zoe hat versucht, sie loszuwerden – diskret –, aber Butchy ist so diskret wie eine Bulldogge. Und jetzt kommt ein interessanter Punkt: Sowohl Butchy als auch Neun-Null, der Tote, waren ernsthaft sauer auf Zoes Mann. Angenommen, einer von ihnen hat Earl Lambreth umgebracht; hat Butchy Neun-Null als Konkurrenten im Hinblick auf Zoes Aufmerksamkeit gesehen und ihn gestern nacht vom Gerüst gestoßen? Alle Mitglieder des Veranstaltungsteams sind auf diese dünnen Bretter gelaufen, um das Ding vor dem Absturz zu bewahren. Butchy hätte eine wunderbare Gelegenheit gehabt.«

»Du scheinst mehr zu wissen als die Polizei.«

»Ich weiß keine Antworten. Nur Fragen. Und hier ist noch eine: Wer hat das Gemälde der Ballettänzerin aus Earl Lambreths Büro gestohlen? Letztes Wochenende erinnerte ich mich plötzlich, daß es in der Mordnacht verschwunden war. Ich habe es Zoe gesagt, und sie hat es der Polizei gemeldet.«

»Du warst ein sehr fleißiger Junge. Kein Wunder, daß du den Beitrag über Halapay noch nicht fertig hast.«

»Und noch eine Frage: Wer hat den Dolch im Museum gestohlen? Und warum sind sie diesbezüglich gar so diskret?«

»Hast du noch ein paar Geschichten auf Lager?« fragte Arch. »Oder kann ich heimgehen zu Frau und Kindern?«

»Geh heim. Du bist ein mieses Publikum. Hier kommen ein paar Leute, die das interessieren wird.«

Odd Bunsen und Lodge Kendall kamen im Gänsemarsch in die Bar.

»He, Jim«, sagte Odd, »haben Sie den Artikel über den verschwundenen Dolch im Museum geschrieben?«

»Ja.«

»Sie haben ihn gefunden. Ich bin dort gewesen und habe ein paar Fotos davon gemacht. Die Fotoredaktion dachte, die Leute würden gerne wissen, wie er aussieht – nach dem ganzen Wirbel, den Sie gemacht haben.«

»Wo haben sie ihn gefunden?«

»Im Safe des Pädagogikinstituts. Einer der Lehrer schrieb einen Beitrag über florentinische Kunst für eine Zeitschrift, und er hat den Dolch aus der Vitrine genommen, um ihn studieren zu können. Dann ist er zu irgendeiner Konferenz gefahren und hat ihn in den Safe gelegt.«

»Oh«, sagte Qwilleran. Sein Schnurrbart hing traurig herab.

»Nun, damit ist eines deiner Probleme gelöst«, sagte Arch. Er wandte sich an den Polizeireporter. »Was Neues im Fall Lambreth?«

»Ein wichtiger Anhaltspunkt hat sich gerade in Luft aufgelöst«, sagte Kendall. »Die Polizei hat ein wertvolles Gemälde gefunden, das Lambreths Frau als verschwunden gemeldet hat.«

»Wo haben sie es gefunden?« wollte Qwilleran wissen.

»Im Lagerraum der Galerie, unter ›G‹ abgelegt.«

»Oh«, sagte Qwilleran.

Arch klopfte ihm auf den Rücken. »Für einen Detektiv, Jim, bist du ein guter Kulturredakteur. Warum kümmerst du dich nicht um die Story über Halapay und überläßt die Verbrechen der Polizei? Ich geh' nach Hause.«

Arch ging, und Odd Bunsen und Lodge wanderten davon. Qwilleran saß alleine da und starrte unglücklich in seinen Tomatensaft.

Bruno wischte die Theke ab und sagte mit seinem wissenden Lächeln: »Wollen Sie noch eine Bloody Mary ohne Wodka, Limonensaft, Worcester-Sauce oder Tabasco?«

»Nein«, fuhr ihn Qwilleran an.

Der Barkeeper blieb weiter in seiner Nähe. Er räumte die Theke auf. Er gab Qwilleran noch eine Papierserviette. Schließlich fragte er: »Möchten Sie ein paar von meinen Präsidentenporträts sehen?«

Qwilleran warf ihm einen finsteren Blick zu.

»Ich bin mit van Buren fertig«, sagte Bruno, »und ich habe ihn und John Quincy Adams hier unter der Theke.«

»Nicht heute abend. Ich bin nicht in der richtigen Stimmung.«

»Ich kenne niemand anderen, der aus Whisky-Etiketten Collagen macht, die Porträts darstellen«, beharrte Bruno.

»Hören Sie, von mir aus können Sie Mosaikporträts aus gebrauchten Olivenkernen machen! Ich will sie heute abend nicht sehen!«

»Sie hören sich schon an wie Mountclemens«, sagte Bruno.

»Ich habe es mir wegen des Drinks überlegt«, sagte Qwilleran. »Ich nehme einen. Scotch – pur.«

Bruno zuckte die Achseln und machte sich im Zeitlupentempo an die Arbeit.

»Und zwar ein bißchen plötzlich«, sagte Qwilleran.

Aus dem Lautsprecher erklang eine dumpfe Stimme; er hörte sie nicht.

»Mr. Qwilleran«, sagte Bruno. »Ich glaube, Sie werden ausgerufen.«

Qwilleran lauschte, wischte sich den Schnurrbart ab und ging schlecht gelaunt zum Telefon.

Eine sanfte Stimme sagte: »Mr. Qwilleran, ich hoffe, ich störe Sie nicht, aber ich möchte Sie fragen, ob Sie heute zum Abendessen schon etwas vorhaben?«

»Nein, habe ich nicht«, sagte er in verändertem Tonfall.

»Würden Sie herauskommen und mit mir zu Hause zu Abend essen? Ich bin bedrückt, und es wäre mir eine Hilfe, wenn ich mit jemandem reden könnte, der verständnisvoll ist. Ich verspreche, ich werde nicht über meine Sorgen reden. Wir werden über angenehme Dinge sprechen.«

»Ich nehme ein Taxi und bin sofort bei Ihnen.«

Auf dem Weg aus dem Presseclub warf Qwilleran Bruno einen Dollar hin. »Trinken Sie den Scotch selber«, sagte er.

Als Qwilleran irgendwann nach Mitternacht von Zoes Haus zurückkam, war er in bester Stimmung. Die Nacht war bitter kalt, und doch war ihm warm. Er gab einem erfroren aussehenden Bettler, der den Blenheim Place hinunterschlurfte, einen Vierteldollar, und er pfiff vor sich hin, als er die Außentür von Nr. 26 aufschloß.

Noch bevor er den zweiten Schlüssel ins Schloß der inneren Tür steckte, konnte er Koko in der Eingangshalle schreien hören.

»Ha! Du treuloser Freund«, sagte er zu dem Kater. »Gestern hast du mich links liegenlassen. Erwarte heute abend keine Runde ›Sperling‹, Kumpel.«

Koko saß in aufrechter Haltung auf der untersten Stufe. Er sprang nicht herum. Er rieb sich nicht an den Beinen. Er war ganz bei der Sache. Er äußerte sich sehr drängend. Qwilleran sah auf die Uhr. Der Kater hätte um diese Zeit zusammengerollt auf dem Kissen auf Mountclemens Kühlschrank liegen und schlafen müssen. Aber er war hier, voll wach, und er stieß langgezogene, laute Schreie aus. Es war nicht das quengelnde Klagen wie über eine etwas verspätete Mahlzeit, auch nicht der scheltende Tonfall, den er anschlug, wenn er sein Abendessen unverzeihlich spät bekam. Es war ein Schrei der Verzweiflung.

»Ruhig, Koko! Du wirst das ganze Haus aufwecken«, sagte Qwilleran mit gedämpfter Stimme.

Koko wurde etwas leiser, behielt aber den dringenden Ton bei. Er stakste steifbeinig auf und ab und rieb sich am Treppenpfosten.

»Was ist los, Koko? Was willst du mir sagen?«

Der Kater rieb seine Flanken so heftig an dem Pfosten, als wolle er Stücke aus seinem Fell herausreißen. Qwilleran beugte sich hinunter und streichelte den gekrümmten Rücken; das seidige Fell war jetzt seltsam rauh und gesträubt. Bei der Berührung der Hand sprang Koko fünf oder sechs Stufen hinauf, dann senkte er den Kopf und verdrehte den Hals, bis er die Rückseite seiner Ohren an der Vorderkante einer Stufe reiben konnte.

»Bist du ausgesperrt, Koko? Gehen wir hinauf und sehen nach.«

Augenblicklich jagte der Kater auf den oberen Treppenabsatz, Qwilleran folgte ihm.

»Die Tür ist offen, Koko«, flüsterte er. »Geh hinein. Geh schlafen.«

Die Katze drückte sich durch den schmalen Spalt, und Qwilleran war schon wieder auf dem Weg nach unten, als das Klagen wieder anfing. Koko war herausgekommen und rieb seinen Kopf heftig am Türpfosten.

»Du kannst nicht die ganze Nacht so weitermachen! Komm mit mir mit. Ich suche dir was zu essen.« Qwilleran packte den Kater unter dem Bauch und trug ihn in seine eigene Wohnung, wo er ihn sanft auf das Sofa warf, doch Koko sauste wie ein geölter weißer Blitz hinaus, raste die Treppe hinauf und stimmte ein jämmerliches Klagen an.

Und da begann Qwillerans Schnurrbart plötzlich ohne Erklärung zu beben. Was war eigentlich los? Ohne ein weiteres Wort folgte er dem Kater hinauf. Zuerst klopfte er an die offene

Tür. Als keine Antwort kam, ging er hinein. Das Wohnzimmer war dunkel.

Er drückte auf den Lichtschalter, und alle verborgenen Spots gingen an und warfen ihr Licht auf die Gemälde und Kunstobjekte. Koko war jetzt ruhig; er beobachtete Qwillerans Füße, wie sie durch das Wohnzimmer und in die Speisenische und dann wieder zurück gingen. In den Räumen mit ihren schweren Vorhängen und Teppichen herrschte eine bedrückende Stille. Als die Füße stehenblieben, sauste Koko den langen Gang hinunter zur dunklen Küche. Die Füße folgten ihm. Die Türen von Schlafzimmer und Bad standen offen. Qwilleran schaltete das Küchenlicht ein.

»Was willst du, du Teufel?«

Der Kater rieb sich an der Hintertür, die zur Feuertreppe führte.

»Wenn du nur einen Spaziergang machen willst, drehe ich dir den Hals um. Ist es das?«

Koko stellte sich auf die Hinterbeine und berührte den Türknopf mit der Pfote.

»Nun, ich gehe nicht mit dir hinaus. Wo ist dein Zimmergenosse? Soll *er* doch mit dir hinausgehen ... Außerdem ist es da draußen zu kalt für Katzen.«

Qwilleran drehte das Küchenlicht ab und wollte den langen Gang wieder zurückgehen, doch sofort raste Koko mit einem tiefen Knurren hinter ihm her und stürzte sich auf seine Beine.

Qwillerans Schnurrbart übermittelte ihm noch eine Botschaft. Er ging zur Küche zurück, schaltete das Licht ein und holte die Taschenlampe aus dem Besenschrank. Er griff nach dem Schnappschloß an der Hintertür und sah, daß es offen war. Seltsam, dachte er.

Als er die Tür öffnete, schlug ihm ein winterlicher, klirrend kalter Luftzug entgegen. In der Küche, gleich neben der Tür, war ein Lichtschalter, und er knipste ihn mit einem Finger an, doch die Außenlampe warf nur einen schwachen gelblichen Lichtfleck auf den oberen Treppenabsatz. Qwilleran schaltete die Taschenlampe ein, und der kräftige Lichtstrahl wanderte über die Szene im Hof. Er glitt über die drei Ziegelmauern. Er untersuchte das geschlossene Tor. Er kroch über den Ziegelboden, bis er auf den ausgestreckt daliegenden Körper stieß – den langen, dunklen, dürren Körper von George Bonifield Mountclemens.

Qwilleran stieg vorsichtig über die vereisten Stufen der Holztreppe hinunter. Er richtete den Hauptstrahl der Taschenlampe auf die Seite, wo das Gesicht war. Mountclemens lag mit der Wange auf dem Boden, sein Körper war gekrümmt. Kein Zweifel; er war tot.

Die Seitengasse war leer. Die Nacht war still. Limonenduft hing in der Luft. Das einzige, was sich im Hinterhof bewegte, war ein bleicher Schatten, unmittelbar außerhalb der Reichweite der Taschenlampe. Er bewegte sich in Kreisen. Es war der Kater, der sich sonderbar benahm, der irgendein geheimes Ritual vollführte. Mit gekrümmtem Rücken und steifem Schwanz und angelegten Ohren zog Kao K'o-Kung immer wieder und immer wieder und immer wieder seine Kreise. Qwilleran nahm den Kater auf den Arm und ging, so schnell es bei den eisigen Stufen möglich war, die Holztreppe hinauf. Am Telefon zögerten seine Finger an der Wählscheibe, doch dann rief er zuerst die Polizei und danach den diensthabenden Lokalredakteur des *Daily Fluxion* an. Dann setzte er sich hin und wartete; dabei entwarf er seine eigenen bizarren Versionen passender Schlagzeilen für die morgige Ausgabe.

Als erste trafen zwei Polizisten in einem Streifenwagen am Blenheim Place ein.

Qwilleran sagte zu ihnen: »Von vorne können Sie nicht in den Hinterhof gelangen. Sie müssen entweder in den ersten Stock durch seine Wohnung und über die Feuertreppe oder um den Häuserblock herum und durch das Tor in der Seitengasse. Vielleicht ist es verschlossen.«

»Wer wohnt in der hinteren Wohnung im Erdgeschoß?« fragten sie.

»Niemand. Sie wird als Lagerraum benutzt.«

Die Beamten probierten an der Tür zur hinteren Wohnung und

fanden sie versperrt. Sie gingen hinauf und stiegen die Feuertreppe hinunter.

Qwilleran sagte: »Zuerst dachte ich, er wäre über die Stufen hinuntergestürzt. Sie sind tückisch. Aber er liegt zu weit davon entfernt.«

»Sieht aus wie eine Wunde«, sagten sie. »Sieht aus wie von einem Messer.«

Im ersten Stock machte der Kater einen Buckel und steife Beine und beschrieb leichtfüßig ein Muster immer kleiner werdender Kreise.

Kapitel dreizehn

Am Tag nach dem Mord an Mountclemens gab es beim *Daily Fluxion* nur ein Gesprächsthema. Einer nach dem anderen kamen sie an Qwillerans Schreibtisch: die Leute von der Lokalredaktion, von der Frauenseite, vom Büro des Chefredakteurs, dem Fotolabor und der Sportredaktion. Auch der Bibliotheksleiter, der Leiter der Setzerei und der Liftboy statteten ihm einen unerwarteten Besuch ab.

Qwillerans Telefon läutete unaufhörlich. Leserinnen weinten ihm ins Ohr. Ein paar anonyme Anrufer erklärten, sie seien froh; Mountclemens habe nur bekommen, was er verdiente. Andere forderten die Zeitung auf, eine Belohnung für die Ergreifung des Mörders auszusetzen. Sechs Galerien riefen an, um sich zu erkundigen, wer ihre März-Ausstellungen rezensieren würde, jetzt, wo der Kritiker ausfiel.

Ein Verrückter gab ihnen einen falsch klingenden Hinweis auf den Mörder und wurde ans Morddezernat verwiesen. Ein zwölfjähriges Mädchen bewarb sich um den Posten als Kunstkritikerin.

Ein Anruf kam von Sandy Halapays Dienstmädchen; sie sagte die Verabredung zum Mittagessen mit Qwilleran – ohne Erklärung – ab. So ging er mittags mit Arch Riker, Odd Bunsen und Lodge Kendall in den Presseclub.

Sie nahmen einen Tisch für vier Personen, und Qwilleran erzählte die Geschichte in allen Einzelheiten, angefangen mit Kokos ungewöhnlichem Verhalten. Mountclemens hatte ein

Messer in den Bauch bekommen. Die Waffe war nicht gefunden worden. Es gab kein Zeichen eines Kampfes. Das Tor zur Seitengasse war versperrt.

»Der Leichnam wird nach Milwaukee überführt«, berichtete Qwilleran seinen Zuhörern. »Mountclemens erwähnte, daß er dort eine Schwester hat, und die Polizei hat ihre Adresse gefunden. Sie haben auch die Tonbänder beschlagnahmt, an denen er gearbeitet hat.«

Arch sagte: »Sie haben sich seine alten Rezensionen angesehen, aber ich weiß nicht, was sie da finden wollen. Nur weil er die Hälfte der Künstler in der Stadt beleidigt hat, sind sie doch nicht alle verdächtig, oder? Oder vielleicht doch!«

»Jede noch so kleine Information ist nützlich«, sagte Lodge.

»Viele Leute haßten Mountclemens. Nicht nur Künstler, sondern auch Händler, Leute vom Museum, Lehrer, Sammler – und mindestens ein Barkeeper, den ich kenne«, sagte Qwilleran. »Selbst Odd wollte ihm eine Kamera auf den Schädel knallen.«

Arch sagte: »Die Telefonzentrale dreht schon durch. Alle wollen wissen, wer es getan hat. Manchmal denke ich, unsere Leser sind alle schwachsinnig.«

»Mountclemens hat seine Prothese nicht getragen, als er ermordet wurde«, sagte Odd. »Ich frage mich, warum wohl.«

»Da fällt mir ein«, meinte Qwilleran, »daß ich heute morgen einen ganz schönen Schreck gekriegt habe. Ich bin hinaufgegangen in Mountclemens Wohnung, um das Katzenfutter zu holen, und da lag auf dem Kühlschrank diese Kunststoffhand! Mich hat fast der Schlag getroffen!«

»Was sagt der Kater zu dem ganzen Wirbel?«

»Er ist nervös. Ich habe ihn jetzt in meine Wohnung genommen, und beim leisesten Geräusch fährt er zusammen. Als die Polizei gestern nacht weg war und sich alles beruhigt hatte, habe ich eine Decke auf das Sofa gelegt und versucht, ihn zu bewegen, sich hinzulegen, doch er ist ständig nur herumgewandert. Ich glaube, die ganze Nacht.«

»Ich möchte wissen, was dieser Kater weiß.«

Qwilleran sagte: »Ich möchte wissen, was Mountclemens in

einer kalten Winternacht in seinem Hinterhof zu suchen hatte – in seiner samtenen Hausjacke. Die hat er angehabt, und einen Handschuh an seiner guten Hand. Den Mantel hatte er aber mitgenommen. Ein Cape aus britischem Tweed lag auf dem Ziegelboden in einer Ecke des Hofes. Sie nehmen an, daß es ihm gehörte – die Größe paßt, New Yorker Etikett, und dann – ein Cape! Wer außer ihm würde ein Cape tragen?«

»Wo genau haben Sie die Leiche gefunden?«

»In einer Ecke des Hofes, nahe beim Tor zur Seitengasse. Es sah aus, als habe er mit dem Rücken zur Ziegelmauer gestanden – das heißt, zur Seitenmauer –, als ihm jemand das Messer in den Bauch rammte.«

»Die Bauchschlagader war getroffen«, sagte Lodge. »Er hatte keine Chance.«

»Jetzt müssen wir einen neuen Kunstkritiker suchen«, sagte Arch. »Willst du den Job, Jim?«

»Wer, ich? Bist du verrückt?«

»Das bringt mich auf eine Idee«, sagte Lodge. »Wollte vielleicht irgend jemand in der Stadt Mountclemens Job?«

»Das Gehalt ist nicht gut genug, daß man dafür einen Mordprozeß riskiert.«

»Aber das Prestige ist sehr hoch«, sagte Qwilleran, »und vielleicht sieht irgendein Kunstexperte darin eine Möglichkeit, Gott zu spielen. Ein Kritiker kann einen Künstler aufbauen oder vernichten.«

»Wer käme denn für so einen Job in Frage?«

»Ein Lehrer. Ein Kustos. Jemand, der Beiträge für Kunstmagazine schreibt.«

Arch sagte: »Er müßte gut schreiben können. Die meisten Künstler können nicht schreiben. Sie glauben, daß sie es können, aber sie können es nicht.«

»Es wird interessant sein, wer sich um den Posten bewirbt.«

Jemand sagte: »Irgendwas Neues über den Fall Lambreth?«

»Nichts, was sie uns gesagt hätten«, antwortete Lodge.

»Weißt du, wer einen guten Kritiker abgäbe?« fragte Qwilleran. »Und zur Zeit auch noch arbeitslos ist?«

»Wer?«

»Noel Farhar vom Museum.«

»Glaubst du, daß er interessiert wäre?« fragte Arch. »Vielleicht sollte ich mal bei ihm anklopfen.«

Nach dem Mittagessen verbrachte Qwilleran den Großteil des Nachmittags damit, Anrufe entgegenzunehmen, und am Abend drängte es ihn mehr, nach Hause zu Koko zu gehen, als wieder im Presseclub zu essen. Der Kater, sagte er sich, war jetzt ganz allein auf der Welt. Siamkatzen haben ein besonders ausgeprägtes Bedürfnis nach Gesellschaft. Das verwaiste Tier war den ganzen Tag allein in Qwillerans Wohnung eingesperrt gewesen. Man konnte nicht wissen, welchen seelischen Schaden er erlitten haben mochte.

Qwilleran öffnete die Tür zu seiner Wohnung: Keine Spur von Koko, weder auf dem Sofa noch auf dem Fauteuil, keine stolz ausgestreckte Figur auf dem Teppich, kein helles Fellbündel auf dem Bett in der Schlafnische.

Qwilleran rief den Kater. Er kroch auf Händen und Knien herum und schaute unter die Möbel. Er suchte hinter den Vorhängen und hinter dem Duschvorhang in der Badewanne. Er spähte den Kamin hinauf.

Dann dachte er, er habe ihn irrtümlich in einen Schrank oder eine Kommode eingesperrt. Doch auch, als er in Panik alle möglichen Türen und Laden aufriß, kam keine Katze zum Vorschein. Er konnte nicht entwischt sein. Die Wohnungstür war verschlossen gewesen. Es waren keine Fenster offen. Er mußte in dieser Wohnung sein, dachte Qwilleran. Wenn ich anfange, sein Futter herzurichten, kommt er vielleicht aus seinem Versteck hervor.

Qwilleran ging in die Kochnische zum Kühlschrank und fand sich Aug' in Aug' mit einem ruhigen, kühl blickenden Koko.

Qwilleran schnappte nach Luft. »Du Teufel! Hast du die ganze Zeit hier gesessen?«

Koko, der in unbequemer Stellung auf dem Kühlschrank hockte, antwortete mit einem knappen, einsilbigen Laut.

»Was ist los mit dir, alter Knabe? Bist du unglücklich?«

Der Kater veränderte gereizt seine Position. Jetzt kauerte er wackelig auf der harten Oberfläche. Seine Beine standen ab wie Flossen, und das Fell über seinen Schulterblättern war aufgefächert wie Löwenzahnsamen.

»Du sitzt unbequem! Das ist es! Nach dem Abendessen gehen wir hinauf und holen dein Kissen. In Ordnung?«

Koko kniff beide Augen zusammen.

Qwilleran begann das Rindfleisch zu schneiden. »Wenn dieses Stück Fleisch aus ist, wirst du dich auf Futter umstellen müssen, das ich mir leisten kann – oder nach Milwaukee ziehen. Du lebst ja besser als ich.«

Nachdem Koko sein Rindfleisch verzehrt und Qwilleran ein Salamisandwich verdrückt hatte, gingen sie hinauf, um das blaue Kissen von Mountclemens Kühlschrank zu holen. Die Wohnung war jetzt zugesperrt, doch Qwilleran besaß noch immer den Schlüssel, den der Kritiker ihm vor einer Woche gegeben hatte.

Verwundert und zögernd betrat Koko die Wohnung. Er wanderte ziellos umher, roch hier und dort am Teppich und bewegte sich allmählich auf eine Ecke des Wohnzimmers zu. Die Lamellentüren schienen ihn anzuziehen. Er beschnupperte ihre Kanten, die Scharniere, die Lamellen – alles in hingebungsvoller Konzentration.

»Was suchst du, Koko?«

Der Kater richtete sich auf seinen Hinterbeinen auf und kratzte an der Tür. Dann berührte er mit der Pfote den roten Teppich.

»Willst du in diesen Schrank hinein? Wozu?«

Koko scharrte heftig am Teppich, und Qwilleran verstand den Wink. Er öffnete die Doppeltüren.

Früher einmal mochte dieses Kämmerchen vielleicht ein kleines Nähzimmer oder Arbeitszimmer gewesen sein. Jetzt waren die Fensterläden geschlossen, und der Raum war mit Regalen vollgestellt, in denen in senkrechten Schlitzen Gemälde aufbewahrt wurden. Einige waren gerahmt, andere nur gespannte Leinwände. Hier und dort konnte Qwilleran ein wildes Durcheinander von Farbklecksen sehen.

Sobald sie in dem Schrankraum waren, fing Koko begierig zu

schnüffeln an; seine Nase führte ihn von einem Regal zum anderen. Ein spezieller Schlitz interessierte ihn ganz besonders; er versuchte, mit seiner Pfote hineinzufassen.

»Ich möchte wissen, was diese Vorstellung zu bedeuten hat«, sagte Qwilleran.

Koko stimmte ein aufgeregtes Geheul an. Er versuchte zuerst eine, dann die andere Pfote hineinzustecken. Dann unterbrach er seine Tätigkeit, um an Qwillerans Hosenbein herumzustreichen, worauf er seine Versuche wieder aufnahm.

»Du brauchst Hilfe, glaube ich. Was ist in diesem Regal?« Qwilleran zog das gerahmte Bild heraus, das in dem schmalen Schlitz steckte, und Koko faßte in den Zwischenraum und packte ein kleines, dunkles Etwas mit seinen Krallen.

Qwilleran nahm ihm das Ding weg, um es zu begutachten. Was mochte das wohl sein? Weich ... flauschig ... leicht. Koko begann entrüstet zu schreien.

»Entschuldige«, sagte Qwilleran. »Reine Neugier. Das ist also Minzi-Maus!« Er warf das minzeduftende Spielzeug dem Kater zu, der es mit beiden Pfoten festhielt, sich auf die Seite rollte und es mit seinen Hinterpfoten wild bearbeitete.

»Komm, verschwinden wir von hier.« Qwilleran stellte das Gemälde in seinen Schlitz zurück, jedoch nicht, ohne es vorher betrachtet zu haben. Es zeigte eine traumartige Landschaft mit kopflosen Körpern und körperlosen Köpfen. Er schnitt eine Grimasse und stellte es weg. In so was hatte also Mountclemens sein Geld angelegt!

Er sah sich noch ein paar weitere Bilder an. Auf einem war eine Reihe schnurgerader schwarzer Striche auf weißem Grund – einige liefen parallel, andere überschnitten sich. Er runzelte die Stirn. Eine andere Leinwand war mit grauer Farbe bedeckt – einfach nur graue Farbe und eine Signatur in der unteren Ecke. Dann gab es ein Bild mit einer leuchtend violetten Kugel auf einem roten Feld, bei dessen Anblick Qwilleran Kopfschmerzen bekam.

Und beim Anblick des nächsten Gemäldes verspürte er ein seltsames Prickeln an seinen Schnurrbartwurzeln. Aufgeregt nahm er Koko auf den Arm und lief mit ihm hinunter.

Er ging ans Telefon und wählte eine Nummer, die er nun schon auswendig kannte. »Zoe? Hier ist Jim. Ich habe hier im Haus etwas entdeckt, das ich dir zeigen will. ... Ein Gemälde – eines, das dich interessieren wird. Koko und ich sind in Mountclemens Wohnung hinaufgegangen, um etwas zu holen, und der Kater hat mich zu diesem Schrankraum geführt. Er war sehr beharrlich. Du wirst nicht glauben, was wir gefunden haben ... Einen Affen. Das Gemälde eines Affen! ... Kannst du herkommen?«

Wenige Minuten später kam Zoe mit dem Taxi, den Pelzmantel über Pullover und Hose geworfen. Qwilleran wartete schon auf sie. Er hatte das Bild mit dem Affen in seine eigene Wohnung hinuntergebracht, wo es auf dem Kaminsims vor dem Monet lehnte.

»Das ist es!« rief Zoe. »Das ist die zweite Hälfte von Earls Ghirotto!«

»Bist du sicher?«

»Es ist ganz eindeutig ein Ghirotto. Die Pinselführung ist unverkennbar, und der Hintergrund hat dasselbe Gelbgrün. Sieh mal, wie unausgewogen der Aufbau des Bildes ist: der Affe ist zu weit rechts, und er greift aus dem Bild heraus. Und da – kannst du nicht auch am rechten Rand ein Eckchen des Ballettröckchens erkennen?«

Beide starrten auf die Leinwand, ihre Gedanken nahmen Form an.

»Wenn das die verschwundene zweite Hälfte ist ...«

»Was bedeutet das?«

Zoe schien plötzlich zu verfallen. Sie setzte sich und biß sich auf die Unterlippe. Sie hatte denselben Tick, der Qwilleran an Earl Lambreth so unangenehm aufgefallen war. Bei Zoe wirkte er sehr ansprechend.

Sie sagte langsam: »Mountclemens wußte, daß Earl nach dem Affen suchte. Er gehörte zu den Leuten, die die Ballerina kaufen wollten. Kein Wunder! Er hatte den Affen gefunden!«

Qwilleran stupste seinen Schnurrbart mit dem Daumennagel; er fragte sich, ob Mountclemens wohl einen Mord begehen würde, um an die Ballerina heranzukommen. Und wenn ja, warum hatte er dann das Bild in der Galerie gelassen? Weil es in den Lagerraum gestellt worden war und er es nicht finden konnte? Oder weil ...

Sein Schnurrbart begann zu kribbeln, als sich Qwilleran an den Klatsch über Zoe und Mountclemens erinnerte.

Zoe war in die Betrachtung ihrer Hände vertieft, die ineinander verkrampft auf ihrem Schoß lagen. Als könne'sie Qwillerans fragenden Blick spüren, sah sie auf einmal auf und sagte: »Ich habe ihn verachtet! Ich habe ihn *verachtet*!«

Qwilleran wartete geduldig und teilnehmend, ob sie noch etwas sagen wollte.

»Er war ein arroganter, habgieriger, anmaßender Mensch«, sagte Zoe. »Ich habe Mountclemens verabscheut, und doch mußte ich mitspielen – aus offensichtlichen Gründen.«

»Aus offensichtlichen Gründen?«

»Kannst du das nicht verstehen? Meine Bilder standen in seiner Gunst als Kritiker. Wenn ich ihn verärgert hätte, hätte er meine Karriere ruinieren können. Und Earl hätte er auch ruiniert. Was konnte ich tun? Ich habe geflirtet – diskret, wie ich dachte –, weil Mountclemens es so wollte.« Zoe fingerte an ihrer Handtasche herum – öffnete sie und schloß sie, öffnete sie wieder. »Und dann wollte er, daß ich Earl verlasse und zu ihm gehe.«

»Wie hast du auf diesen Vorschlag reagiert?«

»Das war eine heikle Sache, das kannst du mir glauben! Ich sagte – oder deutete an –, daß ich seinen Antrag gerne annehmen würde, daß ich mich durch ein altmodisches Gefühl der Loyalität jedoch an meinen Mann gebunden fühle. Was für ein Drama! Ich kam mir vor wie die Heldin in einem alten Stummfilm.«

»War die Sache damit erledigt?«

»Leider nein. Er ließ nicht locker, und ich geriet immer tiefer in die Geschichte hinein. Es war ein Alptraum! Dieser ständige Druck, so zu tun als ob!«

»Wußte dein Mann nicht, was vor sich ging?«

Zoe seufzte. »Lange Zeit hegte er keinerlei Verdacht. Earl war immer so mit seinen eigenen Problemen beschäftigt, daß er blind und taub für alles andere war. Aber schließlich kam ihm der

Klatsch zu Ohren. Und dann hatten wir eine furchtbare Szene. Am Ende gelang es mir, ihn zu überzeugen, daß ich in einer scheußlichen Lage war und keinen Ausweg wußte.« Sie beschäftigte sich eine ganze Weile mit dem Schloß ihrer Handtasche. Dann sagte sie stockend: »Weißt du – Earl schien an mir zu hängen. Obwohl wir uns nicht mehr so – nahestanden –, wenn du verstehst, was ich meine. Für mich war es *sicherer*, verheiratet zu sein, und Earl hing an mir, weil ich erfolgreich war. Er war der geborene Versager. Seinen einzigen Erfolg – daß er den halben Ghirotto entdeckte – hatte er einem glücklichen Zufall zu verdanken, und sein ganzer Ehrgeiz bestand nun darin, die zweite Hälfte aufzuspüren und damit reich zu werden!«

Qwilleran sagte: »Du glaubst nicht, daß Mountclemens deinen Mann umgebracht hat, oder?«

Zoe blickte ihn hilflos an. »Ich weiß nicht. Ich weiß es einfach nicht. Zu so einem drastischen Mittel hätte er gewiß nicht gegriffen, nur um mich zu bekommen. Da bin ich ganz sicher! Zu einer so leidenschaftlichen Liebe war er nicht fähig. Aber um mich *und* die andere Hälfte des Ghirotto zu kriegen, hätte er es vielleicht getan.«

Das wäre ein ganz schönes Paket, dachte Qwilleran. Er sagte: »Mountclemens hatte eine Leidenschaft für die Kunst.«

»Nur als eine Form von Reichtum, den man sammelt und hortet. Er hat seinen Besitz nicht mit anderen geteilt. Er wollte nicht einmal, daß die Leute erfuhren, daß er wunderbare Schätze besaß.«

»Woher hatte er das Geld dafür? Gewiß nicht von seinen Rezensionen für den *Daily Fluxion*.«

Zoe ließ die Frage unbeantwortet. Sie schien in ihrem Sessel zusammenzuschrumpfen. »Ich bin müde«, sagte sie. »Ich möchte nach Hause. Ich wollte das alles gar nicht sagen.«

»Ich weiß. Ist schon in Ordnung«, antwortete Qwilleran. »Ich rufe dir ein Taxi.«

»Danke, daß du so verständnisvoll bist.«

»Ich fühle mich geehrt, daß du mir vertraust.«

Zoe biß sich auf die Lippe. »Ich glaube, soviel kann ich dir sagen: Als Earl umgebracht wurde, war meine Reaktion eher Angst als Trauer – Angst vor Mountclemens, und was jetzt passieren würde. Jetzt ist diese Angst weg, und ich kann nichts als Freude empfinden.«

Qwilleran sah Zoes Taxi nach, das in der Dunkelheit verschwand. Er fragte sich, ob sie von Anfang an Mountclemens verdächtigt hatte. War der Kritiker einer von Earls Feinden – einer der ›wichtigen Leute‹, die sie sich gescheut hatte, der Polizei zu nennen? Andererseits, würde ein Mann wie Mountclemens, der ein angenehmes Leben führte und soviel zu verlieren hatte, das Risiko eingehen, einen Mord zu begehen, um eine Frau und ein wertvolles Gemälde zu bekommen? Qwilleran bezweifelte es.

Dann kehrten seine Gedanken zu dem Affen zurück, der auf dem Kaminsims in seiner Wohnung lehnte. Was würde jetzt damit geschehen? Zusammen mit den Zeichnungen von Rembrandt und dem van Gogh würde der Ghirotto-Affe an die Frau in Milwaukee gehen. Sie würde wohl kaum wissen, was es mit dem Bild auf sich hatte. Höchstwahrscheinlich würde sie das häßliche Ding verabscheuen. Wie leicht wäre es ...

Eine Idee nahm in seinem Kopf Gestalt an. ›Behalte es ... Sag nichts ... Gib es Zoe.‹

Er ging in seine Wohnung zurück und betrachtete den Affen. Auf dem Kaminsims saß Kao K'o-Kung aufrecht wie eine Schildwache vor dem Gemälde und starrte Qwilleran vorwurfsvoll an.

»Okay. Du hast gewonnen«, sagte der Reporter. »Ich melde es der Polizei.«

Kapitel vierzehn

Am Donnerstag morgen rief Qwilleran Lodge Kendall im Presseraum der Polizeizentrale an.

Er sagte: »Ich bin auf ein paar Informationen über Lambreth und Mountclemens gestoßen. Kommen Sie doch mit den Leuten vom Morddezernat zum Mittagessen in den Club.«

»Sagen wir, zum Abendessen. Hames und Wojcik haben Nachtdienst.«

»Glauben Sie, daß sie bereit sind, über den Fall zu sprechen?«

»Aber sicher. Besonders Hames. Er ist ein lockerer Typ. Unterschätzen Sie ihn aber nicht. Sein Verstand arbeitet wie ein Computer.«

Qwilleran sagte: »Ich werde früher in den Club gehen und uns einen ruhigen Tisch im ersten Stock suchen. Paßt es um sechs?«

»Sagen wir, sechs Uhr fünfzehn. Ich kann nichts versprechen, aber ich werde versuchen, die beiden mitzubringen.«

Qwilleran notierte sich sechs Uhr fünfzehn auf seinem Schreibtischkalender und zog dann widerwillig die Möglichkeit in Betracht, mit seiner Arbeit zu beginnen. Er spitzte ein paar Bleistifte, machte seinen Büroklammer-Behälter sauber, legte eine neue Tube Klebstoff bereit, rückte das Schreibpapier zurecht. Dann holte er seinen Entwurf des Interviews mit Butchy Bolton hervor und legte ihn wieder weg. Das eilte nicht; die Fotoredaktion hatte noch keine Bilder zu dem Artikel geliefert. Er fand mühelos ähnliche Ausreden, um auch die meisten anderen

Arbeiten, die in seinem Kästchen auf Erledigung warteten, auf ein andermal zu verschieben.

Er war nicht in Stimmung zu arbeiten. Die Frage, wie der *Daily Fluxion* auf Mord in den eigenen Reihen reagieren würde – und noch dazu ausgerechnet im Kulturressort! –, beschäftigte ihn viel zu sehr. Er konnte sich lebhaft vorstellen, wie unangenehm es für die Zeitung wäre, wenn die Polizei Mountclemens den Mord an Lambreth anlastete, und er konnte sich auch vorstellen, wie lustvoll das Konkurrenzblatt diesen Skandal ausschlachten würde. ... Nein, es war undenkbar. Zeitungsleute berichteten über Morde; sie begingen sie nicht.

Qwilleran hatte Mountclemens gemocht. Der Mann war ein liebenswürdiger Gastgeber, ein kluger Autor, ein schamloser Egoist, ein Katzenliebhaber, ein furchtloser Kritiker, ein Geizhals in puncto Glühbirnen, sentimental in bezug auf alte Häuser, und ein unberechenbares menschliches Wesen. Er konnte in einer Minute kurz angebunden sein und großzügig in der nächsten – wie in jener Nacht, als er vom Mord an Lambreth erfuhr.

Der Reporter sah auf seinen Kalender. Bis sechs Uhr fünfzehn hatte er keinen Termin. Sechs Uhr fünfzehn – um diese Zeit war die Uhr für Earl Lambreth stehengeblieben. Sechs Uhr fünfzehn? Qwillerans Schnurrbart prickelte. *Sechs Uhr fünfzehn!*

Dann hatte Mountclemens ein Alibi!

Es war sechs Uhr zwanzig, als der Polizeireporter mit den beiden Männern vom Morddezernat aufkreuzte: Hames, nett und freundlich, und Wojcik, ganz dienstlich.

Hames sagte: »Sind Sie nicht der Mann mit dem Kater, der lesen kann?«

»Er kann nicht nur lesen«, sagte Qwilleran. »Er kann rückwärts lesen, und lachen Sie nicht. Wenn er groß ist, schicke ich ihn in die FBI-Akademie, und dann bekommt er vielleicht Ihren Job.«

»Und er wäre sicher nicht schlecht. Katzen sind die geborenen Schnüffler. Unsere Kinder haben einen Kater, der an allem dran ist. Der würde einen guten Polizisten abgeben – oder einen guten Reporter.« Hames überflog die Speisekarte. »Bevor ich bestelle, wer zahlt das Essen? Der *Daily Fluxion* oder wir unterbezahlten Hüter des allgemeinen Wohls?«

Wojcik sagte zu Qwilleran: »Kendall sagt, Sie wollen mit uns über die Morde in der Kunstszene sprechen.«

»Ich bin auf ein paar Dinge gestoßen. Wollen Sie sie jetzt gleich hören, oder wollen Sie zuerst bestellen?«

»Schießen Sie los.«

»Also, folgendes: Lambreths Witwe hat mich anscheinend in ihr Vertrauen gezogen, und sie hat mir gestern nacht ein paar Dinge erzählt, nachdem ich in Mountclemens' Wohnung etwas Ungewöhnliches entdeckt hatte.«

»Was haben Sie da oben gemacht?«

»Die Spielzeugmaus des Katers gesucht. Einen alten Socken, der mit getrockneter Minze gefüllt ist. Er drehte durch, weil er ihn nicht fand.«

Hames sagte: »Unsere Katze ist auch verrückt nach Catnip.«

»Das ist nicht Catnip. Es ist frische Minze, die Mountclemens in einem Topf auf dem Fensterbrett zog.«

»Das ist das gleiche«, meinte Hames. »Catnip gehört zur Familie der Minze.«

»Also, was haben Sie dann Ungewöhnliches entdeckt?« fragte Wojcik.

»Ein Bild von einem Affen, das mich an etwas erinnerte. Ich rief Mrs. Lambreth an, und sie ist gekommen und hat es identifiziert.«

»Was ist mit diesem Affen?«

»Er gehört zu dieser Ballerina von Ghirotto in der Lambreth Gallery.«

Hames sagte: »Wir haben so eine Ghirotto-Tänzerin zu Hause hängen. Meine Frau hat sie für vierzehn Dollar fünfundneunzig bei Sears gekauft.«

»Ghirotto hat viele Tänzerinnen gemalt«, sagte Qwilleran, »und die Reproduktionen sind ziemlich bekannt. Aber dieses Bild ist einmalig. Es ist nur eine Hälfte eines Gemäldes. Die Leinwand wurde zerrissen, und die beiden Hälften wurden separat verkauft. Lambreth besaß die Hälfte mit Ghirottos Signatur und wollte unbedingt die zweite Hälfte finden, auf der ein Affe war. Zusammengefügt und restauriert wären sie einhundertfünfzigtausend Dollar wert.«

Hames sagte: »Die erzielen heutzutage völlig wahnsinnige Preise für Kunstwerke. ... Möchte jemand eines dieser Mohnbrötchen?«

Wojcik sagte: »Und Sie fanden die verschwundene Hälfte ...«

»In einem Schrankraum in Mountclemens Wohnung«, sagte Qwilleran.

»In einem Schrankraum? Sie haben wirklich herumgeschnüffelt, was?«

Qwillerans Schnurrbart rebellierte, und er strich ihn glatt. »Ich habe das Katzen ...«

»Schon gut, schon gut. Also sieht es aus, als hätte Mountclemens einen Menschen umgebracht, um ein Bild von 'ner Puppe in 'nem kurzen Röckchen zu bekommen. Was wissen Sie sonst noch?«

Qwilleran ärgerte sich über Wojciks schroffe Art und merkte, wie seine Kooperationsbereitschaft erlahmte. Er sagte sich, soll er sich seine Hinweise doch selber suchen. Etwas widerstrebend meinte er zu dem Kriminalbeamten: »Mountclemens hatte offenbar ein Auge auf Mrs. Lambreth geworfen.«

»Hat sie Ihnen das erzählt?«

Qwilleran nickte.

»Das sagen die Frauen immer. War sie an Mountclemens interessiert?«

Qwilleran schüttelte den Kopf.

»Der abgewiesene Liebhaber!« rief der joviale Hames. »Also ging der Schurke nach Hause und beging in seinem Hinterhof Harakiri, woraufhin er das Messer schluckte, um den Beweis für den Selbstmord zu vernichten und den Verdacht auf die arme Witwe zu lenken. Kann mir bitte jemand die Butter reichen?«

Wojcik warf seinem Partner einen ungeduldigen, finsteren Blick zu.

»Allerdings«, sagte Qwilleran kühl, »habe ich ein Alibi für Mountclemens.« Er schwieg und wartete auf die Reaktion.

Kendall sperrte Augen und Ohren auf; Wojcik spielte mit einem Löffel; Hames strich Butter auf das zweite Brötchen.

Qwilleran fuhr fort: »Lambreth wurde um sechs Uhr fünfzehn ermordet, wenn man nach der elektrischen Uhr geht, die um diese Zeit stehengeblieben ist, doch Mountclemens war in der Drei-Uhr-Maschine nach New York. Ich habe das Ticket für ihn besorgt.«

»Sie haben sein Ticket besorgt«, sagte Hames, »aber wissen Sie, ob er es benutzt hat? Vielleicht hat er umgebucht und die Sieben-Uhr-Maschine genommen, nachdem er Lambreth um sechs Uhr fünfzehn umgebracht hat. ... Seltsam, daß diese Uhr um sechs Uhr fünfzehn stehengeblieben ist. Sie war nicht kaputt. Es war nur der Stecker aus der Steckdose gezogen. Es sieht aus, als hätte sich der Mörder sehr bemüht, alles so zu arrangieren, daß es nach einem Kampf aussieht, die Uhr auf den Boden zu legen und den Stecker herauszuziehen, um so auf den Zeitpunkt des Verbrechens hinzuweisen. Hätte wirklich ein Kampf stattgefunden, und wäre die Uhr in der Hitze des Gefechtes versehentlich zu Boden gestoßen worden, wäre sie vielleicht kaputtgegangen, und wenn sie *nicht* kaputtgegangen wäre, dann wäre sie weitergegangen, *es sei denn*, bei dem Sturz wäre der Stecker aus der Dose gerissen worden. Wenn man jedoch bedenkt, wo der Schreibtisch stand, wo die Steckdose war und wo die Uhr gefunden wurde, muß man bezweifeln, ob beim Herunterfallen der Stecker *versehentlich* herausgerissen werden kann. Also scheint es, daß der Mörder sich absichtlich bemühte, den Zeitpunkt des Mordes festzusetzen – um sich ein Alibi zu verschaffen –, und dann einen späteren Flug nahm ... natürlich immer unter der Annahme, daß Ihr Kunstkritiker mit dem Drei-Uhr-Ticket wirklich der Mörder war.«

Wojcik sagte: »Wir werden das bei der Fluglinie überprüfen.«

Nachdem die Kriminalbeamten gegangen waren, trank Qwilleran noch eine Tasse Kaffee mit Lodge Kendall und meinte: »Haben Sie nicht gesagt, Hames hätte einen Verstand wie ein Computer? Mir kommt er eher vor wie eine Betonmischmaschine.«

Kendall sagte: »Ich glaube, er hat recht. Ich wette, Mountclemens ließ Sie das Flugticket speziell zu dem Zweck abholen, um auf den Drei-Uhr-Flug aufmerksam zu machen. Und dann nahm er eine spätere Maschine. Lambreth hätte sich nichts dabei gedacht, ihn einzulassen, nachdem die Galerie geschlossen war, und Mountclemens hat den Mann vielleicht völlig überrumpelt.«

»Mit nur einer Hand?«

»Er war groß. Er ging von hinten auf Lambreth los, legte ihm den rechten Arm um den Hals und hielt ihn wie in einem Schraubstock. Dann stieß er mit seiner guten Linken den Meißel in Lambreths exponierte Kehle. Danach warf er im Büro alles durcheinander, zog den Stecker der Uhr heraus, zerstörte ein paar Kunstwerke, um eine falsche Fährte zu legen, und nahm eine spätere Maschine.«

Qwilleran schüttelte den Kopf.

»Ich kann mir Mountclemens nicht mit dem Meißel in der Hand vorstellen.«

»Haben Sie eine bessere Theorie?«

»Ich bin noch dabei zu überlegen. Meine Theorie ist noch nicht ganz ausgegoren. Aber sie wäre vielleicht eine Erklärung für alle drei Todesfälle ... Was ist in diesem Päckchen?«

»Die Tonbänder, die die Polizei beschlagnahmt hat. Es ist nichts darauf – nur eine Rezension. Können Sie sie brauchen?«

»Ich gebe sie Arch«, sagte Qwilleran. »Und vielleicht schreibe ich einen Artikel zum Andenken an Mountclemens, der zusammen mit seiner letzten Kolumne erscheinen könnte.«

»Vorsicht bei der Formulierung. Vielleicht schreiben Sie einen Nachruf für einen Mörder«, sagte Kendall.

Qwillerans Schnurrbart sträubte sich eigensinnig. Er sagte: »Ich habe so ein Gefühl, es wird sich herausstellen, daß Mountclemens in dieser Drei-Uhr-Maschine saß.«

Als Qwilleran mit den Tonbändern unter dem Arm nach Hause kam, war es fast acht Uhr, und Koko begrüßte ihn an der Tür mit ungeduldigem Geschrei. Koko hatte nichts übrig für Qwillerans lockere Handhabung der Essenszeiten.

»Wenn du sprechen lernen würdest, müßte ich nicht soviel

Zeit im Presseclub verbringen«, erklärte der Reporter, »und du bekämst deine Mahlzeiten rechtzeitig.«

Koko fuhr mit einer Pfote über sein rechtes Ohr und leckte zweimal rasch über sein linkes Schulterblatt.

Qwilleran beobachtete diese Aktion nachdenklich. »Na schön, vermutlich kannst du ohnehin sprechen. Nur bin ich nicht klug genug, dich zu verstehen.«

Nach dem Abendessen gingen beide hinauf zum Diktiergerät auf dem Schreibtisch des Kritikers, und Qwilleran legte ein Band ein. Die scharfe Stimme des verstorbenen George Bonifield Mountclemens – die auf Band noch nasaler klang – erfüllte den Raum:

»Zur Veröffentlichung Sonntag, 8. März – Ernsthafte Sammler zeitgenössischer Kunst erwerben heimlich alle verfügbaren Arbeiten des berühmten italienischen Malers Scrano, wie diese Woche bekannt wurde. Aus gesundheitlichen Gründen ist der Künstler – der seit zwanzig Jahren zurückgezogen in den umbrischen Hügeln lebt – nicht mehr in der Lage, die Bilder zu malen, die ihn zu einem der herausragenden Meister der Moderne gemacht haben.

Scranos letzte Arbeiten sind nun auf dem Weg in die Vereinigten Staaten, wie von seinem New Yorker Agenten zu erfahren war, und man darf erwarten, daß die Preise in die Höhe schnellen werden. In meiner eigenen bescheidenen Sammlung befindet sich ein kleiner Scrano aus dem Jahr 1958, und mir wurde das Zwanzigfache des damaligen Kaufpreises dafür geboten. Es erübrigt sich zu erwähnen, daß ich mich nicht davon trennen würde.«

Es entstand eine nachdenkliche Pause, während der das Band weiterlief. Dann senkte sich die prägnante Stimme und sagte in einem ungezwungeneren Tonfall: »Korrektur! Redakteur, die letzten beiden Sätze streichen.«

Wieder eine Pause. Dann:

»In dieser Stadt werden Scranos Werke von der Lambreth Gallery betreut, die bald wieder öffnen wird, wie bekanntgegeben wurde. Die Galerie ist seit der Tragödie am 25. Februar geschlossen, und die Kunstwelt betrauert ... Korrektur, die *hiesige* Kunstwelt betrauert ... das Dahinscheiden einer geachteten und einflußreichen Persönlichkeit.

Die Qualität von Scranos Arbeit ist von Alter und Krankheit unbeeinflußt geblieben. Er vereint die Technik eines alten Meisters mit der Frische der Jugend und der Klugheit eines Weisen, der Ausdruckskraft ...«

Koko saß auf dem Schreibtisch, betrachtete fasziniert das sich drehende Band und begleitete es mit einem tiefen, lauten Schnurren.

»Erkennst du deinen alten Zimmerkollegen?« fragte Qwilleran etwas traurig. Er war selbst betroffen, als er Mountclemens letzte Worte hörte, und er strich sich nachdenklich über den Schnurrbart.

Als er das Band zurückspulte, senkte Koko den Kopf und rieb inbrünstig das Kinn an der Kante des Geräts.

Qwilleran sagte: »Wer hat ihn umgebracht, Koko? Du kannst doch angeblich solche Dinge spüren.«

Der Kater auf dem Schreibtisch setzte sich aufrecht hin, die Vorderbeine dicht an seinem Körper, und sah Qwilleran mit großen Augen an. Das Blau verschwand, und es blieb eine große, schwarze Leere. Er schwankte leicht.

»Los, doch. Rede! Du mußt wissen, wer ihn umgebracht hat.«

Koko schloß die Augen und gab ein zögerndes Quietschen von sich.

»Du mußt gesehen haben, wie es passiert ist! Dienstag nacht. Aus dem Fenster zum Hof. Katzen können doch im Dunkeln sehen, nicht wahr?«

Der Kater bewegte die Ohren, eines nach vorn und eines zurück; dann sprang er auf den Boden. Qwilleran sah ihm zu, wie er – anfangs ziellos – im Raum herumstrich, hier unter einen Sessel schaute, dort unter einen Schrank, in den kalten, schwarzen Kamin spähte, behutsam mit der Pfote ein Stromkabel berührte. Dann streckte er den Kopf vor und senkte ihn. Er begann im Zickzack den langen Gang zur Küche hinunterzulaufen, und Qwilleran folgte ihm.

An der Schlafzimmertür schnüffelte er flüchtig. An der Schwelle zur Küche blieb er stehen und grummelte vor sich hin. Dann lief er auf demselben Weg durch den langen Gang zurück bis zu dem Wandteppich, der einen Großteil der Wand gegenüber der Schlafzimmertür bedeckte. Der Wandteppich stellte eine königliche Jagdszene dar, mit Pferden, Falken, Hunden und kleinem Wild. Aufgrund des schwachen Lichts und des Alters waren die Figuren kaum zu erkennen, doch Koko zeigte ausgeprägtes Interesse an den Kaninchen und Wildhühnern, die in einer Ecke der Darstellung zu sehen waren. Stimmte es wirklich, dachte Qwilleran, daß Katzen den Inhalt eines Bildes begreifen konnten?

Koko berührte den Teppich versuchsweise mit der Pfote. Er stellte sich auf die Hinterbeine und schaukelte den Kopf hin und her wie eine Kobra. Dann ließ er sich wieder auf alle viere nieder und beschnupperte die untere Kante des Wandteppichs, die den Boden berührte.

Qwilleran sagte: »Ist da etwas dahinter?« Er hob eine Ecke des schweren Stoffes auf und sah nichts als die blanke Wand. Doch Koko stieß einen erfreuten Schrei aus. Qwilleran hob den Teppich höher, und der Kater schob sich dahinter, wobei er seine Begeisterung in freudigen Tönen kundtat.

»Einen Augenblick.« Qwilleran holte die Taschenlampe und leuchtete damit zwischen Wandteppich und Wand. Der Lichtkegel enthüllte die Ecke eines Türrahmens, und genau an dieser Stelle rieb sich Koko, schnüffelte und gab aufgeregte Laute von sich.

Qwilleran folgte ihm, indem er sich mit einigen Schwierigkeiten zwischen das schwere Gewebe und die Wand zwängte, bis er zu der verriegelten Tür kam. Der Riegel ließ sich leicht beiseite drücken, und die Tür ging auf. Dahinter befand sich eine schmale Treppe. Sie machte eine scharfe Biegung und führte hinunter in das Erdgeschoß, wo sie an einer zweiten Tür endete. Früher einmal war das wohl der Dienstbotenaufgang gewesen.

Es gab einen Lichtschalter, doch keine Glühbirne. Qwilleran war nicht überrascht. Er stieg mit Hilfe der Taschenlampe hinunter und überlegte. Wenn diese Treppe in die hintere Wohnung führte – die, wie der Kritiker behauptet hatte, als Lager benutzt wurde –, dann mochte er weiß Gott welche Schätze entdecken.

Koko war bereits hinuntergesprungen und wartete ungeduldig auf ihn. Qwilleran hob ihn hoch und öffnete die Tür. Er befand sich in einer großen, altmodischen Küche mit heruntergezogenen Jalousien und einer unbewohnten Atmosphäre. Doch der Raum war angenehm warm. Es war eher ein Studio als eine Küche. Da standen eine Staffelei, ein Tisch, ein Stuhl und – an einer Wand – eine Pritsche. Viele ungerahmte Leinwände standen auf dem Fußboden, mit der bemalten Seite zur Wand gedreht.

Eine Tür führte in den Hinterhof. Eine andere, Richtung Vorderseite des Hauses, ging in ein Wohnzimmer. Qwilleran leuchtete mit der Taschenlampe über einen marmornen Kamin und eine reichverzierte Anrichte. Abgesehen davon war das Zimmer leer.

Koko wand sich und wollte hinunter, doch hier war alles verstaubt, und Qwilleran hielt den Kater fest, während er sich wieder in der Küche umsah.

Ein Gemälde stand auf dem Spültisch, es war an den Hängeschrank darüber gelehnt. Es stellte einen stahlblauen Roboter vor einem rostroten Hintergrund dar, beunruhigend realistisch. Es trug die Signatur des Künstlers, O. Narx. Das Bild wirkte dreidimensional, und der Roboter selbst hatte den Glanz und die Oberflächenstruktur von richtigem Metall. Das Bild war staubbedeckt. Qwilleran hatte einmal gehört, daß alte Häuser ihren eigenen Staub produzieren.

Auf einem Küchentisch neben der Hintertür, der mit einer dicken Kruste vertrockneter Farben überzogen war, befanden sich ein Gefäß mit Pinseln, ein Spatelmesser und ein paar zerquetschte Farbtuben. Die Staffelei stand am Fenster, und darauf war noch ein mechanischer Mensch mit eckigem Kopf in drohender Haltung. Das Bild war unvollendet, und ein weißer Pinselstrich quer über die Leinwand hatte es verunstaltet.

Koko wand sich und jammerte und war kaum mehr zu halten,

und so sagte Qwilleran: »Gehen wir hinauf. Hier unten ist nichts als Schmutz.«

Oben angekommen, verriegelte Qwilleran die Tür wieder und tastete sich hinter dem Wandteppich hervor. Dann meinte er: »Falscher Alarm, Koko. Du warst auch schon mal besser. Da unten waren keine Anhaltspunkte.«

Kao K'o-Kung warf ihm einen vernichtenden Blick zu, drehte sich um und begann sich ausgiebig zu putzen.

Kapitel fünfzehn

Am Freitagmorgen saß Qwilleran an seiner Schreibmaschine und starrte auf die oberste Tastenreihe: q-w-e-r-t-y-u-i-o-p. Er haßte das Wort *qwertyuiop*: Es bedeutete, daß in seinem Hirn gähnende Leere herrschte; daß er eine brillante Geschichte schreiben sollte und daß ihm absolut nichts einfiel.

Es war jetzt drei Tage her, seit er die Leiche Mountclemens im Hinterhof liegend gefunden hatte. Es war vier Tage her, seit Neun-Null zu Tode gestürzt war. Und neun Tage seit dem Mord an Earl Lambreth.

Qwillerans Schnurrbart zuckte und ließ ihn nicht in Ruhe. Nach wie vor hatte er das Gefühl, daß es zwischen den drei Todesfällen einen Zusammenhang gab. Ein und dieselbe Person hatte den Kunsthändler ermordet, Neun-Null vom Gerüst gestoßen und Mountclemens erstochen. Und dennoch – und das machte seine Beweisführung zunichte – bestand die Möglichkeit, daß Mountclemens den ersten Mord begangen hatte.

Das Telefon auf seinem Schreibtisch läutete dreimal, bevor er es bemerkte.

Lodge Kendall war dran: »Ich dachte, es würde Sie interessieren, was das Morddezernat bei der Fluglinie erfahren hat.«

»Hm? Oh, ja. Was haben sie erfahren?«

»Das Alibi steht. Laut Passagierliste war Mountclemens an Bord der Nachmittagsmaschine.«

»Ist sie pünktlich abgeflogen?«

»Ganz planmäßig. Wußten Sie, daß die Fluglinie die Passagierlisten auf Mikrofilm aufnimmt und sie drei Jahre lang archiviert?«

»Nein. Das heißt – ja. Ich meine – danke für den Anruf.«

Also hatte Mountclemens ein Alibi, und das erhärtete Qwillerans neue Theorie. Nur eine Person, so sagte er sich, hatte bei allen drei Verbrechen ein Motiv, die Kraft, einem Mann eine Klinge in den Körper zu rammen und die Gelegenheit, Neun-Null hinunterzustoßen. Nur Butchy Bolton. Und doch war das alles zu perfekt, zu offensichtlich. Qwilleran zögerte, seinem Verdacht zu trauen.

Er wandte sich wieder seiner Schreibmaschine zu. Er blickte auf das leere Blatt Papier, das erwartungsvoll seiner harrte. Er blickte auf die grünen Schreibmaschinentasten: qwertyuiop.

Er wußte, daß Butchy einen tiefen Groll gegen Earl Lambreth hegte. Sie glaubte, daß er sie um einen lukrativen Auftrag und beträchtliches Prestige gebracht hatte. Überdies legte er seiner Frau nahe, mit Butchy zu brechen. Solche Kränkungen konnten sich in der Einbildung einer Frau, die eine gestörte Persönlichkeit hatte und zu gewalttätigen Ausbrüchen neigte, ziemlich auswachsen. Wenn Lambreth aus dem Weg wäre, so mochte sie denken, wäre Zoe wieder ihre ›beste Freundin‹ wie in alten Zeiten. Doch da stand noch ein anderes Hindernis im Weg: Zoe zeigte übermäßiges Interesse an Neun-Null. Wenn Neun-Null einem tödlichen Unfall zum Opfer fiele, hätte Zoe mehr Zeit und mehr Interesse für ihre Jugendfreundin.

Qwilleran pfiff durch seinen Schnurrbart, als ihm noch etwas einfiel: Wie Mrs. Buchwalter gesagt hatte, war es Butchys Idee gewesen, dieses Schrottkunstwerk auf das Gerüst zu stellen.

Nach Neun-Nulls Tod sah sich Butchy weiteren Komplikationen gegenüber. Mountclemens stellte eine Bedrohung für Zoes Glück und ihre Karriere dar, und Butchy – die wütende Beschützerin – sah vielleicht einen Ausweg aus diesem schrecklichen Dilemma ... qwertyuiop.

»Machst du immer so ein verwirrtes Gesicht, wenn du schreibst?« fragte eine sanfte Stimme.

Vor lauter Schreck plapperte Qwilleran nur unsinniges Zeug. Er sprang auf.

Zoe sagte: »Entschuldige bitte. Ich hätte nicht in dein Büro kommen sollen, ohne vorher anzurufen, aber ich war in der Stadt beim Friseur und wollte auf gut Glück bei dir vorbeischauen. Das Mädchen vorne sagte, ich solle einfach hineingehen. Störe ich dich bei etwas Wichtigem?«

»Überhaupt nicht«, antwortete Qwilleran. »Es freut mich, daß du gekommen bist. Gehen wir zum Mittagessen.«

Zoe sah umwerfend aus. Er stellte sich vor, wie er sie in den Presseclub führte, die neugierigen Blicke genoß und die Fragen später beantwortete.

Doch Zoe sagte: »Danke, aber nicht heute. Ich habe einen Termin. Ich möchte nur ein paar Minuten mit dir reden.«

Qwilleran holte ihr einen Stuhl, und sie zog ihn nahe an den seinen heran.

Sie sagte mit leiser Stimme: »Ich muß dir etwas sagen – etwas, das auf meinem Gewissen lastet –, doch es ist nicht leicht, darüber zu sprechen.«

»Ist es für die Nachforschungen von Nutzen?«

»Das weiß ich nicht genau.« Sie blickte sich im Raum um. »Kann ich hier sprechen?«

»Es ist hier völlig sicher«, sagte Qwilleran. »Der Musikkritiker hat sein Hörgerät abgeschaltet, und der Mann am Schreibtisch neben mir ist seit zwei Wochen geistig weggetreten. Er schreibt eine Serie über die Einkommensteuer.«

Zoe lächelte schwach und sagte: »Du hast mich gefragt, wie Mountclemens sich seine Kunstschätze leisten konnte, und ich bin der Frage ausgewichen. Doch ich habe mich entschieden, daß du es erfahren solltest, weil es indirekt ein schlechtes Licht auf diese Zeitung wirft.«

»Inwiefern?«

»Mountclemens kassierte den Gewinn der Lambreth Gallery.«

»Du meinst, dein Mann hat ihm Schmiergeld gezahlt?«

»Nein. Die Lambreth Gallery gehörte Mountclemens.«

»Sie *gehörte* ihm?«

Zoe nickte. »Earl war nur ein Angestellter.«

Qwilleran blies durch seinen Schnurrbart. »Perfekt organisiert! Mountclemens konnte in seinen Artikeln Gratisreklame für seinen eigenen Laden machen und die Konkurrenz vernichten – und dafür hat ihn der *Flux* auch noch bezahlt! Warum hast du mir das nicht schon früher gesagt?«

Zoes Hände bewegten sich unruhig hin und her. »Ich schämte mich, weil Earl an der Sache beteiligt war. Ich glaube, ich hoffte, er würde das Geheimnis mit ins Grab nehmen.«

»Hat dein Mann daheim über geschäftliche Dinge gesprochen?«

»Erst seit kurzem. Bis vor ein paar Wochen hatte ich keine Ahnung, in welcher Beziehung Mountclemens zur Galerie stand. Bis Earl und ich seinetwegen diesen Riesenkrach hatten. Da hat er mir gesagt, welches Spiel Mountclemens wirklich spielte. Es war für mich ein richtiger Schock.«

»Das glaube ich.«

»Und noch mehr entsetzt war ich darüber, daß Earl in die Geschichte verwickelt war. Danach begann er mir mehr über die Führung der Galerie zu erzählen. Er hat die ganze Zeit unter einem schrecklichen Druck gestanden, und er war überarbeitet. Gut bezahlt, aber überarbeitet. Mountclemens wollte keine weiteren Leute einstellen – oder er wagte es nicht. Earl machte alles. Er kümmerte sich nicht nur um die Galeriebesucher und die Künstler, sondern machte auch die Bilderrahmen und führte die Bücher. Mein Mann hat vorher bei einem Wirtschaftsprüfer gearbeitet.«

»Ja, das habe ich gehört«, sagte Qwilleran.

»Earl mußte den ganzen Behördenkram erledigen und die Zahlen für die Steuererklärung frisieren.«

»Frisieren, sagst du?«

Zoe lächelte bitter. »Du nimmst doch nicht an, daß ein Mann wie Mountclemens sein ganzes Einkommen deklariert hat, oder?«

»Was hat dein Mann denn dazu gesagt?«

»Er sagte, das sei Mountclemens Sache, nicht seine. Earl

befolgte nur Anordnungen, und er war nicht haftbar.« Zoe biß sich auf die Lippe. »Doch mein Mann führte genau Buch über die tatsächlichen Verkaufszahlen.«

»Du meinst, er hatte daneben noch eine zweite Buchführung?«

»Ja. Zu seiner eigenen Information.«

Qwilleran sagte: »Hatte er vor, diese Information zu benutzen?«

»Earl sah allmählich keinen Ausweg mehr. Irgend etwas mußte geschehen – irgendeine Änderung in der Abmachung. Und dann diese – diese unangenehme Geschichte mit mir. Da hat Earl dann Mountclemens mit ein paar Forderungen konfrontiert.«

»Hast du ihr Gespräch gehört?«

»Nein, aber Earl hat mir davon erzählt. Er hat Mountclemens gedroht – wenn er mich nicht in Ruhe ließe.«

Qwilleran meinte: »Ich kann mir nicht vorstellen, daß sich unser verstorbener Kunstkritiker so leicht Angst einjagen ließ.«

»O doch, er hatte Angst«, sagte Zoe. »Er wußte, daß es meinem Mann ernst war. Earl drohte, der Steuerbehörde einen Tip zu geben. Er hatte die Unterlagen, mit denen die Hinterziehung bewiesen werden konnte. Er hätte sogar von der Behörde eine Belohnung für den Hinweis bekommen.«

Qwilleran lehnte sich in seinem Stuhl zurück. »Wow!« sagte er leise. »Da wäre der ganze Schwindel voll aufgeflogen.«

»Die wahren Eigentumsverhältnisse der Galerie wären aufgedeckt worden, und ich fürchte, der *Daily Fluxion* wäre dabei auch nicht sehr gut weggekommen.«

»Und das ist noch mild ausgedrückt! Die andere Zeitung würde aus so einer Sache Riesenkapital schlagen. Und Mountclemens ...«

»Mountclemens wäre vor Gericht gekommen, sagte Earl. Das hätte eine Gefängnisstrafe wegen Betrugs bedeutet.«

»Das wäre Mountclemens' Ende gewesen, hier und überhaupt.«

Sie sahen einander schweigend an, und dann sagte Qwilleran: »Er hatte eine komplexe Persönlichkeit.«

»Ja«, murmelte Zoe.

»Kannte er sich mit Kunst wirklich aus?«

»Sein Wissen war hervorragend. Und trotz dieser betrügerischen Ader hat er in seiner Kolumne niemals etwas Falsches behauptet. Alle Werke in der Lambreth Gallery, die er gelobt hat, waren wirklich gut – die Streifenbilder, die Grafiken, Neun-Nulls Schrottkunstwerke ...«

»Und was ist mit Scrano?«

»Seine Ideen sind obszön, aber die Technik ist makellos. Seine Arbeiten sind von klassischer Schönheit.«

»Alles, was ich sehe, ist ein Haufen Dreiecke.«

»Ja, aber die Proportionen – der Aufbau – die Tiefe und das Geheimnisvolle in einer simplen Anordnung von geometrischen Figuren! Großartig! Fast schon zu schön, um wahr zu sein.«

Herausfordernd fragte Qwilleran: »Und was ist mit deinen eigenen Bildern? Sind deine Arbeiten so gut, wie Mountclemens sagte?«

»Nein. Aber sie werden so gut werden. Die schmutzigen Farben, die ich verwendet habe, waren Ausdruck meines inneren Aufruhrs, und damit ist es jetzt vorbei.« Zoe schenkte Qwilleran ein kaltblütiges kleines Lächeln. »Ich weiß nicht, wer Mountclemens umgebracht hat, aber es ist das Beste, was passieren konnte.« Ihre Augen blitzten vor Gehässigkeit. »Ich glaube, es besteht kein Zweifel daran, daß er meinen Mann umgebracht hat. In jener Nacht, als Earl im Büro bleiben und an den Büchern arbeiten mußte ... ich glaube, da erwartete er Mountclemens.«

»Aber die Polizei sagt, Mountclemens habe um drei Uhr nachmittags den Flug nach New York genommen.«

»Das glaube ich nicht. Ich glaube, er ist nach New York *gefahren* – mit diesem Lieferwagen, der in der Seitengasse stand.« Zoe erhob sich, um zu gehen. »Aber jetzt, wo er tot ist, werden sie nie etwas beweisen können.«

Als Qwilleran aufstand, gab sie ihm die Hand. Sie wirkte fast fröhlich. »Ich muß mich beeilen. Ich habe einen Termin in der Penniman School. Sie nehmen mich als Lehrerin auf.« Zoe lächelte strahlend und ging leichtfüßig aus dem Büro.

Qwilleran sah ihr nach und sagte sich, sie ist jetzt frei, und sie ist glücklich ... Wer hat sie befreit? Dann haßte er sich selbst für seinen nächsten Gedanken: Und wenn es wirklich Butchy war, frage ich mich, ob Butchy das alles ganz allein geplant hat. Eine Zeitlang stritten berufliches Mißtrauen und persönliche Neigung miteinander.

Letztere sagte: »*Zoe ist eine wunderbare Frau, zu einem so abscheulichen Plan ist sie nicht fähig. Und sie versteht es, Kleider zu tragen!*«

Worauf das berufliche Mißtrauen antwortete: »Es scheint ihr sehr daran zu liegen, daß der Mord an ihrem Mann dem Kritiker angelastet wird, jetzt, wo er tot ist und sich nicht mehr verteidigen kann. Sie kommt ständig mit kleinen Informationen – die ihr immer erst nachträglich eingefallen sind –, die Mountclemens als mieses Schwein hinstellen.«,

»*Aber sie ist so sanft und reizvoll und talentiert und intelligent! Und diese Stimme! Wie Samt.*«

»Sie hat ein kluges Köpfchen, das stimmt. Zwei Menschen erstochen ... und sie profitiert am meisten davon. Es wäre interessant zu erfahren, wie das alles in die Tat umgesetzt wurde. Butchy hat vielleicht die schmutzige Arbeit gemacht, aber sie ist nicht klug genug, sich so etwas auszudenken. Wer hat ihr den Schlüssel zur Hintertür der Galerie gegeben? Und wer hat Butchy gesagt, sie solle die weiblichen Figuren zerstören – um den Verdacht auf einen perversen Mann zu lenken? Zoe war nicht mal interessiert an Butchy; sie hat sie nur benutzt.«

»*Ja, aber Zoes Augen! So ausdrucksvoll und ehrlich.*«

»Einer Frau mit solchen Augen kann man nicht trauen. Überleg doch mal, was in jener Nacht, in der Mountclemens umgebracht wurde, wahrscheinlich passiert ist. Zoe rief ihn an und vereinbarte ein Rendezvous. Sie sagte, sie würde in die verlassene Seitengasse fahren und sich durch die Hintertür hineinstehlen. So hat sie es vermutlich immer gemacht. Sie hupte, und Mountclemens ging hinaus und öffnete das Hoftor. Aber dieses letzte Mal war es nicht Zoe, die da in der Dunkelheit stand; es war Butchy – mit einem kurzen, breiten, scharfen, spitzen Messer.«

»Aber Zoe ist eine so wunderbare Frau. Diese sanfte Stimme! Und diese Knie!«

»Qwilleran, du bist ein Trottel. Weißt du nicht mehr, wie sie dich in der Nacht des Mordes an Mountclemens aus dem Weg schaffte, indem sie dich zum Essen einlud?«

An jenem Abend ging Qwilleran heim, setzte sich hin und sagte zu Qwilleran: »Du bist auf die Masche mit dem hilflosen Weibchen hereingefallen und hast dich von ihr zum Handlanger machen lassen ... Weißt du noch, wie sie geseufzt und sich auf die Lippen gebissen hat, wie sie gestammelt und gesagt hat, du seist ja so *verständnisvoll*? Und die ganze Zeit hat sie mit Andeutungen, Alibis und schmerzlichen Enthüllungen nur ihre eigenen Zwecke verfolgt ... Und ist dir dieses böse Funkeln in ihren Augen heute aufgefallen? Der gleiche wilde Blick war in ihrem Katzenbild in der Lambreth Gallery. Künstler malen sich immer selbst. Das hast du doch entdeckt.«

Qwilleran saß in den Tiefen seines Lehnstuhls versunken und sog an einer Pfeife, die bereits seit einigen Minuten ausgegangen war. Daß er so still dasaß, schaffte eine drückende Atmosphäre, und schließlich ertönte ein schriller Protestschrei von Koko.

»Tut mir leid, alter Freund«, sagte Qwilleran. »Ich bin heute nicht sehr gesellig.« Dann richtete er sich auf und fragte sich, was es wohl mit diesem Lieferwagen auf sich hatte. War Mountclemens wirklich damit nach New York gefahren? Und wem gehörte er?

Koko meldete sich wieder, diesmal vom Gang. Er gab eine Reihe melodischer Katzenlaute von sich, die einen lockenden Unterton hatten. Qwilleran ging hinaus in die Eingangshalle und sah, daß Koko auf der Treppe herumhüpfte. Die schlanken Beine und winzigen Füße des Katers sahen wie langstielige Noten aus: Sie bewegten sich die Stufen hinauf und hinunter, als spielten sie auf dem roten Läufer der Treppe eine Melodie. Als er Qwilleran sah, raste er hinauf in den ersten Stock und sah zu ihm hinunter. Seine Haltung und die Stellung seiner Ohren drückten eine liebenswürdige Einladung aus, ihm zu folgen.

Qwilleran wurde plötzlich von einer heftigen Zuneigung zu

diesem freundlichen kleinen Wesen erfaßt, das wußte, wann seine Gesellschaft gebraucht wurde. Koko konnte unterhaltsamer sein als ein Varieté und – manchmal – auch beruhigender als ein Tranquilizer. Er gab so viel und verlangte so wenig.

Qwilleran fragte: »Willst du deinem alten Revier einen Besuch abstatten?« Er folgte Koko nach und schloß die Wohnungstür des Kritikers auf, zu der er noch immer den Schlüssel hatte.

Trillernd vor Vergnügen spazierte der Kater hinein und erkundete die Wohnung; er beschnupperte ausgiebig jede Ecke.

»Genieße die Düfte, Koko. Diese Frau aus Milwaukee wird bald kommen, und die wird das Haus verkaufen und dich mit zu sich nehmen, und dann wirst du von Bier und Brezeln leben müssen.«

Als hätte er verstanden und wolle einen Kommentar abgeben, hielt Koko in seinem Rundgang inne und setzte sich zu einer kurzen, aber bedeutungsschweren Säuberung seiner unteren Regionen auf das Hinterteil.

»Wenn ich dich recht verstehe, würdest du lieber bei mir leben.«

Der Kater wanderte in die Küche, sprang auf seinen alten Platz auf dem Kühlschrank, merkte, daß das Kissen fehlte, beschwerte sich und sprang wieder herunter. Hoffnungsvoll erkundete er die Ecke, wo sein Teller und seine Wasserschüssel immer gestanden hatten. Nichts da. Leichtfüßig hüpfte er auf den Herd, wo ihn ein leiser Hauch von der in der Vorwoche übergekochten Brühe irritierte. Von da stieg er mit zierlichen Schritten auf das Schneidbrett, ein wahres Eldorado an Düften, die an Braten, Koteletts und Geflügel erinnerten. Dann beschnüffelte er die Messerleiste und schob ein Messer von dem Magnetstab herunter.

»Vorsicht!« sagte Qwilleran. »Sonst schneidest du dir noch eine Zehe ab.« Er befestigte das Messer wieder am Magneten.

Als er es neben die anderen drei Messer hängte, kitzelte ihn sein Schnurrbart, und Qwilleran verspürte einen plötzlichen Drang, in den Hinterhof hinunterzugehen.

Er holte die Taschenlampe aus dem Besenschrank und überlegte, warum Mountclemens ohne sie die Feuertreppe hinuntergestiegen war. Die Stufen waren gefährlich, die schmalen Trittflächen teilweise vereist.

Hatte der Kritiker geglaubt, er würde unten Zoe treffen? Hatte er sein Tweed-Cape übergeworfen und war *ohne* Taschenlampe hinuntergegangen? Hatte er statt dessen ein Messer mitgenommen?

Das fünfte Messer von der Magnetleiste?

Mountclemens hatte seine Prothese oben liegenlassen. Ein so eitler Mann hätte sie getragen, wenn er seine Geliebte treffen wollte, doch er hätte sie nicht benötigt, um sie zu töten.

Qwilleran stellte den Kragen seiner Jacke auf und stieg vorsichtig die Feuertreppe hinunter, begleitet von einem neugierigen, aber nicht besonders begeisterten Kater. Die Nacht war kalt. In der Seitengasse herrschte die übliche nächtliche Stille.

Der Reporter wollte sehen, in welche Richtung das Hoftor aufging, wohin die Schatten fielen, wie gut man einen eintreffenden Besucher in der Dunkelheit sehen konnte. Er untersuchte das naturbelassene hölzerne Tor mit dem spanischen Schloß und den Fischbändern. Beim Öffnen des Tors wäre Mountclemens teilweise verborgen geblieben. Eine schnelle Bewegung des Besuchers, und er wäre an die Wand genagelt worden. Irgendwie war es Mountclemens nicht gelungen, sein potentielles Opfer zu überraschen. Irgendwie hatte der Mörder sich auf ihn stürzen können.

Während Qwilleran grübelte und mit der Taschenlampe über die verwitterten Ziegel des Hofes leuchtete, entdeckte Koko einen dunklen Fleck auf dem Ziegelboden und schnüffelte ihn aufmerksam ab.

Qwilleran packte ihn grob um die Mitte. »Koko! Das ist ja widerlich!«

Er stieg wieder über die Feuertreppe hinauf, den Kater im Arm, der sich wand und ein Geschrei veranstaltete, als würde er gefoltert.

In Mountclemens Küche setzte sich Koko mitten auf den Fußboden und begann mit einer Pediküre. Bei seinem kurzen Ausgang im Freien, wo es so unsauber war, waren seine Zehen, seine Krallen und die Sohlen seiner zierlichen Füße schmutzig geworden. Er spreizte die braunen Zehen wie Blütenblätter und fuhr mit seiner rosa Zunge dazwischen – sie wusch und bürstete und kämmte und deodorierte, alles in einem einzigen Arbeitsgang.

Plötzlich hielt der Kater mit herausgestreckter Zunge und in die Luft gespreizten Zehen mitten im Putzen inne. Ein leises Grollen drang aus seiner Kehle. Er stand auf – gespannt und mit unterdrückter Erregung. Dann ging er zielstrebig auf den Wandteppich am Gang zu und berührte die Ecke mit der Pfote.

»Da unten in der alten Küche ist doch nichts als Staub«, sagte Qwilleran. Und dann begann sein Schnurrbart zu prickeln, und er hatte das sonderbare Gefühl, daß der Kater mehr wußte als er.

Er nahm die Taschenlampe zur Hand, bog die Ecke des Wandteppichs hoch, öffnete den Riegel der Tür und stieg die schmale Dienstbotentreppe hinunter. Koko wartete bereits unten; er gab keinen Laut von sich, doch als Qwilleran ihn hochhob, spürte er, wie der Körper des Katers vibrierte und wie jeder Muskel angespannt war.

Qwilleran öffnete die Tür und stieß sie auf; rasch leuchtete er die gesamte alte Küche ab. Es gab nichts, was Kokos Erregung gerechtfertigt hätte. Qwilleran richtete die Taschenlampe auf die Staffelei, den vollgeräumten Tisch und auf die Bilder, die an der Wand lehnten.

Und dann machte er die beunruhigende Entdeckung, daß jetzt weniger Leinwände hier waren als in der Nacht zuvor. Die Staffelei war leer. Und der Roboter, der auf dem Spültisch gelehnt war, war weg.

Er paßte einen Augenblick nicht auf, und Koko entwand sich seinem Griff und sprang auf den Boden. Qwilleran schnellte herum und leuchtete in das Wohnzimmer. Es war leer, wie zuvor.

In der Küche verfolgte Koko – jede Faser seines Körpers angespannt – irgendeine Spur. Zuerst sprang er auf den Spültisch und stand schwankend auf der Kante, während er ihn erforschte, dann lautlos hinunter auf einen Stuhl und hinauf auf den Tisch. Er schnüffelte das Durcheinander auf der Tischplatte ab; sein

Mund öffnete sich, die Schnurrhaare sträubten sich weit vor, er zog die Lefzen hoch und begann mit einer Pfote rund um das Spachtelmesser auf der Tischplatte herumzuscharren.

Qwilleran stand in der Mitte des Raumes und versuchte, seine Gedanken zu sammeln. Irgend etwas ging hier vor, das er nicht verstand. Wer war in dieser Küche gewesen? Wer hatte die Bilder weggenommen – und warum? Die beiden Gemälde mit den Robotern waren verschwunden. Was war noch weggenommen worden?

Qwilleran legte die Taschenlampe auf eine gekachelte Arbeitsfläche, so daß das Licht auf die verbliebenen Bilder schien, und drehte dann eines um.

Es war ein Scrano! Ein Flammenmeer aus orangen Dreiecken auf gelbem Hintergrund, im glatten, leichten Stil des italienischen Künstlers gemalt, und doch vermittelte das Bild ein solches Gefühl der Tiefe, daß Qwilleran unwillkürlich die Hand ausstreckte und die Oberfläche berührte. In der unteren Ecke war die berühmte Signatur, in groben Blockbuchstaben gemalt.

Qwilleran stellte es beiseite und drehte ein anderes Bild um. Wieder Dreiecke! Diese hier waren grün auf blauem Grund. Hinter dieser Leinwand waren noch weitere – Grau auf Braun, Braun auf Schwarz, Weiß auf Cremefarben. Die Proportionen und die Anordnung variierten, doch alle Dreiecke waren echte Scranos.

Ein kehliger Laut von Koko ließ Qwilleran aufblicken. Der Kater beschnupperte die orangen Dreiecke auf dem gelben Hintergrund. Qwilleran überlegte, was es wohl wert sein mochte. Zehntausend? Zwanzigtausend? Vielleicht sogar noch mehr, jetzt, da der Künstler nie wieder malen würde.

Hatte Mountclemens den Markt aufgekauft? Oder waren das Fälschungen? Und, ob es nun so oder so war ... wer stahl sie?

Kokos Nase untersuchte die Oberfläche des Gemäldes äußerst genau, als erkunde er die Struktur der Leinwand, die unter den Farben zu sehen war. Als er zur Signatur kam, streckte er den Hals weit vor und neigte den Kopf zuerst auf die eine, dann auf die andere Seite, um so nahe wie möglich an die Buchstaben heranzukommen.

Seine Nase bewegte sich von rechts nach links, zeichnete zuerst das O nach, dann das N, bewegte sich weiter zum A, beschnupperte genüßlich das R, als wäre es etwas ganz Besonderes, dann kam sie zum C und verharrte schließlich über dem S.

»Bemerkenswert!« sagte Qwilleran. »Bemerkenswert!«

Er hörte kaum den Schlüssel, der im Schloß der Hintertür gedreht wurde, doch Koko hörte ihn. Der Kater verschwand. Qwilleran erstarrte, als die Tür langsam aufging.

Die Gestalt, die in der Tür stand, machte keine Bewegung. Im Halbdunkel erkannte Qwilleran breite Schultern, einen dicken Pullover, ein kantiges Kinn und eine hohe, eckige Stirn.

»Narx!« sagte Qwilleran.

Der Mann wurde lebendig. Er schlich seitwärts in den Raum und griff nach dem Tisch. Seine Augen waren auf Qwilleran gerichtet. Er riß das Spachtelmesser an sich und stürzte vor.

Plötzlich ... Kreischen ... Knurren! Das Zimmer war erfüllt von Dingen, die durch die Luft geflogen kamen, hinunter auf den Boden und wieder hinaufsausten, hier und dort und überall waren!

Der Mann duckte sich. Die attackierenden Körper bewegten sich schneller, als man schauen konnte. Sie schrien wie Harpyien. Sie fegten hierhin und dahin, hinunter und hinauf, kreuz und quer durch den Raum. Irgend etwas traf ihn am Arm. Er stolperte.

Diesen Sekundenbruchteil nutzte Qwilleran. Er packte die Taschenlampe und schlug mit aller Kraft zu.

Narx taumelte zurück und fiel nach hinten. Sein Kopf schlug mit einem scharfen, knirschenden Geräusch auf die gekachelte Arbeitsfläche auf. Er sackte langsam zu Boden.

Kapitel sechzehn

Um fünf Uhr dreißig saß Qwilleran im Presseclub und erzählte die Geschichte zum hundertsten Mal. Den ganzen Montag waren die Mitarbeiter des *Daily Fluxion* an seinem Schreibtisch aufmarschiert, um sich die Einzelheiten aus erster Hand berichten zu lassen.

Im Presseclub sagte Odd Bunsen: »Ich wünschte, ich wäre mit meinem Fotoapparat dabeigewesen. Ich kann mir unseren Helden lebhaft vorstellen, wie er mit einer Hand die Polizei anruft und mit der anderen seine Hose festhält.«

»Nun, ich mußte Narx mit meinem Gürtel fesseln«, erklärte Qwilleran. »Als sein Kopf auf der gekachelten Arbeitsfläche aufschlug, war er zwar k. o., aber ich hatte Angst, er könnte zu sich kommen, während ich die Polizei anrief. Mit meiner Krawatte hatte ich ihm schon die Hände gebunden – mit meiner guten schottischen Krawatte! –, und das einzige, was ich für seine Füße noch hatte, war mein Gürtel.«

»Woher wußten Sie, daß es Narx war?«

»Als ich dieses eckige Gesicht und die breiten Schultern sah, dachte ich an diese Roboterbilder, und ich wußte, das mußte der Künstler sein. Ich habe gehört, daß Maler immer etwas von sich selber auf die Leinwand bringen – ob sie nun Kinder malen oder Katzen oder Segelboote. Doch Koko hat mir erst alles klargemacht, als er Scranos Signatur von hinten nach vorne las.«

Arch sagte: »Wie ist das, wenn man den Doktor Watson für einen Kater spielt?«

Odd sagte: »Was ist mit der Signatur? Habe ich da etwas verpaßt?«

»Koko hat die Signatur auf dem Gemälde gelesen«, erklärte Qwilleran, »und zwar von hinten. Er liest immer von hinten nach vorne.«

»Ach ja, natürlich. Das ist eine uralte Sitte bei den Siamkatzen.«

»Und da wurde mir klar, daß Scrano, der Dreieckmaler, auch O. Narx, der Robotermaler war. Die Oberflächen ihrer Gemälde hatten die gleiche glatte, metallische Struktur. Und ein paar Minuten später kam der Roboter selbst ins Haus und ging mit einem Spachtelmesser auf mich los. Und er hätte mich auch erwischt, wenn mir Koko nicht zu Hilfe gekommen wäre.«

»Klingt, als hätte dieser Kater eine öffentliche Belobigung verdient. Was hat er getan?«

»Er ist Amok gelaufen! Und eine Siamkatze, die in Panik herumrast, schaut aus wie ein ganzes Rudel Wildkatzen, und so hört sie sich auch an. Wumm – quietsch – rramm! Ich habe geglaubt, es sind sechs Tiere im Zimmer, und dieser Narx hat überhaupt nichts mehr begriffen.«

»Also ist Scrano ein Schwindel«, sagte Arch.

»Ja. Es gibt keinen italienischen Maler, der sich in die umbrischen Hügel zurückgezogen hat«, sagte Qwilleran. »Es gibt nur Oscar Narx, der Dreiecke produziert, damit Mountclemens in seiner Kolumne dafür werben und sie in seiner Kunstgalerie verkaufen kann.«

»Komisch, daß er nicht seinen eigenen Namen verwendet hat«, meinte Odd.

Dann sagte Arch: »Aber Mountclemens sagte doch in seiner letzten Kolumne, daß es keine Bilder von Scrano mehr geben würde.«

»Ich glaube, Mountclemens hatte vor, Oscar Narx auszuschalten«, antwortete Qwilleran. »Vielleicht wußte Narx zuviel. Ich nehme an, unser Kritiker war am Tag des Mordes an Lambreth nicht in der Drei-Uhr-Maschine. Ich vermute, er hatte einen Komplizen, der dieses Flugticket benutzte und Mountclemens Namen in die Passagierliste eintrug. Und ich wette, dieser Komplize war Narx.«

»Und Mountclemens nahm dann eine spätere Maschine«, sagte Arch.

»Oder ist mit dem Auto nach New York gefahren«, erwiderte Qwilleran.

»Mit diesem mysteriösen Lieferwagen, der am späten Nachmittag in der Seitengasse stand. Zoe Lambreth hat gehört, wie ihr Mann am Telefon darüber sprach.«

Odd Bunsen sagte: »Es war verrückt von Mountclemens, jemand anderen einzuweihen. Wenn du einen Mord begehen willst, dann begehe ihn allein, sage ich immer.«

»Mountclemens war nicht dumm«, sagte Qwilleran. »Vermutlich hatte er sich ein gutes Alibi ausgedacht, doch irgend etwas ist schiefgegangen.«

Arch, der schon den ganzen Tag Bruchstücke von Qwillerans Geschichte hörte, meinte: »Wieso bist du so sicher, daß Mountclemens jemanden umbringen wollte, als er in seinen Hinterhof hinunterging?«

»Aus drei Gründen.« Qwilleran fühlte sich blendend. Er sprach mit Bestimmtheit und machte große Gesten. »Erstens: Mountclemens ging in den Hinterhof, um jemanden zu treffen, und doch ließ dieser eitle Mann seine Prothese in der Wohnung. Er hatte nicht vor, einen Gast zu begrüßen, also brauchte er sie nicht. Zweitens: Er nahm keine Taschenlampe mit, obwohl die Stufen vereist und gefährlich waren. Drittens vermute ich, daß er statt dessen ein Küchenmesser mitnahm; es fehlt eines.«

Die Zuhörer hingen an Qwillerans Lippen.

»Offenbar«, fuhr er fort, »gelang es Mountclemens nicht, Narx zu überrumpeln. Wenn er ihn nicht überrumpeln und ihm das Messer in den Rücken stoßen konnte, sobald Narx durch das Tor kam, war die Wahrscheinlichkeit groß, daß der junge Mann den Kritiker überwältigen konnte. Narx sieht nach einem mächtigen Gegner aus, und noch dazu war es eine Hand gegen zwei.«

»Wieso wissen Sie, daß Mountclemens unten jemanden treffen wollte?«

»Er hatte seine Hausjacke an. Vermutlich hatte er das Cape über die Schultern gelegt, während er auf Narx wartete, es aber dann abgeworfen, um für den Kampf vorbereitet zu sein. Narx hat wahrscheinlich das Tor aufgeschlossen, das in den Hof hinein aufgeht, und Mountclemens hat dahinter gewartet, bereit, ihm das Messer in den Rücken zu stoßen. Vermutlich hatte er vor, die Leiche in der Seitengasse zu deponieren, wo man den Mord einem Landstreicher angehängt hätte. In dem Viertel wäre das nichts Besonderes.«

»Wenn Narx so ein Bär ist, wie du sagst«, wandte Arch ein, »wie konnte dieser Idiot dann glauben, daß er ihn mit einer Hand überwältigen könnte?«

»Er war sehr eitel. Alles, was Mountclemens tat, machte er perfekt. Dadurch wurde er unglaublich eingebildet ... Und ich glaube, ich weiß auch, warum es dieses eine Mal schiefgegangen ist. Es ist nur eine Vermutung, aber so stelle ich mir das vor: Als Narx die Hintertür aufsperrte, wurde er auf Mountclemens Anwesenheit aufmerksam.«

»Wieso?«

»Er roch die Limonenschalenessenz, die Mountclemens immer verwendete.«

»Ir-r-r-re!« sagte Odd Bunsen.

Arch bemerkte: »Narx hätte ungestraft einen Mord begehen können, wenn er nicht wegen dieser Bilder zurückgekommen wäre.«

»Zwei Morde«, sagte Qwilleran, »wenn Koko nicht gewesen wäre.«

»Will jemand noch einen Drink?« fragte Arch. »Bruno, noch zwei Martinis und einen Tomatensaft. ... Nein, drei Martinis. Da kommt Lodge Kendall.«

»Keinen Tomatensaft«, sagte Qwilleran. »Ich muß in ein paar Minuten gehen.«

Kendall brachte Neuigkeiten. »Ich komme gerade von der Polizei«, sagte er. »Narx hat endlich eine Aussage machen können, und die Polizei hat seine Story. Es ist genau, wie Qwill sagte. Narx hat die Scrano-Bilder gemalt. Immer wenn er in die Stadt kam, wohnte er in Mountclemens' leerer Wohnung, doch meistens arbeitete er in New York. Er hat die Sachen in einem Lieferwagen hierhergebracht und sich als Scranos New Yorker Agent ausgegeben.«

»Hat er etwas über die Drei-Uhr-Maschine gesagt?«

»Ja. Er hat Mountclemens' Ticket benutzt.«

Odd meinte: »Dann hat ihn Mountclemens, dieser Trottel, in die Sache eingeweiht.«

»Nein. Narx war zu diesem Zeitpunkt noch unschuldig. Sehen Sie, er war gerade mit dem Wagen in die Stadt gekommen, und Mountclemens sagte ihm, er solle sofort nach New York zurückfliegen, um einen großen Kunden zu treffen, der unerwartet aus Montreal käme. Mountclemens sagte, er habe dieses Geschäft soeben erst telefonisch vereinbart – in Narx' Namen, wie er alle Geschäfte mit Scrano abwickelte. Für Narx hieß das also, er solle auf schnellstem Wege zurückfliegen und den Kanadier um fünf Uhr in New York treffen und ihm einen Haufen Scranos verkaufen. Das kam Narx ganz logisch vor. Schließlich war er der Strohmann bei diesem Geschäft. Also gab Mountclemens Narx sein eigenes Flugticket, fuhr mit ihm zum Flughafen und brachte ihn zur Drei-Uhr-Maschine.«

»Wieso stand dann Mountclemens' Name auf der Passagierliste?«

»Wie Narx sagte, schafften sie es kaum rechtzeitig zum Abflug, und Mountclemens meinte, er solle sich nicht mit der Namensänderung aufhalten, sondern gleich einchecken. Mountclemens sagte, er habe sich entschlossen, mit dem Wagen zu fahren. Er behauptete, er würde gleich mit Narx Lieferwagen losfahren, in Pittsburgh übernachten und am Donnerstagmorgen in New York eintreffen.«

Qwilleran meinte: »Ich kann mir vorstellen, was schiefgegangen ist.«

»Nun«, sagte Kendall, »dieser arme Irre aus Montreal war völlig verrückt nach den Dreiecken. Er wollte so viele haben, wie er kriegen konnte. Also rief Narx Earl Lambreth an und bat ihn, ein paar von den alten Bildern, die er nicht verkauft hatte, per Luftfracht zu senden.«

»Das ist das Telefongespräch, das Zoe gehört hat.«

»Lambreth antwortete, er würde sie mit dem Lieferwagen schicken, doch Narx erklärte ihm, Mountclemens sei mit dem Lieferwagen schon unterwegs nach Pittsburgh. Lambreth sagte, nein, der Wagen stünde noch da, in der Seitengasse hinter der Galerie.«

»Und da merkte Narx, daß an der Sache etwas faul war.«

»Erst, als er vom Mord an Lambreth hörte und ihm klar wurde, daß Mountclemens gelogen hatte. Da beschloß er, Kapital daraus zu schlagen. Er haßte Mountclemens sowieso; er kam sich vor wie ein Lohnsklave – ein Roboter –, der immer nur die Befehle seines Herrn ausführte. Also beschloß er, einen größeren Anteil am Gewinn zu verlangen, den Mountclemens für die Scranos einstrich.«

Odd sagte: »Dumm von Narx, zu glauben, er könne einen gerissenen Hund wie Monty erpressen.«

»Also lauerte ihm Mountclemens im Hinterhof auf«, sagte Kendall, »doch Narx hat ihn überwältigt und ihm das Messer abgenommen.«

»Hat er gesagt, warum er nochmals zurückgekommen ist?«

»Vor allem, um ein paar Bilder zu holen, die er mit seinem eigenen Namen signiert hatte. Er fürchtete, die Polizei würde Nachforschungen anstellen. Aber er nahm auch ein paar Scranos mit und wollte noch mehr holen, als er auf Qwill traf – und den Kater!«

Arch fragte: »Welchen Einfluß wird das auf den Wert der Bilder von Scrano haben, wenn die Geschichte herauskommt? Ein Haufen Leute, die ihr Geld darin investiert haben, werden aus dem Fenster springen!«

»Nun, ich will dir etwas sagen«, antwortete Qwilleran. »Ich habe mir in den letzten paar Wochen eine Menge Kunstwerke angesehen, und wenn ich etwas Geld übrig hätte, dann glaube ich, würde ich mir ein paar nette graue und weiße Dreiecke von Scrano dafür kaufen.«

»Ihnen ist wohl nicht mehr zu helfen!« sagte Odd.

»Etwas habe ich vergessen«, sagte Kendall.

»Diese Dreieck-Bilder waren eine Gemeinschaftsarbeit. Narx sagt, er habe sie gemalt, doch Mountclemens habe sie entworfen.«

»Raffiniert«, sagte Qwilleran. »Mountclemens hatte eine Hand verloren und konnte nicht malen; Narx beherrschte eine großartige Technik, hatte aber keine schöpferische Phantasie. Geradezu perfekt!«

»Ich wette, viele Künstler haben Ghost-Maler«, sagte Odd.

»Komm schon, trink noch ein Glas Tomatensaft«, sagte Arch. »Hau mal auf die Pauke!«

»Nein, danke«, sagte Qwilleran. »Ich bin zum Abendessen mit Zoe Lambreth verabredet, und ich muß heim und das Hemd wechseln.«

»Bevor Sie gehen«, sagte Odd, »sollte ich vielleicht noch ein Wort zu dieser Schweißerin sagen und erklären, warum ich vorige Woche keine Bilder bekommen habe.«

»Das eilt nicht«, meinte Qwilleran.

»Ich fuhr zu der Schule, doch sie war nicht dort. Sie war mit lädierten Flossen zu Hause.«

»Was ist passiert?«

»Erinnern Sie sich an den Typen, der abgestürzt ist? Diese Bolton hat versucht, ihn zu retten. Er ist gegen ihre Hände geknallt, und da hat sie sich die Handgelenke verstaucht. Aber diese Woche kommt sie wieder, und da mache ich dann Ihre Fotos.«

»Machen Sie gute Fotos«, sagte Qwilleran. »Schmeicheln Sie dem Mädchen, wenn Sie können.«

Als Qwilleran heimkam, um den Kater zu füttern, lag Koko ausgestreckt auf dem Wohnzimmerteppich und nahm sozusagen ein Vollbad.

»Machst du dich fein für das Abendessen?« fragte Qwilleran.

Die rosa Zunge glitt über die weiße Brust, die dunkelbraunen

Pfoten und die hellbraunen Flanken. Die befeuchteten Vorderpfoten strichen über die samtbraunen Ohren. Der glänzende braune Schwanz wurde zwischen den Vorderpfoten festgehalten und mit peinlichster Sorgfalt geputzt. Koko sah erstaunlich nach einer Katze aus und gar nicht wie das übernatürliche Wesen, das Gedanken lesen konnte, das wußte, was geschehen würde, das roch, was es nicht sehen konnte, und spürte, was es nicht riechen konnte.

Qwilleran sagte: »Du hättest eine Schlagzeile bekommen sollen, Koko. *Kater mit Supernase löst Doppelmord*. Du hast in jedem Fall recht gehabt, und ich habe mich in jedem Fall geirrt. Niemand hat den goldenen Dolch gestohlen. Mountclemens hat nicht die Drei-Uhr-Maschine genommen. Butchy hat keine Verbrechen begangen. Neun-Null ist nicht ermordet worden. Und Zoe hat mich nicht belogen.«

Koko leckte weiter über seinen Schwanz.

»Aber ich kenne noch immer nicht alle Antworten. Warum hast du mich in diesen Schrankraum da oben geführt? Um Minzi-Maus zu holen oder um mich zu dem Ghirotto-Affen zu führen?

Warum hast du mich Freitag nacht auf die Messerleiste aufmerksam gemacht? Wolltest du mir zeigen, daß eines fehlt? Oder hattest du nur Lust auf kleingeschnittene Lende?

Und warum hast du unbedingt in diese Küche hinuntergehen wollen? Wußtest du, daß Narx kommen würde?

Und was ist mit dem Spachtelmesser? Warum wolltest du es einscharren? Wußtest du, was passieren würde?«

Koko leckte weiter über seinen Schwanz.

»Und noch etwas: Als Oscar Narx mit dem Messer auf mich losging, bist du da wirklich in Panik geraten? Warst du einfach eine erschreckte Katze, oder hast du versucht, mir das Leben zu retten?«

Koko beendete die Schwanzwäsche und betrachtete Qwilleran mit einem entrückten Blick, als nähme eine Antwort von göttlicher Weisheit in seinem glänzenden braunen Kopf Gestalt an. Dann verrenkte er seinen geschmeidigen Körper, bis er total verdreht dalag, reckte die Nase hoch, schielte und kratzte sich mit einem Hinterbein am Ohr. Auf seinem Gesicht lag ein Ausdruck katzenhafter Verzückung.

Ende

Lilian Jackson Braun

DIE KATZE,
DIE IN DEN OHRENSESSEL BISS

Kapitel eins

Jim Qwilleran bereitete sich mit gelangweilter, fast schon angewiderter Miene, die von seinem herabhängenden buschigen Schnurrbart noch betont wurde, sein Junggesellenfrühstück zu. Mit Heißwasser aus der Leitung machte er sich eine Tasse Instantkaffee, auf dessen Oberfläche braune Klumpen schwammen. Aus einer Dose, deren Boden mit Krümeln bedeckt war und die bereits muffig zu riechen begann, nahm er einen Keks. Dann breitete er auf einem Tisch an einem Seitenfenster eine Papierserviette aus; die Großstadtsonne, die durch den Smog sickerte, betonte noch die Kargheit der möblierten Wohnung.

Hier aß Qwilleran sein Frühstück, ohne etwas zu schmecken, und dachte über seine vier Probleme nach.

Im Augenblick war er frauenlos. Die Wohnung war ihm gekündigt worden, und in drei Wochen würde er obdachlos sein. Bei dem Tempo, mit dem die Motten seine Krawatten fraßen, würde er bald krawattenlos sein. Und wenn er heute zum Chefredakteur das Falsche sagte, war er vielleicht auch arbeitslos. Über fünfundvierzig und arbeitslos. Keine erfreuliche Aussicht.

Zum Glück war er nicht freundlos. Auf seinem Frühstückstisch befand sich – neben einem dicken Wörterbuch, einem Stapel Taschenbücher, einem Pfeifenständer mit einer einzigen Pfeife und einer Dose Tabak – ein Siamkater.

Qwilleran kraulte seinen Freund hinter den Ohren und sagte: »Ich wette, als du noch im ersten Stock gewohnt hast, durftest du nicht auf dem Frühstückstisch sitzen.«

Der Kater, dessen Name Koko war, wiegte sich zufrieden hin und her, richtete seine Schnurrhaare auf und machte: »YAU!«

Nach dem bedauerlichen Ableben des Mannes im ersten Stock wohnte er jetzt seit sechs Monaten bei dem Journalisten. Qwilleran fütterte ihn gut, führte vernünftige Gespräche mit ihm und erfand Spiele – ungewöhnliche Spiele, die ganz nach dem Geschmack des außergewöhnlich intelligenten Katers waren.

Jeden Morgen nahm Koko in einer kleinen Ecke des Frühstückstisches Platz, wo er sich, die braunen Pfoten und den braunen Schwanz adrett unter seinem sandfarbenen Körper mit der weißen Brust verstaut, zu einem kompakten Bündel zurechtsetzte. Im sanften Licht der Sonne waren Kokos schrägstehende Augen leuchtend blau, und sein seidiges Fell glitzerte wie das quer über das Fenster gesponnene Spinnennetz und schillerte in allen Regenbogenfarben.

»Neben dir sieht diese Wohnung wie ein schäbiges Loch aus«, sagte Qwilleran zu ihm.

Koko kniff die Augen zusammen und atmete schneller. Bei jedem Atemzug wechselte die Farbe seiner Nase von Samtschwarz zu Satinschwarz und dann wieder zu Samtschwarz.

Qwilleran versank erneut tief in Gedanken und fuhr sich geistesabwesend mit dem Löffelstiel durch den Schnurrbart. Heute war der Tag, an dem er – wie er sich selbst versprochen hatte – zum Chefredakteur gehen und um ein neues Ressort bitten wollte. Das war ein riskanter Schritt. Der *Daily Fluxion* war eine Zeitung, die für eine straffe Führung bekannt war. Percy predigte Teamwork, Teamgeist, Teamdisziplin. Schulter an Schulter, alle im selben Boot, einer für alle. Es steht uns nicht zu, Fragen zu stellen. Wir ziehen alle am selben Strang, jeder gibt sein Bestes. Und wir können uns glücklich schätzen!

»Es ist so«, erklärte Qwilleran dem Kater. »Wenn ich in Percys Büro gehe und ihn ganz direkt um ein anderes Ressort bitte, kann es passieren, daß ich auf der Straße lande. So ist er. Und ich kann es mir im Moment überhaupt nicht leisten, arbeitslos zu sein – nicht, bevor ich mir nicht ein kleines finanzielles Polster geschaffen habe.«

Koko hörte ihm aufmerksam zu.

»Wenn es zum Schlimmsten kommt, könnte ich wahrscheinlich einen Job beim *Morning Rampage* bekommen, aber für dieses Spießerblatt möchte ich nicht arbeiten.«

Kokos Augen waren groß und sehr verständnisvoll. »Yau«, machte er leise.

»Ich wünschte, ich könnte offen und ehrlich mit Percy reden, aber es ist unmöglich, zu ihm durchzudringen. Er ist programmiert, wie ein Computer. Sein Lächeln – sehr aufrichtig. Sein Händedruck – sehr kräftig. Seine Komplimente – sehr befriedigend. Und wenn man ihn dann das nächste Mal im Aufzug trifft, kennt er einen nicht. Man steht ja an diesem Tag nicht auf seinem Terminkalender.«

Koko rutschte unbehaglich auf seinem Platz herum.

»Er sieht nicht mal aus wie ein Chefredakteur. Er zieht sich an wie ein Werbemanager. Neben ihm komme ich mir richtig schmuddelig vor.« Qwilleran fuhr sich mit der Hand über den Nacken. »Ich glaube, ich sollte mir die Haare schneiden lassen.«

Koko gab einen kehligen Gurgellaut von sich, und Qwilleran erkannte das Stichwort. »Okay, spielen wir unser Spiel. Aber nur ein paar Runden heute morgen. Ich muß zur Arbeit gehen.«

Er öffnete das große Wörterbuch, das bemerkenswert zerfleddert war, und dann spielten er und Koko ihr Wörterspiel. Der Kater grub seine Krallen in die Seiten, und Qwilleran schlug das Buch an der Stelle auf, die ihm der Kater damit bezeichnete. Dann las er laut die Stichworte vor, die fettgedruckt über den Kolumnen standen. Wenn Koko seine rechte Pfote benutzte, las er die Stichworte auf der rechten Seite, doch gewöhnlich war es die linke. Koko war eher ein Linkspfoter.

»*Dernier cri* und *Design*«, las Qwilleran. »Die sind einfach. Zwei Punkte für mich ... Weiter, versuch's nochmal.«

Koko richtete die Ohren nach vorn und schlug seine Krallen in das Buch.

»*Diatonik* und *dichroitisch*. Du hinterhältiger Schlingel! Jetzt hast du mich erwischt!« Qwilleran mußte beide Definitionen nachlesen, und das bedeutete zwei Punkte für den Kater.

Der Endstand war sieben zu fünf für Qwilleran. Dann duschte er und zog sich an, nachdem er dem Kater sein Frühstück gegeben hatte – frisches, kleingehacktes Rindfleisch, in etwas Pilzsoße aus der Dose gewärmt. Der Kater interessierte sich jedoch nicht für sein Futter. Er folgte ihm auf dem Fuß, wobei er mit der lauten Stimme der Siamkatze maunzte, um seine Aufmerksamkeit zu erregen, am Badetuch zerrte und in jede Schublade, die geöffnet wurde, hineinsprang.

»Was für eine Krawatte soll ich umbinden?« fragte ihn Qwilleran. Er hatte nur ein paar Krawatten in seiner Sammlung – zum Großteil im Schottenkaro gemustert, wobei die Farbe Rot vorherrschte. Sie hingen auf Türgriffen und Sessellehnen in der ganzen Wohnung herum. »Vielleicht sollte ich eine Begräbniskrawatte nehmen, um auf Percy einen guten Eindruck zu machen. Heutzutage passen wir uns alle an. Ihr Katzen seid die einzigen wirklich unabhängigen Wesen, die es noch gibt.«

Koko blinzelte wie zur Bestätigung.

Qwilleran griff nach einer schmalen Krawatte aus marineblauer Wolle, die über dem Schwenkarm einer Stehlampe hing. »Diese verdammten Motten!« sagte er. »Schon wieder eine Krawatte hinüber!«

Koko stieß ein leises Quieken aus, das sich nach Mitgefühl anhörte. Qwilleran sah sich den angeknabberten Rand der Krawatte an und beschloß, sie dennoch zu tragen.

»Wenn du dich nützlich machen willst«, sagte er zu dem Kater, »dann kümmere dich doch um die Motten, statt deine Zeit mit Spinnennetzen zu verschwenden.«

Seit Koko zu Qwilleran gezogen war, hatte er sich eine merkwürdige, etwas abartige Gewohnheit zugelegt. In diesem feuchten, alten Haus gab es Unmengen an Spinnen, und so rasch, wie sie ihre Netze spannen, verschlang Koko die glitzernden Fäden.

Qwilleran steckte das ausgefranste Ende der marineblauen Krawatte ins Hemd und seine Pfeife, eine Quarter-bend-Bulldog, in die Hosentasche. Dann kraulte er Koko zum Abschied den Kopf und verließ seine Wohnung am Blenheim Place.

Als er schließlich in der Eingangshalle des *Daily Fluxion*

ankam, war sein Haar geschnitten, sein Schnurrbart etwas gestutzt, und seine Schuhe glänzten mit den schwarzen Marmorplatten an den Wänden um die Wette. Er sah im glänzenden Marmor sein Profil und zog den Bauch ein; er begann sich leicht nach außen zu wölben.

Er zog mehr als nur ein paar Blicke auf sich. Seit er vor sieben Monaten – mit seinem üppigen Schurrbart, der malerischen Pfeife und seiner geheimnisumwitterten Vergangenheit – beim *Daily Fluxion* angefangen hatte, war Qwilleran Gegenstand zahlloser Vermutungen. Jeder wußte, daß er in New York und Chicago als Polizeireporter eine beachtliche Karriere gemacht hatte. Danach war er ein paar Jahre verschollen, und jetzt hatte er ein ruhiges Ressort bei einer Tageszeitung im Mittleren Westen übernommen und schrieb – ausgerechnet! – Feuilletons über Kunst und Kultur.

Die Aufzugtür öffnete sich, und Qwilleran trat beiseite, um ein paar Kolleginnen von der Frauenredaktion aussteigen zu lassen, die zu ihrem Vormittagsauftrag unterwegs waren oder Kaffeepause machten. Als sie an ihm vorbeigingen, musterte er sie kritisch. Eine war zu alt. Eine war zu reizlos. Die Moderedakteurin war zu furchteinflößend. Die Gesellschaftsredakteurin war verheiratet.

Die verheiratete Redakteurin warf ihm einen gespielt vorwurfsvollen Blick zu. »Sie elender Glückspilz!«, sagte sie. »Manche Leute scheinen einfach unter einem günstigen Stern geboren zu sein. Ich hasse Sie!«

Qwilleran sah ihr nach, wie sie durch die Eingangshalle schritt, und sprang dann gerade noch rechtzeitig in den Aufzug, bevor die automatischen Türen sich schlossen.

»Was sollte *das* denn?« murmelte er.

In der Kabine war noch eine Mitfahrerin – eine blonde Bürokraft aus der Anzeigenabteilung. »Ich habe es eben gehört: »Herzlichen Glückwunsch!« sagte sie und stieg im nächsten Stockwerk aus.

Als Qwilleran die Feuilletonredaktion mit den Reihen von grünen Metallschreibtischen, grünen Schreibmaschinen und grünen Telefonapparaten betrat, regte sich unter seiner ausgefransten Krawatte große Hoffnung.

Arch Riker winkte ihm zu. »Bleib da«, sagte der Leiter der Feuilletonredaktion. »Percy hat für halb elf eine Besprechung angesetzt. Wahrscheinlich geht es um dieses lächerliche W in deinem Namen. Hast du schon die erste Ausgabe gesehen?« Er schob ihm eine Zeitung über den Tisch zu und deutete auf die große Schlagzeile: *Richter qwittiert Dienst – Qwerverbindung zur Mafia.*

Riker sagte: »Kein Mensch hat die Druckfehler entdeckt, bis die Ausgabe draußen war. Du hast das gesamte Personal verwirrt.«

»Es ist ein ehrbarer schottischer Name«, rechtfertigte sich Qwilleran. Dann beugte er sich über Rikers Schreibtisch und sagte: »Heute morgen habe ich ein paar interessante Schwingungen aufgefangen. Ich glaube, Percy gibt mir ein neues Ressort.«

»Wenn er das vorhat, dann weiß ich nichts davon.«

»Ich gebe jetzt seit sechs Monaten die lächerlichste Figur in der gesamten Branche ab – einen Polizeireporter, der im Kulturressort gelandet ist.«

»Du hättest den Job nicht nehmen müssen, wenn er dir nicht zusagt.«

»Ich brauchte das Geld. Das weißt du doch. Und man hat mir eine Stelle in der Lokalredaktion versprochen, sobald eine frei würde.«

»Viel Glück«, sagte Riker nicht besonders überzeugt.

»Ich glaube, es liegt irgend etwas in der Luft. Und was immer es ist, alle wissen davon, außer dir und mir.«

Der Leiter der Feuilletonredaktion lehnte sich in seinem Stuhl zurück und verschränkte die Arme. »So ist das immer in der Kommunikationsbranche«, sagte er. »Die Leute, die es am meisten betrifft, erfahren es als letzte.«

Als das Zeichen aus der Lokalredaktion kam, gingen Riker und Qwilleran in das Büro des Chefredakteurs und sagten: »Guten Morgen, Harold.« Der Boß wurde nur hinter seinem Rücken Percy genannt.

Der Leiter der Anzeigenabteilung war da; er machte sich wichtig. Der Leiter der Fotoredaktion war da; er wirkte gelangweilt. Die Leiterin der Frauenredaktion war ebenfalls da; sie trug einen extravaganten Hut aus Zebrafell und warf Qwilleran einen langen, freundlichen Blick zu, der ihm unangenehm war. Fran Unger hatte einen zuckersüßen Charme, dem er nicht traute. Vor weiblichen Führungskräften war er auf der Hut. Er war einmal mit einer verheiratet gewesen.

Irgend jemand hatte die Tür geschlossen. Der Chefredakteur drehte sich in seinem Stuhl herum und sah Qwilleran an.

»Qwill, ich muß mich bei Ihnen entschuldigen«, sagte er. »Ich hätte das alles schon vor zehn Tagen mit Ihnen besprechen sollen. Sie haben wahrscheinlich schon Gerüchte gehört, und es war nicht fair von mir, Sie im dunkeln tappen zu lassen. Tut mir leid. Ich war mit der Bürgerinitiative gegen Verbrechen beschäftigt, die der Bürgermeister ins Leben gerufen hat, aber das ist natürlich keine Entschuldigung.«

Er ist wirklich gar kein so übler Bursche, dachte Qwilleran und rutschte erwartungsvoll auf seinem Stuhl herum.

»Wir haben Ihnen einen neuen Job versprochen, sobald sich die richtige Gelegenheit bietet«, fuhr der Chefredakteur fort, »und jetzt haben wir eine echte Herausforderung für Sie! Wir wollen ein Projekt starten, das für die gesamte Zeitungsindustrie von immenser Bedeutung ist, und, wie ich hinzufügen sollte, für den *Daily Fluxion* eine wahre Goldgrube zu werden verspricht.«

Qwilleran wurde langsam klar, warum alle Leute den Boß Percy nannten.

Der Chefredakteur fuhrt fort: »Unsere Stadt wurde für ein Experiment ausgewählt. Man will feststellen, ob landesweite Werbung, die normalerweise in Illustrierten erscheint, auch in Großstadt-Tageszeitungen erfolgreich ist.«

Der Leiter der Anzeigenabteilung sagte: »Wenn es funktioniert, wird sich unsere Zeilenanzahl verdoppeln. Schon im Probejahr werden die Einnahmen über eine Million Dollar betragen.«

»Auch der *Morning Rampage* wird sich um diesen fetten

Brocken bewerben«, sagte der Chefredakteur, »aber wir mit unseren neuen Druckpressen und unserem Farbreproverfahren können ein hochwertigeres Produkt herstellen.«

Qwilleran strich sich nervös über den Schnurrbart.

»Und Ihr Job wird es sein, Qwill, zweiundfünfzig Wochen lang eine spezielle Sonntagsbeilage zu produzieren – im Zeitschriftenformat, mit vielen Farbseiten!«

Qwillerans Gedanken rasten in die Zukunft und erwogen alle Möglichkeiten. Er sah aufsehenerregende Prozesse vor sich, Wahlkämpfe, politische Enthüllungsreportagen, spektakuläre Sportereignisse, vielleicht auch Auslandsbeiträge. Er räusperte sich und sagte: »Dieses neue Magazin – ich nehme an, es wird von allgemeinem Interesse sein?«

»Vom Ansatz her von allgemeinem Interesse, vom Inhalt her spezifisch. Wir möchten, daß Sie eine Wochenzeitschrift über Innenarchitektur herausbringen.«

»Über *was?*« sagte Qwilleran; seine Stimme kippte unwillkürlich.

»Innenarchitektur. Das Experiment wird von der Einrichtungsbranche durchgeführt.«

»Innenarchitektur!« Ein kalter Schauer lief durch Qwillerans Schnurrbartwurzeln. »Ich würde meinen, daß Sie dafür eine Frau nehmen sollten.«

Fran Unger meldete sich mit liebenswürdiger Stimme zu Wort. »Die Frauenredaktion hat sich sehr um diesen Auftrag bemüht, Qwill, aber Harold ist der Meinung, daß sich heutzutage auch sehr viele *Männer* für ihr Heim interessieren. Er möchte vermeiden, daß *Elegante Domizile* in den Ruf einer Frauenbeilage kommt, und eine breite Leserschaft für das Magazin gewinnen.«

Qwilleran hatte ein Gefühl in der Kehle, als hätte er seinen Schnurrbart verschluckt. »*Elegante Domizile?* So heißt die Zeitschrift?«

Percy nickte. »Ich glaube, der Name vermittelt die richtige Botschaft: Charme, Lebensqualität, Geschmack! Sie können Storys über Luxusvillen, teure Appartements, Wohnungen als Statussymbol bringen, über die Oberen Zehntausend und wie sie leben.«

Qwilleran fummelte an seiner ausgefransten Krawatte herum.

»Sie werden von diesem Auftrag begeistert sein, Qwill«, versicherte ihm die Leiterin der Frauenredaktion. »Sie werden mit Innenausstattern arbeiten, und das sind ganz reizende Menschen.«

Qwilleran beugte sich zum Chefredakteur und sagte ernst: »Harold, sind Sie auch ganz sicher, daß Sie mich für dieses Ressort wollen? Sie kennen doch meine bisherige Laufbahn! Ich habe nicht die geringste Ahnung von Innenausstattung.«

»Sie haben im Kulturressort hervorragende Arbeit geleistet, ohne eine Ahnung von Kultur zu haben«, sagte Percy. »In unserem Geschäft kann Fachwissen ein Nachteil sein. Dieser Job erfordert nicht mehr und nicht weniger als einen erfahrenen Reporter, der kreativ und wendig ist. Wenn Sie anfangs irgendwelche Probleme haben, wird Ihnen Fran sicher gerne mit Rat und Tat zur Seite stehen.«

Qwilleran wand sich auf seinem Stuhl.

»Aber selbstverständlich«, sagte die Leiterin der Frauenredaktion. »Wir können zusammenarbeiten, Qwill, und ich kann Sie in die richtige Richtung lotsen.« Sie ignorierte Qwillerans frostige Reaktion und fuhr fort: »Sie könnten zum Beispiel mit dem Atelier Sorbonne beginnen: das arbeitet für die gehobene Gesellschaft. Oder mit Lyke and Starkweather; das ist die größte Innenausstattungsfirma der Stadt.« Mit einer schwärmerischen Geste sagte sie: »David Lyke ist einfach hinreißend!«

»Das glaube ich«, knurrte Qwilleran mürrisch. Er hatte seine eigene Meinung über Innenausstatter, sowohl männliche wie weibliche.

»Und dann gibt es Mrs. Middy, die für gemütliche Einrichtungen im frühen amerikanischen Stil bekannt ist. Und jetzt gibt es ein neues Atelier, das sich PLUG nennt. Der Name steht für ›Planned Ugliness‹ – das Atelier hat sich auf ›Geplante Häßlichkeit‹ spezialisiert.«

Percys nächste Bemerkung warf ein neues Licht auf den Vorschlag. »Dieser Auftrag wird mehr Verantwortung mit sich bringen«, sagte er zu Qwilleran, »und natürlich werden Sie neu eingestuft. Sie werden vom Seniorreporter zum Juniorreporter avancieren.«

Qwilleran stellte eine rasche Berechnung an und kam auf einen Betrag, mit dem er sich eine anständige Wohnung leisten und ein paar alte Schulden bezahlen konnte. Er zupfte an seinem Schnurrbart. »Ich denke, ich könnte es mal versuchen«, sagte er. »Wie bald soll ich anfangen?«

»Gestern! Wir wissen zufällig, daß der *Morning Rampage* seine erste Beilage am ersten Oktober herausbringt. Wir möchten ihnen auf jeden Fall zuvorkommen.«

Das gab den Ausschlag. Die Aussicht, der Konkurrenz eins auszuwischen, brachte die Druckerschwärze in Qwillerans Adern zum Brodeln. Seine erste entsetzte Reaktion auf *Elegante Domizile* wich einem Gefühl, als wäre das Magazin sein Baby. Und als ihm Fran Unger kumpelhaft zulächelte und sagte: »Wir werden bei diesem Auftrag viel Spaß miteinander haben, Qwill«, hätte er ihr am liebsten gesagt: ›Gute Frau, laß bloß deine Hände von *meiner Zeitschrift*.‹

An jenem Tag ging Qwilleran in der Mittagspause weg und feierte seine Gehaltserhöhung. Er kaufte eine Dose Krabbenfleisch für Koko und eine neue Krawatte für sich selbst. Wieder eine rotkarierte Wollkrawatte.

Kapitel zwei

Mit seiner neuen Krawatte und dem besseren seiner zwei Anzüge machte sich Qwilleran etwas besorgt auf den Weg zu seinem ersten Besuch in einem Einrichtungsatelier. Er bereitete sich innerlich auf eine Überdosis Affektiertheit und Exaltiertheit vor.

Die Firma Lyke and Starkweather befand sich in einer exklusiven Einkaufsstraße, umgeben von Spezialitätengeschäften, Kunstgalerien und Teehäusern. Der Eingang war imposant. Die riesigen Doppeltüren aus exotisch gemasertem Holz hatten silberne Türklinken, die so groß wie Baseballschläger waren.

Drinnen waren die Möbel zu Zimmern arrangiert, und Qwilleran stellte erfreut fest, daß ein Raum mit einer rotkarierten Tapete ausgekleidet war, die zu seiner Krawatte paßte. Über einem Kamin aus wurmstichigem Treibholz hing ein Elchgeweih, und ein Sofa war mit künstlich gealtertem Schweinsleder bezogen, das aussah wie das Leder ausgedienter Fußbälle.

Ein schlanker junger Mann begrüßte ihn, und der Reporter sagte, er wolle Mr. Lyke oder Mr. Starkweather sprechen. Nach einer Verzögerung, die, wie er befürchtete, nichts Gutes verhieß, tauchte hinter einem asiatischen Wandschirm am anderen Ende des Geschäfts ein grauhaariger Mann auf, der sowohl im Aussehen als auch in seiner Art farblos war.

»Wenn es um Publicity geht, sollten Sie mit Mr. Lyke sprechen«, sagte er zu Qwilleran, »aber der ist gerade mit einer Kundin beschäftigt. Warum sehen Sie sich nicht ein wenig um und warten auf ihn?«

»Sind Sie Mr. Starkweather?« fragte Qwilleran.

»Ja, aber ich finde, Sie sollten mit Mr. Lyke sprechen. Er ist derjenige ...«

»Ich wäre Ihnen sehr dankbar, wenn Sie mir etwas über die ausgestellten Stücke erzählen könnten, während ich warte.« Qwilleran deutete auf das Elchgeweih.

»Da gibt es nicht viel zu erzählen«, sagte Starkweather mit einer hilflosen Geste.

»Was verkauft sich heutzutage so?«

»So ziemlich alles.«

»Ist gerade irgendeine bestimmte Farbe besonders beliebt?«

»Nein. Sie gehen alle gut.«

»Ich sehe, da drüben haben Sie auch moderne Sachen.«

»Wir haben von allem ein wenig.« Qwillerans Interviewtechnik funktionierte nicht. »Wie nennt man das?« fragte er und deutete auf einen großen Sekretär mit einem bauchigen Sockel und Intarsien, die exotische Vögel und Blumen darstellten.

»Das ist ein Schreibtisch«, sagte Starkweather. Dann hellte sich sein ausdrucksloses Gesicht ein ganz klein wenig auf. »Da kommt Mr. Lyke.«

Ein gutaussehender Mann Anfang Dreißig kam hinter dem asiatischen Wandschirm hervor. Er hatte den Arm um eine Frau mittleren Alters mit einem kunstvollen Hut gelegt, die lächelte und vor Freude errötete.

Lyke sagte mit tiefer, kehliger Stimme: »Und Sie gehen jetzt nach Hause, meine Liebe, und sagen dem Herrn Gemahl, daß Sie dieses vier Meter lange Sofa einfach haben *müssen*. Es kostet ihn keinen Cent mehr als das letzte Auto, das er sich gekauft hat. Und denken Sie daran, meine Liebe, das nächste Mal, wenn es diesen *superben* Schokoladenkuchen gibt, möchte ich von Ihnen zum Abendessen eingeladen werden. Lassen Sie ihn nicht von Ihrer Köchin machen. Ich möchte, daß Sie ihn selbst backen – für David.«

Beim Sprechen führte David Lyke die Frau zielstrebig zur Eingangstür, wo er stehenblieb und ihr einen Kuß auf die Schläfe hauchte. Dann sagte er auf Wiedersehen: wirkungsvoll, ohne überschwenglich zu sein.

Als er sich Qwilleran zuwandte, nahm seine verzückte Miene abrupt einen geschäftsmäßig souveränen Ausdruck an. Seine Augen konnte er jedoch nicht ändern. Es waren melancholische Augen unter schweren Lidern mit langen Wimpern. Noch auffallender waren seine Haare – sie waren schneeweiß, was in Verbindung mit seinem jungen, sonnengebräunten Gesicht eine spektakuläre Wirkung erzeugte.

»Ich bin David Lyke«, brummte er freundlich und hielt ihm herzlich die Hand hin. Sein Blick zuckte nur eine Sekunde nach unten, doch Qwilleran hatte das Gefühl, daß er seine karierte Krawatte und die Breite seines Revers taxiert hatte. »Kommen Sie doch mit in mein Büro, dort können wir uns weiter unterhalten.«

Der Reporter folgte ihm in einen Raum mit tiefgrauen Wänden. Auf dem glänzenden Ebenholzfußboden lag ein Leopardenfell. Die Lehnsessel waren wuchtig, kantig und maskulin und mit einem Stoff bezogen, dessen Oberflächenstruktur an Popcorn erinnerte. An der Rückwand hing ein Gemälde, das eine nackte Frau darstellte, deren Haut einen leuchtend blaugrauen Farbton hatte, wie Stahl.

Qwilleran ertappte sich dabei, daß er beifällig nickte. »Schönes Büro.«

»Freut mich, daß es Ihnen gefällt«, sagte der Innenausstatter. »Finden Sie nicht, daß Grau schrecklich zivilisiert ist? Ich nenne diesen Farbton ›Mohnsamen‹. Die Farbe der Sessel ist eine Art ›Getrocknete Feigen‹. Von Bahama Beige und Milchweiß habe ich die Nase gestrichen voll.« Er griff nach einer Karaffe. »Wie wär's mit einem Schluck Cognac?«

Qwilleran lehnte ab. Er sagte, er würde lieber eine Pfeife rauchen. Dann erklärte er den Grund seines Besuches, und Lyke sagte mit seiner tiefen, sonoren Stimme: »Ich wünschte, Sie hätten Ihr Magazin nicht *Elegante Domizile* genannt. Bei dem Namen sehe ich lavendelfarbene Handschuhe und Pfirsich Melba vor mir.«

»Auf was für eine Art Innenausstattung haben Sie sich spezialisiert?« fragte der Reporter.

»Wir machen alles. Wenn die Leute wie Konquistadoren oder englische Barone oder kleine französische Könige wohnen wollen, streiten wir nicht mit ihnen.«

»Wenn Sie ein besonders schönes Haus kennen, das wir fotografieren können, würden wir es auf die Titelseite unserer ersten Ausgabe setzen.«

»Die Publicity wäre gut«, sagte der Innenausstatter, »aber ich weiß nicht, wie unsere Kunden reagieren würden. Sie wissen ja, wie das ist: Sobald die Jungs in Washington spitzkriegen, daß ein Steuerzahler einen Teppichfußboden im Badezimmer hat, prüfen sie seine Steuererklärungen der letzten drei Jahre.« Er blätterte eine Kartei durch. »Ich habe etwas Prachtvolles im georgianischen Kolonialstil, alles in Champagner und Preiselbeere gehalten, aber die Lampen sind noch nicht gekommen ... Und da ist ein edwardianisches Stadthaus in Benedictine und Pflaume, aber die Lieferung der Draperie hat sich verzögert, die Textilfirma hat das Muster nicht mehr weiter hergestellt.«

»Könnte es unser Fotograf vielleicht aus einem Winkel aufnehmen, von dem aus man die fehlenden Vorhänge nicht sieht?«

Lyke sah entsetzt drein, faßte sich dann aber rasch wieder und schüttelte den Kopf. »Nein, die Fenster müßten Sie schon mit einbeziehen.« Er blätterte weiter die Kartei durch und zog dann plötzlich eine Karte heraus. »Da ist ein Haus, das ich gern in der Zeitung sähe! Kennen Sie G. Verning Tait? Ich habe sein Haus in französischem Empire ausgestattet, mit eingebauten Vitrinen für seine Jadesammlung.«

»Wer ist dieser Tait?« fragte Qwilleran. »Ich bin neu hier in der Stadt.«

»Sie kennen die Taits nicht? Das ist eine der alten Familien, die in Pseudo-Schlössern in Muggy Swamp leben. Muggy Swamp kennen Sie natürlich – sehr exklusiv.« Traurig verzog der Innenausstatter das Gesicht. »Leider sind die Kunden mit dem längsten Stammbaum die langsamsten Zahler.«

»Sind die Taits sehr gesellig?«

»Früher ja, aber jetzt leben sie recht zurückgezogen. Mrs. Tait ist unpäßlich, wie man in Muggy Swamp sagt.«

»Glauben Sie, sie würden uns erlauben, das Haus zu fotografieren?«

»Die Mitglieder des alten Geldadels vermeiden zwar stets Publicity auf ihrem Wohnsitz«, sagte Lyke, »aber in diesem Fall bin ich vielleicht in der Lage, sie zu überreden.«

Sie sprachen noch über andere Möglichkeiten, doch sowohl der Innenausstatter als auch der Reporter waren der Meinung, daß das Tait-Haus als Thema perfekt sei: ein bedeutender Name, eine imposante Ausstattung, brillante Farbgestaltung und eine Jadesammlung, die noch zusätzlich Interesse wecken würde.

»Außerdem«, sagte Lyke mit einem selbstgefälligen Lächeln, »ist das der einzige Auftrag, den ich dem Atelier Sorbonne wegschnappen konnte. Es wäre mir eine große Genugtuung, das Tait-Haus auf dem Titelblatt von *Elegante Domizile* zu sehen.«

»Rufen Sie mich sofort an, wenn es Ihnen gelingt, das zu arrangieren«, sagte Qwilleran. »Bei der ersten Ausgabe stehen wir unter großem Zeitdruck. Ich gebe Ihnen meine Privatnummer.«

Er schrieb seine Telefonnummer auf eine Visitenkarte des *Daily Fluxion* und stand auf.

David Lyke verabschiedete sich mit einem herzlichen, aufrichtigen Händedruck. »Viel Glück mit Ihrer Zeitschrift. Und darf ich Ihnen einen väterlichen Rat geben?«

Qwilleran sah den jüngeren Mann bange an.

»Sagen Sie niemals«, sagte Lyke mit einem gewinnenden Lächeln, »*niemals* zu Draperien *Vorhänge*.«

Auf dem Rückweg zur Redaktion machte sich Qwilleran Gedanken über die Komplexität seines neuen Ressorts und dachte liebevoll an das Mittagessen in den vertrauten trostlosen Räumen des Presseclubs, wo die Wand die Farbe von Steak, halb durch, hatte.

Auf seinem Schreibtisch lag eine Telefonnotiz. Er sollte Fran Unger zurückrufen. Widerstrebend wählte er ihre Nummer.

»Ich habe an unserem Projekt gearbeitet«, sagte die Leiterin der Frauenredaktion, »und ich habe ein paar Tips für Sie. Haben

Sie etwas zum Schreiben? ... Erstens gibt es da einen Bauernhof im neogriechischen Stil, der in ein japanisches Teehaus umgebaut wurde. Weiterhin eine Penthauswohnung mit Teppichbelägen an den Wänden und der Decke und einem Aquarium unter dem Glasfußboden. Und ich weiß, wo es ein aufregendes Schlafzimmer gibt, das durchweg in drei Schwarztönen gehalten ist, mit Ausnahme des Bettes, das aus Messing ist. ...Das sollte für die erste Ausgabe genügen!«

Qwilleran spürte, wie sich sein Schnurrbart sträubte. »Vielen Dank, aber ich habe bereits alles Material, das ich für das erste Heft brauche«, antwortete er. Er war sich bewußt, daß das eine tollkühne Lüge war.

»Wirklich? Für einen Anfänger arbeiten Sie aber schnell. Was haben Sie denn vorgesehen?«

»Das ist eine lange, komplizierte Geschichte«, sagte Qwilleran vage.

»Ich würde sie gerne hören. Gehen Sie in den Presseclub mittagessen?«

»Nein«, sagte er zögernd. »Ich gehe nämlich ... mit einem Innenausstatter essen ... in einen Privatclub.«

Fran Unger war eine gute Reporterin und ließ sich nicht so leicht abwimmeln. »Wenn das so ist, warum treffen wir uns nicht um halb sechs auf einen Drink im Presseclub?«

»Tut mir leid«, sagte Qwilleran in seinem höflichsten Tonfall, »aber ich bin etwas außerhalb zu einem frühen Abendessen verabredet.«

Um halb sechs suchte er – mit einem Stück Leberwurst und zwei Zwiebelbrötchen zum Abendessen – Zuflucht in seiner Wohnung. Er wäre viel lieber in den Presseclub gegangen. Er mochte die schäbige Atmosphäre des Clubs, die Größe der Steaks und die Gesellschaft von Reporterkollegen, doch während der vergangenen beiden Wochen war er gezwungen gewesen, sein Lieblingslokal zu meiden. Es hatte damit angefangen, daß er auf dem Fotografenball mit Fran Unger getanzt hatte. Offenbar lag in Qwillerans exzellentem Foxtrott ein Zauber, der ihre Sehnsüchte geweckt hatte. Seither war sie unablässig hinter ihm hergewesen.

»Ich werde diese Frau einfach nicht wieder los!« sagte er zu Koko, während er die Leberwurst schnitt. »Sie sieht nicht schlecht aus, aber sie ist eben nicht mein Typ. Ich habe genug von herrischen Frauen! Außerdem bevorzuge ich Zebrafell an Zebras!«

Er schnitt Koko als Vorspeise ein paar Stückchen Wurst ab, doch der Kater war damit beschäftigt, nach den dünnen Spinnweben zwischen zwei Stuhlbeinen zu schnappen.

Erst das Telefon, das einen Augenblick später klingelte, erregte Kokos Aufmerksamkeit. Er hatte in letzter Zeit Anzeichen von Eifersucht gegenüber dem Telefon gezeigt. Immer wenn Qwilleran in den Hörer sprach, löste Koko seine Schnürsenkel oder biß ins Telefonkabel. Manchmal sprang er auf den Schreibtisch und versuchte, Qwilleran den Hörer vom Ohr zu schubsen.

Das Telefon klingelte, und der Reporter rief in den Hörer: »Hallo? ... Ja! Was ist die gute Nachricht?«

Sofort sprang Koko auf den Schreibtisch und begann ihn zu nerven. Qwilleran stieß ihn weg.

»Toll! Wann können wir die Fotos machen?«

Koko marschierte auf dem Schreibtisch auf und ab, auf der Suche nach einer neuen Dummheit, die er anstellen konnte. Irgendwie verhedderte er sich mit einem Bein im Kabel und begann entrüstet zu heulen.

»Tut mir leid, ich kann Sie nicht hören«, sagte Qwilleran. »Der Kater macht gerade einen Höllenlärm ... Nein, ich prügle ihn nicht. Einen Augenblick.«

Er befreite Koko und jagte ihn weg. Dann notierte er sich die Adresse, die David Lyke ihm gab. »Wir sehen uns also Montag morgen in Muggy Swamp«, sagte Qwilleran. »Und vielen Dank. Sie haben mir sehr geholfen.«

An jenem Abend klingelte das Telefon noch einmal, und die freundliche Stimme von Fran Unger ertönte durch die Leitung. »Na so was! Hallo! Sie sind ja zu Hause!«

»Ja«, sagte Qwilleran, »ich bin zu Hause.« Er behielt Koko, der auf den Schreibtisch gesprungen war, im Auge.

»Ich dachte, Sie hätten eine wichtige Verabredung heute abend.«

»Bin früher als erwartet heimgekommen.«

»Ich bin im Presseclub«, sagte die zuckersüße Stimme. »Warum kommen Sie nicht herüber? Wir sind alle hier, und es geht recht feuchtfröhlich zu.«

»Hau ab!« sagte Qwilleran zu Koko, der versuchte, mit der Nase die Wählscheibe zu betätigen. »Was haben Sie gesagt?«

»Ich habe mit dem Kater geredet.« Qwilleran gab Koko einen Stoß, doch der Kater kniff die Augen zusammen und rührte sich nicht vom Fleck, er überlegte seinen nächsten Schritt und schien fest entschlossen, ihn auszuführen.

»Übrigens«, sagte die schmeichelnde Stimme, »wann laden Sie mich einmal ein, damit ich Koko kennenlerne?«

»YAU!« heulte Koko mit ohrenbetäubender Lautstärke direkt in Qwillerans rechtes Ohr.

»Halt die Klappe!« sagte Qwilleran.

»Was?«

»Ach, zum Teufel!« sagte er, als Koko einen Aschenbecher zu Boden stieß, der voller Pfeifenasche war.

»Also wirklich!« Fran Ungers Stimme klang plötzlich bissig. »Ihre Freundlichkeit ist überwältigend!«

»Hören Sie zu, Fran«, sagte Qwilleran. »Bei mir herrscht im Augenblick das reinste Chaos.« Er wollte es erklären, doch im Hörer klickte es. »Hallo?« rief er.

Die Antwort war Stille, und dann das Freizeichen. Die Verbindung war unterbrochen worden. Koko stand mit einem Fuß fest auf der Trenntaste.

Kapitel drei

Als Qwilleran am Montagmorgen ins Fotolabor ging, um einen Mitarbeiter für den Auftrag in Muggy Swamp abzuholen, traf er auf Odd Bunsen, der seine Ausrüstung in eine Kameratasche stopfte und lautstark vor sich hinschimpfte. Bunsen war der Spezialist des *Daily Fluxion* für Zugunglücke und Großbrände und jetzt als ständiger Fotograf den *Eleganten Domizilen* zugeteilt worden.

»Das ist ein Job für einen alten Mann«, beschwerte er sich bei Qwilleran. »Ich bin noch nicht bereit, von den Fahnenmasten herunterzukommen.«

Bunsen, der erst vor kurzem auf den Fahnenmast eines Wolkenkratzers geklettert war, um Nahaufnahmen von einem Feuerwerk zur Feier des Vierten Juli zu bekommen, strotzte nur so vor guten und schlechten Eigenschaften, die Qwilleran amüsierten. Er war der waghalsigste Fotograf, hatte die lauteste Stimme und rauchte die längsten und widerlichsten Zigarren. Im Presseclub war er der Hungrigste und Durstigste. Er hatte die größte Familie, und seine Brieftasche war immer am dünnsten.

»Wenn ich nicht pleite wäre, würde ich kündigen«, sagte er zu Qwilleran, als sie zum Parkplatz gingen. »Zu Ihrer persönlichen Information, ich hoffe, daß dieses blöde Magazin ein totaler Reinfall wird.« Unter Schwierigkeiten und leisen Flüchen lud er die Kameratasche, das Stativ, die Scheinwerfer und Scheinwerferständer in seinen kleinen, ausländischen Zweisitzer.

Qwilleran zwängte sich in den engen, noch verbleibenden

Raum und versuchte, den Fotografen aufzuheitern. Er fragte: »Wann werden Sie diese Sardinenbüchse gegen ein richtiges Auto umtauschen?«

»Das ist der einzige Wagen, der mit Feuerzeugbenzin fährt«, sagte Bunsen. »Er braucht nur einen Spritzer auf zehn Meilen.«

»Ihr Fotografen seid zu geizig, um richtiges Benzin zu kaufen.«

»Wenn man sechs Kinder und eine Hypothek auf das Haus hat und Rechnungen für Zahnregulierungen bezahlen muß ...«

»Warum hören Sie nicht mit diesen teuren Zigarren auf?« schlug Qwilleran vor. »Die müssen Sie mindestens drei Cent das Stück kosten.«

Sie bogen in die Downriver Road ein, und der Fotograf sagte: »Wer hat diesen Termin in Muggy Swamp für Sie ausgemacht? Fran Unger?«

Qwillerans Schnurrbart sträubte sich. »Ich vereinbare meine Termine selbst.«

»So wie Fran im Presseclub redet, dachte ich, daß sie das Sagen hat.«

Qwilleran brummte. »Wenn sie ein paar Martinis intus hat, redet sie viel«, sagte Bunsen. »Am Samstagabend machte sie Andeutungen, daß Sie nichts für Mädchen übrighaben. Sie müssen irgend etwas getan haben, das sie fuchsteufelswild gemacht hat.«

»Das war mein Kater! Fran hat mich zu Hause angerufen, und Koko hat die Verbindung unterbrochen.«

»Dieser Kater bringt Sie noch in Schwierigkeiten«, prophezeite der Fotograf.

Sie reihten sich in den Verkehr auf der Schnellstraße ein und fuhren schnell und schweigend bis zur Ausfahrt nach Muggy Swamp.

Bunsen sagte: »Muggy Swamp, das heißt ›schwüler Sumpf‹. Komisch, daß sie dem Ort nie einen anständigen Namen gegeben haben.«

»Sie verstehen nichts von der Psychologie der Oberschicht«, sagte Qwilleran. »Sie wohnen wahrscheinlich in einem dieser netten Einfamilienhäuschen mit kleinem Garten.«

»Ich wohne in Happy View Woods. Vier Schlafzimmer und eine hohe Hypothek.«

»Genau das meine ich. Die G. Verning Taits würden eher sterben, als an einem Ort zu leben, der ›schöne Aussicht‹ heißt.«

Von den gewundenen Straßen in Muggy Swamp aus sah man ab und zu ein französisches Château oder ein englisches Herrenhaus, immer hinter einem Wäldchen mit uralten Bäumen versteckt. Das Tait-Haus war im spanischen Stil gehalten und kunstvoll mit Stuck verziert, es hatte ein Eisentor, durch das man in einen Hof kam, und eine mit Nägeln beschlagene Eingangstür aus massivem Holz, zu deren beiden Seiten eiserne Laternen hingen.

David Lyke begrüßte die Reporter an der Tür und führte sie in eine Eingangshalle mit einem schwarzweißen Marmorfußboden und Unmengen an Bleikristall. Eine bronzene Sphinx trug einen weißen Marmorblock, auf dem ein siebzehnarmiger Kerzenleuchter stand.

»Irre!« sagte Bunsen.

»Ich nehme an, Sie brauchen Hilfe mit Ihrer Ausrüstung«, sagte Lyke. Er winkte einem Hausburschen, der den jungen, weißhaarigen Innenausstatter mit sanften, schwarzen Augen ehrfurchtsvoll ansah. »Paolo, pack mit an und hilf diesen freundlichen Leuten hier von der Zeitung, vielleicht machen sie ein Foto von dir, das du nach Mexiko heimschicken kannst.«

Eifrig half der Hausbursche Bunsen, die schwere Kameratasche und die Sammlung von Scheinwerfern und Stativen hineinzutragen.

»Werden wir die Taits kennenlernen?« fragte Qwilleran.

Der Innenausstatter senkte die Stimme. »Der alte Junge hat sich irgendwo verkrochen, schneidet Gutscheine aus und pflegt seinen schlimmen Rücken. Er kommt erst, wenn wir *Jade* schreien. Er ist ein komischer Kauz.«

»Und seine Frau?«

»Die tritt selten in Erscheinung, wofür wir alle dankbar sein können.«

»War es schwierig, ihre Einwilligung zu erhalten?«

»Nein, er war überraschend positiv eingestellt«, sagte Lyke. »Sind Sie bereit für den Rundgang?«

Er stieß eine Doppeltür auf und führte die Reporter in ein Wohnzimmer in leuchtendem Grün mit Sofas und Sesseln, die mit weißer Seide gepolstert waren. Es gab einen goldverzierten Sekretär aus Ebenholz und ein französisches Telefon auf einem vergoldeten Ständer. An der gegenüberliegenden Wand stand ein großer Kleiderschrank aus wunderschön gemasertem Holz.

»Der Biedermeierschrank«, sagte Lyke und zog eine Augenbraue hoch, »ist ein Familienerbstück, und wir waren gezwungen, ihn mit einzubeziehen. Die Wände und der Teppichboden sind Petersiliengrün. Die Farbe der Sessel können Sie Champignon nennen. Das Haus selbst ist etwa 1925 im spanischen Stil erbaut worden, und wir mußten die Bögen auf viereckige Durchgänge umarbeiten, die Fliesenböden herausreißen und alles neu verputzen.«

Der Innenausstatter ging im Zimmer umher und richtete Lampenschirme gerade und glättete die Falten der kunstvoll gerafften Draperien. Qwilleran starrte auf die Pracht, die ihn umgab, und sah nur noch Dollarzeichen.

»Wenn die Taits so zurückgezogen leben«, flüsterte er, »warum dann all das?«

Lyke zwinkerte. »Ich bin ein guter Verkäufer. Er wollte einen Rahmen, der seiner phantastischen Jadesammlung gerecht wird. Sie ist eine dreiviertel Million Dollar wert. Das ist natürlich nicht zur Veröffentlichung bestimmt.«

Das Ungewöhnlichste an dem Raum war eine Reihe von Wandnischen, die vorne mit Glasplatten verschlossen und mit klassischen Zierleisten eingerahmt waren. Darin standen auf Glasborden Dutzende von fein geschnitzten Figuren in Schwarz und durchscheinendem Weiß, die kunstvolle Beleuchtung schuf eine geheimnisvolle Aura.

Odd Bunsen flüsterte: »Ist das die Jade? Sieht aus wie Seife, wenn Sie mich fragen.«

Qwilleran sagte: »Ich habe erwartet, daß sie grün ist.« »Die grüne Jade befindet sich im Speisezimmer«, sagte Lyke.

Der Fotograf begann sein Stativ und die Scheinwerfer aufzustellen, und der Innenausstatter erzählte Qwilleran etwas über die Einrichtung. »Wenn Sie über dieses Haus berichten«, sagte er, »dann nennen Sie den Biedermeierschrank *Armoire* und die Lehnsessel *Fauteuils*.«

»Wenn die Jungs beim *Fluxion* das lesen«, sagte Qwilleran, »dann kriege ich das für den Rest meines Lebens zu hören.«

Inzwischen arbeitete Bunsen ungewöhnlich konzentriert; er nahm sowohl Schwarzweißfotos als auch Farbbilder auf. Er stellte die Scheinwerfer um und probierte die verschiedensten Kamerawinkel aus, rückte die Möbel ein paar Zentimeter hierhin oder dorthin und verschwand lange unter dem Abdecktuch der Kamera. Der Hausbursche half ihm bereitwillig. Paolo war fast zu hilfsbereit. Er war im Weg.

Schließlich sank Bunsen in einen weißen Seidensessel. »Ich muß eine Minute Pause machen und eine rauchen.« Er zog eine lange Zigarre aus der Brusttasche.

David Lyke schnitt eine Grimasse und blickte rasch über die Schulter. »Wollen Sie, daß wir alle erschossen werden? Mrs. Tait haßt Tabakrauch, und sie kann ihn eine Meile weit riechen.«

»Nun, dann müssen wir *das* eben vergessen!« sagte Bunsen gereizt und wandte sich wieder seiner Arbeit zu.

Qwilleran sagte zu ihm: »Wir brauchen ein paar Nahaufnahmen von den Jadefiguren.«

»Durch das Glas kann ich sie nicht fotografieren.«

»Das Glas kann abgenommen werden«, sagte Lyke. »Paolo, sagst du Mr. Tait, daß wir den Schlüssel zu den Vitrinen brauchen?«

Der Jadesammler, ein Mann von etwa fünfzig Jahren, kam sofort, und sein Gesicht strahlte. »Wollen Sie meine Jadestücke sehen?« sagte er. »Welche Vitrinen soll ich öffnen? Sie machen doch Farbfotos, oder?« Sein Gesicht glänzte rosig und sah aus wie frisch geschrubbt, und seine Mundwinkel hoben sich ständig wie zu einem mißlungenen Lächeln. Er sah aus, dachte Qwilleran, wie ein mächtiger Mann, der seine Kraft verloren hatte. Aus den Ärmeln seines Seidenhemdes wuchsen dichte Haare, während sein Kopf vollkommen kahl war.

Die Glasverkleidung der Vitrinen war raffiniert montiert, ohne sichtbare Metallteile. Tait öffnete sie persönlich, wobei er Handschuhe trug, um das Glas nicht zu verschmieren.

Inzwischen hielt Lyke eine gekünstelte förmliche Ansprache: »Meine Herren, Mr. Tait hat sich großzügigerweise bereit erklärt, Ihren Lesern seine Sammlung zu zeigen. Mr. Tait ist der Meinung, daß ein privater Sammler – indem er Kunstwerke zusammenträgt, die sonst in einem Museum stehen würden – eine Verpflichtung gegenüber der Öffentlichkeit hat. Er gestattet, daß diese Objekte fotografiert werden, um zur Weiterbildung der Allgemeinheit beizutragen und ihr einen ästhetischen Genuß zu bieten.«

Qwilleran sagte: »Darf ich Sie in diesem Sinne zitieren, Mr. Tait?«

Der Sammler gab keine Antwort. Er war zu sehr in seine Sammlung vertieft. Ehrfürchtig nahm er eine Teekanne aus Jade von ihrem Platz auf dem Glasbord. Sie war schneeweiß und hauchdünn.

»Das ist mein schönstes Stück«, sagte er, und seine Stimme bebte fast. »Schneeweiße Jade ist am seltensten. Ich sollte sie nicht als erste zeigen, nicht wahr? Ich sollte sie als Höhepunkt für den Schluß aufheben, aber ich bin so hingerissen von dieser Teekanne! Es ist das reinste Weiß, das ich je gesehen habe, und dünn wie das Blütenblatt einer Rose. Das können Sie in dem Artikel schreiben: dünn wie das Blütenblatt einer Rose.«

Er stellte die Teekanne wieder hin und begann andere Objekte von den Borden zu nehmen. »Das ist eine chinesische Glocke, fast dreitausend Jahre alt ... Und hier ist ein mexikanisches Götzenbild, das bestimmte Krankheiten heilen soll. Rückenschmerzen leider nicht.« Seine Mundwinkel zuckten, als amüsiere er sich über einen privaten Scherz, der nicht besonders lustig war.

»Diese Sachen sind sehr fein ausgearbeitet«, bemerkte Qwilleran.

»Früher haben manche Künstler ihr ganzes Leben an einem

einzigen Kunstwerk gearbeitet«, sagte Tait. »Aber nicht alle meine Jadeobjekte sind Kunstwerke.« Er ging zum Sekretär und öffnete eine Schublade. »Das sind primitive Werkzeuge aus Jade. Beile, Meißel, Harpunen.« Er legte sie einzeln auf dem Sekretär ab.

»Sie brauchen nicht alles herauszunehmen«, sagte Qwilleran. »Wir fotografieren nur die geschnitzten Sachen.« Doch der Sammler nahm weitere Stücke aus der Schublade, wobei er jedes einzelne mit wahrer Ehrfurcht behandelte.

»Haben Sie schon einmal unbearbeitete Jade gesehen?« fragte er. »Das ist ein Stück Nephrit.«

»Nun, dann mal los«, sagte Bunsen. »Knipsen wir diese irren Dinger.«

Tait reichte Qwilleran ein geschnitztes Medaillon. »Fühlen Sie.«

»Es ist kalt«, sagte der Reporter.

»Es ist sinnlich – wie Fleisch. Wenn ich Jade anfasse, verspüre ich ein Prickeln im Blut. Spüren Sie ein Prickeln?«

»Gibt es viele Bücher über Jade?« fragte Qwilleran. »Ich würde gerne darüber nachlesen.«

»Kommen Sie mit in meine Bibliothek«, sagte der Sammler. »Ich habe alles, was je über dieses Thema geschrieben wurde.«

Er nahm Buch um Buch von den Regalen: Fachbücher, Memoiren, Abenteuergeschichten, Belletristik – und alle drehten sich um den kühlen, sinnlichen Stein.

»Möchten Sie sich ein paar ausleihen?« fragte er. »Sie können sich mit dem Zurückgeben Zeit lassen.« Dann griff er in eine Schreibtischschublade und drückte Qwilleran ein knopfförmiges Ding in die Hand. »Da! Nehmen Sie das als Glücksbringer mit.«

»Oh, nein! Ich könnte niemals etwas so Wertvolles annehmen.« Qwilleran befühlte die glatte, abgerundete Oberfläche des Steins. Er war grün – so wie Jade seiner Meinung nach aussehen sollte.

Tait bestand darauf. »Doch, ich will, daß Sie ihn nehmen. An sich ist er nicht soviel wert. Wahrscheinlich war das mal ein Spielstein in irgendeinem japanischen Spiel. Stecken Sie ihn in die

Tasche. Er wird Ihnen helfen, einen guten Artikel über meine Sammlung zu schreiben.« Wieder zuckten seine Mundwinkel. »Und, wer weiß? Vielleicht animiert er Sie. Vielleicht werden Sie auch Jadesammler ... und das ist das beste, was einem passieren kann!«

Tait sprach mit religiösem Eifer, und Qwilleran, der den kühlen grünen Stein rieb, spürte ein Prickeln im Blut.

Bunsen fotografierte etliche Gruppen von Jadeobjekten, während der Sammler nervös und aufgeregt um ihn herumstrich. Dann begann der Fotograf seine Ausrüstung abzubauen.

»Warten Sie!« sagte Lyke. »Es gibt noch einen Raum, den Sie sehen sollten – wenn es erlaubt ist. Mrs. Tait hat ein prachtvolles Boudoir.« Er wandte sich an seinen Kunden. »Was meinen Sie?«

Qwilleran sah, daß die beiden Männer einen bedeutungsvollen Blick wechselten.

»Mrs. Tait ist unpäßlich«, erklärte ihr Mann den Reportern. »Aber ich werde mal nachsehen ...«

Er ging hinaus und blieb etliche Minuten weg. Als er zurückkam, war sowohl sein kahler Schädel als auch sein Gesicht noch mehr gerötet als vorher. »Mrs. Tait ist einverstanden«, sagte er, »aber bitte machen Sie die Aufnahmen so schnell wie möglich.«

Sie folgten Tait einen teppichbelegten Gang hinunter in einen abgelegenen Teil des Hauses; der Fotograf trug den auf dem Stativ montierten Fotoapparat und Paolo die Scheinwerfer.

Das Boudoir war eine Kombination aus Wohnzimmer und Schlafraum und verschwenderisch ausgestattet. Alles wirkte sanft und weich. Das Bett stand unter einem zeltartigen Baldachin aus blauer Seide. Die mit Kissen überladene Chaiselongue war aus blauem Samt. Das einzige, was die Harmonie störte, war der Rollstuhl, der am Erkerfenster stand.

Darin saß eine dünne Frau mit scharfen Zügen. Ihr Gesicht wirkte – aufgrund von Schmerzen oder aus Gereiztheit – verhärmt, und ihre Haarfarbe war ein bläßliches Blond. Als ihr die Besucher vorgestellt wurden, grüßte sie knapp, wobei sie die ganze Zeit versuchte, eine zierliche Siamkatze zu beruhigen, die auf einem Kissen auf ihrem Schoß saß. Die Katze hatte große, lavendelblaue Augen und schielte leicht.

In einer Anwandlung von Munterkeit sagte Bunsen: »Nun, wen haben wir denn da? Eine Mieze. Eine schielende Mieze. Wuff, wuff!«

»Lassen Sie das!« sagte Mrs. Tait scharf. »Sie machen ihr Angst.«

Mit gedämpfter Stimme, wie in einem Krankenzimmer, erklärte ihr Mann: »Die Katze heißt Yu. Das ist das alte chinesische Wort für Jade.«

»Sie heißt nicht Yu«, sagte die Kranke und warf ihrem Mann einen giftigen Blick zu. »Sie heißt Freya.« Sie streichelte das Tier, und der kleine, pelzige Körper sank ins Kissen.

Bunsen wandte sich vom Rollstuhl ab und begann leise zu pfeifen, während er seinen Fotoapparat einstellte.

»Sie haben lange gebraucht, um ein paar Fotos aufzunehmen«, bemerkte die Frau. Sie sprach mit einer merkwürdig heiseren Stimme.

Bunsen rechtfertigte sich. »Ein Fotograf einer überregionalen Zeitschrift würde zwei Tage brauchen, um das aufzunehmen, was ich an einem Vormittag fotografiere.«

»Wenn Sie mein Zimmer fotografieren«, sagte sie, »dann will ich, daß meine Katze auch mit auf dem Bild ist.«

Alle wandten sich zu dem Fotografen um und sahen ihn an. Stille breitete sich im Raum aus.

»Tut mir leid«, sagte er. »Ihre Katze würde für eine Zeitaufnahme nicht lange genug stillhalten.«

Kühl antwortete die Frau: »Andere Fotografen scheinen keine Probleme zu haben, Tiere zu fotografieren.«

Bunsens Augen blitzten auf. Mit mühevoller Beherrschung sagte er: »Das sind Aufnahmen mit langer Belichtungszeit, Mrs. Tait. Ich muß auf eine möglichst niedrige Blende abblenden, um den ganzen Raum auf das Bild zu bekommen.«

»Ihre technischen Probleme interessieren mich nicht. Ich möchte, daß Freya auf dem Bild ist!«

Der Fotograf holte tief Luft. »Ich verwende ein Weitwinkelobjektiv. Die Katze wird nur ein winziger Punkt sein, außer Sie setzen sie direkt vor den Fotoapparat. Und dann wird sie sich bewegen und die Zeitaufnahme ruinieren.«

Die Stimme der Kranken wurde schrill. »Wenn Sie das Bild nicht so aufnehmen können, wie ich es will, dann nehmen Sie es eben gar nicht auf.«

Ihr Mann trat zu ihr. »Beruhige dich, Signe«, sagte er und winkte mit einer Hand die anderen aus dem Zimmer.

Als die Reporter Muggy Swamp wieder verlassen hatten, sagte Bunsen: »Vergessen Sie nicht, mich namentlich als Fotografen anzuführen. Das war ein elender Auftrag! Ist Ihnen klar, daß ich drei Stunden lang gearbeitet habe, ohne zu rauchen? Und diese Verrückte in ihrem Rollstuhl hat mir den Rest gegeben! Außerdem fotografiere ich nicht gerne Katzen.«

»Dieses Tier war ungewöhnlich nervös«, sagte Qwilleran.

»Paolo war mir eine große Hilfe. Ich habe ihm ein paar Dollar zugesteckt.«

»Er scheint ein netter Junge zu sein.«

»Er hat Heimweh. Er spart für eine Rückfahrkarte nach Mexiko. Ich wette, Tait zahlt ihm einen Hungerlohn.«

»Lyke hat mir erzählt, daß die Jadesammlung 750 000 Dollar wert ist.«

»Sowas macht mich krank«, sagte Bunsen. »Ein Mann wie Tait kann Millionen für Teekannen ausgeben, und ich weiß nicht, wie ich meine Milchrechnung zahlen soll.«

»Ihr verheirateten Männer glaubt, nur ihr habt Probleme«, sagte Qwilleran. »Zumindest habt ihr ein Zuhause! Sehen Sie mich an – ich wohne in einer möblierten Wohnung, esse im Restaurant und habe mich seit einem Monat mit keiner interessanten Frau mehr getroffen.«

»Es gibt noch immer Fran Unger.«

»Soll das ein Witz sein?«

»Ein Mann in Ihrem Alter sollte nicht mehr allzu wählerisch sein.«

»Ha!« Qwilleran zog seinen Bauch ein paar Zentimeter ein und strich sich über den Schnurrbart. »Ich betrachte mich noch immer als einen begehrenswerten Mann, aber es scheint immer weniger Frauen zu geben.«

»Haben Sie schon eine neue Wohnung gefunden?«

»Ich hatte noch keine Zeit zum Suchen.«

»Warum setzen Sie nicht Ihren klugen Kater darauf an?« schlug Bunsen vor. »Geben Sie ihm die Kleinanzeigen zum Lesen und lassen Sie ihn ein paar Anrufe tätigen.«

Qwilleran hielt den Mund.

Kapitel vier

Bei der ersten Ausgabe von *Elegante Domizile* ging alles viel zu glatt. Arch Riker sagte, das sei ein schlechtes Omen. Es wurden keine Anzeigen storniert, das Layout war perfekt, die Überschriften paßten genau, und die Fahnenabzüge waren so sauber, daß es direkt unheimlich war.

Das Magazin ging am Samstagabend, zwischen etlichen Pfund Sonntagszeitung eingeklemmt, hinaus. Das Titelblatt zeigte eine exklusive Villa in Muggy Swamp in leuchtendem Petersiliengrün und Champignonweiß. Es gab etliche Seiten mit Werbung für Matratzen und Waschmaschinen. Und auf Seite zwei war ein Bild des Herausgebers von *Elegante Domizile* abgedruckt, das ihn mit seinem herabhängenden Schnurrbart und ausdruckslosen Augen zeigte – das Foto aus einem Polizei-Presseausweis.

Am Sonntagmorgen rief David Lyke Qwilleran in seiner Wohnung an. »Sie haben einen sehr guten Text verfaßt«, sagte der Innenausstatter mit seiner tiefen Stimme, »und vielen Dank für die ausdrückliche Erwähnung. Aber woher stammt dieses Foto von Ihnen? Sie sehen aus wie ein Basset.«

Es war ein erfreulicher Tag für den Reporter; ständig riefen Freunde an und gratulierten ihm. Später begann es zu regnen, doch er ging aus und genehmigte sich ein gutes Abendessen in einem Fischrestaurant, und am Abend schlug er den Kater in ihrem Wörterspiel mit zwanzig zu vier. Koko senkte seine Krallen in Seiten mit leichten Stichworten wie *Bluff* und *Blut*, *Polizei* und *Polster*.

Es schien fast so, als hätte der Kater eine Vorahnung gehabt, bereits am Montag bekam es *Elegante Domizile* mit den Gesetzeshütern zu tun.

Das Telefon riß Qwilleran zu früher Stunde unsanft aus dem Schlaf. Er tastete nach seiner Armbanduhr auf dem Nachttisch. Er blinzelte, bis er die Zeiger erkennen konnte – sie zeigten halb sieben. Mit müden Knochen schlurfte er steif zum Schreibtisch.

»Hallo?« sagte er trocken.

»Qwill! Hier ist Harold!«

Die Stimme des Chefredakteurs klang so ernüchternd dringlich, daß Qwillerans Stimmbänder einen Augenblick wie gelähmt waren.«

»Spreche ich mit Qwilleran?« rief der Chefredakteur.

Der Reporter krächzte: »Am Apparat.«

»Haben Sie es schon gehört? Haben sie Sie angerufen?« Die Worte des Chefredakteurs klangen nach einer Katastrophe.

»Nein! Was ist passiert?« Jetzt war Qwilleran hellwach. »Die Polizei hat mich soeben hier zu Hause angerufen. Unsere Titelstory – das Tait-Haus – es wurde dort eingebrochen!«

»*Was?!* ... Was haben sie mitgenommen?«

»Jade! Im Wert von einer halben Million Dollar, grob geschätzt. Und das ist noch nicht das Schlimmste. Mrs. Tait ist tot ... Qwill! Sind Sie noch dran? Haben Sie mich gehört?«

»Ich habe Sie gehört«, sagte Qwilleran mit hohler Stimme und ließ sich langsam auf einen Stuhl fallen. »Ich kann es nicht fassen.«

»Es ist so schon eine Tragödie, und daß wir darin verwickelt sind, macht es nicht unbedingt besser.«

»Mord?«

»Nein, Gott sei Dank! *So* schlimm war es nun auch wieder nicht. Offenbar hat sie einen Herzanfall gehabt.«

»Sie war eine kranke Frau. Ich nehme an, sie hat die Einbrecher gehört, und –«

»Die Polizei will so bald wie möglich mit Ihnen und Odd Bunsen reden«, sagte der Chefredakteur. »Sie wollen Ihnen die Fingerabdrücke abnehmen.«

»Sie wollen *unsere* Fingerabdrücke? Sie wollen *uns* verhören?«

»Reine Routine. Sie haben gesagt, das hilft ihnen bei der Identifizierung der Fingerabdrücke, die sie im Haus finden. Wann haben Sie die Fotos dort gemacht?«

»Am Montag. Genau vor einer Woche.« Dann sprach Qwilleran aus, was sie beide dachten: »Die Publicity wird nicht gut für unser Magazin sein.«

»Sie könnte es ruinieren! Was haben Sie für nächsten Sonntag vorgesehen?«

»Einen alten Stall, der in ein Wohnhaus umgebaut wurde. Er gehört einem Gebrauchtwagenhändler, der seinen Namen gern in der Zeitung sehen möchte. Ich habe eine Menge guter Häuser gefunden, aber die Besitzer wollen nicht, daß ihre Namen und Adressen genannt werden – aus dem einen oder anderen Grund.«

»Und jetzt haben sie einen weiteren Grund«, sagte der Chefredakteur. »Und einen verdammt guten noch dazu!«

Qwilleran legte langsam auf und starrte ins Leere. Er dachte über die schlechte Nachricht nach. Bei diesem Telefongespräch hatte ihn Koko nicht gestört. Der Kater kauerte unter dem Toilettentisch und beobachtete den Reporter aufmerksam, als spüre er den Ernst der Situation.

Qwilleran rief Bunsen in seinem Haus in Happy View Woods an, und binnen zwei Stunden waren die beiden Reporter in der Polizeidirektion, um ihre Geschichte zu erzählen.

Einer der Kriminalbeamten sagte: »Was hat Ihre Zeitung vor? Den Einbrechern Pläne für ihre Verbrechen zu liefern?«

Die Reporter berichteten, wie sie die Räume des Hauses in Muggy Swamp fotografiert hatten, und wie Tait einen Schlüssel geholt und die Vitrinen mit den Jadeobjekten selbst geöffnet hatte. Sie erzählten, daß es sein Wunsch gewesen sei, die seltensten Stücke fotografieren zu lassen.«

»Wer war noch dort, als Sie die Bilder machten?«

»Taits Innenausstatter, David Lyke ... und der Hausbursche, Paolo ... und in der Küche habe ich flüchtig eine Hausangestellte gesehen«, sagte Qwilleran.

»Hatten Sie Kontakt mit dem Hausburschen?«

»Aber sicher«, sagte Bunsen. »Er hat drei Stunden lang mit mir gearbeitet und mir bei der Beleuchtung und beim Möbelrücken geholfen. Ein netter Junge! Ich habe ihm ein paar Dollar zugesteckt.«

Nach dem kurzen Verhör stellte Qwilleran den Kriminalbeamten ein paar neugierige Fragen, die sie ignorierten. Das war nicht sein Ressort, und sie wußten es.

Als sie aus dem Polizeigebäude hinausgingen, sagte Bunsen: »Bin ich froh, daß das vorbei ist! Eine Zeitlang habe ich schon befürchtet, daß sie uns verdächtigen.«

»Unser Beruf ist über jeden Verdacht erhaben«, sagte Qwilleran. »Man hört nie, daß ein Journalist ein Verbrechen begeht. Ärzte prügeln ihre Frauen, Rechtsanwälte erschießen ihre Partner, und Bankiers verschwinden mit dem Geld. Aber Journalisten gehen nur in den Presseclub und ertränken ihre verbrecherischen Neigungen im Alkohol.«

Als Qwilleran in die Redaktion kam, rief er als erstes das Atelier Lyke und Starkweather an. Die grollende Stimme von David Lyke meldete sich sofort.

»Haben Sie die Neuigkeit schon gehört?« fragte Qwilleran in düsterem Tonfall.

»Im Autoradio, auf dem Weg in die Innenstadt«, sagte Lyke. »Das ist ein harter Schlag für euch.«

»Aber was ist mit Tait? Das muß ihn doch um den Verstand bringen! Sie wissen ja, wie er an diesen Jadesachen hängt!«

»Sie können Gift darauf nehmen, daß sie hoch versichert sind, und jetzt hat er das Vergnügen, noch mal mit einer neuen Sammlung anzufangen.« Lykes Mangel an Anteilnahme überraschte Qwilleran.

»Ja, aber seine Frau zu verlieren!«

»Das war unvermeidlich. Sie hätte jederzeit von irgendeiner Nichtigkeit umgebracht werden können – von einer negativen Entwicklung am Aktienmarkt oder einer Schießerei im Fernsehen! Und sie war eine unglückliche, elende Frau«, sagte Lyke. »Sie war seit Jahren an den Rollstuhl gefesselt, und die ganze Zeit mußten sie ihr Mann und alle anderen mit Samthandschuhen anfassen ... Nein, über das Ableben von Mrs. Tait brauchen Sie keine Tränen zu vergießen. Sie haben genug eigene Sorgen. Was glauben Sie, wie sich das auf *Elegante Domizile* auswirken wird?«

»Ich fürchte, die Leute werden Angst haben, ihre Wohnungen veröffentlichen zu lassen.«

»Machen Sie sich keine Gedanken. Ich werde dafür sorgen, daß Sie Material bekommen«, sagte Lyke. »Unser Berufsstand braucht eine Zeitschrift wie die Ihre. Wollen Sie nicht heute abend zum Cocktail in meine Wohnung kommen? Ich werde ein paar Innenausstatter einladen.«

»Gute Idee! Wo wohnen Sie?«

»In der Villa Verandah. Das ist das neue Appartementhaus, das aussieht wie eine gebogene Waffel.«

Als Qwilleran auflegte, warf ein Laufbursche eine Zeitung auf seinen Schreibtisch. Es war die Stadtausgabe des *Morning Rampage*. Das Konkurrenzblatt des *Daily Fluxion* hatte die Tait-Geschichte hochgespielt und auf die Titelseite gesetzt und brachte deutliche Anspielungen auf ›eine detaillierte Beschreibung der Jadesammlung, die am Abend vor dem Einbruch in einer anderen Zeitung erschien.‹ Qwilleran strich sich heftig mit den Fingerknöcheln über den Schnurrbart und ging in die Lokalredaktion, um mit dem Chefredakteur zu reden, doch Percy war in einer Besprechung mit dem Verleger und dem kaufmännischen Direktor.

Mißmutig setzte sich Qwilleran an seinen Schreibtisch und starrte auf seine Schreibmaschine. Eigentlich hätte er arbeiten müssen, sich dahinterklemmen müssen, daß der nächste Abgabetermin eingehalten wurde. Doch etwas bereitete ihm Kopfzerbrechen. Es war der *Zeitpunkt*, den man für den Einbruch gewählt hatte.

Die Zeitschrift war am Samstagabend hinausgegangen. Irgendwann in der darauffolgenden Nacht – Sonntag nacht oder am frühen Montagmorgen – hatte der Einbruch stattgefunden. Binnen vierundzwanzig Stunden, so überlegte Qwilleran, mußte irgend jemand *(a)* die Beschreibung der Jadestücke lesen und *(b)* den Plan fassen, sie zu stehlen, und *(c)* umfangreiche Vorbereitungen für ein ziemlich kompliziertes Unterfangen treffen. Dieser Jemand mußte sich überlegen, wie man ins Haus kam, ohne von der Familie oder den Dienstboten bemerkt zu werden, sich eine Methode ausdenken, wie man sich Zugang zu den raffiniert mit Glas verschlossenen Nischen verschaffte, ohne dabei Lärm zu machen, dafür sorgen, daß die Beute halbwegs sorgfältig verpackt und aus dem Haus transportiert wurde, und all das mußte so geplant werden, daß der private Sicherheitsdienst nicht aufmerksam wurde. In Muggy Swamp gab es zweifellos einen privaten Sicherheitsdienst, der in der Gegend patrouillierte.

Es hatte nicht viel Zeit für Nachforschungen gegeben, überlegte Qwilleran. Es bedurfte einer bemerkenswert leistungsfähigen Organisation, diese Aktion erfolgreich durchzuziehen ... es sei denn, die Diebe kannten das Tait-Haus oder hatten schon vorher von der geplanten Story über die Jadesammlung gewußt. Und wenn das der Fall war – hatten sie den Zeitpunkt des Einbruchs bewußt so angesetzt, daß er ein schlechtes Licht auf *Elegante Domizile* warf?

Während Qwilleran die verschiedenen Möglichkeiten durchdachte, kam die erste Ausgabe des Montags-*Fluxion* aus der Druckpresse, und der Laufbursche schoß durch die Feuilletonredaktion und warf ein Exemplar auf jeden Schreibtisch.

Die Tait-Geschichte war dezent auf Seite vier versteckt, und sie trug eine erstaunliche Schlagzeile. Sie bestand aus sechs kurzen Absätzen, die Qwilleran einen nach dem anderen las. Der Verfasser war Lodge Kendall, der reguläre Polizeireporter des *Daily Fluxion*. Der Artikel in *Elegante Domizile* wurde mit keinem Wort erwähnt. Der Wert der gestohlenen Jadeobjekte wurde verschwiegen. Und es wurde eine unglaubliche Erklärung der Polizei zitiert. Stirnrunzelnd las Qwilleran den Artikel, schnappte dann seine Jacke und ging in den Presseclub.

Der Presseclub befand sich in einer rußgeschwärzten Kalksteinfestung, die einmal das Bezirksgefängnis gewesen war. Die Fenster waren schmal und vergittert, und zwischen den rußgeschwärzten Türmchen hatten sich räudige Tauben niedergelassen. Im Inneren strömten die alten holzgetäfelten Wände noch immer den Geruch einer Strafanstalt aus dem neunzehnten Jahrhundert aus, doch am schlimmsten war der Lärm. Die Stimmen drangen hinauf zur Gewölbedecke, wo sie auf andere Stimmen trafen und – zu einem ohrenbetäubenden Gebrüll vervielfacht – zurückgeworfen wurden. Für die Reporter war es das Paradies.

Heute war die Cocktailbar im Erdgeschoß erfüllt von Diskussionen und Spekulationen über den Vorfall in Muggy Swamp. Juwelendiebstahl war ein Verbrechen, das zivilisierte Reporter lustvoll und mit gutem Gewissen genießen konnten. Ein Verbrechen, das den Intellekt ansprach und bei dem in der Regel niemand verletzt wurde.

Qwilleran entdeckte Odd Bunsen an jenem Ende der Bar, das traditionellerweise für die Mitarbeiter des *Fluxion* reserviert war. Er ging zu ihm und bestellte sich einen doppelten Tomatensaft mit Eis.

»Haben Sie es gelesen?« fragte er den Fotografen.

»Ich habe es gelesen«, sagte Bunsen. »Die spinnen.«

Sie sprachen mit gedämpfter Stimme. Am anderen Ende der Mahagonitheke klang aus den Stimmen der Mitarbeiter des *Morning Rampage* unverhohlener Jubel. Qwilleran warf der Konkurrenzmannschaft verärgerte Blicke zu.

»Wer ist der Typ da drüben in dem hellen Anzug – der mit dem lauten Lachen?« fragte er.

»Er arbeitet im Vertrieb«, sagte Bunsen. »Er hat im Sommer gegen uns Softball gespielt, und Sie können mir glauben – er ist wirklich ein Fiesling.«

»Er ärgert mich. Eine Frau ist tot, und er frohlockt darüber.«

»Da kommt Kendall«, sagte der Fotograf. »Fragen wir ihn mal, was er von der Theorie der Polizei hält.«

Der ernste junge Mann, der mit Begeisterung Polizeireporter war, stellte eine professionell gelangweilte Miene zur Schau.

Qwilleran winkte ihn an die Bar und sagte: »Glauben Sie das Zeug, das Sie heute morgen geschrieben haben?«

»Was die Polizei betrifft«, sagte Kendall, »ist der Fall klar. Er hatte nichts mit ihrem Bericht über das Tait-Haus zu tun. Es muß eine Insider-Sache gewesen sein. Der Betreffende muß sich gut ausgekannt haben.«

»Ich weiß«, sagte Qwilleran. »Das habe ich mir auch gedacht. Aber wen sie sich als Verdächtigen ausgesucht haben, gefällt mir gar nicht. Ich glaube nicht, daß es der Hausbursche war.«

»Wie erklären Sie sich dann sein Verschwinden? Wenn Paolo nicht die Jadesachen geklaut hat und nach Mexiko abgehauen ist, wo ist er dann?«

Bunsen sagte: »Paolo paßt nicht in dieses Bild. Er war ein netter Junge – still und schüchtern – und sehr hilfsbereit. Er ist nicht der Typ für so was.«

»Ihr Fotografen haltet euch immer für große Menschenkenner«, sagte Kendall. »Nun, da irrt ihr euch! Tait hat gesagt, daß der Junge faul, verschlagen und hinterhältig war. Tait hat schon mehrmals gedroht, ihn zu entlassen, doch Mrs. Tait hat Paolo stets in Schutz genommen. Und wegen ihres Gesundheitszustandes hatte Tait immer Angst, sie zu verärgern.«

Bunsen und Qwilleran wechselten ungläubige Blicke, und Kendall ging weg, um mit einer Gruppe von Fernsehleuten zu sprechen. Eine Zeitlang spielte Qwilleran mit dem Jadestein, den ihm Tait geschenkt hatte. Er hatte ihn bei seinem Kleingeld in der Hosentasche. Schließlich sagte er zu Bunsen: »Ich habe heute früh David Lyke angerufen.«

»Wie nimmt er es auf?«

»Er wirkte nicht gerade am Boden zerstört. Er sagte, die Jadesammlung war versichert und daß Mrs. Tait ein unglückliches Geschöpf war, das ihrem Mann das Leben zur Hölle gemacht hat.«

»Das glaube ich aufs Wort. Sie war eine richtige Hexe. Was hat er dazu gesagt, daß Paolo darin verwickelt sein soll?«

»Als ich mit Lyke sprach, war das noch nicht bekannt.«

Bruno, der Barkeeper des Presseclubs, hielt sich in ihrer Nähe auf und wartete auf ein Zeichen.

»Für mich nichts mehr«, sagte Qwilleran zu ihm. »Ich muß etwas essen und wieder an die Arbeit gehen.«

»Ich habe gestern Ihr Magazin gelesen«, sagte der Barkeeper.

»Hat mich und meine Frau auf eine Menge Ideen gebracht, wie wir uns schöner einrichten können. Wir freuen uns schon auf die nächste Ausgabe.«

»Nach dem, was in Muggy Swamp passiert ist, werden Sie vielleicht nie eine nächste Ausgabe zu Gesicht bekommen«, sagte Qwilleran. »Kein Mensch wird wollen, daß seine Wohnung in die Zeitung kommt.«

Bruno schenkte dem Reporter ein gönnerhaftes Lächeln. »Vielleicht kann ich Ihnen helfen. Wenn Sie nicht genug Material haben, können Sie mein Haus fotografieren. Wir haben es selbst gebaut.«

»Was für eine Art Haus haben Sie?« Mißtrauisch wartete Qwilleran auf Brunos Antwort. Bruno war als der Leonardo da Vinci des kleinen Mannes bekannt. Seine Talente waren zahlreich, aber nicht eben überzeugend.

»Ich habe ein sogenanntes monochromes Farbschema gewählt«, sagte der Barkeeper. »Der Teppichboden ist *chartreuse*, die Wände sind *chartreuse*, die Vorhänge sind *chartreuse*, und das Sofa ist *chartreuse*.«

»Sehr passend für einen Vertreter Ihres Berufes«, sagte Qwilleran, »aber gestatten Sie, daß ich Sie in einem winzigen Detail korrigiere: Wir sagen zu Draperien *niemals Vorhänge*.«

Kapitel fünf

Vor der Cocktailparty in David Lykes Wohnung ging Qwilleran nach Hause, um sich umzuziehen und dem Kater eine Scheibe von dem Corned beef zu geben, das er im Delikatessenladen gekauft hatte.

Koko begrüßte ihn mit einem katzenhaften Ausdruck der Freude, indem er im Zimmer herumsauste – über Stühle hinüber, unter Tischen hindurch, um Lampen herum, auf das oberste Bücherregal hinauf und mit einem Plumps und einem Brummen wieder auf den Boden hinunter – wobei er in der Luft, bei sechzig Meilen in der Stunde, immer wieder scharf abdrehte. Lampen schwankten. Aschenbecher drehten sich um die eigene Achse. Die schlappen Vorhänge flatterten im Luftzug. Dann sprang Koko auf das Wörterbuch und kratzte nach Leibeskräften daran – das Vorderteil gesenkt, das Hinterteil hochgereckt, den Schwanz himmelwärts gerichtet, wie ein Rodelschlitten mit gehißter Fahne. Er kratzte eifrig, hielt inne, sah Qwilleran an und kratzte weiter.

»Keine Zeit zum Spielen«, sagte Qwilleran. »Ich gehe aus. Cocktailparty. Vielleicht bringe ich dir eine Olive mit.«

Er zog sich eine Hose an, die frisch aus der Reinigung gekommen war, packte ein neu gekauftes Hemd aus und entfernte die Stecknadeln. Dann sah er sich nach seiner neuen Krawatte um. Sie lag über der Armlehne des Sofas. Und sie hatte ein Loch, vorne in der Mitte. Qwilleran stöhnte auf. Jetzt hatte er nur noch eine karierte Krawatte in gutem Zustand. Er riß sie vom Türknopf, an dem sie hing; vor sich hin murrend band er sie um. Und die ganze Zeit saß Koko auf dem Wörterbuch und bereitete sich hoffnungsvoll auf ein Spiel vor.

»Heute abend wird nicht gespielt«, sagte Qwilleran noch mal zu ihm. »Iß dein Corned beef und mach dann ein schönes, langes Schläfchen.«

In dreifacher Hinsicht erwartungsvoll, machte sich der Reporter auf den Weg. Er hoffte, ein paar nützliche Kontakte knüpfen zu können; er war neugierig auf die mondäne und teure Villa Verandah; und er freute sich darauf, David Lyke wiederzusehen. Er mochte die respektlose Art des Mannes. Lyke war nicht so, wie Qwilleran sich einen Innenausstatter vorgestellt hatte. Lyke war weder affektiert noch ein Snob, und er ging mit seinem auffallend guten Aussehen ungezwungen und anmutig um.

Die Villa Verandah, die das Stadtbild erst seit kurzem zierte, war ein siebzehnstöckiges Gebäude, das sich halbkreisförmig um einen gärtnerisch gestalteten Park schmiegte; jede Wohnung hatte einen Balkon. Als Qwilleran die Wohnung seines Gastgebers betrat, war sie erfüllt von lebhaften Stimmen, Gläserklirren und Musik aus versteckten Lautsprechern.

Mit angenehm sonorer Stimme sagte Lyke: »Sind Sie zum ersten Mal in der Villa Verandah? Wir bezeichnen dieses Gebäude als die ›Rache der Architekten‹. Die Balkone sind so gebaut, daß sie auf jeden Fall zu sonnig, zu windig und zu schmutzig sind. Die Rußpartikel, die durch mein Wohnzimmer fliegen, können einem ein Auge ausschlagen. Aber es ist eine gute Adresse. Ein paar von den besten Leuten wohnen in diesem Gebäude; einige davon sind auf einem Auge blind.«

Er öffnete eine Schiebetür in der Glaswand und zeigte Qwilleran den Balkon, auf dem Metallmöbel knöcheltief im Wasser standen, dessen Oberfläche der Wind kräuselte.

»Nach jedem Regen watet man drei Tage lang im Wasser«, sagte er. »Wenn Sturm aufkommt, beginnt das Geländer wie eine Harfe zu schwingen und spielt einmal pro Stunde ›Ave Maria‹. Und beachten Sie unsere einzigartige Aussicht – ein Panorama von zweiundneunzig anderen Balkonen.«

Die Wohnung selbst hatte eine warme, wohnliche Atmosphäre. Es gab überall brennende Kerzen, Bücher in aufwendigen Ledereinbänden, exotische Pflanzen, Gemälde in imposanten Rahmen und Berge von Kissen. In einer Ecke stand ein kleiner Springbrunnen, der eifrig vor sich hin plätscherte. Und die Wand bedeckte die luxuriöseste Tapete, die Qwilleran je gesehen hatte – wie silbernes Stroh, mit einem zarten Pfauenmuster versehen.

Die asiatische Note herrschte vor. Er sah einen asiatischen Wandschirm, ein paar schwarze Tische mit niedrigen, gekrümmten Beinen und im Speisezimmer einen chinesischen Teppich. In einem Kiesbett standen ein paar große ostasiatische Skulpturen, die von verborgenen Spots beleuchtet wurden.

Qwilleran sagte zu Lyke: »Das sollten wir fotografieren.«

»Ich wollte Ihnen etwas anderes in diesem Gebäude vorschlagen«, sagte der Innenausstatter. »Ich habe die Ausstattung von Harry Noytons Wohnung gemacht – nur eine Zweitwohnung, in der er Geschäftspartner empfängt, aber sie ist geschmackvoll eingerichtet – wo man hinsieht, sieht man Geld. Und die Farben sind raffiniert – auf eine gewagte Art. Ich habe Aubergine, Spinat und überreife Melone verwendet.«

»Wer ist Harry Noyton?« fragte Qwilleran. »Der Name kommt mir irgendwie bekannt vor.«

»Sie müssen von ihm gehört haben. Er ist der lauteste ›stille Teilhaber‹ in der ganzen Stadt. Harry besitzt den Baseballplatz, mehrere Hotels und *wahrscheinlich* auch das Rathaus.«

»Ich würde ihn gerne kennenlernen.«

»Das werden Sie. Er wollte heute abend hier vorbeischauen. Eigentlich hätte ich gern, daß Sie Harrys Landhaus in Lost Lake Hills in Ihrer Zeitschrift bringen – alles sehr künstlerisch und modern –, aber die familiäre Situation ist im Augenblick schwierig, und es wäre vielleicht nicht unbedingt ratsam ... Nun, kommen Sie erst einmal mit und lernen Sie ein paar Gäste kennen. Starkweather ist da – mit seiner reizenden Frau, die sich langsam, aber sicher zu einer mittelalterlichen Säuferin entwickelt. Allerdings muß ich sagen, daß ich es ihr nicht verdenken kann.«

Lykes Partner saß still an einem Ende des Sofas, doch Mrs.

Starkweather machte eifrig die Runde unter den Gästen. In ihrem alternden Gesicht spiegelte sich eine hektische Fröhlichkeit, und sie trug ein Kostüm in einem verwegenen rosa Farbton. Sie hängte sich verliebt an Lyke, als dieser ihr Qwilleran vorstellte.

»Ich liebe David«, sagte sie zu dem Reporter und machte mit dem Cocktailglas in der Hand eine schwungvolle Bewegung. »Ist er nicht einfach überwältigend? Diese Augen! Und diese sexy Stimme!«

»Ganz ruhig, Liebling«, sagte Lyke. »Willst du, daß dein Mann mich erschießt?« Er wandte sich an Qwilleran. »Das ist eines der Risiken in diesem Beruf. Wir sind so liebenswert.«

Nachdem sich Lyke aus Mrs. Starkweathers Griff gelöst hatte, hängte sie sich an Qwillerans Arm und plapperte weiter. »Innenausstatter geben phantastische Partys! Es sind immer jede Menge *Männer* da! Und das Essen ist einfach köstlich. David hat einen phantastischen Koch. Nur die Drinks sind zu stark.« Sie kicherte. »Kennen Sie viele Innenausstatter? Sie sind wirklich sehr unterhaltsam. Sie kleiden sich gut, und sie tanzen umwerfend. Mein Mann ist eigentlich kein Innenausstatter. Er war früher im Teppichgroßhandel. Er kümmert sich um das Geld bei L & S. David ist derjenige, der das Talent besitzt. Ich bete ihn an!«

Wie Qwilleran herausfand, waren die meisten Gäste Innenausstatter. Alle Männer waren gutaussehend und die meisten jung. Die Frauen weniger, doch sie machten ihr Manko an Schönheit und Jugend durch Lebhaftigkeit und auffallende Kleider wett. Alle besaßen einen ungezwungenen Charme. Sie machten Qwilleran Komplimente über sein neues Magazin, seinen üppigen Schnurrbart und den Duft seines Pfeifentabaks.

Die Unterhaltung sprang von einem Thema zum anderen: Reisen, Mode, erlesene Weine, Ballett und die zweifelhaften Fähigkeiten anderer Innenausstatter. Der Name Jacques Boulanger fiel häufig und wurde mißbilligend abgetan.

Keiner machte Anstalten, wie Qwilleran feststellte, über die bevorstehenden Wahlen oder die Baseballmeisterschaft oder die Situation in Asien zu diskutieren. Und keiner der Gäste schien der Diebstahl im Tait-Haus weiter zu beunruhigen. Es amüsierte sie nur, daß das einem Kunden von David passiert war.

Ein junger Mann von äußerst geflegtem Äußeren trat zu Qwilleran und stellte sich mit dem Namen Bob Orax vor. Er hatte ein ovales, aristokratisches Gesicht mit hochgezogenen Augenbrauen.

»Gewöhnlich«, sagte er zu dem Reporter, »verfolge ich Verbrechen nicht, aber meine Familie kannte die Taits, und ich war fasziniert von dem Artikel in der heutigen Zeitung. Ich hatte ja keine Ahnung, daß Georgie soviel Jade angesammelt hatte. Er und Siggy haben seit Jahren keine Gesellschaft mehr gegeben! Sie wissen ja, Mutter ist mit Siggy in der Schweiz zur Schule gegangen.«

»Nein, das wußte ich nicht.«

»Siggys Familie besaß mehr Verstand als Geld, sagt Mutter. Sie waren alle Wissenschaftler und Architekten. Und daß Siggy einen reichen Amerikaner heiratete, war ein gelungener Coup. Georgie hatte damals noch *Haare*, sagt Mutter.«

»Wie haben die Taits ihr Geld gemacht?« fragte Qwilleran.

»Auf ziemlich kuriose und charmante Art. Georgies Großvater machte Geld wie Heu – wie *Heu*, sage ich Ihnen – mit der Herstellung von Peitschen für Buggys. Aber Mutter sagt, Georgie selbst hatte nie eine Ader fürs Geschäft. Nur Unsinn im Kopf, aber nichts, was Geld bringt.«

»Tait ging völlig in seiner Jadesammlung auf«, sagte Qwilleran. »Es tut mir wahnsinnig leid, daß sie gestohlen wurde.«

»Das«, sagte Orax leichthin, »passiert, wenn man billige Arbeitskräfte einstellt. Als Vater noch am Leben war, engagierte er prinzipiell nur englische Butler und irische Hausmädchen. Meine Familie hatte einmal Geld. Jetzt kommen wir mit Hilfe unserer Beziehungen gerade so durch. Und ich habe ein kleines Geschäft in der River Street, das verhindert, daß wir am Hungertuch nagen.«

»Ich würde Sie dort gern einmal besuchen«, sagte Qwilleran. »Ich bin immer auf der Suche nach Material für die Zeitschrift.«

»Ehrlich gesagt, bezweifle ich, daß Ihre Leser schon bereit sind für mich«, sagte der Innenausstatter. »Ich habe mich auf

›Geplante Häßlichkeit‹ spezialisiert, und dieses Konzept ist dem Durchschnittsgeschmack ziemlich weit voraus. Aber kommen Sie auf jeden Fall! Vielleicht finden Sie es amüsant.«

»Übrigens, wer ist dieser Jacques Boulanger, von dem ich die ganze Zeit höre?«

»Boulanger?« Die Augenbrauen von Orax hoben sich noch ein klein wenig höher. »Er arbeitet für die Duxburys, die Pennimans und all die anderen alten Familien in Muggy Swamp.«

»Er muß gut sein.«

»In unserem Geschäft«, sagte der Innenausstatter, »ist Erfolg nicht immer ein Zeichen für hervorragende Leistung ... Ach, du meine Güte! Sie haben ja gar nichts zu trinken! Darf ich Ihnen etwas von der Bar holen?«

Die Bar interessierte Qwilleran nicht so sehr, das Buffet dafür um so mehr. Darauf türmten sich Kaviar, Shrimps, geröstete Käseschnitten in einer Warmhalteterrine, marinierte Pilze, gefüllte Artischockenherzen und würzige Feischklöße in einer Dillsauce. Als er seinen Teller zum dritten Mall belud, warf er einen Blick in die Küche und sah den großen Edelstahl-Warmhalteherd eines professionellen Partyservices. Ein lächelnder Asiate fing seinen Blick auf und nickte freundlich, und Qwilleran machte ihm mit einer Handbewegung ein Kompliment für sein Werk. Inzwischen schlenderte ein dicker, ungelenker Gast mit einem zerfurchten Gesicht zum Buffet hinüber und begann Häppchen in den Mund zu stecken und mit Schlucken aus seinem Cocktailglas hinunterzuspülen.

»Ich mag diese Kids – diese Innenausstatter«, sagte er zu dem Reporter. »Sie laden mich zu all ihren Partys ein. Aber wie sie ihren Lebensunterhalt verdienen, ist mir ein Rätsel! Sie leben in einer Traumwelt! Ich bin selbst Geschäftsmann – steige pro Jahr in einem Dutzend Unternehmen ein und wieder aus –, und ich sorge dafür, daß sich jede Investition auszahlt. Ich arbeite nicht zum Spaß – wie diese Kids hier. *Sie* verstehen mich. Sie sind Reporter, stimmt's?«

»Jim Qwilleran vom *Daily Fluxion*.«

»Ihr Zeitungsleute seid ein guter Menschenschlag. Ihr steht

mit beiden Beinen fest auf der Erde. Ich kenne eine Menge Journalisten. Ich kenne die Chefredakteure von beiden Zeitungen, den Sportredakteur des *Fluxion* und Ihren Wirtschaftsredakteur. Sie waren alle schon oben in meiner Jagdhütte. Jagen und fischen Sie gerne?«

»Ich habe nicht viel Erfahrung damit«, gestand Qwilleran.

»Um ehrlich zu sein, wir sitzen bloß mit einer Flasche herum und quatschen. Sie sollten mal hinkommen und mitmachen ... Übrigens, ich bin Harry Noyton.«

Sie schüttelten einander die Hand, und Qwilleran sagte: »David hat mir erzählt, Sie hätten ein Haus, das eine gute Story für das neue Innenausstatter-Magazin des *Fluxion* abgäbe.«

Noyton starrte lange auf seine Schuhe, bevor er antwortete. »Kommen Sie mit mir ins Nebenzimmer, da ist es ruhiger«, sagte er.

Sie gingen in das Frühstückszimmer und setzten sich an einen Tisch mit Marmorplatte – der Investor mit seinem Cocktailglas und Qwilleran mit einem Teller mit Shrimps und Pilzen.

Noyton sagte: »Was immer Sie über mein Haus in den Hills gehört haben: Es stimmt. Es ist phantastisch! Und das ist allein David zu verdanken – das heißt, David und meiner Frau. Sie hat Talent. Ganz im Gegensatz zu mir. Ich habe nur ein paar Jahre die Ingenieur-Schule besucht.« Er hielt inne und blickte zum Fenster hinaus. »Aber Natalie ist künstlerisch begabt. Ich bin stolz auf sie.«

»Ich würde das Haus gerne sehen.«

»Nun ... das Problem ist folgendes«, sagte Noyton und nahm einen großen Schluck aus seinem Glas. »Das Haus wird verkauft. Wissen Sie, Natalie und ich, wir lassen uns scheiden.«

»Das tut mir leid«, sagte Qwilleran. »Ich habe das selbst auch durchgemacht.«

»Wir haben keine Probleme miteinander, verstehen Sie. Sie will nur frei sein! Sie hat diese verrückte Idee, Künstlerin werden zu wollen. Können Sie sich das vorstellen? Sie hat alles, was das Herz begehrt, aber sie will kreativ sein, will in einem Dachbodenatelier hungern, will etwas aus ihrem Leben machen. Das sagt sie.

Und sie will es unbedingt! So sehr, daß sie sogar die Jungen aufgibt. Ich verstehe diesen Kunstfimmel nicht, den die Frauen heutzutage haben.«

»Sie haben Kinder?«

»Zwei Söhne. Zwei tolle Jungen. Ich weiß nicht, wie sie es übers Herz bringt, sie aufzugeben. Aber egal – ich stelle nur folgende Bedingungen: Ich erhalte das alleinige Sorgerecht für die Jungen, und die Scheidung ist unwiderruflich. Keine halben Sachen. Sie kann nicht nach ein paar Monaten ihre Meinung ändern und beschließen, zurückzukommen. Ich lasse mich von niemandem zum Narren halten! Und schon gar nicht von einer Frau … Sagen Sie, habe ich nicht recht?«

Qwilleran starrte ihn an – einen aggressiven, reichen und einsamen Mann.

Noyton kippte seinen Drink hinunter und sagte: »Ich schicke die Jungen natürlich auf die Militärakademie.«

»Ist Mrs. Noyton Malerin?« fragte Qwilleran.

»Nein, nichts dergleichen. Sie hat mehrere von diesen großen Webstühlen und will Teppiche weben und solche Sachen, die die Innenausstatter dann verkaufen sollen. Ich weiß nicht, wovon sie leben will. Sie will von mir kein Geld annehmen, und das Haus will sie auch nicht. Kennen Sie jemanden, der ein Anwesen im Wert von einer Viertelmillion Dollar sucht?«

»Das muß ein schönes Haus sein?«

»Hören Sie mal, wenn Sie in der Zeitung darüber schreiben, dann werde ich die Bude vielleicht leichter los. Ich bin ganz ehrlich zu Ihnen, verstehen Sie.«

»Wohnt zur Zeit jemand dort?«

»Ein Hausmeister, sonst niemand. Natalie ist in Reno. Und ich wohne hier in der Villa Verandah … Warten Sie, ich will nur mal schnell diese Eiswürfel mit Geschmack versehen.«

Noyton sauste zur Bar, und während er weg war, nahm der japanische Koch diskret Qwillerans Teller und stellte ihm einen neuen, voll beladenen hin.

»Wie gesagt«, fuhr Noyton fort, »jetzt habe ich diese Wohnung hier, die David eingerichtet hat. Der Bursche hat wirklich Geschmack! Ich wünschte, ich hätte auch so ein Gefühl für diese Dinge. Ich habe einen Holzfußboden, der aus Dänemark importiert wurde, eine eingebaute Bar, einen Fellteppich – alles, was dazugehört!«

»Ich würde sie gerne mal sehen.«

»Kommen Sie, schauen Sie sich die Wohnung an. Sie ist hier in diesem Stockwerk, im Nordflügel.«

Sie verließen die Party, und Noyton nahm sein Cocktailglas mit. »Ich muß Sie aber warnen«, sagte er, als sie den gekrümmten Gang entlang gingen, »die Farben sind etwas ausgefallen.«

Er schloß die Tür zu Apartment 15-F auf und schaltete das Licht an. Qwilleran schnappte nach Luft.

Angenehme Musik ertönte. Satte Farben erstrahlten im hellen Licht. Alles wirkte sanft und behaglich, aber markant.

»Mögen Sie dieses moderne Zeug?« fragte Noyton. »Sauteuer, wenn es ordentlich gemacht wird.«

Mir ehrfürchtiger Stimme sagte Qwilleran: »Das ist toll! Ich bin wirklich schwer beeindruckt.«

Der Fußboden bestand aus kleinen Vierecken aus dunklem Holz mit einer samtigen Oberfläche. Der Teppich war struppig wie ungemähtes Gras und halb so groß wie ein Squashfeld.

»Gefällt Ihnen der Teppich?« fragte Noyton. »Echtes Ziegenfell aus Griechenland.«

Er war auf drei Seiten von drei Sofas umgeben, die mit naturfarbenem Wildleder bezogen waren. Ein Sessel mit einladenden körpergerechten Wölbungen war mit etwas unglaublich Weichem gepolstert.

»Vikunja«, sagte Noyton. »Aber setzen Sie sich mal in diesen grünen Ohrensessel. Das ist mein Lieblingssessel.«

Qwilleran streckte sich auf dem Sessel aus, legte die Füße auf den dazu passenden Fußschemel, und ein glückseliger Ausdruck breitete sich auf seinem Gesicht aus. Er strich über die modellierten wollenen Armlehnen. »So eine Wohnung hätte ich gerne«, murmelte er.

»Und das ist die Bar«, sagte Noyton mit unverhohlenem Stolz und schenkte sich irgendeinen Schnaps ein. »Und die Stereoanlage ist in der alten spanischen Truhe – die einzige Antiquität in der Wohnung. Hat mich ein Vermögen gekostet.« Er sank in den Vikunja-Sessel. »Die Miete für die Wohnung ist auch nicht zu verachten, aber es wohnen ein paar interessante Leute in diesem Haus – Leute, die zu kennen ein Vorteil ist.« Er nannte zwei Richter, einen Bankier, einen pensionierten Universitätsrektor, einen prominenten Wissenschaftler. »Ich kenne sie alle. Ich kenne eine Menge Leute in dieser Stadt. Ihr Chefredakteur ist ein guter Freund von mir.«

Qwillerans Blick schweifte über die Wand mit selbsttragenden Bücherregalen, den großen Schreibtisch mit rostfarbener Lederbespannung, den sinnlichen Teppich und die drei – nicht eines, nein drei – weich gepolsterten Sofas.

»Ja, Lyke hat hier hervorragende Arbeit geleistet«, sagte er.

»Sie scheinen mir ein anständiger Kerl zu sein«, sagte Noyton mit einem listigen Blick. »Wie kommen Sie mit diesen Innenausstattern aus?«

»Scheint ein ganz sympathischer Haufen zu sein«, sagte Qwilleran und ignorierte die versteckte Andeutung.

»Das meine ich nicht. Haben Sie Bob Orax kennengelernt? Der hat ein echtes Problem.«

»Ich bin daran gewöhnt, alle möglichen Typen kennenzulernen«, sagte Qwilleran, schroffer als beabsichtigt. Er besaß die Fähigkeit eines Reporters, sich mit seinem Ressort zu identifizieren und die Menschen darin zu verteidigen, und er ärgerte sich, daß Noyton schlecht darüber sprach.

Noyton sagte: »Das bewundere ich an euch Zeitungsleuten. Ihr laßt euch von niemandem aus der Fassung bringen. Ihr werdet mit allem fertig.«

Qwilleran schwang seine Füße vom Fußschemel und hievte sich aus dem grünen Sessel. »Nun, was meinen Sie? Werfen wir uns wieder ins Gewühl?«

Sie gingen zur Party zurück. Noyton nahm zwei Flaschen Bourbon aus seinen Beständen mit und stellte sie zu Lykes Getränken.

Qwilleran gratulierte dem Innenausstatter zu seiner Arbeit für

Noyton. »Ich wünschte, ich könnte mir eine solche Wohnung leisten. Was kostet eine derartige Einrichtung eigentlich?«

»Zu viel«, sagte der Innenausstatter. »Übrigens, wenn Sie mal etwas brauchen, kann ich es Ihnen zum Selbstkostenpreis besorgen, plus Transportkosten.«

»Was ich brauche«, sagte Qwilleran, »ist eine möblierte Wohnung. Das Haus, in dem ich jetzt wohne, wird abgerissen, damit sie einen Parkplatz bauen können, und ich muß in zehn Tagen draußen sein.«

»Warum ziehen Sie nicht ein paar Wochen in Harrys Wohnung – wenn sie Ihnen so gut gefällt?« schlug Lyke vor. »Er fährt jetzt nach Europa und wird einen Monat oder länger weg ein.«

Qwilleran blinzelte. »Glauben Sie, er wäre bereit, sie unterzuvermieten – zu einem Preis, den ich mir leisten könnte?«

»Fragen wir ihn.«

Noyton sagte: »O nein, untervermieten werde ich nicht, aber wenn Sie die Bude benutzen wollen, solange ich weg bin, ziehen Sie doch einfach ein.«

»Nein, ich bestehe darauf, Miete zu zahlen«, sagte Qwilleran.

»Ersparen Sie mir diese unnötigen Komplikationen! Ich habe mit den Zeitungen sehr gute Erfahrungen gemacht, und das ist nun eine Gelegenheit für mich, mich dafür zu bedanken. Außerdem tut es mir nicht weh. Warum sollte ich also Geld von Ihnen nehmen?«

Lyke sagte zu Qwilleran: »Die Sache hat natürlich einen Haken. Er wird von Ihnen erwarten, daß Sie ihm die Post nachsenden und Telefonanrufe notieren.«

Qwilleran sagte: »Es gibt noch einen Haken. Ich habe einen Kater.«

»Nehmen Sie ihn mit!« sagte Noyton. »Er kann sein eigenes Zimmer mit Bad haben. Erster Klasse, versteht sich.«

»Ich könnte mich dafür verbürgen, daß er nicht an den Möbeln kratzt.«

»Abgemacht. Ich fahre am Mittwoch weg. Ich hinterlege die Schlüssel beim Verwalter, einschließlich des Schlüssels für die Bar. Nehmen Sie sich, was immer Sie wollen. Und seien Sie nicht überrascht, wenn ich Sie zweimal am Tag aus Europa anrufe. Ich habe einen Telefontick.«

Später sagte Lyke zu dem Reporter: »Danke, daß Sie mir aus der Patsche geholfen haben. Harry hat erwartet, daß *ich* für ihn den Sekretär spiele. Ich weiß nicht, warum, aber die Kunden glauben, wenn sie einen Innenausstatter beschäftigen, haben sie für den Rest ihres Lebens einen Hausdiener engagiert.«

Es war alles so schnell gegangen, daß Qwilleran sein Glück kaum fassen konnte. Innerlich jubelnd, suchte er noch zweimal das Buffet auf, bevor er sich von seinem Gastgeber verabschiedete.

Als er aus der Wohnung gehen wollte, zupfte ihn jemand am Ärmel. Der Koch stand neben ihm und lächelte.

»Haben Sie Hund zu Hause?« fragte er den Reporter.

»Nein«, sagte Qwilleran, »aber ...«

»Hund hat Hunger. Nehmen Sie das mit«, sagte der Koch und drückte Qwilleran ein in Folie gewickeltes Päckchen in die Hand.

Kapitel sechs

»Koko, alter Junge, wir ziehen um!« verkündete Qwilleran am Dienstagmorgen glücklich, als er das Freßpaket aus dem Kühlschrank nahm und für den Kater und sich selbst ein Frühstück bereitete. Wenn er so an die Ereignisse des vergangenen Abends zurückdachte, mußte er zugeben, daß das Innenausstattungsressort seine Vorteile hatte. Noch nie hatte er so viele Komplimente erhalten und so köstliche Speisen gegessen. Und daß ihm eine Wohnung angeboten worden war, war ein echter Glücksfall.

Koko kauerte auf einem Kissen auf dem Kühlschrank – dem blauen Kissen, das sein Bett, sein Thron, sein Olymp war. Seine Schenkel ragten empor wie Flossen. Er sah unzufrieden aus, beunruhigt.

»In der Villa Verandah wird es dir gefallen«, versicherte ihm Qwilleran. »Es gibt weiche Teppiche und hohe Bücherregale, und du kannst auf dem Balkon in der Sonne sitzen. Aber du mußt dein bestes Benehmen an den Tag legen. Durch die Luft fliegen und Lampen kaputtmachen, das gibt es dort nicht!«

Koko setzte sich anders zurecht. Seine blauen Augen waren groß, rund und besorgt.

»Wir werden dein Kissen mitnehmen und auf den neuen Kühlschrank legen, dann wirst du dich dort gleich zu Hause fühlen.«

Eine Stunde später, in der Redaktion des *Daily Fluxion*, berichtete Qwilleran Odd Bunsen die gute Neuigkeit. Sie trafen sich im Mitarbeiter-Speisesaal auf eine morgendliche Tasse Kaffee und teilten sich die Theke mit den Druckern mit ihren rechteckigen Papierkäppis, den Setzern mit ihren Leinenschürzen, den Textern mit weißen Hemden und aufgekrempelten Manschetten, den Redakteuren mit zugeknöpften Manschetten und den Leuten von der Anzeigenabteilung mit Manschettenknöpfen.

Qwilleran sagte zu dem Fotografen: »Sie sollten die Badezimmer in der Villa Verandah sehen! Goldene Wasserhähne!«

»Wie machen Sie das bloß, daß Sie immer so ein Glück haben?« wollte Bunsen wissen.

»Es war Lykes Idee, und Noyton hat etwas für großzügige Gesten übrig. Er will, daß man ihn mag, und er ist fasziniert von Zeitungsleuten. Sie kennen den Typ.«

»Bei manchen Zeitungen dürften Sie so ein Angebot nicht annehmen, aber bei dem Gehalt, das der *Fluxion* zahlt, müssen Sie nehmen, was Sie kriegen können«, sagte der Fotograf. »Ist über den Raub geredet worden?«

»Nicht viel. Aber ich habe ein wenig über die Taits erfahren. Ist Ihnen aufgefallen, daß Mrs. Tait einen leichten ausländischen Akzent hatte?«

»Sie hörte sich an, als hätte sie ihre Zunge verschluckt.«

»Ich glaube, sie war Schweizerin. Offensichtlich hat sie Tait wegen seines Geldes geheiratet. Obwohl ich mir durchaus vorstellen könnte, daß er recht gut ausgesehen hat, bevor er eine Glatze bekam.«

»Haben Sie seine Arme gesehen?« fragte der Fotograf. »Die haarigsten Affenarme, die ich je gesehen habe! Aber manche Frauen sollen ja auf so was stehen.«

Jemand klopfte Bunsen auf die Schulter, und Lodge Kendall setzte sich neben ihn. »Ich wußte, daß ich Sie hier finden würde, wo Sie sich mal wieder vor der Arbeit drücken«, sagte er zu dem Fotografen. »Die Kriminalbeamten, die den Fall Tait bearbeiten, hätten gerne einen Satz von den Fotos, die Sie gemacht haben. Wenn möglich Vergrößerungen. Besonders die Bilder, auf denen die Jadesachen zu sehen sind.«

»Wann brauchen sie sie? Ich muß eine Menge Abzüge für die Sonntagsausgabe machen.«

»Sobald wie möglich.«

Qwilleran fragte: »Irgendwelche Fortschritte in dem Fall?«

»Tait hat gemeldet, daß zwei Reisetaschen verschwunden seien«, sagte Kendall. »Er fährt nach dem Begräbnis weg, um sich ein wenig zu erholen. Er ist ziemlich mitgenommen. Und letzte Nacht ging er in den Abstellraum, um seine Koffer zu holen, und stellte fest, daß zwei große Reisetaschen fehlten. Die hat Paolo wohl für den Transport der Jadesachen gebraucht.«

»Ich frage mich, wie er mehrere große Gepäckstücke zum Flughafen gebracht hat.«

»Er muß einen Komplizen mit einem Auto gehabt haben. Bis Tait entdeckte, daß die Sachen weg waren, hatte Paolo genug Zeit, nach Mexiko zu fliegen und auf ewig in den Bergen zu verschwinden. Ich bezweifle, daß sie die Jadesachen dort je aufspüren werden. Irgendwann einmal werden sie wohl auf dem Markt auftauchen, ein Stück nach dem anderen, doch kein Mensch wird von irgendwas eine Ahnung haben. Sie wissen, wie das da unten ist.«

»Ich nehme an, die Polizei hat bei den Fluglinien nachgefragt?«

»Die Passagierlisten der Flüge von Sonntag nacht enthielten etliche mexikanische und spanische Namen. Paolo ist aller Wahrscheinlichkeit nach unter einem falschen Namen gereist.«

Bunsen sagte: »Ein Jammer, daß ich kein Foto von ihm gemacht habe. Lyke hatte es vorgeschlagen, aber ich habe es nicht ernstgenommen.«

»Ihr Fotografen seid so knausrig mit euren Filmen«, sagte Kendall, »man könnte direkt glauben, ihr müßtet sie selbst bezahlen.«

»Übrigens«, sagte Qwilleran, »wann genau hat Tait gemerkt, daß die Jadesachen fehlten?«

»Ungefähr um sechs Uhr früh. Er gehört zu den Frühaufstehern, geht gerne noch vor dem Frühstück in seine Werkstatt und poliert dort Steine, oder was immer er da tun mag. Er ging ins Zimmer seiner Frau, um zu fragen, ob sie etwas brauche, sah, daß sie tot war und rief von dem Telefonapparat auf ihrem Nachttisch aus den Arzt an. Dann läutete er nach Paolo, doch der reagierte nicht. Paolo war nicht in seinem Zimmer, und dort deutete allerlei auf einen überstürzten Aufbruch hin. Tait kontrollierte rasch alle Räume, und da entdeckte er, daß die Vitrinen geplündert worden waren.«

»Worauf er«, sagte Qwilleran, »die Polizei anrief, die Polizei Percy anrief und Percy mich anrief, und da war es erst halb sieben. Das ging alles ziemlich schnell. Als Tait die Polizei anrief, sagte er da etwas von dem Artikel in *Elegante Domizile?*«

»Das brauchte er nicht. Bei der Polizei war man bereits auf Ihren Artikel aufmerksam geworden und hatte Überlegungen angestellt, ob es ratsam ist, wertvolle Objekte so ausführlich zu beschreiben.«

Qwilleran schnaubte verächtlich. »Und wo war die Köchin, als das alles passierte?«

»Die Haushälterin hat sonntags frei und kommt erst am Montag um acht Uhr früh wieder.«

»Und wie erklärt man sich bei der Polizei Mrs. Taits Herzanfall?«

»Man nimmt an, daß sie nachts aufwachte, irgendwelche Geräusche im Wohnzimmer hörte und dachte, es seien Einbrecher. Offensichtlich ängstigte sie sich so sehr, daß ihr Herz zu schlagen aufhörte; wie ich gehört habe, war es in einem sehr schlechten Zustand.«

Qwilleran warf ein: »Das Haus ist sehr weitläufig. Das Schlafzimmer ist eine halbe Meile vom Wohnzimmer entfernt. Wie kommt es, daß Mrs. Tait hörte, wie Paolo die Vitrinen ausräumte – und ihr Mann nicht?«

Kendall zuckte die Achseln. »Manche Leute haben einen leichten Schlaf. Chronisch Kranke leiden immer an Schlaflosigkeit.«

»Hat sie nicht versucht, ihren Mann aufzuwecken? Die beiden Räume sind doch sicher mit einer Klingel oder einer Gegensprechanlage verbunden.«

»Hören Sie, ich war nicht dabei!« sagte der Polizeireporter. »Ich weiß nur, was ich bei der Polizei erfahren habe.« Er tippte auf seine Uhr. »Ich muß in fünf Minuten wieder dort sein. Bis später … Bunsen, vergessen Sie die Vergrößerungen nicht.«

Als er gegangen war, sagte Qwilleran zu dem Fotografen: »Ich frage mich, wohin Tait zur Erholung fährt. Vielleicht nach Mexiko?«

»Sie stellen sich mehr Fragen als jeder andere Mensch, den ich kenne«, sagte Bunsen und stand von der Theke auf. »Ich muß mich an die Abzüge machen. Wir sehen uns dann oben.«

Qwilleran konnte nicht sagen, wann seine Vermutungen erstmals eine bestimmte Richtung anzunehmen begannen. Er trank seinen Kaffee aus und wischte sich mit einer Papierserviette über den Schnurrbart. Vielleicht war das der Augenblick, in dem die Zahnräder ineinandergriffen, sich die Rädchen zu drehen begannen und die Überlegungen des Reporters sich allmählich auf G. Verning Tait konzentrierten.

Er ging hinauf in die Feuilletonabteilung, wo das Telefon auf seinem Schreibtisch eindringlich läutete. Das Telefon war grün, wie auch sämtliche Schreibtische und Schreibmaschinen im Zimmer. Plötzlich sah Qwilleran das Farbschema des Büros mit anderen Augen. Es war Erbsensuppengrün; die Wände waren in Roquefort und der braune Vinylfußboden war in Pumpernickel gehalten.

»Qwilleran am Apparat«, sagte er in die grüne Sprechmuschel.

»Oh, Mr. Qwilleran! Ist dort Mr. Qwilleran persönlich?« fragte eine hohe, aufgeregte Frauenstimme. »Ich habe nicht erwartet, daß man mich mit Ihnen persönlich sprechen läßt.«

»Was kann ich für Sie tun?«

»Sie kennen mich nicht, Mr. Qwilleran, aber ich lese jedes Wort, das Sie schreiben, und ich finde, Ihr neues Innenausstattungsmagazin ist einfach schick.«

»Vielen Dank.«

»Also, ich habe folgendes Problem: Ich habe im Wohnzimmer einen Teppich in Avocado, und die *Toiles de Jouy* an den Wänden sind Karamel. Soll ich für den Sockel Karamelpudding oder Avocado wählen? Und für die Lambrequins?«

Als er die Anruferin schließlich los war, gab ihm Arch Riker ein Zeichen. »Der Boss sucht dich. Es ist dringend.«

»Wahrscheinlich will er wissen, in welcher Farbe er seinen Sockel streichen soll«, sagte Qwilleran.

Der Chefredakteur machte ein verkniffenes Gesicht. »Probleme!« sagte Percy. »Dieser Gebrauchtwagenhändler hat gerade angerufen. Sie haben seinen Pferdestall für nächsten Sonntag vorgesehen, stimmt's?«

»Es ist ein umgebauter Stall«, sagte Qwilleran. »Sehr beeindruckend. Gibt eine gute Story. Die Seiten stehen schon, und die Bilder sind gerade in Arbeit.«

»Er möchte die Story stoppen. Ich habe versucht, ihn davon abzubringen, aber er besteht darauf, sie zurückzuziehen.«

»Letzte Woche war er noch ganz scharf darauf.«

»Er persönlich hat nichts dagegen. Er gibt nicht uns die Schuld an dem Zwischenfall in Muggy Swamp, aber seine Frau ängstigt sich zu Tode. Sie hat hysterische Anfälle. Der Mann droht, uns zu verklagen, falls wir etwas über sein Haus veröffentlichen.«

»Ich weiß nicht, was ich so rasch als Ersatz bringen kann«, sagte Qwilleran. »Das einzig Ungewöhnliche, das ich an der Hand habe, ist ein Silo, der wie das Ladenschild von Friseuren mit rot-weiß-gestreiften Spiralen bemalt ist und in ein Ferienheim umgewandelt wurde.«

»Nicht unbedingt das Image, das wir für *Elegante Domizile* im Auge haben«, sagte der Chefredakteur. »Warum fragen Sie nicht Fran Unger, ob sie irgendeine Idee hat?«

»Hören Sie, Harold!« sagte Qwilleran plötzlich entschlossen. »Ich glaube, wir sollten zur Offensive übergehen!«

»Was meinen Sie damit?«

»Ich meine – unsere eigenen Nachforschungen anstellen! Ich halte die Theorie der Polizei für unwahrscheinlich. Es ist zu einfach, das Verbrechen dem Hausburschen in die Schuhe zu schieben. Paolo ist vielleicht ein unschuldiges Opfer, das als Sündenbock mißbraucht wurde. Wer weiß, vielleicht liegt er am Grund des Flusses!«

Er hielt inne, um zu sehen, wie der Chefredakteur reagierte. Percy starrte ihn nur an.

»Das war kein Bagatelldiebstahl«, sagte Qwilleran; seine Stimme wurde lauter. »Und er wurde nicht von einem ungebildeten, heimwehkranken Jungen aus den Bergen eines unterentwickelten Landes durchgeführt! Hinter der Sache steckt mehr. Ich weiß nicht, wer oder was oder warum, aber ich habe so ein Gefühl ...« Er klopfte sich mit den Fingerknöcheln auf den Schnurrbart. »Harold, warum geben Sie mir nicht den Auftrag, über diesen Fall zu berichten? Ich bin sicher, ich könnte etwas Wichtiges zutage fördern.«

Percy winkte ungeduldig ab. »Ich habe grundsätzlich nichts gegen Enthüllungsjournalismus, aber wir brauchen Sie für das Magazin. Wir können es uns nicht leisten, unser knappes Personal als Amateurdetektive einzusetzen.«

»Ich kann beides schaffen. Geben Sie mir nur die Vollmacht, damit ich mit der Polizei sprechen und hier und da ein paar Fragen stellen kann.«

»Nein, Sie haben genug um die Ohren, Qwill. Überlassen Sie die Verbrechensaufklärung der Polizei. Wir müssen uns darauf konzentrieren, eine Zeitung herauszubringen.«

Qwilleran redete weiter, als hätte er ihn nicht gehört. Er sprach schnell. »Am Timing dieses Vorfalls ist irgend etwas faul! Irgend jemand wollte uns damit in Verbindung bringen. Und das ist nicht das einzig Merkwürdige! Gestern früh ist zu schnell zu viel passiert. Sie haben mich um halb sieben angerufen. Wann hat die Polizei Sie angerufen? Und wann erhielt die Polizei den Anruf von Tait? ... Und wenn Mrs. Tait Geräusche hörte, warum hat sie dann nicht ihren Mann aufgeweckt? Können Sie sich vorstellen, daß es in diesem Haus keine Gegensprechanlage gibt? So eine luxuriöse Ausstattung, und nicht mal eine simple Klingel, die das Zimmer der Kranken mit dem Schlafzimmer ihres ergebenen Gatten verbindet?«

Percy sah Qwilleran kühl an. »Wenn es einen Hinweis auf ein Komplott gibt, wird ihn die Polizei finden. Die Polizei versteht ihr Handwerk. Sie halten sich da raus. Wir haben schon genug Schwierigkeiten.«

Qwilleran strich seinen Schnurrbart glatt. Es hatte keinen Sinn, mit einem Computer zu streiten. »Glauben Sie, ich sollte morgen zu dem Begräbnis gehen?« fragte er.

»Das ist nicht nötig. Wir werden angemessen vertreten sein.«

Als Qwilleran zu seinem Büro zurückging, murmelte er in seinen Schnurrbart: »Immer auf Nummer Sicher gehen! Nur ja keinem auf die Zehen treten! Stets die Anzeigenabteilung unterstützen! Geld machen!«

An seinem Schreibtisch angelangt, nahm Qwilleran den unaufdringlichen grünen Telefonhörer ab; auf dem Apparat stand mit Schablone gemalt die Aufforderung: *Sei nett zu den Leuten!* Er rief im Fotolabor an. »Wenn Sie diese Vergrößerungen von den Jadebildern machen«, sagte er zu Bunsen, »machen Sie doch bitte auch einen Satz für mich, ja? Ich habe da so eine Idee.«

Kapitel sieben

Qwilleran setzte die Titelgeschichte über den umfunktionierten Stall des Gebrauchtwagenhändlers ab und begann sich Sorgen zu machen, wo er einen Ersatz herbekommen sollte. An jenem Morgen war er mit einer Innenausstatterin verabredet, doch er bezweifelte, ob sie fähig sein würde, in so kurzer Zeit eine Titelgeschichte zu produzieren. Er hatte mit ihr telefoniert, und sie hatte etwas konfus gewirkt.

»Ach, du liebe Güte!« hatte Mrs. Middy gesagt. »Ach, du liebe Güte! Ach, du liebe Güte!«

Qwilleran ging ohne übertriebene Hoffnungen in ihr Atelier.

Auf dem Schild über der Tür stand in verschnörkelter Schrift: *Middy – Innenausstattung*. Der Laden befand sich in der Nähe von Happy View Woods, und er hatte alles, was zu einer auf ›charmant-altmodisch‹ getrimmten Fassade dazugehört: Blumenkästen mit gelben Chrysanthemen vor den Fenstern, Erkerfenster mit rautenförmigen Glasscheiben, eine quergeteilte Tür, die links und rechts von malerischen Kutschenlaternen flankiert war, und einen glänzenden Messingtürklopfer. Drinnen wirkte diese altmodische Behaglichkeit allerdings eher erdrückend.

Als Qwilleran eintrat, ertönte der Glockenklang des Big Ben, und dann sah er hinter einem faltbaren Lamellenwandschirm im hinteren Teil des Geschäfts eine große junge Frau hervorkommen. Ihre glatten braunen Haare fielen ihr wie ein Vorhang auf die Schultern und verbargen ihre Stirn, die Augenbrauen, die Schläfen und die Wangen. Alles, was man sah, waren spitzbübische grüne Augen, eine reizvolle kleine Nase, ein intelligenter Mund und ein zierliches Kinn.

Qwillerans Gesicht hellte sich auf. Er sagte: »Ich habe um elf Uhr einen Termin bei Mrs. Middy, und ich glaube nicht, daß Sie Mrs. Middy sind.«

»Ich bin ihre Assistentin«, sagte die junge Frau. »Mrs. Middy kommt heute etwas später, aber eigentlich kommt Mrs. Middy immer etwas später. Wollen Sie sich setzen?« Sie deutete mit einer dramatischen Geste auf das gesamte Atelier. »Ich kann Ihnen einen Chippendale-Eckstuhl, einen Windsor-Stuhl oder eine altmodische Holzbank anbieten. Sie sind alle unbequem, aber ich werde mit Ihnen reden und Sie von ihren Qualen ablenken.«

»Ja bitte, reden Sie mit mir«, sagte Qwilleran, setzte sich auf die Holzbank und merkte, daß sie wackelte. Das Mädchen nahm auf dem Windsor-Stuhl Platz, wobei ihr der Rock weit über die Knie rutschte. Qwilleran stellte erfreut fest, daß sie schlank, aber nicht dünn waren. »Wie heißen Sie?« fragte er, stopfte seine Pfeife und zündete sie an.

»Alacoque Wright, und Sie müssen der Herausgeber der neuen Sonntagsbeilage sein. Ich habe vergessen, wie sie heißt.«

»*Elegante Domizile*«, sagte Qwilleran.

»Warum müssen die Zeitungen unbedingt Ausdrücke benutzen, die sich anhören wie aufgewärmter Südstaatenjargon?« Ihre grünen Augen neckten ihn, und Qwilleran gefiel es.

»Auch die Zeitungen haben eine gewisse Tradition.« Er sah sich im Atelier um. »Genau wie Ihre Branche.«

»Ich bin eigentlich keine Innenausstatterin«, sagte das Mädchen knapp. »Mein Metier ist die Architektur, aber weibliche Architekten sind nicht besonders gefragt. Ich habe diesen Job bei Mrs. Middy aus Verzweiflung angenommen, und ich fürchte, diese nachgemachten wurmstichigen Kästen und unecht-volkstümlichen Holzbänke wirken sich nachteilig auf meine Persönlichkeit aus. Ich tendiere mehr zu einem Stil, der den Geist unserer Zeit widerspiegelt. Nieder mit französischem Empire, portugiesischem Kolonialstil und Suaheli-Barock!«

»Sie meinen, Sie mögen modernes Design?«

»Ich verwende dieses Wort nicht gern«, sagte Miss Wright. »Es ist so mehrdeutig. Modernes Design gibt es in Motels, in Miami Beach, bei aufpolierten dänischen Möbeln und in jeder Menge abscheulicher Mutationen. Ich bevorzuge die Klassiker des zwanzigsten Jahrhunderts – die Arbeit von Saarinen, Mies von der Rohe, Breuer, diesen Leuten. Mrs. Middy läßt mich nicht mit Kunden zusammenkommen; sie hat Angst, daß ich ihre Arbeit sabotiere. ...Und ich glaube, das würde ich auch tun«, fügte sie mit einem katzenhaften Lächeln hinzu. »Ich habe eine hinterhältige Natur.«

»Wenn Sie nicht mit Kunden arbeiten, was tun Sie dann?«

»Ich mache Bewürfe, zeichne Pläne, entwerfe die Farbzusammenstellung. Ich gehe ans Telefon und bin sozusagen das Mädchen für alles ... Aber erzählen Sie mir etwas von sich. Mögen Sie zeitgenössisches Design?«

»Ich mag alles«, sagte Qwilleran, »solange es bequem ist und ich meine Füße darauflegen kann.«

Das Mädchen musterte ihn ganz unverhohlen. »Sie sehen besser aus als auf dem Foto in der Zeitschrift. Sie wirken ernst und verantwortungsvoll, aber auch interessant. Sind Sie verheiratet?«

»Im Augenblick nicht.«

»Sie müssen ja am Boden zerstört sein, nach alldem, was am Wochenende passiert ist.«

»Sie meinen den Diebstahl in Muggy Swamp?«

»Glauben Sie, daß Mr. Tait den *Daily Fluxion* verklagen wird?«

Qwilleran schüttelte den Kopf. »Er käme nicht weit damit. Wir haben nichts gedruckt, was unwahr oder verleumderisch wäre. Und vor allem hatten wir natürlich seine Erlaubnis, den Artikel über sein Haus zu veröffentlichen.«

»Aber der Raub wird das Image Ihres Magazins ruinieren, das müssen Sie zugeben«, sagte Miss Wright.

Genau in diesem Augenblick ging die Tür auf, und eine Stimme sagte: »Ach, du liebe Güte! Ach, du liebe Güte! Habe ich mich verspätet?«

»Da kommt Mutter Middy«, sagte das Mädchen mit den spöttischen Augen.

Das kleine Tönnchen, das ins Atelier gehastet kam, war völlig außer Atem und entschuldigte sich vielmals. Sie hatte sich sehr beeilt, und unter ihrem unförmigen mausgrauen Hut lugten ringsum graue Haarsträhnen hervor.

»Bringen Sie uns Kaffee, meine Liebe«, sagte sie zu Ihrer Assistentin. »Ich bin ganz außer mir. Ich habe gerade einen Strafzettel für Schnellfahren bekommen. Aber der Beamte war so freundlich! Sie haben so nette Beamte bei der Polizei.«

Die Innenausstatterin ließ sich schwer auf einen schwarz-goldenen Schaukelstuhl nieder. »Warum schreiben Sie nicht einen netten Artikel über unsere Polizisten, Mr. – Mr. –«

»Qwilleran. Jim Qwilleran«, sagte er. »Ich fürchte, das ist nicht mein Ressort, aber ich würde gerne einen netten Artikel über Sie schreiben.«

»Ach, du liebe Güte! Ach, du liebe Güte!« sagte Mrs. Middy. Sie nahm ihren Hut ab und drückte ihr Haar zurecht.

Der Kaffee kam in Tassen mit Rosenblüten-Muster, und Miss Wright servierte ihn mit hochgezogenen Augenbrauen, die ihre Mißbilligung für das Design zum Ausdruck brachten. Dann unterhielten sich die Innenausstatterin und der Reporter über die Möglichkeiten für *Elegante Domizile*.

»Ich habe in letzter Zeit ein paar reizende Häuser eingerichtet«, sagte Mrs. Middy. »Dr. Masons Haus ist bezaubernd, aber noch nicht ganz fertig. Wir warten noch auf die Lampen. Professor Dewitts Haus ist reizend, aber die Gardinen hängen noch nicht.«

»Der Hersteller hat das Muster auslaufen lassen«, sagte Qwilleran.

»Ja! Woher wissen Sie das?« Sie schaukelte heftig mit ihrem Stuhl. »Ach, du liebe Güte! Ach, du liebe Güte! Was kann man bloß tun?«

»Das Studentenheim?« flüsterte ihre Assistentin.

»O ja, wir haben gerade ein paar Schlafsäle für die Universität eingerichtet«, sagte Mrs. Middy, »und ein Haus für eine Studentinnenvereinigung, Delta Thelta, oder wie sie heißt. Aber die sind außerhalb der Stadt.«

»Vergessen sie nicht Mrs. Allisons Haus«, sagte Miss Wright.

»O ja, Mrs. Allisons Haus ist wirklich ganz reizend. Wären Sie an einem Wohnhaus für berufstätige Mädchen interessiert, Mr. Qwillum? Es ist ein Beispiel dafür, was man aus einer Pension machen kann. Es ist eines dieser Herrenhäuser aus der Zeit der Jahrhundertwende auf der Merchant Street – alles sehr düster und grotesk, bevor mich Mrs. Allison hinzuzog.«

»Es hat ausgesehen wie ein viktorianisches Bordell«, sagte Miss Wright.

»Ich habe im Wohnzimmer Leinenstickerei verwendet und in den Zimmern der Mädchen Himmelbetten aufgestellt. Und der Speisesaal ist sehr schön geworden. Statt eines langen Tisches, der viel zu anstaltsmäßig gewirkt hätte, habe ich viele kleine Tische mit bodenlangen Tischtüchern aufstellen lassen, wie in einem Café.«

Qwilleran hatte eigentlich nur an Privathäuser gedacht, war aber durchaus bereit, alles zu veröffentlichen, was sich in kurzer Zeit fotografieren ließe.

»Wie sieht die Farbgestaltung aus?« fragte er.

»Das Hauptthema ist Kirschrot«, sagte Mrs. Middy, »in allen Variationen. Im ersten Stock ist es Kirschrosa. Ach, es wird Ihnen gefallen! Es wird Ihnen bestimmt gefallen!«

»Besteht die Möglichkeit, heute nachmittag Fotos zu machen?«

»Ach, du liebe Güte! Das ist zu kurzfristig. Die Leute räumen gern auf, bevor der Fotograf kommt.«

»Dann morgen früh?«

»Ich rufe Mrs. Allison sofort an.«

Die Innenausstatterin eilte zum Telefon, und Alacoque Wright sagte zu Qwilleran: »Bei dem Allison-Haus hat Mutter Middy wahre Wunder vollbracht. Es sieht überhaupt nicht mehr aus wie ein viktorianisches Bordell. Jetzt sieht es aus wie ein amerikanisches Bordell aus dem vorigen Jahrhundert.«

Während ein Termin für den Fotografen arrangiert wurde, vereinbarte Qwilleran seinerseits einen Termin mit Miss Wright für Mittwoch abend um sechs unter der Rathausuhr, und als er das Middy-Atelier verließ, fühlten sich seine Schnurrbartwurzeln richtig beschwingt an. Auf dem Rückweg in die Redaktion machte er in einem Feinschmeckergeschäft halt, um eine Dose geräucherte Austern für Koko zu kaufen.

An jenem Abend packte Qwilleran seine Bücher in drei Wellpappkartons aus dem Lebensmittelladen und staubte seine beiden Koffer ab. Koko sah ihm besorgt zu. Die geräucherten Austern hatte er nicht angerührt. Qwilleran sagte: »Was ist los? Bist du auf Diät?«

Koko begann, von einem Ende der Wohnung zum anderen auf und ab zu schreiten, wobei er ab und zu stehenblieb, um an den Kartons zu schnüffeln und ein langgezogenes, klagendes Heulen auszustoßen.

»Du machst dir Sorgen!« sagte Qwilleran. »Du willst nicht umziehen.« Er hob den Kater hoch und streichelte ihm beruhigend den Kopf. Dann setzte er ihn auf die aufgeschlagenen Seiten des Wörterbuchs. »Komm, spielen wir ein schönes, aufregendes Spiel, um die schwermütige Stimmung ein wenig zu vertreiben.«

Halbherzig schlug Koko seine Krallen in die Seiten.

»*Käfer* und *kahl*«, las Qwilleran. »Das weiß jedes Kind! Zwei Punkte für mich. Du mußt dich mehr anstrengen.«

Koko faßte wieder hin.

»*Kulan* und *Koolokamba*.« Qwilleran wußte, was das erste Wort bedeutete, mußte aber *Koolokamba* nachlesen. »Westafrikanischer Menschenaffe mit fast kahlem Schädel, Gesicht und Hände schwarz«, las er. »Das ist toll! Das Wort wird mir in meinem Alltagswortschatz gute Dienste leisten. Vielen Dank!«

Nach neun Runden hatte Qwilleran vierzehn zu vier gewonnen. Koko hatte zumeist leichte Stichworte wie *Turm* und *Turnus* oder *räkeln* aufgeschlagen.

»Du läßt nach«, sagte Qwilleran zu ihm, und Koko antwortete mit einem langen, entrüsteten Heulen.

Kapitel acht

Am Mittwochmorgen fuhren Qwilleran und Bunsen zum Allison-Haus in der Merchant Street. Qwilleran sagte, er hoffe, es würden ein paar Mädchen da sein. Bunsen sagte, er würde gerne eines der Himmelbetten mit einem Mädchen darin fotografieren.

Das Haus war ein viktorianisches Monstrum – die Hymne eines Zimmermanns aus dem neunzehnten Jahrhundert, der in seine Stichsäge vernarrt war –, aber es war frisch gestrichen, und an den Fenstern hingen schmucke Vorhänge. An der Eingangstür erwartete sie Mrs. Middy. Sie trug ihren unförmigen Hut und einen rüschenbesetzten Spitzenkragen.

»Wo sind die Mädels?« rief Bunsen. »Her mit den Mädels!«

»Oh, die sind tagsüber nicht hier«, sagte Mrs. Middy. »Das sind berufstätige Mädchen. Also, was möchten Sie sehen? Wo wollen Sie anfangen?«

»Was ich sehen will«, sagte der Fotograf, »sind diese Schlafzimmer mit den Himmelbetten.«

Die Innenausstatterin huschte herum, schüttelte Kissen auf und räumte Aschenbecher weg. Dann trat aus dem hinteren Teil des Hauses eine abgehärmte Frau hervor. Ihr Gesicht war farblos und ihr Haar auf Lockenwickler gedreht, über die sie ein Haarnetz gebunden hatte. Sie trug ein Hauskleid mit einem trostlosen Blumenmuster, doch ihr Benehmen war herzlich.

»Hallo, Jungs«, sagte sie. »Fühlt euch wie zu Hause. Ich habe die Anrichte aufgeschlossen, falls ihr euch einen Drink nehmen wollt.«

»Es ist noch zu früh für Schnaps«, sagte Bunsen, »selbst für mich.«

»Wollen Sie Kaffee?« Mrs. Allison drehte ihr Gesicht zum hinteren Teil des Hauses und rief: »*Elsie, bring Kaffee!*« Zu ihren Gästen sagte sie: »Möchtet ihr Jungs ein paar Rosinenbrötchen? ... *Elsie, bring Rosinenbrötchen!*«

Eine piepsende Stimme antwortete unverständlich.

»*Dann schau, was du sonst noch hast!*« schrie Mrs. Allison.

»Ein schönes Haus haben Sie da«, sagte Qwilleran.

»Es zahlt sich aus, ein anständiges Haus zu führen«, sagte die Hausmutter, »und Mrs. Middy weiß, wie man ein Haus gemütlich einrichtet. Sie ist nicht billig, aber sie ist jeden Penny wert.«

»Warum haben Sie den frühen amerikanischen Stil für Ihr Haus gewählt?«

Mrs. Allison wandte sich an die Innenausstatterin. »Warum habe ich den frühen amerikanischen Stil gewählt?«

»Weil er heimelig und einladend ist«, sagte Mrs. Middy. »Und weil er Teil unseres nationalen Erbes ist.«

»Sie können mich zitieren« sagte Mrs. Allison mit einer großzügigen Geste zu Qwilleran. Sie ging zur Anrichte. »Wollen Sie wirklich nichts trinken? Ich für meinen Teil werde mir einen Drink genehmigen.«

Sie schenkte sich Whiskey pur ein, und während die Innenausstatterin den Reportern das Haus zeigte, trottete Mrs. Allison – ihr Glas in der einen Hand und die Flasche in der anderen – hinter ihnen her. Qwilleran machte sich Notizen über die Leinenstickerei, die altmodischen Waschbecken und die Queen-Anne-Kerzenständer. Der Fotograf entwickelte Sympathien für eine Gallionsfigur über dem Kaminsims im Wohnzimmer – eine alte, geschnitzte Holzfigur einer vollbusigen Nixe mit abgeschlagener Nase und abblätterndem Lack.

Er sagte: »Die erinnert mich an ein Mädchen, mit dem ich mal ging.«

»Die hab' ich eingefangen und ausstopfen lassen«, sagte Mrs. Allison. »Sie hätten die sehen sollen, die mir entwischt ist.«

Mrs. Middy sagte: »Sehen Sie sich die bodenlangen Tischdecken auf den kleinen Kaffeehaustischen an, Mr. Qwillum. Sind sie nicht entzückend? Sie haben einen Hauch von Viktorianismus, aber Mrs. Allison wollte die Einrichtung nicht in einem *zu* einheitlichen Stil haben.«

»Es ist alles äußerst elegant«, sagte Qwilleran zur Hausmutter. »Ich nehme an, Sie sind wählerisch bei den Mädchen, die hier einziehen dürfen.«

»Davon können Sie ausgehen. Sie müssen Referenzen und mindestens zwei Jahre College vorweisen können.« Sie schenkte sich noch einen Fingerbreit in ihr Glas.

Die Schlafzimmer waren in lebhaftem Rosa gehalten. Sie hatten rosa Tapeten, rosa Teppichböden, und die Seitenvorhänge an den Himmelbetten waren von einem noch intensiveren Rosa.

»Ich liebe diesen Grünton!« sagte Bunsen.

»Was sagen die Mädchen zu all dem Rosa?« fragte Qwilleran.

Mrs. Allison wandte sich an die Innenausstatterin. »Was sagen die Mädchen zu all dem Rosa?«

»Sie finden es warm und anregend«, sagte die Innenausstatterin. »Beachten Sie die handbemalten Spiegelrahmen, Mr. Qwillum.«

Bunsen fotografierte ein Schlafzimmer, das Wohnzimmer, eine Ecke des Speisesaals, und machte eine Nahaufnahme der Gallionsfigur. Er war vor Mittag fertig.

»Kommen Sie mal am Abend vorbei, damit Sie die Mädchen kennenlernen«, sagte Mrs. Allison, als sich die Reporter verabschiedeten.

»Haben Sie auch Blondinen?« fragte der Fotograf.

»Was immer Sie wollen – wir haben es.«

»Okay, wenn ich mal an einem Abend nicht das Geschirr spülen und den Kindern bei den Hausaufgaben helfen muß, schaue ich vorbei und komme auf den Drink zurück.«

»Aber warten Sie nicht zu lange damit. Sie werden nicht jünger«, sagte Mrs. Allison fröhlich.

Als die Reporter die Fotoausrüstung zum Auto brachten, lief ihnen Mrs. Middy nach. »Ach, du meine Güte! Ach, du meine Güte!« sagte sie. »Ich habe vergessen, Ihnen etwas zu sagen: Mrs.

Allison möchte nicht, daß Sie ihren Namen und ihre Adresse angeben.«

»Wir geben immer die Namen an«, sagte Qwilleran.

»Ach, du meine Güte! Das habe ich befürchtet. Aber sie glaubt, daß die Mädchen unseriöse Anrufe bekommen, wenn Sie den Namen und die Adresse drucken. Und das will sie vermeiden.«

»Es ist ein Prinzip der Zeitung, Namen und Adresse zu veröffentlichen«, erklärte Qwilleran. »Ohne diese Angaben ist ein Artikel unvollständig.«

»Ach, du liebe Güte! Dann müssen wir die Sache wohl abblasen. Wie schade!«

»Abblasen! Wir können es nicht abblasen! Wir schaffen gerade noch den Redaktionsschluß!«

»Ach, du liebe Güte! Dann müssen Sie den Artikel eben ohne Namen und Adresse bringen«, sagte Mrs. Middy.

Jetzt wirkte sie ganz und gar nicht mehr wie ein kleines Tönnchen auf Qwilleran. Sie hatte jetzt vielmehr etwas von einem Granitblock, der einen altjüngferlichen Spitzenkragen trug.

Bunsen sagte leise zu seinem Partner: »Sie sitzen in der Falle. Tun Sie, was das alte Mädchen will.«

»Glauben Sie wirklich?«

»Wir haben keine Zeit mehr, eine andere Titelgeschichte zu suchen.«

Mrs. Middy sagte: »Schreiben Sie einfach, daß es ein Wohnhaus für berufstätige Mädchen ist. Das klingt netter als Karrierefrauen, finden Sie nicht? Und vergessen Sie nicht, den Namen der Innenausstatterin zu erwähnen!« Neckisch drohte sie den Reportern mit dem Zeigefinger. Als sie von dem Haus in der Merchant Street wegfuhren, sagte Bunsen: »Man kann nicht immer Glück haben.«

Auch dieser philosophische Spruch konnte Qwilleran nicht aufheitern, und so fuhren sie schweigend weiter, bis Bunsen sagte: »Heute morgen war das Begräbnis von Mrs. Tait.«

»Ich weiß.«

»Der Chefredakteur hat zwei Fotografen hingeschickt. Das ist ziemlich viel für eine Beerdigung. Zu der internationalen Regatta vorige Woche hat er nur einen abgestellt.«

Bunsen zündete sich eine Zigarre an, und Qwilleran machte das Fenster weit auf.

Der Fotograf fragte: »Sind Sie schon zu den großen Tieren in die Villa Verandah hinübergesiedelt?«

»Ich ziehe heute nachmittag um. Und zum Abendessen bin ich mit Mrs. Middys Assistentin verabredet.«

»Ich hoffe, sie kann Referenzen und zwei Jahre College vorweisen.«

»Sie ist ein tolles Mädchen. Und klug dazu!«

»Vorsicht vor den Klugen«, warnte ihn der Fotograf. »Die Dummen sind weniger gefährlich.«

Später an jenem Nachmittag ging Qwilleran nach Hause, packte seine zwei Koffer und bestellte sich ein Taxi. Dann wollte er den Kater in einen Thunfischkarton mit Luftlöchern in den Seitenwänden stecken. Plötzlich hatte Koko siebzehn Beine, die sich alle gleichzeitig festkrallten und zur Wehr setzten, und seine verbalen Proteste verstärkten das Durcheinander noch zusätzlich.

»Ich weiß! Ich weiß!« rief Qwilleran laut, um den Wirbel zu übertönen. »Aber was Besseres habe ich leider nicht.«

Als die siebzehn Pfoten, neun Ohren und drei Schwänze schließlich im Karton verstaut waren und der Deckel zugeklappt und verschnürt war und Koko merkte, daß er sich an einem behaglichen, dunklen, geschützten Ort befand, machte er es sich darin gemütlich. Das einzige Lebenszeichen war ein glitzerndes Auge, das durch eines der Luftlöcher zu sehen war.

Während der kurzen Fahrt zur Villa Verandah scherte das Taxi einmal kurz aus, um einen Zusammenstoß mit einem Bus zu vermeiden, und vom Rücksitz ertönte ein empörter Schrei.

»Mein Gott!« schrie der Taxifahrer und machte eine Notbremsung. »Was habe ich denn getan?«

»Das ist nur mein Kater«, sagte Qwilleran. »In einer dieser Schachteln ist eine Katze.«

»Ich dachte schon, ich hätte einen Fußgänger erwischt. Was ist es? Ein Luchs?«

»Ein Siamkater. Die sind in ihren Äußerungen sehr freimütig.«
»Oh, ja. Die hab' ich im Fernsehen gesehen. Häßliche Luder.«
Qwillerans Schnurrbart sträubte sich. Er war nie besonders großzügig mit Trinkgeld, aber diesem Taxifahrer gab er bewußt noch weniger als sonst.

In der Villa Verandah gab Koko im Aufzug ohrenbetäubende Schreie von sich, doch sobald er in der Noytonschen Wohnung aus seinem Karton entlassen wurde, war er sprachlos. Einen Augenblick lang stand er, eine Vorderpfote erhoben, wie versteinert da, und es herrschte atemlose, lauschende Katzenstille im Raum. Dann drehte er den Kopf von einer Seite zur anderen, um sich die allgemeinen Merkmale des Zimmers anzusehen. Vorsichtig ging er über den glatten Holzfußboden. Er schnüffelte an der Kante des dicken Teppichs und streckte versuchsweise eine Pfote aus, zog sie aber sofort wieder zurück. Er beschnupperte die Ecke eines Sofas, untersuchte den Saum der Gardinen und sah in den Papierkorb neben dem Schreibtisch.

Qwilleran zeigte Koko, wo seine Kiste jetzt stand und gab ihm seine alte Spielzeugmaus. »Dein Kissen ist auf dem Kühlschrank«, sagte er zum Kater. »Fühl dich wie zu Hause.«

Ein ungewohntes Klingeln ertönte, und Koko sprang erschreckt hoch.

»Das ist nur das Telefon«, sagte Qwilleran. Er hob den Hörer ab und nahm wichtigtuerisch hinter dem schönen Schreibtisch mit der lederbespannten Platte Platz.

Aus dem Hörer ertönte eine Stimme, die ein betont sorgsames Englisch sprach. »Ich habe ein Überseegespräch für Mr. James Qwilleran.«

»Am Apparat.«

»Ein Anruf aus Kopenhagen.«

Dann erklang die aufgeregte Stimme von Harry Noyton: »Was sagen Sie dazu? Ich bin schon in Kopenhagen! Wie läuft's? Sind Sie schon eingezogen? Haben Sie sich schon eingerichtet?«

»Ich bin gerade hier angekommen. Wie war der Flug?«

»Ein paar Turbulenzen östlich von Gander, aber insgesamt gesehen war alles okay. Schicken Sie mir die Post erst nach, wenn ich es Ihnen sage. Ich melde mich wieder. Und ich werde demnächst einen Knüller für den *Daily Fluxion* haben.«

»Eine Story?«

»Etwas Phantastisches! Kann noch nicht darüber sprechen ... Aber der Grund für meinen Anruf: Mögen Sie Baseball? Ich habe zwei Karten für das Wohltätigkeitsmatch am Samstag, sie sind in meinem Tischkalender. Es wäre ein Jammer, sie verfallen zu lassen – besonders bei dreißig Dollar pro Stück.«

»Am Samstag muß ich wahrscheinlich arbeiten.«

»Dann geben Sie sie Ihren Kumpels bei der Zeitung.«

»Wie gefällt Ihnen Kopenhagen?«

»Sieht sauber und ordentlich aus. Viele Fahrräder.«

»Wie bald können wir Ihre Neuigkeit erwarten?«

»Ich hoffe, in einer Woche«, sagte Noyton. »Und wenn es soweit ist, dann ist der *Fluxion* die erste Zeitung, die es erfährt!«

Als Qwilleran aufgelegt hatte, sah er sich nach Noytons Kalender um. Er entdeckte ihn in einer Schreibtischschublade – ein großes, ledergebundenes Buch, das auf der einen Seite einen Terminkalender und auf der anderen ein Telefonverzeichnis enthielt. Die Baseballkarten waren mit Büroklammern an den 26. September geheftet – Tribünensitze hinter dem kleinen Unterstand – und Qwilleran überlegte, ob er selbst hingehen oder sie verschenken sollte. Er könnte Alacoque Wright zu dem Spiel einladen, sich am Samstag mittag freimachen ...

»Koko!« schrie er. »Geh weg von dem Buch!«

Der Kater war lautlos auf den Schreibtisch gesprungen und schlug seine Krallen in das Telefonverzeichnis. Er wollte das Spiel spielen. Qwillerans Schnurrbart zuckte. Er konnte nicht widerstehen, er mußte das Telefonverzeichnis bei der Seite aufschlagen, die Koko bezeichnet hatte.

Darauf fand er die Telefonnummern von einem Dr. Thomas und der bekannten Anwaltskanzlei Teahandle, Burris, Hansblow, Maus & Castle.

»Herzlichen Glückwunsch!« sagte Qwilleran zum Kater. »Du hast eine Maus erwischt.«

Weiter gab es einen Tappington – ein Börsenmakler – und die

Nummer des Toledo, des teuersten Restaurants in der Stadt. Und am Ende der Seite stand der Name Tait. Nicht George Tait oder Verning Tait, sondern Signe Tait.

Qwilleran starrte auf den hastig hingekritzelten Namen, als wäre er der Geist der toten Frau. Warum hatte Noyton Signe, nicht aber ihren Mann eingetragen? Was hatte ein großes Tier in der Geschäftswelt mit der kranken Frau eines reichen, müßigen Jadesammlers zu tun?

Qwilleran dachte an seine Unterhaltung mit Noyton auf Davids Party. Es war zwar über den Jadediebstahl gesprochen worden, doch Noyton hatte mit keinem Wort erwähnt, daß er die verstorbene Mrs. Tait gekannt hatte. Und doch war er ein Mensch, der ständig ungeniert prominente Namen einflocht, und Tait wäre gewiß ein eindrucksvoller Name gewesen.

Langsam klappte Qwilleran das Buch zu, um es dann rasch wieder zu öffnen. Er überflog den Terminkalender und kontrollierte Noytons Termine, Tag für Tag. Er begann mit dem 20. September und arbeitete sich bis zum 1. Januar zurück. Er fand keine Eintragung, die auf Signe Tait oder Muggy Swamp lautete. Doch um den ersten September herum änderte sich die Farbe der Tinte. Den Großteil des Jahres war sie blau gewesen. Dann war Noyton zu schwarz übergegangen. Signe Taits Telefonnummer war mit schwarzer Tinte geschrieben; sie war im Laufe der letzten drei Wochen eingetragen worden.

Kapitel neun

Bevor er zu seiner Verabredung mit Alacoque Wright ging, rief Qwilleran David Lyke an, um zu fragen, wie Mrs. Taits Begräbnis gewesen war.

»Sie hätten dabeisein sollen« sagte der Innenausstatter. »Geradezu ein Meer von blauem Blut. Die ganze alte Garde, die noch Taits Vater und Großvater gekannt hat. Ich habe noch nie so viele Kneifer und Queen-Mary-Hüte gesehen.«

»Wie hat es Tait getragen?«

»Ich wünschte, ich könnte sagen, er hat bleich und abgehärmt gewirkt, aber mit seinem rosigen Gesicht sieht er immer aus, als hätte er gerade ein Tennismatch gewonnen. Warum waren Sie nicht dabei?«

»Ich habe an einer Titelgeschichte gearbeitet. Und heute nachmittag bin ich in Harry Noytons Wohnung eingezogen.«

»Gut! Dann sind wir jetzt Nachbarn«, sagte David. »Wollen Sie nicht am Samstagabend herüberkommen und Natalie Noyton kennenlernen? Sie ist gerade aus Reno zurückgekommen, und ich habe ein paar Leute auf einen Drink eingeladen.«

Qwilleran dachte an das ausgezeichnete Buffet bei der letzten Party des Innenausstatters und nahm die Einladung sehr bereitwillig an. Danach bereitete er Koko ein schnelles Abendessen – eine halbe Dose Lachs, mit einem rohen Eidotter garniert – und sagte: »Sei ein braver Kater. Ich komme heute spät heim und werde dir dann noch einen Imbiß geben.«

Genau um sechs Uhr traf er Alacoque Wright unter der Rathausuhr; sie war so pünktlich, wie man das nur von einer an Präzision gewöhnten Architektin erwarten konnte. Ihre Kleidung war eine seltsame Mischung; sie bestand aus einem grünen Rock, einer türkisen Bluse und einem blauen Cape aus einem Stoff, der Qwilleran an die Speisezimmerstühle seiner frühen Jugend erinnerte.

»Das habe ich selbst genäht – aus Mustern für Möbelstoffe«, sagte sie und blickte ihn unter der Fülle ihrer glänzenden braunen Haare an, die ihren Kopf, die Schultern und einen Großteil ihres Gesichtes bedeckten.

Er ging mit ihr in den Presseclub abendessen, wobei ihm wohl bewußt war, daß er von allen Stammgästen in der Bar beobachtet wurde und am nächsten Tag über seinen Geschmack in puncto Frauen würde Rechenschaft ablegen müssen. Dennoch, es mußte der Presseclub sein. Dort hatte er Kredit; Zahltag war erst am Freitag. Er führte seine Begleiterin – sie bot ihm an, sie Cokey zu nennen – in den großen Speisesaal im ersten Stock, wo es ruhiger war und die Brötchen mit Mohn bestreut waren.

»Einen Cocktail?« schlug Qwilleran vor. »Ich selbst trinke keinen Alkohol, aber ich leiste Ihnen gern mit einem Selterswasser mit Zitrone Gesellschaft.«

Das schien Cokey brennend zu interessieren. »Warum trinken Sie nicht?«

»Das ist eine lange Geschichte, und je weniger Worte man darüber verliert, desto besser.« Er legte ein Streichholzheftchen unter ein Tischbein; alle Tische im Presseclub wackelten.

»Ich selbst bin auf dem Yoga-Trip«, sagte sie. »Keinen Alkohol. Kein Fleisch. Aber ich mixe uns einen vollkommen natürlichen Cocktail, wenn Sie die Zutaten und zwei Champagnergläser bestellen.«

Als das Tablett mit den gewünschten Sachen serviert wurde, goß sie in jedes Glas etwas Sahne, füllte es mit Ginger Ale auf und holte dann ein kleines hölzernes Gerät aus ihrer Handtasche.

»Ich habe immer Muskatnuß bei mir, damit ich sie frisch reiben kann«, sagte sie und bestäubte die Oberfläche der Getränke mit dem braunen Gewürz. »Muskatnuß wirkt stimulierend. Die Deutschen würzen alles damit.«

Vorsichtig trank Qwilleran einen Schluck. Der Drink hatte Biß. Er war wie Cokey – kühl und an der Oberfläche glatt, doch mit einer unerwarteten Schärfe. »Was hat Sie dazu bewogen, Architektin zu werden?« fragte er.

»Es ist Ihnen vielleicht noch nicht aufgefallen«, sagte Cokey, »aber es gibt mehr Architekten, die Wright heißen, als Richter namens Murphy. Das Reißbrett scheint eine unwiderstehliche Anziehungskraft auf uns auszuüben. Aber der Name bringt einem nichts.« Sie strich sich liebevoll über das lange Haar. »Vielleicht muß ich den Kampf aufgeben und mir einen Ehemann suchen.«

»Das dürfte nicht so schwer sein.«

»Es freut mich, daß Sie so zuversichtlich sind.« Sie machte ein entschlossenes Gesicht und rieb noch etwas Muskatnuß auf ihren Cocktail. »Sagen Sie mir – was halten Sie nach zwei Wochen im Samtdschungel von den Innenausstattern?«

»Sie scheinen sympathische Menschen zu sein.«

»Sie sind Kinder! In ihrer Welt ist alles nur Spiel.« Ein Schatten flog über Cokeys Gesicht – über den schmalen Streifen, der sichtbar war. »Und genau wie Kinder können sie grausam sein.« Sie betrachtete eingehend die Muskatnußflöckchen, die an der Innenseite ihres leeren Glases klebten und leckte es – wie eine Katze – mit ihrer rosa Zunge sauber.

Ein Mann ging an ihrem Tisch vorbei und rief: »Hallo, Cokey.«

Abrupt blickte sie auf. »Na so was, hallo!« sagte sie mit einem bedeutungsvollen Unterton.

»Sie kennen ihn?« fragte Qwilleran überrascht.

»Wir haben uns schon mal gesehen«, sagte Cokey. »Langsam bekomme ich Hunger. Können wir bestellen?«

Sie las die Speisekarte durch und entschied sich für Bachforelle mit viel Petersilie und einen kleinen Salat. Qwilleran verglich ihre gertenschlanke Figur mit seiner wohlgepolsterten Taille und bestellte schlechten Gewissens Bohnensuppe, ein kräftiges Steak und eine gebackene Kartoffel mit Sauerrahm.

»Sind Sie geschieden?« fragte Cokey plötzlich.

Qwilleran nickte.

»Das ist cool. Wo wohnen Sie?«

»Ich bin heute in die Villa Verandah eingezogen.« Er wartete, bis sie große Augen machte, und fügte dann in einer Anwandlung von Ehrlichkeit hinzu: »Die Wohnung gehört einem Freund, der ins Ausland gefahren ist.«

»Leben Sie gern allein?«

»Ich lebe nicht allein«, sagte Qwilleran. »Ich habe einen Kater. Einen Siamkater.«

»Ich liebe Katzen«, rief Cokey. »Wie heißt Ihr Kater?«

Qwilleran strahlte sie an. Leute, die Tiere wirklich liebten, fragten immer nach ihren Namen. »Sein richtiger Name ist Kao K'o-Kung, aber für den Alltagsgebrauch wird er Koko genannt. Ich habe immer gedacht, ich sei ein Hundemensch, bis ich Koko kennenlernte. Er ist ein bemerkenswertes Tier. Sie erinnern sich vielleicht noch an den Mord am Blenheim Place im vergangenen Frühjahr. Koko ist der Kater, der darin verwickelt war, und wenn ich Ihnen ein paar von seinen intellektuellen Meisterleistungen schildern würde, würden Sie mir nicht glauben.«

»Oh, bei Katzen würde ich alles glauben. Sie sind rätselhaft.«

»Manchmal bin ich überzeugt, daß Koko spürt, was passieren wird.«

»Das stimmt! Katzen nehmen mit ihren Schnurrhaaren Schwingungen auf.«

»Das habe ich auch gehört«, sagte Qwilleran und striegelte gedankenverloren seinen Schnurrbart. »Koko macht immer den Eindruck, als wüßte er mehr als ich, und er hat raffinierte Methoden, sich zu verständigen. Nicht, daß er irgend etwas Unkatzenhaftes täte, wissen Sie. Aber irgendwie schafft er es, mir seine Gedanken zu übermitteln ... Ich erkläre das nicht sehr gut.«

»Ich weiß genau, was Sie meinen.«

Froh und dankbar sah Qwilleran Cokey an. Das waren Dinge, über die er mit seinen Freunden beim *Fluxion* nicht reden konnte. Die kannten nur Beagles und Boxerhunde - wie konnten sie da etwas von Katzen verstehen? In diesem einen Punkt fühlte er sich irgendwie einsam. Doch Cokey verstand ihn. Ihre spitzbübischen grünen Augen hatten einen sanften, verständnisinnigen Ausdruck angenommen.

Er griff über den Tisch und nahm ihre Hand – die schlanke, spitz zulaufende Hand, die mit dem Mohn auf dem Tischtuch spielte. Er sagte: »Haben Sie schon mal von einer Katze gehört, die Spinnweben frißt – oder Klebstoff? Koko leckt seit einiger Zeit gummierte Kuverts ab. Einmal hat er Briefmarken im Wert von einem Dollar abgeleckt.«

»Ich hatte mal eine Katze, die Seifenschaum trank«, sagte Cokey. »Katzen sind Individualisten. Kratzt Koko an Möbeln? Es war großzügig von Ihrem Freund, Sie mit einer Katze in die Wohnung einziehen zu lassen.«

»Das einzige, woran Koko kratzt, ist ein dickes altes Wörterbuch«, sagte Qwilleran mit leisem Stolz.

»Wie gebildet!«

»Das Wörterbuch ist nicht wirklich *alt*«, erklärte er. »Es ist die neue Ausgabe. Der Mann, bei dem Koko früher gelebt hat, hat es für sich selbst gekauft und dann entschieden, daß er die alte Ausgabe vorzog, also gab er die neue dem Kater als Kratzbrett.«

»Ich bewundere Männer, die Katzen bewundern.«

Qwilleran senkte die Stimme und sagte in vertraulichem Tonfall: »Wir haben ein Spiel mit dem Wörterbuch erfunden. Koko trainiert seine Krallen, und ich lerne ein paar neue Worte dazu ... Aber ich würde nicht wollen, daß sich das im Presseclub herumspricht, verstehen Sie?«

Cokey warf ihm einen verschleierten Blick zu. »Ich finde, Sie sind wunderbar«, sagte sie. »Ich würde gerne einmal mit Ihnen spielen.«

Als Qwilleran an jenem Abend nach Hause kam, war es spät, und er war erschöpft. Mädchen wie Cokey machten ihm bewußt, daß er nicht mehr so jung war wie früher.

Er schloß die Wohnungstür auf und tastete nach dem Lichtschalter, als er im finsteren Wohnzimmer zwei rote Funken sah. Sie leuchteten übernatürlich hell. Er hatte sie schon früher gesehen und wußte, was es war, aber sie jagten ihm immer noch einen Schrecken ein.

»Koko!« sagte er. »Bist du das?«

Er knipste das Licht an, und die mysteriösen roten Lichter in Kokos Augen verloschen.

Der Kater kam ihm mit einem Katzenbuckel entgegen, den Schwanz zu einem Fragezeichen gekrümmt, die Schnurrhaare mißbilligend angelegt. Er gab heftige, einsilbige Beschwerdelaute von sich.

»Tut mir leid«, sagte Qwilleran. »Hast du gedacht, ich setze dich hier aus? Du wirst es nicht glauben, aber wir haben einen Spaziergang gemacht – einen langen Spaziergang. Das machen Architektinnen gerne, wenn sie mit einem Mann verabredet sind – lange Spaziergänge, bei denen sie einem Gebäude zeigen. Ich bin total fertig!« Er sank auf einen Sessel und entledigte sich seiner Schuhe, ohne die Schnürsenkel aufzuknüpfen. »Drei Stunden lang haben wir uns Architektur angesehen: unsensible Proportionen, ineffiziente Flächenplanung, banale Fenstergestaltung ...«

Koko stand neben seinem Knie und heulte, und Qwilleran hob den Kater hoch, legte ihn sich über die Schulter und tätschelte ihm den seidigen Rücken. Er konnte spüren, wie die Muskeln unter dem Fell spielten. Koko entwand sich seinem Griff und sprang hinunter.

»Stimmt etwas nicht?« fragte Qwilleran.

»YAU-AU!« machte Koko.

Er lief zu der spanischen Truhe, in der die Stereoanlage stand. Es handelte sich dabei um ein mit Schnitzereien verziertes Möbelstück aus massivem Holz, das auf vier kugelförmigen Beinen dicht über dem Boden stand. Koko ließ sich davor hinfallen, streckte eine Vorderpfote aus und versuchte vergeblich, unter die Truhe zu fassen, wobei sich sein Schwanz anspannte und die Form eines Krummsäbels annahm.

Qwilleran stöhnte erschöpft auf. Er wußte, daß der Kater seine selbstgemachte Maus verloren hatte – ein Sträußchen getrockneter Minzeblätter, die in den Vorderteil einer alten Socke eingenäht waren. Er wußte auch, daß er nicht eher zum Schlafen kommen würde, bis die Maus wieder da war. Er sah sich nach irgend etwas um, mit dem man unter die Truhe fahren konnte. Ein Besenstiel? Im Küchenschrank war kein Besen; offenbar verwendeten die Putzfrauen ihre eigenen Utensilien. Ein Schürhaken? Kamine gab es in der Villa Verandah nicht ... Ein Regenschirm? Wenn Noyton einen besaß, dann hatte er ihn nach Europa mitgenommen ... Eine Angelrute? Ein Golfschläger? Ein Tennisracket? Der Mann schien nichts für Sport übrig zu haben. Ein Rückenkratzer? Ein Schuhlöffel mit einem langen Griff? Eine Klarinette? Eine abgelegte Krücke?

Qwilleran durchsuchte die Wohnung, wobei ihm Koko ständig auf den Fersen war und gebieterisch siamesische Befehle maunzte. Wehmütig dachte er an all die langen, dünnen Geräte, die er verwenden hätte können: einen Ast, eine Fliegenklatsche – eine Kutscherpeitsche.

Schließlich legte er sich selbst flach auf den Boden, faßte unter die niedrige Truhe und holte behutsam einen Penny, einen goldenen Ohrring, einen Olivenkern, ein zerknülltes Blatt Papier, etliche Flusenbällchen und schließlich ein wohlbekanntes, unförmiges graues Knäuel hervor.

Koko sprang auf seine Maus, schnüffelte einmal ohne besonderes Interesse daran und versetzte ihr beiläufig einen Schlag mit der Pfote. Sie flog wieder unter die spanische Truhe, und Koko schlenderte davon, um noch einen Schluck Wasser zu trinken, bevor er sich schlafen legte.

Doch Qwilleran blieb noch auf, rauchte seine Pfeife und dachte an viele Dinge: an Cokey und Muskatnußcocktails, an *Elegante Domizile* und Mrs. Middys Spitzenkragen, an Kutscherpeitschen und die Situation in Muggy Swamp. Einmal ging er zum Papierkorb und fischte das zerknüllte Blatt heraus, das er unter der spanischen Truhe hervorgeholt hatte. Es stand nur ein Name darauf: Arne Thorvaldson. Er warf es wieder in den Papierkorb. Den goldenen Ohrring legte er zu den Büroklammern in die Schreibtischschublade.

Kapitel zehn

Am Tag nach dem Begräbnis rief Qwilleran G. Verning Tait an und fragte, ob er vorbeikommen und die Bücher über Jade zurückbringen könne. Er sagte, er gebe geliehene Bücher immer gerne prompt zurück.

Tait willigte ein; seine Stimme war weder kühl noch herzlich, und Qwilleran konnte sich vorstellen, wie sein Mund dabei zuckte.

»Woher haben Sie diese Nummer?« fragte Tait.

Qwilleran fuhr sich rasch mit der Hand über das Gesicht und hoffte, daß er jetzt das Richtige sagte. »Ich glaube, das ist – ja, das muß die Nummer sein, die mir David Lyke gegeben hat.«

»Es hat mich nur interessiert. Das ist eine Geheimnummer.«

Qwilleran legte Noytons Adreßbuch zurück in die Schublade, strich Koko über den Kopf (in der Hoffnung, das möge ihm Glück bringen) und fuhr mit dem Dienstauto nach Muggy Swamp. Es war vielleicht eine verrückte Idee, aber er hoffte, etwas zu sehen oder zu hören, das sein Gefühl bestätigen würde – seine vage Vermutung, daß die Dinge nicht so waren, wie es im Polizeiprotokoll dargestellt wurde.

Er hatte keinen speziellen Plan, wie er vorgehen wollte – nur die Qwilleran-Technik. Er hatte fünfundzwanzig Jahre lang im ganzen Land als Journalist gearbeitet und bei Interviews mit Verbrechern (die als verschwiegen galten), alten Damen (schüchtern), Politikern (vorsichtig) und Cowboys (wortkarg) erstaunliche Erfolge erzielt. Dabei stellte er keine neugierigen Fragen. Er rauchte einfach seine Pfeife, murmelte aufmunternde Phrasen, half ihnen sanft auf die Sprünge und machte ein Gesicht, das teilnahmsvolles Interesse ausdrückte, was durch den ernsten Eindruck, den er mit seinem Schnurrbart erweckte, noch verstärkt wurde.

Tait selbst, wie üblich mit rotem Gesicht und einem anders geschnittenen seidenen Sporthemd, ließ den Journalisten in die imposante Eingangshalle eintreten. Qwilleran warf einen forschenden Blick in Richtung Wohnzimmer, doch die Doppeltür war geschlossen.

Der Sammler bat ihn in die Bibliothek. »Haben Ihnen die Bücher gefallen?« fragte er. »Spüren Sie die Verlockung der Jade? Könnten Sie sich vorstellen, auch zu sammeln?«

»Ich fürchte, das übersteigt zur Zeit meine finanziellen Möglichkeiten«, sagte Qwilleran und fügte eine kleine Lüge hinzu: »Ich habe vorübergehend Harry Noytons Wohnung in der Villa Verandah gemietet, und diese kleine Extravaganz kostet mich mein ganzes Geld.«

Der Name rief kein Zeichen des Erkennens hervor. Tait sagte: »Sie können ganz bescheiden zu sammeln anfangen. Ich kann Ihnen den Namen eines Händlers nennen, der Anfängern gerne hilft. Haben Sie noch Ihren Jadestein?«

»Ich trage ihn die ganze Zeit bei mir!« Qwilleran klimperte mit dem Inhalt seiner Hosentasche. Dann fragte er ernst: »Hat Mrs. Tait Ihre Begeisterung für Jade geteilt?«

Taits Mundwinkel zitterten. »Leider konnte sich Mrs. Tait nicht für die Faszination von Jade erwärmen, doch die Stücke zu sammeln und damit zu arbeiten war mir mehr als fünfzehn Jahre eine Quelle der Freude und des Trostes. Möchten Sie meine Werkstatt sehen?« Er ging voran in den hinteren Teil des Hauses und eine Treppe in den Keller hinunter.

»Das Haus ist sehr weitläufig«, sagte Qwilleran. »Ich kann mir vorstellen, daß eine Gegensprechanlage da praktisch ist.«

»Bitte entschuldigen Sie die Unordnung in meiner Werkstatt«, sagte der Sammler. »Ich habe die Haushälterin entlassen. Ich bereite mich auf meine Abreise vor.«

»Ich nehme an, Sie fahren in das Herkunftsland der Jade«, sagte Qwilleran hoffnungsvoll.

Seine Annahme wurde nicht bestätigt.

Tait sagte: »Haben Sie schon mal eine Steinschleifwerkstatt gesehen? Es ist seltsam, aber wenn ich hier unten in meinem Refugium bin und Jade schneide und poliere, vergesse ich alles andere. Mein kranker Rücken macht mir keine Beschwerden, und ich bin ein glücklicher Mann.« Er reichte dem Journalisten einen kleinen geschnitzten Drachen. »Das ist ein Stück, das die Polizisten hinter Paolos Bett fanden, als sie sein Zimmer durchsuchten. Es ist ein ziemlich einfach gestaltetes Stück. Ich habe versucht, es nachzumachen.«

»Sie müssen sehr verbittert über diesen Jungen sein«, sagte Qwilleran.

Tait wandte den Blick ab. »Verbitterung bringt nichts.«

»Offen gestanden, war es ein Schock für mich, daß er damit zu tun hatte. Ich habe ihn für einen offenen, naiven jungen Mann gehalten.«

»Die Leute sind nicht immer so, wie sie scheinen.«

»Wäre es möglich, daß Paolo von den wahren Drahtziehern des Verbrechens als Werkzeug benutzt wurde?«

»Diese Möglichkeit besteht natürlich, aber das bringt mir meine Jade nicht zurück.«

»Mr. Tait«, sagte Qwilleran, »wenn Sie meine Meinung interessiert – ich habe das sichere Gefühl, daß man die gestohlenen Stücke finden wird.«

»Ich wünschte, ich könnte Ihren Optimismus teilen.« Das Sammler zeigte einen Funken Interesse. »Woher kommt dieses Gefühl?«

»Bei der Zeitung geht ein Gerücht um, daß die Polizei irgendeine Spur hat.« Qwilleran verbreitete nicht zum ersten Mal ein Gerücht über ein Gerücht; und häufig erzielte er damit Resultate.

»Merkwürdig, daß sie sich nicht mit mir in Verbindung gesetzt haben«, sagte Tait. Er führte ihn die Treppe hinauf und zur Eingangstür.

»Vielleicht hätte ich es nicht erwähnen sollen«, sagte Qwilleran. Dann bemerkte er beiläufig: »Ihre Haushälterin – würde die einen vorübergehenden Job annehmen, während Sie weg sind? Ein Freund von mir wird eine Haushälterin brauchen, während seine Frau im Krankenhaus ist, und es ist schwierig, für kurze Zeit eine gute Kraft zu bekommen.«

»Ich bin sicher, daß Mrs. Hawkins Arbeit braucht«, sagte Tait.

»Wann werden Sie sie wieder benötigen?«

»Ich habe nicht vor, sie wieder einzustellen«, sagte Tait. »Ihre Arbeit ist zwar zufriedenstellend, aber sie ist eine schwierige Person.«

»Wenn es Ihnen also nichts ausmacht, dann würde ich meinem Freund gern ihre Telefonnummer geben.«

Tait ging in die Bibliothek und schrieb die Nummer auf ein Blatt Papier. »Ich gebe Ihnen auch den Namen und die Adresse des Jadehändlers in Chicago«, sagte er, »nur für den Fall, daß Sie es sich anders überlegen.«

Als sie am Wohnzimmer vorbeikamen, blickte Qwilleran sehnsüchtig auf die geschlossene Tür. »Hat Paolo beim Öffnen der Vitrinen irgend etwas beschädigt?«

»Nein. Es ist nichts beschädigt worden. Ein schwacher Trost«, sagte Tait traurig, »aber mich tröstet der Gedanke, daß die Jadestücke von jemandem gestohlen wurden, der sie liebt.«

Als Qwilleran aus Muggy Swamp wegfuhr, hatte er das Gefühl, einen Vormittag und sieben Liter zeitungseigenes Benzin vergeudet zu haben. Doch während seines ganzen Besuchs hatte er ein unangenehmes Ziehen auf der Oberlippe verspürt. Er glaubte zu fühlen, daß im Benehmen des Sammlers irgend etwas nicht echt war. Der Mann hätte trauriger – oder wütender – sein sollen. Und dann dieser herzzerreißende Schlußsatz: »Mich tröstet der Gedanke, daß die Jadestücke von jemandem gestohlen wurde, der sie liebt.«

»Oh, Mann!« sagte Qwilleran laut. »Was für ein Schmierenkomödiant!«

Dieser Vormittag als Amateurdetektiv hatte seine Neugier erst richtig geweckt. An seinem nächsten Ziel, so hoffte er, würde er vielleicht ein paar Antworten auf seine Fragen erhalten. Er fuhr zu dem Laden namens PLUG in der River Street. Es war eine unpassende Gegend für ein Innenausstattungs-Atelier. PLUG erweckte zwischen den heruntergekommenen Geschäften, in denen Klempnerersatzteile und gebrauchte Registrierkassen verkauft wurden, einen verschämt-adretten Eindruck.

Die Waren im Schaufenster waren vor einem Wachstuch mit einem rosa Kätzchenmuster ansprechend arrangiert. Es gab eine Vase mit Straußenfedern, mit phosphoreszierenden Farben bemalte Betonbrocken und Schüsseln mit paillettenbesetzten Eiern. Die Preisschilder waren klein, aber fein, wie es sich für ein exklusives Geschäft gehörte: fünf Dollar pro Ei, fünfzehn Dollar für einen Betonbrocken.

Qwilleran ging in den Laden (der Türgriff war eine vergoldete Nachbildung der Freiheitsstatue), und sein Eintreten wurde von einer Glocke verkündet, die den Refrain von ›Trink, trink, Brüderlein, trink‹ spielte. Auf der Stelle kam hinter einem Wandschirm aus alten *Reader's-Digest*-Umschlagseiten der liebenswürdige Besitzer, Bob Orax, hervor, der zwischen den geschmacklosen Waren penibler denn je wirkte. Es gab unter Glas gepreßte Papierblumen, mit Zigarrenschleifen verzierte Tabletts und Leuchter aus Ochsenhörnern, die auf gehäkelten Zierdecken standen. Eine ganze Wand war mit einem Mosaik aus Kronenkorken bedeckt. Die anderen Wände waren mit Supermarktreklamen und mit goldgerahmten Verpackungen von Schokoriegeln auf rotem Samt geschmückt.

»Das ist also Ihr Laden!« sagte Qwilleran. »Wer kauft dieses Zeug?«

»›Geplante Häßlichkeit‹ spricht Leute an, die von der Schönheit gelangweilt sind, die vom guten Geschmack die Nase voll haben und denen die Funktionalität zum Hals heraushängt«, sagte Orax lebhaft. »Die Leute halten zuviel Schönheit nicht aus. Sie ist wider die menschliche Natur. Diese neue Bewegung ist eine Revolte des kultivierten Intellektuellen. Der konventionelle Mittelklassekunde lehnt sie ab.«

»Entwerfen Sie rund um dieses Thema Wohnungseinrichtungen?«

»Aber selbstverständlich! Ich habe gerade für einen Klienten ein Frühstückszimmer in einer Mischung aus überladenem Wirtschaftskrisenstil und modernem Versandhausstil eingerichtet. Sehr wirkungsvoll. Eine Wand habe ich mit Wellblech von einem alten Werkzeugschuppen verkleidet, samt dem Original-Rost. Das ganze ist in Zimt und Pastinak mit ein paar Tupfen Dillkraut gehalten.«

Qwilleran sah sich Aschenbecher aus Rattenfallen an, die ausgestellt waren.

»Das sind so kleine Boutiqueartikel für den impulsiven Käufer«, sagte Orax und fügte mit einem schelmischen Lächeln hinzu: »Ich hoffe, Sie wissen, daß ich gefühlsmäßig in diesen Trend nicht involviert bin. Man muß zwar bis zu einem gewissen Grad ein Kenner sein, aber ich mache es in erster Linie, um Kies zu verdienen, wenn ich Shakespeare zitieren darf.« Qwilleran sah sich noch ein Weilchen um und sagte dann: »Das war eine gelungene Party am Montagabend bei David. Ich habe gehört, er gibt am Samstag wieder eine – für Mrs. Noyton.«

»Ich werde nicht daran teilnehmen«, sagte Orax bedauernd. »Mutter gibt eine Dinnerparty, und wenn ich nicht dabei bin, um gute, steife Drinks für die Gäste zu mixen, werden ihre Freunde merken, wie grauenhaft sie in Wirklichkeit kocht! Mutter wurde der Kochlöffel nicht in die Wiege gelegt ... Aber Natalie Noyton wird Ihnen gefallen. Sie hat den Reiz eines zuckersüßen Eisbrechers; so süß, daß einem leicht schlecht werden kann.«

Qwilleran spielte mit einem rosa Plastikflamingo, der aufleuchtete. »Waren die Noytons und die Taits näher befreundet?« fragte er.

Orax reagierte amüsiert. »Ich bezweifle, daß sie sich in denselben gesellschaftlichen Kreisen bewegten.«

»Oh«, sagte Qwilleran mit unschuldiger Miene. »Ich meine gehört zu haben, daß Harry Noyton Mrs. Tait gekannt hat.«

»Wirklich?« Die oraxschen Augenbrauen schnellten in die Höhe. »Ein unvorstellbares Paar! Georgie Tait und Natalie – das wäre nachvollziehbar. Mutter sagt, Georgie war mal ein rechter Schürzenjäger.« Er sah, daß Qwilleran ein paar Chromschüsseln inspizierte. »Das sind Radkappen, Baujahr 1959, zur Zeit sehr gefragt für Salate und Blumenarrangements.«

»Seit wann war Mrs. Tait denn schon an den Rollstuhl gefesselt?«

»Mutter sagt, es ist nach dem Skandal passiert, und der muß vor sechzehn oder achtzehn Jahren gewesen sein. Ich war damals in Princeton, aber soviel ich weiß, hat er ziemlich viel Staub aufgewirbelt, und Siggy wurde auf der Stelle von dieser Unpäßlichkeit befallen.«

Qwilleran klopfte auf seinen alarmierten Schnurrbart und räusperte sich. Dann sagte er: »Skandal? Was für ein Skandal?«

Die Augen des Innenausstatters glitzerten. »Ach, das *wußten* Sie nicht? Das war eine schlüpfrige Geschichte! Sie sollten sie in Ihrem Archiv nachlesen. Ich bin sicher, der *Fluxion* besitzt einen umfangreichen Ordner darüber.« Er nahm einen Federmop und fuhr damit über ein Tablett mit winzigen Objekten. »Das sind Figuren aus Popcorn-Packungen, zirka 1930«, sagte er. »Aus echtem Zinn, und wahre Sammlerstücke. Meine sachverständigen Kunden kaufen sie als Geldanlage.«

Qwilleran sauste zurück zum *Daily Fluxion* und fragte die Archivarin nach dem Ordner über die Familie Tait.

Wortlos verschwand sie zwischen den grauen, kopfhohen Aktenschränken, wobei sie ein Tempo an den Tag legte wie eine Schlafwandlerin. Sie kam mit leeren Händen zurück. »Er ist nicht da.«

»Hat ihn jemand entliehen?«

»Ich weiß nicht.«

»Würde es Ihnen etwas ausmachen, in dem Buch, oder wo immer Sie diese Eintragungen machen, nachzusehen und mir zu sagen, wer die Entleihung quittiert hat?« fragte Qwilleran ungeduldig.

Die Frau schlenderte davon und kam gähnend zurück. »Es hat niemand quittiert.«

»Wo ist er dann?« schrie er. »Über eine wichtige Familie wie die Taits müssen Sie doch einen Ordner haben!«

Eine andere Archivkraft stellte sich auf die Zehenspitzen und rief über ein paar Regalreihen herüber: »Sprechen Sie von G. Verning Tait? Da haben wir einen dicken Ordner. Ein Mann von der Polizei war hier und hat ihn sich angesehen. Er wollte ihn in die Polizeidirektion mitnehmen, aber wir haben ihm gesagt, er dürfe ihn nicht aus dem Haus entfernen.«

»Er muß ihn heimlich mitgenommen haben«, sagte Qwilleran. »Es gibt Polizisten, die tun so etwas ... wo ist Ihr Chef?«

Die erste Archivarin sagte: »Heute ist sein freier Tag.«

»Nun, dann sagen Sie ihm, er soll die Polizeidirektion kontaktieren und zusehen, daß der Ordner hierher zurückkommt. Können Sie sich das merken?«

»Was merken?«

»Vergessen Sie es. Ich schicke ihm eine schriftliche Mitteilung.«

Kapitel elf

Am Samstagnachmittag ging Qwilleran mit Alacoque Wright auf den Baseballplatz und hörte sich ihre Ansichten über Baseball an.

»Natürlich«, sagte sie, »liegt der grundsätzliche Reiz darin, daß Baseball ein erotisches Spiel ist. Der ganze Symbolismus und diese sinnlichen Bewegungen!«

Sie trug etwas, das sie aus einer Bettdecke genäht hatte. »Mrs. Middy hat sie als Spezialanfertigung für ein extra großes Bett bestellt«, erklärte sie, »und geliefert wurde sie für ein mittelgroßes Bett. Also habe ich sie zu einem Kostüm umgearbeitet.«

Ihre umgearbeitete Bettdecke war aus grünem Cordsamt mit unregelmäßigen Plüschtupfen, die aussahen wie Reihen marschierender Raupen.

»Sehr geschmackvoll«, sagte Qwilleran.

Cokey warf ihre Haarmähne zurück. »Es soll nicht geschmackvoll wirken. Es soll sexy wirken.«

Nach dem Abendessen (Cokey aß Krabbenbeine und ein paar gedünstete Pflaumen; Qwilleran hatte sich ein volles Menü bestellt) sagte der Journalist: »Wir sind heute abend zu einer Party eingeladen, und ich werde etwas sehr Waghalsiges tun. Ich werde Sie mitnehmen und einem jungen Mann vorstellen, der offenbar für alle Frauen – ob alt oder jung, groß oder klein, dick oder dünn – unwiderstehlich ist.«

»Keine Angst«, sagte Cokey und drückte fröhlich seine Hand. »Ich ziehe ältere Männer vor.«

»*Soviel* älter bin ich nun auch wieder nicht.«

»Aber Sie sind so reif. Das ist für einen Menschen wie mich wichtig.«

Sie nahmen sich ein Taxi und fuhren händchenhaltend in die Villa Verandah. An der Eingangstür wurden sie von dem Türsteher überschwenglich begrüßt – Qwilleran hatte ihm in weiser Voraussicht am Nachmittag ein Trinkgeld gegeben. Gemessen an den Maßstäben der Villa Verandah war es kein üppiges Trinkgeld, aber der Dollar brachte ihm die entsprechende Aufmerksamkeit eines Mannes ein, der wie ein preußischer General aus dem neunzehnten Jahrhundert gekleidet war.

Sie betraten die hohe Eingangshalle – wohin das Auge blickte, nichts als weißer Marmor, Glas und Edelstahl –, und Cokey nickte beifällig. Sie war plötzlich still geworden. Als sie allein in dem automatischen Aufzug hinauffuhren, drückte Qwilleran sie kurz ganz fest an sich. Davids Wohnungstür wurde von einem Asiaten in einer weißen Jacke geöffnet; als er Qwilleran sah, leuchtete sein Gesicht kurz auf – er erkannte ihn. Niemand vergaß je den Schnurrbart des Journalisten. Dann stürzte der Gastgeber herbei und versprühte Charme, und Cokey schob ihre Hand unter Qwillerans Arm. Er spürte, wie sich ihr Griff verstärkte, als Lyke sie bei der Vorstellung mit seiner sonoren Stimme und den schweren Augenlidern begrüßte.

Die Wohnung war voller Gäste – Kunden von David, die über ihren Analytiker plauderten, und Innenausstatter, die sich über die spanische Ausstellung im Museum und das neue Restaurant in Greektown unterhielten.

»Sie haben eine Isabellina *vargueno* aus dem 17. Jahrhundert ausgestellt, die einfach phantastisch ist.«

»Das Restaurant wird Sie an dieses kleine Lokal in Athen erinnern, das in der Nähe der Akropolis. Sie wissen schon, welches.«

Qwilleran führte Cokey zum Buffet. »Wenn ich mit Innenausstattern zusammen bin«, sagte er, »komme ich mir vor wie im Märchenland. Sie reden nie über etwas Ernstes oder Unangenehmes.«

»Innenausstatter kennen nur zwei Sorgen: ausgelaufene

Muster und verzögerte Lieferungen«, sagte Cokey. »Sie haben keine echten Probleme.« Sie kräuselte verächtlich die Lippen.

»Eine solche Mißbilligung kann nicht rein beruflicher Natur sein. Ich vermute, Sie sind einmal von einem Innenausstatter sitzengelassen worden.«

»Oder zweimal.« Befangen strich sie sich über das lange, glatte Haar. »Kosten Sie mal diese kleinen Dinger mit dem Krabbenfleisch. Da ist eine Menge Pfeffer drin.«

Obwohl Qwilleran erst kurz zuvor zu Abend gegessen hatte, bereitete es ihm keine Schwierigkeiten, den Hummersalat, die knusprigen braunen Knoblauch-Kartoffelklößchen, die mit Ingwer gewürzten Rindfleischstreifen auf Bambusspießchen und das warme, mit Schinken gefüllte Maisbrot zu probieren. Er fühlte sich ausgesprochen wohl. Er sah Cokey an und war zufrieden. Er mochte ihre Art, das herausfordernde Gesicht, das unter dem Haarvorhang hervorspähte und die jugendliche Anmut ihrer Figur.

Dann blickte er über ihre Schulter ins Wohnzimmer, und plötzlich wirkte Cokey farblos. Natalie Noyton war gekommen.

Harry Noytons Ex-Frau war rundum mollig, mit Ausnahme einer unverhältnismäßig schmalen Taille und zierlichen Knöcheln. Ihr Gesicht war hübsch, wie ein Pfirsich, und sie hatte pfirsichfarbene Haare, die sich wie Zuckerwatte um ihren Kopf bauschten.

Einer der Innenausstatter sagte: »Wie hat es dir im Wilden Westen gefallen, Natalie?«

»Ich habe nicht darauf geachtet«, antwortete sie mit einer dünnen, schrillen Stimme. »Ich war die ganze Zeit in einer Pension in Reno und habe an meinem Teppich gearbeitet. Ich habe einen dieser zotteligen dänischen Vorleger geknüpft. Möchte jemand einen handgeknüpften Vorleger in Kakao und Selleriegrün kaufen?«

»Du hast zugenommen, Natalie.«

»Uuh, und wie! Ich habe nichts anderes getan, als an meinem Teppich zu arbeiten und Erdnußbutter zu essen. Ich liebe knusprige Erdnußbutter.«

Natalie trug ein Kleid, das zu ihren Haaren paßte – ein Sackkleid aus locker gewebter Wolle mit glitzernden Goldfäden. Über die Schultern hatte sie sich eine dazupassende Stola mit langen, gekräuselten Fransen gelegt.

Cokey, die Natalie heimlich musterte, sagte zu Qwilleran: »Diesen Stoff muß sie selbst entworfen haben, zwischen den Erdnußbutter-Sandwiches. Ohne die Metallfäden wäre er besser geworden.«

»Wie würde eine Architektin diese Farbe nennen?« fragte er.

»Ich würde sagen, es ist ein Gelb-Rosa von niedriger Leuchtkraft und mittlerem Glanz.«

»Ein Innenausstatter würde es Karottencreme nennen«, sagte er, »oder Süßkartoffelsoufflé.«

Nachdem Natalie von den Leuten, die sie kannten, begrüßt, geneckt, umschmeichelt und beglückwünscht worden war, kam Lyke mit ihr zu Qwilleran und Cokey und stellte sie vor. Er sagte: »Der *Daily Fluxion* möchte vielleicht dein Haus in den Hills fotografieren. Was meinst du?«

»Möchtest *du*, daß es fotografiert wird, David?«

»Es ist dein Haus, Liebling. Das mußt du entscheiden.«

Natalie sagte zu Qwilleran: »Sobald ich ein Atelier gefunden habe, ziehe ich aus. Und dann wird mein Mann – mein Ex-Mann – das Haus verkaufen.«

»Ich habe gehört, es soll beeindruckend sein«, sagte der Journalist.

»Es ist phantastisch! Einfach phantastisch! David hat wirklich Talent.« Schmachtend sah sie den Innenausstatter an.

Lyke erklärte: »Ich habe ein paar Fehler korrigiert, die der Architekt gemacht hat, und ein Detail an den Fenstern geändert, damit wir Draperien aufhängen konnten. Natalie hat die Draperien selbst gewebt. Sie sind wahre Kunstwerke.«

»Also, hör mal, mein Schatz«, sagte Natalie, »wenn es dir etwas nützt, lassen wir das Haus in der Zeitung bringen.«

»Was hältst du davon, wenn wir Mr. Qwilleran es einmal anschauen lassen?«

»Okay«, sagte sie. »Wie wär's mit Montag vormittag? Am Nachmittag habe ich einen Termin beim Friseur.«

Qwilleran sagte: »Haben Sie Ihre Webstühle im Haus?«

»Uuh, ja! Ich habe zwei große Webstühle und einen kleinen. Ich bin ganz versessen aufs Weben. David, mein Schatz, zeig ihnen das Sportjackett, das ich für dich gewebt habe.«

Lyke zögerte kurz. »Liebling, das ist in der Reinigung«, sagte er. Später meinte er zu Qwilleran: »Ich kaufe ihr ab und zu aus reiner Freundschaft etwas ab, allerdings läßt ihre Arbeit sehr zu wünschen übrig. Sie ist eine reine Amateurin und hat weder Geschmack noch Talent, also schreiben Sie nicht zuviel über das Weben, wenn Sie etwas über das Haus veröffentlichen.«

Der Abend verlief nach dem für Lyke üblichen Muster: Es gab ein hervorragendes Buffet, jede Menge zu trinken, Tanzmusik, die eine Spur zu laut war, und zehn verschiedene Unterhaltungen, die gleichzeitig abliefen. Es war alles da, was eine gute Party ausmachte, doch Qwilleran merkte, daß ihn David Lykes letzte Bemerkung beunruhigte. Bei der ersten Gelegenheit forderte er Natalie zum Tanzen auf und sagte: »Ich habe gehört, Sie wollen das Weben zu Ihrem Beruf machen.«

»Ja, ich werde Auftragsarbeiten für Innenausstatter machen«, sagte sie mit ihrer hohen Stimme, die verletzlich und mitleiderregend klang. »David ist begeistert von meiner Arbeit. Er sagt, er wird mir viele Aufträge zukommen lassen.«

Sie war appetitlich gerundet, und das glitzernde Wollkleid, das sie trug, war wunderbar weich, abgesehen von den kratzenden Stellen, an denen das Material von Goldfäden durchzogen war.

Sie plapperte beim Tanzen weiter, und Qwillerans Gedanken wanderten. Wenn diese Frau ihre Karriere auf Davids Unterstützung aufbaute, dann stand ihr eine Überraschung bevor. Natalie sagte, daß sie ein Atelier suche, daß sie einen Cousin habe, der Journalist war, daß sie geräucherte Austern liebe und daß die Balkone in der Villa Verandah zu windig seien. Qwilleran sagte, daß er hier gerade erst eine Wohnung bezogen habe, erwähnte aber nicht, welche. Er überlegte laut, ob er wohl vom Buffet ein paar Häppchen für seinen Kater stibitzen konnte.

»Uuh, Sie haben einen Kater?« quiekte Natalie. »Mag er Hummer?«

»Er mag alles, was teuer ist. Ich glaube, er liest die Preisetiketten.«

»Warum holen Sie ihn nicht her? Wir geben ihm etwas vom Hummer.«

Qwilleran bezweifelte, daß Koko die lauten Menschen mögen würde, doch er führte sein schönes Haustier gerne vor, also ging er ihn holen. Der Kater lag im Halbschlaf auf dem Kissen auf dem Kühlschrank. Er war ein Bild der Entspannung, wie er vollkommen gelöst, ein Vorderbein in die Luft gestreckt, das andere um seine Ohren gelegt, auf dem Rücken lag. Er sah Qwilleran aus dieser verdrehten Position an; seine rosa Zunge ragte einen Zentimeter weit aus dem Mund, und in seinen halbgeschlossenen Schlitzaugen lag ein irres Glitzern.

»Steh auf«, sagte Qwilleran, »und führ dich nicht auf wie ein Idiot. Du gehst jetzt zu einer Soiree.«

Als Koko – auf Qwillerans Schulter sitzend – bei der Party ankam, hatte er seine Würde zurückgewonnen. Bei seinem Eintritt schwoll der Lärm merklich an und setzte dann vollkommen aus. Koko betrachtete die Szene mit königlicher Herablassung, wie ein Potentat, der seine Untertanen mit seiner Anwesenheit beehrt. Er zuckte mit keiner Wimper und keinem Schurrhaar. Seine braunen Abzeichen bildeten einen so kunstvollen Kontrast zu seinem hellen Körper, die Farben seines Fells waren so fein nuanciert und seine saphirfarbenen Augen von so schlichter Eleganz, daß David Lykes Gäste daneben übertrieben aufgeputzt wirkten.

Dann unterbrach der erste Ausruf das Schweigen, und alle strömten herbei, um das seidige Fell zu streicheln.

»Na so was, das fühlt sich ja an wie Hermelin!«

»Ich werde meinen Nerz rauswerfen.«

Koko duldete die Aufmerksamkeit, die ihm zuteil wurde, blieb aber reserviert, bis Natalie ihn ansprach. Da reckte er den Hals und schnupperte an ihrem ausgestreckten Finger.

»Darf ich ihn einmal halten?« fragte sie, und zu Qwillerans Überraschung ließ sich Koko gerne von ihr in die Arme nehmen, kuschelte sich in ihre wollene Stola, schnüffelte ernst und konzentriert daran und schnurrte hörbar.

Cokey zog Qwilleran beiseite. »Es macht mich so wütend«, sagte sie, »wenn ich daran denke, was ich alles auf mich nehme, um dünn zu bleiben, meine Haare glatt zu bekommen und gute Konversation zu machen! Und dann kommt *sie* daher, mit ihrem Krauskopf und dreißig Pfund Übergewicht, und plappert nur Unsinn, und alle sind von ihr begeistert, einschließlich der Katze!«

Qwilleran empfand tiefes Mitgefühl für Cokey, und noch etwas anderes. »Ich sollte Koko nicht allzulange hier lassen, unter all den fremden Menschen«, sagte er. »Das könnte sich auf seinen Magen schlagen. Bringen wir ihn zurück auf 15-F. Dann könnten Sie sich auch gleich meine Wohnung ansehen.«

»Ich habe meine Muskatnußreibe dabei«, sagte sie. »Haben Sie vielleicht zufällig Sahne und Ginger Ale?«

Qwilleran nahm Koko von Natalies Stola herunter und führte Cokey über den langen, gekrümmten Korridor in den anderen Teil des Hauses.

Als er seine Wohnungstür aufstieß, blieb Cokey einen atemlosen Augenblick lang auf der Schwelle stehen und lief dann mit weit ausgestreckten Armen ins Wohnzimmer. »Sie ist wunderschön!« rief sie.

»Harry Noyton nennt den Stil ›pseudoskandinavisch‹.«

»Der grüne Ohrensessel ist dänisch, und der Holzfußboden ebenfalls«, sagte Cokey, »und die Speisezimmertische sind finnisch. Aber die ganze Wohnung ist wie eine Hommage an berühmte Designer: Bertoia, Wegner, Aalto, Mies, Nakashima! Es ist einfach zu überwältigend! Ich kann es kaum fassen!« Sie ließ sich auf das Wildledersofa fallen und schlug die Hände vors Gesicht.

Qwilleran brachte Champagnergläser mit einer cremigen Flüssigkeit, und Cokey rieb feierlich Muskatnuß auf die schäumende Oberfläche.

»Auf Cokey, mein Lieblingsmädchen«, sagte er und hob sein Glas. »Dünn mit glatten Haaren und guter Ausdrucksfähigkeit!«

»Jetzt geht es mir besser«, sagte sie, schleuderte die Schuhe von den Füßen und vergrub ihre Zehen in dem zotteligen Flor des Teppichs.

Qwilleran zündete sich seine Pfeife an und zeigte ihr die letzte Ausgabe von *Elegante Domizile,* auf deren Titelblatt das Allison-Wohnzimmer abgebildet war. Sie sprachen über die faszinierenden Rot- und Rosatöne, die dralle Gallionsfigur und das Für und Wider von Himmelbetten mit Vorhängen an den Seiten.

Koko saß auf dem Couchtisch; er drehte ihnen den Rücken zu und ignorierte demonstrativ ihre Unterhaltung. Seine am Ende nach oben gebogene Schwanzspitze drückte nichts als Verachtung aus, doch seine Ohrenstellung verriet, daß er heimlich lauschte. »Hallo, Koko«, sagte das Mädchen. »Magst du mich nicht?«

Der Kater blieb reglos sitzen. Nicht einmal das Zittern eines Schnurrhaars war zu erkennen.

»Ich hatte mal einen wunderschönen orangeroten Kater namens Frankie«, erzählte sie Qwilleran traurig. »Ich trage sein Bild noch immer in meiner Handtasche herum.« Sie nahm einen Packen Ansichtskarten und Schnappschüsse aus ihrer Brieftasche und sortierte sie auf der Sitzfläche des Sofas aus. Dann hielt sie stolz ein Bild hoch, auf dem ein flauschiger orangeroter Klecks zu sehen war.

»Es ist nicht ganz scharf, und die Farbe ist auch verblichen, aber das ist alles, was mir von Frankie geblieben ist. Er ist fünfzehn Jahre alt geworden. Seine Herkunft war ungewiß, aber –«

»Koko!« rief Qwilleran. »Weg da!«

Der Kater war leise auf das Sofa gekrochen und leckte irgend etwas mit seiner langen, rosa Zunge ab.

Qwilleran sagte: »Er hat dieses Bild abgeleckt.«

»Oh!« sagte Cokey und riß dem Kater ein kleines, glänzendes Foto von einem Mann weg. Sie steckte es in ihre Brieftasche, aber Qwilleran hatte einen Blick darauf werfen können. Er drückte sein Mißfallen in einem Stirnrunzeln aus, während sie über Katzen redete und Muskatnuß in die Cocktails rieb.

»Und jetzt erzählen Sie mir alles über Ihren Schnurrbart«, sagte Cokey. »Ich nehme an, Sie wissen, daß er schrecklich attraktiv ist.«

»Dieses Gestrüpp habe ich während des Kriegs in Großbritannien wachsen lassen«, sagte Qwilleran. »Als Tarnung.«

»Er gefällt mir.«

Es freute ihn, daß sie nicht gefragt hatte: »Welcher Krieg?«, wie das junge Frauen gerne taten. Er sagte: »Um die Wahrheit zu sagen, ich habe Angst, ihn abzurasieren. Ich habe so ein seltsames Gefühl, daß ich über diesen Oberlippenbart mit bestimmten Dingen in Kontakt komme – mit der Wahrheit, die unter der Oberfläche verborgen ist, und mit Ereignissen, die geschehen werden.«

»Wie wunderbar!« sagte Cokey. »Wie die Schnurrhaare von Katzen.«

»Das vertraue ich für gewöhnlich niemandem an. Ich würde nicht wollen, daß es sich herumspricht.«

»Ich kann Sie verstehen.«

»In letzter Zeit habe ich so ein Gefühl hinsichtlich der Jadesachen von Tait bekommen.«

»Haben sie den Jungen noch nicht gefunden?«

»Sie meinen, den Hausburschen, der die Sachen angeblich gestohlen hat? Darauf bezieht sich mein Gefühl auch. Ich glaube nicht, daß er der Dieb ist.«

Cokey machte große Augen. »Haben Sie Beweise?«

Qwilleran runzelte die Stirn. »Das ist das Problem; ich habe nichts in der Hand, nur dieses verdammte Gefühl. Diese Rolle paßt einfach nicht zu dem Hausburschen, und am Zeitpunkt des Diebstahls ist auch irgend etwas faul. Außerdem habe ich G. Verning Tait gegenüber gewisse Vorbehalte. Haben Sie schon mal etwas von einem Skandal in der Familie Tait gehört?«

Cokey schüttelte den Kopf.

»Sie waren natürlich noch zu klein, als das passierte.«

Cokey sah auf die Uhr. »Es wird spät. Ich sollte nach Hause gehen.«

»Noch einen Drink?« schlug Qwilleran vor. Er ging hinüber zu der Bar mit dem riesigen Schnapsvorrat und nahm die Sahne und das Ginger Ale aus dem kleinen Kühlschrank.

Cokey begann im Zimmer umherzugehen und es von allen Blickwinkeln aus zu bewundern. »Wohin man sieht, wunderschöne Linien und Kompositionen«, sagte sie mit verzücktem Gesicht. »Und ich liebe das Zusammenspiel der Oberflächenstrukturen – samtig, seidig, wollig, zottelig. Und dieser Teppich! Er ist göttlich!«

Sie warf sich auf den zerzausten Flaum des dicken Teppichs. Wie in Ekstase lag sie mit ausgestreckten Armen da, und Qwilleran kämmte sich heftig den Schnurrbart. Sie lag da und merkte nicht, daß sich der Kater heranschlich. Den Schwanz wie einen Angelhaken nach unten gekrümmt, den Körper auf den Boden gedrückt, bewegte sich Koko durch den zotteligen Flor des Teppichs wie ein wildes Tier, das durch das Unterholz schleicht. Und dann sprang er los!

Cokey stieß einen Schrei aus und setzte sich auf. »Er hat mich gebissen! Er hat mich in den *Kopf* gebissen!«

Qwilleran stürzte zu ihr hin. »Hat er Sie verletzt?«

Cokey fuhr sich mit den Fingern durch das Haar. »Nein. Er hat mich nicht richtig gebissen. Er hat nur versucht, mich ein wenig zu zwicken. Aber er hat so ... *feindselig* gewirkt! Qwill, warum sollte Koko so etwas tun?«

Kapitel zwölf

Am Sonntag hätte Qwilleran bis Mittag geschlafen, wäre da nicht die siamesische Schnurrhaar-Folter gewesen. Als Koko entschied, daß es Zeit zum Aufstehen war, sprang er schwerelos und lautlos auf das Bett des schlafenden Mannes und berührte mit seinen Schnurrhaaren ganz leicht seine Nase und sein Kinn. Qwilleran schlug abrupt die Augen auf und blickte in zwei riesige, unschuldig dreinschauende blaue Augen.

»Geh weg«, sagte er und schlief weiter.

Wieder wurden die Schnurrhaare eingesetzt, diesmal an empfindlicheren Stellen – den Wangen und der Stirn.

Qwilleran zuckte zurück, biß die Zähne zusammen und drückte die Augen zu; im nächsten Augenblick kitzelten ihn die Schnurrhaare des Katers an den Lidern. Er schnellte hoch, und Koko sprang vom Bett und lief aus dem Zimmer. Seine Mission war erfolgreich beendet.

Als Qwilleran in seinem rotkarierten Morgenrock aus dem Schlafzimmer schlurfte und ziellos nach seiner Pfeife Ausschau hielt, suchte er mit schlaftrunkenen Blicken das Wohnzimmer ab. Auf dem Couchtisch befanden sich die Champagnergläser von der vergangenen Nacht, die Sonntagszeitung und Koko, der sich eifrig am ganzen Körper putzte.

»Du warst gestern nacht ein böser Kater«, sagte Qwilleran. »Warum wolltest du dieses nette Mädchen zwicken, das Katzen so gerne hat? So schlechte Manieren!«

Koko drehte sich auf den Rücken und bearbeitete mit hingebungsvoller Konzentration den Schwanzansatz, und Qwilleran blickte auf den Teppich. Dort, wo sie einen schwindelerregenden Augenblick lang ausgestreckt dagelegen hatte, war auf dem plattgedrückten Flor der Abdruck von Cokeys ganzem schlanken Körper zu erkennen. Er wollte die eingedrückte Fläche schon mit seiner Zehe aufrichten, überlegte es sich dann aber anders.

Koko, der mit seiner Morgenwäsche fertig war, setzte sich aufrecht auf den Couchtisch, zwinkerte den Journalisten an und machte ein Gesicht wie ein Engel.

»Du Teufel!« sagte Qwilleran. »Ich wünschte, ich könnte deine Gedanken lesen. Dieses Foto, das du abgeleckt hast –«

Das Telefon läutete, und er hob in freudiger Erwartung ab. Er dachte an die Anrufer vom vorherigen Sonntag, die ihn alle beglückwünscht hatten. Jetzt hielten die Leser eine neue Ausgabe von *Elegante Domizile* in der Hand.

»Hallo-o?« sagte er liebenswürdig.

»Qwill, hier ist Harold!« Der Tonfall war drängend, und Qwilleran zuckte zusammen. »Qwill, haben Sie die Nachrichten gehört?«

»Nein, ich bin gerade erst aufgestanden.«

»Ihre Titelstory in der heutigen Zeitung – Ihr Wohnhaus für berufstätige Mädchen – haben Sie es nicht gehört?«

»Was ist passiert?« Qwilleran bedeckte die Augen mit der Hand. Er hatte Visionen von einem Massenmord – ein ganzes Haus voller unschuldiger Mädchen, in ihren Betten ermordet, in ihren Himmelbetten mit den rosa Seitenvorhängen.

»Die Polizei hat dort letzte Nacht eine Razzia durchgeführt! Es ist ein öffentliches Haus!«

»*Was?!*«

»Sie haben einen von ihren Männern hingeschickt, sich einen Durchsuchungsbefehl geholt und das Haus geschlossen.«

Qwilleran mußte sich hinsetzen, weil seine Knie nachgaben. »Aber die Innenausstatterin hat mir erzählt –«

»Wie konnte das geschehen? Wer hat Ihnen dieses Haus empfohlen – dieses *Haus?*«

»Die Innenausstatterin Mrs. Middy, eine nette, kleine, mütterliche Person. Sie hat sich auf – nun ja – Wohnhäuser für junge Frauen spezialisiert. Schlafsäle und Wohnheime für Studentinnen. Und das war angeblich eine erstklassige Pension für berufstätige Mädchen.«

»Berufstätig ist gut!« sagte Percy. »Wir stehen da wie ein Haufen Idioten. Warten Sie, bis der *Morning Rampage* die Sache hochspielt.«

Qwilleran schluckte. »Ich weiß nicht, was ich sagen soll.«

»Im Augenblick können wir nichts unternehmen, aber Sie sollten sich diese Mrs. Biddy mal vorknöpfen –«

»Mrs. Middy.«

»– wie immer sie sich nennen mag – und ihr unmißverständlich klarmachen, was wir von diesem peinlichen Vorfall halten ... Die Situation ist für sich genommen schon unglaublich, aber nach der Geschichte in Muggy Swamp ist das einfach zuviel!«

Percy legte auf, und Qwillerans benommenes Hirn versuchte sich daran zu erinnern, wie das alles gekommen war. Es mußte eine Erklärung geben. Dann nahm er den Hörer ab und wählte eine Nummer.

»Ja?« sagte eine verschlafene Stimme.

»Cokey!« sagte Qwilleran streng. »Haben Sie die Nachrichten gehört?«

»Welche Nachrichten? Ich bin noch nicht wach.«

»Nun, dann wachen Sie auf und hören Sie mir zu! Mrs. Middy hat mich in gehörige Schwierigkeiten gebracht. Warum haben Sie mir nichts gesagt?«

»Worüber?«

»Über das Haus von Mrs. Allison.«

Cokey gähnte. »Was ist denn mit dem Haus von Mrs. Allison?«

»Sie meinen, Sie *wissen* es nicht?«

»Wovon reden Sie? Ich verstehe kein Wort.«

Qwilleran merkte, daß er den Hörer in der Hand hielt, als wollte er ihn erwürgen. Er holte tief Luft. »Ich habe soeben erfahren, daß die Polizei in Mrs. Allisons sogenannter Pension für berufstätige Mädchen gestern nacht eine Razzia durchgeführt hat ... Es ist ein Bordell! Wußten Sie das?«

Cokey schrie auf. »Oh, Qwill, das ist zum Schießen!«

»Wußten Sie, was für eine Art Haus Mrs. Allison führte?« Seine Stimme war barsch.

»Nein, aber ich finde die Vorstellung zum Totlachen!«

»Nun, ich finde es nicht zum Totlachen, und der *Daily Fluxion* findet es auch nicht zum Totlachen. Wir stehen da wie Idioten. Wie erreiche ich Mrs. Middy?«

Cokeys Stimme wurde nüchtern. »Sie wollen Sie anrufen? Sie selbst? Jetzt? ...Oh, tun Sie das nicht!«

»Warum nicht?«

»Die arme Frau! Sie wird vor Scham tot umfallen.«

»Wußte sie nicht, was für eine Art Etablissement sie einrichtete?« wollte Qwilleran wissen.

»Ich bin sicher, sie wußte es nicht. Sie hat wirklich ein Talent für wunderschöne altmodische Einrichtungen, aber sie ist ziemlich ...«

»Ziemlich was?«

»Wirr im Kopf, wissen Sie. Bitte, rufen Sie sie nicht an«, bat Cokey inständig. »Lassen Sie mich ihr die Sache schonend beibringen. Sie wollen die Frau doch nicht *umbringen*, oder?«

»Mir ist ganz danach, jemanden umzubringen!«

Cokey brach wieder in Lachen aus. »Und alles im frühen amerikanischen Stil!« rief sie. »Mit diesen Tom-Jones-Betten!«

Qwilleran knallte den Hörer auf den Apparat. »Und was jetzt?« sagte er zu Koko. Er ging ein paar Minuten im Zimmer auf und ab, griff dann wieder nach dem Telefon und wählte eine andere Nummer.

»Hallo!« sagte eine helle Kinderstimme.

»Gib mir Odd Bunsen«, sagte Qwilleran.

»Hallo!« sagte die dünne Stimme.

»Ist Odd Bunsen da?«

»Hallo!«

»Wer ist dort! Wo ist dein Vater? Geh und hol deinen Vater!«

»Hallo!«

Qwilleran schnaubte und war drauf und dran, aufzulegen, als sein Partner ans Telefon kam.

»Das war unser Jüngster«, sagte Bunsen. »Er ist nicht sehr gesprächig. Was wollen Sie denn heute morgen?«

Qwilleran eröffnete ihm die Neuigkeit und lauschte einer Reihe von Krächzlauten, die die ganze Reaktion des Fotografen darstellten.

Mit sarkastischem Unterton sagte der Journalist: »Ich wollte Ihnen nur sagen, daß Ihr Wunsch vielleicht in Erfüllung gehen wird. Sie haben ja gehofft, daß die Zeitschrift ein Flop wird! Und diese zwei Vorfälle hintereinander reichen vielleicht aus, daß sie eingestellt wird.«

»Geben Sie nicht mir die Schuld«, sagte Bunsen. »Ich mache nur die Fotos. Ich werde nicht mal namentlich erwähnt.«

»Zwei Ausgaben von *Elegante Domizile,* und zwei Pannen! Das kann kein Zufall sein. Langsam habe ich das Gefühl, hier geht etwas nicht mit rechten Dingen zu.«

»Sie denken doch nicht an die Konkurrenz!«

»An wen sonst?«

»Der *Rampage* hat nicht genug Mumm, schmutzige Tricks anzuwenden.«

»Ich weiß, aber sie haben einen Mitarbeiter, der vielleicht versucht, ein linkes Ding zu drehen. Erinnern Sie sich an dieses Großmaul aus ihrem Vertrieb? Er hat in ihrem Softball-Team mitgespielt, haben Sie mir erzählt.«

»Sie meinen Mike Bulmer?« sagte Bunsen. »Diesen Fiesling?«

»Als ich ihn das erste Mal im Presseclub sah, erkannte ich das Gesicht, aber es hat lange gedauert, bis ich draufkam, woher ich es kannte. Dann fiel es mir ein. Er war vor ein paar Jahren in Chicago in einen Auflagenkrieg verwickelt – eine blutige Angelegenheit. Und jetzt arbeitet er beim *Rampage.* Ich wette, er hat der Polizei den Tip gegeben, im Allison-Haus eine Razzia durchzuführen, und ich wette, die Sittenpolizei hat ihn nur allzugern befolgt. Sie wissen ja, jedesmal wenn den Redakteuren des *Fluxion* sonst nichts einfällt, gehen sie auf die Sittenpolizei los.« Qwilleran knetete seinen Schnurrbart und fügte hinzu: »Ich sage das nicht gerne, aber ich habe das scheußliche Gefühl, daß Cokey etwas damit zu tun hat.«

»Wer?«

»Dieses Mädchen, mit dem ich ausgegangen bin. Arbeitet bei Mrs. Middy. Cokey hat vorgeschlagen, Mrs. Allisons Haus in die Zeitung zu bringen, und dann habe ich entdeckt, daß sie Bulmer kennt. Sie hat ihn unlängst im Presseclub gegrüßt.«

»Das ist doch nicht verboten«, sagte Bunsen.

»Es ist die Art, wie sie ihn grüßte! Und der Blick, den sie ihm zuwarf! ...Und noch etwas«, begann Qwilleran mit deutlichem Widerwillen. »Nach der Party bei David Lyke gestern abend bin ich mit Cokey in meine Wohnung gegangen –«

»Ho Ho! Jetzt wird es interessant.«

»– und Koko hat versucht, sie zu beißen.«

»Was hat sie ihm getan?«

»Gar nichts! Sie lag auf dem – sie kümmerte sich gar nicht um ihn, da ging Koko auf ihren Kopf los. So etwas hat er noch nie getan. Langsam glaube ich, er wollte mir damit etwas sagen.« Am anderen Ende der Leitung herrschte Schweigen. »Hören Sie mir zu?«

»Ich höre zu. Ich zünde mir nur gerade eine Zigarre an.«

»Sie sind bemerkenswert gleichmütig, wenn Sie sonntags daheim in Happy View Woods sind. Ich hätte gedacht, daß Sie diese Katastrophe mehr berührt.«

»Was für eine Katastrophe?« fragte Bunsen. »Ich halte diese Allison-Geschichte für einen bösen Scherz. Sie ist irgendwie komisch.«

»Der Diebstahl der Jade im Wert von einer halben Million Dollar war nicht komisch!«

»Nun«, meinte Bunsen gedehnt, »*so* weit würde Bulmer nicht gehen!«

»O doch! Vergessen Sie nicht, es geht um Anzeigen im Wert von einer Million Dollar. Vielleicht wittert er eine Chance, eine nette Prämie für sich selbst herauszuschlagen.«

»Einem Unschuldigen schaden, nur um die Konkurrenz auszuschalten? ...Nee! Sie haben zu viele alte Filme gesehen!«

»Vielleicht ist Tait gar nicht unschuldig zu Schaden gekommen«, sagte Qwilleran langsam. »Vielleicht war er an der Sache beteiligt.«

»Mann, heute morgen geht Ihre Phantasie aber wirklich mit Ihnen durch.«

»Auf Wiederhören«, sagte Qwilleran. »Tut mir leid, daß ich Sie gestört habe. Kehren Sie nur wieder zurück zu Ihrer friedlichen Familienidylle.«

»Friedlich!« sagte Bunsen. »Sagten Sie friedlich? Ich male den Keller aus, und Tommy ist gerade in den Farbeimer gefallen, und Linda hat eine Stoffpuppe die Toilette hinuntergespült, und Jimmy ist von der Veranda gefallen und hat ein blaues Auge. Das nennen Sie friedlich?«

Qwilleran legte auf und wanderte rastlos durch die Wohnung. Er blickte auf den zotteligen Teppich im Wohnzimmer und rauhte zornig den Flor wieder auf, um den Abdruck zu verwischen. In der Küche sah er, daß Koko auf dem großen, zerfledderten Wörterbuch saß. Aufrecht saß er da, die Vorderpfoten eng an den Körper gestellt, den Schwanz darumgelegt, den Kopf schräg geneigt. Qwilleran war nicht in der Stimmung für ein Spiel, doch Koko starrte ihn an und wartete auf ein Zeichen.

»Na schön, spielen wir ein paar Runden«, sagte Qwilleran seufzend. Er klopfte auf das Buch – das Startsignal –, und Koko grub die Krallen seiner linken Pfote in die Seiten.

Qwilleran schlug das Buch an der Stelle auf, die Koko markiert hatte – Seite 1102. *Hüne* und *hungrig*«, las er. »Das ist leicht. Such etwas Schwierigeres.«

Der Kater schlug wieder zu.

»*Füttern* und *Futurismus*. Noch zwei Punkte für mich.«

Aufgeregt kauerte sich Koko hin und versenkte seine Krallen in das Buch.

Feist und *Feldmaus*«, sagte Qwilleran, und ganz plötzlich fiel ihm ein, daß weder er noch Koko gefrühstückt hatten.

Während er frisches Rindfleisch für den Kater kleinschnitt und ein wenig Dosensuppe aufwärmte, fiel ihm noch etwas ein:

Vor kurzem hatte Koko bei einem Spiel zweimal dieselbe Seite erwischt. Das war letzte Woche gewesen. Zweimal im selben Spiel hatte Koko *Sakroileum* und *salbungsvoll* aufgeschlagen. Qwilleran spürte ein merkwürdiges Ziehen in seinen Schnurrbartwurzeln.

Kapitel dreizehn

Am Montagmorgen, als Qwilleran und Bunsen nach Lost Lake Hills fuhren, um sich das Noyton-Haus anzusehen, war Qwilleran ungewöhnlich still. Er hatte nicht gut geschlafen. Die ganze Nacht hatte er geträumt, war aufgewacht und hatte wieder geträumt – von Räumen, die in den Farbtönen von knuspriger Erdnußbutter und Reispudding gehalten und mit Tupfern von Hummer und dunkler Melasse akzentuiert waren. Und am Morgen wurde er von unfertigen, unbegründeten und unfreundlichen Gedanken geplagt.

Er hatte große Angst, daß Cokey an dem ›bösen Scherz‹, den man dem *Fluxion* gespielt hatte, beteiligt sein könnte, und er wollte nicht, daß dem so war; er brauchte eine Freundin wie Cokey. Außerdem ließ ihn der Gedanke, daß Tait in das Komplott involviert war, nicht los, obwohl er nicht mehr Beweise hatte als ein unangenehmes Gefühl auf seiner Oberlippe und ein merkwürdiges Erlebnis mit dem Wörterbuch. Er hegte Zweifel in bezug auf Paolos Rolle bei der Geschichte; war er ein unschuldiger Zuschauer, ein cleverer Verbrecher, ein Komplize oder ein Werkzeug? Und war Taits Liebe zu seiner Jadesammlung echt oder gut einstudiertes Theater? Hatte der Mann seine Frau wirklich so geliebt, wie die Leute anscheinend glaubten? Gab es vielleicht eine andere Frau in seinem Leben? Selbst der Name der Katze der Taits war nicht eindeutig klar. Hieß sie Yu oder Freya?

Dann wandten sich Qwillerans Gedanken seiner eigenen Katze zu. Schon einmal – damals bei einem Mord – hatte Koko mit seiner kalten, feuchten Nase mehr Hinweise ausgegraben als das Morddezernat bei den offiziellen Ermittlungen. Koko schien Dinge zu spüren, ohne sich mit Formalitäten wie Nachdenken belasten zu müssen. Der Instinkt, so schien es, umging sein Hirn und übernahm die Führung und brachte ihn dazu, zur rechten Zeit am rechten Ort zu kratzen und zu schnüffeln. Oder war das bloßer Zufall? War es ein Zufall, daß Koko die Seiten mit den Wörtern *hungrig* und *füttern* aufschlug, wenn sein Frühstück überfällig war?

Am Sonntagnachmittag hatte Qwilleran in der Hoffnung auf zusätzliche Offenbarungen etliche Male vorgeschlagen, das Wörterspiel zu spielen, doch die Stichworte, die Koko aufschlug, hatten keine Bedeutung: *oppositionell* und *Optimismus, Cymophan* und *Cypripedium*. Qwilleran verspürte wenig *Optimismus*, und *Cypripedium*, was, wie sich herausstellte, eine Orchideenart war, die auch Frauenschuh genannt wurde, erinnerte ihn nur an Cokeys Zehen, die sich in den flauschigen Flor des Ziegenfellteppichs gegraben hatten.

Dennoch hielt Qwilleran an seiner Meinung über Koko und das Wörterbuch fest. Ein Zittern lief durch Qwillerans Schnurrbart.

Odd Bunsen, der am Steuer saß, fragte: »Ist Ihnen schlecht oder was? Sie sitzen da und zittern und sagen kein Wort.«

»Es ist kühl«, sagte Qwilleran. »Ich hätte mir einen Mantel anziehen sollen.« Er tastete in seiner Jackentasche nach der Pfeife.

»Ich habe einen Regenmantel dabei«, sagte Bunsen. »So, wie der Wind aus dem Nordosten bläst, steht uns ein Sturm bevor.«

Die Fahrt nach Lost Lake Hills führte sie durch Vororte und in ein ländliches Gebiet, wo die Ahornbäume langsam gelb wurden. Von Zeit zu Zeit betätigte der Fotograf freundlich die Hupe und winkte den Leuten neben der Straße mit seiner Zigarre zu. Er grüßte eine Frau, die Gras schnitt, zwei Jungen auf Fahrrädern und einen alten Mann an einem Briefkasten am Straßenrand.

»Sie kennen aber eine Menge Leute in dieser Gegend«, bemerkte Qwilleran.

»Ich? Ich habe keine Ahnung, wer die sind«, sagte Bunsen,

»aber diese Farmer können ein wenig Aufregung brauchen. Jetzt werden sie den ganzen Tag darüber nachdenken, wen sie wohl kennen, der ein ausländisches Auto fährt und Zigarren raucht.«

Sie bogen in eine kleinere Landstraße ein, der man die raffinierte Hand eines Landschaftsgärtners ansah, und Qwilleran las die Wegbeschreibung von einem Zettel ab. »Dem Seeufer entlang, die erste Abzweigung links, dann am Gipfel des Hügels einbiegen.«

»Wann haben Sie diesen Blödsinn vereinbart?« wollte der Fotograf wissen.

»Am Samstagabend bei Lykes Party.«

»Ich hoffe, die Leute waren nüchtern. Ich halte nicht viel von Versprechungen bei Cocktailpartys, und für eine Schnapsidee ist der Weg hierher ziemlich weit.«

»Keine Sorge. Es ist alles in Ordnung. Natalie möchte, daß David für die Innenausstattung des Hauses Anerkennung zuteil wird, und Harry Noyton hofft, daß er mit Hilfe unserer Story das Haus verkaufen kann. Das Anwesen ist eine Viertelmillion wert.«

»Ich hoffe, seine Frau bekommt keinen Penny davon«, sagte Bunsen. »Eine Frau, die bereit ist, ihre Kinder aufzugeben, so wie sie das tut, ist nichts wert.«

Qwilleran sagte: »Ich habe heute morgen wieder einen Anruf aus Dänemark erhalten. Noyton möchte, daß ihm seine Post nach Aarhus nachgeschickt wird. Das ist eine Universitätsstadt. Ich frage mich, was er da zu tun hat.«

»Er hört sich nach einem anständigen Kerl an. Wie kann er sich bloß mit einem solchen Weib einlassen?«

»Ich glaube, Sie sollten über Natalie nicht urteilen, bevor Sie sie kennengelernt haben«, sagte Qwilleran. »Sie ist ein aufrichtiger Mensch. Nicht besonders intelligent, aber aufrichtig. Und ich habe den Eindruck, daß die Leute ihre Gutgläubigkeit ausnutzen.«

Das Haus am Ende der gewundenen Zufahrt hatte eine komplexe Form: Die rosa Ziegelwände trafen in seltsamen Winkeln aufeinander, und die Holzbalken des riesigen Daches ragten in alle Richtungen.

»Das ist ja 'n Ding!« sagte Bunsen. »Wie findet man da die Eingangstür?«

»Lyke sagt, das Haus ist im zeitgenössischen organischen Stil gebaut. Es ist in das Gelände integriert und die Einrichtung auf die Bauweise abgestimmt.«

Sie läuteten an der Türglocke, und während sie warteten, betrachteten sie die Mosaiken an der Wand links und rechts vom Eingang – wirbelnde abstrakte Bilder aus Kieselsteinen, farbigem Glas und Kupfernägeln.

»Irre!« sagte Bunsen.

Sie warteten lange und läuteten dann noch einmal.

»Sehen Sie? Was habe ich Ihnen gesagt!« sagte der Fotograf. »Niemand zu Hause.«

»Es ist ein großes Haus«, meinte Qwilleran. »Natalie braucht wahrscheinlich Rollschuhe, um von ihrem Webatelier zur Eingangstür zu kommen.« Einen Augenblick später klickte es im Türschloß, und die Tür wurde vorsichtig ein paar Zentimeter nach innen geöffnet. Eine Frau in Hausmädchenuniform stand vor ihnen und bewachte abweisend den Eingang.

»Wir kommen vom *Daily Fluxion*«, sagte Qwilleran.

»Ja?« sagte das Hausmädchen und wich keinen Zentimeter zurück.

»Ist Mrs. Noyton zu Hause?«

»Sie kann heute niemanden empfangen.« Die Tür begann sich zu schließen.

»Aber wir haben einen Termin.«

»Sie kann heute niemanden empfangen.«

Qwilleran runzelte die Stirn. »Wir sind einen weiten Weg hierher gefahren. Sie hat uns gesagt, wir könnten das Haus sehen. Hätte sie etwas dagegen, wenn wir es uns schnell mal ansehen würden? Wir haben vor, es für die Zeitung zu fotografieren.«

»Sie will nicht, daß jemand Bilder vom Haus macht«, sagte das Hausmädchen. »Sie hat es sich anders überlegt.«

Die Journalisten drehten sich um und sahen einander an, als ihnen die Tür vor der Nase zugeschlagen wurde.

Als sie in die Stadt zurückfuhren, brütete Qwilleran über die unhöfliche Abfuhr nach. »Das klingt gar nicht nach Natalie. Was glauben Sie, stimmt da nicht? Am Samstagabend war sie sehr freundlich und angenehm.«

»Die Leute sind anders, wenn sie etwas getrunken haben.«

»Natalie war so nüchtern wie ich. Vielleicht ist sie krank, und das Hausmädchen hat uns eigenmächtig abgewimmelt.«

»Wenn Sie meine Meinung hören wollen«, sagte Bunsen, »ich glaube, Ihre Natalie ist übergeschnappt.«

»Halten Sie bei der ersten Telefonzelle«, sagte Qwilleran. »Ich möchte einen Anruf machen.«

Von einer Zelle an einer ländlichen Straßenkreuzung aus rief der Journalist das Atelier Lyke and Starkweather an und sprach mit David. »Was ist los?« fragte er. »Wir sind den ganzen weiten Weg nach Lost Lake Hills hinausgefahren, und Natalie weigerte sich, uns zu empfangen. Das Hausmädchen ließ uns nicht mal die Anlage des Hauses ansehen.«

»Natalie spinnt manchmal«, sagte David. »Ich muß mich für sie entschuldigen. Ich werde in den nächsten Tagen mal selbst mit Ihnen rausfahren.«

»Aber in der Zwischenzeit sitzen wir in der Klemme – am Mittwoch ist Redaktionsschluß, und wir haben keine wirklich starke Titelgeschichte.«

»Wenn es Ihnen hilft, können Sie meine Wohnung fotografieren«, sagte David. »Sie brauchen mich nicht namentlich zu erwähnen. Schreiben Sie einfach darüber, wie die Leute in der Villa Verandah leben.«

»Gut. Wie wär's mit heute nachmittag? Gegen zwei Uhr?«

»Lassen Sie mir nur genug Zeit, ein paar Blumen zu kaufen und ein paar Kunstobjekte wegzuräumen«, sagte der Innenausstatter. »Ich möchte nicht, daß bekannt wird, daß ich ein paar bestimmte Sachen besitze. Ganz unter uns gesagt, sollte ich sie nicht einmal haben.«

Die Journalisten genehmigten sich ein gemütliches Mittagessen. Als sie schließlich zur Villa Verandah fuhren, sagte Qwilleran: »Halten wir noch an dem Tierfachgeschäft in der State Street. Ich möchte etwas kaufen.«

Sie kämpften sich durch den Nachmittagsverkehr in der Innenstadt. An jeder roten Ampel pfiff Bunsen attraktiven Fußgängerinnen anerkennend hinterher und stieg sanft auf das Gaspedal, wenn sie vor seinem Auto die Straße überquerten. Für jeden Verkehrspolizisten hatte er einen lauten Scherz parat. Alle kannten den Fotografen des *Fluxion*, und einer von ihnen hielt an einer großen Kreuzung den Verkehr an, während der Wagen mit dem Presseschild an der Windschutzscheibe verbotenerweise nach links in die State Street einbog.

»Was wollen Sie im Tierfachgeschäft kaufen?« fragte Bunsen.

»Ein Halsband und eine Leine für Koko, damit ich ihn am Balkon anbinden kann.«

»Sie brauchen nur ein Halsband zu kaufen«, sagte der Fotograf. »Ich habe eine vier Meter lange Nylonschnur, die Sie als Leine verwenden können.«

»Was machen Sie mit einer vier Meter langen Nylonschnur?«

»Im letzten Herbst«, sagte Bunsen, »als ich über die Fußballweltmeisterschaft berichtete, habe ich meinen Film von der Pressekabine aus an einem Seil hinuntergelassen, und ein Junge sauste damit zum Labor. Das war die gute alte Zeit! Jetzt bin ich umgeben von verrückten Innenausstattern, nichtsnutzigen Frauen und nervösen Katzen. Ich arbeite wie ein Pferd und werde nicht mal namentlich erwähnt.« Die Journalisten verbrachten drei Stunden in David Lykes Wohnung. Sie fotografierten das silbrige Wohnzimmer, das Speisezimmer mit dem chinesischen Teppich und das große Schlafzimmer. Das Bett stand auf einem niedrigen Podest, nur ein paar Zentimeter hoch, und ganz mit einem Tigerfell-Bettüberwurf bedeckt, und der angrenzende Ankleideraum war mit einem Bernstein-Perlenvorhang abgetrennt.

Bunsen sagte: »Bei mir zu Hause würden diese Perlen etwa fünf Minuten lang halten – bei sechs Kindern, die Tarzan spielen!«

Im Wohnzimmer hatte der Innenausstatter ein paar asiatische Kunstgegenstände weggeräumt und stellte jetzt Schüsseln mit Blumen und große Vasen mit glänzenden grünen Blättern in die

Lücken. Er arrangierte sie mit verächtlichen, schwungvollen Bewegungen.

»Tut mir leid wegen Natalie«, sagte er und stopfte den Stiel einer Chrysantheme in eine Porzellanvase. »Jetzt wissen Sie, mit welchen Situationen ein Innenausstatter ständig konfrontiert ist. Einer meiner Kunden stellte seine Frau vor die Wahl, entweder zum Psychoanalytiker zu gehen oder das Haus neu herrichten zu lassen. Sie entschied sich natürlich für die Hausrenovierung und ließ ihre Neurosen an mir aus ... *So!*« Er betrachtete das Bukett, das er arrangiert hatte, und brachte es wieder ein wenig durcheinander. Er rückte ein paar Lampenschirme zurecht. Dann drückte er auf einen verborgenen Schalter, worauf der Zimmerspringbrunnen in seinem Kieselsteinbett zu blubbern und zu plätschern begann. Schließlich trat er zurück und betrachtete die Szenerie mit zusammengekniffenen Augen. »Wissen Sie, was diesem Raum fehlt?« sagte er. »Es fehlt eine Siamkatze auf dem Sofa.«

»Ist das Ihr Ernst?« fragte Qwilleran. »Soll ich Koko holen?«

Bunsen protestierte. »Oh, nein! Keine nervösen Katzen! Nicht, wenn ich eine Zeitaufnahme mit Weitwinkelobjektiv mache.«

»Koko ist nicht nervös«, sagte Qwilleran zu ihm. »Er ist sehr viel ruhiger als Sie.«

»Und er sieht besser aus«, sagte David.

»Und ist klüger«, sagte Qwilleran.

Bunsen warf die Hände hoch und machte ein grimmiges Gesicht, und nach ein paar Minuten kam Koko, um sich fotografieren zu lassen. Sein Fell war frisch gebürstet – die Streifen der Bürste waren noch zu sehen.

Qwilleran setzte den Kater auf das Sofa, rückte ihn zurecht, damit er in die Richtung des Fotografen sah, bog eine der samtigen braunen Vorderpfoten ab, so daß er eine anmutige Haltung von edler Lässigkeit einnahm, und legte den seidigen braunen Schwanz zu einem fotogenen Bogen zurecht. Während der gesamten Prozedur schnurrte Koko laut.

»Wird er so sitzenbleiben, ohne sich zu bewegen?« fragte Bunsen.

»Klar. Wenn ich es sage, bleibt er so sitzen.«

Qwilleran strich Koko ein letztes Mal über das Fell, um es zu glätten, trat zurück und sagte: »Bleib! Bleib dort!«

Und Koko stand ganz ruhig auf, sprang auf den Boden und marschierte mit hoch erhobenem Schwanz, der seine Gleichgültigkeit ausdrückte, aus dem Zimmer.

»Ja, er ist wirklich ruhig«, sagte Bunsen. »Er ist der ruhigste Kater, den ich je gesehen habe.«

Während der Fotograf seine Fotos machte, spielte Koko mit den baumelnden Perlen in Davids Ankleideraum und schnüffelte den Tiger-Bettüberwurf mit brüderlichem Interesse ab. In der Zwischenzeit richtete ihm David etwas zu essen her.

»Nur ein paar Reste von dem Hühnercurry«, erklärte der Innenausstatter Qwilleran. »Yushi ist gestern abend vorbeigekommen und hat schnell eine Reistafel mit acht verschiedenen Gerichten gemacht.«

»Ist das derjenige, der für Ihre Partys kocht? Er ist ein hervorragender Koch!«

»Er ist ein Künstler«, sagte David sanft.

David schenkte Qwilleran Ginger Ale und Bunsen Scotch ein.

Der Fotograf sagte: »Möchte jemand heute abend im Presseclub essen? Meine Frau hat einen Haufen Kinder eingeladen, und ich bin bis Mitternacht aus dem Haus verbannt.«

»Ich würde gerne mitgehen, aber ich habe eine Verabredung«, sagte David. »Ich werde aber darauf zurückkommen. Ich möchte diesen Club gerne von innen sehen. Wie ich gehört habe, besitzt er sämtliche Annehmlichkeiten eines mittelalterlichen Gefängnisses.«

Die beiden Journalisten begaben sich in die Bar des Presseclubs, und Bunsen ging zu doppelten Martinis über, während Qwilleran zur Abwechslung Tomatensaft trank.

»War doch kein so schlechter Tag«, sagte Qwilleran, »obwohl er schlecht anfing.«

»Er ist noch nicht vorbei«, erinnerte ihn der Fotograf.

»Dieser David Lyke ist ein Original, nicht wahr?«

»Also, ich weiß nicht, was ich von seinem *Schlafzimmer* halten soll!« sagte Bunsen und verdrehte die Augen.

Qwilleran runzelte die Stirn. »Wissen Sie, er mag ja ein angenehmer Typ sein, aber etwas an ihm nervt mich doch: Er zieht ganz schön über seine Freunde her. Man sollte denken, daß sie es spitzkriegen, aber nein. Alle halten ihn für den Größten.«

»Wenn man gut aussieht und Geld hat, kann man sich alles erlauben.«

Während der nächsten Runde sagte Qwilleran: »Haben Sie schon mal was von einem Skandal in der Familie Tait vor fünfzehn oder zwanzig Jahren gehört?«

»Vor fünfzehn Jahren habe ich noch mit Murmeln gespielt.«

Qwilleran schnaubte in seinen Schnurrbart. »Sie dürften der einzige Murmelspieler gewesen sein, der sich schon rasieren mußte.« Dann gab er dem Barkeeper ein Zeichen. »Bruno, erinnern Sie sich an einen Skandal, in den die Familie von G. Verning Tait in Muggy Swamp verwickelt war?«

Der Barkeeper schüttelte entschieden den Kopf. »Nein, an so etwas erinnere ich mich nicht. Wenn es so etwas gegeben hätte, dann wüßte ich davon. Ich habe ein Gedächtnis wie ein Elefant.«

Schließlich setzten sich die Journalisten an einen Tisch und bestellten T-Bone-Steak. »Lassen Sie das Endstück liegen«, sagte Qwilleran. »Das kann ich für Koko mit nach Hause nehmen.«

»Geben Sie ihm doch Ihr eigenes Endstück«, sagte der Fotograf. »Ich teile mein Steak nicht mit einem überfütterten Kater. Der lebt besser als ich.«

»Mit der Leine wird es gut klappen. Ich habe ihn an den Balkon angebunden, bevor ich wegging. Aber das Halsband mußte ich ganz eng schnallen, sonst windet er sich heraus. Eine schnelle Drehung, einmal raffiniert gestreckt, und schon hat er sich befreit! Der Kater ist ziemlich gewieft.« Qwilleran hätte gerne noch von den anderen Fähigkeiten Kokos erzählt, aber er wußte nur zu gut, daß Bunsen nicht der geeignete Gesprächspartner dafür war.

Nach den Steaks gab es Apfelkuchen mit Eis, und danach bestellte Qwilleran Kaffee und Bunsen Weinbrand.

Qwilleran zündete sich eine Pfeife an und sagte: »Ich mache mir Sorgen um Natalie – ich frage mich, warum sie uns heute nicht hereingelassen hat. Diese ganze Noyton-Geschichte ist mir ein Rätsel. Hören sie zu und sagen Sie mir, was Sie mit folgenden Fakten anfangen können: Natalie läßt sich aus Gründen scheiden, die, gelinde gesagt, schwach sind, obwohl wir hier nur die Geschichte ihres Mannes kennen. In der Wohnung, die Noyton angeblich nur benutzt, um Geschäftspartner zu empfangen, finde ich einen Ohrring. Außerdem entdecke ich, daß er Mrs. Tait kennt. Dann stirbt sie, und er verläßt in großer Eile das Land. Zur selben Zeit werden Taits Jadestücke gestohlen, woraufhin dieser auch die Stadt verlassen will ... Was glauben Sie?«

»Ich glaube, die Yankees werden die Meisterschaft gewinnen.«

»Sie haben zuviel getrunken!« sagte Qwilleran. »Gehen wir auf einen schwarzen Kaffee in meine Wohnung. Dann sind Sie vielleicht nüchtern genug, um gegen Mitternacht nach Hause fahren zu können.«

Bunsen machte keine Anstalten, sich zu rühren.

»Ich sollte den Kater vom Balkon hereinholen, falls es regnet«, sagte Qwilleran. »Kommen Sie! Wir nehmen Ihr Auto, und ich fahre!«

»Ich kann fahren«, sagte Bunsen. »Vollkommen nüchtern.«

»Dann nehmen Sie den Salzstreuer aus Ihrer Brusttasche und lassen Sie uns gehen.«

Qwilleran fuhr, und Bunsen sang. Als sie in der Villa Verandah ankamen, entdeckte der Fotograf, daß der Aufzug den Klang seiner Stimme verbesserte.

»»Morgens bin ich immer müde –«»

»Seien Sie still! Sie erschrecken den Kater.«

»Der erschreckt nicht so leicht. Das ist ein cooler Kater«, sagte Bunsen. »Ein wirklich cooler Kater.«

Qwilleran schloß die Tür zum Apartment 15-F auf und betätigte einen Schalter, woraufhin der Raum von Licht erfüllt wurde.

»Wo ist der coole Kater? Ich will den coolen Kater sehen.«

»Ich lasse ihn herein«, sagte Qwilleran. »Warum setzen Sie sich nicht hin, bevor Sie hinfallen? Probieren Sie diesen grünen

Ohrensessel. Das ist das bequemste Möbelstück, das Sie je gesehen haben.«

Der Fotograf ließ sich in den grünen Sessel fallen, und Qwilleran öffnete die Balkontür. Er trat hinaus in die Nacht. In weniger als einer Sekunde war er wieder zurück.

»Er ist weg! Koko ist weg!«

Kapitel vierzehn

Eine vier Meter lange Nylonschnur war an den Griff der Balkontür gebunden. An ihrem Ende war ein blaues, auf das letzte Loch geschnallte Lederhalsband befestigt, das nun auf dem Boden lag.

»Irgendwer hat diesen coolen Kater gestohlen«, sagte der Fotograf von seiner Autoritätsposition auf dem grünen Ohrensessel aus.

»Erzählen Sie keine Witze«, fauchte Qwilleran ihn an. »Ich mache mir Sorgen. Ich werde den Verwalter anrufen.«

»Warten Sie«, sagte Bunsen und hievte sich aus dem Ohrensessel. »Schauen wir uns draußen mal genauer um.«

Die beiden Männer gingen auf den Balkon. Dort traf sie ein Windstoß, und Bunsen mußte erst sein Gleichgewicht wiederfinden.

Qwilleran spähte auf die angrenzenden Balkone. »Die Geländer sind nur eineinhalb Meter voneinander entfernt. Koko könnte wohl hinüberspringen.«

Bunsen dachte an etwas anderes. Er blickte hinunter auf den gärtnerisch gestalteten Innenhof vierzehn Stockwerke unter ihnen.

Qwilleran schauderte. »Katzen fallen nicht von Balkongeländern«, sagte er nicht sehr überzeugt.

»Vielleicht hat ihn der Wind hinuntergeblasen.«

»Seien Sie nicht dumm.«

Ausdruckslos starrten sie auf die gekrümmte Hausmauer. Der Wind pfiff in das Balkongeländer, brachte es zum Schwingen und ließ Akkorde erklingen, die sich anhörten wie Orgelmusik in einer bizarren Tonart.

Bunsen sagte: »Gibt's hier jemanden, der Katzen haßt?«

»Ich glaube nicht. Ich weiß nicht. Das heißt, ich habe nicht ...« Qwilleran starrte mit zusammengekniffenen Augen durch die Dunkelheit über den Hof. Die Fassade des Südflügels sah aus wie ein Schachbrett aus Licht und Schatten, viele der Wohnungen lagen im Dunkeln, bei anderen schimmerte gedämpftes Licht durch die zugezogenen Vorhänge. Doch eine Wohnung war teilweise den Blicken preisgegeben.

Qwilleran deutete hin. »Sehen Sie, was ich sehe? Schauen Sie auf das Fenster da drüben – das mit den offenen Vorhängen.«

»Das ist David Lykes Wohnung!«

»Ich weiß. Und sein Fernseher ist eingeschaltet. Und schauen Sie, wer darauf sitzt und die Wärme genießt.«

Die Türen eines chinesischen Lackschranks standen offen, und man konnte den Bildschirm sehen, auf dem abstrakte Bilder erschienen. Darauf saß Koko zu einem adretten Bündel zusammengekauert, seine helle Brust hob sich deutlich von dem dunklen Lack ab, und seine braune Gesichtsmaske und die braunen Ohren standen im Kontrast zu der silbrigen Wand.

»Ich rufe David an und frage mal, was das alles zu bedeuten hat«, sagte Qwilleran.

Er rief in der Telefonvermittlung an und ließ sich mit Lykes Wohnung verbinden. Dann wartete er lange Zeit, bis er sicher war, daß niemand zu Hause war.

»Es hebt niemand ab«, sagte er zu Bunsen.

»Was jetzt?«

»Ich weiß nicht. Glauben Sie, Koko hat sich einsam gefühlt und deshalb beschlossen, ihm einen Besuch abzustatten?«

»Vielleicht wollte er mehr von diesem Hühnerfleisch-Curry.«

»Er muß von Balkon zu Balkon gesprungen sein – um das ganze Gebäude herum. Verrückter Kater! Lyke muß ihn hineingelassen haben und dann selbst ausgegangen sein. Er sagte, er habe eine Verabredung.«

»Was wollen Sie jetzt tun?« fragte Bunsen.

»Ihn bis zum Morgen dortlassen, sonst gar nichts.«

»Ich kann ihn zurückholen.«

»Was? Wie könnten Sie ihn zurückholen? Er könnte Sie nicht hören, weil die Tür da drüben zu ist, und selbst wenn, wie würde er die Schiebetür öffnen?«

»Wollen wir wetten, daß ich ihn zurückholen kann?« Der Fotograf sprang auf das seitliche Geländer des Balkons, schwankte und hielt sich am Eckpfosten fest.

»Nein!« schrie Qwilleran. »Kommen Sie da runter!« Er hatte Angst, durch eine schnelle Bewegung den Mann zu irritieren, der auf dem schmalen Geländer balancierte. Langsam und mit angehaltenem Atem ging er zu Bunsen hinüber.

»Kein Problem!« rief der Fotograf, sprang über den eineinhalb Meter breiten Spalt und packte den Pfosten des nächsten Balkons. »Was eine Katze kann, kann Odd Bunsen schon lange!«

»Kommen Sie zurück! Sie sind wahnsinnig! ... Nein, bleiben Sie! Versuchen Sie es nicht noch einmal!«

»Odd Bunsen kommt, die Rettung naht!« schrie der Fotograf, während er über die ganze Längsseite des Balkons lief und den Sprung auf den nächsten schaffte. Doch vorher pflückte er eine gelbe Chrysantheme aus dem Blumenkistchen des Nachbarn und klemmte sie sich zwischen die Zähne.

Qwilleran setzte sich nieder und schlug die Hände vors Gesicht.

»Yahuuu!« krähte Bunsen. »Yahuuu!«

Seine Schreie wurden schwächer; sie wurden vom Pfeifen des Windes übertönt, während er rund um die gekrümmte Innenseite der Villa Verandah von Balkongeländer zu Balkongeländer sprang. Hier und da öffnete ein Bewohner eine Tür und schaute heraus, ohne die akrobatische Meisterleistung zu sehen, die da in der Dunkelheit vollführt wurde.

»Yahuuu!« ertönte ein Schrei in der Ferne.

Qwilleran dachte an die drei doppelten Martinis und die zwei – nein, drei – Gläser Weinbrand, die Bunsen getrunken hatte. Er dachte an die Frau des Fotografen und an seine sechs Kinder, und das Blut gefror ihm in den Adern.

Auf der anderen Seite des Hofes ertönte ein triumphierender Schrei, und Bunsen winkte von Lykes Balkon herüber. Er probierte an der Schiebetür; sie ließ sich öffnen. Er gab ihm Zeichen, daß er erfolgreich gewesen war, und trat dann in das silbriggraue Wohnzimmer. Bei seinem Eintritt sprang Koko vom Schrank und huschte davon.

Ich hoffe, sagte sich Qwilleran, dieser Trottel hat soviel Verstand, Koko über den Landweg und nicht durch die Luft zurückzubringen.

Von seinem Platz aus konnte der Journalist Bunsen und den Kater nicht mehr sehen. Daher ging er hinein und wartete dort auf die Rückkehr des verirrten Paares. Während er wartete, machte er zwei Tassen Nescafé und legte etwas Käse und ein paar Cracker auf einen Teller. Schon bald war er die lange Warterei leid. Er ging hinaus auf den Gang, horchte und sah die mit Teppichboden belegte Biegung hinunter. Kein Lebenszeichen – nur mechanische Geräusche aus dem Lichtschacht und erregte Töne aus einem weit entfernten Fernseher. Er trat wieder hinaus auf den Balkon und suchte den Südflügel ab. In Lykes Wohnung war keine Bewegung auszumachen, außer den rasch wechselnden Bildern auf dem Fernsehschirm.

Qwilleran trank eine Tasse Kaffee und marschierte im Zimmer auf und ab. Schließlich ging er ans Telefon und bat die Dame in der Telefonvermittlung, es noch einmal in Lykes Wohnung zu versuchen. Diesmal war besetzt.

»Was macht dieser betrunkene Idiot bloß?«

»Wie bitte?« fragte die Telefonistin.

Wieder trat er auf den Balkon hinaus und starrte fassungslos über den Hof. Als sein Telefon klingelte, stürzte er sich mit einem Satz darauf.

»Qwill«, sagte Bunsens Stimme, um einiges tiefer, als sie den ganzen Abend gewesen war. »Wir haben ein Problem hier drüben.«

»Koko? Was ist passiert?«

»Der Kater ist okay, aber Ihren Freund, den Innenausstatter, hat's erwischt.«

»Was meinen Sie damit?«

»Sieht aus, als ob Lyke tot ist.«

»Nein! ... Nein!«

»Er ist kalt, und er ist weiß, und auf dem Teppich ist ein häßlicher Fleck. Ich habe die Polizei angerufen, und ich habe die Zeitung angerufen. Würden Sie zum Auto runtergehen und meinen Fotoapparat holen?«

»Ich habe die Autoschlüssel Ihnen gegeben.«

»Ich habe sie in die Tasche meines Regenmantels gesteckt, und meinen Regenmantel habe ich in Ihrem Vorzimmer auf den Boden geworfen. Ich glaube, ich sollte lieber hier bei der Leiche bleiben.«

»Sie klingen auf einmal ganz nüchtern«, sagte Qwilleran.

»Als ich das hier sah, bin ich ganz schnell nüchtern geworden.«

Als Qwilleran mit Bunsens Fotoapparat in Lykes Wohnung ankam, waren die Beamten von der Polizeistreife bereits da. Qwilleran sah sich im Wohnzimmer um. Es sah noch genauso aus, wie sie es am Nachmittag fotografiert hatten, nur daß der Fernseher in dem chinesischen Schrank sinnlos vor sich hinquäkte und eine gelbe Chrysantheme auf dem Teppichboden lag, wo Bunsen sie hatte fallenlassen.

»Als ich durch die Tür kam«, sagte Bunsen zu Qwilleran, »führte mich Koko gleich ins Schlafzimmer.«

Die Leiche lag auf dem Schlafzimmerboden, in einen grauen Morgenmantel aus Seide gehüllt. An einem Finger steckte ein großer Sternsaphir, den Qwilleran vorher nicht gesehen hatte. Das Gesicht war nicht mehr schön. Es hatte den Geist und die Lebendigkeit verloren, die es so attraktiv gemacht hatten. Zurückgeblieben war nur eine arrogante Maske.

Qwilleran sah sich in dem Raum um. Das Tigerfell war vom Bett genommen, sauber zusammengefaltet und auf eine Bank gelegt worden. Alles übrige war vollkommen in Ordnung. Das Bett sah nicht so aus, als sei es benutzt worden.

Bunsen lief hektisch im Zimmer umher und suchte nach guten Blickwinkeln zum Fotografieren. »Ich möchte nur ein Foto machen«, sagte er zu den Polizisten. »Ich werde nichts anrühren.« Zu Qwilleran sagte er: »Es ist schwer, ein interessantes Bild zu bekommen. Die Fotoredaktion bringt keine blutrünstigen Fotos mehr, denn dann kriegen sie Beschwerden vom Eltern-Lehrerverein, kleinen alten Damen, von der Veteranenvereinigung, den Töchtern der Amerikanischen Revolution, den Vegetariern –«

»Was haben Sie mit Koko gemacht?« fragte Qwilleran.

»Er ist hier irgendwo. Wahrscheinlich vernichtet er gerade die Beweise.« Qwilleran fand Koko im Speisezimmer, wo er unter dem Tisch saß, als sei nichts passiert. Er hatte seine unverbindliche Haltung eingenommen und saß bequem auf einem goldblauen chinesischen Teppich; er sah weder neugierig noch besorgt, noch schuldbewußt, noch betrübt aus.

Als die Kriminalbeamten vom Morddezernat eintrafen, erkannte Qwilleran zwei, die er schon einmal kennengelernt hatte. Er mochte den untersetzten Beamten namens Hames, einen hervorragenden Kriminalbeamten, der auch außer Dienst eine Persönlichkeit besaß; Wojcik jedoch, dessen nasale Stimme gut zu seinen sarkastischem Bemerkungen paßte, konnte er nicht leiden.

Wojcik warf Qwilleran einen Blick zu und sagte: »Wie ist die Presse so schnell hierhergekommen?«

Der Streifenpolizist sagte: »Der Fotograf war schon hier, als wir kamen. Er hat uns in die Wohnung gelassen. Er ist derjenige, der die Leiche gefunden und gemeldet hat.«

Wojcik wandte sich an Bunsen: »Wie sind Sie hier hereingekommen?«

»Ich bin durch das Fenster gekommen.«

»Ich verstehe. Wir sind hier im vierzehnten Stock. Und Sie sind durch das Fenster gekommen.«

»Klar, da draußen sind Balkone.«

Hames sah sich staunend in dem luxuriösen Wohnzimmer um. »Sehen Sie sich diese Tapete an«, sagte er. »Wenn meine Frau die sähe ...«

Wojcik ging ins Schlafzimmer und danach auf den Balkon. Er blickte hinunter auf den Erdboden vierzehn Stockwerke unter ihnen und maß den Abstand zwischen den Balkonen ab. Dann trieb er Bunsen in die Enge. »Okay, wie sind Sie nun hereingekommen?«

»Ich habe Ihnen gesagt –«

»Ich nehme an, Sie wissen, daß Sie wie eine Schnapsbrennerei riechen.«

Qwilleran sagte: »Bunsen sagt die Wahrheit. Er ist von Balkon zu Balkon gesprungen, die ganze Strecke, von meiner Wohnung auf der anderen Seite aus.«

»Es ist vielleicht eine dumme Frage«, sagte der Kriminalbeamte, »aber darf ich fragen, *warum*?«

»Nun, es ist so«, sagte der Fotograf. »Wir waren auf der anderen Seite des Hofes –«

»Er kam her, um meinen Kater zu holen«, unterbrach ihn Qwilleran. »Mein Kater war hier drüben.«

Hames sagte: »Das muß der berühmte Siamkater sein, der mir meinen Job bei der Polizei abjagen will. Ich würde ihn gerne kennenlernen.«

»Er ist im Speisezimmer unter dem Tisch.«

»Meine Frau ist verrückt nach Siamkatzen. Irgendwann einmal werde ich aufgeben und ihr eine kaufen müssen.«

Qwilleran folgte dem umgänglichen Kriminalbeamten ins Speisezimmer und sagte leise: »Ich muß Ihnen etwas sagen, Hames. Wir waren heute nachmittag hier und haben die Wohnung für *Elegante Domizile* fotografiert, und David Lyke hat ein paar wertvolle Kunstgegenstände weggeräumt, bevor wir die Fotos aufnahmen. Ich weiß nicht, was er damit gemacht hat, aber sie waren wertvoll, und ich sehe sie nirgendwo.«

Der Detektiv, der jetzt unter dem Tisch kniete, reagierte nicht.

»Soweit ich mich erinnere«, fuhr Qwilleran fort, »hatte er einen fünfteiligen japanischen Wandschirm, ganz in Gold. Und eine lange Schriftrolle mit Bildern von Enten und Gänsen. Und eine hölzerne Skulptur von einem Hirschen, fast lebensgroß und, nach ihrem Zustand zu schließen, sehr alt. Und eine große Porzellanschüssel. Und einen goldenen Buddha, etwa einen Meter hoch.«

Unter dem Tisch sagte Hames: »Das Fell dieses Kerlchens fühlt sich an wie Nerz. Sind diese Katzen sehr teuer?«

Wojcik weckte die Nachbarn. In der Wohnung auf der anderen Seite des Ganges wohnte eine ältere Frau, die schwerhörig war, sie sagte, sie sei zeitig schlafengegangen, hätte nichts gehört und niemanden gesehen. Die östliche Nachbarwohnung stand leer; in der Wohnung auf der anderen Seite erhielten sie eine kleine Information.

»Wir sind mit Mr. Lyke nicht bekannt«, sagte eine Männerstimme, »aber wir begegnen ihm ab und zu im Aufzug – ihm und seinen Freunden.«

»Und wir hören seine wilden Partys«, fügte eine schrille Frauenstimme hinzu.

»Heute nacht haben wir nichts gehört«, sagte der Mann, »außer seinem Fernseher. Das kam uns ungewöhnlich vor. Normalerweise läuft seine Stereoanlage ... Musik, wissen Sie.«

»Sie läuft nicht. Sie *plärrt*«, sagte die Frau. »Vorige Woche haben wir uns beim Verwalter beschwert.«

»Als wir den Fernseher hörten«, fuhr der Mann fort, »dachten wir, daß eine gute Sendung laufen müßte, also haben wir unseren Apparat auch aufgedreht. Danach haben wir aus seiner Wohnung nichts mehr gehört.«

»Keine Stimmen? Keine wie immer geartete Auseinandersetzung?«

»Um ehrlich zu sein, ich bin eingeschlafen«, sagte der Mann. »Es war doch keine besonders gute Sendung.«

Wojcik nickte der Frau zu. »Und Sie?«

»Wenn der Fernseher läuft und mein Mann schnarcht, würde ich nicht mal 'ne Bombe hören.« Als Wojcik zurückkam, sagte er zu Qwilleran: »Wie gut kannten Sie den Verstorbenen?«

»Ich habe ihn vor ein paar Wochen kennengelernt – bei einem Auftrag des *Fluxion*. Ich weiß nicht viel von ihm, nur daß er große Partys veranstaltete und anscheinend alle ihn mochten – Männer wie Frauen.«

Der Kriminalbeamte sagte: »Er war Innenausstatter, hm?«

»Ja«, sagte Qwilleran scharf. »Und zwar ein verdammt guter.«

»Wann haben Sie ihn das letzte Mal gesehen?«

»Heute nachmittag, als wir seine Wohnung fotografierten. Bunsen und ich luden ihn zum Abendessen in den Presseclub ein, aber er sagte, er habe eine Verabredung.«

»Haben Sie eine Ahnung, mit wem?«

»Nein, er sagte nur, er habe eine Verabredung.«

»Lebte er allein?«

»Ja. Das heißt, ich nehme es zumindest an.«

»Was wollen Sie damit sagen?«

»Auf seinem Briefkasten steht nur ein Name.«

»Hatte er Hausangestellte?«

»Bei den Partys hatte er zwei Leute, in der Küche und zum Servieren. Die Reinigungskräfte werden von der Hausverwaltung gestellt.«

»Kennen Sie jemanden von seinen Verwandten oder engen Freunden?«

»Nur seinen Partner im Einrichtungsatelier. Sie sollten sich an Starkweather wenden.«

Als der amtliche Leichenbeschauer und der Polizeifotograf eintrafen, sagte Wojcik zu den Journalisten: »Warum packen Sie sich nicht zusammen und verschwinden?«

»Ich würde gerne hören, was der Doktor sagt«, meinte Qwilleran, »damit ich einen vollständigen Bericht abliefern kann.« Wojcik sah ihn sich genauer an. »Sind Sie nicht der Reporter vom *Fluxion*, der in den Einbruch bei den Taits verwickelt war?«

»Ich war nicht darin *verwickelt*«, sagte Qwilleran. »Ich habe nur zufällig einen Artikel über das Haus von Mr. und Mrs. Tait geschrieben – ein paar Tage bevor sich der Hausbursche mit den Jadesachen davonmachte, wenn man den Aussagen der Polizei glauben kann.«

Hames rief aus dem Speisezimmer: »Haben Sie schon gesehen? Wenn es dunkel ist, werden die Augen dieses Katers rot.«

Nach einer Weile sagte Wojcik zu den Journalisten: »Todesursache: Schußwunde in der Brust. Die Waffe wurde aus nächster Nähe abgefeuert. Ungefähr um zehn Uhr. Die Tatwaffe fehlt. Das Motiv ist anscheinend nicht Raub ... Das ist alles. Und jetzt tun

Sie uns einen Gefallen und gehen Sie nach Hause. Sie wissen wahrscheinlich mehr als wir. Ich habe den Verdacht, Ihre Zeitung inszeniert diese Sachen.«

Um Koko zu holen, mußte Qwilleran unter den Eßtisch kriechen und den Kater mit Gewalt wegreißen; er schien Wurzeln geschlagen zu haben.

Hames begleitete den Journalisten zur Tür. »Ihre Sonntagsbeilage sieht gut aus«, sagte er. »All diese eleganten Wohnungen! Meine Frau sagt, ich soll Bestechungsgeld eintreiben, damit wir auch so wohnen können.«

»Ich halte die Idee mit dem Magazin für gut«, sagte Qwilleran, »aber bis jetzt war es leider nicht gerade einfach. Zuerst die Katastrophe mit Tait, und dann –«

»Kommt schon, haut ab!« fauchte Wojcik. »Wir müssen arbeiten.«

»Sagen Sie mal«, meinte Hames, »diese Himmelbetten, die Sie in der Merchant Street fotografiert haben, die haben meiner Frau wahnsinnig gut gefallen. Wissen Sie, wo ich so etwas kaufen könnte?«

Qwilleran machte ein gequältes Gesicht. »Das war noch so ein unglücklicher Zufall! Ich wünschte, ich wüßte, warum sich die Sittenpolizei ausgerechnet dieses spezielle Wochenende für die Razzia ausgesucht hat.«

»Nun«, sagte Hames, »ich weiß nicht, wie es dazu gekommen ist, aber ich weiß, daß der Witwenfonds der Polizei eben erst eine beträchtliche Spende von der Penniman-Stiftung erhalten hat. … Also, was, haben Sie gesagt, fehlte? Ein fünfteiliger Blattgold-Wandschirm? Ein ein Meter hoher goldener Buddha? Ein Kakemono mit Enten und Gänsen? Ein alter holzgeschnitzter Hirsch? Eine Porzellanschüssel? Wissen Sie genau, daß es ein fünfteiliger Wandschirm war? Japanische Wandschirme bestehen normalerweise aus einer geraden Anzahl von Faltflächen.«

Langsam und nachdenklich kehrten die Journalisten zu Apartment 15-F zurück, Bunsen mit seinem Fotoapparat, Qwilleran mit dem Kater auf der Schulter.

»Die Penniman-Stiftung!« wiederholte er.

»Sie wissen, wer die Pennimans sind, nicht wahr?« fragte Bunsen.

»Ja, ich weiß, wer sie sind. Sie wohnen in Muggy Swamp. Und ihnen gehört der *Morning Rampage*.«

Kapitel fünfzehn

Qwilleran gab die Details über den Mord an David Lyke telefonisch einem Mitarbeiter des *Fluxion* durch, und Bunsen rief seine Frau an. »Ist die Party schon vorbei, Schatz? ... Sag den Kindern, ich bin gleich da und gebe ihnen allen einen Gute-Nacht-Kuß. ... Nichts. Überhaupt nichts. Habe den ganzen Abend rumgesessen und gequatscht. ... Schatz, du weißt doch, daß ich so etwas nie tun würde!«

Der Fotograf fuhr von der Villa Verandah nach Happy View Woods, und Qwilleran begann sich Sorgen zu machen, weil Koko so lange so ruhig geblieben war. War das katzenhafte Kaltblütigkeit, oder stand er unter Schock? Nach ihrer Rückkehr in die Wohnung hätte er durch alle Räume streifen, in der Küche nach eventuell vorhandenen Essensresten suchen und sich dann auf dem blauen Kissen am Kühlschrank zusammenrollen müssen. Statt dessen kauerte er unter dem Schreibtisch auf dem bloßen Holzfußboden und starrte mit großen Augen ins Leere. Seine Haltung ließ darauf schließen, daß ihm kalt war. Qwilleran legte seine alte Kordjacke wie ein Zelt um und über den Kater. Er erhielt dafür keinen Dank – nicht einmal ein Ohr zuckte.

Qwilleran selbst war erschöpft nach dem Schrecken, den ihm Kokos Verschwinden, Bunsens haarsträubende Turnübungen und die Entdeckung von Lykes Leiche eingejagt hatten. Doch als er zu Bett ging, konnte er nicht schlafen. Er warf sich hin und her, doch die Fragen verfolgten ihn.

Frage: Wer sollte den lockeren, freigebigen David Lyke beseitigen wollen? Er war gleichermaßen liebenswürdig zu Männern wie zu Frauen, zu Jung wie zu Alt, zu Kunden wie zu Konkurrenten, zur Küchenhilfe wie zu den Gästen im Wohnzimmer. Er zog zwar hinter ihrem Rücken über sie her, aber trotzdem waren alle von ihm verzaubert.

Frage: Konnte das Motiv Eifersucht sein? Lyke hatte alles – gutes Aussehen, Talent, Persönlichkeit, Erfolg, Freunde. Er hatte am Abend eine Verabredung gehabt. Vielleicht war der Frau ein eifersüchtiger Freund oder ein eifersüchtiger Ehemann gefolgt. Oder – diese Möglichkeit bestand auch – er war gar nicht mit einer Frau verabredet gewesen.

Frage: Warum trug Lyke einen auffallenden Ring und sonst nur einen Morgenmantel? Und warum war die Bettdecke mitten am Abend abgenommen und sauber zusammengefaltet worden? Qwilleran runzelte die Stirn und schnaubte in seinen Schnurrbart.

Frage: Warum hatten die Nachbarn keinen Tumult und keinen Schuß gehört? Vielleicht war Lykes Fernseher absichtlich auf volle Lautstärke gedreht worden, bevor der Schuß abgegeben wurde. Und die Nachbarn hatten alles, was sie gehört hatten, der Fernsehsendung zugeschrieben. Eine wunderbare Erfindung, das Fernsehen.

Frage: Wo war Koko während der ganzen Episode gewesen? Was hatte er gesehen? Was hatte er getan? Warum wirkte er jetzt wie betäubt?

Qwilleran drehte sich zum hundertsten Mal von der linken auf die rechte Seite. Es dämmerte, bevor er schließlich einschlief, und dann träumte er von klingelnden Telefonen. Leser riefen an und stellten ihm Fragen, die er nicht beantworten konnte. *Brrrring!* »Welche Farben mischt man, um himmelblaues Rosa zu bekommen?« *Brrrring!* »Qwill, hier ist Harold. Wir wollen die Druckerei mit Teppichboden auslegen. Was halten Sie von Bourbon-Braun?«

Als das Klingeln des Telefons Qwilleran schließlich aus seinen wirren Träumen riß, sagte er schlaftrunken »Hallo« in die Sprechmuschel.

Die Stimme am anderen Ende sagte nur: »Starkweather«, und wartete.

»Ja?« sagte Qwilleran und suchte nach Worten. »Wie geht es Ihnen?«

»Ist es nicht – ist es nicht schrecklich?« sagte Lykes Partner. »Ich habe die ganze Nacht nicht geschlafen.«

Die gestrigen Ereignisse fielen Qwilleran wieder ein. »Es war ein Schock«, pflichtete er ihm bei. »Ich kann es nicht fassen.«

»Gibt es irgend etwas – ich meine – könnten Sie …« Ein langes Schweigen folgte.

»Kann ich irgend etwas für Sie tun, Mr. Starkweather?«

»Nun, ich dachte – wenn Sie herausfinden könnten, was – was sie in der Zeitung schreiben werden …«

»Ich habe den Vorfall selbst gemeldet«, sagte Qwilleran. »Ich habe ihn gestern nacht telefonisch durchgegeben – nur die nackten Tatsachen, die aus dem Bericht des amtlichen Leichenbeschauers und der Erklärung des Kriminalbeamten hervorgehen. Der Bericht erscheint heute in der Morgenausgabe. Wenn es noch einen Folgeartikel gibt, wird mich der Redakteur wahrscheinlich zu sich rufen. … Warum sind Sie beunruhigt?«

»Nun, ich möchte nicht, daß – ich möchte nicht, daß das Auswirkungen hat – Sie wissen schon.«

»Auswirkungen auf das Atelier, meinen Sie?«

»Einige unserer Kunden, na ja – die sind sehr –«

»Sie befürchten, die Zeitungen werden es zu reißerisch aufmachen? Wollen Sie das damit sagen? Ich kann nicht für den *Morning Rampage* sprechen, Mr. Starkweather. Aber wegen des *Fluxion* brauchen Sie sich keine Sorgen zu machen. Außerdem weiß ich nicht, was man schreiben könnte, das dem Atelier schaden könnte.«

»Nun, Sie wissen ja – David und seine Partys – seine Freunde. Er hatte eine Menge – Sie wissen ja, wie diese Junggesellen sind.«

Jetzt war Qwilleran hellwach. »Haben Sie eine Ahnung, was für ein Motiv dahinterstecken könnte?«

»Ich kann es mir nicht vorstellen.«

»Eifersucht vielleicht?«

»Ich weiß es nicht.«

»Glauben Sie, es hatte etwas mit Davids Sammlung asiatischer Kunst zu tun?«

»Ich weiß es einfach nicht«, sagte Starkweather in seiner hilflosen Art.

Qwilleran ließ nicht locker. »Kennen Sie seine Sammlung gut genug, um festzustellen, ob etwas fehlt?«

»Das wollten die Polizisten gestern nacht auch schon wissen.«

»Konnten Sie ihnen weiterhelfen?«

»Ich bin sofort hingefahren – in Davids Wohnung.«

»Was haben Sie entdeckt?«

»Ein paar von seinen besten Sachen waren in einem Schrank eingeschlossen. Ich weiß nicht, warum.«

»Das kann ich Ihnen sagen«, meinte Qwilleran. »Dave nahm sie gestern weg, bevor wir Fotos machten.«

»Oh«, sagte Starkweather.

»Wußten Sie, daß wir Daves Wohnung fotografieren wollten?«

»Ja, er hat es erwähnt. Ich hatte es vergessen.«

»Hat er Ihnen gesagt, daß er ein paar Kunstgegenstände wegräumen würde?«

»Ich glaube nicht.«

»Dave sagte mir, er wollte nicht, daß die Leute von bestimmten Sachen, die er besaß, wüßten. Waren sie sehr wertvoll?«

Starkweather zögerte. »Ein paar von den Stücken waren – nun –«

»Das waren doch keine heißen Sachen, oder?«

»Was?«

»Handelte es sich um gestohlene Kunstgegenstände?«

»Oh, nein, nein! Er hat viel dafür bezahlt.«

»Das glaube ich«, sagte Qwilleran, »aber ich rede von der Herkunft der Sachen. Er sagte: ›Es gibt ein paar Stücke, die ich nicht einmal besitzen sollte.‹ Was kann er damit gemeint haben?«

»Nun, das waren – ich nehme an, man würde sagen – Museumsstücke.«

»Viele gut betuchte Sammler besitzen Stücke von Museumsqualität, nicht wahr?«

»Aber einige von Davids Sachen waren – nun – ich glaube, sie hätten nie ihr Herkunftsland verlassen dürfen. Japan, meine ich.«

»Ich verstehe«, sagte Qwilleran. Er dachte einen Augenblick nach. »Wollen Sie damit sagen, daß sie offiziell unter dem Schutz der Regierung standen?«

»Etwas in der Art.«

»Als Kulturgüter von nationaler Bedeutung?«

»Ich glaube, so nennt man das.«

»Hmm ... Haben Sie das der Polizei erzählt, Mr. Starkweather?«

»Nein.«

»Warum nicht?«

»Sie haben nichts dergleichen gefragt.«

Einen Augenblick verspürte Qwilleran Schadenfreude. Er konnte sich vorstellen, wie der schroffe Wojcik den wortkargen Starkweather verhörte. Dann kam ihm noch eine Frage in den Sinn. »Fällt Ihnen irgend jemand ein, der ein besonderes Interesse an diesen ›geschützten‹ Gegenständen bekundet hat?«

»Nein, aber ich frage mich ...«

»Was? Was fragen Sie sich, Mr. Starkweather?«

Lykes Partner hustete. »Ist das Atelier haftbar – ich meine, wenn irgend etwas Ungesetzliches ans Licht kommt – könnte man ...«

»Das bezweifle ich. Warum schlafen Sie nicht ein bißchen, Mr. Starkweather? Nehmen Sie eine Schlaftablette und versuchen Sie, ein wenig zu schlafen?«

»Oh, nein! Ich muß ins Atelier. Ich weiß nicht, was heute noch alles geschehen wird. Das ist eine schreckliche Geschichte, wissen Sie.«

Als Starkweather auflegte, hatte Qwilleran ein Gefühl, als seien ihm alle Zähne gezogen worden. Er ging in die Küche, um sich Kaffee zu machen, und fand Koko ausgestreckt auf seinem Kissen auf dem Kühlschrank liegend vor. Den Kopf zurückgeworfen, die Augen geschlossen, lag der Kater auf der Seite. Er streichelte ihn, und Koko seufzte im Schlaf tief auf. Sein Hinterbein zitterte.

»Träumst du?« sagte Qwilleran. »Wovon träumst du? Von Hühnerfleisch-Curry? Von Leuten mit Schußwaffen, die einen furchtbaren Lärm machen? Ich würde wirklich zu gern wissen, was du gestern nacht gesehen hast.«

Kokos Schnurrhaare zuckten, und er legte eine Pfote über die Augen.

Als das Telefon das nächste Mal klingelte, wurde Qwilleran beim Rasieren unterbrochen. Leicht verstimmt hob er ab. Er betrachtete das Rasieren als einen spirituellen Ritus – zum Teil Ahnenverehrung, zum Teil Bestätigung seiner Männlichkeit, zum Teil Tribut an die Ehrbarkeit, und es erforderte äußerstes künstlerisches Geschick.

»Hier ist Cokey«, sagte eine atemlose Stimme. »Ich habe gerade im Radio die Meldung über David Lyke gehört. Ich kann es nicht glauben!«

»Es stimmt, er wurde ermordet.«

»Haben Sie eine Ahnung, wer das getan hat?«

»Woher soll ich das wissen?«

»Sind Sie böse auf mich?« sagte Cokey. »Sie sind böse auf mich, weil ich vorgeschlagen habe, das Allison-Haus in die Zeitung zu bringen.«

»Ich bin nicht böse«, sagte Qwilleran mit etwas weicherer Stimme. Er dachte, daß er Cokey vielleicht ein paar Dinge fragen sollte. »Ich rasiere mich gerade. Ich habe das ganze Gesicht voller Rasierschaum.«

»Tut mir leid, daß ich so früh anrufe.«

»Ich rufe Sie demnächst einmal an, und dann gehen wir abendessen.«

»Wie geht es Koko?«

»Es geht ihm gut.«

Nachdem sie sich verabschiedet hatten, hatte Qwilleran eine Idee. Er wischte sich den Rasierschaum aus dem Gesicht, weckte Koko und setzte ihn auf das Wörterbuch. Koko krümmte den Rücken und spannte die Muskeln, daß er am ganzen Körper zitterte. Er richtete die Schnurrhaare nach oben, drehte die Augen nach unten und gähnte ausgiebig, wobei dreißig Zähne, ein gefurchter Gaumen, eine zehn Zentimeter lange Zunge und der halbe Schlund zu sehen waren. »Okay, spielen wir unser Spiel«, sagte Qwilleran, nachdem er selbst lang und ausgiebig gegähnt hatte.

Koko drehte sich dreimal im Kreis, rollte sich dann herum und nahm auf den aufgeschlagenen Seiten des Wörterbuches eine träge Haltung ein.

»Spielen! Spielen! Spielen wir unser Spiel!« Qwilleran grub seine Fingernägel in die Seiten, um es ihm vorzuführen.

Verspielt drehte sich Koko auf den Rücken und rollte sich glücklich hin und her.

»Du Faulpelz! Was ist los mit dir?«

Der Kater kniff nur die Augen zusammen und sah verträumt vor sich hin.

Erst als Qwilleran Koko eine Sardine unter die Nase hielt, war er bereit, mitzumachen. Das Spiel verlief jedoch ereignislos: *Kinnbacke* und *Kiosk*, *schlenkern* und *Schleppnetz*, *Skala* und *skandinavisch*. Qwilleran hatte sich eigentlich relevantere Stichworte erhofft. Doch ein paar von ihnen ergaben einen Sinn, das mußte er zugeben. Auf der Sardinendose stand NORWEGISCHES PRODUKT.

Qwilleran lief in die Redaktion und nahm die nächste Nummer von *Elegante Domizile* in Angriff, doch seine Gedanken waren nicht bei der Zeitschrift. Er wartete, bis er annahm, daß Starkweather im Atelier war und rief dann Mrs. Starkweather zu Hause an.

Sie brach in Tränen aus. »Ist es nicht furchtbar?« weinte sie. »Mein David! Mein lieber David! Warum sollte jemand so etwas tun?«

»Es ist in der Tat schwer zu verstehen«, sagte Qwilleran.

»Er war noch so jung. Er war erst zweiunddreißig, wissen Sie. Und so lebendig und talentiert. Ich weiß nicht, was Stark ohne ihn anfangen wird.«

»Hatte David Feinde, Mrs. Starkweather?«

»Ich weiß es nicht. Ich kann gar nicht mehr denken. Ich bin so durcheinander.«

»Vielleicht war jemand auf Davids Erfolg neidisch. Würde irgendwer von seinem Tod profitieren?«

Ihre Tränen gingen in lautes Schniefen über. »Niemand würde davon profitieren. David hat auf großem Fuß gelebt und das Geld mit vollen Händen ausgegeben. Er hat keinen Penny gespart. Stark hat ihn immer gewarnt.«

»Was wird aus Davids Hälfte des Geschäfts?« fragte Qwilleran so beiläufig wie möglich.

»Oh, die geht natürlich an Stark. So hatten sie es vereinbart. Stark hat das ganze Geld für das Geschäft aufgebracht. David brachte sein Talent ein. Er hatte ja soviel Talent«, fügte sie wimmernd hinzu.

»Hatte Dave keine Familie?«

»Er hatte niemanden. Keine Menschenseele. Ich glaube, deshalb hat er so viele Partys gegeben. Er wollte Menschen um sich haben, und er glaubte, er müsse sich ihre Zuneigung erkaufen.« Mrs. Starkweather stieß einen lauten Seufzer aus. »Aber das stimmte gar nicht. Die Leute haben David spontan geliebt.«

Qwilleran biß sich auf die Unterlippe. Er hätte am liebsten gesagt: Ja, aber war er nicht zugleich auch ein Schuft? Machte er nicht auch ätzende Bemerkungen über die Leute, die sich um ihn scharten? Wissen Sie denn nicht, Mrs. Starkweather, daß David Sie eine mittelalterliche Säuferin genannt hat?

Statt dessen sagte er: »Ich frage mich, was aus seiner Sammlung asiatischer Kunst wird.«

»Ich weiß es nicht. Ich weiß es wirklich nicht.« Ihr Tonfall wurde härter. »Mir fallen aber auf der Stelle drei oder vier Schmarotzer ein, die sie sich bestimmt gern unter den Nagel reißen würden.«

»Sie wissen nicht, ob diese Kunstgegenstände in Davids Testament erwähnt werden?«

»Nein.« Sie überlegte einen Augenblick. »Ich wäre nicht überrascht, wenn er sie diesem jungen Japaner vermacht hätte, der für ihn gekocht hat. Das ist nur so ein Einfall.«

»Wieso glauben Sie das?«

»Sie standen einander sehr nahe. David hat Yushi geholfen,

den Partyservice aufzubauen. Und Yushi war David treu ergeben. Wir alle waren David treu ergeben.« Die Tränen begannen wieder zu fließen. »Ich bin froh, daß Sie mich nicht sehen können, Mr. Qwilleran. Ich sehe schrecklich aus. Ich weine seit Stunden! David hat mir das Gefühl gegeben, jung zu sein, und plötzlich fühle ich mich so alt.« Als nächstes rief Qwilleran im Atelier PLUG an. Er erkannte die verbindliche Stimme, die sich meldete.

»Bob, hier ist Qwilleran vom *Fluxion*«, sagte er.

»Nein, so etwas!« sagte Orax. »Wie die Telefondrähte heute morgen glühen! Gut möglich, daß die Telefongesellschaft eine zusätzliche Dividende ausschüttet.«

»Was haben Sie über den Mord an David gehört?«

»Leider nichts Wiederholenswertes.«

»Ich rufe eigentlich an«, sagte Qwilleran, »um mich nach Yushi zu erkundigen. Wissen Sie, ob man ihn für Partys engagieren kann? Ich gebe eine Party für einen Mann, der demnächst heiratet.«

Orax sagte: »Ich bin sicher, jetzt, wo David nicht mehr unter uns weilt, wird Yushi viel Zeit haben. Er steht unter ›Internationale Küche‹ im Telefonbuch. ... Werden wir Sie beim posthumen Umtrunk sehen?«

»Was ist das?«

»Oh, wußten Sie das nicht?« sagte Orax. »Als David sein Testament machte, hat er verfügt, daß nach seinem Tod eine letzte Fete für alle seine Freunde veranstaltet wird – im Toledo! Es wird nicht geweint! Nur gelacht, getanzt und getrunken, bis das Geld alle ist. Und im Toledo wird es sehr schnell alle sein.«

»David war wirklich ein außergewöhnlicher Mensch«, sagte Qwilleran. »Ich würde gerne einen Artikel über ihn in der Zeitung schreiben. Wer waren seine besten Freunde? Wer könnte mir Informationen geben?«

Orax summte ein paar Sekunden in den Hörer. »Die Starkweathers natürlich, und die Noytons und der *liebe* Yushi und etliche schamlose Schmarotzer wie ich selbst.«

»Irgendwelche Feinde?«

»Vielleicht Jacques Boulanger, aber heutzutage ist schwer zu unterscheiden, wer ein Feind und wer ein Freund ist.«

»Was ist mit den Mädchen in seinem Leben?«

»Ah, ja, die Mädchen«, sagte Orax. »Da war mal Lois Avery, aber die hat geheiratet und ist weggezogen. Und dann war da so ein Wesen mit langen, glatten Haaren, die bei Mrs. Middy arbeitet; ich habe vergessen, wie sie heißt.«

»Ich glaube«, sagte Qwilleran, »ich weiß, wen Sie meinen.«

Kapitel sechzehn

Qwilleran fuhr mit dem Taxi zum Atelier Sorbonne. Er hatte telefonisch einen Termin vereinbart, und eine Frau mit einem bezaubernden französischen Akzent hatte ihn eingeladen, *tout suite* hinzukommen, wenn er ein *rendez-vous* mit Mr. Boulanger im Atelier wünschte.

Im Taxi dachte er wieder über Cokey nach. Jetzt wußte er, daß Koko gespürt hatte, daß sie unehrlich war. Als er Cokey in den Kopf zwickte und das Foto aus ihrer Brieftasche ableckte, hatte Koko versucht, ihm diese Information zu übermitteln.

Qwilleran hatte nur einen kurzen Blick auf das Bild werfen können, aber er war sich ziemlich sicher, wessen Konterfei der Kater abgeleckt hatte: diese Künstler-Pose, das helle Haar. Jetzt wußte er es! Cokey, die so offen, so entwaffnend war, konnte sich so überzeugend verstellen. Sie hatte zugelassen, daß Qwilleran ihr David vorstellte, und der Innenausstatter hatte – mit kaum mehr als einem Flackern seines sinnlichen Blicks – mitgemacht. Spielte er auf einen spontanen Wink hin den Gentleman? Oder hatten sie das vorher vereinbart?

Wenn Cokey Qwilleran einmal getäuscht hatte, dann vielleicht auch ein zweites Mal. Hatte sie die peinliche Sache mit dem Allison-Haus arrangiert? Hatte sie Kontakte zum *Morning Rampage*?

»Ist das das Haus, wo Sie hinwollen?« fragte der Taxifahrer und riß Qwilleran aus seinen unerfreulichen Gedanken. Das Taxi war vor einem protzigen kleinen Gebäude stehengeblieben, einer

Miniaturausgabe der Pavillons, die die französischen Könige für ihre Mätressen erbauen ließen.

Das Innere des Ateliers Sorbonne war beeindruckend: cremeweißer Marmor, weißer Teppichboden, weiße Möbel und Kristalleuchter. Der dicke, reliefartige Teppichboden sah aus wie Baiser. Qwilleran betrat ihn vorsichtig.

Es herrschte gedämpfte Stille in dem Raum, bis eine dunkelhäutige Frau von seltener Schönheit hinter einem Wandschirm hervorkam und sagte: »*Bon jour, m'sieur*. Kann isch Ihnen 'elfen?«

»Ich bin mit Mr. Boulanger verabredet«, sagte Qwilleran. »Ich komme vom *Daily Fluxion*.«

»*Ah, oui*. Monsieur Boulanger telefoniert mit einem Kunden, aber isch werde ihm sagen, daß Sie 'ier sind.«

Mit ihrem geschmeidigen Gang verschwand sie hinter dem Wandschirm; er war verspiegelt, und Qwilleran sah sich selbst darin, wie er ihrer Gestalt zufrieden und anerkennend nachsah.

Einen Augenblick später kam ein gutaussehender Schwarzer mit einem Spitzbart aus den inneren Gefilden heraus. Hallo«, sagte er lächelnd und ungezwungen. »Ich bin Jack Baker.«

»Ich bin mit Mr. Boulanger verabredet«, sagte Qwilleran.

»Ich bin Ihr Mann«, sagte der Innenausstatter. »Jacques Boulanger für Kunden, Jack Baker für meine Verwandten und die Presse. Kommen Sie in mein Büro, *s'il vous plaît*.«

Qwilleran folgte ihm in einen blaßblauen Raum mit Plüschteppich, Samtwänden und zierlichen Stühlen. Unbehaglich blickte er zur Decke hinauf – sie war mit gefältelter blauer Seide verkleidet, die in der Mitte zu einer Rosette zusammengefaßt war.

»Mann, ich weiß, was Sie jetzt denken.« Baker lachte. »Das ist wirklich eine verrückte Bude. *Mais malheureusement*, das erwarten die Kunden. Ich komme mir zwar wie ein Idiot vor, aber man kann davon leben.« In seinen Augen lag eine Fröhlichkeit, bei der sich Qwilleran allmählich entspannte. »Wie gefällt Ihnen der Empfangssalon? Wir haben ihn eben erst neu gestaltet.«

»Ich nehme an, er ist okay, wenn man viel Weiß mag«, meinte Qwilleran.

»Nicht Weiß!« sagte Baker und schauderte übertrieben. »Die Farbe heißt Vichyssoise. Mit einem Hauch Lauchgrün.«

Der Reporter fragte: »Machen Sie solche Sachen für Ihre Kunden? Wir würden gerne eine Wohnung, die Sie gestaltet haben, für *Elegante Domizile* fotografieren. Wie ich gehört habe, arbeiten Sie für verschiedene Auftraggeber in Muggy Swamp.«

Der Innenausstatter zögerte. »Ich will nicht unkooperativ erscheinen, *vous savez*, aber meine Kunden schätzen diese Art von Publicity nicht. Und ganz offen gesagt, meine Arbeit in Muggy Swamp ist nicht, *qu'est-ce qu'on dit*, berichtenswert. Das ist mein voller Ernst! Meine Kunden sind alle Spießer. Sie wollen abgestandene Klischees. Vorzugsweise französische Klischees, und das sind die schlimmsten! Würde ich für die *nouveaux riches* in Lost Lake Hills arbeiten, dann könnte ich Ihnen phantasievolle, gewagte Einrichtungen zeigen. Nicht soviel Geschmack, aber mehr Schwung.«

»Schade«, sagte Qwilleran. »Ich hatte gehofft, wir könnten einen prominenten Namen wie Duxbury oder Penniman bekommen.«

»Ich wünschte, ich könnte Ihnen helfen«, sagte der Innenausstatter. »Wirklich. Ich mag die Zeitungsszene. Ein amerikanischer Reporter in Paris hat mich meiner ersten Klientin vorgestellt – wie das Leben so spielt, war das Mrs. Duxbury.« Er lachte fröhlich. »Wollen Sie die ganze verrückte Geschichte hören? *C'est formidable!*«

»Schießen Sie los. Darf ich mir eine Pfeife anzünden?«

Baker begann seine Geschichte mit sichtlichem Genuß. »Ich bin hier in dieser Stadt geboren, im falschen Teil des falschen Viertels, wenn Sie verstehen, was ich meine. Irgendwie schaffte ich mit einem Stipendium das College und hatte dann einen Abschluß in bildender Kunst, der mich – *ma foi!* – berechtigte, in einem Innenausstattungsatelier zu arbeiten und Gardinenstangen zu befestigen. Also sparte ich mein Geld und ging nach Paris, an die Sorbonne. *C'est bien ça.*«

Das Gesicht des Innenausstatters nahm einen zärtlichen Ausdruck an. »Und dort wurde ich von Mr. und Mrs. Duxbury entdeckt, einem schicken Pärchen aus besten Schickeria-Kreisen.«

»Wußten sie, daß Sie aus ihrer eigenen Stadt kamen?«

»*Mais non!* Ich sprach zum Spaß Englisch mit einem französischen Akzent, und ich hatte mir diesen malerischen Bart wachsen lassen. Die Duxburys haben mir die ganze exotische Show abgenommen – die Guten! – und mich beauftragt, hierherzukommen und ihr Haus in Muggy Swamp mit allen dreißig Zimmern einzurichten. Ich habe die Farben Auster, Pistazie und Aprikose verwandt. Danach wollten alle anderen bedeutenden Familien den schwarzen Pariser Innenausstatter der Duxburys. Also mußte ich weiter mit französischem Akzent reden, *vous savez.*«

»Wie lange leben Sie schon mit diesem Geheimnis?«

»Es ist kein Geheimnis mehr, aber es würde zu viele Leute in Verlegenheit bringen, wenn wir die Wahrheit zugäben. Also amüsieren wir uns alle über dieses harmlose kleine *divertissement*. Ich gebe vor, Franzose zu sein, und sie geben vor, nicht zu wissen, daß das nicht stimmt. *C'est parfait!*«, erzählte Baker mit einem vergnügten Grinsen. Die junge Dame mit dem entzückenden Gesicht und der bezaubernden Figur kam ins Büro und brachte ein goldenes Tablett mit zarten Teetassen, Zitronenscheiben und einer goldenen Teekanne.

»Das ist meine Nichte, Verna«, sagte der Innenausstatter.

»Hallo!« sagte sie zu Qwilleran. »Sind Sie bereit für eine Dosis Aufputschmittel? Zitrone oder Zucker?« Keine Spur von einem französischen Akzent. Sie war sehr amerikanisch und sehr jung, doch sie schenkte den Tee aus der vergoldeten Kanne mit aristokratischer Anmut ein.

Qwilleran sagte zu Baker: »Wer hat die Innenausstattungen in Muggy Swamp gemacht, bevor Sie auftauchten?«

Der Innenausstatter grinste schief. »*Eh bien*, das waren Lyke and Starkweather.« Er wartete auf Qwillerans Reaktion, doch der Reporter war ein Meister in der Kunst, seine Reaktionen hinter seinem üppigen Schnurrbart zu verbergen.

»Wollen Sie damit sagen, daß Sie ihnen alle Kunden weggeschnappt haben?«

»*C'est la vie.* Die Kunden von Innenausstattern sind launisch. Und sie sind wie die Schafe, besonders in Muggy Swamp.«

Baker war freimütig, also beschloß Qwilleran, ganz direkt zu sein. »Wieso haben Sie den Auftrag von G. Verning Tait nicht bekommen?«

Der Innenausstatter sah seine Nichte an, sie sah ihn an. Dann setzte Jack Baker ein gewinnendes Lächeln auf. »Dafür gab es bei den Taits sehr gefühlsbetonte Gründe«, sagte er; er wählte seine Worte mit Bedacht. »*Pourtant*, David Lyke hat gute Arbeit geleistet. Ich hätte zwar für die Eingangshalle niemals diese gestreifte Tapete verwandt, und die Lampen waren überdimensioniert, aber David hat sich sehr bemüht.« Sein Gesicht nahm einen betrübten Ausdruck an – echt oder vorgetäuscht. »Und jetzt habe ich meinen besten Konkurrenten verloren. Wo bleibt der Spaß bei diesem Spiel, wenn es keine Konkurrenz gibt?«

»Ich dachte daran, einen Artikel über David Lyke zu schreiben«, sagte Qwilleran. »Könnten Sie, als sein Konkurrent, etwas über ihn sagen?«

»Etwas, das Sie zitieren können?« fragte Baker mit einem verschmitzten Gesichtsausdruck.

»Wie lange kennen Sie Lyke schon?«

»Ewig. Seit der Zeit, als wir beide im falschen Viertel wohnten. Bevor er Lyke hieß.«

»Er hat seinen Namen geändert?«

»Er war unaussprechlich und unbuchstabierbar. Dave entschied, daß Lyke besser ankäme.

»Haben Sie beide sich verstanden?«

»*Tiens!* Als wir auf die High-School gingen, waren wir befreundet – zwei Ästheten in einem Dschungel voller zwei Meter großer Basketballspieler und jugendlicher Rowdys. Insgeheim fühlte ich mich Dave überlegen, weil ich Eltern hatte und er Waise war. Und dann, nach dem College, arbeitete ich auf einmal für ihn – maß Fenster ab und bohrte Löcher in Holzwände, damit David Lyke Gardinen zu fünftausend Dollar verkaufen und zu Abendgesellschaften in Muggy Swamp eingeladen werden konnte. Während ich mir in der Schule das Hirn zermarterte und mich als

Tellerwäscher über Wasser gehalten hatte, hatte er es allein mit seiner Persönlichkeit und gebleichten Haaren geschafft – und wer weiß womit sonst noch. Das hat mich gewurmt, Mann; das hat mich wirklich gewurmt!«

Qwilleran paffte an seiner Pfeife und machte ein teilnahmsvolles Gesicht.

»*Dites donc*, ich habe meine Rache bekommen.« Baker lächelte breit. »Ich bin aus Paris zurückgekehrt und habe ihm seine Kundschaft in Muggy Swamp abgeknöpft. Und damit er es auch nicht vergißt, bin ich in dasselbe Haus gezogen, in dem er wohnte, aber in eine teurere Wohnung weiter oben.«

»Sie wohnen in der Villa Verandah? Ich auch.«

»Im fünfzehnten Stock, Südflügel.«

»Ich im vierzehnten Stock, Nordflügel.«

»*Alors*, wir sind beide auf gesellschaftliches Ansehen aus«, sagte Baker.

Qwilleran hatte noch eine Frage: »Als Konkurrent und ehemaliger Freund von David und als sein Nachbar: Haben Sie einen Verdacht, was das Motiv für den Mord gewesen sein könnte?«

Der Innenausstatter zuckte mit den Achseln. »*Qui sait?* Er war ein rücksichtsloser Mensch – im Privatleben wie im Geschäft.«

»Ich fand ihn toll«, sagte Verna.

»*Vraiment, chérie,* er hatte eine hübsche Fassade, aber hinter deinem Rücken ließ er kein gutes Haar an dir, wie man so schön sagt.«

Qwilleran meinte: »Ich habe noch nie einen Menschen mit so großer persönlicher Anziehungskraft gesehen.«

»*Eh bien!*« Baker setzte eine entschlossene, grimmige Miene auf.

»Nun, wir sehen uns ja wahrscheinlich mal im Mausoleum«, sagte der Reporter und stand auf.

»Kommen Sie doch mal zum Essen hinauf in den fünfzehnten Stock«, sagte der Innenausstatter. »Meine Frau ist eine wunderbare Köchin.«

Qwilleran fuhr zurück in die Redaktion, um die Fahnenabzüge durchzusehen, und fand eine Nachricht vor, daß er sofort zum Chefredakteur kommen sollte.

Percys Laune war nicht gerade die beste. »Qwill«, sagte er barsch, »ich weiß, daß Sie nicht unbedingt begeistert waren, als ich Ihnen die *Eleganten Domizile* übertrug, und ich glaube inzwischen, es war falsch, Ihnen die Zeitschrift aufzuzwingen.«

»Was wollen Sie damit sagen?«

»Ich gebe nicht Ihnen die Schuld an der Folge von Zwischenfällen, aber es hat wirklich den Anschein, daß die Zeitschrift Katastrophen anzieht wie ein Magnet.«

»Am Anfang hat mir das Projekt nicht zugesagt«, erwiderte Qwilleran, »aber jetzt bin ich Feuer und Flamme. Es ist ein interessantes Ressort.«

»Diese Sache letzte Nacht«, sagte Percy kopfschüttelnd. »Dieser Mord! Warum passiert immer alles in Ihrem Ressort? Manchmal hat das, was wir Pech nennen, psychologisch erklärbare Gründe. Vielleicht sollten wir Sie von diesem Auftrag befreien. Anderson geht am ersten Oktober in Pension ...«

»Anderson!« sagte Qwilleran mit unverhülltem Entsetzen. »Der Kirchenredakteur?«

»Vielleicht könnten Sie die Kirchennachrichten übernehmen, und *Elegante Domizile* könnte der Frauenredaktion übertragen werden, in die sie ohnehin von Anfang gehört hätte.«

Qwillerans Schnurrbart richtete sich auf. »Wenn Sie mich über diese Verbrechen recherchieren lassen, Harold, wie ich vorgeschlagen habe, dann könnte ich ein paar Anhaltspunkte finden. Es gibt Kräfte, die gegen uns arbeiten! Ich weiß zum Beispiel, daß der Witwenfonds der Polizei genau zu dem Zeitpunkt, als die Sittenpolizei die Razzia im Allison-Haus veranstaltete, von den Eigentümern des *Morning Rampage* eine beträchtliche Spende erhalten hat.«

Percy sah müde aus. »Von uns bekommen sie auch eine. Jeden September übermitteln beide Zeitungen dem Fonds eine Spende.«

»Na gut; vielleicht war es keine Bestechung, aber ich wette, der Zeitpunkt war kein Zufall. Und hinter der Geschichte in Muggy Swamp steckt vermutlich auch ein Komplott.«

»Worauf basieren Ihre Vermutungen?«

Qwilleran glättete seinen Schnurrbart. »Ich kann zum jetzigen Zeitpunkt meine Quelle nicht preisgeben, aber nach weiteren Ermittlungen –«

Der Chefredakteur schlug entschieden die Hand auf den Tisch. »Belassen wir es bei meinem Vorschlag, Qwill. Sie geben die nächste Sonntagsbeilage in Druck, und danach übernimmt sie Fran Unger.«

»Warten Sie! Lassen Sie mir noch eine Woche Zeit, bevor Sie eine Entscheidung treffen. Ich verspreche Ihnen, daß es eine Überraschung geben wird.«

»In den letzten fünfzehn Tagen haben wir nichts als Überraschungen erlebt.«

Qwilleran gab keine Antwort und rührte sich nicht von Percys Schreibtisch. Er starrte dem Chefredakteur nur in die Augen und wartete auf eine zustimmenden Antwort – eine Taktik, die er von Koko übernommen hatte.

»Na schön. Noch eine Woche«, sagte der Chefredakteur. »Und hoffen wir, daß nicht irgendwer in der Druckerei eine Bombe legt.«

Qwilleran ging zurück in die Feuilletonredaktion; in seinem Inneren kämpfte die Hoffnung mit dem Zweifel. Er rief in der Polizeidirektion an und sprach mit Lodge Kendall. »Irgend etwas Neues über den Mord?«

»Nichts«, sagte der Polizeireporter. »Sie gehen gerade Lykes Adressenbuch durch. Eine umfangreiche Liste.«

»Haben sie interessante Fingerabdrücke gefunden?«

»Nicht nur Fingerabdrücke, auch Pfotenabdrücke!«

»Geben Sie mir Bescheid, wenn sich etwas Neues ergibt«, sagte Qwilleran. »Ganz unter uns, es kann sein, daß mein Job davon abhängt.«

Um sechs Uhr, als Qwilleran essen gehen wollte, traf er im Aufzug Odd Bunsen.

»He, wollen Sie diese Fotos vom Tait-Haus?« sagte Bunsen. »Die liegen seit einer Woche in meinem Schrank.« Er ging zurück ins Fotolabor und kam mit einem großen Kuvert wieder. »Ich habe sie für Sie vergrößert, genau wie für die Polizei. Wofür brauchen Sie sie?«

»Ich hatte vor, sie Tait zu bringen.«

»Das habe ich mir gedacht. Ich habe mir mit den Abzügen große Mühe gegeben.«

Qwilleran ging in den Presseclub, häufte sich am Büffet soviel er konnte auf den Teller und ging damit ans Ende der Bar, wo er ungestört essen und darüber nachdenken konnte, was er an diesem Tag alles erfahren hatte: über Lykes Beziehung zu Cokey, über seine gar nicht mondänen Anfänge, die Jugendfreundschaft, die in die Brüche gegangen war, die Kunstschätze, die eigentlich in Japan hätten bleiben sollen, und das unklare Verhältnis zu Yushi. Einmal hatte Qwilleran tagsüber versucht, die ›Internationale Küche‹ telefonisch zu erreichen, doch Yushis Anrufbeantworter hatte ihm mitgeteilt, daß der Koch verreist sei.

Während der Reporter Kaffee trank, öffnete er den Umschlag. Die Fotos waren eindrucksvoll. Bunsen hatte sie auf achtundzwanzig mal fünfunddreißig Zentimeter vergrößert und randlos reproduziert. Der Barkeeper drückte sich in seiner Nähe herum, wischte über eine Stelle auf der Theke, wo nichts zu wischen war, und bekundete seine Neugier.

»Das Tait-Haus«, sagte Qwilleran. »Ich werde sie dem Besitzer geben.«

»Er wird Ihnen dankbar sein. Die Leute stehen auf Fotos von ihrem Haus, ihren Kindern, ihren Haustieren – auf alles in dieser Art.« Zu dieser tiefgründigen Bemerkung nickte Bruno weise mit dem Kopf.

Qwilleran sagte: »Haben Sie schon mal gehört, daß eine Katze Glanzfotos ableckt? Mein Kater tut das. Er frißt auch Gummibänder.«

»Das hört sich nicht gut an«, sagte der Barkeeper. »Sie sollten etwas dagegen unternehmen.«

»Glauben Sie, es schadet ihm?«

»Es ist nicht normal. Ich glaube, Ihr Kater ist gestört, wie man so sagt.«

»Er wirkt vollkommen gesund und munter.«

Bruno schüttelte weise den Kopf. »Dieser Kater braucht Hilfe. Sie sollten mit ihm zu einem Katzologen gehen!«

»Zu einem KATZologen?« fragte Qwilleran. »Ich wußte gar nicht, daß es so etwas gibt.«

»Ich könnte Ihnen sagen, wo Sie einen guten finden.«

»Also, vielen Dank«, sagte der Reporter. »Wenn ich zu dem Schluß komme, daß Koko einen Seelenklempner braucht, dann werde ich mich an Sie wenden.«

Er ging zum Büffet, um sich einen Nachschlag zu holen, wickelte eine Scheibe Truthahn in eine Papierserviette und fuhr mit dem Taxi nach Hause zur Villa Verandah.

Im vierzehnten Stock stieg er aus dem Aufzug und klimperte mit den Schlüsseln. Das war sein Zeichen für Koko. Der Kater lief dann immer zur Tür und setzte zu seinem schrillen siamesischen Begrüßungsgeschrei an. Zu dem Ritual gehörte auch, daß Qwilleran tat, als mühe er sich mit dem Schloß ab, und je länger er brauchte, um die Tür zu öffnen, desto lauter wurde die Begrüßung.

Doch heute abend gab es kein Begrüßungsgeheul. Qwilleran öffnete die Tür und warf schnell einen Blick auf Kokos drei Lieblingsplätzchen: auf die nordöstliche Ecke des mittleren Sofas; auf den Couchtisch mit der Glasplatte, eine kühle Sitzfläche für warme Tage; und auf das dritte Bücherregal, zwischen der Marmorbüste von Sappho und einem Exemplar von *Fanny Hill*, wohin sich Koko zurückzog, wenn es kühl in der Wohnung war. Auf keinem der drei Plätze war eine Katze zu sehen.

Qwilleran ging in die Küche und sah auf den Kühlschrank; er erwartete, ein zusammengerolltes, helles Fellbündel – kopflos, schwanzlos, beinlos und schlafend – auf dem blauen Kissen vorzufinden. Auch hier – keine Spur von Koko. Er rief nach ihm, erhielt aber keine Antwort. Systematisch sah er unter dem Bett, hinter den Gardinen, in Schränken und Schubladen und selbst in dem Schrank mit der Stereoanlage nach. Er öffnete die Küchenschränke. In seiner Panik riß er sogar die Kühlschranktür auf. Kein Koko. Er sah in den Herd.

Und die ganze Zeit beobachtete Koko die verzweifelte Suche von dem grünen Ohrensessel aus – er saß vor Qwillerans Augen, war aber unsichtbar, wie Katzen das sein können, wenn sie ruhig und reglos dasitzen. Als Qwilleran das Fellbündel schließlich entdeckte, brummte er überrascht und erleichtert auf. Dann begann er sich Sorgen zu machen. Koko kauerte mit hochgezogenen Schulterblättern da und schaute besorgt drein.

»Ist alles in Ordnung?« fragte er.

Doch der Kater quiekte nur leise wie eine Maus.

»Bist du krank?«

Koko rutschte unbehaglich herum und blickte in die Ecke der Sitzfläche des Sessels. Ein paar Zentimeter von seiner Nase entfernt lag ein Fusselballen. Grüne Fusseln.

»Was ist das? Woher hast du das?« wollte Qwilleran wissen. Dann wanderte sein Blick zu der seitlichen Kopfstütze des Ohrensessels. An der Oberkante fehlte ein Stück Stoff, und die Füllung quoll heraus.

»Koko!« schrie Qwilleran. »Hast du diesen Sessel angeknabbert? Diesen teuren dänischen Sessel?«

Koko hustete ein wenig und spie ein weiteres grünes Wollknäuel aus. Es war gut durchgekaut.

Qwilleran schnappte nach Luft. »Was wird bloß Harry Noyton dazu sagen? Bestimmt dreht er durch!« Dann schrie er: »Bist du derjenige, der meine Krawatten angefressen hat?«

Der Kater blickte zu ihm auf und schnurrte laut. »Wage es ja nicht, zu schnurren! Du mußt verrückt sein – Stoff zu fressen! Du bist nicht normal! Mein Gott! Das ist genau das, was mir jetzt noch fehlt – noch ein Problem!«

Koko hustete noch einmal pfeifend und gab wieder ein wenig sehr feuchte – Wolle von sich.

Qwilleran stürzte zum Telefon und wählte eine Nummer.

»Verbinden Sie mich mit dem Barkeeper«, verlangte er. Im nächsten Augenblick ertönte der Lärm aus der Bar des Presseclubs, der sich anhörte wie das Tosen eines Wirbelsturms. »Bruno!« rief er. »Hier ist Qwilleran. Wie erreiche ich diesen Doktor? Den Katzologen?«

Kapitel siebzehn

Am Morgen, nachdem Koko ein Stück von dem dänischen Sessel gefressen hatte, rief Qwilleran in der Redaktion an und sagte Arch Riker, daß er einen Arzttermin hätte und später kommen würde.

»Probleme?« fragte Riker.

»Nichts Ernstes«, sagte Qwilleran. »Eine Art Verdauungsstörung.«

»Das ist ja ganz was Neues! Ich dachte, du hättest einen Magen wie ein Pferd!«

»Habe ich auch, aber gestern nacht erlebte ich eine große Überraschung.«

»Kümmere dich lieber darum«, riet ihm Riker. »Solche Sachen soll man nicht auf die leichte Schulter nehmen.«

Bruno hatte ihm Dr. Highspights Telefonnummer gegeben, und als Qwilleran dort anrief, mußte die Frau, die sich meldete, gegen das Miauen und Heulen von zahllosen Katzen anschreien. Mit einem leutseligen britischen Akzent sagte sie Qwilleran, daß er um elf Uhr einen Termin haben könne. Zu seiner Überraschung hielt sie es für unnötig, den Patienten mitzubringen. Sie gab ihm eine Adresse in der Merchant Street an, und Qwilleran krümmte sich innerlich.

Er bereitete Koko ein verlockendes Frühstück zu – gelierte Consommé mit Truthahnbrust aus dem Presseclub – in der Hoffnung, damit seinen Appetit auf dänische Möbel zu dämpfen. Besorgt verabschiedete er sich und fuhr mit dem Bus in die Merchant Street.

Dr. Highspight wohnte zwei Häuserblocks vom Allison-Haus entfernt in einem ähnlich altmodischen Herrenhaus. Im Unterschied zum Allison-Haus, das frisch gestrichen war und einen gepflegten Garten hatte, war die Tierklinik auffallend schäbig. Der Rasen war voller Unkraut. Auf der Veranda waren Bretter lose.

Äußerst skeptisch klingelte Qwilleran an der Tür. Er hatte noch nie etwas von Katzologen gehört, und der Gedanke, einem Quacksalber auf den Leim zu gehen, war ihm zuwider. Auch die Vorstellung, erneut einem bösen Scherz zum Opfer zu fallen, behagte ihm nicht. Die Frau, die die Tür öffnete, war von Katzen umringt. Qwilleran zählte fünf: eine Tigerkatze, eine orangerote Katze, eine schokoladenbraune und zwei seidige schwarze Panther. Von den Tieren wanderte sein Blick auf die von vielen Katzenpfoten abgetretenen Hausschuhe der Frau, die faltigen Strümpfe, den zipfeligen Saum ihres Hauskleides und schließlich auf ihr pausbäckiges, mittelalterliches Gesicht, das ihn freundlich anlächelte.

»Kommen Sie rein, mein Guter«, sagte sie, »bevor die Kätzchen auf die Straße laufen.«

»Mein Name ist Qwilleran«, sagte er. »Ich habe einen Termin bei Dr. Highspight.«

Seine Nase registrierte einen schwachen Geruch nach Fisch und Desinfektionsmittel; sein Blick schweifte in der Eingangshalle umher und zählte Katzen. Sie saßen auf dem Tisch in der Eingangshalle, auf den Stufen der Treppe und spähten neugierig durch alle Türöffnungen. Eine junge Siamkatze mit einem ansprechenden dunklen Gesichtchen saß in konzentrierter Haltung in einer flachen, sandgefüllten Schachtel, die in einer Ecke der Eingangshalle stand.

»Aber ich bin doch kein Doktor, mein Guter«, sagte die Frau, »nur eine Katzenliebhaberin mit ein bißchen gesundem Menschenverstand. Möchten Sie 'ne Tasse Tee? Gehen Sie schon mal ins Wohnzimmer und machen Sie es sich bequem. Ich setze eben das Wasser auf.«

Das Wohnzimmer war ein hoher Raum, der interessant

geschnitten war, doch die Möbel hatten schon bessere Tage gesehen. Qwilleran wählte einen dick gepolsterten Sessel aus, bei dem er am wenigstens befürchtete, daß sich ihm eine kaputte Feder ins Fleisch bohren würde. Die Katzen waren ihm gefolgt und inspizierten jetzt seine Schnürsenkel oder beobachteten ihn aus sicherer Entfernung. Erstaunt registrierte er, was eine Katze unter ›sicherer Entfernung‹ verstand – etwas über zwei Meter, so weit, wie ein durchschnittlicher Erwachsener springen konnte.

»Also, mein Guter, was gibt's denn für Probleme?« fragte Mrs. Highspight, setzte sich auf einen Schaukelstuhl und nahm eine wild aussehende aprikosenfarbene Katze auf ihren Schoß. »Ich habe eigentlich einen kleinen Jungen erwartet. Sie waren so aus dem Häuschen, als Sie anriefen.«

»Ich mache mir Sorgen um meinen Siamkater«, sagte Qwilleran. »Er ist ein bemerkenswertes Tier mit ein paar ungewöhnlichen Talenten – und sehr umgänglich. Aber in letzter Zeit benimmt er sich seltsam. Er ist ganz verrückt nach gummierten Briefumschlägen, Klebebändern, Briefmarken – nach allem in der Art. Er leckt sie ab!«

»Ach, ich lecke selbst auch gerne Briefumschläge ab«, sagte Mrs. Highspight, schaukelte heftig mit ihrem Stuhl und streichelte ihre aprikosenfarbene Katze. »Es ist unglaublich, wie viele verschiedene Geschmacksrichtungen sie sich einfallen lassen.«

»Aber das Schlimmste kommt erst. Seit kurzem frißt er Stoff! Er kaut nicht nur daran – er schluckt ihn hinunter! Ich dachte, daß die Motten in meine Kleider gekommen seien, aber dann habe ich entdeckt, daß es der Kater war. Er hat drei gute Wollkrawatten angeknabbert, und gestern nacht hat er ein Stück aus einem Sessel herausgerissen und gefressen.«

»Jetzt wird es interessant!« sagte die Frau. »Frißt er immer nur Wolle?«

»Ich glaube, ja. Der Sessel ist mit irgendeinem wollenen Material bezogen.«

»Das schadet ihm nicht. Wenn er es nicht verdauen kann, dann würgt er es wieder raus.«

»Das ist zwar beruhigend«, sagte Qwilleran, »aber ein Problem wird es trotzdem werden. Der Sessel, den er angefressen hat, ist sehr teuer, und er gehört mir nicht einmal.«

»Macht er das, wenn Sie zu Hause sind?«

»Nein, immer hinter meinem Rücken.«

»Das arme Kätzchen ist einsam. Siamkatzen brauchen Gesellschaft, unbedingt, oder sie werden ein wenig verrückt. Ist er den ganzen Tag allein?«

Qwilleran nickte.

»Wie lange lebt er schon bei Ihnen?«

»Ungefähr sechs Monate. Er hat meinem Vermieter gehört, der letzten März ermordet wurde. Sie erinnern sich vielleicht an den Mord am Blenheim Place.«

»Aber ja, natürlich! Ich lese immer alles über Morde, und das war wirklich eine blutrünstige Geschichte. Er ist mit einem Tranchiermesser abgemurkst worden. Und sein armes Miezekätzchen – hat es sehr unter dem Verlust gelitten?«

»Sie waren verwandte Seelen. Waren ständig zusammen.«

»Da haben Sie Ihre Antwort, mein Guter. Das arme Kätzchen hat vielleicht einen Schock erlitten. Und jetzt ist es einsam.«

Qwilleran fühlte sich veranlaßt, sich zu verteidigen. »Der Kater hat mich sehr gern. Wir kommen blendend miteinander aus. Er ist sehr anhänglich, und ich spiele auch ab und zu mit ihm.«

Genau in diesem Augenblick kam ein großer, rauchblauer Kater ins Zimmer und gab eine lautstarke Erklärung ab.

»Das Teewasser kocht«, sagte Mrs. Highspight. »Tommy gibt mir immer Bescheid, wenn das Wasser kocht. Ich hole eben die Teesachen, dauert nur eine Sekunde.«

Die Katzengesellschaft behielt Qwilleran im Auge, bis die Frau mit den Tassen und einer robusten, braunen Teekanne zurückkam.

»Und redet er viel, Ihr Kater?« fragte sie.

»Er maunzt ständig herum.«

»Seine Mutter hat ihn verstoßen, als er ein Baby war. Die reden dann immer wie ein Wasserfall und brauchen mehr Zuwendung, ja, ja. Ist er kastriert?«

Qwilleran nickte. »Meine Großmutter hätte ihn einen Katzencasanova im Ruhestand genannt.«

»Dann bleibt Ihnen nur eine Möglichkeit: Sie müssen ihm ein zweites Kätzchen zur Gesellschaft besorgen.«

»Zwei Katzen halten?« protestierte Qwilleran.

»Zwei sind leichter zu halten als eine. Sie unterhalten sich gegenseitig und helfen einander, sich an Stellen zu putzen, die schwer erreichbar sind. Wenn Ihr Kater einen Gefährten hätte, brauchten Sie seine Ohren nicht mit in Borsäure getränkten Wattestäbchen zu säubern.«

»Ich wußte gar nicht, daß ich das tun sollte.«

»Und machen Sie sich keine Sorgen über die Futterkosten. Zwei glückliche Katzen fressen nicht mehr als eine einsame.«

Qwilleran spürte einen zarten Atemhauch auf seinem Hals, drehte sich um und sah, daß die kleine Siamkatze, die er in der Eingangshalle gesehen hatte, jetzt auf der Rückenlehne seines Sessels saß und an seinem Ohr schnupperte.

»Der Tee ist fertig«, verkündete Mrs. Highspight. »Ich trinke gern eine Tasse guten, starken Tee. In dem Kännchen ist etwas Milch, wenn Sie mögen.«

Qwilleran nahm eine dünne Porzellantasse entgegen, die mit einer mahagonifarbenen Flüssigkeit gefüllt war, und sah, daß auf der Oberfläche ein Katzenhaar schwamm. »Verkaufen Sie auch Katzen?« fragte er.

»Ich züchte Exoten und suche Plätze für streunende Katzen«, sagte Mrs. Highspight. »Was Ihr Kater braucht, ist eine nette kleine siamesische Freundin – natürlich sterilisiert. Nicht, daß das einen großen Unterschied machen würde. Sie wissen noch immer, wer das Männchen und wer das Weibchen ist, und sie können sehr lieb zueinander sein. Wie heißt Ihr Kater?«

»Koko.«

»Ach nein! Wie bei Gilbert und Sullivan!« Dann sang sie mit bemerkenswert guter Stimme: »›Ja, sein Frauchen ist jetzt Yum-Yum! Yum-Yum! Deshalb sieh nicht scheel drein, Du mußt nun fidel sein, doch wenn Du Dich ärgerst, bleib stumm! Stumm, stumm!‹«

Tommy, der große rauchblaue Kater, hob den Kopf und heulte. Inzwischen nistete sich das Siamkätzchen in Qwillerans Jackentasche ein.

»Wenn Sie sie stört, schieben Sie sie ruhig weg, mein Guter. Sie ist ein kleiner Wildfang. Die Weibchen haben immer eine Vorliebe für Männer.«

Qwilleran streichelte das helle, fast weiße Fell, und das Kätzchen schnurrte zart und versuchte mit vier kleinen Zähnchen seinen Finger anzuknabbern. »Wenn ich noch eine Katze nehme«, sagte er, »dann vielleicht diese –«

»Die kann ich Ihnen leider nicht geben. Sie ist nämlich was Besonderes. Aber ich weiß, wo es ein verwaistes Kätzchen gibt, das ein gutes Zuhause braucht. Haben Sie von dieser Mrs. Tait gehört, die vorige Woche gestorben ist? In ihrem Haus ist eingebrochen worden; es hat in allen Zeitungen gestanden.«

»Ich weiß ein wenig darüber«, sagte Qwilleran.

»Das war 'ne traurige Geschichte. Mrs. Tait hatte ein Siamweibchen, und ich glaube nicht, daß ihr Mann das arme Tierchen behalten wird.«

»Wieso glauben Sie das?«

»Oh, er mag keine Katzen.«

»Woher wissen Sie das alles?«

»Das Kätzchen war aus einem meiner Würfe, und die Dame – Gott sei ihrer Seele gnädig! – mußte mich um Hilfe bitten. Das arme Kätzchen war so nervös, hat weder gefressen noch geschlafen. Und jetzt ist die arme Frau tot, und keiner weiß, was aus dem Tierchen werden soll ... Kommen Sie, ich schenke Ihnen nach, mein Guter.«

Sie füllte seine Tasse mit dem rotschwarzen Gebräu, auf dem wie zur Garnierung Teeblätter schwammen.

»Und ihr Mann«, fuhr sie fort, »der verstand es, sich aufzuspielen, aber – glauben Sie mir! – auf mein Honorar mußte ich ganz schön lange warten. Und dabei habe ich so viele hungrige Mäuler zu füttern!«

Qwillerans Schnurrbart machte sich bemerkbar. Er sagte, daß er unter diesen Umständen daran dächte, die Katze zu adoptieren. Dann band er den Schnürsenkel zu, den die Katzen gelöst hatten, und stand auf. »Wieviel schulde ich Ihnen für die Beratung?«

»Wären Ihnen drei Dollar zu viel, mein Bester?«

»Ich glaube, das schaffe ich gerade so«, sagte er.

»Und wenn sie ein paar Penny für die Tasse Tee beisteuern wollen – für einen Leckerbissen für die Kätzchen. Werfen Sie es einfach in den Marmeladentopf auf dem Tisch in der Eingangshalle.«

Mrs. Highspight und ihr Gefolge mit den hin und her schwingenden Schwänzen begleiteten Qwilleran zur Tür; das Siamkätzchen rieb sich an seinem Knöchel und rührte an sein Herz. Er warf zwei Vierteldollarmünzen in das Marmeladenglas.

»Wenn Sie Hilfe brauchen, können Sie sich jederzeit an mich wenden, mein Guter«, sagte Mrs. Highspight.

»Noch etwas habe ich vergessen«, sagte Qwilleran. »Vor kurzem war eine Freundin bei mir zu Besuch, und Koko hat versucht, sie zu beißen. Nicht bösartig – es war nur ein symbolischer Biß. Aber auf den Kopf, stellen Sie sich das vor!«

»Was hat die Dame getan?«

»Cokey hat überhaupt nichts getan. Sie hat sich gar nicht um Koko gekümmert, als er ihr ganz plötzlich an den Kopf sprang.«

»Die Dame heißt Cokey, ja?«

»So nennen sie alle.«

»Sie müssen sie anders nennen, mein Guter. Koko dachte, Sie verwenden seinen Namen. Katzen sind eifersüchtig auf ihren Namen, o ja. Sehr eifersüchtig.«

Als Qwilleran die Katzenpension in der Merchant Street verließ, fand er, daß Mrs. Highspights Diagnose logisch klang – das Motiv für den symbolischen Angriff auf Cokey war Eifersucht gewesen. Bei der ersten Telefonzelle rief er im Atelier Middy an.

Cokey war am Telefon merkwürdig sanft und zugänglich. Als er eine Verabredung zum Abendessen vorschlug, lud sie ihn zum Abendessen in ihre Wohnung ein. Sie sagte, es würde nur einen Schmortopf mit Salat geben, versprach ihm aber eine Überraschung.

Qwilleran ging zurück in die Redaktion und schrieb einen Artikel. Er ging ihm gut von der Hand. Die Worte flossen mühelos dahin, und seine beiden Tippfinger trafen immer die richtigen Tasten. Außerdem beantwortete er noch ein paar Briefe von Lesern, die Rat bei Einrichtungsproblemen brauchten:

»Kann ich für eine kleine *Bergère* einen gesteppten *Matelassé* verwenden?«

»Ist es zulässig, eine kleine Kredenz unter einen hohen Lichtgaden zu stellen?«

Freundlich gestimmt, wie er war, antwortete Qwilleran ihnen allen: »Ja. Klar. Warum nicht?«

Bevor er um halb sechs die Redaktion verließ, rief ihn der Leiter des Archivs an, um ihn darüber zu informieren, daß der Ordner mit den Zeitungsabschnitten über die Taits zurückgegeben worden sei. Qwilleran holte ihn unterwegs ab.

Bevor er Cokey besuchte, wollte er heimgehen und sich rasieren. Außerdem mußte er den Kater noch füttern. Als er im vierzehnten Stock aus dem Aufzug stieg, konnte er schon die Willkommensschreie hören, und als er die Wohnung betrat, fing Koko an, wie ein Irrer durch die Zimmer zu sausen. Er sprang auf die Stuhllehnen und ließ sich dann wieder auf den Boden hinunterfallen. Er machte einen Satz auf den Schrank mit der Stereoanlage und rutschte über seine gesamte Länge, raste wie ein verschwommener heller Fellfleck im Kreis um den Eßtisch, räumte die Schreibtischplatte ab, warf den Papierkorb um und gab dabei die ganze Zeit abwechselnd Falsettschreie und Baritonknurren von sich.

»So ist es recht!« sagte Qwilleran. »Das sehe ich gern«, und er fragte sich, ob der Kater spürte, daß er bald eine Spielgefährtin bekommen würde.

Qwilleran hackte für Koko Hühnerleber klein, sautierte sie in Butter und zerbröckelte als Beilage eine kleine Portion Roquefort. Eilig räumte er auf, zog sich seinen anderen Anzug an und band sich seine unversehrte karierte Krawatte um. Dann war es halb sieben, Zeit zu gehen. Ein paar Sekunden verharrte er zögernd über dem Tait-Ordner aus dem Archiv – ein dickes Kuvert mit alten Gesellschaftsnachrichten, überholten Wirtschaftsmeldungen und Nachrufen. Sein Schnurrbart richtete sich auf, doch sein Magen entschied, daß der Tait-Ordner warten konnte.

Kapitel achtzehn

Cokey wohnte im obersten Stock eines alten Stadthauses, und nachdem Qwilleran drei Treppen erklommen hatte, kam er schwer atmend vor ihrer Wohnung an. Sie öffnete die Tür, und es verschlug ihm vollständig den Atem.

Das Mädchen, das ihn begrüßte, war eine Fremde. Sie hatte Wangenknochen, Schläfen, eine Kinnlinie und Ohren. Ihre Haare, die ihren Kopf und den Großteil ihres Gesichts umschlossen hatten wie einen Kettenpanzer, bildeten jetzt einen wirbelnden Rahmen um ihr hübsches Gesicht. Fasziniert starrte Qwilleran auf Cokeys schlanken Hals und die elegante Kinnlinie.

»Ich bin einfach sprachlos!« sagte er. Sein Blick folgte ihr, während sie in der Wohnung umherging und alle möglichen unnötigen Handgriffe erledigte.

Die Wohnung war schlicht und mit raffiniertem, künstlerischem Understatement eingerichtet: schwarze Leinenstühle, grobe Leinenvorhänge in der grundsoliden Farbe von Kartoffelsäcken und lackierte Bretter auf Blumentöpfen aus Ton, die als Bücherregale dienten. Mit Kerzen und Musik hatte Cokey eine festliche Atmosphäre geschaffen. Aus einer ehemaligen Essigflasche ragten sogar zwei Nelken.

Ihre Sparsamkeit machte einen guten Eindruck auf Qwilleran. Für einen Bewohner der Villa Verandah hatte der Raum etwas Trauriges und zugleich Mutiges an sich. Das berührte einen sensiblen Punkt bei ihm, und für einen kurzen Augenblick verspürte er den verrückten Drang, dieses Mädchen den Rest ihres Lebens zu beschützen. Doch der Augenblick ging schnell vorbei. Er tupfte sich mit einem Taschentuch die Stirn ab und machte eine Bemerkung über die Musik, die von einem tragbaren Plattenspieler kam.

»Schubert«, sagte sie liebenswürdig. »Hindemith habe ich aufgegeben. Er paßt nicht zu meiner neuen Frisur.«

Zum Abendessen servierte sie ein Gericht aus Fisch und braunem Reis mit einer grüngesprenkelten Soße. Der Salat war knackig und mußte gut gekaut werden, was für die Unterhaltung hinderlich war. Danach gab es mit Sonnenblumenkernen bestreutes Joghurt- und Feigeneis.

Nach dem Essen machte Cokey Kräutertee (sie sagte, er sei ihre eigene Mischung aus Alfalfa und Blasentang) und drängte ihren Gast, sich auf den bequemsten Sessel zu setzen und seine Füße auf einen Fußschemel zu legen, den sie aus einer Bierkiste gebaut und mit zotteligen Teppichmustern gepolstert hatte. Während er sich eine Pfeife anzündete, machte sie es sich auf der Couch bequem – einer wie eine Markise gestreiften Matratze auf Beinen – und begann etwas Rosafarbenes zu stricken.

»Was ist denn das?« japste Qwilleran und hätte um ein Haar die Streichholzflamme, die er eigentlich ausblasen wollte, inhaliert.

»Ein Pullover«, sagte sie. »Ich stricke alle meine Pullover selbst. Gefällt Ihnen die Farbe? Rosa gehört jetzt zu meinem neuen Image. Mit dem alten hatte ich kein Glück.«

Qwilleran rauchte seine Pfeife und staunte über die Allmacht der Friseure. Da gab man Milliarden für die neurophysiologische Forschung zur Kontrolle menschlichen Verhaltens aus, überlegte er. Schönheitssalons wären billiger.

Eine Zeitlang beobachtete er die steife Anmut, mit der Cokey die Stricknadeln handhabte. Dann sagte er unvermittelt: »Sagen Sie mir ganz ehrlich, Cokey – wußten Sie, welche Art Haus Mrs. Allison führte, als Sie vorschlugen, es in die Zeitung zu bringen?«

»Ehrlich, ich wußte es nicht«, antwortete sie.

»Haben Sie es zufällig diesem Typen vom *Morning Rampage* gegenüber erwähnt?«

»Welchem Typen?«

»Mike Bulmer vom Vertrieb. Sie scheinen ihn zu kennen. Sie haben ihn im Presseclub angesprochen.«

»Ach, *der*! Den kenne ich eigentlich gar nicht. Er hat nur letztes Frühjahr ein paar Lampen bei Mrs. Middy gekauft und ihr einen ungedeckten Scheck gegeben; deshalb erinnere ich mich an ihn.«

Qwilleran war erleichtert. »Ich dachte schon, Sie hätten Geheimnisse vor mir.«

Cokey hielt mit dem Stricken inne. Sie seufzte. »Es gibt schon ein Geheimnis, das ich Ihnen vielleicht lieber beichten sollte, bevor Sie es irgendwann selber herausfinden. Sie sind einfach zu neugierig!«

»Berufskrankheit«, sagte Qwilleran. Er zündete sich eine neue Pfeife an, und Cokey sah aufmerksam zu, wie er sie am Aschenbecher ausklopfte, daran saugte, ins Mundstück spähte, sie stopfte und dann ein Streichholz daran hielt.

»Also«, sagte Cokey, als das erledigt war, »es geht um David Lyke. Als Sie mich auf seine Party mitnahmen und ihn mir vorstellten, tat ich, als ob wir einander nicht kannten.«

»Aber Sie kannten ihn«, sagte Qwilleran. »Sie tragen sogar sein Bild in Ihrer Handtasche bei sich.«

»Woher wissen Sie das?«

»Sie haben am Samstagabend alles auf mein Sofa geleert, und Koko hat sich Lykes Foto ausgesucht und abgeleckt.«

»Sie und Ihr übersinnlicher Kater sind ein gutes Team!«

»Dann stimmt es also?«

Sie zuckte hilflos die Schultern. »Ich gehöre zu der Riesenschar von Frauen, die sich in diesen Mann verknallt haben. Dieser Schlafzimmerblick! Und diese Stimme, die wie ein Trommelwirbel klingt! ... Natürlich wurde nie etwas daraus. David hat zwar alle bezaubert, aber keine geliebt.«

»Aber Sie tragen noch immer sein Bild bei sich.«

Cokey preßte die Lippen zusammen, und ihre Augenlider flatterten. »Ich habe es zerrissen – vor ein paar Tagen.« Dann mußte sie plötzlich ihren Lippenstift erneuern, Platten wechseln, die

Kerzen auf dem Eßtisch löschen, die Butter in den Kühlschrank stellen. Als sie mit ihrer hektischen Aktivität fertig war, setzte sie sich wieder mit ihrem Strickzeug hin. »Reden wir über Sie«, sagte sie zu Qwilleran. »Warum tragen Sie immer rotkarierte Krawatten?«

Zärtlich befühlte er seinen Binder. »Ich mag sie. Das ist das Schottenmuster des Mackintosh-Clans. Ich hatte auch welche mit dem Bruce- und dem MacGregor-Karo, aber Koko hat sie leider angefressen.«

»*Angefressen?*«

»Ich dachte zuerst, es wären die Motten gewesen. Doch der Missetäter war Koko. Ich bin froh, daß er diese hier nicht erwischt hat. Das ist nämlich meine Lieblingskrawatte. Meine Mutter war eine Mackintosh.«

»Ich habe noch nie gehört, daß eine Katze Krawatten frißt.«

»Wolle fressen ist ein neurotisches Symptom«, sagte Qwilleran souverän. »Die Frage ist: Warum hat er die Mackintosh-Krawatte nicht angerührt? Er hatte massenhaft Gelegenheit dazu. Alle anderen hat er ruiniert. Warum hat er meine Lieblingskrawatte verschont?«

»Er muß ein sehr rücksichtsvoller Kater sein. Hat er sonst noch etwas gefressen?«

Qwilleran nickte düster. »Sie kennen doch diesen modernen dänischen Sessel in meiner Wohnung? Aus dem hat er auch ein Stück herausgefressen.«

»Er ist mit Wollstoff bezogen«, sagte Cokey. »Tierisches Material. Vielleicht mögen neurotische Katzen den Geschmack.«

»Die ganze Wohnung ist voll von tierischem Material: Vikunja-Stühle, Wildledersofas, ein Ziegenfellteppich! Doch Koko mußte sich Harry Noytons Lieblingssessel aussuchen. Wieviel werde ich für die Reparatur bezahlen müssen?«

»Mrs. Middy wird es zum Selbstkostenpreis machen«, sagte Cokey, »aber wir werden den Stoff aus Dänemark bestellen müssen. Und wie können Sie sicher sein, daß Koko nicht wieder daran knabbern wird?«

Qwilleran erzählte ihr von Mrs. Highspight und dem Plan,

die Taitsche Katze zu adoptieren. »Sie hat mir erzählt, daß Tait keine Katzen mag. Sie hat auch gesagt, daß er ein säumiger Zahler ist.«

»Je reicher sie sind, desto schwerer kommt man zu seinem Geld«, sagte Cokey.

»Aber ist Tait wirklich so reich, wie die Leute glauben? David hat angedeutet, daß die Rechnung für die Innenausstattung noch nicht bezahlt war. Und als wir von der Möglichkeit sprachen, über das Tait-Haus zu berichten, sagte David, er glaube, er könne den Besitzer überreden; es hörte sich an, als hätte er ein Druckmittel gegen ihn in der Hand. Und Tait hat auch wirklich sehr bereitwillig zugestimmt. Warum? Weil er wirklich pleite und daher seinem Gläubiger gegenüber kooperativ war? Oder aus irgendeinem anderen unbekannten Grund?« Qwilleran faßte sich an den Schnurrbart. »Manchmal glaube ich, die Sache in Muggy Swamp ist ein abgekartetes Spiel. Und ich glaube noch immer, daß die Theorie der Polizei mit dem Hausburschen auf schwachen Füßen steht.«

»Was ist dann aus ihm geworden?«

»Entweder er ist in Mexiko«, sagte Qwilleran, »oder er wurde ermordet. Und wenn er in Mexiko ist, dann fuhr er entweder freiwillig hin, oder er wurde von den Tätern hingeschickt. Und wenn er hingeschickt wurde, hat er entweder die Jadesachen bei sich, oder er ist sauber. Und wenn er die Jade hat, dann wette ich zehn zu eins, daß Tait in naher Zukunft eine Reise nach Mexiko plant. Wenn er Richtung Westen fährt, wird er wahrscheinlich in Mexiko landen.«

»Man kann auch nach Osten fahren und dann im Westen landen.«

Qwilleran tätschelte ihre Hand. »Kluges Mädchen.«

»Glauben Sie, daß er dem Hausburschen die Jade anvertrauen würde?«

»Das ist natürlich die Frage. Vielleicht hat Paolo die Beute gar nicht mitgenommen. Vielleicht wurde er als Lockvogel nach Mexiko geschickt. Wenn das der Fall ist, wo sind die Jadestücke dann versteckt?«

Die Antwort war ein langes Schweigen, das spürbar im Raum stand. Qwilleran klopfte sich mit der Pfeife an die Zähne.

Cokey klapperte mit den Stricknadeln. Der Plattenspieler klickte, als eine neue Schallplatte auf den Plattenteller fiel. Jetzt war es Brahms.

Schließlich sagte Qwilleran: »Sie wissen doch von dem Spiel mit dem Wörterbuch, das Koko und ich spielen?« Er wählte seine Worte mit Bedacht. »In letzter Zeit hat Koko ein paar Worte ausgesucht, die von Bedeutung sind ... Aber ich sollte gar nicht darüber reden. Es ist zu unglaublich.«

»Sie wissen, wie ich zu Katzen stehe«, sagte Cokey. »Ich bin bereit, alles zu glauben.«

»Das erste Mal ist es mir am vergangenen Sonntag in der Früh aufgefallen. Ich hatte vergessen, Frühstück zu machen, und als wir das Wörterbuchspiel spielten, schlug er das Wort *hungrig* auf.«

Cokey klatschte in die Hände. »Wie klug!«

»Beim nächsten Mal kam *füttern*, aber ich kapierte erst, als er *Feldmaus* aufschlug. Offenbar griff er zu verzweifelten Mitteln. Ich glaube nicht, daß er sich wirklich etwas aus Mäusen macht.«

»Na so was, das ist ja wie ein Oui-ja-Brett!«

»Es ist mir unheimlich«, sagte Qwilleran. »Seit der Geschichte in Muggy Swamp kommt er mit Worten daher, die auf G. Verning Tait hinweisen, wie *kahl* und *Sakroileum*. *Sakroileum* hat er zweimal im selben Spiel aufgeschlagen, und das ist ein ziemlicher Zufall bei einem dreitausend Seiten dicken Wörterbuch.«

»Ist Mr. Tait kahl?«

»Er hat nicht ein Haar auf dem Kopf. Und er hat ein Rückenleiden ... Wissen Sie, was ein Koolokamba ist?«

Cokey schüttelte den Kopf.

»Das ist ein Affe mit einem kahlen Schädel und schwarzen Händen. Das Wort hat Koko auch ausgegraben.«

»Schwarze Hände! Das ist poetischer Symbolismus«, sagte Cokey. »Erinnern Sie sich noch an andere?«

»Nicht jedes Wort hat einen Bezug zur Situation. Manchmal wählt er Worte wie *viszeroperikardial* oder *Kaloreszenz* aus. Aber einmal hat er zwei bedeutungsvolle Worte auf einer Seite aufgeschlagen: *Röteln* und *rotgesichtig*. Tait hat einen rötlichen Teint, muß ich hinzufügen.«

»Oh, Qwill, dieser Kater hat wirklich einen sechsten Sinn!« sagte Cokey. »Ich bin sicher, er ist auf der richtigen Spur. Können Sie etwas unternehmen?«

»Schwer.« Qwilleran sah niedergeschlagen drein. »Ich kann nicht zur Polizei gehen und sagen, daß mein Kater den Sproß einer guten alten Familie verdächtigt ... Aber es gibt noch eine andere Möglichkeit.«

»Was für eine?«

»Es kann sein«, sagte Qwilleran, »daß die Polizei Tait ebenfalls verdächtigt und daß sie die Theorie mit dem Hausburschen verbreitet, um diese Tatsache zu verschleiern.«

Kapitel neunzehn

Qwilleran kehrte früher von Cokeys Wohnung zurück, als er erwartet hatte. Cokey hatte ihn hinausgeworfen. Sie sagte, sie müßten beide am nächsten Tag arbeiten, und sie müßte noch ihre Haare machen und eine Bluse bügeln.

Als er in der Villa Verandah ankam, begrüßte ihn Koko, indem er von einem Tisch auf den anderen sprang und schließlich auf dem Schreibtisch landete. Das rote Lämpchen am Telefon leuchtete. Das Telefon hatte geklingelt, schien Koko sagen zu wollen, und es war keiner dagewesen, um den Hörer abzunehmen.

Qwilleran rief in der Telefonzentrale an.

»Mr. Bunsen hat Sie um neun Uhr versucht zu erreichen«, sagte die Telefonistin. »Er sagte, wenn Sie vor ein Uhr früh zurückkommen, sollen Sie ihn zu Hause anrufen.«

Qwilleran sah auf die Uhr. Es war noch nicht Mitternacht, also begann er Bunsens Nummer zu wählen. Dann überlegte er es sich anders. Er entschied, daß Cokey mit ihrer Bemerkung, wie wichtig das Image war, recht hatte. Er entschied, daß es nicht schaden könne, sein eigenes Image aufzumöbeln – das des beneidenswerten Junggesellen, der bis in die frühen Morgenstunden aus war.

Qwilleran leerte seine Jackentaschen aus, legte seine Krawatte über die Rückenlehne eines Stuhls und setzte sich an den Schreibtisch, um den Tait-Ordner mit den Zeitungsausschnitten durchzusehen. Koko saß in der klassischen Haltung von Löwen und Tigern auf dem Schreibtisch, den Schwanz um einen schwedischen Kristall-Papierbeschwerer gelegt, und sah ihm zu.

Das Zeitungspapier hatte unterschiedliche Gelb- und Brauntöne angenommen, je nachdem, wie alt der jeweilige Zeitungsausschnitt war. Jeder trug einen Stempel mit dem Erscheinungsdatum des Artikels. Es war kaum nötig, das Datum zu lesen; schon die altmodischen Schriftbilder und das brüchig gewordene Papier allein lieferten einen Hinweis auf das Alter.

Zuerst blätterte Qwilleran die Ausschnitte hastig durch, in der Hoffnung, eine reißerische Schlagzeile zu entdecken. Als er bei seiner oberflächlichen Suche nichts fand, begann er die Artikel systematisch zu lesen: die Geschichte von drei Generationen von Taits in nicht chronologischer Reihenfolge. Vor fünf Jahren hatte Tait bei einer Versammlung der Gesellschaft der Steinschneider einen Vortrag gehalten. Vor elf Jahren war sein Vater gestorben. Er las einen langatmigen Bericht über den Produktionsbetrieb der Familie Tait, offensichtlich eine von einer ganzen Reihe von Firmen, die seit langem im Familienbesitz waren; sie war im Jahr 1883 zur Herstellung von Kutscherpeitschen gegründet worden und produzierte jetzt Antennen für Autoradios. Alte Ausschnitte von der Gesellschaftsseite zeigten die alten Taits in der Oper oder bei Wohltätigkeitsveranstaltungen. Vor drei Jahren hatte G. Verning Tait bekanntgegeben, daß er beabsichtigte, Antennen herzustellen, die aussahen wie Kutscherpeitschen. Ein Jahr später erschien ein Artikel, in dem berichtet wurde, daß die Tait-Fabrik geschlossen worden war und das Konkursverfahren eingeleitet wurde.

Dann gab es eine vierundzwanzig Jahre alte Heiratsanzeige. Mr. George Verning Tait, der Sohn von Mr. und Mrs. Verning H. Tait aus Muggy Swamp, kündigte seine Vermählung an. Die gesamte Familie Tait war zur Trauung nach Europa gefahren. Die Hochzeitsfeierlichkeiten hatten im Haus der Brauteltern stattgefunden, Mr. und Mrs. Victor Thorvaldson aus ...

Qwilleran riß die Augen auf, als er das las: »Mr. und Mrs. Victor Thorvaldson aus Aarhus, Dänemark.«

Er lehnte sich in seinem Stuhl zurück und atmete heftig in seinen Schnurrbart.

»Koko«, sagte er, »was glaubst du, was Harry Noyton in Aarhus vorhat?«

Der Kater öffnete das Maul zu einer Antwort, doch sein Kommentar war lautlos.

Qwilleran sah auf die Uhr – es war eins. Er überflog schnell den Rest der Zeitungsausschnitte, bis er fand, wonach er suchte. Dann rief er aufgeregt bei Odd Bunsen an.

»Ich hoffe, ich habe Sie nicht aus dem Bett geholt«, sagte er zu dem Fotografen.

»Wie war Ihr Rendezvous, Sie alter Schwerenöter?«

»Nicht übel. Wirklich nicht übel.«

»Was haben Sie heute früh in der Merchant Street gemacht?«

»Woher wissen Sie, daß ich in der Merchant Street war?«

»Aha! Ich habe gesehen, daß Sie um elf Uhr fünfundvierzig an der südwestlichen Ecke Merchant Street/State Street auf einen Bus warteten.«

»Ihnen entgeht aber auch gar nichts, was?« sagte Qwilleran. »Warum sind Sie nicht stehengeblieben und haben mich mitgenommen?«

»Ich fuhr in die andere Richtung. Mann! Sie waren aber früh dran. Es war noch nicht einmal Mittag.«

»Ich hatte einen Arzttermin.«

»In der Merchant Street? Ho ho HO! Ho ho HO!«

»Haben Sie nur deswegen angerufen? Sie sind ein neugieriges altes Klatschweib.«

»Nein. Ich habe Informationen für Sie.«

»Ich habe auch Neuigkeiten für Sie«, sagte Qwilleran. »Ich habe die Leiche im Keller der Taits entdeckt.«

»Und worum handelt es sich?«

»Um einen Prozeß. G. Verning Tait war in einen Vaterschaftsprozeß verwickelt!«

»Ho ho HO! Dieser alte Bock! Wer war das Mädchen?«

»Eines der Hausmädchen der Taits. Sie hat auch einen Vergleich erzielt. Laut diesen alten Zeitungsausschnitten muß es ein Sensationsprozeß gewesen sein.«

»So etwas kann ganz schön hart sein.«

»Man sollte glauben, eine Familie wie die Taits, die Geld und eine hohe gesellschaftliche Stellung hat, würde die Sache außergerichtlich regeln – um jeden Preis«, sagte Qwilleran. »Ich habe vor ein paar Jahren in Chicago über einen Vaterschaftsprozeß berichtet, und die Zeugenaussagen wurden ziemlich unangenehm ... Nun, und was ist mit *Ihnen*? Was für Informationen haben Sie für mich?«

»Nicht viel«, sagte Bunsen, »aber wenn Sie Tait diese Fotos schicken wollen, sollten Sie sich beeilen. Er fährt in ein paar Tagen ins Ausland.«

»Woher wissen Sie das?«

»Ich habe im Presseclub Lodge Kendall getroffen. Tait fährt Samstag früh weg.«

»Nach Mexiko?« fragte Qwilleran; sein Schnurrbart sträubte sich.

»Nein. Nicht so etwas Auffälliges! Sie hätten wohl gerne, daß er nach Mexiko fährt, nicht wahr?« zog ihn der Fotograf auf.

»Nun, wohin fährt er denn?«

»Nach Dänemark!«

Am nächsten Morgen fiel Qwilleran das Aufwachen leicht; er hatte die ganze Nacht wirre Träume gehabt und war froh, daß sie jetzt vorbei waren. In einem Traum war er nach Aarhus geflogen, um als Trauzeuge an der feudalen Hochzeit von zwei sterilisierten Katzen teilzunehmen.

Bevor er in die Redaktion ging, rief er Tait an und erbot sich, ihm am nächsten Tag die Fotos von den Jadestücken vorbeizubringen. Er erkundigte sich auch nach der Katze und hörte zu seinem Entsetzen, daß Tait sie ausgesetzt hatte, damit sie sich allein durchschlagen sollte.

»Können Sie sie wieder zurückholen?« fragte Qwilleran. Er beherrschte sich nur mit Mühe. Leute, die Tiere schlecht behandelten, konnte er auf den Tod nicht ausstehen.

»Sie ist noch immer auf dem Grundstück«, sagte Tait. »Sie hat die ganze Nacht über geheult. Ich werde sie wieder ins Haus lassen ... Wie viele Fotos haben Sie für mich?«

An jenem Tag arbeitete Qwilleran in der Redaktion intensiv und sehr konzentriert, während die Bürokraft der Feuilletonredaktion alle Anrufer und ungebetenen Besucher mit der einfachen Erklärung abwimmelte, die keinen Einspruch, kein Argument und keine Ausnahme zuläßt: »Tut mir leid, der Redaktionsschluß steht bevor.«

Nur einmal unterbrach er seine Arbeit, und zwar, um die ehemalige Haushälterin der Taits anzurufen.

»Mrs. Hawkins«, sagte er in bewußt reserviertem, gedehntem Tonfall, »ich bin ein Bekannter von Mr. Tait in Muggy Swamp. Ich werde in Kürze heiraten, und meine Frau und ich werden eine Haushälterin benötigen. Mr. Tait hat Sie wärmstens empfohlen –«

»Ach ja, hat er das?« sagte eine melodische Stimme mit einem frechen Unterton.

»Könnten Sie heute abend zu einem Vorstellungsgespräch in die Villa Verandah kommen?«

»Wer wird dort sein? Nur Sie? Oder wird die Dame auch dort sein?«

»Meine Verlobte ist leider zur Zeit in Tokio; daher werde ich alle Vorkehrungen allein treffen müssen.«

»Geht in Ordnung. Ich werde kommen. Um wieviel Uhr?«

Qwilleran vereinbarte einen Termin für acht Uhr. Er war froh, daß er keine Haushälterin brauchte. Er fragte sich, ob Mrs. Hawkins ein Beispiel für Taits unkluge Sparmaßnahmen war.

Als Mrs. Hawkins zu dem Vorstellungsgespräch eintraf, hatte es zu regnen begonnen, und sie kam mit einem triefenden Schirm und einem triefenden Regenmantel über einem grellen rosagrün gemusterten Kleid. Qwilleran bemerkte, daß das Kleid einen Ausschnitt hatte, der bei der geringsten Ermutigung von der Schulter rutschte, der Rock war seitlich geschlitzt. Die Frau hatte freche Augen, und beim Gehen bewegte sie kokett die Schultern. Er mochte freche, kokette Frauen, wenn sie jung und attraktiv waren, doch Mrs. Hawkins war weder das eine noch das andere.

Als sei er übertrieben auf Sitte und Anstand bedacht, bot er ihr ›wegen des nassen Wetters‹ ein Glas Sherry an und schenkte ihr ein großes Glas des bernsteinfarbenen Getränks aus Harry

Noytons wohlbestückter Bar ein. Als sie die Routinefragen behandelt hatten – Berufserfahrung, Referenzen, Bezahlung –, hatte sich Mrs. Hawkins in den Kissen des Wildledersofas entspannt und war bereit für ein abendliches Plauderstündchen.

»Sie sind doch einer von den Zeitungsfritzen, die ins Haus gekommen sind und Fotos aufgenommen haben«, verkündete sie jetzt, und ihre Augen funkelten ihn an. »Ich erinnere mich an Ihren Schnurrbart.« Sie wies mit einer Armbewegung auf die Einrichtung des Zimmers. »Ich wußte gar nicht, daß ihr Reporter soviel Geld verdient.«

»Darf ich Ihnen nachschenken?« fragte Qwilleran.

»Trinken Sie nichts?«

»Magengeschwüre«, sagte er mit vor Selbstmitleid triefender Miene.

»Gott, *damit* kenne ich mich aus!« sagte Mrs. Hawkins. »Ich habe in Muggy Swamp für zwei Leute mit Magengeschwüren gekocht. Manchmal, wenn Mr. Tait nicht da war, mußte ich für *sie* einen Teller gebackene Zwiebelringe machen, und wenn sich etwas nicht mit Magengeschwüren verträgt, dann sind das gebackene Zwiebelringe, aber ich habe ihr nie widersprochen. Niemand wagte, ihr zu widersprechen. Alle sind auf Zehenspitzen herumgeschlichen, und wenn sie geläutet hat, dann hat jeder sofort alles stehen- und liegenlassen und ist zu ihr gelaufen, um zu fragen, was sie wünschte. Aber mir machte das nichts aus; wenn ich es mir aussuchen kann, dann koche ich lieber für zwei Kranke als für ein Haus voller hungriger Bälger. Und da draußen hatte ich eine Hilfe. Paulie war eine große Hilfe. Er war ein lieber Junge, und es ist ein Jammer, daß er sich als Nichtsnutz entpuppt hat, aber so ist das mit den Ausländern. Ich verstehe die Ausländer nicht. *Sie* war auch Ausländerin, obwohl sie schon vor langer Zeit hierhergekommen ist, und erst ganz zum Schluß hat sie angefangen, uns alle in einer fremden Sprache anzuschreien. Ihren Mann hat sie auch angeschrien. Gott, dieser Mann war geduldig wie ein Heiliger! Glücklicherweise hatte er seine Werkstatt, dort war er selig. Er war ganz verrückt nach diesen Steinen! Einmal hat er einen ganzen Berg gekauft – irgendwo in Südamerika. Es hieß, er solle bis obenhin voller Jade sein, aber ich glaube, das war ein Flop. Einmal bot er mir eine große Jadebrosche an, aber ich hab' sie nicht angenommen. *So etwas* habe ich mir verbeten!« Mrs. Hawkins verdrehte vielsagend die Augen. »Er war ganz aufgeregt, als Sie kamen und Fotos von seinen Sachen machten, was mich überrascht hat, weil ich wußte, wie er zum *Daily Fluxion* stand.« Sie hielt inne und trank ihr Glas aus. »Der ist gut! Noch einen kleinen Schluck? Und dann werde ich nach Hause wanken.«

»Wie stand denn Mr. Tait zum *Fluxion*?« fragte Qwilleran beiläufig, während er Mrs. Hawkins Glas füllte.

»Oh, er haßte die Zeitung! Wollte sie nicht im Haus haben. Und das war wirklich ein Jammer, weil jeder weiß, daß der *Fluxion* die besten Comics hat, aber … so war er! Ich glaube, wir haben wohl alle unsere Eigen- Eigenarten. … Hui! Ich glaube, jetzt spüre ich den Alkohol.«

Dann erging sie sich in einer ausführlichen Schilderung ihres Ex-Ehemannes und ihrer vor kurzem durchgeführten Krampfaderoperation, und Qwilleran sagte ihr, er würde sie wegen der Stelle als Haushälterin kontaktieren. Dann begleitete er sie zu einem Taxi und gab ihr fünf Dollar für die Heimfahrt.

Als er in die Wohnung zurückkam, tauchte Koko aus einem geheimen Versteck auf. Der Kater ging vorsichtig umher und sah sich mit argwöhnischem Blick und ungläubig nach vorn gestellten Ohren um.

»Mir geht es genauso«, sagte Qwilleran. »Machen wir ein Spiel und schauen wir, ob du etwas Nützliches produzierst.«

Sie gingen zu dem Wörterbuch, und Koko spielte brillant. Mit Worten wie *Ebionitismus* und *Echinit*, *Csikós* und *Cytodiagnostik*, *Onychose* und *Opazität* gewann er eine Runde nach der anderen.

Als Qwilleran schon das Handtuch werfen wollte, änderte sich das Blatt. Koko versenkte seine Krallen in die vorderen Seiten, und er schlug die Worte *diskret* und *Disput* auf. Gleich darauf waren es *streiten* und *Strenge*. Qwillerans Schnurrbart begann zu vibrieren.

Kapitel zwanzig

Am Morgen nach Mrs. Hawkins Besuch und Kokos hervorragender Leistung beim Wörterbuchspiel erwachte Qwilleran vor dem Weckerklingeln und sprang aus dem Bett. Allmählich ergaben die Teile des Puzzles ein Bild.

Tait mußte seit dem Vaterschaftsprozeß einen Groll gegen den *Fluxion* gehegt haben. Wahrscheinlich hatte die Familie versucht, die Sache zu vertuschen, doch der *Fluxion* hatte gewiß auf dem Standpunkt beharrt, daß die Öffentlichkeit ein Recht hatte, davon zu erfahren. Keine qualvolle Einzelheit war ausgelassen worden. Vielleicht war der *Rampage* freundlicher mit den Taits umgegangen, schließlich gehörte er den Pennimans, die Mitglieder der Muggy-Swamp-Clique waren.

Achtzehn Jahre lang hatte Tait mit seinem Groll gelebt, der mittlerweile zur Besessenheit geworden war. Trotz seiner kühlen Fassade war er ein sehr leidenschaftlicher Mann. Wahrscheinlich haßte er den *Fluxion* ebenso glühend, wie er Jade liebte. Seine Magengeschwüre waren ein Beweis für den Aufruhr in seinem Inneren. Und als der *Fluxion* sich erbot, einen Bericht über sein Haus zu bringen, sah er eine Gelegenheit zur Rache; er konnte einen Diebstahl vortäuschen, die Jade verstecken und sie dann, wenn die Zeitungsleute lange genug Blut und Wasser geschwitzt hatten, wieder finden lassen.

Was wäre wohl ein sicheres Versteck für eine Teekanne, die so dünn wie das Blütenblatt einer Rose ist? fragte sich Qwilleran, während er Kokos Frühstück zubereitete.

Aber würde Tait nur um der dürftigen Genugtuung wegen, Rache zu nehmen, wirklich so weit gehen? Er würde ein stärkeres Motiv brauchen. Vielleicht war er gar nicht so reich, wie seine Stellung vermuten ließ. Er hatte seine Fabrik verloren; er hatte viel Geld in eine Jadeexpedition gesteckt, die fehlgeschlagen war; er hatte eine hohe Rechnung für die Innenausstattung zu bezahlen. Hatte er einen Plan ausgeheckt, das Versicherungsgeld zu kassieren? Hatten er und seine Frau darüber gestritten? Hatte der Streit in der Nacht des angeblichen Diebstahls stattgefunden? War der Disput so hitzig gewesen, daß sie einen tödlichen Herzanfall erlitt?

Qwilleran stellte Kokos Frühstück auf den Küchenfußboden, zog sein Jackett an und begann die Taschen zu füllen. Er ging in der Wohnung herum und steckte seine Pfeife, den Tabakbeutel, Streichhölzer, seine Visitenkarten, einen Kamm, etwas Kleingeld, seine Banknotenklammer und ein sauberes Taschentuch ein, doch den grünen Jadestein, der normalerweise in der Tasche mit dem Kleingeld klimperte, konnte er nicht finden. Er erinnerte sich, daß er ihn auf den Schreibtisch gelegt hatte.

»Koko, hast du meinem Glücksbringer gestohlen?« fragte Qwilleran.

»MURGEL!« ertönte die Antwort aus der Küche, ein mit einem Maul voll Nieren mit Sahne gegurgeltes Maunzen.

Qwilleran öffnete noch einmal das Kuvert mit den Fotos, die er Tait bringen wollte. Er legte sie auf dem Schreibtisch aus: Weitwinkelaufnahmen von wunderschönen Räumen, Bildern von teuren Möbelgruppen und Nahaufnahmen der Jadestücke. Es gab eine perfekte Abbildung der kostbaren weißen Teekanne und eine von dem Vogel, der auf dem Rücken eines Löwen saß. Es gab Fotos von dem schwarzen Schreibtisch aus Ebenholz und schwarzem Marmor, der über und über mit vergoldeter Bronze verziert war; von dem Tisch, der von einer Sphinx getragen wurde; von den weißen Seidenstühlen, die alles andere als bequem aussahen.

Koko rieb sich an Qwillerans Knöcheln.

»Was willst du?« fragte er. »Ich habe dir dein Frühstück

gemacht. Geh und friß es auf. Du hast das Futter kaum angerührt!«

Der Kater machte einen Buckel, krümmte seinen Schwanz zu einem Fragezeichen und marschierte über die Schuhe des Reporters hin und her.

»Du bekommst heute deine Spielgefährtin«, sagte Qwilleran. »Eine kleine Katzendame mit Silberblick. Vielleicht sollte ich dich mitnehmen. Möchtest du dein Halsband anlegen und mitfahren?«

Koko hüpfte langbeinig und anmutig in Achterschleifen herum.

»Zuerst muß ich noch ein Loch in dein Halsband stechen.«

In der Küche gab es keine Werkzeuge, mit denen man Löcher in Lederriemen stechen konnte: keine Ahle, keinen Eispickel, keine Nägel, nicht einmal einen altmodischen Dosenöffner. Qwilleran schaffte es schließlich mit der Spitze einer Nagelfeile.

»So!« sagte er und ging Koko suchen. »Jetzt versuch mal, da rauszuschlüpfen! ... Also, wo zum Teufel bist du?« Er hörte ein feuchtes, schlürfendes, kratzendes Geräusch, und Qwilleran wirbelte herum. Koko saß auf dem Schreibtisch. Er leckte ein Foto ab.

»He!« schrie Qwilleran, und Koko sprang auf den Boden und hoppelte wie ein Kaninchen davon.

Der Reporter untersuchte die Abzüge. Nur einer war beschädigt. »Böser Kater!« sagte er. »Du hast dieses schöne Foto aufgerauht.«

Koko saß zu einem kleinen Bündel zusammengekauert unter dem Couchtisch.

Es war der Biedermeierschrank, den er mit seiner rauhen Zunge abgeleckt hatte. Die Oberfläche des Fotos war noch immer klebrig. Von einem bestimmten Blickwinkel aus war der Schaden kaum zu sehen. Nur wenn das Licht in einem bestimmten Winkel auf das Bild fiel, konnte man die matte Stelle mit den winzigen Bläschen erkennen.

Qwilleran sah es sich genau an und staunte über die Details, die auf Bunsens Fotos zu sehen waren. Die Maserung des Holzes war deutlich sichtbar, und mit seiner Beleuchtung hatte der Fotograf erreicht, daß das Möbelstück fast dreidimensional wirkte. Das ziselierte Material rund um das winzige Schlüsselloch stand reliefartig hervor. Eine dünne Schattenlinie quer über der untersten Schublade hob die Kante der Lade hervor.

Über die Seitenwand des Schrankes verlief ebenfalls eine – senkrechte – dünne dunkle Linie, die Qwilleran vorher nicht bemerkt hatte. Sie durchschnitt die Maserung und war weder durch das Design noch durch die Bauweise des Schrankes zu erklären.

Qwilleran spürte ein Prickeln in seinem Schnurrbart und strich hastig darüber. Dann schnappte er Koko und legte ihm sein Halsband an.

»Gehen wir«, sagte er. »Du hast etwas abgeleckt, das mich auf eine Idee bringt!«

Es war eine lange und teure Taxifahrt nach Muggy Swamp. Qwilleran lauschte dem Klicken des Taxameters und überlegte, ob er diese Fahrt wohl auf seine Spesenrechnung setzen konnte. Der Kater saß neben seinem Oberschenkel auf dem Sitz, doch als das Taxi in die Einfahrt zum Tait-Haus einbog, wurde Koko munter. Er richtete sich auf den Hinterbeinen auf, stellte die Vorderpfoten auf das Fenster und schimpfte lautstark in die Landschaft. Qwilleran sagte zu dem Fahrer: »Bitte warten Sie auf mich und bringen Sie mich wieder zurück in die Stadt. Es wird wahrscheinlich etwa eine halbe Stunde dauern.«

»Ist es Ihnen recht, wenn ich zum Bahnhof gehe und frühstücke?« fragte der Mann. »Ich stelle das Taxameter ab.«

Qwilleran klemmte den Kater unter den linken Arm, rollte die Leine in seiner Linken zusammen und betätigte die Glocke an der Tür des spanischen Herrenhauses. Während er wartete, stellte er fest, daß das Anwesen etwas vernachlässigt wirkte. Das Gras mußte dringend geschnitten werden. Eingerollte gelbe Blätter – die ersten in diesem Jahr – wirbelten im Hof herum. Die Fenster waren schmutzig.

Die Tür ging auf, und ein vollkommen veränderter Mann stand vor ihm. Trotz seiner geröteten Gesichtsfarbe wirkte Tait angespannt und müde. Die alten Kleider und die Tennisschuhe, die er trug, standen in absurdem Kontrast zu dem eleganten schwarzweißen Marmor der Eingangshalle. Schmutzige Fußspuren waren auf den weißen Marmorfliesen getrocknet.

»Treten Sie ein«, sagte Tait. »Ich habe gerade ein paar Sachen weggepackt.« Er deutete entschuldigend auf seine Kleidung.

»Ich habe Koko mitgebracht«, sagte Qwilleran gelassen. »Ich dachte, er könnte uns helfen, die andere Katze zu finden.« Und er dachte: ›Irgend etwas ist schiefgelaufen, oder er hat Angst, oder die Polizei hat ihn verhört. Hat die Polizei vielleicht den Mord an seinem Innenausstatter mit dem Diebstahl der Jadesammlung in Verbindung gebracht?‹

Tait sagte: »Die andere Katze ist hier. Ich habe sie in die Waschküche gesperrt.«

Koko wand sich und wurde auf Qwillerans Schulter verfrachtet, von wo aus er die Szene überblicken konnte. Der Körper des Katers war gespannt, und Qwilleran spürte Vibrationen wie von einem Schwachstromtransformator.

Er gab Tait das Kuvert mit den Fotos und folgte einer beiläufigen Einladung, ins Wohnzimmer zu kommen. Es war ziemlich verändert. Die weißen Seidenstühle waren mit Schonbezügen bedeckt. Die Vorhänge waren zugezogen. Und die Jadevitrinen waren dunkel und leer.

In dem düsteren Raum brannte nur eine einzige Lampe – auf dem Schreibtisch, an dem Tait offenbar gearbeitet hatte. Dort lag ein aufgeschlagenes Inventarbuch, und daneben war seine Sammlung von Gebrauchsgegenständen aus Jade ausgebreitet – die primitiven Spachtel, Meißel und Äxte.

Tait nahm einen Schonbezug von einem Stuhl neben dem Schreibtisch und lud Qwilleran ein, darauf Platz zu nehmen, während er hinter den Schreibtisch trat und das Kuvert öffnete. Der Reporter warf einen Blick auf das Inventarbuch, das verkehrt herum lag; es war ein Katalog der Jadesammlung, mit präziser, schräger Schrift geschrieben.

Während sich der Jadesammler die Fotos ansah, sah sich Qwilleran das Gesicht des Mannes an. Dieser Gesichtsausdruck –

das ist nicht Trauer, dachte er; das ist Erschöpfung. Der Mann hat nicht gut geschlafen. Sein Plan funktioniert nicht.

Mit zuckenden Mundwinkeln und schwer atmend sah Tait die Fotos durch.

»Ziemlich gute Fotos, nicht wahr?« sagte Qwilleran.

»Ja«, murmelte Tait.

»Überraschend detailgetreu.«

»Ich habe gar nicht gewußt, daß er so viele Bilder gemacht hat.«

»Wir nehmen immer mehr Fotos auf, als wir brauchen.«

Qwilleran warf einen Seitenblick auf den Biedermeierschrank. An der Seitenwand des Schrankes verlief keine dünne, dunkle, senkrechte Linie – zumindest konnte man von seinem Platz aus keine sehen.

Tait sagte: »Dieser Schreibtisch ist sehr gut aufgenommen.«

»Er hat viele Kontraste. Ein Jammer, daß es von dem Biedermeierschrank kein Foto gibt.« Er beobachtete Tait aufmerksam. »Ich weiß nicht, was passiert ist. Ich war sicher, daß Bunsen den Schrank aufgenommen hat.«

Tait bewegte die Mundwinkel. »Ein schönes Stück. Er hat meinem Großvater gehört.«

Koko wand sich wieder und gab einen leisen Protestlaut von sich, und der Reporter stand auf, schlenderte hin und her und tätschelte ihm den seidigen Rücken. Er sagte: »Das ist Kokos erster Besuch. Ich bin überrascht, daß er sich so gut benimmt.« Er trat nahe an den Biedermeierschrank heran und konnte noch immer keine dünne dunkle Linie sehen.

»Vielen Dank für die Bilder«, sagte Tait. »Ich gehe jetzt die andere Katze holen.«

Als der Jadesammler hinausgegangen war, nahm Qwillerans Neugier überhand. Er ging zu dem Biedermeierschrank und untersuchte die Seitenwand. Von oben nach unten lief tatsächlich ein feiner, senkrechter Riß, aber er war praktisch unsichtbar. Qwilleran fuhr mit dem Finger die Linie entlang. Nur das verblüffend scharfe Auge der Kamera hatte die haarfeine Nahtstelle bemerkt.

Koko wollte herunter, und Qwilleran setzte ihn auf den Boden; die Leine behielt er in der Hand. Die freie Hand ließ er versuchsweise den Spalt auf- und abgleiten. Er dachte: ›Es *muß* ein Geheimfach sein. Es muß einfach so etwas sein! Aber wie geht es auf?‹ Es gab keine wie immer gearteten Eisenteile.

Er warf einen Blick Richtung Eingangshalle und lauschte, ob er Schritte näherkommen hörte. Dann wandte er sich wieder seinem Rätsel zu. Gab es einen Riegel, der bei Berührung aufging? Hatte es früher schon so etwas gegeben? Der Schrank war über hundert Jahre alt.

Er drückte auf die Seitenwand und hatte den Eindruck, daß sie ein wenig nachgab, als wäre sie nicht hundertprozentig stabil. Er drückte wieder, und sie reagierte mit einem leisen Knacken, das sich anhörte wie altes, trockenes Holz. Dann drückte er am Rand des Spaltes fest gegen das Holz – zuerst in Schulterhöhe, dann höher, danach tiefer. Er griff hinauf und drückte ganz oben auf das Holz, und die Seitenwand des Schrankes ging langsam mit einem gequälten Knirschen auf.

Sie öffnete sich nur ein paar Zentimeter. Vorsichtig zog Qwilleran sie weiter auf, um zu sehen, was drinnen war. Seine Lippen bewegten sich zu einem lautlosen Ausruf. Einen Augenblick lang war er wie gelähmt. Das Blut pochte in seinen Adern, und er vergaß, auf Schritte zu horchen. Kokos Ohren drehten sich beunruhigt hin und her. Tennisschuhe näherten sich nahezu geräuschlos vom Gang her, doch Qwilleran hörte nichts. Er sah auch nicht, wie Tait ins Zimmer trat ... plötzlich stehenblieb ... sich rasch bewegte. Er hörte nur den durchdringenden, hellen Schrei, und dann war es auch schon zu spät.

Das Bild verschwamm vor seinen Augen. Doch er sah den Spieß. Er hörte das Knurren und das grauenhafte Kreischen. Ein weißer Blitz zuckte auf. Die Lampe zerbarst. In der Dunkelheit sah er den hoch erhobenen Spieß ... einen spiralförmigen weißen Fleck ... spürte einen Ruck an seiner Hand ... hörte ein Gerangel und einen dumpfen Schlag ... spürte einen stechenden Schmerz ... fühlte Blut auf der Hand ... und vernahm ein Geräusch, das sich anhörte wie entweichender Dampf. Dann war alles still.

Qwilleran lehnte sich an den Biedermeierschrank und blickte hinunter. Von seinen Fingerspitzen tropfte Blut. Die Leine schnitt in die Handfläche der anderen Hand, und vier Meter Nylonschnur waren fest um die Beine von G. Verning Tait gewickelt, der japsend auf dem Boden lag. Koko, der am anderen Ende der Leine hing, wand sich hin und her, um aus dem Halsband schlüpfen zu können. Es herrschte Stille im Raum; nur das schwere Atmen des Gefangenen und das Fauchen einer Katze auf dem Biedermeierschrank waren zu hören.

Kapitel einundzwanzig

Die Krankenschwester im Sanitätsraum des *Fluxion* verband die Schnittwunde auf Qwillerans Hand.

»Ich fürchte, Sie werden es überleben«, sagte sie fröhlich. »Es ist nur ein Kratzer.«

»Es hat stark geblutet«, sagte er. »Dieser Spieß war scharf wie eine Rasierklinge und dreißig Zentimeter lang! Eigentlich war es eine Harpune aus Jade, mit der man in der Arktis Walrosse erlegt hat.«

»Wie passend – unter den gegebenen Umständen«, sagte die Krankenschwester mit einem liebevollen Seitenblick auf Qwillerans Schnurrbart.

»Ein Glück, daß ich ihn nicht in den Bauch bekommen habe!«

»Die Wunde sieht sauber aus«, sagte die Krankenschwester, »aber wenn Sie irgendwelche Probleme haben, gehen Sie zum Arzt.«

»Sie können die Branchenwerbung weglassen«, sagte Qwilleran. »Ich kenne sie auswendig.«

Sie klebte noch ein Heftpflaster darüber und bewunderte ihr Werk.

Die Krankenschwester hatte ihm einen eindrucksvollen Verband verpaßt. Zwar war er Qwilleran beim Tippen eher hinderlich, doch er verlieh seiner Geschichte Gewicht, als er sie am Abend seinem Publikum im Presseclub erzählte. Um halb sechs bekamen ungewöhnlich viele Mitarbeiter des *Fluxion* Durst, und die Menge scharte sich an der Bar um Qwilleran. Sein Bericht für die Öffentlichkeit war in der Nachmittagsausgabe erschienen, doch seine Kollegen wußten, daß die interessantesten Details einer Story nie in die Zeitung kommen.

Mit kaum verhohlenem Stolz sagte Qwilleran: »Koko hat mich auf den Schwindel aufmerksam gemacht. Er hat eines von Bunsens Fotos abgeleckt und mich sozusagen mit der Nase auf das Geheimfach gestoßen.«

»Ich habe mit seitlicher Beleuchtung gearbeitet«, erklärte Bunsen. »Ich habe einen Scheinwerfer in einem Winkel von neunzig Grad links vom Fotoapparat aufgestellt, und der hat den winzigen Spalt sichtbar gemacht. Die Kamera hat ihn aufgenommen, während das Auge nie gesehen hätte, daß es ihn gibt.«

»Als ich das schwenkbare Fach voller Jade entdeckte«, sagte Qwilleran, »war ich so fasziniert, daß ich Tait gar nicht kommen hörte. Und dann kreischte auf einmal eine Katze, und dieser Kerl ging mit einer Eskimo-Harpune auf mich los, einem *so* langen Spieß!« Seine Hände beschrieben erstaunlich lange dreißig Zentimeter. »Koko knurrte. Die andere Katze flog durch die Luft und schrie. Und da war dieser Irre, der mit einem Spieß auf mich losging! Danach verschwamm alles. Und dann – ein Krachen! Tait fiel voll aufs Gesicht.« Qwilleran zeigte seine bandagierte Hand. »Er muß den Spieß von sich geschleudert haben, als er hinfiel.«

Arch Riker sagte: »Erzähl ihnen, wie ihn dein Kater zum Stolpern gebracht hat.«

Qwilleran zündete sich bedächtig eine Pfeife an, während sein Publikum auf die Insider-Geschichte wartete. »Koko war an einer langen Leine, und er sauste so schnell im Kreis herum – ich sah nicht mehr als einen Rauchring in der Luft. Und als Tait zu Boden stürzte, waren seine Beine sauber mit einer vier Meter langen Schnur gefesselt.«

»Irre!« sagte der Fotograf. »Ich wünschte, ich wäre mit einer Filmkamera dabeigewesen.«

»Ich habe den Jadespieß aufgehoben und paßte auf, daß Tait auf dem Boden liegenblieb, während ich mit dem vergoldeten französischen Telefon die Polizei rief.«

»Bei Ihnen muß wohl alles Extraklasse sein«, sagte Bunsen.

Dann kam Lodge Kendall von der Polizeidirektion. »Qwill hatte die ganze Zeit über recht«, sagte er zu den anderen. »Der Hausbursche war unschuldig. Tait hat der Polizei gesagt, daß er Paolo ein einfaches Ticket nach Mexiko bezahlt, die Jade im Schrank versteckt und ein Stück hinter Paolos Bett geworfen hat. Und erinnern Sie sich an die fehlenden Koffer? Er hatte sie dem Jungen selbst gegeben.«

»War er auf das Versicherungsgeld aus?«

»In erster Linie. Tait war kein guter Geschäftsmann. Er hatte das Familienvermögen verloren, und er brauchte eine große Summe Bargeld für ein weiteres hirnrissiges Projekt ... Aber das war noch nicht alles. Er haßt den *Fluxion*. Seit die Zeitung seine Rolle in einem Vaterschaftsprozeß hochgespielt hat.«

»Mich würde interessieren, warum er diese Forderungen nicht außergerichtlich beigelegt hat«, sagte Qwilleran.

»Er hat es versucht, aber er behauptet, daß hinter der Geschichte schmutzige politische Intrigen gesteckt haben. Wie es scheint, kandidierte ein anderer Tait, ein Cousin von George Verning, in jenem Jahr für den Kongreß, und die Vaterschaftsklage wurde bewußt zu dieser Zeit eingebracht. Irgendwer hat sich wohl gedacht, daß die Wähler einen Tait nicht vom anderen unterscheiden könnten, und offenbar stimmte das auch. Der Mann hat die Wahl verloren.«

Qwilleran sagte: »Hat Tait der Polizei etwas über seine geplante Reise nach Dänemark gesagt?«

»In der Polizeidirektion hat niemand etwas davon erwähnt.«

»Also«, sagte Riker, »ich schalte mich morgen wieder ein, um die nächste Folge zu hören. Jetzt gehe ich heim abendessen.«

»Und ich gehe heim und spendiere Koko ein Filet Mignon«, sagte Qwilleran. »Schließlich hat er mir das Leben gerettet.«

»Machen Sie sich doch nichts vor«, sagte Bunsen. »In Wirklichkeit ist er diesem Katzenweibchen hinterhergejagt.«

»Ich habe sie in die Tierklinik gebracht«, sagte Qwilleran. »Sie hatte an der Flanke eine infizierte Wunde. Wahrscheinlich hat ihr der Kerl einen Tritt versetzt, als er sie hinauswarf.«

Den ganzen Nachmittag war Qwilleran vor Aufregung total überdreht gewesen, doch als er heimkam, gewann die Erschöpfung Oberhand. Koko reagierte genauso. Der Kater lag auf der Seite, die Beine steif von sich gestreckt, ein Ohr unter dem Kopf verborgen – allem Anschein nach eine tote Katze, mit Ausnahme des nachdenklichen Blickes seiner halbgeöffneten Augen. Sein Abendessen ignorierte er.

Qwilleran ging früh schlafen, und er hatte äußerst angenehme und realistische Träume. Er träumte, daß Percy sagte: »Qwill, Sie und Koko haben beim Fall Tait so gute Arbeit geleistet, daß wir Sie bitten wollen, David Lykes Mörder zu suchen«, und Qwilleran sagte: »Die Ermittlungen werden uns vielleicht nach Japan führen, Chef«, und Percy sagte: »Fahren Sie nur! Sie haben ein unbegrenztes Spesenkonto.« Qwillerans Schnurrbart zuckte im Schlaf. Die Schnurrhaare des Katers auch. Koko träumte ebenfalls.

Am frühen Samstagmorgen, während Qwilleran noch leise schnarchte und sich sein Unterbewußtsein mit dem Mord an Lyke herumschlug, begann das Telefon beharrlich zu klingeln. Als es ihn schließlich wachbekam, griff er benommen auf den Nachttisch, packte den Hörer und hörte die Telefonistin sagen: »Hier ist Aarhus, Dänemark. Ich habe einen Anruf für Mr. James Qwilleran.«

»Am Apparat«, krächzte Qwilleran mit seiner typischen frühmorgendlichen Stimme.

»Qwill, hier ist Harry«, rief eine Stimme auf der anderen Seite des Atlantik. »Wir haben soeben die Nachrichten gehört!«

»Wirklich? In Dänemark?«

»Sie haben es im Radio gebracht.«

»Es ist wirklich ein Jammer. Er war ein netter Kerl.«

»Über *ihn* kann ich nichts sagen«, sagte Noyton. »Ich kannte nur sie. Er muß durchgedreht haben.«

»Wer hat durchgedreht?«

»Was ist los? Sind Sie noch nicht wach?«

»Ich bin wach«, sagte Qwilleran. »Wovon reden Sie?«

»Ist dort Qwill? Dort ist doch Qwilleran, oder?«

»Ich glaube schon. Ich bin ein bißchen benommen. Reden Sie von dem Mord?«

»Mord!« rief Noyton. »Was für ein Mord?«

Qwilleran hielt inne. »Sprechen Sie nicht von David Lyke?«

»Ich rede von G. Verning Tait! Was ist mit David?«

»Er ist tot. Er wurde Montag nacht erschossen.«

»David tot! Mein Gott! Wer hat das getan?«

»Das ist noch nicht bekannt. Es ist in seiner Wohnung passiert. Am Abend.«

»Hat jemand bei ihm eingebrochen?«

»Es schaut nicht so aus.«

»Warum sollte jemand David umbringen wollen? Er war ein sympathischer Kerl.«

»Was haben Sie da drüben im Radio gehört?« fragte Qwilleran.

»Von Taits Verhaftung. Mrs. Taits Verwandte konnten es gar nicht glauben, als sie die Nachrichten hörten.«

Qwilleran setzte sich auf. »Sie kennen ihre Familie?«

»Ich habe sie eben erst kennengelernt. Nette Leute. Ihr Bruder arbeitet mit mir an dieser geheimen Sache, von der ich Ihnen erzählt habe. Denken Sie daran: Ich habe Ihnen versprochen, daß der *Fluxion* den Knüller bekommt!«

»Worum geht es dabei?«

»Ich finanziere ein phantastisches Herstellungsverfahren, Qwill. Ich werde der reichste Mann der Welt sein!«

»Handelt es sich um eine neue Erfindung?«

»Um eine wissenschaftliche Entdeckung«, sagte Noyton. »Während der Rest der Welt seine Zeit mit dem Weltraum vergeudet, tun die Dänen hier und jetzt etwas für die Menschheit.«

»Klingt ja beeindruckend!«

»Bis ich hierherkam, wußte ich nicht, worum es ging. Ich habe ihr einfach nur geglaubt, daß es etwas Weltbewegendes ist.«

»Wem?«

»Mrs. Tait.«

»Sie hat Ihnen den Tip mit der Entdeckung gegeben, die ihr Bruder gemacht hat?«

»Nun ja, Dr. Thorvaldson brauchte einen Geldgeber, und sie

wußte, daß ihr Mann nicht in der Lage war, ihn zu finanzieren. Sie hatte von mir gehört und dachte, ich könnte das schaffen. Natürlich wollte sie eine Provision dafür – unter der Hand sozusagen.« Noyton hielt inne. »Das ist natürlich alles streng vertraulich.«

Qwilleran sagte: »Tait wollte nach Dänemark. Wahrscheinlich hatte er vor, das Versicherungsgeld zu investieren.«

Es gab eine kurze Störung in der Leitung.

»Sind Sie noch da?« fragte Qwilleran.

Noytons Stimme war schwächer geworden. »Hören Sie, ich rufe Sie morgen wieder an – können Sie mich hören? –, sobald alles Rechtliche unter Dach und Fach ist ... Die Verbindung ist lausig ... Ich hoffe, sie schnappen Davids Mörder. Bis dann! Ich melde mich in den nächsten vierundzwanzig Stunden noch einmal.«

Es war Samstag, doch Qwilleran ging in die Redaktion, um für die nächste Ausgabe von *Elegante Domizile* vorzuarbeiten. Er war jetzt fest entschlossen, sich die Zeitschrift nicht von Fran Unger wegnehmen zu lassen. Auch hoffte er, Percy zu treffen und sagen zu können: »Ich habe es Ihnen ja gesagt«, doch der Chefredakteur war bei einer Konferenz in New York. Im Laufe des Tages führte Qwilleran zwei wichtige Telefongespräche – eines mit der Tierklinik, wo er sich nach der Katze erkundigte, und eines mit dem Atelier Middy, wo er sich mit Cokey zum Abendessen verabredete.

Als er am späten Nachmittag nach Hause kam, um Koko zu füttern, ging es dort rund. Koko torkelte wie ein Betrunkener durch die Wohnung. Er spielte mit seiner selbstgebastelten Maus, ein Spiel, das mit Hockey, Basketball und Tennis verwandt war und auch Elemente des Ringkampfs aufwies. Der Kater schoß das kleine graue Etwas über den gebohnerten Fußboden, sprang es an, warf es in die Luft, schlug es quer durch das Zimmer, jagte hinterher, faßte es im Laufen, hielt es zwischen den Vorderpfoten gepackt und rollte sich damit ekstatisch herum, bis ihm die Maus entglitt und die Jagd von neuem begann. Wenn er Publikum hatte, gab Koko gern mit seinem Können an. Als Qwilleran zusah, dribbelte der Kater mit der Maus durch das ganze Wohnzimmer, versetzte ihr einen gutgezielten Schlag und landete einen Volltreffer – sie schoß direkt unter die alte spanische Truhe. Dann trabte er hinterher, spähte unter das niedrige Möbelstück, hob den Kopf und begann langgezogen und fordernd zu heulen.

»Kein Problem«, sagte Qwilleran. »Diesmal bin ich gut ausgerüstet.«

Aus dem Schrank in der Diele holte er den Regenschirm, den Mrs. Hawkins praktischerweise vergessen hatte. Er fuhr damit unter die Truhe, holte aber nur Staub hervor, und Koko erhöhte die Lautstärke seiner Forderungen. Qwilleran kniete sich nieder, stocherte mit dem verzierten Griff in dunklen Ecken herum und beförderte den Jadestein zutage, den er vor ein paar Tagen verloren hatte. Koko schrie laut und unaufhörlich weiter.

Doch als er erneut mit dem Schirm unter die Truhe fuhr, kam ein rosa Etwas zum Vorschein!

Nicht richtig rosa, sagte sich Qwilleran, aber fast rosa ... und es kam ihm irgendwie bekannt vor. Er hatte eine Ahnung, was es war. Und er wußte sehr gut, wie es dorthingekommen war.

»Koko!« sagte er streng. »Was weißt du über das da?«

Bevor der Kater eine gutturale Antwort geben und sich in einen Ringkampf mit einem unsichtbaren Gegner werfen konnte, ging Qwilleran ans Telefon und wählte rasch eine Nummer.

»Cokey«, sagte er, »wenn ich Sie abhole, werde ich mich etwas verspäten. Warum fahren Sie nicht mit dem Taxi zum Presseclub, und wir treffen uns dort? ... Nein, ich muß nur noch dringend eine Kleinigkeit erledigen ... In Ordnung. Bis bald also. Und ich habe vielleicht Neuigkeiten für Sie!«

Qwilleran wandte sich wieder an den Kater. »Koko, wann hast du dieses rosa Zeug gefressen? Wo hast du es gefunden?«

Als Qwilleran im Presseclub ankam, erwartete ihn Cokey im Foyer; sie saß auf einem der abgenutzten Ledersofas.

»Es ist etwas passiert«, sagte sie. »Ich sehe es Ihrem Gesicht an.«

»Warten Sie, bis wir einen Tisch haben, dann erkläre ich es

Ihnen«, sagte er. »Setzen wir uns in die Cocktailbar. Ich erwarte einen Anruf.«

Sie setzten sich an einen Tisch mit einem rotkarierten Tischtuch mit vielen Flicken und gestopften Stellen.

»Im Zusammenhang mit dem Mord an David hat es eine unerwartete Entwicklung gegeben«, begann Qwilleran, »und Koko ist darin verwickelt. Er war in Davids Wohnung, als der tödliche Schuß abgegeben wurde, und er hat offenbar dort Wolle gefressen. Als ich ihn in jener Nacht nach Hause brachte, wirkte er seltsam. Ich dachte, er hätte sich erschreckt. Jetzt glaube ich eher, daß er Bauchweh hatte. Ich nehme an, Katzen bekommen auch Bauchweh.«

»Konnte er die Wolle nicht verdauen?« fragte Cokey.

»Die Wolle hätte er vielleicht geschafft, aber in dem Material war noch etwas anderes. Nachdem er heimgekommen war, muß er das ganze Zeug wieder herausgewürgt und unter der spanischen Truhe versteckt haben. Ich habe es vor einer Stunde gefunden.«

Cokey schlug vor Erstaunen die Hände zusammen. »Und Sie haben es erkannt? Erzählen Sie mir nicht, daß Sie es tatsächlich *erkannt* haben!«

»Ja, und ich glaube, Ihnen wäre es auch bekannt vorgekommen. Es war gelblichrosa Wolle mit Goldfäden.«

»Natalie Noyton! Dieses handgewebte Kleid, das sie bei der Party trug!«

Qwilleran nickte. »Wie es scheint, war Natalie am Montagabend in Davids Wohnung, vielleicht zu dem Zeitpunkt, als er erschossen wurde. Jedenfalls mußte ich das der Polizei melden, weshalb ich die pfirsichfarbene Wolle hinüber in die Polizeidirektion brachte. Deshalb habe ich mich verspätet.«

»Was haben sie bei der Polizei gesagt?«

»Als ich ging, sausten sie hinaus nach Lost Lake Hills. Unser Polizeireporter hat mir versprochen, mich hier anzurufen, wenn sich etwas ergibt.«

»Ich frage mich, warum Natalie sich nicht gemeldet und der Polizei freiwillig Informationen gegeben hat?«

»Genau das beunruhigt mich«, sagte Qwilleran. »Wenn sie Informationen hatte und der Mörder das wußte, dann könnte er versuchen, sie zum Schweigen zu bringen.«

Die Gewölbedecke des Clubs verstärkte die Stimmen der samstagabendlichen Gäste zu einem Tosen, doch über dem Lärm ertönte im Lautsprecher eine Durchsage: »Telefon für Mr. Qwilleran.«

»Das ist unser Reporter in der Polizeidirektion. Ich bin gleich wieder da.« Er eilte in die Telefonzelle.

Als er zurückkam, hatten sich seine Augen verdunkelt.

»Was ist los, Qwill? Ist es etwas Schlimmes?«

»Die Polizei ist zu spät gekommen.«

»Zu spät?«

»Zu spät, um Natalie noch lebend anzutreffen.«

»Ermordet!«

»Nein. Sie hat sich selbst das Leben genommen«, sagte Qwilleran. »Anscheinend mit einer starken Dosis Alkohol und danach Schlaftabletten.«

Cokey schrie traurig auf. »Aber warum? Warum?«

»Offenbar hat sie es in ihrem Tagebuch erklärt. Sie war rettungslos in ihren Innenausstatter verliebt, und er war nicht der Typ, der sich eine Affäre entgehen ließ.«

»*Das* weiß ich!«

»Natalie dachte, Dave sei bereit, sie zu heiraten, sobald sie geschieden war, und sie wollte ihn so sehr, daß sie auf die Bedingungen ihres Mannes einging: keine finanzielle Unterstützung und kein Antrag auf Vormundschaft über die Kinder. Und dann, am vergangenen Wochenende, wurde ihr klar, daß Dave sie nie heiraten würde – weder sie noch sonst jemanden. Als Odd Bunsen und ich am Montagmorgen zu ihrem Haus kamen und sie sich weigerte, uns zu empfangen, muß sie vor Enttäuschung und Reue und einer Art ohnmächtiger Panik bereits halb wahnsinnig gewesen sein.«

»Ich wäre außer mir vor Wut!« sagte Cokey.

»Sie war so außer sich, daß sie glaubte, sie könnte die Sache bereinigen, indem sie David umbrachte.«

»Dann war es also Natalie.«

»Es war Natalie ... Danach fuhr sie nach Hause, schickte ihr Hausmädchen weg und verbrachte vierundzwanzig höllische Stunden, bevor sie ihrem Leben ein Ende setzte. Sie ist seit Dienstagnacht tot.«

Es herrschte langes Schweigen am Tisch.

Nach einer Weile sagte Qwilleran: »Die Polizei hat das pfirsichfarbene Kleid in ihrem Schrank gefunden. An der Stola fehlten ziemlich viele Fransen.«

Dann wurden die Speisekarten gebracht, und Cokey sagte: »Ich habe keinen Hunger. Gehen wir spazieren – und reden wir über andere Dinge.«

Also machten sie einen Spaziergang und redeten über Koko und die neue Katze, deren Name Yu oder Freya war.

»Ich hoffe, sie werden glücklich miteinander«, sagte Cokey.

»Ich glaube, wir werden alle miteinander glücklich werden«, sagte Qwilleran. »Ich werde ihr einen neuen Namen geben; ich werde sie Yum Yum nennen. Und Ihren Namen muß ich auch ändern.«

Das Mädchen sah ihn verträumt an.

»Wissen Sie«, sagte Qwilleran, »Koko mag es nicht, wenn ich Sie Cokey nenne. Das ist seinem eigenen Namen zu ähnlich.«

»Nennen Sie mich einfach Al«, sagte Alacoque Wright mit wehmütig gesenkter Stimme und resigniert hochgezogenen Augenbrauen.

Am Montag erschien die Nachricht von Harry Noytons dänischem Projekt auf der Titelseite des *Daily Fluxion*. Als Autor wurde Qwilleran genannt. In der ersten Ausgabe war durch einen Setzfehler anstelle von ›verschieden‹ das Wort ›verschlagen‹ gedruckt worden, doch das war ein so üblicher Fehler, daß der Artikel ohne ihn enttäuschend gewesen wäre:

»Harry Noyton, Finanzier und Gründer von verschlagenen Unternehmen«, hieß es in der Meldung, »hat die weltweite Lizenz für den einzigartigen Beitrag eines dänischen Wissenschaftlers zum Wohle der Menschheit erworben – kalorienfreies Bier mit einem hohen Vitamin-C-Gehalt.«

Am selben Tag erhielt Qwilleran bei einer kleinen Feier im Presseclub einen Ehrenausweis für seinen Kater. Auf dem Presseausweis prangte Kokos Ausweisfoto, auf dem er mit weit aufgerissenen Augen, gespitzten Ohren und gesträubten Schnurrhaaren zu sehen war.

»Das Foto habe ich damals in David Lykes Wohnung aufgenommen«, erklärte Odd Bunsen.

Und Lodge Kendall sagte: »Glauben Sie nicht, daß es leicht war, den Polizeichef und den Leiter der Feuerpolizei dazu zu bewegen, den Ausweis zu unterschreiben!«

Als Qwilleran an jenem Abend in die Villa Verandah zurückkam und die Wohnung betrat, drückte er beide Daumen. Er hatte Yum Yum zu Mittag aus der Tierklinik nach Hause gebracht, und die beiden Katzen hatten jetzt einige Stunden Zeit gehabt, einander zu beschnuppern, vorsichtig zu umkreisen und sich anzufreunden.

Im Wohnzimmer war alles still. Auf dem grünen dänischen Ohrensessel saß Yum Yum, anmutig und süß. Ihr Gesichtchen war ein rührendes braunes Dreieck, und ihre riesigen, runden, violettblauen Augen hatten einen leichten Silberblick. Ihre braunen Ohren waren kokett schräggestellt. Und an der Stelle, wo die seidigen Fellhaare auf ihrer weißen Brust in verschiedene Richtungen wuchsen, hatte sie eine Tolle, die weicher als Daunen war.

Koko saß auf dem Couchtisch, aufrecht und majestätisch, das Fell am Hals wie zu einer Halskrause aufgebauscht.

»Du Teufel!« sagte Qwilleran. »Du bist überhaupt nicht neurotisch und warst es auch nie! Du wußtest die ganze Zeit über ganz genau, was du tatest!«

Koko brummte, sprang vom Tisch und schlenderte hinüber zu Yum Yum. Seite an Seite saßen sie in der gleichen Haltung da, wie zwei Bücherstützen; beide hatten den Schwanz nach rechts gelegt und die Ohren wie Kronen aufgerichtet. Beide Augenpaare ignorierten Qwilleran mit betonter Gleichgültigkeit. Dann leckte Koko Yum Yum zweimal liebevoll über das Gesicht, senkte den Kopf und neigte anmutig den Hals. Er kniff die Augen zusammen, bis sie winzige Schlitze waren, die seine katzenhafte Verzückung ausdrückten, während das kleine Weibchen das Stichwort aufnahm und mit ihrer langen rosa Zunge die Innenseite seiner Ohren putzte.

ENDE

Lilian Jackson Braun

DIE KATZE,
DIE DAS LICHT LÖSCHTE

Kapitel eins

Im Dezember erklärte der Wettergott der Stadt den Krieg. Zuerst bombardierte er sie mit Eisstürmen, dann attackierte er sie mit bitterkalten Winden. Jetzt fiel er mit einem heftigen Schneetreiben über sie her.

Ein Schneesturm peitschte die Canard Street hinunter, am Presseclub vorbei, als hege er einen speziellen Groll gegen Journalisten. Mit bösartiger Präzision nahmen die größten Schneeflocken Ziel und landeten kalt und naß am Hals des Mannes, der gerade vor dem Presseclub nach einem Taxi Ausschau hielt.

Mit einer Hand stellte er unbeholfen den Kragen seines Tweedmantels auf und versuchte, sich den flachen Hut an die Ohren zu drücken. Seine linke Hand hatte er tief in die Manteltasche gesteckt. Ansonsten war an dem Mann nichts Außergewöhnliches, mit Ausnahme eines üppigen Schnurrbarts – und der Tatsache, daß er nüchtern war. Es war nach Mitternacht; es war neun Tage vor Weihnachten; und der Mann, der aus dem Presseclub kam, war nüchtern.

Als schließlich ein Taxi am Straßenrand anhielt, setzte er sich ganz vorsichtig, ohne seine Hand aus der Tasche zu nehmen, auf den Rücksitz und nannte dem Fahrer den Namen eines drittklassigen Hotels.

»Medford Manor? Warten Sie mal, da kann ich die Zwinger Street und die Schnellstraße nehmen«, sagte der Taxifahrer hoffnungsvoll, während er den Taxameter einschaltete, »oder ich kann über den Center Boulevard fahren.«

»Zwinger«, sagte der Passagier. Normalerweise nahm er die Route über den Boulevard, die billiger war, aber über die Zwinger Street ging es schneller.

»Sind Sie Journalist?« fragte der Fahrer, drehte sich um und grinste seinen Fahrgast wissend an.

Der Passagier bejahte murmelnd.

»Das habe ich mir gedacht. Ich wußte, daß Sie nicht einer von diesen Werbefritzen sind, die im Presseclub herumhängen. Ich meine, das sehe ich schon an Ihrer Kleidung. Ich will damit nicht sagen, daß Journalisten schlampig angezogen sind oder so, aber sie sind – na ja – Sie wissen schon! Ich nehme sie ständig vor dem Presseclub auf. Die geben kein großes Trinkgeld, aber sie sind in Ordnung, und man weiß ja nie, ob man nicht mal 'nen Freund bei der Zeitung braucht. Stimmt's?« Er drehte sich um und strahlte den Mann auf dem Rücksitz mit einem verschwörerischen Grinsen an.

»Vorsicht!« fauchte der Passagier, als das Taxi auf einen Betrunkenen zusteuerte, der über die Zwinger Street torkelte.

»Sind Sie beim *Daily Fluxion* oder beim *Morning Rampage*?«

»Beim *Fluxion*.«

Das Taxi blieb vor einer roten Ampel stehen, und der Fahrer starrte seinen Fahrgast an. »Ich habe ihr Bild in der Zeitung gesehen. Den Schnurrbart, meine ich. Werden Sie als Verfasser genannt?«

Der Mann auf dem Rücksitz nickte.

Sie waren in einer tristen Gegend angelangt. Die alten Stadthäuser, einst Wohnsitz der Elite der Stadt, beherbergten jetzt billige Pensionen und Bars.

»Schließen Sie Ihre Tür ab«, riet ihm der Fahrer. »Sie glauben nicht, was sich nachts hier für ein Gesindel herumtreibt. Betrunkene, Junkies, Nutten und was es sonst noch alles gibt. Das war mal 'n stinkfeines Viertel. Jetzt wird es Junktown genannt.«

»Junktown?« wiederholte der Passagier und zeigte zum ersten Mal Interesse an dem Gespräch.

»Sie sind Journalist und haben noch nichts von Junktown gehört?«

»Ich bin ein – ich bin ziemlich neu in dieser Stadt.« Der Fahrgast glättete mit der rechten Hand seinen Schnurrbart.

Seine Linke steckte noch immer in der Tasche, als er auf der anderen Seite der Stadt ausstieg. Er trat in die menschenleere Eingangshalle des Medford Manor und ging rasch an der Rezeption vorbei, wo der ältliche Angestellte an der Telefonzentrale vor sich hindöste. Im Aufzug saß ein betagter Page zusammengesunken und leise schnarchend auf einem Hocker. Der Mann betätigte einen Schalter und drückte einen Hebel, wodurch die Aufzugskabine mitsamt ihrem schlafenden Passagier in den sechsten Stock befördert wurde.

Dann marschierte er den Gang hinunter zu Zimmer sechshundertsechs. Er holte mit seiner Rechten einen Schlüssel aus der Hosentasche, schloß die Tür auf und trat ins Zimmer. Behutsam schloß er die Tür, bevor er das Licht andrehte. Dann stand er da und lauschte. Langsam bewegte er den Kopf von einer Seite zur anderen und musterte den Raum: das Doppelbett, den Lehnstuhl, die unaufgeräumte Kommode, die Schranktür, die einen Spalt offenstand.

»Na schön, ihr beiden«, sagte er. »Kommt raus!«

Langsam und vorsichtig zog er seine linke Hand aus der Tasche.

»Ich weiß, daß ihr da seid. Kommt endlich raus!«

Bettfedern knarrten, ein Brummen ertönte, gefolgt von einem Laut, als würde etwas zerreißen, und dann zweimal hintereinander ein dumpfer Aufprall auf dem Fußboden. Zwischen den schlaffen Fransen der Baumwollbettdecke tauchten zwei Köpfe auf.

»Ihr zwei Verrückten! Ihr wart schon wieder in den Bettfedern!«

Sie zwängten sich unter dem Bett hervor – zwei Siamkatzen. Zuerst waren ihre beiden braunen Köpfe zu sehen, von denen einer keilförmiger war als der andere; dann zwei sandfarbene Körper, von denen einer zierlicher war als der andere; und danach zwei seidige braune Schwänze, von denen einer an der Spitze einen Knick hatte.

Der Mann streckte die linke Hand aus, auf der in eine Papierserviette eingewickelt eine matschige Masse lag. »Seht ihr, was ich euch mitgebracht habe? Truthahn aus dem Presseclub.«

Zwei schwarze, samtene Nasen hoben sich in die Luft und schnupperten, Schnurrhaare zuckten, und beide Katzen begannen einstimmig zu heulen.

»Schschsch! Das alte Mädchen von nebenan läßt euch noch verhaften.«

Der Mann begann mit einem Taschenmesser den Truthahn kleinzuschneiden, während sie verzückt im Zimmer umherliefen und Achterschleifen zogen, mit dem Schwanz hin und her schlugen und ein mißtönendes Duett anstimmten.

»Still!«

Sie heulten noch lauter.

»Ich weiß nicht, warum ich das alles für euch elenden Geschöpfe tue. Es ist eigentlich verboten, Speisen vom Buffet des Presseclubs mitgehen zu lassen. Ganz zu schweigen von der Schweinerei! Meine ganze Tasche ist voller Bratensaft.«

Ihr Geschrei übertönte seine Stimme.

»Werdet ihr jetzt endlich den Mund halten?«

Das Telefon klingelte.

»Seht ihr? Ich hab's euch ja gesagt!«

Rasch stellte der Mann einen gläsernen Aschenbecher mit dem Truthahnfleisch auf den Fußboden und ging ans Telefon.

»Mr. Qwilleran«, sagte die zittrige Stimme des Mannes an der Rezeption, »tut mir leid, daß ich Sie schon wieder anrufen muß, aber Mrs. Mason von sechshundertvier sagt, Ihre Katzen –«

»Tut mir leid. Sie hatten Hunger. Jetzt sind sie ruhig.«

»Wenn – wenn – wenn es Ihnen nichts ausmacht, ein Zimmer zu nehmen, das nach hinten rausgeht: sechshundertneunzehn wäre frei, und Sie könnten morgen den Tagesportier bitten –«

»Das wird nicht nötig sein. Sobald ich eine Wohnung gefunden habe, ziehen wir aus.«

»Ich hoffe, Sie nehmen es mir nicht übel, Mr. Qwilleran. Der Geschäftsführer –«

»Ich nehme es Ihnen nicht übel, Mr. McIldoony. Ein Hotelzimmer ist nichts für Katzen. Wir werden vor Weihnachten draußen sein ... hoffe ich«, fügte er leise hinzu, während er sich in dem trostlosen Zimmer umsah.

Er hatte schon besser gewohnt, als er jung und erfolgreich gewesen war, allseits bekannt und verheiratet. Seit seiner Zeit als Polizeireporter in New York war viel geschehen. Jetzt – mit den Schulden, die er angesammelt hatte und dem Gehalt, das er bei einer Zeitung im Mittleren Westen verdiente – war das Medford Manor das Beste, was er sich leisten konnte. Qwillerans einziger Luxus waren seine zwei Mitbewohner, die einen exquisiten Geschmack hatten und sich gern von ihm verwöhnen ließen.

Jetzt waren die Katzen still. Die größere machte sich mit gesenktem Kopf und erhobenem Schwanz, dessen Spitze sich langsam und verzückt hin und her wiegte, über den Truthahn her. Das kleine Weibchen saß ein paar Zentimeter entfernt da und wartete respektvoll darauf, daß es an die Reihe kam.

Qwilleran zog den Mantel aus, nahm die Krawatte ab und kroch unter das Bett, um den zerrissenen Drillich mit einer Reißzwecke wieder am Holzrahmen der Springfedern zu befestigen. Als er vor zwei Wochen in das Hotel eingezogen war, hatte der Stoff einen kleinen Riß gehabt, der allmählich immer größer geworden war. Er hatte für die Feuilletonseite des *Daily Fluxion* eine Glosse zu diesem Thema geschrieben.

»Jede kleine Öffnung stellt eine Herausforderung für die Sinne einer Katze dar«, hatte er geschrieben. »Für eine Katze ist es eine Frage der Ehre, diese Öffnung zu vergrößern und sich durchzuzwängen.«

Nachdem er die Bespannung repariert hatte, tastete Qwilleran in seiner Manteltasche nach Pfeife und Tabak und zog eine Handvoll Briefumschläge heraus. Der erste war in Connecticut abgestempelt und noch ungeöffnet und ungelesen, doch er wußte trotzdem, was er enthielt – eine weitere unverblümte Geldforderung.

Den zweiten Brief – ein paar in brauner Tinte mit femininen Schnörkeln geschriebene Zeilen – hatte er etliche Male gelesen. Sie bedauerte, ihre Verabredung am Weihnachtsabend absagen zu müssen. Sie erklärte so behutsam und taktvoll, daß es fast weh tat, daß da dieser andere Mann war – dieser Ingenieur – es war alles so plötzlich gekommen – Qwill würde das gewiß verstehen.

Qwilleran drehte das Blatt schmetterlingsförmig zusammen und warf es dann in den Papierkorb. Er hatte sich so etwas fast schon gedacht. Sie war jung, und Qwillerans Schnurrbart und Schläfen wurden merklich grau. Dennoch war es eine Enttäuschung. Jetzt hatte er keine Begleiterin für die Weihnachtsparty im Presseclub – die einzige Gelegenheit, bei der er Weihnachten feiern würde.

Die dritte Nachricht war eine Mitteilung des Chefredakteurs, der die Mitarbeiter an den jährlichen Journalistenwettbewerb erinnerte. Neben Geldpreisen im Gesamtwert von dreitausend Dollar gab es für ehrenvolle Erwähnungen fünfundzwanzig tiefgefrorene Truthähne zu gewinnen, eine Spende der ›Ersten kybernetischen Geflügelfarm‹.

»Die dann erwarten wird, daß die Belegschaft des *Fluxion* sie hegt und pflegt und über sie schreibt, bis daß der Tod uns scheidet«, sagte Qwilleran laut.

»Yau«, sagte Koko, der sich das Gesicht putzte, zwischen zwei Waschgängen mit der Zunge.

Jetzt machte sich das kleine Weibchen über den Truthahn her. Koko ließ ihm stets die Hälfte des Futters übrig – oder zumindest gute vierzig Prozent.

Qwilleran streichelte Kokos Fell, das weich wie Hermelin war, und bewunderte die Schattierungen – von hellem Rehbraun bis Schwarzbraun –, einer der spektakulärsten Erfolge von Mutter Natur. Dann zündete er sich eine Pfeife an und machte es sich, die Füße auf das Bett gelegt, im Lehnstuhl bequem. Einen der Geldpreise könnte er gut brauchen. Dann könnte er ein paar hundert Dollar nach Connecticut schicken und anfangen, Möbel zu kaufen. Mit eigenen Möbeln wäre es leichter, eine Unterkunft zu finden, in der Haustiere willkommen waren.

Es war noch genug Zeit, etwas Preisträchtiges zu schreiben und es vor dem 31. Dezember, dem letzten Termin, veröffentlichen zu lassen; der Feuilletonredakteur brauchte dringend Material für die Weihnachtszeit. Arch Riker hatte eine Sitzung der Feuilletonredaktion einberufen und gefragt: »Könnt ihr euch nicht etwas Originelles dazu einfallen lassen?« Ohne große Hoffnung hatte er forschend in die Gesichter der versammelten Mitarbeiter gesehen, die da waren: beleibte Kolumnisten, dürre Kritiker, Qwilleran, der für die allgemeine Berichterstattung zuständig war, und Spezialisten, die Artikel über Reisen, Hobbys, Luftfahrt, Immobilien und Gartengestaltung verfaßten. Sie alle hatten den Blick des Redakteurs mit dem ausdruckslosen Blick von Veteranen erwidert, die schon viel zu oft über Weihnachten geschrieben hatten.

Qwilleran sah, daß ihn Koko aufmerksam beobachtete. »Wenn man einen Preis gewinnen will«, sagte er zu dem Kater, »muß man sich etwas einfallen lassen.«

»Yau«, machte Koko. Er sprang auf das Bett, sah ihn an und blinzelte teilnahmsvoll. Seine Augen waren bei hellem Licht saphirblau, doch im Licht der Hotelzimmerlampe sahen sie aus wie große, schwarze Onyxscheiben, in denen es diamant- oder rubinfarben aufblitzte.

»Was ich brauche, ist eine spektakuläre Idee.« Qwilleran runzelte die Stirn und klopfte sich mit dem Pfeifenstiel auf den Schnurrbart. Gereizt dachte er an Jack Jaunti vom *Fluxion*, einen jungen Besserwisser, der für die Sonntagsausgabe arbeitete und zugleich inkognito bei Percival Duxbury einen Job als Kammerdiener angenommen hatte, um eine Insider-Story über den reichsten Mann der Stadt schreiben zu können. Damit hatte er sich bei den einflußreichsten Familien der Stadt zwar keine Freunde gemacht, doch die Auflage war zwei Wochen lang gestiegen, und es wurde gemunkelt, daß Jaunti der Favorit für den ersten Preis war. Qwilleran hatte etwas gegen junge Leute, die Frechheit mit Können verwechselten.

»Der Typ beherrscht ja noch nicht mal Orthographie«, sagte er zu seinem einzigen aufmerksamen Zuhörer.

Koko blinzelte weiter. Er wirkte schläfrig.

Das Weibchen streifte im Zimmer umher und suchte nach etwas zum Spielen. Es erhob sich auf die Hinterbeine, um den

Inhalt des Papierkorbs zu untersuchen, und zog ein zusammengeknülltes Blatt Papier von der Größe einer Maus heraus, trug es im Maul zu Qwilleran und ließ es auf seinen Schoß fallen. Es war der mit brauner Tinte geschriebene Brief.

»Danke, aber ich habe ihn bereits gelesen«, sagte er. »Du brauchst es mir wirklich nicht auch noch unter die Nase zu reiben.« Er griff in die Nachttischlade, nahm eine Gummimaus heraus und warf sie quer durch das Zimmer. Die Katze sauste hinterher, schnüffelte daran, machte einen Katzenbuckel und kehrte zum Papierkorb zurück. Jetzt holte sie ein zerknülltes Papiertaschentuch heraus und brachte es dem Mann im Lehnstuhl.

»Warum vergeudest du deine Zeit mit diesem vergammelten Zeug?« fragte er. »Du hast doch so schöne Spielsachen.«

Vergammeltes Zeug! Qwilleran spürte ein Ziehen in seinen Schnurrbartwurzeln, und das Blut schoß ihm in die Wangen.

»Junktown!« sagte er zu Koko. »Weihnachten in Junktown! Ich könnte eine herzzerreißende Story schreiben.« Er setzte sich aufrecht hin und schlug auf die Armlehnen des Sessels. »Und es würde mich aus diesem verdammten Alltagstrott herausholen!«

Sein Job in der Feuilletonabteilung galt als angenehme Nische für einen Mann von über fünfundvierzig, doch Künstler, Innenausstatter und japanische Blumenarrangeure zu interviewen, das entsprach nicht Qwillerans Vorstellung von Journalismus. Er sehnte sich danach, über Betrüger, Juwelendiebe und Rauschgifthändler zu schreiben.

Weihnachten in Junktown! Er hatte bereits früher über Pennerviertel geschrieben, und er wußte, wie er vorgehen mußte: Er durfte sich nicht mehr rasieren – mußte schäbige Kleider anziehen – die Leute in den Spelunken und auf der Straße kennenlernen – und dann zuhören. Es ging darum, die Artikel mit menschlicher Anteilnahme zu schreiben, über die persönlichen Tragödien der Randfiguren der Gesellschaft zu berichten, die Herzen der Leser zu rühren.

»Koko«, sagte er, »am Weihnachtsabend wird kein Auge in der Stadt trocken sein!«

Koko beobachtete Qwillerans Gesicht und blinzelte. Der Kater antwortete mit leiser, aber drängender Stimme.

»Was willst du?« fragte Qwilleran. Er wußte, daß das Wasserschüsselchen frisch gefüllt war. Ebenso wußte er, daß das Katzenkistchen im Badezimmer sauber war.

Koko stand auf und marschierte über das Bett. Er rieb eine Seite des Unterkiefers am Fußende und sah Qwilleran dann über die Schulter an. Dann rieb er sich die andere Seite des Kiefers, und seine Fangzähne klickten gegen die metallene Spitze des Bettpfostens.

»Willst du etwas? Was willst du denn?«

Der Kater gähnte schläfrig und sprang auf die obere Kante des Fußteils, um wie ein Seiltänzer darauf zu balancieren. Er spazierte über die ganze Länge; dann stützte er die Vorderpfoten an die Wand, reckte den Hals und rieb sich das Kinn am Lichtschalter. Er klickte, und das Licht ging aus. Zufrieden murmelnd machte sich Koko auf dem Bett ein Lager und rollte sich zum Schlafen zusammen.

Kapitel zwei

»Weihnachten in Junktown!« sagte Qwilleran zum Feuilletonredakteur. »Wie findest du das?«

Arch Riker saß an seinem Schreibtisch, sah die Freitagmorgen-Post durch und warf das meiste davon über die Schulter in die Richtung eines großen Papierkorbes aus Draht.

Qwilleran saß auf der Kante des Redakteurschreibtisches und wartete auf die Reaktion seines alten Freundes; er wußte, Rikers Miene würde nichts verraten – sie zeigte den Gleichmut des erfahrenen Journalisten, in ihr spiegelte sich weder Überraschung noch Begeisterung oder Ablehnung.

»Junktown?« murmelte Riker. »Daraus ließe sich vielleicht etwas machen. Wie würdest du es anpacken?«

»Mich auf der Zwinger Street herumtreiben, unter die Typen dort mischen, sie zum Reden bringen.«

Der Redakteur lehnte sich in seinem Stuhl zurück und verschränkte die Hände hinter dem Kopf. »Okay, dann mal los.«

»Es ist ein heißes Thema, und ich könnte es mit viel Herz schreiben.«

Mit Herz war gerade die Parole beim *Daily Fluxion*. Der Chefredakteur erinnerte die Mitarbeiter mittels häufiger schriftlicher Mitteilungen daran, daß sie alles, einschließlich des Wetterberichts, mit Herz schreiben sollten.

Riker nickte. »Da wird der Boß zufrieden sein. Und es wird eine große Leserschaft ansprechen. Meiner Frau wird es auch gefallen. Sie ist nämlich süchtig danach.«

Er sagte es ganz ruhig, und Qwilleran war schockiert. »Rosie? Du meinst –«

Riker schaukelte gleichmütig auf seinem Drehstuhl. »Sie hat vor ein paar Jahren damit angefangen und mich allmählich zum armen Mann gemacht.«

Qwilleran strich sich über den Schnurrbart, um seine Bestürzung zu verbergen.

Er kannte Rosie seit vielen Jahren, seit er und Arch in Chicago junge Reporter gewesen waren. Sanft fragte er: »Wann – wie ist das passiert, Arch?«

»Sie fuhr eines Tages mit ein paar Freundinnen nach Junktown und hat sich hinreißen lassen. Jetzt reizt es mich allmählich auch. Ich habe gerade achtundzwanzig Dollar für eine alte Teedose aus bemaltem Blech bezahlt. Ich stehe auf Sachen aus Blech – Blechdosen, Blechlaternen –«

Qwilleran stotterte: »Wovon – wovon – wovon redest du eigentlich?«

»Von altem Trödel. Antiquitäten. Wovon redest du?«

»Verdammt, ich rede von Rauschgift!«

»Ich habe gemeint, wir sind süchtig nach alten Sachen, nicht rauschgiftsüchtig!« sagte Arch. »Nur zu deiner Information, Junktown ist das Viertel mit den vielen Altwarengeschäften.«

»Der Taxifahrer hat gesagt, daß dort die ganzen Junkies rumhängen.«

»Na, du weißt doch, wie Taxifahrer sind. Klar, das Viertel ist ziemlich heruntergekommen, und nach Einbruch der Dunkelheit kommt vielleicht das Gesindel heraus, aber tagsüber wimmelt es dort von ehrbaren Antiquitätensammlern wie Rosie und ihren Freundinnen. Hat dich deine Ex-Frau nie zu Altwarenhändlern mitgenommen?«

»Sie hat mich einmal zu einer Antiquitätenausstellung in New York mitgeschleppt, aber ich hasse Antiquitäten.«

»Schade«, sagte Arch. »Weihnachten in Junktown, das hört sich gut an. Allerdings müßtest du dich auf die Antiquitäten beschränken. Mit der Rauschgiftszene hättest du beim Boß keine Chance.«

»Warum nicht? Das gäbe eine herzzerreißende Weihnachts-Story.«

Riker schüttelte den Kopf. »Die Anzeigenkunden hätten was dagegen. Wenn die Leser in ihrer zufriedenen Stimmung gestört werden, geben sie weniger leicht ihr Geld aus.«

Qwilleran schnaubte verächtlich.

»Warum schreibst du nicht einfach eine Weihnachtsserie über das Antiquitätensammeln?«

»Ich habe es dir gesagt, ich hasse Antiquitäten.«

»Wenn du nach Junktown kommst, wirst du deine Meinung ändern. Du wirst genauso fasziniert davon sein wie wir anderen.«

»Willst du wetten?«

Arch holte seine Brieftasche heraus und entnahm ihr eine kleine gelbe Karte. »Hier ist eine Liste der Händler in Junktown. Aber gib sie mir wieder zurück.«

Qwilleran las ein paar Namen: *Ann's Tiques, Sorta Camp, Die Drei Schicksalsschwestern, Junque Trunque.* Ihm drehte sich der Magen um. »Hör zu, Arch, ich möchte etwas für den Wettbewerb schreiben – etwas Gewagtes! Was kann ich mit Antiquitäten schon viel machen? Da könnte ich mit viel Glück vielleicht den fünfundzwanzigsten tiefgefrorenen Truthahn gewinnen!«

»Du wärst überrascht! In Junktown wimmelt es von schrulligen Typen, und heute nachmittag findet eine Auktion statt.«

»Ich kann Auktionen nicht ausstehen.«

»Diese Auktion soll aber sehr gut sein. Der Händler ist vor ein paar Monaten gestorben, und sie versteigern seinen gesamten Warenbestand.«

»Wenn dich meine Meinung interessiert – Auktionen sind das Langweiligste auf der Welt.«

»Viele Antiquitätenläden in Junktown werden von alleinstehenden Frauen geführt – geschieden oder verwitwet. Das sollte dir doch zusagen. Hör mal zu, du sturer Esel, warum muß ich dir diesen Mist eigentlich schmackhaft machen? Es ist ein Auftrag. Mach dich gefälligst an die Arbeit.«

Qwilleran biß die Zähne zusammen. »Na schön. Gib mir einen Taxigutschein. Hin und zurück!«

Er nahm sich die Zeit, zum Friseur zu gehen, wo er sich die Haare schneiden und den Schnurrbart stutzen ließ, wie er das immer tat, bevor er ein neues Ressort in Angriff nahm – obwohl er mit diesen Feinheiten eigentlich bis nach Weihnachten hatte warten wollen. Dann nahm er sich ein Taxi und fuhr – mit keinem besonders guten Gefühl – zur Zwinger Street.

Im Stadtzentrum war die Straße ein breiter Boulevard mit neuen Bürogebäuden, Privatkliniken und vornehmen Apartmenthäusern. Dann führte sie durch schneebedecktes, unbebautes Land. Weiter draußen gab es ein paar Häuserblocks mit alten Gebäuden mit vernagelten Fenstern, die darauf warteten, abgerissen zu werden. Und danach kam Junktown.

Bei Tageslicht sah die Straße sogar noch schlimmer aus als in der vorhergehenden Nacht. Die alten Stadthäuser und viktorianischen Herrenhäuser waren zum Großteil verwahrlost und desolat. Einige waren in Pensionen umgewandelt worden, während andere durch nachträglich errichtete Geschäftsfassaden verunstaltet waren. Die Rinnsteine waren mit einem Gemisch aus Abfällen und schmutzigem gefrorenem Schnee gefüllt, und auf den ungeräumten Gehsteigen waren die Mülltonnen festgefroren.

»Dieses Viertel ist ein Schandfleck«, bemerkte der Taxifahrer. »Die Stadtverwaltung sollte es abreißen lassen.«

»Keine Angst. Das kommt schon!« sagte Qwilleran optimistisch.

Sobald er die ersten Antiquitätengeschäfte sah, ließ er den Taxifahrer anhalten und stieg ohne große Begeisterung aus. Er sah sich in der düsteren Straße um. Das war also Weihnachten in Junktown! Im Gegensatz zu anderen Einkaufsstraßen der Stadt gab es in der Zwinger Street keine Weihnachtsdekorationen. Über die breite Durchfahrtsstraße waren keine Girlanden gespannt; die Lichtmasten zierten keine trompetespielenden Engel. Es waren nur wenige Fußgänger unterwegs, und die Autos brausten mit dröhnenden Winterreifen vorbei – sie hatten es eilig, von hier wegzukommen.

Ein eisiger Windstoß aus dem Nordosten traf Qwilleran, und

er lief hastig auf den ersten Laden zu, der Altwaren in der Auslage hatte. Drinnen war es dunkel, und die Tür war verschlossen. Er beschattete mit den Händen die Augen und spähte durch die Scheibe. Er sah einen aus Holz geschnitzten, riesigen knorrigen Baum, von dessen Ästen fünf lebensgroße Affen hingen. Ein Affe hielt eine Hutablage. Ein Affe hielt eine Lampe. Ein Affe hielt einen Spiegel. Ein Affe hielt eine Uhr. Ein Affe hielt einen Schirmständer.

Qwilleran wich zurück.

Daneben war das Geschäft mit dem Namen *Die Drei Schicksalsschwestern*. Es war geschlossen, obwohl in der Auslage eine Karte mit der Aufschrift ›geöffnet‹ lag.

Der Journalist stellte den Mantelkragen auf und bedeckte sich mit den behandschuhten Händen die Ohren; er wünschte, er hätte sich nicht die Haare schneiden lassen. Als nächstes probierte er es im *Junque Trunque* – geschlossen – und in einem Kellerladen namens *Tech-Tiquitäten*, der aussah, als wäre er noch nie offen gewesen. Zwischen den Altwarengeschäften gab es auch ein paar andere Läden mit schmutzigen Schaufensterscheiben; in einem davon – einem Loch in der Wand mit dem Schild ›Popopopoulos – Obst, Zigarren, Arbeitshandschuhe und andere Waren‹ – kaufte er einen Beutel Tabak, der sich als alt und trocken erwies.

Sein Auftrag wurde ihm immer unsympathischer. Er ging an einem schäbigen Friseurladen und einer drittklassigen Privatklinik vorbei und gelangte schließlich zu einem großen Antiquitätengeschäft. Die Tür war mit einem Vorhängeschloß verschlossen, und die Schaufenster waren mit Plakaten zugekleistert, auf denen eine Auktion angekündigt wurde. Qwilleran spähte durch die Glastür und sah verstaubte Möbel, Uhren und Spiegel, ein Jagdhorn, das in eine Lampe umfunktioniert worden war, und Marmorstatuen von griechischen Jungfern in neckisch-schüchternen Posen.

Außerdem sah er das Spiegelbild eines Mannes, der auf das Geschäft zuging. Mit schwankenden Schritten tauchte er hinter ihm auf und fragte mit schwerer Zunge freundlich: »Gefällt Ihnen der Schrott?«

Qwilleran drehte sich um und sah sich einem Mann gegenüber, der bereits früh am Morgen betrunken war, blutunterlaufene Augen hatte und sabberte, ansonsten aber freundlich war. Sein Mantel war offensichtlich aus einer abgenutzten Pferdedecke genäht worden.

»Wissen Sie, was das ist? Schrott!« wiederholte der Mann mit einem feuchten Grinsen, während er durch die Tür auf die Antiquitäten sah. Die feuchte Aussprache des Wortes gefiel ihm, und er drehte sich zu Qwilleran um und sagte es noch einmal genüßlich: »Schschschrottt!«

Angewidert trat der Journalist einen Schritt zurück und wischte sich mit einem Taschentuch das Gesicht ab, doch der penetrante Typ war fest entschlossen, freundlich zu sein.

»Sie können nicht hinein«, sagte er hilfsbereit. »Die Tür ist abgesperrt. Sie haben sie nach dem Mord abgeschlossen.« Vielleicht sah er in Qwillerans Gesicht einen Funken Interesse aufflackern, denn er fügte hinzu: »Ersssstochen! Ersssstochen!« Das war wieder so ein saftiges, feuchtes Wort, und er illustrierte es, indem er dem Journalisten einen imaginären Dolch in den Bauch stieß.

»Hau ab!« murmelte Qwilleran und ging weg.

Bald darauf kam ein Kutscherhaus, das in eine Restaurierungswerkstatt umgewandelt worden war. Qwilleran probierte es auch an dieser Tür, obwohl er wußte, daß sie nicht aufgehen würde, und er behielt recht.

Allmählich wurde ihm diese Straße etwas unheimlich, als wären all diese Altwarengeschäfte nicht echt – nur Theaterkulissen. Wo waren die Geschäftsinhaber? Wo waren die Sammler, die für eine alte Blechdose achtundzwanzig Dollar zahlten? Die einzigen Menschen, die zu sehen waren, waren zwei Kinder in schäbigen Schneeanzügen, ein Arbeiter mit seinem Henkelmann, eine alte Dame in Schwarz, die mit einer Einkaufstasche dahinstapfte, und der gutmütige Betrunkene, der jetzt auf dem hartgefrorenen Gehsteig saß.

In diesem Moment blickte Qwilleran auf und sah in einem runden Erkerfenster eine Bewegung – einem sauberen, glänzenden Fenster in einem schmalen Stadthaus, das einen dunkelgrauen Anstrich mit frischen schwarzen Fensterumrandungen und einen schönen Türklopfer aus Messing hatte. Das Gebäude sah aus wie ein Wohnhaus, doch an der Tür war ein dezentes Schild angebracht: *The Blue Dragon – Antiquitäten*.

Langsam stieg er die acht steinernen Stufen hinauf und probierte es an der Tür. Er fürchtete, sie würde verschlossen sein, doch zu seiner Überraschung ging sie auf, und er trat in eine überaus elegante, förmliche Eingangshalle. Auf dem gewachsten Fußboden lag ein orientalischer Teppich, an den Wänden hingen feine chinesische Tapeten. Über einem auf Hochglanz polierten Tisch, auf dem eine Porzellanschale mit Chrysanthemen stand, hing ein vergoldeter, mit drei geschnitzten Federbüschen gekrönter Spiegel. Es duftete nach exotischem Holz. Und es war totenstill. Nur das Ticken einer Uhr war zu hören.

Verwundert stand Qwilleran da und hatte plötzlich das Gefühl, daß er beobachtet wurde. Er drehte sich auf dem Absatz um, doch es war nur ein Mohr, eine lebensgroße Figur aus Ebenholz, ein nubischer Sklave mit Turban und einem bösen Funkeln in den juwelenbesetzten Augen.

Jetzt war der Journalist davon überzeugt, daß Junktown wirklich nicht ganz real war. Das hier war der verzauberte Palast mitten im finsteren Wald.

Quer über die Treppe war eine blaue Samtkordel gespannt, doch die Türen zum Salon standen einladend offen, und Qwilleran ging vorsichtig weiter in einen hohen Raum, in dem es viele Möbel, Gemälde, Silber und blau-weißes Porzellan gab. Von der stuckverzierten Decke hing ein silberner Kronleuchter herab.

Bei seinen Schritten knarrte der Fußboden, und er hüstelte befangen. Dann sah er im Schaufenster etwas Blaues – einen großen blauen Drachen aus Porzellan. Er ging darauf zu und wäre dabei beinahe über einen Fuß gestolpert. Er sah aus wie ein menschlicher Fuß in einem bestickten Hausschuh. Scharf zog er den Atem ein und machte einen Schritt zurück. Auf einem geschnitzten orientalischen Stuhl saß eine lebensgroße weibliche Figur in einem langen blauen Satin-Kimono. Ein Ellbogen war auf die Armlehne gestützt, und die schlanke Hand hielt eine Zigarettenspitze. Das Gesicht schien aus Porzellan zu sein – blauweißem Porzellan –, und die Perücke war blauschwarz.

Qwilleran begann wieder zu atmen; er war froh, daß er das Ding nicht umgeworfen hatte. Und da sah er von der Spitze der Zigarette Rauch aufsteigen. Es – oder sie – war lebendig.

»Suchen Sie etwas Bestimmtes?« fragte sie gelassen. Nur die Lippen bewegten sich in dem maskenhaften Gesicht. Die großen dunklen, schwarz umrandeten Augen hefteten sich ausdruckslos auf den Journalisten.

»Nein. Ich sehe mich nur um«, sagte Qwilleran und schluckte.

»Hinten gibt es noch zwei Räume, und im Keller sind Ölbilder und Stiche aus dem achtzehnten Jahrhundert.« Sie sprach mit einem kultivierten Akzent.

Der Journalist musterte ihr Gesicht und machte sich im Geist Notizen für den Artikel, den er schreiben würde: breite Backenknochen, hohle Wangen, makelloser Teint, blau-schwarze Haare, asiatische Frisur, betörende Augen, Jadeohrringe. Sie war etwa Dreißig, schätzte er – ein Alter, für das er eine besondere Vorliebe hegte. Er entspannte sich.

»Ich bin vom *Daily Fluxion*«, sagte er mit seiner angenehmsten Stimme, »und werde eine Artikelserie über Junktown schreiben.«

»Ich lege keinen Wert auf Publicity«, sagte sie mit starrem Blick.

In seinen fünfundzwanzig Jahren als Journalist hatte er nur dreimal erlebt, daß jemand es ablehnte, in der Zeitung erwähnt zu werden, und alle drei waren auf der Flucht gewesen – vor dem Gesetz, vor einem Erpresser und vor einer nörgelnden Ehefrau. Aber das hier war ihm unverständlich: jemand, der ein Geschäft führte, lehnte Publicity ab. *Gratis*-Publicity.

»Alle anderen Geschäfte sind anscheinend geschlossen«, sagte er.

»Eigentlich sollten sie um elf öffnen. Aber Antiquitätenhändler sind selten pünktlich.«

Ziellos sah Qwilleran sich um und fragte: »Wieviel verlangen Sie für den blauen Drachen im Schaufenster?«

»Der ist nicht verkäuflich.« Sie hielt die Zigarettenspitze an die Lippen und sog anmutig daran. »Interessieren Sie sich für asiatisches Porzellan? Ich habe einen Pokal aus blau-weißem Porzellan aus der Hsuan-Te-Periode.«

»Nein, ich bin nur auf Materialsuche. Wissen Sie etwas über die Auktion an der Ecke?«

Sie verschluckte sich am Zigarettenrauch und hustete, und zum ersten Mal geriet ihre Selbstbeherrschung ins Wanken. »Sie findet heute um halb zwei statt«, sagte sie.

»Ich weiß. Ich habe das Schild gesehen. Wer war dieser Händler, der gestorben ist?«

Ihre Stimme wurde tiefer. »Andrew Glanz. Eine angesehene Autorität, was Antiquitäten angeht.«

»Wann ist es passiert?«

»Am sechzehnten Oktober.«

»War es ein Raubüberfall? Ich kann mich nicht erinnern, etwas über einen Mord in Junktown gelesen zu haben, und ich verfolge die Berichterstattung über Verbrechen für gewöhnlich sehr genau.«

»Wieso glauben Sie, daß es – Mord war?« fragte sie mit einem mißtrauischen Funkeln in ihren starr blickenden Augen.

»Jemand sprach davon – und in einem solchen Viertel, nun ja, Sie wissen ja …«

»Er kam bei einem Unfall ums Leben.«

»Bei einem Verkehrsunfall?«

»Er ist von einer Leiter gefallen.« Sie drückte ihre Zigarette aus. »Ich möchte lieber nicht darüber sprechen. Es war zu – zu –«

»War er ein Freund von Ihnen?« fragte Qwilleran in jenem teilnahmsvollen Tonfall, der ihm in der Vergangenheit das Vertrauen von Jungfrauen und Mördern eingebracht hatte.

»Ja. Aber, wenn es Ihnen nichts ausmacht, Mr. – Mr. –«

»Qwilleran.«

»Ist das ein irischer Name?« Sie wollte das Thema wechseln.

»Nein. Schottisch. Mit ›Qw‹ geschrieben. Und wie heißen Sie?«

»Duckworth.«

»Miss oder Mrs.?«

Sie holte tief Luft. »Miss ... Im anderen Zimmer habe ich ziemlich viele Antiquitäten aus Schottland. Möchten Sie sie sehen?«

Sie stand auf und ging voraus. Sie war groß und schlank und bewegte sich in dem langen blauen Kimono anmutig und geschmeidig zwischen den Mahagoni-Anrichten und Nußholz-Tischen.

»Diese Feuerböcke sind schottisch«, sagte sie, »und dieses Messingtablett auch. Mögen Sie Messing? Die meisten Männer mögen Messing.«

Qwilleran starrte auf etwas, das am anderen Ende des Zimmers an der Wand lehnte. »Was ist das?« fragte er. Er zeigte auf ein schmiedeeisernes Wappen von etwa einem Meter Durchmesser. Es zeigte einen Schild, der von drei fauchenden Katzen umringt war.

»Ein Ornament von einem eisernen Tor, glaube ich. Es könnte von dem Bogen über dem Tor zu einem Schloß stammen.«

»Das ist das Wappen der Mackintosh!« sagte Qwilleran. »Ich kenne die Inschrift: *Wenn du die Katze greifst, gedenke des Handschuhs*. Meine Mutter war eine Mackintosh.« Zufrieden klopfte er sich auf den Schnurrbart.

»Sie sollten es kaufen«, sagte Miss Duckworth.

»Was würde ich damit anfangen? Ich habe nicht mal eine Wohnung. Wieviel kostet es?«

»Bisher habe ich zweihundert Dollar dafür verlangt, aber wenn es Ihnen gefällt, können Sie es für hundertfünfundzwanzig Dollar haben. Das ist der Preis, den ich selbst dafür bezahlt habe.« Sie hob das schwere Stück auf und stellte es von der Wand weg, damit es besser zur Geltung kam. »Ein besseres Geschäft können Sie nicht machen, und Sie können es jederzeit verkaufen und haben Ihr Geld wieder heraus – oder sogar noch mehr. Das ist das Schöne an Antiquitäten. Über einem Kaminsims – an der Kaminmauer – würde es sich wunderbar machen. Sehen Sie, hier sind noch die Reste einer wunderschönen alten rot-blauen Verzierung.«

Allmählich fand sie Gefallen an ihrem Verkaufsgespräch und

wurde dabei immer lebhafter, und ihre dunkel umrandeten Augen funkelten. Qwillerans Stimmung hob sich. Langsam sah er dieses blau-weiße Porzellanwesen als mögliche Kandidatin für den Weihnachtsabend im Presseclub.

»Ich werde es mir überlegen«, sagte er und wandte sich widerstrebend von dem Wappen ab. »Inzwischen werde ich über die Auktion heute nachmittag berichten. Wissen Sie vielleicht, wo ich für meinen Artikel ein Foto von Andrew Glanz bekommen könnte?«

Sie verfiel wieder in ihre reservierte Haltung. »Was – was für einen Artikel werden Sie schreiben?«

»Ich werde nur über die Auktion berichten und dem Verstorbenen die gebührende Anerkennung zuteil werden lassen.«

Sie zögerte und blickte zur Decke hoch.

»Wenn es stimmt, was Sie sagen, Miss Duckworth – daß er eine angesehene Autorität war –«

»Ich habe in meiner Wohnung oben ein paar Fotos. Möchten Sie sie sehen?«

Sie nahm die Samtkordel ab, die vor die Treppe gespannt war. »Ich gehe voraus und halte den Hund zurück.«

Am oberen Ende der Treppe erwartete sie mit einem unfreundlichen Knurren und bebenden Lefzen ein großer deutscher Schäferhund. Miss Duckworth sperrte ihn in einen anderen Raum und führte den Journalisten dann durch einen langen Gang, an dessen Wänden eingerahmte Fotografien hingen. Qwilleran glaubte darauf etliche bedeutende Persönlichkeiten zu erkennen. Von dem verstorbenen Antiquitätenhändler gab es drei Fotos: Glanz auf einer Rednertribüne, Glanz mit dem Leiter des historischen Museums und ein Porträt, das von einem Fotografen angefertigt worden war – das Bild eines jungen Mannes mit eckigem Kinn, festem Mund und intelligenten Augen – ein gutes Gesicht, ein ehrliches Gesicht.

Qwilleran warf einen Blick auf Miss Duckworth, die sich nervös die Hände rieb, und sagte: »Darf ich mir dieses Porträt ausleihen? Ich lasse es nachmachen und gebe es Ihnen dann wieder zurück.«

Sie nickte traurig.

»Sie haben eine sehr schöne Wohnung«, sagte er. Er sah in ein Wohnzimmer, das ganz mit goldenem Samt, blauer Seide und auf Hochglanz poliertem Holz ausgestattet war. »Ich wußte gar nicht, daß es in Junktown so etwas gibt.«

»Ich wünschte, es würden mehr verantwortungsbewußte Leute ein paar alte Häuser kaufen und erhalten«, sagte sie. »Die einzigen, die sich bisher dafür erwärmt haben, sind die Cobbs. Ihnen gehört das Herrenhaus in diesem Häuserblock. Im Erdgeschoß haben sie ein Antiquitätengeschäft, und oben sind Wohnungen.«

»Wohnungen? Wissen Sie, ob eine davon zu vermieten ist?«

»Ja«, sagte das Mädchen und blickte zu Boden. »Eine Wohnung, die nach hinten rausgeht, steht leer.«

»Vielleicht werde ich mich danach erkundigen. Ich suche nämlich eine Wohnung.«

»Mrs. Cobb ist eine sehr angenehme Frau. Aber lassen Sie sich bloß nicht von ihrem Mann irritieren.«

»Ich bin nicht so leicht zu irritieren. Was ist denn mit ihrem Mann?«

Miss Duckworth wandte ihre Aufmerksamkeit der Eingangshalle im Erdgeschoß zu. Es waren Kunden gekommen; man hörte sie reden und erregt aufschreien. »Gehen Sie nur hinunter«, sagte Qwilleran. »Ich lasse den Hund heraus und komme nach.«

Unten spazierten zwei Frauen zwischen den Schätzen herum – Frauen mit dem Auftreten und den typischen Gesichtern von Vorstadt-Hausfrauen. Der Journalist hatte Hunderte von ihnen bei Blumenausstellungen und Amateur-Kunstausstellungen gesehen. Doch die Kleidung der Frauen paßte nicht dazu. Eine trug einen Männer-Trenchcoat aus Leder und eine dicke, mit Muscheln verzierte Wollmütze, während die andere einen Eskimo-Parka und eine schwarz-weiß karierte Hose trug, die in Jagdstiefeln mit Plaid-Schnürsenkeln steckte.

»Oh, was für ein reizendes Geschäft«, rief der Parka.

»Oh, sie hat ein paar alte Gläser von Steuben«, sagte der Trenchcoat.

»Oh, Freda, sieh dir diese Karaffe an! Meine Großmutter hatte genau die gleiche. Was sie wohl dafür haben will?«

»Sie ist zwar teuer, aber sie hat wirklich gute Sachen. Gib dich nicht zu begeistert, vielleicht geht sie dann ein paar Dollar herunter«, riet ihr der Trenchcoat und fügte mit gesenkter Stimme hinzu: »Wußtest du, daß sie Andys Freundin war?«

»Du meinst den Andy, der ...«

Der Trenchcoat nickte. »Du weißt doch, wie er umgekommen ist, nicht wahr?«

Die andere schauderte und machte ein angewidertes Gesicht.

»Da kommt sie.«

Während Miss Duckworth in das Zimmer schwebte – kühl, selbstsicher und zerbrechlich wie Porzellan – ging Qwilleran in den hinteren Teil des Ladens und sah sich noch einmal das Mackintosh-Wappen an. Es war massiv und grob ausgeführt. Er hatte das Bedürfnis, es zu berühren, und als er das Eisen anfaßte, lief ein Kribbeln durch seinen ganzen Körper. Dann hob er es hoch – und stöhnte unwillkürlich auf. Es fühlte sich an wie ein Hundert-Pfund-Gewicht.

Und doch, erinnerte er sich später, hatte die zarte Miss Duckworth es mit scheinbarer Leichtigkeit hochgehoben.

Kapitel drei

Gegen Mittag erwachte die Zwinger Street allmählich zum Leben. Die Wintersonne war halbherzig durch die düsteren Wolken gebrochen, brachte aber keinen strahlenden Sonnenschein zustande – nur ein mattes Lächeln. Die Gehsteige waren jetzt mit Frauen und auch einigen Männern bevölkert, die ihre Sammlerkleidung trugen – altmodische, nicht zusammenpassende oder schäbige Sachen. Während sie auf die Auktion um halb zwei warteten, gingen sie von Geschäft zu Geschäft.

Qwilleran fand, daß er noch genug Zeit für ein schnelles Mittagessen hatte, und ging in ein Lokal, wo er einen ledrigen Hot dog auf einem schwammigen Brötchen zu sich nahm, ein Gebräu, das sich Kaffee nannte, und ein Stück synthetischen Kuchen mit Pappmaché-Kruste. Er telefonierte auch mit dem Feuilletonredakteur und forderte einen Fotografen an.

»Bei dieser Auktion«, sagte er zu Arch Riker, »sollten wir ein paar Schnappschüsse von den Besuchern machen. Ihre Aufmachung ist unglaublich.«

»Ich habe dir doch gesagt, daß Junktown ein buntes Viertel ist«, erinnerte ihn Riker.

»Und schick mir bitte nicht Tiny Spooner, diesen Tolpatsch. Hier gibt es einfach zu viele zerbrechliche Gegenstände.«

»So kurzfristig müssen wir nehmen, wen wir kriegen können. Hast du schon irgendwelche Antiquitäten gekauft?«

»NEIN!« brüllte Qwilleran in den Hörer und dachte dabei sehnsüchtig an das Mackintosh-Wappen.

Um eins hatte sich der Auktionssaal gefüllt. Andrew Glanz' Geschäft war in einem großen Gebäude untergebracht, das wahrscheinlich aus den zwanziger Jahren stammte, als das Viertel allmählich kommerziell genutzt wurde. Von der hohen Decke hingen Stühle mit Sprossenlehnen, Kupfertöpfe, Vogelkäfige, Schlitten und alle möglichen Arten von Kronleuchtern herunter. Auf dem Fußboden stand dichtgedrängt ein buntes Sammelsurium von Möbeln, die an die Wände geschoben worden waren, um Platz für Reihen von Klappstühlen zu schaffen. Eine schmale Treppe führte auf einen Balkon, von dessen Geländer orientalische Teppiche und verblichene Wandteppiche hingen. Und überall waren Schilder, die die Kunden erinnerten: »Was Sie zerbrechen, haben Sie gekauft.«

Die Besucher gingen zwischen den Waren umher und prüften sie mit sachkundigen, ernsten Mienen, sahen sich die Unterseite von Tellern an und brachten Kristallglas mit einem Fingerschnipsen zum Klingen.

Qwilleran kämpfte sich durch die Menschenmenge und notierte sich im Geist die Unterhaltungen, die um ihn herum im Gange waren.

»Sieh dir dieses Schaukelpferd an! Genau so eins hatte ich auf dem Dachboden, und mein Mann hat es im Kamin verheizt!«

»Wenn ein kleiner Mann mit einem Sonnenschirm auf einer Brücke darauf ist, ist es Kanton-Porzellan, aber wenn er im Teehaus sitzt, ist es Nanking ... oder vielleicht auch umgekehrt.«

»Was ist das denn? Es würde sich hervorragend als Bowleschüssel eignen!«

»Gott sei Dank sehe ich nirgends den Giebelreiter.«

»Da ist Andys Stehleiter.«

»Meine Großmutter hatte auch einen Waschkrug aus Meißner Porzellan, aber ihrer war blau.«

»Glaubst du, sie werden den Giebelreiter versteigern?«

Als die Zeit für die Auktion gekommen war, nahmen die Leute langsam auf den Stühlen gegenüber dem Podium Platz, und Qwilleran setzte sich ans Ende einer Reihe, von wo aus er sehen konnte, wann der Fotograf des *Fluxion* eintraf. Das Publikum war eine buntgemischte Versammlung aller Altersgruppen. Ein Mann in einem Mantel aus kariertem Wollstoff hielt einen Hund auf dem Arm, der ein ebensolches Mäntelchen trug. Ein anderer hatte eine Mütze wie ein Weihnachtsmann und einen gestreiften Schal in allen Regenbogenfarben, der bis zum Boden hinunterhing.

Neben Qwilleran saß eine mollige Frau, die zwei Brillen an Kordeln um den Hals hängen hatte.

»Das ist meine erste Auktion«, sagte er zu ihr. »Können Sie einem Greenhorn irgendeinen Rat geben?«

Die Frau sah aus wie mit einem Zirkel entworfen: sie hatte ein rundes Gesicht und runde Augen mit runden Pupillen. Sie schenkte ihm ein breites Lächeln. »Kratzen Sie sich nicht am Ohr, sonst stellen Sie am Ende fest, daß Sie diesen Trumeauspiegel gekauft haben.« Sie zeigte auf einen schmalen Spiegel in einem reichverzierten Rahmen, der weit über vier Meter hoch war und am Balkongeländer lehnte. »Ich hatte schon Angst, ich würde die Auktion versäumen. Ich mußte zum Augenarzt, und der ließ mich warten. Er hat mir etwas in die Augen getropft, und jetzt sehe ich so gut wie gar nichts mehr.«

»Was ist das für ein Giebelreiter, über den alle reden?«

Sie schauderte. »Haben Sie nicht von Andys Unfall gehört?«

»Man sagte mir, er sei von einer Leiter gefallen.«

»Noch schlimmer!« Sie verzog schmerzlich das Gesicht. »Ersparen Sie mir die Einzelheiten. Schon bei dem Gedanken daran wird mir schlecht ... Zuerst dachte ich, Sie seien ein auswärtiger Händler.«

»Ich bin vom *Daily Fluxion*.«

»Wirklich?« Sie glättete ihr aschgraues Haar und sah ihn mit großen Augen bewundernd an. »Werden Sie über die Auktion schreiben? Mein Name ist Iris Cobb. Meinem Mann gehört die *Junkery*, weiter unten in der Straße.«

»Sie müssen diejenigen sein, die eine Wohnung zu vermieten haben.«

»Interessieren Sie sich dafür? Sie würde Ihnen sicher gefallen! Sie ist mit Antiquitäten möbliert.« Die Frau sah immer wieder zur

Tür. »Ich frage mich, ob mein Mann schon hier ist. Ich kann überhaupt nichts sehen.«

»Wie sieht er denn aus?«

»Er ist groß und attraktiv, und wahrscheinlich unrasiert. Er trägt ein rotes Flanellhemd.«

»Er steht da hinten, neben der Standuhr.«

Die Frau lehnte sich auf ihrem Stuhl zurück. »Da bin ich aber froh, daß er gekommen ist. Er wird mitbieten, dann brauche ich mich nicht darum zu kümmern.«

»Er spricht mit einem Typen mit einer Weihnachtsmann-Mütze.«

»Das muß Ben Nicholas sein. Ben hat bei uns eine Wohnung gemietet. Er hat ein Geschäft mit dem Namen *Bit o' Junk*.« Mit einem liebevollen Lächeln sagte sie: »Er ist ein Idiot!«

»Ist sonst noch jemand hier, den ich kennen sollte? Da ist so ein blonder Mann auf Krücken, ganz in Weiß gekleidet.«

»Russell Patch, ein Restaurator. Er trägt immer nur weiße Sachen.« Sie senkte die Stimme. »Vor uns – der dünne Mann – das ist Hollis Prantz. Er hat ein neues Geschäft, *Tech-Tiquitäten*. Der Mann mit der Aktentasche ist Robert Maus, der Nachlaßverwalter.«

Qwilleran war beeindruckt. Die Anwaltskanzlei Teahandle, Burris, Hansblow, Maus and Castle war die angesehenste in der ganzen Stadt.

»Mr. Maus hat ein persönliches Interesse an Junktown«, erklärte Mrs. Cobb. »Ansonsten –«

Das Klopfen des Hammers unterbrach die Gespräche der Besucher, und der Auktionator eröffnete die Versteigerung. Er trug einen dunklen Anzug mit einem karierten Hemd, einem Bändchen als Fliege und Cowboystiefel.

»Wir haben heute eine Menge guter Sachen hier«, sagte er, »und unter den Besuchern sind ein paar gerissene Typen, also bieten Sie schnell, wenn Sie kaufen wollen. Bitte unterlassen Sie unnötiges Gequatsche, damit ich die Angebote hören kann. Also los!« Er klopfte mit einem Elfenbeinhammer auf das Pult. »Wir beginnen mit einem Bennington-Krug mit Jagdhundgriff – der

Traum eines jeden Sammlers – leicht angeschlagen, aber was macht das schon? Wer gibt mir fünf? Fünf werden geboten – und jetzt sechs? Sechs werden geboten – höre ich sieben? Sieben da drüben. Acht dort drüben – bietet jemand neun? Acht sind geboten – verkauft für acht!«

Aus dem Publikum ertönten Protestrufe.

»Zu schnell für euch Langweiler, was? Wenn ihr kaufen wollt, müßt ihr auf Zack sein«, sagte der Auktionator forsch. »Wir müssen heute nachmittag eine Menge Sachen an den Mann bringen.«

»Er ist gut«, flüsterte Mrs. Cobb Qwilleran zu. »Warten Sie, bis er erst so richtig in Fahrt kommt!«

Alle sechzig Sekunden kam ein weiterer Gegenstand unter den Hammer – ein silbernes Tintenfaß, ein Zinnbecher, ein Figurenpaar aus unglasiertem Porzellan, ein Gebetsteppich, eine elfenbeinerne Schnupftabakdose. Drei Assistenten liefen geschäftig die Gänge auf und ab, während Arbeiter die Gegenstände auf das Podium brachten und wieder wegtrugen.

»Und jetzt haben wir einen schönen, kugelrunden gußeisernen Ofen«, sagte der Auktionator mit erhobener Stimme. »Wir schleppen ihn nicht auf das Podium, weil Sie ihn mit Ihren Adleraugen am oberen Treppenabsatz sehen können. Wer bietet fünfzig?«

Alle Köpfe drehten sich, um ein schwarzes Monstrum mit aufgeblähter Silhouette auf krummen Beinen anzusehen.

»Fünfzig sind geboten – wer sagt fünfundsiebzig? – ein wunderschönes Stück ... Fünfundsiebzig sind geboten – höre ich hundert? – Sie machen dabei ein Geschäft ... Ich habe hundert – was höre ich jetzt? ... Hundertzehn – er ist doppelt soviel wert ... Hundertzwanzig sind geboten ... Hundertdreißig da hinten – ein guter Preis – ein schöner, großer Ofen – darin könnte man eine Leiche verstecken ... Hundertvierzig sind geboten – sagen Sie hundertfünfzig ... *Verkauft* für hundertfünfzig.« Der Auktionator wandte sich an den Assistenten, der die Verkäufe notierte. »Verkauft an C. C. Cobb.«

Mrs. Cobb schnappte nach Luft. »Dieser Narr!« sagte sie. »So kriegen wir unser Geld nie heraus! Ich wette, Ben Nicholas hat gegen ihn geboten. Es ging zu schnell zu hoch hinauf. Ben wollte diesen Ofen gar nicht. Er hat nur aus Spaß mitgeboten. Das macht er immer. Er wußte, C. C. würde ihm den Ofen nicht überlassen.« Sie drehte sich um und starrte finster in die Richtung des roten Flanellhemdes und der Weihnachtsmannmütze.

Der Auktionator sagte: »Und jetzt vor der Pause noch ein paar Sachen aus dem Büro.«

Es gab Nachschlagewerke, einen Aktenschrank, einen tragbaren Kassettenrecorder, eine Schreibmaschine – profane Dinge, die für die Sammler kaum von Interesse waren. Mrs. Cobb machte ein zögerndes Angebot für den Kassettenrecorder und bekam ihn für ein Butterbrot.

»Und hier haben wir eine tragbare Schreibmaschine – wir verkaufen sie ohne Gewähr – ein Buchstabe fehlt – wer gibt mir fünfzig? – höre ich fünfzig? – ich nehme auch vierzig – ich glaube, das Z fehlt – ich warte noch immer auf vierzig – na schön, also dreißig – wer sagt dreißig?«

»Zwanzig«, sagte Qwilleran zu seiner eigenen Überraschung.

»Verkauft an den gewieften Herrn mit dem großen Schnurrbart für zwanzig Scheinchen. Und jetzt machen wir eine Viertelstunde Pause.«

Qwilleran war wie betäubt von seinem unerwarteten, günstigen Kauf. Er hatte eigentlich überhaupt nicht bieten wollen.

»Vertreten wir uns ein wenig die Beine«, sagte Mrs. Cobb und zupfte ihn am Ärmel, als wären sie alte Freunde.

Als sie sich von ihrem Platz erhoben, stand plötzlich der Mann in dem roten Flanellhemd vor ihnen. »Warum hast du diesen blöden Kassettenrecorder gekauft?« fragte er seine Frau.

»Wart's ab!« sagte sie und warf keck den Kopf zurück. »Das ist ein Reporter vom *Daily Fluxion*. Er interessiert sich für unsere freie Wohnung.«

»Sie ist nicht zu vermieten. Ich kann Reporter nicht ausstehen«, knurrte Cobb und ging mit den Händen in den Hosentaschen davon.

»Mein Mann ist der abscheulichste Händler in Junktown«,

sagte Mrs. Cobb stolz. »Finden Sie nicht auch, daß er wirklich gut aussieht?«

Qwilleran überlegte sich gerade eine taktvolle Antwort, als plötzlich in der Nähe der Eingangstür ein Krachen zu hören war, gefolgt von Rufen und Stöhnen. Der Fotograf des *Fluxion* stand im Eingang.

Tiny Spooner war einen Meter neunzig groß und wog samt der Fotoausrüstung, die er am Körper trug, an die vierhundert Pfund. Seine Fettleibigkeit wurde noch verstärkt durch die Kameras, Objektivbehälter, Maßstäbe, Scheinwerfer, Filmboxen und zusammenklappbaren Stative, die an Gurten baumelten und durch Schnüre miteinander verbunden waren.

Mrs. Cobb sagte: »So ein Jammer! Das muß die Sèvres-Vase auf dem Empire-Sockel gewesen sein.«

»War sie viel wert?«

»Etwa achthundert Dollar, schätze ich.«

»Halten Sie mir den Platz frei«, sagte Qwilleran. »Ich bin gleich wieder zurück.«

Tiny Spooner stand neben der Tür und fühlte sich sichtlich unwohl in seiner Haut. »Ich schwöre, ich bin unschuldig«, sagte er zu Qwilleran. »Ich war nicht mal in der Nähe von diesem blöden Ding.« Er rückte die Ausrüstung zurecht, die er um den Hals und beide Schultern trug. Dabei stieß sein Stativ an eine Büste von Marie Antoinette. Qwilleran warf die Arme um die weiße Marmorstatue.

»Hoppla«, sagte Tiny.

Der Auktionator sah sich die Überreste der Sèvres-Vase an und wies einen Arbeiter an, die zerbrochenen Teile sorgfältig aufzusammeln. Qwilleran hielt es für angebracht, sich vorzustellen.

»Wir wollen während der Versteigerung ein paar Schnappschüsse machen«, sagte er zu dem Auktionator. »Machen Sie ganz normal weiter. Beachten Sie den Fotografen gar nicht.«

Spooner sagte: »Ich würde gerne irgendwo hinaufsteigen und von oben hinunterfotografieren. Haben Sie eine Stehleiter?«

Es entstand eine peinliche Pause. Irgend jemand lachte nervös.

»Vergessen Sie es«, sagte der Fotograf. »Ich sehe, daß hier ein Balkon ist. Ich fotografiere von der Treppe aus.«

»Seien Sie vorsichtig«, warnte ihn Qwilleran. »Wenn Sie etwas zerbrechen, haben Sie es gekauft.«

Spooner sah sich verächtlich in dem Raum um. »Wollen Sie Form oder Inhalt auf den Bildern? Ich weiß nicht, was ich mit diesem Plunder machen soll. Zu viele dynamische Linien und keine Kontraste.« Er watschelte zur Treppe; seine Fotoausrüstung schwang hin und her, und das Stativ verfehlte um ein Haar die geschliffenen Glastüren einer Kredenz.

Als Qwilleran wieder auf seinem Platz saß, erklärte er Mrs. Cobb: »Er ist der einzige Pressefotograf mit abgeschlossenem Mathematikstudium, den ich kenne. Allerdings ist er etwas tolpatschig.«

»Du liebe Güte!« sagte sie. »Wenn er so klug ist, warum arbeitet er dann bei einer Zeitung?«

Der Auktionator klopfte mit dem Hammer auf das Pult, und der zweite Teil der Versteigerung begann. Jetzt kamen die begehrteren Gegenstände an die Reihe: Ein englischer Bücherschrank, eine Boule-Kommode, eine griechische Ikone aus dem siebzehnten Jahrhundert und eine kleine Sammlung von Bronzegegenständen aus Benin.

Ab und zu leuchtete das Blitzlicht des Fotografen auf, und die Frauen im Publikum richteten sich die Frisur und setzten interessierte, intelligente Mienen auf.

»Und jetzt«, sagte der Auktionator, »haben wir dieses wunderschöne Paar französischer Stühle mit der Original...«

Ein Schrei!

Ein Ruf: »Vorsicht!«

Ein Arbeiter stürzte mit ausgestreckten Armen nach vorn und schaffte es gerade noch, einen schwankenden Spiegel aufzufangen – den Trumeauspiegel, der beinahe bis an die Decke reichte. Eine Sekunde später, und der hohe Spiegel wäre auf das Publikum gefallen.

Die Zuschauer schnappten nach Luft, und Qwilleran sagte:

»Hui!« Gleichzeitig suchte er die Menschenmenge nach Spooner ab.

Der Fotograf beugte sich über das Balkongeländer. Sein Blick traf den des Journalisten, und er zuckte die Achseln.

Mrs. Cobb sagte: »Ich habe noch nie so viele Pannen bei einer Auktion erlebt! Es ist mir unheimlich. Glauben Sie an Geister?«

Das Publikum war nervös und laut. Der Auktionator hob die Stimme und beschleunigte das Tempo seiner Ansagen. Er wedelte mit den Händen, zeigte mit dem Finger auf die Bietenden, deutete mit dem Daumen über die Schulter, wenn ein Stück verkauft worden war, und riß die Zuschauer richtig mit.

»Wollen Sie das Stück jetzt, oder nicht? – Fünfhundert sind geboten – Höre ich sechshundert? – Was ist los mit euch? – er ist zweihundert Jahre alt! – Ich will sieben – ich will sieben – für sieben kaufe ich ihn selbst – Verkauft, verkauft – Bringen Sie ihn weg!« Der Daumen zeigte nach hinten, der Hammer krachte auf das Pult, und die Erregung des Publikums erreichte den Höhepunkt.

Der zweihundert Jahre alte Schreibtisch wurde weggetragen, und die Zuschauer warteten begierig auf das nächste Stück.

Zu diesem Zeitpunkt kam es zu einer bedeutungsvollen Unterbrechung – der Auktionator sprach mit dem Anwalt. Es war eine wahre Pantomime der Unentschlossenheit. Dann nickten beide und winkten einem Arbeiter. Einen Augenblick später verstummte die Menschenmenge. Der Arbeiter hatte ein seltsames Objekt auf das Podium gebracht – einen etwa einen Meter hohen, schlanken, verzierten Gegenstand. Er stand auf einem viereckigen Sockel, auf dem eine Messingkugel war, und darüber ein langer, schwarzer Metallschaft, der sich nach oben hin verjüngte und in einer schwertähnlichen Spitze endete.

»Das ist er!« flüsterte jemand hinter Qwilleran. »Das ist der Giebelreiter!«

Neben ihm schüttelte Mrs. Cobb den Kopf und schlug die Hände vor das Gesicht. »Das hätten sie nicht tun sollen!«

»Hier haben wir«, sagte der Auktionator langsam und betont, »den Giebelreiter von einem Dach – wahrscheinlich ein Ornament von einem alten Haus im Sanierungsgebiet um die Zwinger Street. Die Kugel ist aus massivem Messing. Muß ein bißchen aufpoliert werden. Was wird geboten?«

Die Leute, die rund um Qwilleran saßen, waren schockiert.

»Da gefriert mir das Blut in den Adern«, flüsterte jemand.

»Ich hätte nicht gedacht, daß sie sich trauen, ihn zu versteigern.«

»Wer bietet da? Können Sie sehen, wer dort bietet?«

»Sehr geschmacklos. Wirklich!« sagte jemand.

»Ist Andy tatsächlich daraufgefallen?«

»Wußten Sie das nicht? Er wurde aufgespießt!«

»Verkauft!« rief der Auktionator. »Verkauft an C. C. Cobb.«

»Nein!« rief Mrs. Cobb.

In diesem Augenblick ertönte ein Knall, der durch Mark und Bein ging. Ein bronzener Kronleuchter fiel von der Decke und krachte zu Boden. Er verfehlte um ein Haar Mr. Maus, den Anwalt.

Kapitel vier

Einst war es ein prachtvolles viktorianisches Herrenhaus gewesen – ein majestätisches Gebäude aus roten Ziegeln, zu dessen von weißen Säulen flankiertem Eingang eine breite Treppe mit einem reichverzierten Eisengeländer führte. Jetzt blätterte der Lack ab, und die Stufen waren gesprungen und zerbröckelten.

Das war das Haus, das das Antiquitätengeschäft der Cobbs beherbergte, *The Junkery*, und die Erkerfenster zu beiden Seiten des Eingangs waren mit bunten Glasgegenständen und Nippsachen vollgestellt.

Nach der Auktion begleitete Qwilleran Mrs. Cobb zu dem Herrenhaus, und sie führte ihn in die schäbige Eingangshalle.

»Sehen Sie sich unseren Laden an«, sagte sie, »während ich hinaufgehe und nachsehe, ob die Wohnung vorzeigbar ist. Wir verkaufen seit zwei Monaten Sachen daraus, und sie ist wahrscheinlich in einem chaotischen Zustand.«

»Sie hat zwei Monate leergestanden?« fragte Qwilleran und rechnete zurück: seit Oktober. »Wer war denn der letzte Mieter?«

Mrs. Cobb machte ein entschuldigendes Gesicht. »Andy Glanz hat da oben gewohnt. Es macht Ihnen doch nichts aus, oder? Manche Leute sind da etwas zimperlich.«

Sie lief nach oben, und Qwilleran sah sich in der Eingangshalle um. Sie war zwar schäbig, doch schön geräumig, mit reichverzierter Holztäfelung und kunstvollen Gaslampen, die jetzt mit Strom beleuchtet wurden. Die Räume, in die man von der Eingangshalle aus kam, enthielten ein buntes Gemisch von Dingen in den verschiedensten Stadien des Verfalls. Ein Zimmer war mit Überresten aus alten Gebäuden vollgestopft – Verandapfosten, Kaminen, verfärbten Marmorplatten, bunten Glasfenstern, einem Eisentor und Teilen von Treppengeländern. Jetzt stöberten gerade Kunden, die nach der Auktion hereinspaziert waren, in den Trümmern herum, taxierten sie mit zusammengekniffenen Augen und gaben sich total desinteressiert. Es schien sich um erfahrene Sammler zu handeln.

Schließlich stand Qwilleran in einem Raum mit Wiegen, Messingbetten, Schrankkoffern, Butterfässern, Wetterhähnen, alten Bügeleisen, alten Büchern, Stichen von Abraham Lincoln und einem primitiven Flaschenzug, der in eine Lampe umfunktioniert worden war. Es gab auch eine Theke aus Mahagoni mit einer Messingstange, die offenbar aus einem Saloon aus der Zeit der Jahrhundertwende stammte. Dahinter stand ein Mann in einem roten Hemd, der unrasiert war und auf eine brutale Art gut aussah. Er starrte Qwilleran feindselig an.

Der Journalist ignorierte ihn und nahm ein Buch von einem der Tische zur Hand. Es hatte einen ledernen Einband, und die Goldbuchstaben auf dem brüchigen Buchrücken waren im Lauf der Jahre verblaßt. Er schlug das Buch auf, um die Titelseite zu suchen.

»Lassen Sie das Buch *zu*«, ertönte ein mürrischer Befehl, »es sei denn, Sie kaufen es.«

Qwillerans Schnurrbart sträubte sich. »Wie soll ich wissen, ob ich es kaufen will, bevor ich den Titel gelesen habe?«

»Zum Teufel mit dem Titel!« sagte der Geschäftsbesitzer. »Wenn Ihnen das Aussehen des Buches gefällt, kaufen Sie es. Wenn nicht, dann lassen Sie Ihre verschwitzten Pfoten in der Tasche. Was glauben Sie, wie lange diese Bücher halten werden, wenn jeder Blödmann, der hier hereinkommt, den Einband abgrabscht?«

»Wieviel wollen Sie dafür?« fragte Qwilleran.

»Ich glaube, ich will es gar nicht verkaufen. Jedenfalls nicht Ihnen.«

Die anderen Kunden hatten mit dem Herumstöbern aufgehört

und beobachteten leise amüsiert Qwillerans Verwirrung. In ihren Blicken lag Ermunterung, und er zeigte sich der Herausforderung gewachsen.

»Das ist eine Diskriminierung! Jawohl!« brüllte er. »Ich sollte Sie anzeigen und Ihnen die Lizenz entziehen lassen! Dieser Laden ist sowieso ein Rattennest. Die Stadtverwaltung sollte das Haus auf die Abrißliste setzen ... Also, wieviel wollen Sie für diesen armseligen Trödel?«

»Vier Dollar, damit Sie Ihr Schandmaul halten.«

»Ich gebe Ihnen drei.« Qwilleran warf ein paar Scheine auf die Theke.

Cobb nahm sie und steckte sie in seine Brieftasche. »Nun ja, es gibt verschiedene Methoden, einem fiesen Typen das Hemd auszuziehen«, sagte er spöttisch mit einem Seitenblick auf die anderen Kunden.

Qwilleran schlug das Buch auf, das er gekauft hatte. Es war *Ein Werk von Reverend Dr. Ishmael Higginbotham, eine Sammlung von interessanten Traktaten, die etliche wichtige Punkte der göttlichen Lehre mit Eifer und in extremer Kürze darstellen und erklären.*

Mrs. Cobb stürzte herein. »Haben Sie sich von diesem alten Wüstling so einschüchtern lassen, daß Sie etwas gekauft haben?«

»Halt den Mund, Alte«, sagte ihr Mann.

Sie hatte ein rosa Kleid angezogen, sich frisiert und Make-up aufgelegt und sah auf ihre rundliche Art recht hübsch aus. »Kommen Sie mit mir nach oben«, sagte sie liebenswürdig und legte freundlich eine Hand auf Qwillerans Arm. »Wir machen es uns bei einer Tasse Kaffee gemütlich; soll Cornball Cobb doch vor Eifersucht grün werden.«

Mrs. Cobb stieg die knarrende Treppe hinauf; ihre üppigen Hüften schwangen von einer Seite auf die andere, und die waagrechten Wülste in ihren dicken Kniekehlen grinsten ihn an. Qwilleran empfand das weder als anregend noch als abstoßend; eher war er betrübt, daß nicht jede Frau mit einer perfekten Figur gesegnet war.

»Achten Sie nicht auf C. C.«, sagte sie über die Schulter zurück. »Er ist ein rechter Spaßvogel.«

Der geräumige Flur im ersten Stock war vollgestellt mit alten Stühlen, Tischen, Schreibtischen und Schränken. Etliche Türen standen offen und gaben den Blick auf schmuddelige Wohnräume frei.

»Unsere Wohnung ist da drüben«, sagte Mrs. Cobb und zeigte auf eine Tür, durch die laute Radiowerbung zu hören war, »und hier drüben haben wir zwei kleinere Wohnungen. Ben Nicholas hat die Wohnung zur Straße hinaus, aber die nach hinten ist schöner, weil man einen Blick auf den Hinterhof hat.«

Qwilleran blickte aus dem Gangfenster und sah zwei Kombis, die man über die kleine Seitengasse hinter dem Haus in den Hof gebracht hatte, ein Eisenbett, einen Schleifstein, eine Stoßstange von einem Auto, ein paar Kutschenräder, einen alten Kühlschrank ohne Tür und eine hölzerne Waschmaschine mit eingebauter Wäschemangel – das meiste davon in dem angewehten schmutzigen Schnee und Eis zusammengefroren.

»Und warum wohnt Nicholas dann in dem Zimmer nach vorn?« fragt er.

»Seine Wohnung hat ein Erkerfenster, und er kann den Eingang zu seinem Geschäft nebenan im Auge behalten.«

Sie ging voran in die Wohnung zum Hof – es war ein großer, quadratischer Raum mit vier hohen Fenstern und einer beängstigenden Ansammlung von Möbeln. Qwillerans Blick fiel als erstes auf ein altes Harmonium aus gelbstichigem Eichenholz – dann auf zwei hohe, vergoldete Stühle, deren Sitzflächen von Wasserspeiern getragen wurden – dann auf einen runden, nicht ganz ebenen Tisch mit einer gestickten Decke, auf dem eine Öllampe stand, deren zwei Zylinder mit rosa Rosen bemalt waren – dann auf einen gemusterten Teppich, der altersschwach und melancholisch wirkte – dann auf einen grobgezimmerten Schaukelstuhl aus gebogenen Weiden und Rinden, wahrscheinlich voller Ungeziefer.

»Sie mögen doch Antiquitäten, nicht wahr?« fragte Mrs. Cobb besorgt.

»Nicht besonders«, erwiderte Qwilleran in einem Anfall von Ehrlichkeit. »Und was soll das sein?« Er zeigte auf einen Stuhl mit einem Eisenrahmen, der auf einem Sockel stand und mit einer Kopf- und einer Fußstütze ausgestattet war.

»Ein alter Zahnarztstuhl – wirklich recht bequem zum Lesen. Man kann die Höhe mit einem Fußpedal verstellen. Und das Gemälde über dem Kamin ist ein sehr gutes Beispiel für primitive Malerei.«

Mit bemerkenswert beherrschter Miene betrachtete Qwilleran das lebensgroße Porträt von irgend jemandes Ur-Urgroßmutter: Sie war schwarz gekleidet, hatte ein eckiges Kinn, dünne Lippen, stählerne Augen und schien alles zu mißbilligen, was sie sah.

»Sie haben noch gar nichts über die Chaiselongue gesagt«, sagte Mrs. Cobb begeistert. »Es ist ein einzigartiges Stück. Es stammt aus New Jersey.«

Der Journalist drehte sich um und zuckte zurück. Die Chaiselongue, die an einer Wand stand, sah aus wie ein Schwanenboot – ein Ende hatte die Form eines langhalsigen, übelgelaunten Vogels, das andere lief zu einem Vogelschwanz zu.

»Sybaritisch«, sagte er trocken, was bei der Zimmerwirtin einen Lachanfall auslöste.

Ein zweiter Raum, der zur Vorderseite hin ging, war in eine Kochnische, ein Ankleidezimmer und ein Bad unterteilt worden. Mrs. Cobb sagte: »C. C. hat die Kochnische selbst installiert. Er ist ein sehr geschickter Handwerker. Kochen Sie gerne?«

»Nein, ich esse meist im Presseclub.«

»Der Kamin funktioniert. Sie müßten nur das Holz selbst heraufschleppen. Gefällt Ihnen die Wohnung? Gewöhnlich bekomme ich hundertzehn Dollar im Monat, aber wenn sie Ihnen gefällt, können Sie sie für fünfundachtzig Dollar haben.«

Qwilleran sah sich noch einmal die Möbel an und strich sich nachdenklich über den Schnurrbart. Die Einrichtung jagte ihm kalte Schauer über den Rücken, aber die Miete war geradezu maßgeschneidert für seine finanziellen Verhältnisse. »Ich würde einen Schreibtisch und eine gute Leselampe brauchen, und etwas, wo ich meine Bücher unterbringen kann.«

»Wir haben alles, was Sie wollen. Sie brauchen es nur zu sagen.«

Er ließ sich auf die Chaiselongue fallen und stellte fest, daß sie hart genug war. Sie hatte keine Beine, sondern stand direkt auf dem Boden und würde daher keine Verlockung für die Katzen darstellen, die sich gerne unter Betten durchbuddelten. »Etwas habe ich vergessen«, sagte er. »Ich habe Haustiere. Zwei Siamkatzen.«

»Sehr gut! Die werden unsere Mäuse dezimieren. Hier können sie sich austoben.«

»Ich glaube nicht, daß sie Lebendnahrung mögen. Sie bevorzugen gut abgehangenes Fleisch, halb durch und mit Bratensaft.«

Mrs. Cobb lachte herzlich – zu herzlich – über seinen Scherz. »Wie heißen Ihre Katzen?«

»Koko und Yum Yum.«

»Oh, entschuldigen Sie mich einen Augenblick!« Sie stürzte aus dem Zimmer und kam wieder zurück, um zu erklären, daß sie einen Kuchen im Ofen hatte. Der Gang war erfüllt von dem Duft nach Äpfeln und Gewürzen, und Qwillerans Schnurrbart zuckte.

Während Mrs. Cobb Bilder geraderückte und nachsah, ob irgendwo Staub lag, inspizierte Qwilleran die übrige Einrichtung. Im Bad gab es eine uralte Badewanne mit Klauenfüßen, fauchende Wasserhähne und ein Gewirr von freiliegenden Rohren. Der Kühlschrank war jedoch neu, und im Ankleidezimmer war etwas, das ihn interessierte: Eine Wand war vollkommen mit eingebauten Bücherregalen bedeckt, in denen alte, ledergebundene Bücher standen.

»Wenn Sie die Regale für etwas anderes verwenden wollen, räumen wir die Bücher weg«, sagte Mrs. Cobb. »Wir haben sie auf dem Dachboden gefunden. Sie haben dem Mann gehört, der dieses Haus vor über hundert Jahren gebaut hat. Er war Zeitungsverleger. Spielte eine führende Rolle in der Bewegung zur Abschaffung der Sklaverei. Dieses Haus ist sehr geschichtsträchtig.«

Qwilleran sah Dostojewski, Chesterfield, Emerson. »Sie brauchen die Bücher nicht wegzuräumen, Mrs. Cobb. Vielleicht habe ich mal Lust, darin zu schmökern.«

»Dann werden Sie die Wohnung also nehmen?« Ihre großen

Augen glänzten. »Trinken Sie eine Tasse Kaffee und essen Sie ein Stück Kuchen, und dann können Sie sich entscheiden.«

Bald darauf saß Qwilleran auf einem vergoldeten Stuhl an dem schiefen Tisch und attackierte mit der Gabel einen ofenwarmen Kuchen, auf dem würziger Cheddarkäse geschmolzen war. Mrs. Cobb sah erfreut zu, wie ihr zukünftiger Mieter jeden Krümel der blättrigen Kruste und jeden Tropfen des schmackhaften Safts aufaß.

»Noch ein Stück?«

»Lieber nicht.« Qwilleran zog den Bauch ein. »Aber er ist sehr gut.«

»Ach, kommen Sie! Sie brauchen sich ja wohl keine Sorgen über Ihr Gewicht zu machen. Sie haben doch eine gute Figur.«

Während der Journalist sein zweites Stück Kuchen in Angriff nahm, beschrieb Mrs. Cobb die Freuden, die das Leben in einem alten Haus mit sich bringt.

»Wir haben einen Geist«, verkündete sie fröhlich. »Eine blinde Frau, die hier gelebt hat, ist die Treppe hinuntergefallen und gestorben. C. C. sagt, ihr Geist ist fasziniert von meiner Brille. Wenn ich schlafengehe, lege ich sie auf den Nachttisch, und am frühen Morgen finde ich sie dann auf dem Fensterbrett wieder. Oder, wenn ich sie in die Kommodenschublade lege, ist sie nachher auf dem Nachttisch ... Noch Kaffee?«

»Vielen Dank. Wandert die Brille jede Nacht herum?«

»Nur bei Vollmond.« Sie wurde nachdenklich. »Ist Ihnen klar, wie viele seltsame Dinge heute bei der Auktion passiert sind? Die Sèvres-Vase, der Kronleuchter, der heruntergefallen ist, und der Trumeauspiegel, der fast umgekippt wäre ... ich frage mich ...«

»Was fragen Sie sich?«

»Es scheint fast, als würde Andys Geist *protestieren*.«

»Glauben Sie an solche Dinge?«

»Ich weiß nicht. Ja und nein.«

»Was glauben Sie, was Andy vielleicht hätte sagen wollen?« Qwillerans Miene war aufrichtig. Dafür hatte er ein Talent, mit dem er bereits das Vertrauen der zurückhaltendsten Menschen gewonnen hatte.

Mrs. Cobb gluckste. »Wahrscheinlich, daß der Auktionator die Sachen zu billig abgab. Ein paar davon waren unglaublich günstig.«

»Alle Antiquitätensammler sagen, Andys Tod war ein Unfall, aber auf der Straße habe ich jemanden getroffen, der sagte, er sei ermordet worden.«

»Nein, es war ein Unfall. Die Polizei hat es gesagt. Und doch ...« Sie verstummte.

»Was wollten Sie sagen?«

»Nun ... es kommt mir komisch vor, daß Andy so leichtsinnig gewesen sein soll, daß er ausrutschte und von der Leiter auf dieses Ding hinunterfiel. Er war ein sehr ... ein sehr *besonnener* junger Mann, wissen Sie.«

Qwilleran glättete rasch seinen Schnurrbart. »Ich würde gerne mehr über Andy erfahren«, sagte er. »Ich werde mal meine Sachen und die Katzen holen ...«

»Sie nehmen die Wohnung?« Mrs. Cobb klatschte in die Hände. »Ich bin ja so froh! Es wird schön sein, einen Journalisten im Haus zu haben. Das wird uns *Klasse* verleihen, wenn Sie wissen, was ich meine.«

Sie gab ihm einen Schlüssel für die Eingangstür und nahm die Miete für einen Monat entgegen.

»Wir machen uns nicht die Mühe, die Türen hier oben abzuschließen«, sagte sie, »aber wenn Sie gern einen Schlüssel hätten, suche ich Ihnen einen heraus.«

»Ist nicht nötig. Ich besitze nichts, das zu stehlen sich lohnen würde.«

Sie warf ihm einen schelmischen Blick zu. »Mathilda geht sowieso einfach durch die Türen hindurch.«

»Wer?«

»Mathilda. Unser Geist.«

Qwilleran fuhr zurück in sein Hotel. Bevor er seine Koffer packte, führte er noch ein Telefongespräch. Er rief im Fotolabor des *Daily Fluxion* an und verlangte Tiny Spooner.

»Wie sind die Bilder geworden, Tiny?«

»Ganz gut. Sie trocknen gerade. Kann nicht behaupten, daß sie besonders klar und deutlich wären. Zu viele Formen, die nicht zueinanderpassen.«

»Hinterlassen Sie sie in der Feuilletonabteilung, ich hole sie am Montag ab. Und Tiny«, sagte Qwilleran, »Ich habe eine Frage. Sagen Sie mir die Wahrheit. Haben Sie –«

»Ich war nicht mal in der Nähe dieses verdammten Porzellandings. Ich schwöre es! Ich habe es nur angeschaut, mehr nicht, und es begann zu wackeln.«

»Und was war mit dem Kronleuchter und dem großen Spiegel?«

»Versuchen Sie nicht, mir das auch noch anzuhängen! So wahr mir Gott helfe, ich war sieben Meter entfernt, als sie sich selbständig machten!«

Kapitel fünf

Die Katzen wußten, daß etwas im Schwange war. Als Qwilleran ins Medford Manor zurückkam, kauerten die beiden Böses ahnend da.

»Los, ihr zwei. Wir ziehen aus diesem Fürsorgeheim aus«, sagte Qwilleran.

Er holte den Suppenkarton mit den Luftlöchern in den Seitenwänden aus dem Schrank. Koko hatte diese Prozedur schon zweimal erlebt und sprang bereitwillig hinein, doch Yum Yum wollte davon nichts wissen.

»Komm schon, Liebling!« sagte er.

Worauf Yum Yum zu einem Bleiklumpen wurde, dessen Unterseite mit dem Teppich verschmolz und mittels zwanzig leistungsfähiger kleiner Haken verankert wurde. Erst als Qwilleran einen Dosenöffner und eine kleine Dose mit einem blauen Etikett herausholte, lockerte sie ihre Krallen. Mit einem erwartungsvollen, kehligen Glucksen sprang sie auf die Kommode.

»Na schön, mein Mädchen«, sagte der Mann und packte sie. »Das war ein schmutziger Trick, aber es mußte sein. Wir machen die Dose Hühnerfleisch auf, wenn wir in Junktown sind.«

Als Qwilleran mit seinen zwei Koffern, vier Kartons voller Bücher und einem Karton mit Katzen im Herrenhaus der Cobbs ankam, erkannte er seine Wohnung kaum wieder. Der Zahnarztstuhl und das Harmonium waren verschwunden, und in einer Ecke stand der kugelrunde Kanonenofen von der Auktion. Es waren zwei Lampen dazugekommen: eine Leselampe, die aus einer kleinen Registrierkasse sproß, und eine Stehlampe, die einst eine Muskete gewesen war. Die alte Schreckschraube über dem Kamin starrte ihn noch immer finster an, und der erbärmliche Teppich kümmerte noch immer auf dem Fußboden vor sich hin. Doch es gab auch einige Verbesserungen: einen Rolladenschreibtisch, einen großen, offenen Schrank für Bücher und einen altmodischen Morris-Sessel – ein großes, gedrungenes Ding mit verstellbarer Rückenlehne, weichen schwarzen Lederkissen und dazu passendem Fußschemel.

Sobald Qwilleran den Suppenkarton öffnete, sprang Yum Yum heraus, sauste wie verrückt in alle möglichen Richtungen und landete schließlich auf dem hohen Schrank. Koko tauchte ganz langsam und vorsichtig auf. Systematisch und gründlich erforschte er die ganze Wohnung: mit den roten Polstern der beiden vergoldeten Sessel war er einverstanden; den Kanonenofen umkreiste er dreimal, ohne den geringsten Nutzen dafür zu erkennen; er sprang auf das Kaminsims und schnüffelte das primitive Porträt ab, um schließlich sein Kinn an der Kante des Rahmens zu reiben und das Bild zu verschieben. Dann ließ er sich anmutig zwischen zwei Kerzenhaltern aus Messing auf dem Kaminsims nieder.

»Oh, ist er nicht schön!« rief Mrs. Cobb, die mit einem Stoß sauberer Handtücher und einem Stück Seife auftauchte. »Ist das Koko? Hallo, Koko. Gefällt es dir hier, Koko?« Sie sah ihn kurzsichtig an, schwenkte einen Finger vor seiner Nase herum und sprach mit der Fistelstimme, mit der Katzen häufig angesprochen werden – was Koko im übrigen stets als Beleidigung empfand. Er nieste ihr ins Gesicht und nebelte sie mit einem feinen Sprühregen ein.

»Den Katzen wird es hier gefallen«, sagte sie und rückte das Bild gerade, das Koko verschoben hatte. »Sie können die Tauben im Hinterhof beobachten.«

Geschäftig lief sie mit den Handtüchern ins Badezimmer. Kaum hatte sie ihm den Rücken zugekehrt, rieb Koko mit aller Kraft sein Kinn an der Kante des Bilderrahmens und verschob ihn in einem Winkel von fünfundvierzig Grad.

Qwilleran räusperte sich. »Ich sehe, Sie haben hier ein paar Veränderungen vorgenommen, Mrs. Cobb.«

»Gleich nachdem Sie weg waren, wollte ein Kunde diesen Zahnarztstuhl mitnehmen, also haben wir ihn verkauft. Ich hoffe, es macht Ihnen nichts aus. Ich habe Ihnen den Kanonenofen hineingestellt, damit die Ecke nicht so leer ist. Wie gefällt Ihnen der Schreibtisch mit Rollverschluß?«

»Mein Großvater –«

»Der Gasthaustisch wird praktisch für Ihre Schreibmaschine sein. Und was machen Sie gewöhnlich mit Ihrer Wäsche? Ich werfe Sie Ihnen gerne in die Waschmaschine.«

»O nein, Mrs. Cobb! Das ist viel zu viel Mühe!«

»Ganz und gar nicht. Und nennen Sie mich bitte Iris.« Sie zog die Vorhänge an den Fenstern zu – verblichene, golden gestreifte Samtvorhänge. »Die habe ich aus einem alten Theatervorhang genäht. C. C. hat ihn aus einem alten Theater, das abgerissen wird.«

»Haben Sie die Wand hinter dem Bett tapeziert?«

»Nein. Das war Andys Idee.« Die Wand war mit den vergilbten Seiten alter Bücher mit altmodischen Schriftbildern tapeziert. »Andy war ein richtiger Bücherwurm.«

»Sobald ich ausgepackt und die Katzen gefüttert habe«, sagte Qwilleran, »würde ich gern mit Ihnen über Andy sprechen.«

»Kommen Sie doch zu uns herüber, wenn Sie sich eingerichtet haben! Ich werde daneben bügeln.« Und dann fügte sie hinzu: »C. C. ist weggefahren, um sich eine Eßzimmereinrichtung aus der Zeit Jakobs I. anzusehen, die jemand verkaufen will.«

Qwilleran packte seine Koffer aus, stellte seine Bücher in den offenen Schrank, legte das blaue Kissen der Katzen auf den Kühlschrank – ihr Lieblingsplätzchen – und zeigte ihnen, wo jetzt das dicke Wörterbuch lag, das ihnen als Kratzbrett diente. Dann ging er über den Gang in die Wohnung der Cobbs. Das erste, was ihm auffiel, war, daß sie in der großen Küche bügelte; sie bot ihm einen Stuhl mit geflochtenem Sitz (A-522-001) an einem zerschrammten Kiefernholztisch (D-573-091) an.

»Verkaufen Sie auch Sachen aus Ihrer Wohnung?« fragte er.

»Ständig! Vorigen Dienstag haben wir an einem runden Eichentisch gefrühstückt, an einem Klapptisch aus Kirschholz zu Mittag und an einem Kiefernholztisch auf Schragen zu Abend gegessen.«

»Das muß eine schwere Arbeit sein, die Sachen herumzuschleppen, die Treppe hinauf und hinunter.«

»Man gewöhnt sich daran. Im Augenblick soll ich nichts heben. Ich habe mir vor ein paar Monaten den Rücken verzerrt.«

»Wie haben Sie meine Wohnung so schnell umräumen können?«

»C. C. hat Mike geholt, damit er ihm hilft. Das ist der Sohn des Lebensmittelhändlers. Ein netter Junge, aber er hält Antiquitätenhändler für bescheuert. Was wir natürlich auch sind«, fügte sie mit einem vielsagenden Blick auf ihren Gast hinzu.

»Mrs. Cobb –«

»Bitte nennen Sie mich doch Iris. Darf ich Sie Jim nennen?«

»Ich werde allgemein Qwill genannt.«

»Oh, das ist nett. Das gefällt mir.« Sie lächelte den Pyjama an, den sie bügelte.

»Iris, erzählen Sie mir doch bitte mehr über Andy. Das hilft mir vielleicht bei meinem Artikel über die Auktion.«

Sie stellte das elektrische Bügeleisen ab und starrte ins Leere. »Er war ein netter junger Mann! Nettes Wesen, ehrlich, intelligent. Er hat auch geschrieben – wie Sie. Ich bewundere Leute, die schreiben. Man würde es nicht glauben, aber ich habe Englisch als Hauptfach gehabt.«

»Was hat Andy geschrieben?«

»Meistens Artikel über Antiquitäten für Fachzeitschriften, aber er hat sich auch an einem Roman versucht. Irgendwann einmal sollte ich selbst auch ein Buch schreiben! Über all die Leute, die man in diesem Geschäft so trifft!«

»Wieviel wissen Sie über den Unfall? Wann ist er passiert?«

»An einem Abend im Oktober.« Iris hustete. »Er hat mit dem Drachen in ihrer Wohnung zu Abend gegessen –«

»Sie meinen Miss Duckworth?«

»Wir nennen sie den Drachen. Mit ihrer hochnäsigen Art

schreckt sie die Leute ab, wissen Sie. Na ja, also Andy hat bei ihr zu Abend gegessen und ist dann in sein Geschäft gegangen, um irgend etwas zu holen, und als er nicht zurückkam, ging sie ihn suchen. Sie fand ihn in einer *Blutlache*!«

»Hat sie die Polizei verständigt?«

»Nein. Sie ist vollkommen hysterisch zu uns herübergerannt, und C. C. hat die Polizei angerufen. Die Polizisten sagten, daß Andy von einer Stehleiter gefallen ist, als er einen Kronleuchter von der Decke abmontierte. Der Leuchter lag zerschellt auf dem Boden. Er war ganz aus Kristall. Fünf lange Kristallarme und viele Kristallprismen.«

»Stimmt es, daß er auf diesen scharfen Giebelreiter gefallen ist?«

Sie nickte. »Das ist mir vollkommen unverständlich. Andy hat immer so aufgepaßt! Er war ein regelrechter Pedant. Ich kann mir nicht vorstellen, daß er diesen Giebelreiter irgendwo herumstehen ließ, wo er gefährlich sein konnte. Antiquitätenhändler verrenken sich ständig den Rücken oder reißen sich irgendwo auf, aber Andy ist nie etwas passiert. Er war sehr vorsichtig.«

»Vielleicht hat er mit Miss Duckworth ein paar Gläser getrunken und wurde unvorsichtig.«

»Er trank nicht. Sie hat vielleicht ein oder zwei Gläser getrunken, aber Andy hatte keine schlechten Gewohnheiten. Er war irgendwie puritanisch. Ich habe immer gedacht, er hätte einen guten Pfarrer abgegeben, wenn er nicht ins Trödelgeschäft eingestiegen wäre. Es ist eine Berufung, wissen Sie. Es wird zum Lebensinhalt.«

»Könnte es Selbstmord gewesen sein?«

»O nein! Andy war nicht der Typ dafür.«

»Man weiß nie, was im Kopf eines Menschen vorgeht – oder was für Probleme –«

»Das könnte ich niemals glauben. Nicht bei Andy.«

Qwilleran zog seine Pfeife und den Tabakbeutel aus der Tasche seiner Tweedjacke. »Darf ich rauchen?«

»Aber natürlich! Möchten Sie eine Dose Bier von C. C.?«

»Nein, danke. Ich bin Abstinenzler.«

Fasziniert sah Iris zu, wie er die Wangen einsog und mit einem leisen Mmmph-mmmpah die Pfeife anzündete. »Ich wünschte, C. C. würde Pfeife rauchen. Es riecht so gut!«

Der Journalist fragte: »Glauben Sie, daß Andy vielleicht von irgendeinem Herumtreiber umgebracht worden ist?«

»Ich weiß nicht.«

»Können Sie sich ein Motiv für einen Mord vorstellen?«

Iris bügelte weiter und dachte nach. »Ich weiß nicht ... aber ich sage Ihnen etwas, wenn Sie mir versprechen, daß Sie es C. C. nicht erzählen. Er würde mich damit aufziehen ... Es stand in Andys Horoskop. Ich habe es zufällig in der Zeitung gelesen. Der *Daily Fluxion* hat die besten Horoskope, aber wir haben den *Morning Rampage*, weil er mehr Seiten hat, und wir brauchen viel Papier, um Porzellan und Glas einzuwickeln.«

»Und was hatte der *Morning Rampage* über Andy zu sagen?«

»Er war Wassermann. In seinem Horoskop stand, er solle sich vor einem Hinterhalt in acht nehmen.« Sie warf Qwilleran einen forschenden Blick zu. »Ich habe es erst einen Tag nach seinem Tod gelesen.«

Der Journalist paffte mit nüchterner Miene an seiner Pfeife. »Das würde man nicht gerade als handfesten Beweis bezeichnen ... War Andy mit dem Duckworth-Mädchen verlobt?«

»Nicht offiziell, aber sie haben einander sehr oft besucht«, sagte Iris mit hochgezogenen Augenbrauen.

»Sie ist sehr attraktiv«, bemerkte Qwilleran und dachte an die Augen des Drachen. »Wie hat sie reagiert, nachdem Andy umkam?«

»Sie ist total zusammengebrochen. Du meine Güte, war die am Boden zerstört! Das hat mich wirklich überrascht, weil sie immer kalt wie eine Hundeschnauze gewesen war. C. C. meinte, daß sie vielleicht in anderen Umständen ist, aber das glaube ich nicht. Dazu war Andy viel zu ehrenhaft.«

»Vielleicht war Andy menschlicher, als Sie denken.«

»Nun, er ist vor Halloween gestorben, und jetzt haben wir fast Weihnachten, und der Drache ist noch immer dünn wie eine Bohnenstange ... Aber sie hat sich verändert. Sie ist sehr bedrückt und verschlossen.«

»Was geschieht mit Andys Nachlaß?«

»Das weiß ich nicht. Mr. Maus kümmert sich darum. Andys Eltern leben irgendwo im Norden des Staates.«

»Was haben die anderen Händler von Andy gehalten? War er beliebt?«

Iris überlegte, bevor sie antwortete. »Jeder hat Andy *respektiert* – wegen seines Könnens –, aber manche Leute fanden, daß er ein rechter Tugendbold war.«

»Was meinen Sie damit?«

»Wie soll ich das erklären? ... In diesem Geschäft muß man jeden Vorteil nutzen, der sich bietet. Man arbeitet ständig sehr hart, und es kommt nichts dabei heraus. Es gibt Monate, da können wir kaum die Raten für dieses Haus zahlen, weil C. C. sein Geld in irgend etwas Verrücktes gesteckt hat – wie in diesen Kanonenofen – etwas, das wir nicht verkaufen können.« Sie wischte sich mit dem Ärmel die feuchte Stirn ab. »Wenn man also eine Chance sieht, irgendwo einen schönen Profit zu erzielen, ergreift man sie ... Aber Andy hat immer seinen ganzen Stolz daran gesetzt, *moralisch* zu handeln, und er hat Leute, die versuchten, sich zusätzlich ein paar Dollar zu verdienen, verurteilt. Ich sage nicht, daß er unrecht hatte, aber er ist zu weit gegangen. Das ist das einzige, was mich an ihm störte. ... Schreiben Sie das nicht in der Zeitung. Im großen und ganzen war er ein wunderbarer Mensch. So rücksichtsvoll, wo man es nicht erwartet hätte.«

»Inwiefern?«

»Nun, zum Beispiel war er immer so nett zu Papa Popopopoulos, dem Obsthändler. Wir anderen beachten den einsamen alten Kerl gar nicht ... Und dann Ann Peabody. Wenn die Antiquitätenhändler eine Versammlung hatten, sorgte Andy immer dafür, daß Ann dabei war, und wenn er sie tragen mußte. Sie ist neunzig Jahre alt und führt noch immer ihren Laden, obwohl sie seit vier Jahren nicht mal einen Salzstreuer verkauft hat.« Das Bügeleisen fuhr leicht über ein rot-grau gestreiftes Sporthemd. »Etwas Gutes hat dieses Geschäft – man braucht keine weißen Hemden zu bügeln.«

»War Andy erfolgreich – in finanzieller Hinsicht?«

»Er war wohl erfolgreich, denke ich. Er hat auch Artikel an Zeitschriften verkauft und im christlichen Verein junger Frauen einen Abendkurs über Antiquitäten abgehalten. In diesem Geschäft muß jeder noch irgendeinen Nebenjob haben – oder einen reichen Onkel haben. C. C. ist ein professioneller Streikposten. Er hat heute morgen bei diesem bitterkalten Wetter Streikposten gestanden.«

»Was hat er bestreikt?«

»Das weiß ich nicht. Wo ihn die Agentur hinschickt, da geht er hin. Er macht es gern, und bei so einem Wetter zahlen sie fünfzig Prozent extra.«

»Hat Miss Duckworth eine Nebenbeschäftigung?«

»Ich bezweifle, daß sie eine braucht. Ich glaube, sie hat Geld. Sie verkauft sehr schöne Sachen – an eine exklusive Kundschaft. Sie hat einen Sheraton-Kartentisch da drüben, für den würde ich einen Mord begehen! Er ist für mich unerschwinglich.«

»Ich war überrascht, ein so teures Geschäft in Junktown zu finden.«

»Ich glaube, sie wollte in der Nähe ihres Freundes sein. In diesem Geschäft ist die Lage des Ladens nicht wichtig; die Kunden fahren überall hin, um zu finden, wonach sie suchen.«

»Aber sind wertvolle Sachen in einem solchen Viertel nicht etwas riskant?« fragte Qwilleran.

Sie warf ihm einen finsteren Blick zu. »Sie sind genau wie alle anderen! Sie glauben, ein altes, heruntergekommenes Viertel ist eine Brutstätte des Verbrechens. Das stimmt nicht! Wir haben hier keine Probleme.« Sie verstummte und konzentrierte sich auf einen Blusenkragen.

Der Journalist erhob sich. »Nun, ich sollte mich lieber an die Arbeit machen – die neue Schreibmaschine ausprobieren – und schauen, ob ich etwas über die Auktion zustande bringe.«

»Übrigens«, sagte Iris, »auf diesem Empire-Schrank ist eine Schachtel mit alten Schlüsseln. Schauen Sie, ob einer davon in Ihr Schloß paßt.«

Er warf einen Blick in die Schachtel und sah nichts als altmodische, zehn Zentimeter lange Schlüssel. »Ich brauche meine Tür nicht abzuschließen«, sagte er.

Als Qwilleran zu seiner Wohnung zurückkam, öffnete er die Tür und griff nach dem Lichtschalter, woraufhin drei Lichtquellen aufleuchteten: die Leselampe neben dem Morris-Sessel, die Stehlampe neben dem Schreibtisch und die handbemalte alte Lampe auf dem schiefen Tisch. Dann sah er nach, wo die Katzen waren, wie immer, wenn er nach Hause kam.

Und da saßen sie – auf den beiden vergoldeten Stühlen, wie zwei Herrscher auf ihrem Thron – die braunen Pfoten penibel unter der weißen Brust verstaut, die braunen Ohren aufgestellt wie Kronen.

»Ihr beiden seht ja recht zufrieden aus«, bemerkte Qwilleran. »Ihr habt euch aber schnell eingelebt.«

Koko kniff die Augen zusammen und machte: »Yau«, und Yum Yum, die leicht schielte, sah Qwilleran mit ihrem üblichen Blick an, der besagte: ›Ich habe keine Ahnung, wovon du redest‹, und murmelte irgend etwas. Ihre normale Stimme war ein schrilles Kreischen, doch wenn sie in sanfter Stimmung war, gab sie mit geschlossenem Mund ein hohes »Mmmm« von sich.

Der Journalist machte sich an die Arbeit. Er öffnete den Schreibmaschinenkoffer, schlug auf seiner soeben erstandenen Maschine ein paar Tasten an und dachte: Andy mag vielleicht besonnen, moralisch, intelligent und attraktiv gewesen sein, aber seine Schreibmaschine hat er vergammeln lassen. Sie war voller Radiergummikrümel, und das Farbband war schon total zerfetzt. Außerdem fehlte nicht der entbehrliche Buchstabe Z, sondern das allgegenwärtige E. Qwilleran begann zu schreiben:

»D*r G*ist d*s v*rstorb*n*n Andr*w Glanz schw*bt* üb*r Junktown, als di* Schätz* di*s*s ang*s*h*n*n Händl*rs an di* Cr*m* d*r Samml*r di*s*r Stadt v*rkauft wurd*n.«

Dann beschrieb er diese Crème: ihre gewollt gammelige Kleidung, ihre verrückten Gespräche, die abgeklärten Mienen, die sie zur Schau trugen. Er hatte sich keine Notizen gemacht; nach fünfundzwanzig Jahren als Journalist arbeitete sein Hirn wie eine Videokamera.

Er kam jedoch nur langsam voran. Der Gasthaustisch war wackelig. Daß das E fehlte, war ärgerlich, und die Sternchen, die er für den Setzer einfügte, flimmerten vor seinen Augen. Außerdem bohrten sich zwischen den Absätzen immer wieder zwei durchdringende Augen in sein Bewußtsein. Er kannte diesen starrenden Blick. Er konnte zwei Dinge bedeuten: Die elegante Miss Duckworth war entweder kurzsichtig – oder verängstigt.

Einmal wurde Qwilleran von einem tiefen Knurren aufgeschreckt, das Koko von sich gab, und bald darauf vernahm er Schritte, die langsam die Treppe heraufkamen und in die vordere Wohnung gingen. Ein paar Minuten später hörte er in den Räumen nebenan ein Telefon klingeln. Dann marschierten die schweren Schritte wieder durch den Gang.

Qwillerans Neugier veranlaßte ihn, zur Tür zu laufen, um sich den Mann, der eine Weihnachtsmannmütze trug, aus der Nähe anzusehen. Statt dessen sah er einen napoleonischen Zweispitz, der über einem runden Gesicht ohne Augenbrauen saß.

Der Mann warf in übertriebener Überraschung die Hände hoch. Seine kleinen, blutunterlaufenen Augen weiteten sich vor Erstaunen. »Sir! Sie haben uns erschreckt!« sagte er mit betont dramatischer Stimme.

»Tut mir leid. Das wollte ich nicht. Ich bin gerade hier eingezogen. Mein Name ist Qwilleran.«

»Willkommen in unserer bescheidenen Wohnstätte«, sagte der Mann mit einer ausladenden Geste. Plötzlich blickte er zu Boden. »Und was haben wir hier?«

Koko war Qwilleran auf den Gang gefolgt und rieb sich zärtlich an den Gummistiefeln des Fremden.

»Ich habe noch nie erlebt, daß er das tut«, sagte Qwilleran. »Gewöhnlich erwärmt sich Koko nicht so schnell für Fremde.«

»Sie wissen es! Sie wissen es! Ben Nicholas ist der Freund der Tiere!«

»Ich habe gehört, Sie haben im Nebenhaus einen Laden. Ich arbeite beim *Daily Fluxion*, und zur Zeit schreibe ich an einer Artikelserie über Junktown.«

»Besuchen Sie uns doch bitte und schreiben Sie ein paar wohlwollende Worte. Wir können die Publicity gut gebrauchen.«

»Morgen«, versprach Qwilleran.

»Bis dann!« Mit einer lässigen Handbewegung ging der Händler die Treppe hinunter; sein lächerlich langer Schal schleifte auf den teppichbelegten Stufen hinter ihm her. »Ein Kunde erwartet uns«, erklärte er. »Wir müssen gehen.«

Mrs. Cobb hatte recht, dachte Qwilleran. Ben Nicholas war ein Idiot, doch Koko fand ihn anscheinend in Ordnung.

Jetzt war es wieder still auf dem Gang hinter Qwillerans Tür. Tollkühn schrieb der Journalist über Dinge, von denen er keine Ahnung hatte (*in M*ißn*r Wapp*n-Sucri*r, *in früham*rikanisch*r Pfost*nhock*r, und *in* Qu*zal-Obstschüss*l im Quincunx-D*sign), wobei er häufig aufstand und zum Wörterbuch ging.

Als er so dasaß und den Artikel mit den beiden Mittelfingern eintippte, glaubte er nach einer Weile aus den Augenwinkeln eine Bewegung zu sehen. Er wandte den Kopf und blickte gerade rechtzeitig über den Schreibtisch, um zu sehen, wie sich die Tür langsam nach innen öffnete. Sie ging ein paar Zentimeter auf und blieb dann stehen.

»Ja? Wer ist da?« fragte Qwilleran.

Keine Antwort. Er sprang auf, ging zur Tür und machte sie weit auf. Es war niemand da, aber am Ende des Ganges, in einem Gewirr von Möbeln, sah er eine winzige Bewegung. Qwilleran drückte die Finger auf seine müden Augen und starrte dann auf das Durcheinander aus Mahagoni-, Kiefern- und Nußholzbeinen, -platten, -schubladen, -sitzen und -lehnen. Da sah er es wieder – hinter einem niedrigen Wäscheschrank. Es war die Spitze eines braunen Schwanzes.

»Koko!« sagte er scharf.

Der Kater reagierte nicht.

»Koko, komm her!« Er wußte, daß es Koko war; die Schwanzspitze hatte keinen Knick.

Der Kater ignorierte ihn, wie er das gewöhnlich tat, wenn er sich auf etwas konzentrierte, das ihm wichtig erschien.

Qwilleran marschierte den Gang hinunter und sah Koko hinter dem Harmonium verschwinden. Er konnte sich vorstellen, wie der Kater herausgekommen war. Alte Häuser haben locker sitzende Türen mit schwachen Schnappschlössern, oder die Türen sind zu dick lackiert und schließen gar nicht. Koko hatte die Tür mit seinen Pfoten aufgezogen. Mit Türen kannte er sich aus; er wußte, wann er ziehen und wann er drücken mußte.

Qwilleran lehnte sich über die Kommode mit Marmorplatte und spähte hinter das Harmonium. »Komm da hervor, Koko! Das geht dich nichts an.«

Der Kater sprang auf einen Klavierhocker. Er schnüffelte konzentriert. Mit angelegten Schnurrhaaren bewegte er seine Nase wie ein feines Instrument über die ganze Länge eines scharfen Metallgegenstandes auf einem Sockel mit einer Messingkugel.

Qwillerans Schnurrbart sträubte sich. Der Kater war aus der Wohnung herausgekommen und schnurstracks auf den Giebelreiter zugegangen. Er schnüffelte ihn mit offenem Mund und entblößten Fangzähnen ab, ein Zeichen von Abscheu.

Qwilleran griff hinter das Harmonium und packte Koko um die Mitte. Der Kater kreischte, als würde er erwürgt.

»Mrs. Cobb!« rief Qwilleran durch die offene Tür der Wohnung seiner Vermieterin. »Ich habe es mir anders überlegt. Ich brauche doch einen Schlüssel.«

Während sie in der Schachtel mit den Schlüsseln kramte, faßte er sich vorsichtig an den Schnurrbart. Er hatte ein merkwürdiges Gefühl in den Schnurrbartwurzeln – ein Ziehen, das er schon einige Male verspürt hatte. Immer dann, wenn ein Mord in der Luft lag.

Kapitel sechs

Am späten Abend sah sich Qwilleran die Bibliothek des Sklavereigegners an und war fasziniert von einem Band mit gebundenen Exemplaren von *The Liberator*, und es war bereits nach Mitternacht, als ihm klar wurde, daß er nichts zum Frühstücken in der Wohnung hatte. Er hatte an der Ecke ein rund um die Uhr geöffnetes Lebensmittelgeschäft gesehen, also zog er sich den Mantel an und setzte das neueste Stück in seiner Garderobe auf, einen flachen, schwarz-weißen Tweedhut mit einer flotten roten Feder. Es war die roteste rote Feder, die er je gesehen hatte, und er liebte Rot.

Mit einem zehn Zentimeter langen Schlüssel schloß er die Tür ab und ging die knarrende Treppe hinunter. Es hatte zu schneien begonnen – diesmal friedlich, ohne Bösartigkeit – und Qwilleran blieb auf den Eingangsstufen stehen, um den Anblick zu genießen. Es herrschte kaum Verkehr, und das gedämpfte Licht der alten Straßenlaternen, die pittoresken Gebäude und der Schnee, der vom Himmel fiel, verliehen Junktown einen nostalgischen Zauber. Der Schnee überzuckerte die verzierten Oberschwellen der Türen und Fenster, die verschnörkelten Eisengeländer, die Dächer der geparkten Autos und die Deckel der Mülltonnen.

An der nahen Kreuzung fiel Licht auf den schneebedeckten Gehsteig – es schien aus dem Lebensmittelgeschäft, dem Drugstore und der Bar namens *The Lion's Tail*. Aus der Bar kam ein Mann; er ging auf unsicheren Beinen, aber auf Würde bedacht, und griff nach einem nicht vorhandenen Geländer. Ein Mädchen in engen Hosen und getupfter Pelzjacke schlenderte am Herrenhaus der Cobbs vorbei und starrte auf die vorbeifahrenden Autos. Als sie Qwilleran sah, kam sie schlitternd auf ihn zu. Er schüttelte den Kopf. Ben Nicholas tauchte aus seinem Geschäft im Nebenhaus auf und ging langsam und würdevoll auf die Bar zu. Er bewegte die Lippen und nahm keine Notiz von dem Journalisten auf der Treppe.

Qwilleran stellte den Mantelkragen auf und marschierte zu Lombardos Lebensmittelgeschäft. Es war ein altmodischer Laden; auf dem Gehsteig waren Weihnachtsbäume für 4,95 Dollar aufgestapelt, und drinnen roch es nach Essiggemüse, Wurst und würzigem Käse. Er nahm Instant-Kaffee und ein süßes Brötchen für sein eigenes Frühstück sowie ein Steak und Dosensuppe für die Katzen. Außerdem kaufte er Käse – Cheddar für sich selbst, Frischkäse für Yum Yum und ein kleines Eckchen Blauschimmelkäse für Koko, wobei er sich fragte, ob er wohl inländischen Käse akzeptieren würde – Koko war an echten Roquefort gewöhnt.

Als der Journalist aus dem Geschäft gehen wollte, tauchten die Augen, die ihn den ganzen Abend verfolgt hatten, leibhaftig vor ihm auf. Der blau-weiße Porzellanteint war naß vom Schnee, und in den Wimpern glitzerten Schneeflocken. Das Mädchen starrte ihn schweigend an.

»Nun, wie Sie sehen, treibe ich mich noch immer in der Gegend herum«, sagte er, um das Schweigen zu brechen. »Ich bin in das Herrenhaus der Cobbs eingezogen.«

»Ja? Tatsächlich?« Miss Duckworth's Miene hellte sich auf, als käme allein die Tatsache, daß man in Junktown lebte, einer Veredelung des Charakters gleich. Sie schob die Pelzkapuze von ihrem blau-schwarzen Haar zurück, das sie jetzt zu einem schlichten Knoten zusammengefaßt trug.

»Die Auktion war ein interessantes Erlebnis. Es waren viele Händler dort, aber Sie habe ich nicht gesehen.«

Wehmütig schüttelte sie den Kopf. »Ich habe daran gedacht, hinzugehen, hatte aber dann doch nicht den Mut dazu.«

»Miss Duckworth«, sagte Qwilleran und kam kühn gleich zur

Sache, »ich würde gerne eine Würdigung von Andy Glanz schreiben, aber ich brauche mehr Informationen. Ich wünschte, Sie würden mir von ihm erzählen.« Er konnte sehen, wie sie bei dem Vorschlag zurückschreckte. »Ich weiß, es ist ein schmerzliches Thema für Sie, aber Andy verdient das Beste, was wir für ihn tun können.«

Sie zögerte. »Sie würden mich aber nicht namentlich zitieren, oder?«

»Ehrenwort!«

»Na schön«, sagte sie mit dünner Stimme und blickte Qwilleran forschend an, um zu sehen, ob sie ihm vertrauen konnte. »Wann?«

»Je früher, desto besser.«

»Wollen Sie heute nacht in meine Wohnung kommen?«

»Wenn es für Sie nicht zu spät ist.«

»Ich bin immer die halbe Nacht auf«, sagte sie. Es klang müde.

»Ich bringe meine Lebensmittel nach Hause und komme dann gleich hinüber.«

Ein paar Minuten später schritt Qwilleran mit einem Gefühl freudiger Erregung, die nur zum Teil mit dem Andy-Glanz-Artikel zu tun hatte, durch den Schnee zum *Blue Dragon*, und bald darauf saß er auf einem steifen Samtsofa im gold-blauen Wohnzimmer und genoß den Duft von Sandelholz-Möbelwachs. Der kampflustige Hund war in die Küche gesperrt worden.

Das Mädchen erklärte: »Meine Familie hält nichts von diesem Viertel und besteht darauf, daß ich mir zum Schutz Hepplewhite halte. Manchmal nimmt er seine Aufgabe allerdings etwas zu ernst.«

»Über Junktown scheint es sehr unterschiedliche Meinungen zu geben«, sagte Qwilleran. »Ist es wirklich eine üble Gegend?«

»Wir haben keine Probleme«, sagte Miss Duckworth. »Natürlich halte ich mich an gewisse Vorsichtsregeln, wie das jede Frau tun sollte, die allein lebt.«

Sie brachte ein silbernes Tablett mit einer silbernen Kaffeekanne herein, und Qwilleran beobachtete bewundernd ihre fließenden Bewegungen. Sie hatte dieselbe langgliedrige Anmut, die er auch an Koko und Yum Yum bewunderte. Was für eine Sensation sie am Weihnachtsabend im Presseclub wäre! dachte er sehnsüchtig. Sie trug eine schmale, gut sitzende Hose in einem aparten Blauton und einen farblich dazu passenden Kaschmirpullover, der vermutlich sehr teuer gewesen war.

»Haben Sie je als Model gearbeitet?« fragte er.

»Nein«, sagte sie mit einem geduldigen Lächeln, als sei sie das schon tausendmal gefragt worden. »Aber ich habe in Bennington *Modern Dance* gemacht.«

Sie goß eine Tasse Kaffee ein. Dann nahm sie zu Qwillerans Überraschung eine Kristallkaraffe mit einem silbernen Etikett und schenkte sich selbst Scotch ein.

Er sagte: »Also, ich habe heute nachmittag Mrs. Cobbs Wohnung gemietet und bin sofort eingezogen – mit meinen beiden Wohnungsgenossen, zwei Siamkatzen.«

»Wirklich? Sie sehen nicht aus wie ein Mann, der Haustiere hält.«

Qwilleran musterte sie und erklärte: »Sie waren verwaist. Ich habe sie adoptiert – zuerst den Kater und dann, ein paar Monate später, das Weibchen.«

»Ich hätte gerne eine Katze«, sagte sie. »Katzen passen irgendwie gut zu Antiquitäten. Sie sind so sanft.«

»Sie kennen Siamkatzen nicht! Wenn die anfangen, durch die Luft zu fliegen, glauben Sie, Sie sind mitten in einem karibischen Hurrikan.«

»Jetzt, wo Sie eine Wohnung haben, sollten Sie das Mackintosh-Wappen kaufen. Es würde perfekt über Ihren Kamin passen. Möchten Sie es einmal zur Probe mit nach Hause nehmen?«

»Es ist ziemlich schwer zum Hin- und Herschleppen«, sagte Qwilleran. »Ich war überrascht, als ich sah, mit welcher Leichtigkeit Sie es heute morgen gehoben haben.«

»Ich bin stark. In diesem Geschäft muß man stark sein.«

»Was tun Sie in Ihrer Freizeit? Gewichte heben?«

Sie lachte kurz auf. »Ich lese Bücher über Antiquitäten, besuche Vorträge über Antiquitäten und gehe zu Ausstellungen im historischen Museum.«

»Es hat Sie schlimm erwischt, stimmt's?«

Sie sah ihn mit einem bezaubernden Gesichtsausdruck an. »Antiquitäten haben etwas Mystisches an sich. Es ist mehr als nur ihr Wert oder ihre Schönheit oder ihr Alter. Ein Stück, das jahrhundertelang von anderen Menschen besessen und in Ehren gehalten wurde, entwickelt eine eigene Persönlichkeit, die auf einen ausstrahlt. Es ist wie ein alter Freund. Verstehen Sie das? Ich wünschte, ich könnte die Leute dazu bringen, das zu verstehen.«

»Sie erklären es sehr gut, Miss Duckworth.«

»Mary«, sagte sie.

»Also Mary. Aber wenn Ihnen Antiquitäten so sehr am Herzen liegen, warum wollen Sie Ihr Interesse dann nicht mit unseren Lesern teilen? Warum wollen Sie nicht, daß ich Sie zitiere?«

Sie zögerte. »Ich werde Ihnen sagen, warum«, sagte sie plötzlich. »Es ist wegen meiner Familie. Sie mißbilligt, was ich tue, daß ich in der Zwinger Street wohne und mit – Trödel handle!«

»Was hat Ihre Familie dagegen?«

»Mein Vater ist Bankier, und Bankiers sind ziemlich spießig. Außerdem ist er Engländer. Diese Kombination ist tödlich. Er unterstützt mein Geschäft finanziell unter der Bedingung, daß ich die Familie nicht kompromittiere. Deshalb muß ich jede Art von Publicity ablehnen.«

Sie schenkte Qwilleran Kaffee nach und nahm sich selbst noch einen Scotch.

In scherzhaftem Tonfall sagte er: »Servieren Sie Ihren Gästen immer Kaffee, während Sie erstklassigen Scotch trinken?«

»Nur wenn sie Abstinenzler sind«, erwiderte sie mit einem selbstgefälligen Lächeln.

»Woher wissen Sie, daß ich nichts trinke?«

Sie hob ihr Glas ein paar Sekunden an die Nase. »Weil ich heute nachmittag meinen Vater angerufen habe und ihn bat, Erkundigungen über Sie einzuholen. Ich habe erfahren, daß Sie Polizeireporter in New York, Los Angeles und anderswo waren, daß Sie einmal ein bedeutendes Buch über Großstadtkriminalität geschrieben haben und daß Sie jede Menge Journalismuspreise gewonnen haben.« Sie verschränkte die Arme und sah ihn triumphierend an.

Mißtrauisch fragte Qwilleran: »Und was haben Sie sonst noch so erfahren?«

»Daß Sie nach einer unglücklichen Ehe und Alkoholproblemen ein paar harte Jahre durchgemacht, aber ein erfolgreiches Comeback geschafft haben, und daß Sie der *Daily Fluxion* letzten Februar eingestellt hat. Und daß es Ihnen seither ausgezeichnet geht.«

Qwilleran wurde rot. Er war gewohnt, selbst im Leben von anderen herumzuschnüffeln; es war irritierend, seine eigenen Geheimnisse bloßgelegt zu sehen. »Ich sollte mich ja geschmeichelt fühlen, daß Sie sich für mich interessieren«, sagte er indigniert. »Wer ist Ihr Vater? Wie heißt seine Bank?«

Das Mädchen genoß es, für den Augenblick Oberhand zu haben. Und sie genoß ihren Drink. Sie glitt auf ihrem Stuhl etwas vor und kreuzte die langen Beine. »Kann ich Ihnen trauen?«

»Ich bin verschwiegen wie ein Grab.«

»Mein Vater ist Percival Duxbury. Midwest National.«

»Duxbury! Dann ist Duckworth nicht Ihr richtiger Name?«

»Ich habe den Namen aus beruflichen Gründen angenommen.«

Qwillerans Hoffnungen für den Weihnachtsabend wuchsen ins Unermeßliche; eine Duxbury wäre eine beeindruckende Begleiterin im Presseclub. Doch dann schwanden sie auch gleich wieder dahin: Eine Duxbury würde seine Einladung wahrscheinlich nie annehmen.

»Eine Duxbury in Junktown!« sagte er leise. »Das würde wirklich Schlagzeilen machen.«

»Sie haben es versprochen«, erinnerte sie ihn und fuhr aus ihrer entspannten Stellung hoch.

»Ich halte mein Versprechen«, erwiderte er. »Aber sagen Sie mir eines: Warum führen Sie dieses Geschäft in der Zwinger Street? Ein schöner Laden wie dieser gehört doch in die Innenstadt – oder nach Lost Lake Hills.«

»Ich habe mich verliebt«, sagte sie mit einer hilflosen Geste.

»Ich habe mich in diese wunderschönen alten Häuser verliebt. Sie haben soviel Persönlichkeit und könnten so schön renoviert werden. Zuerst zog mich die Vorstellung an, daß dies ein stolzes altes Viertel ist, das gegen die Modernisierung Widerstand leistet, aber nachdem ich ein paar Monate hier war, verliebte ich mich auch in die Menschen hier.«

»In die Antiquitätenhändler?«

»Nicht unbedingt. Die Händler sind mit Leib und Seele bei der Sache, sie lassen sich nicht unterkriegen, und ich bewundere sie – mit gewissen Einschränkungen –, aber ich rede von den Menschen auf der Straße. Ich liebe sie alle – die Arbeiterklasse, die alten Leute, die Einsamen, die Ausländer, die Analphabeten, sogar die zwielichtigen Gestalten. Sind Sie jetzt schockiert?«

»Nein. Überrascht. Angenehm überrascht. Ich glaube, ich weiß, was Sie meinen. Sie sind urwüchsig, und das berührt Sie.«

»Sie sind echt, und sie sind schamlose Individualisten. Gegen sie kommt mir mein früheres Leben so oberflächlich und nutzlos vor. Ich wünschte, ich könnte etwas für dieses Viertel tun, aber ich weiß nicht, was. Ich habe kein eigenes Geld, und Vater hat mir das Versprechen abgenommen, daß ich mich auf nichts einlasse.«

Qwilleran sah sie mit einem sehnsüchtigen Staunen an, das sie falsch interpretierte.

»Haben Sie Hunger?« fragte sie. »Ich werde uns etwas zu essen holen.«

Als sie mit Crackern, Kaviar und Räucherlachs zurückkam, sagte er: »Sie wollten mir von Andy Glanz erzählen. Was für ein Mensch war er? Was hielten die Antiquitätensammler von ihm?«

Der Scotch hatte sie entspannt. Sie legte den Kopf zurück, starrte auf die Decke und sammelte ihre Gedanken; ihre Haltung und die Hose, die sie trug, paßten so gar nicht zu der steifen Einrichtung aus dem 18. Jahrhundert.

»Mit seiner wissenschaftlichen Einstellung zu Antiquitäten«, begann sie, »hat Andy sehr viel für Junktown getan. Er hat Vorträge in Frauenclubs gehalten. Er hat die Museumsdirektoren und die ernsthaften Sammler dazu gebracht, sich in die Zwinger Street zu wagen.«

»Könnte ich ihn den ›Obmann‹ von Junktown nennen?«

»Das würde ich an Ihrer Stelle nicht tun. C. C. Cobb betrachtet sich als Sprecher des Viertels. Er hat den ersten Laden hier eröffnet und sich für die Idee von Junktown eingesetzt.«

»Wie würden Sie Andy charakterisieren?«

»Ehrlich – er war bedingungslos ehrlich! Die meisten von uns nehmen es mit der Ehrlichkeit manchmal nicht so genau, aber Andy immer! Und er hatte ein großes Verantwortungsbewußtsein. Ich habe miterlebt, wie er einmal als Zivilperson jemanden verhaftet hat. Wir fuhren an einem leerstehenden Haus im Sanierungsgebiet vorbei und sahen drinnen Licht. Andy ging hinein und erwischte einen Mann dabei, wie er die Installationsrohre herausriß.«

»Ich nehme an, das ist verboten.«

»Abbruchhäuser sind Eigentum der Stadt. Ja, im Prinzip ist es verboten. Jeder andere hätte weggeschaut, aber Andy hatte nie Angst davor, einzugreifen.«

Qwilleran setzte sich auf dem steifen Sofa anders zurecht. »Haben die anderen Händler Ihre Bewunderung für Andys Integrität geteilt?«

»Jaaaa ... und nein«, sagte Mary. »Unter den Händlern gibt es immer Eifersüchteleien, obwohl sie nach außen wie die besten Freunde wirken.«

»Hatte Andy irgendwelche anderen Freunde, die ich interviewen könnte?«

»Zum Beispiel Mrs. McGuffey, eine pensionierte Lehrerin. Andy hat ihr geholfen, ein Antiquitätengeschäft aufzumachen. Er war in vielerlei Hinsicht sehr großmütig.«

»Wo finde ich die Dame?«

»In *The Piggin, Noggin and Firkin* im nächsten Häuserblock.«

»Ist Andy mit Cobb gut ausgekommen?«

Sie holte tief Luft. »Andy war sehr diplomatisch. Er wußte, wie man C. C. behandeln muß.«

»Mrs. Cobb war ja offenbar sehr angetan von Andy.«

»Alle Frauen waren begeistert von ihm. Die Männer vielleicht nicht so sehr. So ist das ja gewöhnlich, nicht wahr?«

»Was ist mit Ben Nicholas? Kamen sie gut miteinander aus?«

»Sie hatten ein freundschaftliches Verhältnis, obwohl Andy fand, daß Ben zuviel Zeit im *Lion's Tail* verbrachte.«

»Ist Ben ein starker Trinker?«

»Er trinkt ganz gern, gerät aber nie außer Kontrolle. Er war einmal Schauspieler. Jede Stadt hat einen Antiquitätenhändler, der mal auf der Bühne gestanden hat, und einen, der sich bewußt unausstehlich benimmt.«

»Was wissen Sie über den blonden Mann auf Krücken?«

»Russell Patch hat für Andy gearbeitet, und sie waren gute Freunde. Dann haben sie sich plötzlich getrennt, und Russ hat seinen eigenen Laden aufgemacht. Ich weiß nicht genau, weshalb es zu dem Bruch gekommen ist.«

»Aber Sie waren am engsten mit Andy befreundet?« fragte Qwilleran und sah sie forschend an.

Abrupt stand Mary Duckworth auf, ging im Zimmer herum und suchte ihre Zigarettenspitze. Als sie sie fand, setzte sie sich auf das Sofa und ließ sich von Qwilleran Feuer geben. Sie inhalierte tief, legte die Zigarette hin, zog die Knie an den Körper, als hätte sie Schmerzen, und umschlang sie mit den Armen. »Andy fehlt mir so sehr«, flüsterte sie.

Qwilleran hätte sie am liebsten umarmt und getröstet, hielt sich aber zurück. Er sagte: »Sie haben einen Schock erlitten und trauern seither. Sie sollten die Trauer nicht in Ihrem Inneren verschließen. Warum erzählen Sie mir nicht davon? Ich meine, was in jener Nacht passiert ist. Es würde Ihnen vielleicht guttun.«

Bei seinem teilnahmsvollen Tonfall traten ihr die Tränen in die Augen. Nach einer Weile sagte sie: »Das Furchtbare ist, daß wir bei unserem letzten Zusammensein gestritten haben. Ich war stocksauer. Andy hatte ... etwas getan ..., das mich ärgerte. Er wollte es wiedergutmachen, aber ich habe während des ganzen Abendessens keine Ruhe gegeben.«

»Wo haben Sie zu Abend gegessen?«

»Hier. Ich habe Bœuf Bordelaise gemacht, und es ist mir mißlungen. Das Fleisch war zäh, und dann haben wir uns gestritten.

Um neun ging er dann wieder in sein Geschäft. Er sagte, daß jemand käme, um sich Lampenschirme anzusehen. Irgendeine Frau, die weiter draußen wohnte, wollte ihren Mann herbringen, damit er sich einen Kronleuchter ansah.«

»Sagte er, daß er wiederkommen wollte?«

»Nein. Er war ziemlich kühl, als er ging. Aber als er dann weg war, fühlte ich mich elend, und so beschloß ich, zu ihm ins Geschäft zu gehen und mich zu entschuldigen. Und da habe ich ihn dann gefunden –«

»War sein Geschäft offen?«

»Die Hintertür war nicht abgeschlossen. Ich bin hinten hineingegangen, von der kleinen Gasse hinter dem Haus aus. Bitten Sie mich nicht, zu beschreiben, was ich sah!«

»Was haben Sie getan?«

»Ich kann mich nicht mehr daran erinnern. Iris sagt, ich sei zum Herrenhaus gelaufen, und C. C. hat die Polizei angerufen. Sie sagt, sie hat mich nach Hause und ins Bett gebracht. Ich kann mich nicht daran erinnern.«

Sie waren so vertieft in ihr Gespräch, daß keiner von ihnen das leise Knurren in der Küche hörte – anfangs nur ein leises Schnarren tief in der Hundekehle.

»Eigentlich sollte ich Ihnen das gar nicht erzählen«, sagte Mary.

»Es wird Ihnen aber guttun, wenn Sie es sich von der Seele reden.«

»Sie werden es nicht erwähnen, oder?«

»Ich werde es nicht erwähnen.«

Mary seufzte tief und schwieg, während Qwilleran seine Pfeife rauchte und ihre großen, dunkel umrandeten Augen bewunderte. Sie waren im Laufe des Abends weicher geworden und sahen wunderschön aus.

»Sie haben recht gehabt«, sagte sie. »Jetzt fühle ich mich besser. Nachdem das passiert war, hatte ich wochenlang einen schrecklichen Alptraum, jede Nacht. Er war so lebendig, daß ich allmählich schon glaubte, er sei wahr. Ich bin fast verrückt geworden! Ich dachte –«

In diesem Augenblick bellte der Hund – eine unmißverständliche Warnung.

»Irgend etwas stimmt nicht«, sagte Mary und sprang auf; ihre Augen weiteten sich, und sie starrte ihn unverwandt an.

»Ich gehe nachsehen«, sagte Qwilleran.

Hepplewhite bellte das hintere Fenster an.

»Am Ende der kleinen Gasse steht ein Polizeiauto«, sagte der Journalist. »Sie bleiben hier. Ich sehe nach, was los ist. Gibt es einen Hinterausgang?«

Er ging die schmale Hintertreppe hinab und durch einen von einer Mauer umgebenen Garten. Doch das Tor war mit einem Vorhängeschloß versperrt, und er mußte zurückgehen, um sich einen Schlüssel zu holen.

Als er schließlich hinkam, war bereits der Wagen vom Leichenschauhaus da, und die Blinklichter auf den beiden Polizeiautos warfen blaue Blitze auf den Schnee, auf die Gesichter der paar Umstehenden und auf eine Gestalt, die auf dem Boden lag.

Qwilleran trat auf einen der Polizisten zu und sagte: »Ich bin vom *Daily Fluxion*. Was ist hier passiert?«

»Nur eine Schnapsleiche«, sagte der Beamte grinsend. »Hat zuviel Frostschutzmittel getrunken.«

»Wissen Sie, wer der Mann ist?«

»Aber sicher. Er hat einen Packen Kreditkarten und ein diamantbesetztes Platinarmband mit seinen persönlichen Daten bei sich.«

Als die Leiche auf eine Bahre gelegt wurde, trat Qwilleran näher und sah den Mantel des Mannes. Er hatte diesen Mantel schon mal gesehen.

Mary wartete hinter der Gartenmauer auf ihn. Obwohl sie warm angezogen war, zitterte sie. »W-was war denn los?«

»Nur ein Betrunkener«, sagte er. »Sie sollten hineingehen, bevor Sie sich erkälten. Sie zittern ja.«

Sie gingen hinauf, und Qwilleran verschrieb ihnen beiden ein heißes Getränk.

Mary wärmte sich die Hände an der Kaffeetasse, und er betrachtete ihr Gesicht. »Sie haben mir gerade erzählt – bevor der

Hund zu bellen begann –, daß Sie einen immer wiederkehrenden Traum hatten.«

Sie schauderte. »Es war ein Alptraum! Ich glaube, ich hatte Schuldgefühle, weil ich so gemein zu Andy gewesen war.«

»Was haben Sie geträumt?«

»Ich habe geträumt ... ich habe immer wieder geträumt, daß ich Andy auf diesen Giebelreiter *gestoßen* habe!«

Qwilleran schwieg einen Augenblick und sagte dann: »An Ihrem Traum mag etwas Wahres sein.«

»Was meinen Sie?«

»Ich habe so ein Gefühl, daß Andys Sturz von der Leiter kein Unfall war.« Während er das sagte, spürte er wieder dieses vielsagende Prickeln in seinem Schnurrbart.

Mary sagte abwehrend: »Die Polizei hat gesagt, daß es ein Unfall war.«

»Haben sie Ermittlungen angestellt? Sind sie zu Ihnen gekommen? Sie müssen doch gefragt haben, wer die Leiche gefunden hat.«

Sie schüttelte den Kopf.

»Haben sie die Leute in der Nachbarschaft befragt?«

»Das war nicht nötig. Es war ganz offensichtlich ein Mißgeschick. Wer hat Sie auf die Idee gebracht, daß es ... etwas anderes gewesen sein könnte?«

»Einer Ihrer gesprächigen Nachbarn – heute morgen –«

»Unsinn.«

»Ich nahm an, er mußte einen Grund haben, warum er es Mord nannte.«

»Das war nur so eine unverantwortliche Bemerkung. Warum sollte jemand so etwas sagen?«

»Ich weiß es nicht.« Dann fügte Qwilleran hinzu: »Aber durch einen merkwürdigen Zufall ist der Mann, der das zu mir sagte, jetzt auf dem Weg ins Leichenschauhaus«, und Marys Augen weiteten sich.

Er konnte nicht sagen, ob es diese Bemerkung war oder das plötzliche Klingeln des Telefons, aber Mary erstarrte auf ihrem Stuhl. Es läutete etliche Male.

»Soll ich drangehen?« erbot sich Qwilleran und sah auf die Uhr.

Sie zögerte und nickte dann langsam.

Das Telefon stand in der Bibliothek, auf der anderen Seite des Ganges. »Hallo? ... Hallo? ... Hallo? ... Hat aufgelegt«, berichtete er, als er ins Wohnzimmer zurückkam. Dann sah er, daß Mary völlig bleich war, und fragte: »Haben Sie schon öfter solche Anrufe erhalten? Sind Sie am Telefon belästigt worden? Bleiben Sie deswegen so lange auf?«

»Nein, ich war schon immer ein Nachtmensch«, sagte sie und tauchte aus ihrem Trancezustand auf. »Meine Freunde wissen das, und wahrscheinlich hat irgendwer angerufen, um – mit mir über den Nachtfilm im Fernsehen zu reden. Das tun sie oft. Wer immer es war, hat zweifellos aufgelegt, weil sich eine Männerstimme meldete. Er hat sich wohl gedacht, daß ich Besuch habe, oder er dachte, er habe sich verwählt.«

Sie sprach zu schnell und erklärte zu viel. Qwilleran glaubte ihr nicht.

Kapitel sieben

Als Qwilleran nach Hause ging, war der Schnee bereits knöcheltief. Die Stille hob die vereinzelten nächtlichen Laute noch deutlicher hervor: Die plötzlich einsetzende Musik aus der Musikbox des *Lion's Tail*, einen Elektromotor, der irgendwo heulte, das träge Bellen eines Hundes. Zuerst ging er noch in den Drugstore an der Ecke, der die ganze Nacht geöffnet war; von dort rief er den diensthabenden Reporter des *Fluxion* im Presseraum des Polizeipräsidiums an und bat ihn, zwei Tote aus Junktown zu überprüfen.

»Einer ist heute nacht tot aufgefunden worden, der andere am sechzehnten Oktober«, sagte Qwilleran. »Rufen Sie mich unter dieser Nummer zurück, ja?«

Während er wartete, bestellte er sich ein Sandwich und dachte über die Beweise nach. Der Tod des Mannes im Pferdedeckenmantel mochte keine Bedeutung haben, doch die Angst in Marys Augen war real und unbestreitbar, und obwohl sie so nachdrücklich darauf beharrte, daß Andys Tod ein Unfall war, gab es viele Ungereimtheiten. Wenn es Mord war, dann mußte es ein Motiv geben, und Qwillerans Neugier in bezug auf den jungen Mann, der so überaus integer war und als Zivilperson Verhaftungen vornahm, wuchs. Er kannte den Typ. Auf den ersten Blick waren solche Menschen beeindruckend, aber sie konnten die größten Unruhestifter sein.

Als der Polizeireporter zurückrief, sagte er: »Dieser Tote im Oktober wird als Unfallopfer geführt, aber über den anderen habe ich nichts rausgekriegt. Versuchen Sie es doch morgen früh noch mal.«

Qwilleran ging nach Hause, stieg auf Zehenspitzen die ächzende Treppe im Herrenhaus der Cobbs hinauf, schloß mit dem großen Schlüssel seine Tür auf und suchte die Katzen. Zu einem einzigen Fellbündel mit einer Nase, einem Schwanz und drei Ohren zusammengerollt, lagen sie auf ihrem blauen Kissen auf dem Kühlschrank und schliefen. Ein Auge öffnete sich und blickte ihn an, und Qwilleran konnte nicht widerstehen, die beiden zu streicheln. Wenn sie entspannt waren, war ihr Fell unglaublich seidig, und wenn sie schliefen, wirkte es immer dunkler.

Bald darauf ging er selbst zu Bett; er hoffte, seine Kumpel im Presseclub würden nie erfahren, daß er in einem Schwanenboot schlief.

Und da hörte er den seltsamen Laut – wie ein leises Stöhnen. Es ähnelte dem Schnurren von Katzen, nur lauter. Es war wie das Gurren von Tauben, aber gutturaler. Es erklang in absolut regelmäßigen Abständen und schien von der Trennwand hinter seinem Bett herzukommen – von der Wand, die mit Buchseiten tapeziert war. Er lauschte – zuerst angestrengt, dann schläfrig, und das monotone Geräusch lullte ihn schließlich wieder in den Schlaf.

Er schlief gut in jener ersten Nacht im Cobb-Herrenhaus. Er hatte einen angenehmen Traum über das Mackintosh-Wappen mit den drei fauchenden Katzen und den verwitterten blauen und roten Farben. Seine angenehmen Träume waren immer bunt; andere Träume waren sepiafarben, wie alte Kupferdrucke.

Als er am Samstagmorgen aus dem Schlaf erwachte, lastete ein schweres Gewicht auf seiner Brust. In der ersten Aufwachphase, bevor er die Augen aufschlug und bevor er einen klaren Gedanken fassen konnte, hatte er eine Vision des eisernen Wappens, das ihn erdrückte und auf das Bett preßte. Er bemühte sich, einen klaren Kopf zu bekommen, und als es ihm schließlich gelang, die Lider zu öffnen, sah er in zwei violettblaue Augen mit einem leichten Silberblick. Die kleine Yum Yum saß auf seiner Brust, ein kompaktes, federleichtes Bündel. Erleichtert atmete er auf. Daß sich sein Brustkorb dabei hob, gefiel ihr. Sie schnurrte. Sie streckte eine samtene Pfote aus und berührte zärtlich seinen Schnurrbart. Sie rieb sich den Kopf an seinen Bartstoppeln am Kinn.

Dann ertönte von irgendwo über ihren Köpfen ein herrischer Befehl. Koko saß auf der Schwanzspitze des Schwans und gab lautstarke Erklärungen ab. Entweder bestellte er das Frühstück, oder er mißbilligte Yum Yums Vertraulichkeiten mit dem Herrn des Hauses. Koko schien sehr konkrete Vorstellungen über die Prioritäten zu haben.

Der Dampf in den Heizkörpern zischte und rasselte, und wenn es in diesen alten Gemäuern warm wurde, roch das ganze Haus nach Bratkartoffeln. Qwilleran stand auf, schnitt den Katzen etwas Steakfleisch klein und wärmte es in einem Löffel Suppe; Koko beaufsichtigte ihn dabei, während Yum Yum vor einem unsichtbaren Verfolger floh und durch die ganze Wohnung flitzte. Er selbst wollte zum Frühstück das süße Brötchen essen, das über Nacht klebrig und unappetitlich geworden war.

Als er das kleingeschnittene Fleisch auf einem der alten blauweißen Teller anrichtete, die in der Wohnung gewesen waren, klopfte es an der Tür. Iris Cobb stand davor und strahlte ihn an.

»Tut mir leid. Habe ich Sie aus dem Bett geholt?« fragte sie, als sie seinen rotkarierten Morgenmantel sah. »Ich habe Sie mit den Katzen reden hören und dachte, Sie seien schon auf. Hier ist ein neuer Duschvorhang für Ihre Badewanne. Haben Sie gut geschlafen?«

»Ja, das Bett ist sehr gut.« Qwilleran schob die Unterlippe vor und blies in seinen Schnurrbart, um ein Katzenhaar loszuwerden, das unter seiner Nase hing.

»Ich habe eine schreckliche Nacht hinter mir. C. C. hat geschnarcht wie ein Nebelhorn, und ich habe kein Auge zugetan. Brauchen Sie sonst noch irgend etwas? Ist alles in Ordnung?«

»Alles ist bestens, abgesehen davon, daß meine Zahnbürste verschwunden ist. Ich habe sie gestern nacht in einen Becher gestellt, und heute morgen war sie verschwunden.«

Iris verdrehte die Augen. »Das ist Mathilda! Sie hat sie irgendwo versteckt. Suchen Sie nur die Wohnung ab, Sie werden sie finden. Hätten Sie gern noch ein paar kleine Antiquitäten, um Ihre Wohnung gemütlicher zu machen? Bunte Glassachen? Porzellanfiguren?«

»Nein, danke, aber ich würde mir gerne so schnell wie möglich ein Telefon installieren lassen.«

»Sie können die Telefongesellschaft von unserer Wohnung aus anrufen. Und soll ich Ihnen nicht ein kleines Frühstück herrichten? Ich habe für C. C. Maismuffins gemacht – er arbeitet heute wieder als Streikposten, und es ist noch eine halbe Pfanne übrig.«

Qwilleran dachte an das klebrige Frühstücksbrötchen in der durchweichten Papierverpackung und nahm das Angebot an.

Als er bei Schinken und Eiern saß und Butter auf die heißen Maismuffins strich, erzählte ihm Iris von der Antiquitätenbranche. »Dieser Zahnarztstuhl, der in Ihrer Wohnung stand«, sagte sie, »den hat C. C. ursprünglich im Keller einer Klinik gefunden, die abgerissen wurde. Ben Nicholas hat ihn ihm für fünfzig Dollar abgekauft. Dann hat ihn Ben für sechzig Dollar an Andy weiterverkauft. Danach hat Russ Andy fünfundsiebzig dafür gegeben und den Sitz neu mit Leder bespannt. Als C. C. ihn sah, wollte er ihn zurückhaben. Also hat ihm Russ den Stuhl für hundertfünfundzwanzig überlassen, und gestern haben wir ihn für zweihundertzwanzig Dollar verkauft.«

»Ein Arrangement, von dem alle profitieren«, sagte Qwilleran.

»Aber schreiben Sie das nicht in der Zeitung.«

»Kommen alle Händler gut miteinander aus?«

»O ja. Ab und zu rastet mal einer aus, wie damals, als Andy Russ gefeuert hat, weil er bei der Arbeit trank, aber das war bald vergessen. Russ ist der mit den prachtvollen blonden Haaren. Ich hatte selbst mal wunderschöne blonde Haare, aber als ich meinen ersten Mann verlor, sind sie über Nacht grau geworden. Ich sollte wohl etwas dagegen tun.«

Nach dem Frühstück rief Qwilleran bei der Telefongesellschaft an und ersuchte sie, in der Zwinger Street 6331 einen Anschluß zu installieren.

»Da-für ist ei-ne Kau-tion von fünf-zig Dol-lar zu zah-len, Sir«, leierte die Frauenstimme am anderen Ende.

»Fünfzig Dollar! Im voraus? So etwas habe ich noch nie gehört.«

»Tut mir leid. Sie be-fin-den sich in Zo-ne drei-zehn. Es ist ei-ne Kau-tion von fünf-zig Dol-lar zu zah-len.«

»Was hat die Zone damit zu tun?« rief Qwilleran in den Hörer. »Ich brauche unverzüglich ein Telefon, und ich werde Ihre unverschämte Kaution nicht zahlen! Ich bin Reporter beim *Daily Fluxion*, und ich werde das dem Chefredakteur melden.«

»Ei-nen Au-gen-blick, bitte.«

Er wandte sich an seine Vermieterin. »So eine Unverschämtheit! Sie verlangen schon im voraus die Gebühren von acht Monaten.«

»Wir hier in Junktown werden ständig so behandelt«, erwiderte Iris und zuckte gottergeben die Schultern.

Die Stimme meldete sich wieder. »Der An-schluß wird so-fort her-ge-stellt. Ent-schul-di-gen Sie, Sir.«

Als Qwilleran aus dem Haus ging, um sein Ressort abzuklappern, kochte er noch immer vor Entrüstung. Außerdem war er bekümmert, weil er seine rote Feder verloren hatte. Er war sich ganz sicher, daß sie am Vorabend noch an seinem Hut gesteckt hatte. Doch jetzt war sie weg, und ohne sie wirkte sein Hut bei weitem nicht mehr so flott. Er hatte die ganze Wohnung und die Treppe abgesucht, aber nichts als einen Ballen Katzenhaare und ein rotes Gummiband gefunden.

Auf der Zwinger Street blaffte ihn das Wetter an, und er war in der Stimmung, zurückzublaffen. Alles war grau – der Himmel, der Schnee, die Leute. In diesem Augenblick brauste ein weißer Jaguar die Straße hinunter und bog in das Kutscherhaus in seinem Häuserblock ein. Qwilleran betrachtete das als Wink des Schicksals und folgte ihm.

Russell Patchs Restaurierungswerkstatt war in ihrer Blütezeit eine Garage für zwei Kutschen gewesen. Jetzt war sie halb Garage, halb Ausstellungsraum. Der Jaguar teilte sich den Platz mit Möbeln, die sich im letzten Stadium des Verfalls befanden –

mit abblätterndem Lack, voller Schimmelflecken, Risse, Wasserflecken, oder einfach nur grau vor Schmutz und Alter. Und überall roch es durchdringend nach Terpentin und Lack.

Im Hinterzimmer hörte Qwilleran ein Scharren und ein dumpfes Pochen, und im nächsten Augenblick tauchte ein kräftiger junger Mann auf, der mit metallenen Krücken gekonnt über den unebenen Boden marschierte. Er war ganz in Weiß gekleidet – weiße Leinenhose, weißes Hemd mit offenem Kragen, weiße Socken, weiße Tennisschuhe.

Qwilleran stellte sich vor.

»Ja, ich weiß«, sagte Patch lächelnd. »Ich habe Sie bei der Auktion gesehen, und es hat sich herumgesprochen, wer Sie sind.«

Der Journalist sah sich im Raum um. »Das nenne ich echten Trödel. Kaufen die Leute denn wirklich so was?«

»Aber natürlich. Das ist gerade ganz groß in Mode. Alles, was Sie hier drinnen sehen, ist noch im Rohzustand; ich richte es dann nach den Wünschen der Kunden her. Sehen Sie diese Anrichte dort? Ich werde die Füße abschneiden, das ganze Ding malvenfarben mit magentaroten Streifen lackieren, es mit Umbra besprenzen und mit venezianischer Bronze überziehen. Sie kommt in ein Zweihunderttausend-Dollar-Haus in Lost Lake Hills.«

»Seit wann machen Sie das schon?«

»Selbständig erst seit sechs Monaten. Davor habe ich vier Jahre für Andy Glanz gearbeitet. Wollen Sie sehen, wie es gemacht wird?«

Er ging voran in eine Werkstatt, wo er einen langen weißen Mantel anzog, der rot und braun beschmiert, aussah wie die Berufskleidung eines Fleischhauers.

»Dieser Schaukelstuhl«, sagte er, »stand jahrelang auf dem Hof eines Bauernhauses herum. Ich habe alles nachgezogen, ihn rot grundiert, und jetzt – passen Sie auf.« Er zog Gummihandschuhe an und begann eine schlammartige Substanz auf die Sitzfläche zu streichen.

»Hat Andy Ihnen das beigebracht?«

»Nein, das habe ich mir selbst angeeignet«, sagte er leicht pikiert.

»Nach dem, was ich so höre«, sagte Qwilleran, »muß er ja ein toller Typ gewesen sein. Nicht nur sachkundig, sondern auch großzügig und ein sehr verantwortungsvoller Staatsbürger.«

»Ja«, sagte der junge Mann zurückhaltend.

»Alle sprechen mit großer Hochachtung von ihm.«

Patch gab keinen Kommentar und konzentrierte sich darauf, gleichmäßige Bürstenstriche zu fabrizieren, doch Qwilleran sah, wie seine Kiefermuskel arbeiteten.

Der Journalist ließ nicht locker. »Sein Tod muß ein großer Verlust für Junktown gewesen sein«, sagte er. »Es tut mir leid, daß ich ihn nicht kennengelernt –«

»Vielleicht sollte ich das nicht sagen«, unterbrach ihn Patch, »aber es war nicht leicht, für ihn zu arbeiten.«

»Wie meinen Sie das?«

»Für Andy war keiner gut genug.«

»War er ein Perfektionist?«

»Er hatte einen Heiligenschein, und er erwartete, daß jeder andere genauso war. Ich erkläre Ihnen das nur, weil Ihnen die Leute hier erzählen werden, Andy habe mich gefeuert, weil ich bei der Arbeit getrunken hätte, und das ist eine Lüge. Ich habe gekündigt, weil ich seine Einstellung nicht mehr aushielt.« Patch knallte noch ein letztes Mal braune Farbe auf die rote Sitzfläche und warf den Pinsel dann in eine Tomatendose.

»War er scheinheilig?«

»Das ist wohl das richtige Wort. Verstehen Sie mich recht, es hat mich nicht wirklich aufgeregt. Ich erzähle Ihnen das nur, um keine Mißverständnisse aufkommen zu lassen. Alle sagen ständig, wie ehrlich Andy war. Nun, man kann auch zu ehrlich sein.«

»Wie ist das zu verstehen?« fragte Qwilleran.

»Okay, ich werde es Ihnen erklären. Angenommen, Sie fahren aufs Land hinaus, und Sie sehen an einer Scheune ein altes Messingbett lehnen. Es ist schon ganz schwarz und total vergammelt. Sie klopfen an die Farmhaustür und bieten zwei Dollar dafür, und höchstwahrscheinlich sind die begeistert, daß Sie es wegschaffen. Sie haben Glück, weil Sie es säubern und zweitausend Prozent Profit damit machen können ... Aber nicht so Andy! O nein, Andy nicht! Wenn er dachte, er könne das Bett für zweihundert Dollar verhökern, bot er dem Farmer hundert an. Mit solchen Aktionen hat er uns anderen alles vermasselt«, sagte Patch mit finsterem Gesicht. Dann begann er zu grinsen. »Aber einmal, als wir zusammen auf dem Land waren, konnte *ich* Andy auslachen. Der Farmer war besonders schlau. Er sagte, wenn Andy ihm hundert Dollar anbot, dann mußte das Ding wohl tausend wert sein, und er weigerte sich, es zu verkaufen ... Wollen Sie noch ein Beispiel hören? Zum Beispiel das Räumen. Jeder geht doch auf Räumungstour, oder?«

»Was meinen Sie?«

»Nun, diese alten Häuser, die abgerissen werden. Wenn ein Haus auf der Abbruchliste steht, kann man hingehen und dort nach Sachen suchen, die man noch verkaufen kann, zum Beispiel Kamine oder Holztäfelungen. Also bringen Sie sie in Sicherheit, bevor die Abbruchmannschaft kommt und alles demoliert.«

»Ist das erlaubt?«

»Strenggenommen nicht, aber immerhin rettet man Sachen, die noch in Ordnung sind, für jemanden, der sie vielleicht gebrauchen kann. Die Stadt will das Zeug nicht, und der Abbruchmannschaft ist es egal. Also gehen wir alle ab und zu mal auf Räumungstour – manche öfter, manche seltener. Aber nicht so Andy! Er sagte, ein Haus auf der Abbruchliste sei Eigentum der Stadt, und er würde nichts davon anrühren. Und er begnügte sich auch nicht damit, sich um seine eigenen Angelegenheiten zu kümmern, und als er Cobb verpfiffen hat, habe ich gekündigt. Ich fand das hundsgemein von ihm!«

Qwilleran klopfte sich auf den Schnurrbart. »Wollen Sie damit sagen, daß Andy Cobb angezeigt hat?«

Patch nickte. »Cobb hat eine saftige Strafe bekommen, die er nicht zahlen konnte, und er wäre im Gefängnis gelandet, wenn ihm Iris das Geld nicht geborgt hätte. C. C. ist ein Großmaul, aber er ist in Ordnung, und ich fand, das war wirklich eine Gemeinheit ihm gegenüber. Ich habe ein paar Drinks gekippt und Andy ordentlich meine Meinung gesagt.«

»Weiß Cobb, daß Andy ihn angezeigt hat?«

»Ich glaube, niemand weiß, daß die Polizei einen Tip bekommen hat. Cobb hat gerade aus dem Pringle-Haus eine Treppe herausgebrochen – er hatte uns allen erzählt, daß er es vorhatte –, als die Polizei in einem Streifenwagen vorbeikam und ihn schnappte. Es sah aus wie ein Zufall, aber ich habe zufällig gehört, wie Andy ihnen telefonisch einen Hinweis gab.« Patch fuhr mit Stahlwolle über die klebrige Lasur auf der Sitzfläche des Stuhls und zog damit Streifen. »Ich muß das jetzt kämmen – bevor es zu fest wird«, erklärte er.

»Und Andys Privatleben?« frage Qwilleran. »Legte er da dieselben hochgesteckten Maßstäbe an?«

Russell Patch lachte. »Da sollten Sie lieber den Drachen fragen ... Was diese andere Geschichte anbelangt – verstehen Sie mich nicht falsch. Ich persönlich hegte keinen Groll gegen Andy, verstehen Sie. Es gibt Leute, die sind richtig nachtragend. Ich bin nicht so. Ich gehe vielleicht mal in die Luft, aber danach vergesse ich es. Wissen Sie, was ich meine?«

Nachdem Qwilleran das Kutscherhaus verlassen hatte, rief er vom Drugstore an der Ecke, wo er sich eine neue Zahnbürste kaufte, den Feuilletonredakteur zu Hause an.

»Arch«, sagte er, »ich bin da in Junktown auf etwas Interessantes gestoßen. Du weißt doch von dem Händler, der vor ein paar Monaten bei einem Unfall ums Leben kam –«

»Ja. Das war derjenige, der mir meine blecherne Kaffeekanne aus Pennsylvania verkauft hat.«

»Er ist angeblich von einer Trittleiter gestürzt und hat sich angeblich selbst auf einem scharfen Gegenstand aufgespießt, und mir kommen allmählich Zweifel an der ganzen Geschichte.«

»Qwill, jetzt machen wir aus dieser idyllischen, nostalgischen Weihnachtsserie keine Verbrechensermittlung«, sagte der Redakteur. »Der Boß will, daß wir Frieden auf Erden predigen und guten Willen gegenüber den Anzeigenkunden an den Tag legen, bis die Weihnachtssaison vorüber ist.«

»Trotzdem, in diesem idyllischen, nostalgischen Viertel geht irgend etwas vor, das eine genauere Untersuchung wert wäre.«

»Woher weißt du das?«

»Ein ganz persönliches Gefühl – und etwas, das gestern passiert ist. Einer der Stammkunden hier in Junktown hat mich auf der Straße angesprochen und mir gesagt, daß Andy ermordet worden ist.«

»Wer war das? Wer hat dir das gesagt?« wollte Riker wissen.

»Nur so ein Saufbruder von hier, aber in betrunkenem Zustand wurde ja bekanntlich schon so manches wahre Wort gesprochen. Er schien irgend etwas zu wissen, und zwölf Stunden nachdem er mit mir geredet hatte, wurde er in einer finsteren Gasse tot aufgefunden.«

»Betrunkene werden ständig in finsteren Gassen tot aufgefunden. Das solltest du doch wissen.«

»Und noch etwas. Andys Freundin lebt offenbar in Angst. Wovor, konnte ich noch nicht herausbekommen.«

»Hör mal, Qwill, warum konzentrierst du dich nicht darauf, diese Serie über Antiquitäten zu schreiben und dir eine anständige Wohnung zu suchen?«

»Ich habe schon eine Wohnung. Ich bin in ein Spukhaus in der Zwinger Street eingezogen – über dem Trödelladen der Cobbs.«

»Dort haben wir unseren Eßzimmerleuchter gekauft«, sagte Riker. »Also, entspanne dich und genieße die Feiertage, und – hör mal! – du mußt unbedingt die *Drei Schicksalsschwestern* besuchen. Du wirst ausflippen! Wann hast du deinen ersten Beitrag fertig?«

»Montag morgen.«

»Schreib was Nettes«, riet ihm Riker. »Und hör zu, du Esel! Vergeude nicht deine Zeit damit, einen harmlosen Unfall zu einem Fall für das FBI zu machen!«

Mehr brauchte er nicht zu sagen, um Qwilleran zu ermutigen. Nicht umsonst hatte ihn sein alter Freund einen Esel genannt.

Kapitel acht

Fest entschlossen, die Wahrheit über den Tod von Andy Glanz aufzudecken, machte Qwilleran mit seiner Runde in der Zwinger Street weiter. Er ging am Antiquitätengeschäft *Bit o'Junk* vorbei (geschlossen) – am *Blue Dragon* – an einer Farbenhandlung (aufgelassen) – an einem Buchladen (pornographisch) – bis er schließlich zu einem Geschäft namens *Ann's Tiques* kam. Der Laden befand sich im Souterrain und roch nach muffigen Teppichen und modrigem Holz.

Die kleine, weißhaarige alte Frau, die auf einem Schaukelstuhl saß, sah aus wie eine Pusteblume. Sie blickte Qwilleran ausdruckslos an und schaukelte weiter.

»Mein Name ist Jim Qwilleran, ich bin vom *Daily Fluxion*«, sagte der Journalist in seinem höflichsten Tonfall.

»Nein, die hab' ich schon seit Jahren nicht mehr«, antwortete sie mit dünner Stimme. »Die Leute haben lieber die mit Porzellangriff und doppeltem Deckel.«

Qwilleran sah sich die Unmengen von unbeschreiblichem Ramsch an und hob die Stimme: »Worauf haben Sie sich spezialisiert, Miss Peabody?«

»Nein, Sir! Es gibt keinen Rabatt! Wenn Ihnen meine Preise nicht zusagen, dann lassen Sie es eben bleiben. Es wird sich schon ein Käufer finden.«

Qwilleran verbeugte sich und verließ das Geschäft. Er ging an einer Billardhalle vorbei, deren Fenster mit Brettern vernagelt waren, an einem Chililokal, dessen Ventilator seinen heißen

Atem über den Gehsteig blies (er roch nach ranzigem Fett, gebratenen Zwiebeln und einem schmutzigen Mop), bis er zum Obst- und Tabakgeschäft von Papa Popopopoulos kam. In dem Verschlag roch es nach überreifen Bananen und einem überhitzten Ölofen. Der Besitzer saß auf einer Orangenkiste, las eine Zeitung in seiner Muttersprache und kaute an seinem überaus prächtigen, tabakverfärbten Schnurrbart.

Qwilleran trat sich die Füße ab und schlug die behandschuhten Hände gegeneinander. »Ziemlich kalt da draußen«, sagte er.

Der Mann hörte ihm aufmerksam zu. »Tabak?« fragte er.

Qwilleran schüttelte den Kopf. »Nein, ich wollte nur auf ein Schwätzchen vorbeikommen. Offen gesagt war der letzte Beutel Tabak, den ich gekauft habe, nicht mehr der Frischeste.«

Popopopoulos stand auf und kam freundlich auf ihn zu. »Obst? Schenes Obst?«

»Nein, danke. Recht gemütlich haben Sie es hier. Seit wann haben Sie dieses Geschäft in Junktown schon?«

»Granatäpfel? Schene Granatäpfel?« Der Ladeninhaber hielt ein total verschrumpeltes Exemplar mit verblichener roter Haut hoch.

»Heute nicht«, sagte Qwilleran und blickte zur Tür.

»Granatäpfel machen Babys!«

Hastig verabschiedete sich Qwilleran. Von Andys beiden Protegés, schloß er, war nichts zu erfahren.

Und da entdeckte er den Laden der *Drei Schicksalsschwestern*. Im Schaufenster standen Waschschüsseln mit dazugehörigen Krügen, Spucknäpfe und das unvermeidliche Spinnrad. Arch Riker mochte über diesen Trödel vielleicht in Verzückung geraten, doch Qwilleran war weit davon entfernt. Er straffte die Schultern und marschierte in das Geschäft. Kaum hatte er die Tür geöffnet, hob sich seine Nase. Er roch – konnte es sein oder nicht? Ja, es war – Muschelsuppe!

Drei Frauen in orangefarbenen Arbeitskitteln hielten in ihrer Tätigkeit inne und drehten sich um, um den Mann mit dem buschigen Schnurrbart anzusehen. Qwilleran starrte zurück. Einen Augenblick war er sprachlos.

Die Frau, die an einem Tisch saß und Weihnachtskarten schrieb, war brünett und hatte tiefblaue Augen und Grübchen. Eine zweite, die einen Messingsamowar polierte, hatte eine üppige Figur, rote Haare, grüne Augen und ein umwerfendes Lächeln. Das junge Mädchen, das auf einer Trittleiter stand und Weihnachtszweige an Schnüren aufhängte, war eine winzige Blondine mit Stupsnase und hübschen Beinen.

Als Qwilleran es schließlich schaffte, zu sagen: »Ich bin vom *Daily Fluxion*«, strahlte er über das ganze Gesicht.

»Ja, das wissen wir!« antworteten sie im Chor, und die Rothaarige fügte mit rauchiger Stimme hinzu: »Wir haben Sie bei der Auktion gesehen und fanden Ihren Schnurrbart *hinreißend*! Einen Schnurrbart, der so sexy ist, haben wir in Junktown noch nie gesehen!« Sie humpelte auf ihn zu – an einem Fuß hatte sie einen Gehgips – und schüttelte ihm herzlich die Hand. »Entschuldigen Sie, aber ich habe mir den Mittelfußknochen gebrochen. Ich bin Cluthra. Fürchterlicher Name, nicht?«

»Und ich bin Amberina«, sagte die Brünette.

»Ich bin Ivrene«, zwitscherte eine Stimme von der Trittleiter herunter. »Ich bin hier das Aschenputtel.«

Die Rothaarige schnupperte. »Ivy, die Suppe brennt an!«

Die kleine Blondine sprang von der Leiter und rannte ins Hinterzimmer.

Mit einem Lächeln, bei dem sich ihre Grübchen vertieften, sagte die Brünette zu Qwilleran: »Haben Sie Lust, einen Teller Muschelsuppe mit uns zu essen? Und etwas Käse und Cracker?«

Hätten sie ihm Wasser und trocken Brot angeboten, er hätte auch angenommen.

»Geben Sie mir Ihren Mantel«, sagte die Rothaarige. »Hier drinnen ist es schrecklich warm.« Sie warf ihren Kittel über die Schulter zurück; darunter kam ein Ausschnitt zum Vorschein, der tiefe Einblicke gewährte.

»Setzen Sie sich hierher, Mr. Qwilleran.« Die Brünette nahm ein paar Teppichklopfer aus Draht von der Sitzfläche eines viktorianischen Sofas.

»Zigarette?« fragte die Rothaarige.

»Ich hole Ihnen einen Aschenbecher«, sagte die Brünette.

»Ich rauche Pfeife«, sagte Qwilleran zu den Schwestern, griff in seine Tasche und dachte: Wenn mich jetzt doch bloß die Typen von der Feuilletonredaktion sehen könnten! Er stopfte seine Pfeife, lauschte zwei gleichzeitig geführten Gesprächen und sah sich dabei im Laden um. Er sah Zinnsoldaten, gußeiserne Engelchen, Nachttöpfe und einen ganzen Tisch voll Blechdosen, die einst Tabak, Kekse, Kaffee und dergleichen enthalten hatten. Die alten, mit Schablone gemalten Etiketten waren vor lauter Rost und Kratzern kaum noch lesbar. Da kam Qwilleran eine Idee. Arch Riker sagte, daß er Blechdosen sammelte; das war die Chance, ihm ein ausgeflipptes Weihnachtsgeschenk zu kaufen.

»Verkaufen Sie diese alten Tabakdosen wirklich?« fragte er. »Wieviel wollen Sie für die kleine dort haben, die total verbeult ist?«

»Normalerweise würde sie zehn kosten«, sagte sie, »aber wenn Sie sie für sich selbst wollen, können Sie sie auch für fünf haben.«

»Gut, dann nehme ich sie«, sagte er und legte ein Fünfcentstück auf den Tisch, ohne den Gesichtsausdruck zu bemerken, mit dem sie einander anschauten.

Die Jüngste servierte die Suppe in altehrwürdigen Rasierbecken. »Der Drachen hat gerade angerufen«, sagte sie zu Qwilleran. »Sie möchte Sie heute nachmittag sehen.« Sie schien unverhältnismäßig erfreut zu sein, ihm diese Botschaft auszurichten.

»Woher wußte sie, daß ich hier bin?«

»In dieser Straße hier weiß jeder alles«, sagte die Rothaarige.

»Der Drachen hört uns hier ab«, flüsterte die Junge.

»Ivy, red keinen Unsinn.«

Die Schwestern setzten ihre dreistimmige Unterhaltung fort – Cluthra mit ihrer rauchigen Stimme, Amberina mit einem melodischen Tonfall, und Ivrene steuerte von ihrem Posten aus gepiepste Schnörkel bei. Schließlich brachte Qwilleran das Gespräch auf Andy Glanz.

»Das war ein richtiger Mann!« sagte die Rothaarige mit hochgezogenen Augenbrauen, und ihre rauhe Stimme hatte einen zärtlichen Unterton.

»Er soll ziemlich klug gewesen sein«, sagte Qwilleran.

»Das dürfte Cluthra weniger aufgefallen sein«, sagte die Junge auf der Leiter. »Sie bringt eher das Tier im Mann zum Vorschein.«

»Ivy!« ertönte ein scharfer Verweis.

»Es ist doch wahr, oder? Das hast du selbst gesagt.«

Die Brünette meinte hastig: »Die Leute können gar nicht glauben, daß wir Schwestern sind. Um ehrlich zu sein, wir hatten dieselbe Mutter, aber verschiedene Väter.«

»Kann dieses Geschäft Sie alle drei ernähren?«

»Du liebe Zeit, nein! Ich habe einen Ehemann, und das hier mache ich nur so zum Spaß. Ivy geht noch zur Schule – in die Kunstschule – und –«

»Und Cluthra lebt von den Unterhaltszahlungen«, warf die Jüngste ein, was ihr strafende Blicke von ihren älteren Schwestern eintrug.

»Diesen Monat ist das Geschäft schlecht gelaufen«, sagte die Brünette. »Sylvia ist die einzige hier, die einigermaßen davon leben kann.«

»Wer ist Sylvia?« fragte Qwilleran.

»Eine reiche Witwe«, ertönte sogleich die Antwort von der Leiter herunter.

»Sylvia verkauft *Camp*, manierierte, schrille Sachen«, erklärte die Rothaarige.

»Gestern hast du das aber anders genannt«, erinnerte sie Ivy.

»Wo ist ihr Geschäft?« fragte der Journalist. »Wie heißt sie mit vollständigem Namen?«

»Sylvia Katzenhide. Sie nennt ihren Laden *Sorta Camp*. Er liegt im nächsten Häuserblock.«

»Cluthra nennt sie Katzenhintern«, sagte Ivy, ohne das ärgerliche Schnauben ihrer Schwestern zu beachten.

»Wenn Sie zu Sylvia gehen, setzen Sie Ohrenschützer auf«, riet ihm die Rothaarige.

»Sie redet ziemlich viel«, sagte die Brünette.

»Sie hat verbalen Durchfall«, sagte die Blonde.

»Ivy!«

»Aber das hast du doch selbst gesagt!«

Als Qwilleran von den *Drei Schicksalsschwestern* wegging, war sein Schritt beschwingt. Beim Hinausgehen hatte er gehört, wie die kleine Ivy sagte: »Ist er nicht toll?«

Er strich sich über den Schnurrbart; er war unschlüssig, ob er Mary Duckworth's Aufforderung folgen oder die redselige Sylvia Katzenhide besuchen sollte. Mrs. McGuffey stand ebenfalls auf seiner Liste, und früher oder später wollte er sich gerne auch noch einmal mit der freimütigen Ivy unterhalten – und zwar allein. Sie war ein Frechdachs, aber Frechdachse konnten nützlich sein, und im Vergleich zu anderen war sie ein sehr einnehmender Frechdachs.

Auf der Zwinger Street hatte sich eine erbarmungslose Sonne durch den Winternebel gekämpft – nicht um die Herzen und die gefrorenen Nasenspitzen der Bewohner von Junktown zu erwärmen, sondern um den wunderschönen Schnee in schmierigen Matsch zu verwandeln, damit die Autos ins Schleudern kamen und die Fußgänger angespritzt wurden, und Qwillerans Gedanken wanderten zu Koko und Yum Yum – die glücklichen Katzen, die wohlgenährt im warmen Zimmer auf ihren Kissen schliefen, sich keinem schlechten Wetter aussetzen, keine Abgabetermine einhalten, keine Entscheidungen zu treffen brauchten. Es war lange her, seit er Koko das letzte Mal um Rat gefragt hatte. Er beschloß, es wieder einmal zu versuchen.

Sie hatten ein Spiel mit dem dicken Wörterbuch erfunden. Der Kater grub seine Krallen in das Buch, und Qwilleran schlug es an der so bezeichneten Stelle auf, wo die Stichworte über den Kolumnen gewöhnlich einen nützlichen Hinweis erbrachten. Unglaublich? Ja. Aber in der Vergangenheit hatte es funktioniert. Vor ein paar Monaten hatte Qwilleran eine gestohlene Jadesammlung wiedergefunden, doch in Wirklichkeit war das Koko und Noah Webster zu verdanken gewesen. Vielleicht war die Zeit gekommen, das Spiel wieder zu spielen.

Er ging nach Hause und schloß die Wohnungstür auf, doch es war keine Katze zu sehen. Irgend jemand mußte jedoch in der

Wohnung gewesen sein. Qwilleran sah, daß ein paar kleine Veränderungen vorgenommen worden waren und nutzloser Schnickschnack dazugekommen war. Die Messingkerzenhalter auf dem Kaminsims, die ihm gefallen hatten, waren verschwunden, und an ihrem Platz stand ein Keramikschwein mit einem höhnischen Lächeln.

Er rief die Katzen beim Namen, erhielt aber keine Antwort. Er durchsuchte die ganze Wohnung, öffnete alle Türen und Schubladen. Er kniete sich vor den Kamin und blickte den Rauchfang hinauf. Es war höchst unwahrscheinlich, aber bei Katzen konnte man nie wissen!

Während er auf allen vieren kauerte, den Kopf in den Kamin steckte und sich den Hals verrenkte, spürte Qwilleran, daß sich im Zimmer hinter ihm etwas bewegte. Er zog den Kopf gerade noch rechtzeitig aus dem Kamin, um die beiden Vermißten unbekümmert über den Teppich spazieren zu sehen, Koko ein paar Schritte vor Yum Yum, wie üblich. Sie waren aus dem Nichts aufgetaucht, wie Katzen das so tun, und hatten den Schwanz hoch erhoben wie ein Ausrufungszeichen. Die beiden unberechenbaren Tiere konnten sich auf ihren kleinen Katzenpfoten lautlos bewegen wie der Nebel, aber auch wie Trampeltiere über den Fußboden donnern.

»Ihr Halunken!« sagte Qwilleran.

»Yau?« machte Koko in fragendem Tonfall, als wolle er sagen: »Hast du uns gerufen? Was gibt es zum Mittagessen?«

»Ich habe alles nach euch abgesucht! Wo zum Teufel habt ihr euch versteckt?«

Wie es schien, waren sie aus der Richtung des Badezimmers gekommen. Sie blinzelten. Ihre Augen waren strahlend blau. Und Yum Yum trug eine Zahnbürste in ihrem winzigen, ovalen Mäulchen. Sie ließ sie vor ihm fallen.

»Braves Mädchen! Wo hast du die gefunden?«

Sie sah ihn mit leuchtenden, leicht schielenden Augen an und verstand kein Wort.

»Hast du sie unter der Badewanne gefunden, mein Liebling?«

Yum Yum setzte sich hin und wirkte sehr zufrieden mit sich

selbst, und Qwilleran streichelte ihren winzigen Kopf, ohne den verträumten Ausdruck in Kokos mandelförmigen Augen zu sehen.

»Los, Koko, alter Junge!« sagte er. »Spielen wir wieder das Spiel.« Er klopfte auf den Deckel des Wörterbuchs – das Startsignal – und Koko sprang auf das dicke Buch und schärfte sich an dem zerfledderten Einband emsig die Krallen. Dann sprang er wieder hinunter und spazierte zum Fenster, um den Tauben zuzusehen.

»Das Spiel! Erinnerst du dich nicht an das Spiel? Los, laß uns das Spiel spielen!« drängte ihn Qwilleran. Er schlug das Buch auf und führte ihm das Spiel mit seinen Fingernägeln vor. Koko ignorierte die Einladung; er war zu sehr damit beschäftigt, zu beobachten, was draußen vor sich ging.

Der Journalist packte ihn um die Mitte und setzte ihn auf die aufgeschlagenen Seiten. »Jetzt schlag schon deine Krallen rein, du Äffchen!« Doch Koko stand mit gekrümmtem Rücken steif da und sah Qwilleran mit einem Blick an, den man nur als kränkend bezeichnen konnte.

»Na schön, dann laß es eben bleiben!« sagte er beleidigt. »Du bist auch nicht mehr der alte. Dann geh eben zurück zu deinen blöden Tauben!« Und Koko wandte seine Aufmerksamkeit wieder dem Hof unten zu, wo Ben Nicholas Brotrinden ausstreute.

Qwilleran ging wieder fort, um seine Runde fortzusetzen. Als er gerade die Treppe hinunterstieg, stürzte Iris Cobb aus der *Junkery*.

»Gefällt es Ihnen in Junktown?« fragte sie fröhlich.

»Ich fördere gerade einige interessante Informationen zutage«, erwiderte er, »und ich frage mich so langsam, warum die Polizei Andys Tod nicht untersucht hat. Sind denn keine Kriminalbeamte gekommen, um Fragen zu stellen?«

Sie schüttelte vage den Kopf, als eine barsche Männerstimme aus dem Laden rief: »Ich werde Ihnen sagen, warum. Junktown ist ein Slum, und wen interessiert es schon, was in einem Slum passiert?«

Mrs. Cobb erklärte mit leiser Stimme: »Mein Mann ist im Hinblick auf dieses Thema ein Fanatiker. Er streitet sich ständig mit dem Rathaus herum. Natürlich hat er wahrscheinlich recht. Die Polizei ist sicher froh, wenn sie es als Unfall bezeichnen und die Akte schließen kann. Die haben einfach keine Lust, sich mit Junktown zu befassen.« Dann erhellte sich ihre Miene; sie sah aus wie eine Frau, die viel für Klatsch übrig hat. »Warum haben Sie nach den Kriminalbeamten gefragt? Haben Sie irgendeinen *Verdacht*?«

»Nichts Bestimmtes, aber das ganze war einfach zu absonderlich, als daß man es als Unfall abtun könnte.«

»Vielleicht haben Sie recht. Vielleicht ist etwas passiert, von dem niemand etwas weiß.« Sie schauderte. »Bei dem Gedanken läuft es mir kalt über den Rücken. ... Übrigens habe ich die Messingkerzenständer aus Ihrer Wohnung verkauft, aber dafür habe ich Ihnen ein Sussex-Schwein hineingestellt – sehr selten. Man kann den Kopf abnehmen und daraus trinken.«

»Sehr freundlich von Ihnen«, sagte Qwilleran.

Er ging die Stufen vor der Eingangstür hinunter und blieb unvermittelt stehen. Diese Zahnbürste, die Yum Yum ihm gebracht hatte! Sie hatte einen blauen Griff, und der Griff seiner alten Zahnbürste war, so glaubte er sich zu erinnern, grün ... Oder nicht?

Kapitel neun

Mit großen Schritten ging Qwilleran zum *Blue Dragon*. Er dachte an die verletzliche Mary der letzten Nacht, wurde aber von einer anderen Mary begrüßt – der ursprünglichen – reserviert und unergründlich in ihrem japanischen Kimono. Sie war allein im Geschäft. Sie saß auf ihrem geschnitzten Teakholzstuhl, aufrecht und gerade wie die Rauchfahne, die von ihrer Zigarette aufstieg.

»Ich habe Ihre Nachricht erhalten«, sagte er, etwas irritiert wegen des kühlen Empfangs. »Sie *haben* doch gesagt, Sie wollten mich sehen, oder?«

»Ja, ich bin überaus beunruhigt.« Sie legte die lange Zigarettenspitze ab und sah ihn reserviert an.

»Was ist los?«

»Ich habe gestern nacht nicht sehr überlegt gehandelt. Ich fürchte«, sagte sie in ihrer präzisen Art, »ich habe zuviel geredet.«

»Sie waren wunderbar. Ich habe Ihre Gesellschaft jeden Augenblick genossen.«

»Das meine ich nicht. Ich hätte meine familiäre Situation nicht enthüllen dürfen.«

»Sie haben nichts zu befürchten. Ich habe Ihnen mein Wort gegeben.«

»Ich hätte an den üblen Trick denken sollen, den Ihr Jack Jaunti bei meinem Vater angewandt hat, doch leider hat der Scotch, den ich trank –«

»Sie waren ganz entspannt. Es war gut für Sie. Glauben Sie mir, ich würde Ihr Vertrauen niemals mißbrauchen.«

Mary Duckworth sah ihn durchdringend an. Irgend etwas an dem Schnurrbart dieses Mannes überzeugte die Leute davon, daß er aufrichtig war. Andere Schnurrbärte mochten schurkisch oder arrogant oder mitleiderregend wirken, doch das Gestrüpp auf Qwillerans Oberlippe verlieh ihm Vertrauenswürdigkeit.

Mary holte tief Luft und wurde etwas weicher. »Ich glaube Ihnen. Gegen meinen Willen glaube ich Ihnen. Es ist nur, daß –«

»Darf ich mich denn jetzt setzen?«

»Entschuldigen Sie. Wie unhöflich von mir. Bitte, machen Sie es sich bequem. Darf ich Ihnen eine Tasse Kaffee anbieten?«

»Nein, danke. Ich habe gerade bei den *Drei Schicksalsschwestern* Suppe gegessen.«

»Muschelsuppe, nehme ich an«, sagte Mary und rümpfte leicht die Nase. »Ihr Laden erinnert mich immer an einen Fischmarkt.«

»Es war eine sehr gute Muschelsuppe.«

»Aus der Dose natürlich.«

Qwilleran witterte Rivalität, was ihn innerlich freute. »Haben Sie heute nach schlecht geträumt?« fragte er.

»Nein. Ich konnte zum ersten Mal seit Monaten gut schlafen. Sie hatten ganz recht. Ich mußte mit jemandem darüber reden.« Sie hielt inne und blickte ihm voll Wärme in die Augen; ihre Worte kamen von Herzen. »Ich bin Ihnen sehr dankbar, Qwill.«

»Jetzt, wo es Ihnen besser geht«, sagte er, »würden Sie etwas für mich tun? Nur um meine Neugier zu befriedigen.«

»Was wollen Sie?« Sie war sofort mißtrauisch.

»Würden Sie mir mehr Einzelheiten über die Nacht erzählen, in der der Unfall passiert ist? Ich versichere Ihnen, es ist kein morbides Interesse. Rein intellektuelle Neugier.«

Sie biß sich auf die Lippe. »Was soll ich Ihnen denn noch erzählen? Ich habe Ihnen doch schon die ganze Geschichte geschildert.«

»Würden Sie mir eine Skizze des Raumes aufzeichnen, in dem Sie die Leiche gefunden haben?« Er reichte ihr einen Kugelschreiber und ein Stück Papier aus seiner Tasche – das zusammengefaltete Stück Zeitungspapier, das er stets bei sich trug. Dann klopfte er an einem Aschenbecher seine Pfeife aus und begann mit der Prozedur des Pfeifenstopfens.

Mary warf ihm einen skeptischen Blick zu und begann langsam zu zeichnen. »Es war in der Werkstatt – im hinteren Teil von Andys Geschäft. Hier ist die Hintertür«, sagte sie. »Rechts davon steht eine lange Werkbank mit Fächern und Haken für das Werkzeug. An den Wänden hatte Andy Möbel und andere Sachen stehen, die geleimt oder restauriert oder poliert werden mußten.«

»Einschließlich der Kronleuchter?«

»Die hingen an der Decke – vielleicht ein Dutzend. Beleuchtungskörper waren Andys Spezialität.«

»Und wo stand die Stehleiter?«

»In der Mitte des Raums war eine freie Stelle – etwa fünf Meter im Durchmesser. Auf einer Seite dieses freien Platzes stand die Leiter.« Sie markierte die Stelle mit einem X. »Und der Kristalleuchter lag daneben auf dem Boden – total kaputt.«

»Rechts oder links von der Leiter?«

»Rechts.« Sie machte ein zweites X.

»Und wo war die Leiche?«

»Direkt links neben der Leiter.«

»Mit dem Gesicht nach unten?«

Sie nickte.

Qwilleran machte einen langen, langsamen Zug an seiner Pfeife. »War Andy Rechtshänder oder Linkshänder?«

Mary versteifte sich mißtrauisch. »Und Sie sind wirklich nicht von der Zeitung geschickt worden, um in dieser Geschichte herumzuschnüffeln?«

»Dem *Fluxion* ist das vollkommen egal. Meine Zeitung will nicht mehr als eine unterhaltsame Serie über die Antiquitätenszene. Ich glaube, ich war wohl zu viele Jahre Polizeireporter. Ich habe einen zwanghaften Drang, den Dingen auf den Grund zu gehen.«

Das Mädchen musterte seinen herabhängenden Schnurrbart und seinen nüchternen Blick, und ihre Stimme wurde weich. »Ihre frühere Arbeit fehlt Ihnen, nicht wahr, Qwill? Ich kann mir vorstellen, daß Ihnen nach der Aufregung, an die Sie gewohnt waren, Antiquitäten ziemlich langweilig vorkommen müssen.«

»Es ist ein Auftrag«, sagte er und zuckte die Achseln. »Ein Journalist schreibt seine Story, ohne zu überlegen, was er persönlich davon hat.«

Sie senkte den Blick und schwieg einen Moment. Dann sagte sie: »Andy war Rechtshänder. Macht das einen Unterschied?«

Quilleran studierte ihre Skizze. »Die Leiter stand hier ... und der zerbrochene Kronleuchter war da. Und der Giebelreiter, auf den er fiel, war ... links von der Leiter?«

»Ja.«

»Mitten im Zimmer? Das war aber ein seltsamer Platz für so einen tödlichen Gegenstand.«

»Nun ja, er stand – eher am Rand der freien Stelle – zusammen mit den anderen Sachen, die an die Wände geschoben worden waren.«

»Haben Sie ihn schon vorher dort gesehen?«

»Nicht genau an der Stelle. Der Giebelreiter wurde, wie alles andere auch, häufig umgestellt. Am Tag vor dem Unfall war er auf der Werkbank. Andy hat die Messingkugel poliert.«

»War allgemein bekannt, daß er diesen Giebelreiter besaß?«

»O ja. Alle haben ihm gesagt, daß er das Ding nicht loswerden würde. Andy hat Witze darüber gemacht, daß irgendein Witzbold aus der Vorstadt ihn vielleicht als originellen Brezelständer gebrauchen könnte.«

»Wie hat er ihn überhaupt bekommen? Der Auktionator hat gesagt, er stamme von einem alten Haus, das abgerissen worden ist.«

»Andy hat ihn von Russell Patch gekauft. Russ räumt viele alte Häuser. So hat er sich auch das Bein gebrochen. Er und Cobb haben ein leeres Haus ausgeschlachtet, und Russ ist vom Dach gerutscht.«

»Verstehe ich Sie richtig?« sagte Qwilleran. »Andy lehnte es ab, leerstehende Häuser zu räumen, und doch hatte er keine Probleme damit, Sachen von den Leuten, die das taten, zu kaufen? Strenggenommen war dieser Giebelreiter heiße Ware.«

Marys Achselzucken war zum Teil eine Entschuldigung für Andy, zum Teil eine Rüge für Qwilleran.

Schweigend rauchte er seine Pfeife und staunte über diese Frau: Sie war in einem Moment entwaffnend offen und im nächsten wieder mißtrauisch – geschmeidig wie eine Weide und stark wie eine Eiche – sie versteckte sich hinter einem angenommenen Namen – war sich bestimmter Einzelheiten absolut sicher und hatte von anderen keine Ahnung – war abwechselnd mitfühlend und distanziert.

Nach einer Weile sagte er: »Sind Sie vollkommen überzeugt, daß Andys Tod ein Unfall war?«

Die Frau gab keine Antwort – sie sah ihn nur mit einem unergründlichen Blick an.

»Es könnte auch Selbstmord gewesen sein.«

»Nein!«

»Oder ein versuchter Raubüberfall.«

»Warum können Sie die Sache nicht auf sich beruhen lassen?« sagte Mary und starrte Qwilleran mit großen Augen an. »Wenn einmal Gerüchte in Gang gesetzt werden, wird Junktown zwangsläufig darunter leiden. Ist Ihnen klar, daß dies das einzige alte Viertel in der Stadt ist, das es geschafft hat, die Verbrechensrate niedrig zu halten? Hier fühlen sich die Kunden noch sicher, und ich möchte, daß das so bleibt.« Dann wurde ihr Tonfall bitter. »Es ist natürlich dumm von mir, zu glauben, daß wir eine Zukunft haben. Die Stadtverwaltung will das alles hier abreißen und sterile Wohntürme bauen. In der Zwischenzeit bezeichnet man uns als Slum, und die Banken weigern sich, den Hausbesitzern für Ausbesserungsarbeiten Geld zu leihen.«

»Was ist mit Ihrem Vater?« fragte Qwilleran. »Schließt er sich dieser offiziellen Linie an?«

»Er hält sie für vollkommen vernünftig. Wissen Sie, keiner denkt an Junktown als eine Gemeinschaft von lebenden Menschen – nur als eine Spalte in der Statistik. Wenn sie an den Türen klingeln würden, dann fänden Sie ehrbare ausländische Familien, alte Ehepaare, die nicht den Wunsch haben, ins Grüne zu ziehen, kleine Geschäftsleute wie Mr. Lombardo – alle Nationalitäten, alle Rassen, alle Altersgruppen, alle Typen – einschließlich gewisser zwielichtiger Gestalten, die aber harmlos sind. So sollte eine Stadt sein – wie ein großer, herzhafter Eintopf. Aber die Politiker möchten alles à la carte haben. Sie wollen nicht die Zwiebeln und Karotten mit den Filetspitzen mischen.«

»Hat schon jemand versucht, etwas dagegen zu unternehmen?«

»C. C. hat ein paar Versuche unternommen, aber was kann ein einzelner Mann schon ausrichten?«

»Mit Ihrem Namen und Ihrem Einfluß, Mary, könnten Sie etwas erreichen.«

»Dad würde nichts davon hören wollen! Niemals! Wissen Sie, wie ich bei der Behörde geführt werde? Als Trödelhändlerin! *Das* wäre ein Fressen für die Zeitungen! ... Sehen Sie diesen Chippendale-Stuhl neben dem Kamin? Er kostet zweitausend Dollar! Aber ich werde als Trödelhändlerin Klasse C geführt.«

»Irgend jemand sollte die Bewohner dieses Viertels organisieren«, sagte Qwilleran.

»Sie haben zweifellos recht. Junktown hat keinen Vertreter im Rathaus.« Sie ging zum Erkerfenster. »Schauen Sie sich diese Mülltonnen an! In jedem anderen Teil der Stadt wird der Müll hinter den Häusern abgeholt, aber die Seitenstraßen in Junktown sind für die Bequemlichkeit der städtischen Müllabfuhr zu schmal, und daher müssen wir diese häßlichen Container auf den Gehsteig stellen. Am Donnerstag soll der Müll abgeholt werden; heute ist Samstag, und er steht noch immer da.«

»Das Wetter hat alles durcheinandergebracht«, sagte Qwilleran.

»Sie reden wie ein Bürokrat. Ausreden! Was anderes kriegen wir nicht zu hören.«

Qwilleran war ihr zum Fenster gefolgt. Die Straße bot wirklich einen traurigen Anblick. »Sind Sie sicher, daß Junktown eine niedrige Verbrechensrate hat?« fragte er.

»Die Antiquitätenhändler haben nie irgendwelche Schwierigkeiten gehabt. Und ich habe keine Angst, nachts auszugehen, weil immer irgendwelche Leute auf der Straße sind. Einige meiner reichen Kunden aus den Vororten haben Angst, in ihre eigenen Garagen zu fahren!«

Der Journalist sah Mary mit neuem Respekt an. Abrupt sagte er: »Haben Sie vielleicht zufällig heute abend Zeit, mit mir essen zu gehen?«

»Ich bin zum Essen bei meiner Familie eingeladen«, sagte sie bedauernd. »Meine Mutter hat heute Geburtstag. Aber trotzdem vielen Dank für Ihre Einladung.« Dann nahm sie einen kleinen silbernen Gegenstand aus der Schublade eines Sekretärs und drückte ihn Qwilleran in die Hand. »Ein Souvenir aus Junktown«, sagte sie. »Ein Maßband. Ich gebe sie meinen Kunden, weil sie immer die Höhe, Breite, Tiefe, Länge, Durchmesser, Umfang und Dicke von allem wissen wollen, was sie hier sehen.«

Qwilleran warf einen Blick in den hinteren Teil des Geschäfts. »Ich sehe, daß noch niemand das Mackintosh-Wappen gekauft hat.« Er verschwieg, daß er davon geträumt hatte.

»Es ist noch da und verzehrt sich nach Ihnen. Ich glaube, Sie sind füreinander geschaffen. Wenn der richtige Kunde auf die richtige Antiquität trifft, entzündet sich ein Funke – wie wenn man sich verliebt. Ich kann die Funken zwischen Ihnen und diesem eisernen Ding dort sehen.«

Er warf ihr einen raschen Blick zu; sie war vollkommen ernst. Er zupfte an seinem Schnurrbart und dachte daran, daß er sich für hundertfünfundzwanzig Dollar zweimal einkleiden könnte.

Sie sagte: »Sie brauchen es erst nach Weihnachten zu zahlen. Warum nehmen Sie es nicht mit nach Hause und erfreuen sich über die Feiertage daran? Hier setzt es nur Staub an.«

»In Ordnung!« sagte er plötzlich entschlossen. »Ich gebe Ihnen zwanzig Dollar Anzahlung.«

Er rollte das kreisförmige Wappen zur Eingangstür.

»Schaffen Sie es alleine? Warum bitten Sie nicht C. C., Ihnen zu helfen, es in Ihre Wohnung hinaufzutragen?« schlug sie vor. »Und lassen Sie es nicht auf Ihre Zehen fallen«, rief sie ihm nach, als Qwilleran seine Last mühsam die Treppe hinunter beförderte.

Als er mit seinem Kauf in der Eingangshalle des Cobb-Herrenhauses eintraf, blieb er stehen, um zu Atem zu kommen, und hörte aus der *Junkery* die polternde Stimme von C. C. Cobb.

»Du kannst doch dunkles Nußholz nicht von einem Loch im Kopf unterscheiden!« sagte Cobb gerade. »Warum gibst du es nicht zu?«

»Wenn das dunkles Nußholz ist, dann fresse ich auf der Stelle meine Krücken. Du bist der größte Schwindler in der ganzen Branche! Ich gebe dir zwanzig Dollar – keinen Cent mehr!«

Qwilleran plagte sich allein mit dem eisernen Ungetüm die Treppe hinauf.

Die Katzen schliefen auf dem Morris-Sessel. Sie waren wie Yin und Yang ineinander verschlungen, und Qwilleran störte sie nicht. Er lehnte das Wappen an die Wand und ging wieder; er hoffte, noch drei Läden besuchen zu können, bevor er für heute Schluß machte. Er hatte versprochen, in Bens Geschäft vorbeizuschauen, doch vorher wollte er die redselige Sylvia Katzenhide kennenlernen. Er liebte gesprächige Menschen; sie erleichterten ihm seinen Job ungemein.

Als er im *Sorta Camp* ankam, hielt er einem gutgekleideten Mann die Tür auf, der etwas sehr Voluminöses gekauft hatte, das in Zeitungspapier eingepackt war, aus dem schwarze Schläuche herausstanden. Im Geschäft drinnen feilschte gerade eine Kundin um den Preis eines Stuhls aus Autoreifen.

»Meine Liebe«, sagte Sylvia zu ihr, »wie alt sie sind und was sie an sich wert sind, ist unwesentlich. Bei *Camp* geht es um Witz und Originalität und um eine gewisse leise Ironie. Entweder Sie finden es stark oder nicht, wie mein Sohn sagen würde.«

Mrs. Katzenhide war eine gutaussehende, gepflegte, selbstbewußte Frau, die aussah wie vierzig und zweifellos fünfundfünfzig war. Frauen wie sie hatte Qwilleran zu Hunderten als freiwillige Mitarbeiterinnen im Kunstmuseum gesehen; sie sahen alle gleich aus in ihren gutgeschnittenen Tweedkostümen, Jerseyblusen, goldenen Halsketten und Krokodillederschuhen. Diese hier trug dazu schwarze Baumwollstrümpfe – der Hauch von Exzentrizität, der in Junktown offenbar unerläßlich war.

Qwilleran stellte sich vor und sagte: »Habe ich Halluzinationen gehabt, oder ist da gerade ein Mann weggegangen, der einen –«

»Sie haben recht! Er hat einen ausgestopften Tintenfisch gekauft«, sagte Mrs. Katzenhide. »Ein scheußliches Ding! Ich bin froh, daß ich es endlich los bin. Das war Richter Bennett vom Bezirksgericht. Kennen Sie den Richter? Er hat den Tintenfisch als Weihnachtsgeschenk für seine Frau gekauft. Sie ist verrückt nach allem Kriechgetier.«

»Wie kommt es, daß Sie mit –«

»*Camp* handeln? Das war die Idee meines Sohnes. Er sagte, ich brauche etwas, das mich von mir selbst ablenkt.« Sie zündete sich eine Zigarette an. »Kannten Sie meinen verstorbenen Mann? Er war Firmenanwalt. Mein Sohn studiert Jura ... Entschuldigen Sie bitte, darf ich Ihnen eine Zigarette anbieten?«

Qwilleran lehnte ab. »Aber warum *Camp*? Warum nicht etwas –«

»Etwas Vornehmeres? Das sagen meine Freunde auch. Aber um mit echten Antiquitäten zu handeln, muß man etwas davon *verstehen*. Außerdem meint mein Sohn, daß die Kunden verrückt nach *Camp* sind. Es braucht etwas nur häßlich, schlecht gemacht und gebraucht zu sein, dann geht es weg wie warme Semmeln. Ich verstehe es wirklich nicht.«

»Dann nehme ich an, daß Sie nichts gekauft haben bei der –«

»Bei der Auktion gestern?« Die Frau hatte ein phänomenales Talent, Gedanken zu lesen. »Nur einen kleinen Kronleuchter für meine eigene Wohnung. Als mein Mann starb, habe ich das große Haus in Lost Lake Hills aufgegeben und bin ins Skyline Towers gezogen. Ich habe eine wunderschöne Wohnung, und die ist nicht mit *Camp* eingerichtet, das können Sie mir glauben!«

»Was sagen die anderen Händler in Junktown zu Ihrer Spezialität? Haben Sie ein –«

»Ein gutes Verhältnis? Auf jeden Fall! Ich nehme an ihren Versammlungen teil, und wir kommen blendend miteinander aus. Als ich das Geschäft eröffnet habe, hat mich Andrew Glanz unter seine Fittiche genommen und mir viele wertvolle Ratschläge gegeben.« Sie seufzte tief auf. »Diesen Jungen zu verlieren war ein Schock. Kannten Sie Andy?«

»Nein, ich habe ihn nicht kennengelernt. War er –«

»Also, ich werde es Ihnen sagen. Er hat immer den Eindruck erweckt, als würde er einen Frack tragen, selbst wenn er in einer Latzhose ein Möbelstück abgeschliffen hat. Und er sah so gut aus – und war intelligent. Ich habe immer gefunden, es war ein Jammer, daß er nicht geheiratet hat. So eine Vergeudung!«

»War er nicht mehr oder weniger verlobt mit –«

»Dem Drachen? Nicht offiziell, aber sie hätten ein perfektes Paar abgegeben. Ein Jammer, daß er sich mit dieser anderen Frau eingelassen hat.«

»Sie meinen ...«, sagte Qwilleran und machte eine einladende Pause.

»Da stehe ich nun und schwatze schon wieder! Mein Sohn sagt, ich bin eine unverbesserliche Klatschbase geworden, seit ich in Junktown wohne. Und er hat recht. Ich werde kein Wort mehr sagen.«

Und das tat sie auch nicht.

Qwillerans Situation hatte unübersehbare Nachteile. Er versuchte, Ermittlungen über einen Vorfall anzustellen, an denen niemand interessiert war, und er war nicht mal sicher, was er ermittelte. Jeder vernünftige Mensch hätte die Sache fallenlassen.

Qwilleran strich sich nachdenklich über den Schnurrbart und unternahm den nächsten Schritt in seiner Nicht-Ermittlung eines fraglichen Verbrechens: Er ging in das Geschäft namens *Bit o'Junk*. Eine Entscheidung, die er bereuen sollte.

Kapitel zehn

Das *Bit o'Junk* befand sich neben der *Junkery* der Cobbs, im selben Häuserblock wie der *Blue Dragon*, Russell Patchs Kutschenhaus, Andys Laden an der Ecke und ein Kramladen, der die Bewohner des Viertels mit Gebetbüchern und schwarzen Höschen mit roten Fransen versorgte. Ben hatte sein Geschäft im Erdgeschoß eines Stadthauses, das ähnlich wie das Cobb-Herrenhaus aussah, aber nur halb so breit und doppelt so baufällig war. Die oberen Stockwerke beherbergten, wie auf einem verwitterten Schild auf dem Gebäude zu lesen war, Schlafräume nur für Männer.

Qwilleran stieg die vereisten steinernen Stufen hinauf und betrat eine triste Eingangshalle. Durch die Glasscheiben der Wohnzimmertüren konnte er ein Sammelsurium von altem Plunder sehen: verstaubte Möbel, unpolierte Messing- und Kupfersachen, trübe Glasgegenstände und anderen trostlosen Ramsch. Das einzige, was sein Interesse weckte, war ein Kätzchen, das sich auf einem Kissen zusammengerollt und das Kinn auf eine Pfote gelegt hatte. Es lag mitten auf einem Tisch mit lauter zerbrechlichen Sachen, und Qwilleran konnte sich vorstellen, wie das Tierchen auf Samtpfoten vorsichtig zwischen den Glaskelchen und Teetassen herumspaziert war. Er ging hinein. Beim Anblick des buschigen Schnurrbarts erhob sich der Inhaber von einer Couch und breitete zur Begrüßung theatralisch die Arme aus. Ben trug einen unförmigen Skipullover, der seine rundliche Figur noch betonte, und dazu einen hohen Zylinder aus Seide. Er riß den Hut vom Kopf und verbeugte sich tief.

»Wie geht das Geschäft? Schleppend?« fragte Qwilleran und sah sich in dem wenig ansprechenden Laden um.

»Mühsam, langweilig, lahm und unrentabel«, sagte der Händler und setzte den Hut wieder auf, um sein schütteres Haar zu bedecken.

Qwilleran nahm eine Gasmaske aus dem Ersten Weltkrieg in die Hand.

»Eine historische Kostbarkeit«, teilte ihm Nicholas mit. »Ist auf der *Mayflower* nach Amerika gekommen.« Mit weißen Socken an den Füßen trottete er hinter dem Journalisten her.

»Ich habe gehört, daß Sie mal beim Theater waren«, bemerkte der Reporter.

Der pummelige kleine Händler reckte sich, so daß er statt einem Meter dreiundsechzig die stattliche Größe von eins fünfundsechzig erreichte. »Unsere Darstellung des *Bruder Lorenzo* am Broadway ist von den Kritikern hoch gepriesen worden. Unser *Dogberry* war phantastisch. Unser *Bottom* war unvergeßlich ... Was ist los? Sie sind ja ganz blaß und zittern!«

Qwilleran starrte auf das Kätzchen auf seinem Kissen. »Diese – diese Katze!« stotterte er. »Sie ist tot!«

»Ein bewundernswertes Beispiel für die Kunst eines Tierpräparators. Sie gefällt Ihnen nicht?«

»Sie gefällt mir nicht«, sagte Qwilleran und blies in seinen Schnurrbart. »Worauf haben Sie sich eigentlich spezialisiert? Haben Sie sich überhaupt spezialisiert?«

»Ich bin ein fröhlicher Wanderer in der Nacht.«

»Ach, lassen Sie das! Für mich brauchen Sie keine Show abzuziehen. Wenn Sie auf etwas Werbung Wert legen, dann geben Sie mir ein paar klare Antworten. Haben Sie sich auf etwas spezialisiert?«

Ben Nicholas überlegte. »Auf alles, womit man Geld machen kann.«

»Wie lange haben Sie diesen Laden in Junktown schon?«

»Zu lange.«

»Kannten Sie Andy Glanz gut?«

Der Händler faltete die Hände und wandte die Augen gen

Himmel. »Edel, klug, heldenhaft und ehrlich«, stimmte er an. »Es war ein trauriger Tag für Junktown, als der Heilige Andrew allzu früh aus unserer Mitte gerissen wurde.« Dann zog er die Hose hoch und sagte schelmisch: »Was halten Sie von einem Krug erlesenen Weines im hiesigen Wirtshaus?«

»Nein, danke. Heute nicht«, sagte Qwilleran. »Was ist denn das? Ein zusammenklappbares Bücherregal?« Er nahm ein seltsames Ding aus messinggefaßtem Elfenbein mit Scharnieren in die Hand. »Wieviel wollen Sie dafür haben?«

»Nehmen Sie es – nehmen Sie es – mit den besten Empfehlungen des guten alten St. Nicholas.«

»Nein, ich möchte es kaufen, wenn es nicht zu teuer ist.«

»Wir wollten fünfzehn dafür nehmen, aber gestatten Sie uns, Ihnen den Rabatt für Geistliche in Abzug zu bringen. Acht Taler.«

In diesem Augenblick sagte ein anderer Kunde, der in der Zwischenzeit das Geschäft betreten hatte und vollkommen ignoriert worden war, ungeduldig: »Haben Sie Pferdekämme?«

»Fort, fort!« sagte der Händler und winkte den Mann weg. »Dieser Gentleman hier ist von der Presse, und wir werden gerade interviewt.«

»Ich bin fertig. Ich gehe schon«, sagte der Journalist. »Ich werde Ihnen am Montag einen Fotografen schicken, der ein Bild von Ihnen und Ihrem Geschäft macht«, sagte er und bezahlte das Bücherregal.

»Ergebensten Dank, Sir.«

Nicholas nahm den Hut ab und hielt ihn an sein Herz, und da sah Qwilleran die kleine rote Feder, die an dem Hut steckte. Das war *seine* Feder! Daran bestand kein Zweifel; sie hatte ein kleines Loch am Kiel. Vor zwei Wochen hatte er sie in einem Anfall von Verspieltheit aus dem Hutband genommen, um damit Kokos Nase zu kitzeln. Doch der Kater war schneller gewesen als er und hatte einen Fangzahn in die Feder geschlagen.

Qwilleran ging langsam aus dem Geschäft. Auf dem oberen Treppenabsatz blieb er stehen und überlegte, wie die Feder wohl auf Bens Zylinder gekommen war.

Als er so stirnrunzelnd dastand, wurde Qwilleran plötzlich zu

Boden geschleudert. Der ganze Himmel landete auf seinem Kopf, und er ging auf dem steinernen Treppenabsatz in die Knie. Es rumpelte, donnerte und krachte, und er steckte mit allen vieren in Schnee und Eis.

Im nächsten Moment stürzte Ben Nicholas aus dem Geschäft und kam ihm zu Hilfe. »Eine verdammte Lawine!« rief er und half dem Journalisten auf die Beine. »Vom Dach dieses obskuren Etablissements! Wir werden den Hausherrn verklagen!«

Qwilleran wischte sich den Schnee von den Kleidern. »Ein Glück, daß ich einen Hut aufhatte«, sagte er.

»Kommen Sie herein und trinken Sie einen Schluck Brandy.«

»Nein, ich bin schon okay. Aber trotzdem vielen Dank.«

Er nahm sein Bücherregal und stieg die Treppe hinunter, wobei er sich bemühte, sein linkes Knie zu schonen.

Als Qwilleran in seine Wohnung kam – nachdem er mühsam die Treppe erklommen hatte – wurde er von einem tobenden Koko begrüßt. Während Yum Yum mit hochgezogenen Schulterblättern auf dem Bücherschrank saß und wie ein verschreckter Grashüpfer aussah, raste Koko von der Tür zum Schreibtisch, dann hinauf auf das Liegesofa und wieder zurück auf den Rolladenschreibtisch.

»Aha! Diese Affen haben also mein Telefon installiert!« sagte Qwilleran. »Ich hoffe, du hast den Vertreter der Telefongesellschaft in den Knöchel gebissen.«

Koko sah ihn interessiert an und gab mit den Ohren Signale, während Qwilleran das Fotolabor des *Fluxion* anrief und für Montagmorgen einen Fotografen anforderte. Dann ging der Kater mit hoch aufgerichtetem Schwanz und steifen Schritten voran in die Küche und überwachte die Zubereitung seines Abendessens. Mit erwartungsvoll nach unten gebogenen Schnurrhaaren saß er auf dem Abtropfbrett und sah zu, wie Hühnerleber geschnitten, langsam in Butter gegart und mit Sahne und einem Hauch Curry gewürzt wurde.

»Koko, jetzt hat es mich auch erwischt«, sagte er zu dem Kater. »Meine Vermieterin hat sich den Rücken verrissen, Russ Patch hat sich das Bein gebrochen, die Rothaarige hat einen Gips, und ich habe jetzt ein kaputtes Knie! Heute abend werde ich im Presseclub wohl nicht das Tanzbein schwingen!«

»Yau«, antwortete Koko tröstend.

Qwilleran verbrachte den Samstagabend stets im Presseclub, in letzter Zeit immer in Gesellschaft einer jungen Frau, die mit brauner Tinte schrieb, doch sie kam jetzt nicht mehr in Frage. Kühn suchte er auf gut Glück die Nummer der *Drei Schicksalsschwestern* aus dem Telefonbuch und rief an. Er wußte, daß die meisten Frauen die Chance, im Presseclub zu essen, begeistert wahrnahmen. Leider hob im Antiquitätengeschäft keiner ab.

Dann rief er ein Mädchen an, das in der Frauenredaktion des *Fluxion* arbeitete – eine der Gesellschaftsreporterinnen.

»Ich wünschte, ich könnte mitkommen«, sagte sie, »aber ich muß heute abend Weihnachtskarten schreiben, wenn sie noch vor Neujahr ankommen sollen.«

»Wo ich Sie schon gerade an der Strippe habe«, sagte er, »können Sie mir vielleicht etwas über die Familie Duxbury sagen?«

»Sie kommt ihren gesellschaftlichen Verpflichtungen nach, meidet aber Publicity. Warum?«

»Gibt es auch Töchter?«

»Fünf – alle nach englischen Königinnen genannt. Alle verheiratet, außer einer. Sie hat vor zehn Jahren debütiert und ...«

»Und was?«

»Hat sich wohl gleich wieder zurückgezogen. Man sieht oder hört nie etwas von ihr.«

»Wie heißt sie?«

»Mary. Sie ist die Außenseiterin in der Familie.«

»Vielen Dank«, sagte Qwilleran. Er ging allein in den Presseclub.

Der Club befand sich in dem einzigen alten Gebäude in der Innenstadt, das dem Abbruch entgangen war. Es war einst ein Bezirksgefängnis gewesen und wie eine mittelalterliche Festung gebaut – mit Türmchen, Zinnen und Schießscharten. Wann immer die Stadtverwaltung es zugunsten einer Schnellstraße oder eines Einkaufszentrums wegreißen wollte, erhob sich ein empörter Aufschrei vom *Daily Fluxion* und dem *Morning Ram-*

page, und kein gewählter oder ernannter Beamter hatte es bisher gewagt, gegen den Zorn der vereinten Presse ins Feld zu ziehen.

Als Qwilleran die Stufen zu dem düsteren alten Gebäude hinaufhumpelte, traf er Lodge Kendall, einen Polizeireporter, der gerade wegging.

»Kommen Sie doch noch mal mit hinein, ich gebe einen aus«, sagte Qwilleran.

»Ich kann nicht, Qwill. Ich habe meiner Frau versprochen, heute abend mit ihr einen Christbaum zu kaufen. Wenn man sich nicht früh genug umschaut, sind die schönen schon weg. Und ich hasse schiefe Bäume.«

»Dann nur eine Frage. Welcher Teil der Stadt hat die höchste Verbrechensrate?«

»Die ist im Strip und in Sunshine Gardens gleich hoch. Skyline Park wird allmählich auch ein Problem.«

»Und was ist mit der Zwinger Street?«

»Von der Zwinger Street hört man nicht viel.«

»Ich habe mir dort eine Wohnung genommen.«

»Sie müssen verrückt sein! Das ist doch ein Slum.«

»Eigentlich ist es keine schlechte Wohngegend.«

»Nun, packen Sie erst gar nicht alles aus – die Stadtverwaltung wird das Viertel abreißen lassen«, sagte Kendall fröhlich und verabschiedete sich.

Qwilleran belud am Buffet seinen Teller und ging damit an die Bar, die überraschend leer war. »Wo sind denn die anderen alle?« fragte er Bruno, den Barkeeper.

»Weihnachtseinkäufe machen. Die Geschäfte sind bis neun Uhr geöffnet.

»Haben Sie schon mal Altwaren gekauft, Bruno? Sind Sie ein Sammler?« fragte der Journalist. Der Barkeeper war für seine breitgestreuten Interessen bekannt.

»Aber sicher! Ich sammle Sektquirle von Bars aus der ganzen Welt. Ich habe ungefähr zehntausend.«

»Das meine ich nicht. Ich rede von Antiquitäten. Ich habe gerade ein Stück vom Eisentor eines Schlosses in Schottland gekauft. Es ist wahrscheinlich dreihundert Jahre alt.«

Bruno schüttelte den Kopf. »Das stört mich an den Antiquitäten. Sie sind alle so *alt*.«

Qwilleran beendete seine Mahlzeit und war froh, heim nach Junktown gehen zu können, wo sich die Menschen für wichtigere Dinge interessierten als für schiefe Christbäume und Sektquirle. Die Leute im Presseclub hatten nicht mal bemerkt, daß er hinkte.

Auf der Treppe zum Herrenhaus der Cobbs blickte er zum Dach hoch, das von Mansardenfenstern unterbrochen war. Es lag noch immer eine Menge Schnee auf dem Dach. Auch auf Marys Haus. Nur von Bens Haus war eine Lawine geglitten, obwohl es genauso aussah wie die anderen.

In seiner Wohnung saßen die Katzen auf ihren vergoldeten Thronen; sie beachteten stets die Feinheiten des Protokolls – Yum Yum saß immer zu Kokos Linken. Qwilleran schnitt die Schinkenscheibe klein, die er ihnen vom Buffet des Presseclubs mitgebracht hatte, setzte sich dann an die Schreibmaschine und arbeitete an der Artikelserie über Junktown. Nach einer Weile sprang Koko auf den Gasthaustisch und beobachtete das neue mechanische Gerät in Aktion – wie die Buchstaben flogen und auf das Papier schlugen, wie der Wagen von rechts nach links wanderte. Und als Qwilleran die Arbeit unterbrach, um einen Gedanken Gestalt annehmen zu lassen, rieb Koko den Unterkiefer an einem Hebel und stellte den Rand neu ein.

An jenem Abend gab es noch zwei weitere Störungen. Ab und zu ertönten über seinem Kopf polternde und scharrende Geräusche, und über den Gang zogen verlockende Düfte – zuerst nach Anis, dann ein volles Butteraroma, und danach roch es nach Schokolade.

Schließlich rief jemand vor der Tür seinen Namen, und als er öffnete, stand seine Vermieterin vor ihm, in der Hand ein großes Blech.

»Ich habe Sie tippen hören und dachte, Sie hätten vielleicht Lust auf einen kleinen Imbiß«, sagte sie. »Ich habe heute für Weihnachten gebacken.« Auf dem Blech war Schokoladenkuchen und ein Kaffeeservice aus Porzellan mit zwei Tassen.

Qwilleran war verärgert über die Unterbrechung, aber

zugleich auch wie hypnotisiert vom Anblick der Schokoladenschnitten mit Zuckerguß, auf denen Walnußhälften lagen, und bevor er antworten konnte, war Mrs. Cobb schon ins Zimmer gekommen.

»Ich habe den ganzen Abend am heißen Herd verbracht«, sagte sie. »Oben sind die Händler und machen Pläne für das Weihnachts-Straßenfest. C. C. hat den zweiten Stock für Versammlungen schön geschmückt. Er nennt es den ›Leistenbruchtreff‹. Antiquitätenhändler haben ja ständig – Ach, du liebe Zeit! Sie hinken ja! Was ist denn passiert?«

»Ich habe mir das Knie angeschlagen.«

»Sie müssen vorsichtig sein! Knie sind verflixte Dinger«, warnte sie ihn. »Setzen Sie sich auf den Morris-Sessel und legen Sie das Bein auf den Fußschemel; ich stelle den Kuchen auf das Teetischchen zwischen uns.« Sie ließ ihren molligen Körper auf den Schaukelstuhl aus gebogenen Weidenruten plumpsen und merkte nicht, daß Koko sie vom Kaminsims aus kritisch beobachtete.

Für eine Frau, die sich stundenlang in der Küche abgerackert hatte, war Iris Cobb ziemlich festlich angezogen. Sie war sorgfältig frisiert und trug ein leuchtend rosa Kleid, das mit ein paar kümmerlichen Glasperlen bestickt war. Um den Hals hingen ihre beiden Brillen, von denen eine mit Straß besetzt war.

Qwilleran biß in ein saftiges, dunkles Stück Schokoladenkuchen – es war weich und ofenwarm und mit Walnußstückchen gefüllt –, während Mrs. Cobb eifrig auf ihrem Stuhl schaukelte.

»Ich wollte mit Ihnen über etwas reden«, sagte sie. »Was ich da über Andys Horoskop gesagt habe – das habe ich nicht wirklich ernst gemeint. Ich meine, ich habe niemals wirklich geglaubt, daß etwas daran war. Ich möchte keinen Ärger machen.«

»Was für einen Ärger?«

»Nun, ich habe gerade erfahren, daß Sie Polizeireporter sind, und ich dachte, vielleicht sind Sie hier, um –«

»Das ist schon gar nicht mehr wahr«, versicherte ihr Qwilleran. »Wer hat Ihnen das gesagt?«

»Der Drachen. Ich bin hinübergegangen, um mir Bienenwachs

auszuleihen, und Sie hat mir erzählt, daß Sie in New York oder irgendwo ein berühmter Polizeireporter waren, und ich dachte, vielleicht sind Sie hier, um herumzuschnüffeln. Ich habe ehrlich nie gedacht, daß Andys Sturz von der Leiter etwas anderes als ein Unfall war, und ich hatte Angst, daß Sie einen falschen Eindruck bekommen.«

»Ich verstehe«, sagte Qwilleran. »Also, machen Sie sich keine Sorgen. Ich arbeite schon lange nicht mehr als Polizeireporter.«

»Da bin ich aber erleichtert«, sagte sie. Sie entspannte sich und begann sich mit Besitzermiene im Raum umzusehen.

»Gefällt Ihnen diese tapezierte Wand?« fragte sie mit kritischem Blick. »Mich würde es verrückt machen, im Bett zu liegen und auf all diese gedruckten Buchseiten zu schauen. Sie sind mit ablösbarem Leim angeklebt; Sie können sie also abziehen, wenn Sie sie nicht –«

»Um ehrlich zu sein, mir gefällt diese Wand recht gut«, sagte Qwilleran und nahm sich ein zweites Stück Schokoladenkuchen. »Es ist eine Mischung aus *Don Quijote* und Samuel Pepys.«

»Nun, die Geschmäcker sind verschieden. Fahren Sie zu Weihnachten weg? Ich kümmere mich gern um die Katzen.«

»Nein. Keine Pläne.«

»Veranstalten Sie eine Weihnachtsfeier in der Redaktion?«

»Nur am Weihnachtsabend eine Party im Presseclub.«

»Sie müssen einen sehr interessanten Beruf haben!« Sie hielt mit dem Schaukeln inne und sah ihm mit unverhohlener Bewunderung an.

»Koko!« rief Qwilleran. »Hör auf, Yum Yum zu belästigen.« Dann fügte er, zu Mrs. Cobb gewandt, hinzu: »Sie sind beide sterilisiert, aber Koko benimmt sich manchmal sehr verdächtig.«

Die Vermieterin kicherte und schenkte ihm noch eine Tasse Kaffee ein. »Wenn Sie zu Weihnachten allein sind«, sagte sie, »dann müssen Sie mit uns feiern. C. C. stellt einen großen Baum auf, und mein Sohn kommt aus St. Louis. Er ist so eine Art Architekt. Sein Vater – mein erster Mann – war Lehrer. Ich selbst habe als Hauptfach Englisch gehabt, auch wenn man das nicht glauben würde. Ich lese überhaupt nichts mehr. Bei diesem Geschäft hat man für nichts Zeit. Wir haben dieses Haus jetzt vier Jahre, und es gibt immer irgend etwas –«

Sie plapperte weiter, und Qwilleran wunderte sich über diese einfältige kleine Frau. Als Reporter war er daran gewöhnt, daß man ihm etwas einreden wollte und ihn mit Essen überhäufte – letzteres war einer der Vorteile, die sein Beruf mit sich brachte –, aber er hätte eine Vermieterin vorgezogen, die sich eine Spur weniger freundschaftlich benahm, und er hoffte, sie würde gehen, bevor die Händler vom ›Leistenbruchtreff‹ herunterkamen.

Ihre Annäherungsversuche waren vollkommen harmlos, da war er sicher. Ihre Überschwenglichkeit war einfach ein Mangel an Geschmack. Sie war nicht übermäßig mit kleinen grauen Zellen gesegnet, und ihr Versuch, ihre Bemerkung über Andys Unfall zurückzunehmen, war so durchsichtig, daß sie einem fast leid tat. Hatte sie erraten, daß ihr Mann verdächtig wäre, falls sich herausstellte, daß es Mord war?

»Er ist an einer Lebensmittelvergiftung gestorben – an einer seltenen Art von Botulismus«, sagte Mrs. Cobb gerade.

»Wer?« fragte Qwilleran.

»Mein erster Mann. Ich wußte, daß etwas Furchtbares passieren würde. Ich hatte es in seiner Hand gesehen. Ich habe den Leuten immer aus der Hand gelesen – nur so als Hobby, wissen Sie. Soll ich Ihnen auch aus der Hand lesen?«

»Ich halte nicht viel von der Kunst des Handlesens«, sagte Qwilleran und begann auf die Kante des gut gepolsterten Morris-Sessels vorzurutschen.

»Ach, seien Sie doch kein Spielverderber! Lassen Sie mich einmal in Ihre Zukunft schauen. Wenn es etwas wirklich Schlimmes ist, dann werde ich es Ihnen einfach nicht sagen. Sie brauchen sich überhaupt nicht zu rühren. Bleiben Sie einfach, wo Sie sind, und ich setze mich auf den Fußschemel.«

Ihre runden Hüften plumpsten neben seinem Fuß auf den Schemel. Sie gab seinem Bein einen freundlichen Klaps und griff dann nach seiner Hand. »Ihre Rechte, bitte.« Sie hielt sie in ihren warmen, feuchten Händen fest und strich ein paarmal über seine Handfläche, um die abwehrend gekrümmten Finger geradezurichten.

Auf dem großen Sessel gefangen, rutschte er unbehaglich herum und überlegte, wie er entkommen könne, ohne taktlos zu sein.

»Eine sehr interessante Handfläche«, sagte sie und setzte eine Brille auf.

Sie strich über seine Hand und beugte den Kopf tiefer, um die Linien aus nächster Nähe studieren zu können, als das Zimmer plötzlich von Fauchen und schrillem Kreischen erfüllt war. Koko hatte Yum Yum mit einem wilden Knurren angefallen. Yum Yum kreischte und schlug zurück. Sie hielten sich gegenseitig im Würgegriff und wälzten sich auf dem Boden.

Mrs. Cobb sprang auf. »Du liebe Güte! Sie werden sich umbringen!«

Qwilleran brüllte sie an, klatschte in die Hände, rappelte sich auf und gab dem nächstbesten Hinterteil, das er erwischte, einen Klaps. Koko knurrte böse, und Yum Yum entfloh. Sofort nahm Koko die Verfolgung auf. Das kleine Weibchen flitzte über den Schreibtisch, um den Morris-Sessel herum, unter dem Teetischchen durch – und Koko hinterher. Immer wieder liefen sie rund um das ganze Zimmer. Qwilleran schrie, und Mrs. Cobb kreischte. Als der fliegende Zirkus in die vierte Runde gegangen war, sauste Yum Yum unter dem Teetischchen durch, und Koko sprang mit einem Satz darüber. Qwilleran erwischte gerade noch die Kaffeekanne, aber Koko kam auf dem Tablett ins Schleudern, und die Sahne und der Zucker flogen durchs Zimmer.

»Der Teppich!« rief die Vermieterin. »Ein Handtuch, schnell! Ich hole einen Schwamm.«

Sie lief aus dem Zimmer, und genau in diesem Augenblick kamen die Händler vom ›Leistenbruchtreff‹ herunter.

»Was ist denn das für ein Aufruhr?« fragten sie. »Wer wird denn hier umgebracht?«

»Nur ein Streit in der Familie«, erklärte Qwilleran und deutete mit dem Kopf auf die Katzen.

Koko und Yum Yum saßen friedlich nebeneinander auf dem Morris-Sessel. Sie sah ganz glücklich und zufrieden drein, und Koko leckte ihr zärtlich über das Gesicht.

Kapitel elf

Cobb schnarchte wieder in dieser Nacht. Qwilleran erwachte um drei Uhr, weil ihn das Knie schmerzte, nahm Aspirin und lauschte dann dem gedämpften Schnarchen, das durch die Wand drang. Er wünschte, er hätte eine Eispackung gehabt. Er wünschte, er wäre nie nach Junktown gezogen. Alle Leute hier hatten ständig irgendwelche Unfälle, und das war anscheinend ansteckend. Warum hatte er bloß eine ganze Monatsmiete im voraus bezahlt? Egal; er konnte hierbleiben, bis er die Serie über Junktown geschrieben hatte und dann ausziehen und die Sache unter dem Titel ›Erfahrungen‹ verbuchen: Vorsicht vor potentiellen Vermieterinnen, die einem selbstgebackenen Apfelkuchen anbieten. Ja, das war die beste Lösung – er würde sich darauf konzentrieren, eine gute Artikelserie zu schreiben und aufhören, im Leben eines verstorbenen Trödlers herumzuschnüffeln.

Doch dann spürte Qwilleran ein altbekanntes Kribbeln in den Schnurrbartwurzeln, und er begann mit sich selbst zu debattieren:

– *Aber du mußt zugeben, daß an der Aufstellung der Gegenstände in Andys Werkstatt etwas verdächtig war.*

– Also war es Mord. Irgendwer hat sich dort herumgetrieben und ihn umgebracht. Versuchter Raub.

– *Ein Fremder, der sich dort herumtrieb, hätte ihm eins über den Schädel gezogen und wäre abgehauen. Nein, der ganze Vorfall wirkte inszeniert. Inszeniert, habe ich gesagt. Hast du gehört?*

– Wenn du an den ehemaligen Schauspieler denkst, vergiß es. Das ist ein harmloser alter Knacker, und tierliebend noch dazu. Koko hat ihn auf der Stelle gemocht.

– *Vergiß nicht, wie diese Dachlawine genau im richtigen Augenblick heruntergekracht ist. Einer dieser Eiszapfen hätte dir den Schädel einschlagen können. Und was Koko anlangt, der kann bemerkenswert leicht Vorurteile entwickeln. Mrs. Cobb hat er abgelehnt, nur weil sie ihn mit Piepsstimme angeredet hat.*

– Dennoch würde mich interessieren, wie sie sich vor zwei Monaten den Rücken verrenkt hat.

– *Das ist doch an den Haaren herbeigezogen. Sie ist vom Typ her keine Mörderin. Mord erfordert jemanden wie Mary Duckworth – eiskalt, zielstrebig, extrem tüchtig.*

– Du hast ein falsches Bild von ihr. Sie kann warm und mitfühlend sein. Außerdem hätte sie kein Motiv.

– *Ach, nein? Sie hatte sich mit Andy gestritten. Wer weiß, wie ernst es vielleicht war?*

– Sie haben zweifellos über die andere Frau in seinem Leben gestritten – noch immer kein Motiv für einen Mord, wenn sie ihn liebte.

– *Vielleicht drohte er, etwas zu tun, das ihr noch mehr weh getan hätte.*

– Aber Mary behauptet, daß er freundlich und rücksichtsvoll war.

– *Er war aber auch dogmatisch und intolerant. Vielleicht wollte er wieder ›seine Pflicht tun‹. Diese Art Menschen sind die klassischen Duckmäuser.*

– Ach, halte doch die Klappe und laß mich schlafen.

Schließlich schlief Qwilleran ein, und am Morgen wurde er von zwei hungrigen Katzen geweckt, die auf seinem Bett ›Himmel und Hölle‹ spielten und wie durch ein Wunder nie auf sein verletztes Bein traten. Katzen haben einen sechsten Sinn, stellte er fest, der verhindert, daß sie den Menschen, die sie gern haben, weh tun. Er gab ihnen ein gutes Frühstück – Krabbenfleisch aus der Dose.

Als er später kalte, nasse Handtücher auf sein Knie legte,

klopfte es. Er seufzte ärgerlich auf und ging unter großen Schmerzen zur Tür.

Vor ihm stand Iris Cobb in Mantel und Hut und hielt ihm einen Teller mit Kaffeegebäck hin. »Ich gehe in die Kirche«, sagte sie. »Mögen Sie ein paar Moosbeerkringel? Ich bin zeitig aufgestanden und habe sie gebacken. Ich konnte nicht schlafen.«

»Vielen Dank«, sagte Qwilleran, »aber ich habe langsam das Gefühl, Sie wollen mich mästen.«

»Wie sieht der Teppich heute morgen aus? Hat die Sahne einen Fleck hinterlassen?«

»Nicht schlecht, aber wenn Sie ihn reinigen lassen wollen, möchte ich die Kosten übernehmen.«

»Wie geht es Ihrem Knie? Besser?«

»Diese Verletzungen sind morgens immer besonders schlimm. Ich versuche es mit kalten Kompressen.«

»Kommen Sie doch so um sieben zum Abendessen zu uns, dann brauchen Sie nicht aus dem Haus zu gehen ... C. C. kann Ihnen dann ein paar interessante Geschichten über Junktown erzählen«, fügte sie hinzu, als Qwilleran zögerte. »Es gibt Schmorbraten und Kartoffelbrei – nichts Besonderes. Nur mit saurer Sahne und Dill aufgeschlagene Kartoffeln. Und Salat mit Roquefort-Dressing. Und als Nachtisch Kokosnußkuchen.«

»Ich komme«, sagte Qwilleran.

Sobald er angezogen war, humpelte er zum Drugstore; einen Sonntag ohne Sonntagszeitungen konnte er nicht überstehen. Am Imbißstand würgte er zwei harte Eier hinunter, die weichgekocht hätten sein sollen, und verdarb sich bei der Lektüre von Jack Jauntis neuer Kolumne den Magen. Jaunti, der halb so alt war wie Qwilleran, besaß jetzt die Frechheit, eine Kolumne zu schreiben, in der er vom Olymp seiner pubertären Unwissenheit herunter tiefschürfende Weisheiten versprühte.

Den Rest des Tages verbrachte der Reporter damit, sein lädiertes Knie zu pflegen und auf seine lädierte Schreibmaschine einzuhämmern. Seine Verletzung weckte den Samariterinstinkt, der Katzen eigen ist. Immer wenn er sich niedersetzte, sprang Yum Yum auf seinen Schoß, während Koko in seiner Nähe herumstrich, mit besorgter Miene leise Laute von sich gab und jedesmal, wenn Qwilleran in seine Richtung sah, schnurrte.

Gegen sieben Uhr lockte der Geruch von mit Knoblauch und Stangensellerie gekochtem Rindfleisch den Journalisten in die Wohnung der Cobbs hinüber. C. C. saß im Unterhemd und mit bloßen Füßen da, ein Bein über die Stuhllehne gelegt, in der Hand eine Dose Bier. Als der Gast eintrat, brummte er irgend etwas – eine herzlichere Begrüßung, als Qwilleran erwartet hatte. Mrs. Cobb sah ihren Mieter hocherfreut an und führte ihn zu einem imposanten Ohrensessel.

»Das ist Charles II«, sagte sie. »Unser bestes Stück.« Sie zeigte ihm noch andere Schätze, die er allerdings eher zurückhaltend bewunderte: Eine ausgestopfte Eule, einen geschnitzten hölzernen Adler mit Polypen, ein Ölgemälde von einem Kind mit einem aufgedunsenen Gesicht, das aussah wie vierzig, und einen Apothekentisch mit zwei Dutzend winziger Schubladen, die für niemanden von Nutzen waren außer für einen Apotheker. Darauf stand ein Radio, aus dem unaufhörlich seichte Musik ertönte.

Mrs. Cobb, die die rührige Gastgeberin spielte, reichte einen Teller mit winzigen Fleischpastetchen herum und servierte auf Untertassen mit Zierdeckchen aus Papier kleine Gläser mit Preiselbeersaft.

C. C. sagte: Wen willst du denn mit diesem merkwürdigen Fraß beeindrucken?«

»Unseren neuen Mieter natürlich. Für einen Banausen wie dich würde ich mich nicht mit Piroggen abplagen«, antwortete sie liebenswürdig.

C. C. wandte Qwilleran sein unrasiertes, aber gutaussehendes Gesicht zu. »Wenn sie anfängt, Sie mit ihrem guten Essen zu umgarnen – Vorsicht, Mister. Sie könnte Sie vergiften, wie ihren ersten Ehemann.« Sein Tonfall war streitlustig, doch in seinen Augen sah Qwilleran ein Funkeln, das überraschend liebevoll war.

»Wenn ich jemanden vergifte«, sagte seine Frau, »dann Cornball Cobb ... Wollt ihr beide etwas Interessantes hören?« Sie griff unter einen kleinen Tisch und nahm vom Regal darunter ein tragbares Tonbandgerät. Sie spulte es zurück, drückte auf einen grünen Kopf und sagte: »Jetzt hört euch das an.«

Das Tonband begann zu laufen, und das kleine Gerät gab ein unheimliches Konzert aus Glucks-, Schnauf-, Pfeif-, Zisch-, Stöhn- und Schnaubgeräuschen von sich.

»Dreh das verdammte Ding ab!« schrie Cobb, eher im Spaß als verärgert.

Sie lachte. »Jetzt weißt du, wie du schnarchst. Du wolltest es mir ja nicht glauben, nicht wahr? Du hörst dich an wie eine Zirkusorgel.«

»Hast du dafür etwa mein hartverdientes Geld ausgegeben?« Er stand auf und schlug mit der Faust auf den roten Knopf, wodurch das Konzert verstummte und seine Miene seltsam zufrieden war.

»Das werde ich bei der Scheidung als Beweismittel vorlegen.« Mrs. Cobb zwinkerte Qwilleran zu, und er wand sich auf seinem Sessel. Bei dieser kaum verhüllten Zurschaustellung von Sexualität zwischen Mann und Frau kam er sich vor wie ein Voyeur.

C. C. sagte: »Wann gibt es was zu essen?«

»Er kann mein Essen nicht ausstehen«, sagte Iris Cobb, »aber Sie sollten sehen, wie er reinhaut.«

»Ich kann alles essen«, knurrte ihr Mann gutmütig. »Was gibt es denn heute wieder für einen Schlangenfraß?«

Als sie sich an den großen Küchentisch setzten, widmete er sich seinem Essen und wurde bemerkenswert freundlich. Qwilleran versuchte, sich C. C. rasiert und mit einem weißen Hemd und Krawatte vorzustellen. Er hätte ein erfolgreicher Verkäufer, der Liebling der Theaterbesucherinnen, ein Ladykiller oder ein Trickbetrüger sein können. Warum hatte er sich für diese schmuddelige Rolle in Junktown entschieden?

Der Journalist sagte: »Gestern habe ich die *Drei Schicksalsschwestern* kennengelernt«, und wartete auf eine Reaktion.

»Wie hat Ihnen die Rothaarige gefallen?« fragte Cobb und blickte anzüglich auf seinen Teller. »Hätte sie nicht einen Gips am Bein, würde sie Sie die ganze Straße hinunter verfolgen.«

»Und was halten Sie von unserem anderen Mieter?« fragte Mrs. Cobb. »Ist das nicht ein komischer kleiner Kauz?«

»Er zieht eine recht gute Show ab«, sagte Qwilleran. »Er hat mir erzählt, daß er Schauspieler am Broadway war.«

C. C. schnaubte. »Näher als in die Spielzeugabteilung von Macy's ist der nicht an den Broadway herangekommen.«

Seine Frau sagte: »Ben geht schrecklich gern als Weihnachtsmann. Alle Jahre wieder zieht er sich zu Weihnachten ein rotes Kostüm an, bindet sich einen Bart um und besucht die Kinderabteilungen der Krankenhäuser.«

»Die müssen ihm was dafür zahlen«, sagte C. C. »Gratis würde er das nicht machen.«

»Einmal«, fuhr sie fort, »lag mitten auf der Zwinger Street eine verletzte Taube – Dutzende andere Tauben flatterten um sie herum, um sie vor dem Verkehr zu schützen, und da habe ich gesehen, wie Ben mit einer Schuhschachtel hinausging und den Vogel rettete.«

Qwilleran sagte: »Er hat etwas Widerliches in seinem Geschäft – eine ausgestopfte Katze auf einem verstaubten Samtkissen.«

»Das ist ein Nadelkissen. Die waren in den neunziger Jahren des vorigen Jahrhunderts ganz groß in Mode.«

»Kann er denn von dieser trostlosen Ansammlung von Ramsch leben? Oder hat er noch einen kleinen Nebenjob?«

»Ben hat was auf der hohen Kante«, sagte C. C. »Er hat früher mal eine Menge Geld verdient – bevor die Steuern so raufgegangen sind.« Mrs. Cobb warf ihrem Mann einen erstaunten Blick zu.

Der Mann aß auf und schob dann seinen Dessertteller weg. »Ich gehe heute abend ein Haus räumen. Will jemand mitkommen?«

»Wohin fahren Sie?« fragte Qwilleran.

»Ins Abbruchviertel. Im alten Ellsworth-Haus gibt es jede Menge Holztäfelungen – wenn ich es schaffe, vor den anderen Geiern dortzusein. Russ sagt, die bunten Glasfenster haben sie sich schon unter den Nagel gerissen.«

»Ich wünschte, du würdest nicht gehen«, sagte seine Frau. »Es ist so kalt, und das Eis ist tückisch, und du weißt, es ist verboten.«

»Aber alle tun es. Woher, glaubst du, hat der Drachen diesen silbernen russischen Kronleuchter? Sie tut, als wäre sie weiß Gott wer, aber du solltest sie mal mit einer Brechstange in der Hand sehen!«

Mrs. Cobb sagte zu Qwilleran: »C. C. ist einmal erwischt worden und mußte eine hohe Strafe zahlen. Man sollte glauben, das wäre ihm eine Lehre gewesen.«

»Ach, zum Teufel! Das passiert kein zweites Mal«, sagte ihr Mann. »Damals hat irgendwer der Polizei einen Tip gegeben, und ich weiß auch, wer es war. Das passiert nicht noch einmal.«

»Gehen wir doch mit dem Kaffee ins Wohnzimmer«, schlug Mrs. Cobb vor.

Cobb zündete sich eine Zigarre an und Qwilleran seine Pfeife. Dann sagte der Journalist: »Wie ich gehört habe, zeigt sich die Stadtverwaltung gegenüber Junktown nicht sehr kooperativ.«

»Mister, man könnte glauben, wir wären irgend so 'ne Krankheit, die man ausmerzen muß«, sagte Cobb. Wir haben um bessere Straßenbeleuchtung gebeten, und die Stadt hat abgelehnt, weil Junktown im Laufe der nächsten zehn Jahre abgerissen werden soll. *Zehn Jahre!* Also wollten wir auf eigene Kosten altmodische Gaslaternen installieren. Aber das erlaubte die Stadtverwaltung auch nicht. Alle Laternenmasten müssen dreizehn Meter hoch sein.«

»C. C. hat schon Tage im Rathaus verbracht«, sagte Mrs. Cobb, »an denen er als Streikposten gutes Geld hätte verdienen können.«

»An dieser Straße standen mal große Ulmen«, fuhr ihr Mann fort, »und die Stadt hat sie gefällt, um die Straße zu verbreitern. Also haben wir am Gehsteig junge Bäume gepflanzt, und wissen Sie was? Sie haben die Straße nochmal um sechzig Zentimeter breiter gemacht und die Bäume umgeschnitten.«

»Erzähl Qwill von den Schildern, C. C.«

»Ach ja, die Schilder. Wir haben alle altmodische Schilder aus wurmstichigem Holz angefertigt, und die Stadtverwaltung hat uns gezwungen, sie wieder abzumontieren. Sie seien gefährlich, hieß es. Dann hat Russ die Vorderseite seines Kutschenhauses mit handgehackten Zedernholzschindeln verkleidet, und die Stadtverwaltung hat sie wieder abgerissen. Wissen Sie, warum? Sie ragten etwa *einen* Zentimeter auf den Gehsteig hinaus! Mister, die Stadtverwaltung *will*, daß dieses Viertel verfällt, damit die Grundstücksspekulanten es sich unter den Nagel reißen und ein paar Leute ordentlich an Schmiergeld verdienen können!«

»Jetzt planen wir gerade zu Weihnachten ein Straßenfest, um das Geschäft etwas zu beleben«, sagte Mrs. Cobb, »aber es sind so viele Behördenwege damit verbunden.«

»Man braucht eine Genehmigung, um die Straße zu schmücken. Und wenn man im Freien Weihnachtsmusik spielen will, braucht man eine Genehmigung der Lärmbekämpfungskommission. Wenn man in seinem Laden eine Tombola veranstaltet, muß man sich bei der Glücksspielkommission die Fingerabdrücke abnehmen lassen. Wenn man Erfrischungen servieren will, muß man bei der Gesundheitsbehörde eine Blutuntersuchung vornehmen lassen. *Verrückt!*«

»Vielleicht könnte der *Daily Fluxion* die Dinge beschleunigen«, schlug Qwilleran vor. »Wir haben im Rathaus einen gewissen Einfluß.«

»Also, wie auch immer – ich gehe jetzt das Haus räumen.«

»Ich würde ja mitkommen«, sagte der Journalist, »wenn ich nicht dieses schlimme Knie hätte.«

Mrs. Cobb sagte zu ihrem Mann: »Fahr nicht allein! Kannst du nicht Ben überreden, mitzukommen?«

»Diesen faulen Sack? Der würde noch nicht mal die Taschenlampe tragen.«

»Dann frag Mike. Der kommt mit, wenn du ihm ein paar Dollar gibst.« Sie sah zum Fenster hinaus. »Es hat wieder angefangen zu schneien. Ich wünschte, du würdest zu Hause bleiben.«

Ohne sich besonders zu verabschieden, verließ Cobb, in einen dicken Mantel, Stiefel und eine Wollmütze gepackt, die Wohnung, und nach einer weiteren Tasse Kaffee erhob sich Qwilleran und bedankte sich bei seiner Gastgeberin für das ausgezeichnete Abendessen.

»Glauben Sie, der *Fluxion* könnte wegen unseres Straßenfestes etwas unternehmen?« fragte sie, als sie ihn zur Tür begleitete und ihm einen kleinen Imbiß für die Katzen in die Hand drückte. »Es bedeutet C. C. sehr viel. Wenn es um Weihnachten geht, ist er wie ein kleiner Junge. Ich kann es kaum mitansehen, wie ihm deshalb das Herz bricht.«

»Ich werde mich morgen darum kümmern.«

»Ist er nicht wunderbar, wenn er sich über das Rathaus aufregt?« fragte sie mit glänzenden Augen. »Ich werde nie vergessen, wie ich mit ihm zur Stadtratssitzung ging. Er hat ihnen die Hölle heißgemacht, und der Bürgermeister hat ihm gesagt, er soll sich hinsetzen und ruhig sein. C. C. sagte: ›Hör mal, mein Freund, du sagst *mir nicht*, daß ich den Mund halten soll. Ich bezahle schließlich dein Gehalt!‹ Ich war so stolz auf meinen Mann, daß mir die Tränen kamen.«

Qwilleran ging zurück über den Gang, schloß die Tür auf und spähte hinein. Die Katzen sprangen von ihren vergoldeten Thronen herunter; sie wußten, daß in dem Wachspapierpäckchen, das er in der Hand hielt, Schmorbraten war. Yum Yum rieb sich an seinen Knöcheln, während Koko lautstark Forderungen stellte.

Der Journalist beugte sich hinunter, um Kokos Kopf zu kraulen, und da sah er ihn – auf dem Fußboden neben dem Schreibtisch: einen Dollarschein! Er war längs gefaltet. Er wußte, daß er nicht ihm gehörte. Er faltete seine Geldscheine niemals so.

»Woher kommt das Geld?« fragte er die Katzen. »War irgend jemand hier?«

Es mußte jemand mit einem Schlüssel gewesen sein, und er wußte, die Cobbs waren es nicht gewesen. Er sah sich die getippten Blätter auf seinem Schreibtisch und die halbfertige Seite in seiner Schreibmaschine an. Hatte jemand wissen wollen, was er schrieb? Es konnte kaum jemand anders als der zweite Mieter in diesem Haus gewesen sein. Vielleicht bezweifelte Ben, daß er Journalist war – das war schon vorgekommen –, und schlich sich herein, um sich mit eigenen Augen davon zu überzeugen, und dabei ließ er den Dollarschein fallen, als er irgend etwas aus der Tasche genommen hatte – vielleicht eine Brille oder ein Taschentuch. Der Vorfall war an sich bedeutungslos, aber Qwilleran ärgerte sich trotzdem. Er ging zurück zur Wohnung der Cobbs.

»Irgend jemand hat in meiner Wohnung herumgeschnüffelt«, sagte er zu Mrs. Cobb. »Könnte es Ben gewesen sein? Hat er einen Schlüssel?«

»Du liebe Zeit, nein! Warum sollte er einen Schlüssel zu Ihrer Wohnung haben?«

»Nun, wer könnte sonst hineingekommen sein?«

Auf dem runden Gesicht seiner Vermieterin breitete sich ein entzückter Ausdruck aus.

»Sagen Sie es nicht! Ich weiß!« sagte Qwilleran düster. »Sie kann durch Türen gehen!«

Kapitel zwölf

Früh am Montagmorgen schlug Qwilleran plötzlich die Augen auf und wußte nicht, was ihn geweckt hatte. Der Schmerz in seinem Knie erinnerte ihn daran, wo er war – in Junktown, der Stadt der lädierten Gliedmaßen.

Dann ertönte wieder der Laut, der ihn geweckt hatte – ein Klopfen an der Tür – kein drängendes Hämmern, kein fröhliches Trommeln, sondern ein langsames Pochen, so beunruhigend wie seltsam. Er schwang die Beine aus dem Bett und zuckte vor Schmerz ein wenig zusammen, zog den Morgenmantel an und ging zur Tür.

Iris Cobb stand davor. Ihr rundes Gesicht war angespannt, die Augen geschwollen. Sie trug einen dicken Mantel und einen Wollschal um den Kopf.

»Entschuldigen Sie«, sagte sie mit bebender Stimme. »Ich weiß nicht ein noch aus. C. C. ist nicht nach Hause gekommen.«

»Wie spät ist es?«

»Fünf Uhr. Er ist nie später als um zwei heimgekommen.«

Qwilleran blinzelte, schüttelte den Kopf und fuhr sich mit den Fingern durch die Haare, während er versuchte, sich an die Ereignisse des vergangenen Abends zu erinnern. »Glauben Sie, daß ihn vielleicht wieder die Polizei verhaftet hat?«

»Dann hätte sie ihn anrufen lassen. Das letzte Mal haben sie das getan.«

»Was ist mit dem Jungen, der mit ihm mitkommen sollte?«

»Ich bin gerade zu Mikes Haus gegangen. Seine Mutter sagt,

er ist gestern nacht nicht mit C. C. mitgefahren. Er ist ins Kino gegangen.«

»Soll ich die Polizei anrufen?«

»Nein! Ich will nicht, daß sie erfahren, daß er schon wieder ein Haus geräumt hat. Ich habe so ein Gefühl, daß er vielleicht gestürzt ist und sich verletzt hat.«

»Soll ich hinfahren und nachsehen, ob ich ihn finde?«

»Würden Sie das tun? Oh, würden Sie das bitte tun? Ich komme mit.«

»Es dauert ein paar Minuten, bis ich angezogen bin.«

»Es tut mir leid, daß ich Sie damit belästige. Ich würde ja Ben aufwecken, aber der war die halbe Nacht weg und hat getrunken.«

»Ist schon in Ordnung.«

»Ziehen Sie sich warm an. Nehmen Sie Stiefel.« Ihre normalerweise melodiöse Stimme war jetzt bedrückt und monoton. »Ich rufe ein Taxi. C. C. hat den Kombi genommen.«

»Haben Sie eine Taschenlampe?«

»Eine kleine. Die große hat C. C. mitgenommen.«

Als Qwilleran die Frau beim Arm nahm und sie die schneebedeckten Stufen hinunter zum Taxi führte – wobei er versuchte, nicht zu hinken –, sagte er: »Es wird merkwürdig aussehen, wenn wir um diese Zeit zu einem verlassenen Haus fahren. Ich sage dem Fahrer, er soll uns an der Ecke aussteigen lassen. Das wird zwar immer noch seltsam aussehen, aber …«

Der Taxifahrer sagte: »Ecke Fifteenth und Zwinger Street? Dort ist doch nichts! Das ist eine Geisterstadt!«

»Wir werden dort von einem anderen Auto abgeholt«, sagte Qwilleran. »Von meinem Bruder, der vom Fluß unten heraufkommt. Ein Notfall in der Familie.«

Der Fahrer zuckte übertrieben mit den Achseln und fuhr sie die Zwinger Street hinunter. Iris Cobb saß schweigend da und zitterte am ganzen Körper. Qwilleran hielt ihren Arm, um sie zu beruhigen.

Einmal sagte sie etwas: »Als ich gestern vormittag von der Kirche heimkam, habe ich etwas Seltsames gesehen: Hunderte Tauben, die über Junktown kreisten – sie flogen immer im Kreis herum – eine große schwarze Wolke. Ihr Flügelschlag hörte sich an wie Donner.«

An der Kreuzung zur Fifteenth Street gab Qwilleran dem Fahrer den gefalteten Dollarschein, den er in seiner Wohnung gefunden hatte und half Mrs. Cobb aus dem Auto. Es war eine finstere Nacht. Anderswo sah man den Widerschein der beleuchteten Stadt am Himmel, doch in dem Abbruchviertel war die Straßenbeleuchtung nicht mehr in Betrieb.

Sie warteten, bis das Taxi außer Sichtweite war. Dann nahm Qwilleran die Frau am Arm, und sie suchten sich vorsichtig einen Weg über vereiste Spurrillen, wo der Gehsteig von den schweren Lastern, die den Schutt wegbrachten, eingebrochen war. Etliche Häuser waren bereits abgerissen worden, doch gegen Ende des Häuserblocks stand noch ein großes quadratisches, solide gebautes Steinhaus.

»Das ist es. Das ist das Haus«, sagte sie. »Es hatte mal einen hohen Eisenzaun. Irgend jemand muß ihn abmontiert und mitgenommen haben.«

An der Seite war eine Zufahrt für Fahrzeuge, und man sah Reifenspuren, die teilweise mit Schnee gefüllt waren. Wie frisch sie waren, konnte man unmöglich sagen.

»Ich nehme an, er hat hinter dem Haus geparkt, außer Sichtweite«, sagte Qwilleran.

Vorsichtig gingen sie die Zufahrt entlang.

»Ja, da ist der Kombi!« rief sie. »Er muß hier sein ... Können Sie etwas hören?«

Sie blieben stehen. Es war totenstill, abgesehen von dem fernen Geräusch von Autos auf der Schnellstraße, die durch die freien Felder verlief.

Sie betraten das Haus durch die Hintertür. »Ich kann kaum die Stufen hinaufsteigen«, sagte Iris. »Meine Knie sind butterweich. Ich habe ein schreckliches Gefühl –«

»Ganz ruhig.« Qwilleran führte sie mit fester Hand. »Hier ist ein loses Brett.«

Man sah, daß die Hintertür mit Gewalt aufgebrochen worden

war. Sie führte auf eine kleine Veranda und dann in einen Raum, der einmal eine große Küche gewesen war. Nur die Hängeschränke waren noch da. Mitten auf dem Boden lagen eine Kamineinfassung aus rosa Marmor und ein angelaufener Kronleuchter aus Messing, die auf ihren Abtransport warteten.

Wieder blieben sie stehen und lauschten. Es war kein Laut zu vernehmen. Die Räume waren feucht und eisig.

Qwilleran ging voran und leuchtete mit der Taschenlampe. Sie kamen in ein Anrichtezimmer und danach in ein Speisezimmer. Große Löcher wiesen darauf hin, daß die Kamineinfassung und der Kronleuchter aus diesem Raum stammten. Dahinter befand sich der Salon, dessen großer Kamin noch intakt war. Ein breiter Durchgang mit Schiebetüren führte in die Eingangshalle, und eine der Türen stand offen.

Qwilleran ging als erster durch, dicht gefolgt von Iris.

Die Eingangshalle glich einem Schlachtfeld. Er ließ den Strahl der Taschenlampe über das Treppengeländer gleiten, über Teile der Holztäfelung, die an der Wand lehnten, über geschnitzte Zierleisten, und da ... am Fuß der Treppe ...

Sie schrie auf. »Da ist er!« und stürzte nach vorn. Der reglos am Boden liegende Körper war unter einer großen Holzplatte begraben. »O mein Gott! Ist er – ist er –?«

»Vielleicht ist er bewußtlos. Sie bleiben hier«, sagte Qwilleran. »Ich sehe mal nach.«

Die dunkle Nußholzplatte, die auf dem Mann lag, war unglaublich schwer. Mit großer Mühe stemmte Qwilleran sie hoch und lehnte sie gegen die Wand.

Mrs. Cobb schluchzte. »Ich habe Angst. Oh, ich habe solche Angst.«

Dann richtete er die Taschenlampe auf das Gesicht – es war schneeweiß unter den Bartstoppeln.

Sie zupfte Qwilleran am Mantel. »Können Sie etwas erkennen? Atmet er noch?«

»Es sieht nicht gut aus.«

»Vielleicht ist er nur unterkühlt. Vielleicht ist er gestürzt und hat das Bewußtsein verloren, und jetzt liegt er schon die ganze

Zeit hier in der Kälte.« Sie nahm die eiskalte Hand ihres Mannes in die ihre. Sie beugte sich hinunter und hauchte ihm ihren warmen Atem auf Nase und Mund.

Keiner von ihnen hörte die Schritte durch das Haus kommen. Plötzlich war die Eingangshalle hell erleuchtet, und das grelle Licht von leistungsstarken Taschenlampen blendete sie. Irgend jemand stand in der Tür zum Salon.

»Hier ist die Polizei«, sagte eine Beamtenstimme hinter dem Licht. »Was tun Sie hier?«

Mrs. Cobb brach in Tränen aus. »Mein Mann ist verletzt. Schnell! Bringen Sie ihn in ein Krankenhaus.«

»Was tun Sie hier?«

»Dazu ist keine Zeit! Keine Zeit!« rief sie hysterisch. »Rufen Sie den Notarzt – rufen Sie den Notarzt, bevor es zu spät ist.«

Einer der Polizeibeamten trat in den Lichtschein und beugte sich über den Mann auf dem Boden. Er schüttelte den Kopf.

»Nein! Nein!« schrie sie wild. »Sie können ihn noch retten! Sie können etwas tun, ich weiß es! Schnell ... schnell!«

»Zu spät, Lady.« Dann sagte er zu seinem Partner: »Sag der Zentrale, daß wir hier eine Leiche haben.«

Mrs. Cobb stieß einen langen, unendlich traurigen Klagelaut aus.

»Sie müssen im Polizeipräsidium eine Aussage machen«, sagte der Beamte.

Qwilleran zeigte seinen Presseausweis. »Ich bin vom *Daily Fluxion*.«

Der Polizist nickte, und sein schroffes Benehmen wurde etwas freundlicher. »Macht es Ihnen was aus, mit in die Innenstadt zu kommen? Die Kriminalbeamten werden eine Aussage brauchen. Eine Routinesache.«

Der Journalist legte den Arm um seine Vermieterin, um sie zu stützen. »Wie haben Sie uns denn gefunden?« fragte er.

»Ein Taxifahrer hat gemeldet, daß er zwei Fahrgäste an der Ecke Zwinger und Fifteenth Street aussteigen ließ ... Was ist mit diesem Mann passiert? Ist er die Treppe hinuntergefallen?«

»Sieht so aus. Als er nicht nach Hause kam, sind wir –«

Iris Cobb weinte jämmerlich. »Er hat diese Täfelung getragen. Er muß ausgerutscht sein – die Stufe verfehlt haben ... ich habe ihm gesagt, er soll nicht herfahren. Ich habe es ihm gesagt!« Sie wandte ihr verzerrtes Gesicht Qwilleran zu. »Was soll ich jetzt tun? ... Was soll ich jetzt bloß tun? ... Ich habe diesen wunderbaren Mann geliebt!«

Kapitel dreizehn

Nachdem Qwilleran Iris Cobb vom Polizeipräsidium nach Hause gebracht und Mary Duckworth angerufen und gebeten hatte, herzukommen und sich um sie zu kümmern, ging er in die Redaktion. Mit düsterer Miene, die durch seinen herabhängenden Schnurrbart noch betont wurde, warf er zehn dreizeilig beschriebene Seiten auf Arch Rikers Schreibtisch.

»Was ist los?« fragte Arch.

»Ein harter Morgen! Ich bin seit fünf Uhr auf«, sagte Qwilleran. »Mein Vermieter ist tot. Ist eine Treppe hinuntergestürzt.«

»Meinst du Cobb?«

»Er hat eines der Abbruchhäuser geräumt, und als er nicht heimkam, bin ich mit Mrs. Cobb hingefahren, um ihn zu suchen. Wir haben ihn tot am Fuß der Treppe gefunden. Dann hat uns die Polizei zur Vernehmung mitgenommen. Mrs. Cobb ist völlig verzweifelt.«

»Wirklich ein Jammer. Das tut mir leid.«

»Es war das Ellsworth-Haus in der Fifteenth Street.«

»Das kenne ich«, sagte Riker. »Ein großes, steinernes Mausoleum. Hector Ellsworth war vor vierzig Jahren Bürgermeister dieser Stadt.«

»Wirklich?« Qwilleran lachte ohne rechte Begeisterung. »Dann hat Cobb jetzt seinen letzten Kampf mit dem Rathaus verloren. Jetzt haben sie ihn also doch noch erwischt! So langsam glaube ich an Gespenster.«

»Wie willst du darüber berichten?«

»Das ist ein bißchen schwierig. Er hat das Gebäude unerlaubt betreten.«

»Um das Haus zu räumen? Das tun alle Altwarensammler. Sogar Rosie! Sie verläßt das Haus nie ohne Brechstange.«

»Sag deiner Frau, daß sie sich damit am Eigentum der Stadtverwaltung vergreift. Cobb wurde einmal erwischt. Sie haben ihn verhaftet und ihm eine saftige Geldstrafe verpaßt – und eine Warnung, die er aber mißachtet hat.«

»Das hört sich nicht nach der fröhlichen Weihnachtsgeschichte an, die unserem Boß vorschwebt.«

»Etwas können wir tun«, sagte Qwilleran. »Cobb war gerade dabei, eine Weihnachtsfeier für Junktown zu organisieren – ein Straßenfest – und die Stadtverwaltung hat ihm das Leben schwer gemacht. Sie wollten ihn keine Straßendekorationen aufhängen, keine Musik spielen oder Erfrischungen anbieten lassen. Alle möglichen bürokratischen Hindernisse. Warum reden wir nicht mit dem Rathaus und boxen die Sache durch, damit das Fest am Mittwoch nachmittag stattfinden kann? Das ist das mindeste, was wir tun können. Es ist nicht viel, aber es ist vielleicht ein kleiner Trost für die Witwe.«

»Ich werde den Boß bitten, den Bürgermeister anzurufen.«

»Ich habe den Eindruck, daß da fünf Ämter der Stadtverwaltung Junktown an der Nase herumführen. Wenn man bloß irgend jemanden aus dem Büro des Bürgermeisters dazu bringen könnte, diesen Teufelskreis zu durchbrechen ...«

»In Ordnung. Und du könntest einen Artikel über das Straßenfest schreiben und ihm ein wenig Publicity verschaffen. Wir bringen ihn morgen. Wir sorgen dafür, daß jeder Antiquitätensammler in der Stadt hinkommt. Und schreib etwas über Cobb – etwas mit Herz.«

Qwilleran nickte. Die Sätze formten sich bereits in seinem Kopf. Er würde über den Mann schreiben, der alles daran gesetzt hatte, sich unbeliebt zu machen – doch in der verqueren Welt der Antiquitätensammler hatte jeder seine Macken geliebt.

Qwilleran ging ins Archiv des *Fluxion*, um die Zeitungsausschnitte über Hector Ellsworth nachzulesen, und danach zum

Kassenschalter, um sich seinen Scheck abzuholen. Dann kehrte er nach Junktown zurück.

An der Wohnungstür der Cobbs empfing ihn Mary Duckworth in einer schicken Hose. Er nahm eine leise freudige Erregung an ihr wahr.

»Wie geht's Iris?« fragte er.

»Ich habe ihr ein Beruhigungsmittel gegeben. Sie schläft jetzt. Das Begräbnis findet in Cleveland statt, und ich habe ihr einen Flug gebucht.«

»Kann ich irgend etwas tun? Vielleicht sollte ich den Kombi herbringen. Er steht noch immer hinter dem Ellsworth-Haus. Dann kann ich sie zum Flughafen bringen.«

»Würden Sie das tun? Ich packe gerade eine Reisetasche für sie.«

»Wenn sie aufwacht«, sagte Qwilleran, »dann sagen Sie ihr, daß Junktown alles, was C. C. sich für das Straßenfest zu Weihnachten gewünscht hat, bekommen wird.«

»Ich weiß«, sagte Mary. »Das Büro des Bürgermeisters hat bereits angerufen. Heute nachmittag kommt jemand her, um mit den Händlern zu reden, und heute abend halten wir hier oben eine Versammlung ab.«

»Im ›Leistenbruchtreff‹? Da würde ich gerne dabeisein.«

»Die Händler würden sich freuen, wenn Sie kämen.«

»Kommen Sie mit«, sagte Qwilleran. »Ich habe Ihnen etwas zu berichten.«

Als er seine Wohnungstür aufschloß, hoben die Katzen – die zu einem schlafenden Fellbündel zusammengerollt auf dem Morris-Sessel gelegen hatten – sofort die Köpfe. Yum Yum flitzte aus dem Zimmer, doch Koko hielt die Stellung. Mit Katzenbuckel und buschigem Schwanz starrte er die Fremde finster an. Seine Reaktion war nicht feindselig – aber auch nicht gerade schmeichelhaft.

»Sehe ich aus wie ein Ungeheuer?« wollte Mary wissen.

»Koko wittert Hepplewhite«, sagte Qwilleran. »Er weiß, daß Sie einen großen Hund haben. Katzen haben übernatürliche Fähigkeiten.«

Er warf seinen Mantel auf die Chaiselongue und legte den Hut auf den Schreibtisch, und da sah er neben seiner Schreibmaschine einen kleinen, dunklen Gegenstand. Vorsichtig trat er näher. Es sah aus wie die verrotteten Überreste eines kleinen Vogels.

»Was ist denn das?« sagte er. »Was zum Teufel ist das?«

Mary untersuchte das kleine braune Ding. »Na sowas, das ist ja ein Schmuckstück aus Haaren! Eine Brosche!«

Er kämmte mit den Fingerspitzen seinen Schnurrbart. »Hier sind schon etliche unheimliche Dinge passiert. Gestern hat mir irgendein mildtätiger Geist eine Dollarnote hinterlassen!« Er sah sich das vogelähnliche Gebilde aus gedrehten braunen Locken genauer an. »Wollen Sie damit sagen, daß das echte Haare sind?«

»Menschenhaare. Es ist ein Erinnerungsschmuckstück. Früher hat man aus den Haaren eines Verstorbenen Halsbänder oder Armbänder gemacht, alles mögliche.«

»Wer sollte sich denn so was aufheben?«

»Iris hat eine große Sammlung. Sie trägt die Sachen sogar manchmal.«

Angewidert ließ Qwilleran die Brosche fallen. »Nehmen Sie Platz«, sagte er, »ich möchte Ihnen erzählen, was ich im Archiv des *Fluxion* über das Ellsworth-Haus gefunden habe.« Er bot ihr einen vergoldeten Stuhl an und drehte das rote Kissen auf die Seite, die nicht voller Katzenhaare war. »Wußten Sie, daß Ellsworth einmal Bürgermeister war?«

»Ja, ich habe von ihm gehört.«

»Er ist im Alter von zweiundneunzig Jahren gestorben und stand im Ruf, exzentrisch zu sein. Er war ein zwanghafter Sammler – hat nie etwas weggeworfen. Er hatte zwanzig Jahre lang alte Zeitungen, Schnüre und Essigflaschen gesammelt. Und es hieß, daß er ziemlich reich war, doch ein Großteil seines Geldes wurde nie gefunden ... Fällt Ihnen dabei etwas ein?«

Mary schüttelte den Kopf.

»Angenommen, gestern nacht suchte jemand in dem alten Haus nach einem vergrabenen Schatz ... und angenommen, C. C. kam mit seiner Brechstange an, um sich die dunkle Nußholztäfelung zu holen ... und angenommen, die anderen dachten, er sei auf das Geld aus?«

»Finden Sie nicht, daß das etwas weit hergeholt ist?«

»Vielleicht hat er den Kies auch zufällig gefunden, als er die Holzverkleidung abmontierte ... und vielleicht kam jemand anderer dazu, der das Haus räumen wollte, und stieß ihn die Treppe hinunter. Ich gebe zu, es ist weit hergeholt, aber es wäre zumindest eine Möglichkeit.«

Das Mädchen sah Qwilleran mit plötzlicher Neugier an. »Stimmt das, was mein Vater über Sie sagt? Daß Sie schon zwei Mordfälle gelöst haben, seit Sie beim *Fluxion* sind?«

»Nun, ich habe mitgeholfen – das heißt, ich habe es nicht allein gemacht. Ich hatte Hilfe.« Er griff sich zögernd an den Schnurrbart und warf einen Blick in Kokos Richtung. Koko beobachtete ihn und war ganz Ohr.

»Glauben Sie wirklich, daß Cobb vielleicht ermordet wurde?«

»Man sollte Mord nicht vorschnell ausschließen – obwohl die Polizei es als Unfall akzeptiert hat. Ein Mann von Cobbs Charakter muß Feinde gehabt haben.«

»Seine ungehobelte Art war nur eine Pose – aus geschäftlichen Gründen. Jeder wußte das. Viele Antiquitätensammler glauben, wenn ein Händler freundlich und sein Laden sauber ist, steigen die Preise.«

»Ob seine Art nun echt war oder nicht, ich glaube nicht, daß ihn jemand so sehr haßte, daß er ihn umbrachte. Der Kampf um den Schatz von Ellsworth wäre ein besseres Motiv.«

Mary stand auf und sah eine Zeitlang aus dem Fenster zum Hinterhof. »Ich weiß nicht, ob das für den Fall von Bedeutung ist«, sagte sie schließlich, »aber ... wenn C. C. nachts wegging, ging er nicht immer zu einem Abbruchhaus.«

»Sie glauben, daß er fremdging?«

»Ich weiß es.«

»Mit jemandem, den wir kennen?«

Mary zögerte und sagte dann: »Mit einer der *Drei Schicksalsschwestern*.«

Qwilleran lachte trocken. »Ich kann mir vorstellen, mit welcher.«

»Sie ist eine Nymphomanin«, sagte Mary mit ihrer kühlen Porzellanmiene.

»Hatte Iris einen Verdacht?«

»Das glaube ich nicht. Sie ist in mehr als einer Hinsicht kurzsichtig.«

»Wieso wußten Sie davon?«

»Mrs. Katzenhide wohnt im selben Apartmenthaus. Sie hat Cobb einige Male nachts kommen sehen, und Sie wissen ganz genau, daß er nicht kam, um sich über den Feingehalt von englischem Silber zu unterhalten.«

Qwilleran betrachtete Marys Gesicht. Ihre Augen funkelten, und ihr ganzes Wesen strahlte einen neuen Schwung aus.

»Was ist mit Ihnen los, Mary?« fragte er. »Sie haben sich verändert.«

Sie lächelte froh. »Ich habe das Gefühl, als hätte ich die ganze Zeit unter einer dunklen Wolke gelebt, und jetzt ist endlich die Sonne durchgebrochen.«

»Wollen Sie mit mir darüber reden?«

»Jetzt noch nicht. Später. Ich sollte lieber zu Iris zurückgehen. Sonst wacht sie auf und fühlt sich ganz verlassen.«

Als sie gegangen war, sah sich Qwilleran noch einmal die Haarbrosche an – und noch genauer die Katzen. Der Kater gestattete dem Weibchen gnädig, ihm die Ohren zu putzen. »Okay, Koko, das Spiel ist aus«, sagte er. »Woher hast du dieses Beutestück?«

Koko saß ganz aufrecht da und kniff unschuldig die Augen zusammen.

»Du diebischer Kater! Ich wette, du entdeckst die Sachen und stiftest dann Yum Yum dazu an, sie zu stehlen. Wo ist dein geheimes Versteck?«

Koko erhob auch seine hintere Körperhälfte und ging würdevoll aus dem Zimmer. Qwilleran folgte ihm – ins Bad.

»Findest du die Sachen unter der Badewanne?«

»Yau«, sagte Koko in unverbindlichem Tonfall.

Qwilleran wollte sich auf allen vieren niederlassen, doch ein stechender Schmerz in seinem Knie hielt ihn davon ab. »Ich wette, unter diesem Monstrum ist seit fünfzig Jahren nicht mehr saubergemacht worden«, sagte er zu dem Kater, der jetzt mit einem seelenvollen Blick in seinem Kistchen saß und alles andere ignorierte.

Kurz darauf, als Qwilleran zum Ellsworth-Haus zurückkam, um das Auto der Cobbs zu holen, begab er sich selbst auf Schatzsuche. Er sah sich nach Fußabdrücken und verräterischen Spuren im Staub der ausgeräumten Zimmer um.

Alles war mit weißem Staub vom Wandverputz bedeckt, durch den große Gegenstände geschleift worden waren, die dunkle Spuren hinterlassen hatten. Es gab unzählige Fußabdrücke übereinander, doch hier und da war etwas eindeutig zu unterscheiden. Qwilleran entdeckte Abdrücke in regelmäßigen Abständen (von Krücken?) und sogar die Pfotenabdrücke eines großen Tieres und einige verwischte Arabesken im Staub, die möglicherweise von einem hin und her schlagenden Schwanz stammten. Offenbar war jeder Händler in Junktown zum einen oder anderen Zeitpunkt im Ellsworth-Haus gewesen; die jüngeren Abdrücke waren nur angestaubt, die älteren waren fast vollkommen mit Staub bedeckt.

Qwilleran zog Cobbs Taschenlampe aus einem Schutthaufen und ebenso sein Brecheisen. Dann ging er ins Obergeschoß. Auf den Stufen waren alle Spuren ausgelöscht, doch auf dem Treppenabsatz waren drei Arten von Schuhen zu erkennen. Obwohl man unmöglich sagen konnte, ob alle drei zur selben Zeit hiergewesen waren, zeichneten sie sich so scharf ab, daß sie frisch sein mußten.

Der Journalist skizzierte die Schuhabdrücke auf dem zusammengefalteten Blatt Zeitungspapier, das er immer einstecken hatte. Ein Abdruck war ein Netz von Rauten, der zweite hatte eng nebeneinanderstehende Punkte und der dritte Querstreifen. Seine eigenen Schuhe hinterließen ein Muster von kleinen Kreisen.

Die Reifenspuren halfen Qwilleran bei seinen Ermittlungen nicht weiter. Man konnte unmöglich sagen, wie viele Händler die Zufahrt hinauf- und hinuntergefahren waren. Die Reifenspuren verliefen kreuz und quer und waren gefroren und aufgetaut und wieder gefroren, und auf diesen verworrenen Hieroglyphen lag gefrorener Schnee.

Qwilleran fuhr den braunen Kombi im Rückwärtsgang aus seinem Versteck im Hinterhof, und beim Wegfahren sah er, daß der Wagen ein graues Rechteck im weißen Schnee hinterließ. Und daneben sah er noch ein zweites Rechteck. Zwei Autos hatten Sonntag nacht hier gestanden, als es matschig gewesen war und danach leicht geschneit hatte. Qwilleran sprang aus dem Wagen; er dankte dem Schicksal und Mary Duckworth für das Maßband in seiner Tasche und maß die Länge und Breite des zweiten Rechtecks ab. Es war kürzer als das Rechteck, das der Kombi der Cobbs hinterlassen hatte, und es war an einer Seite nicht ganz eckig, da der Schnee aus dem Nordwesten hingeweht worden war.

Qwillerans Entdeckungen brachten nicht viel, das mußte er zugeben. Selbst wenn er den Besitzer des zweiten Autos kennen würde, gab es keinen Beweis dafür, daß er für Cobbs tödlichen Sturz verantwortlich war. Trotzdem hatte schon die routinemäßige Untersuchung eine anregende Wirkung auf Qwilleran, und er fuhr mit dem Gefühl weg, etwas geleistet zu haben. Dann kam ihm ein Gedanke, und er fuhr wieder zurück in den Ellsworth-Hof und ging in das Haus hinein und nahm zwei Sachen für den Laden der Cobbs mit: einen marmornen Kaminsims und einen Kronleuchter aus dunkel verfärbtem Messing.

Später brachte er Mrs. Cobb zum Flughafen.

»Ich habe gar nichts Schwarzes zum Anziehen«, sagte sie müde. »C. C. wollte immer, daß ich helle Farben trage. Besonders Rosa.« In ihrem billigen, mit Pelzimitation gefütterten Mantel, mit ihrem gehäkelten rosa Hut, den sie in die Kirche aufsetzte, und den zwei Brillen, die sie an Kordeln um den Hals trug, saß sie zusammengekauert auf dem Beifahrersitz.

»Sie können sich in Cleveland etwas besorgen«, sagte Qwilleran, »wenn Sie es für nötig halten. Wer wird Sie dort abholen?«

»Mein Schwager – und Dennis, wenn er schon aus St. Louis eingetroffen ist.«

»Ist das Ihr Sohn?«

»Ja.«

»Was macht er in St. Louis?«

»Er hat im Juni seine Ausbildung abgeschlossen und gerade zu arbeiten angefangen.«

»Mag er Antiquitäten?«

»Du liebe Güte, nein! Er ist Architekt!«

Sieh zu, daß sie weiterredet, dachte Qwilleran. »Wie alt ist er?«

»Zweiundzwanzig.«

»Ledig?«

»Verlobt. Seine Verlobte ist sehr nett. Ich wollte ihm zu Weihnachten altes Silbergeschirr schenken, aber Dennis will nichts Altes ... Ach, du liebe Güte! Ich habe die Geschenke für den Briefträger und den Milchmann vergessen. Hinter der Küchenuhr sind zwei Umschläge – mit einer Karte und Geld. Sorgen Sie dafür, daß sie sie bekommen – falls ich nicht gleich wieder nach Hause komme. Ich habe auch für Koko und Yum Yum ein kleines Weihnachtshäppchen eingepackt. Es ist in der obersten Schublade des Empire-Schranks. Und sagen Sie Ben, ich mache seinen Bourbonkuchen, wenn ich vom – aus Cleveland zurückkomme.«

»Wie machen Sie Bourbonkuchen?« Halte sie am Reden.

»Mit Eiern und Mehl und Walnüssen und Rosinen und einer Tasse Bourbon.«

»Der Kokoskuchen, den Sie gestern gebacken haben, ist unübertrefflich.«

»Der Kokoskuchen war C. C.s Lieblingskuchen«, sagte sie. Dann verstummte sie und starrte mit blinden Augen geradeaus durch die Windschutzscheibe.

Kapitel vierzehn

Als Qwilleran im Kombi der Cobbs vom Flughafen zurückkam, sah er, wie sich am Straßenrand eine Vierteltonne *Fluxion*-Fotograf in einen Volkswagen zwängte.

»Tiny!« rief er ihm zu. »Haben Sie alles?«

»Ich bin in fünf Geschäften gewesen«, sagte Tiny. »Habe sechs Rollen Film verschossen.«

»Ich habe noch eine Idee. Haben Sie ein Weitwinkelobjektiv? Wollen Sie ein Foto von meiner Wohnung machen? Um den Leuten zu zeigen, wie ich in Junktown lebe.«

Die Treppe ächzte, als der Fotograf Qwilleran die Stufen hinauf folgte, und Yum Yum warf nur einen Blick auf den überdimensionalen Fremden mit seinen fremdartigen Apparaten, um sodann auf der Stelle die Flucht zu ergreifen. Koko beobachtete die Vorgänge mit Gelassenheit.

Tiny sah sich verdrießlich im Zimmer um. »Wie können Sie mit diesen verstaubten Anachronismen leben?«

»Mit der Zeit werden sie einem lieb«, sagte Qwilleran herablassend.

»Ist das ein Bett? Sieht aus wie ein Begräbnisschiff auf dem Nil. Und wer ist diese Mumie über dem Kamin? Wissen Sie, diese Altwarenhändler sind allesamt Grabräuber. Ein Typ wollte, daß ich eine tote Katze fotografiere, und diese drei Mädels mit den verrosteten Blechsachen haben in den höchsten Tönen von irgendwelchen Schmuckstücken aus einem Inkagrab geschwärmt.«

»Sie verstehen das nicht«, sagte Qwilleran mit der souveränen Gelassenheit des Fachmannes, die ein Journalist nach drei Tagen in einem neuen Ressort mühelos an den Tag legt.

»Antiquitäten haben eine Persönlichkeit – eine Geschichte. Sehen Sie dieses Bücherregal? Man fragt sich, wo es schon überall war, wem es gehört hat – welche Bücher darauf gestanden haben – wer das Messing geputzt hat. Ein englischer Butler? Ein Dichter aus Massachusetts? Ein Lehrer aus Ohio?«

»Ihr seid allesamt ein Haufen Nekrophiler«, sagte Tiny. »Mein Gott! Sogar die Katze!« Er starrte auf Yum Yum, die mit einer kleinen toten Maus ins Zimmer trottete.

»Laß dieses dreckige Ding fallen!« rief Qwilleran und stampfte mit dem Fuß auf.

Sie ließ die Maus fallen und flitzte davon. Er hob das kleine graue Etwas mit einem Blatt Papier auf, lief damit ins Badezimmer und spülte es die Toilette hinunter.

Als Tiny gegangen war, setzte Qwilleran sich an seine Schreibmaschine. Es war ungewöhnlich still im Haus. Die Katzen machten ein Nickerchen, das Cobb'sche Radio schwieg, Ben war in seinem Laden, und die *Junkery* war geschlossen. Als es an der Tür läutete, erschrak er.

Auf dem Treppenabsatz stand ein Mann – ein ganz gewöhnlicher Mann in einem ganz gewöhnlichen Mantel.

»Entschuldigen Sie die Störung«, sagte er. »Mein Name ist Hollis Prantz. Ich habe weiter unten in der Straße ein Geschäft. Ich habe gerade die schlimme Nachricht von Bruder Cobb gehört.«

Qwilleran nickte mit angemessen düsterem Gesichtsausdruck.

»Miese Jahreszeit für so was«, sagte Prantz. »Ich habe gehört, Mrs. Cobb ist verreist.«

»Sie ist zum Begräbnis nach Cleveland gefahren.«

»Nun, ich sag' Ihnen, warum ich komme. Cobb hat ein paar alte Radios für mich aufgehoben, und die könnte ich wahrscheinlich bei dem morgigen Fest loswerden. Mrs. Cobb wäre es sicher recht. In Zeiten wie diesen hilft jede Kleinigkeit.«

Qwilleran deutete auf die *Junkery*. »Möchten Sie hineingehen und sie suchen?«

»Oh, die sind sicher nicht im Laden. Cobb hat gesagt, er hat sie in seiner Wohnung aufgehoben.«

Der Journalist klopfte sich bedächtig auf den Schnurrbart und sagte: »Okay, gehen Sie hinauf.« Dann fügte er hinzu: »Ich helfe Ihnen beim Suchen.«

»Machen Sie sich keine Mühe. Ich finde sie schon.« Der Händler lief – zwei Stufen auf einmal nehmend – die Treppe hinauf.

»Das ist keine Mühe«, beharrte Qwilleran und folgte ihm so schnell er konnte, wobei er versuchte, einen Blick auf die Schuhsohlen des Mannes zu werfen. Er blieb Prantz dicht auf den Fersen, während dieser einen Kleiderschrank, die Fensterbank, die Vitrine aufmachte.

»Hören Sie, mein Freund. Ich möchte Ihre Zeit nicht unnötig in Anspruch nehmen. Ich weiß, daß Sie viel zu tun haben müssen. Wie ich gehört habe, schreiben Sie diese Serie für die Zeitung.«

»Kein Problem«, sagte Qwilleran. »Ich bin froh, wenn ich mal ein bißchen Bewegung habe.« Er beobachtete die Augen des Händlers – sein Blick schweifte in der Wohnung herum und kehrte immer wieder zum Tisch zurück – zu dem Apothekentisch mit dem hohen Aufsatz mit den vielen winzigen Schubladen. Darauf standen ein paar Kerzenständer aus Zinn, eine ausgestopfte Eule, eine Blechdose, ein paar Kuverts und das überbeanspruchte Radio der Cobbs.

»Ich interessiere mich für Apparate aus der Frühzeit«, sagte Prantz. »Transistorradios und alte Röhrenempfänger. Die sind nicht so leicht zu kriegen ... Also, tut mir leid, daß ich Sie damit belästigt habe.«

»Ich besuche Sie mal in Ihrem Geschäft«, sagte Qwilleran und führte ihn hinaus.

»Aber klar doch! Es ist etwas ungewöhnlich; vielleicht kommen Sie auf den Geschmack.«

Der Reporter blickte auf die Stiefel des Händlers. »Sagen Sie, haben Sie diese Stiefel hier in der Gegend gekauft? Genau solche brauche ich.«

»Nein, die sind alt«, sagte Prantz. »Ich weiß nicht mehr, wo ich sie gekauft habe, aber es sind nur ganz gewöhnliche Stiefel.«

»Sind die Sohlen rutschfest?«

»Ganz gut, obwohl das Profil schon ziemlich abgetreten ist.«

Der Händler ging, ohne Qwilleran seine Schuhsohlen zu zeigen, und der Journalist rief auf der Stelle Mary Duckworth an. »Was wissen Sie über Hollis Prantz?« fragte er.

»Nicht viel. Er ist neu hier. Er verkauft ›Tech-Tiquitäten‹, was immer das sein mag.«

»Sein Laden ist mir an meinem ersten Tag hier aufgefallen. Sieht ein bißchen wie eine Fernseh-Reparaturwerkstatt aus.«

»Er hat absurde Theorien.«

»Worüber?«

»Über ›künstlich beschleunigte Antiquierung‹. Offengestanden bin ich mir noch nicht darüber im klaren, ob er ein genialer Prophet oder ein Psychopath ist.«

»Hatte er ein freundschaftliches Verhältnis zu den Cobbs?«

»Er versucht, zu allen ein freundschaftliches Verhältnis aufzubauen. Eigentlich schon *zu* freundschaftlich. Warum interessiert Sie das?«

»Prantz war gerade da. Er hat mich in sein Geschäft eingeladen«, sagte der Journalist. »Übrigens, waren Sie schon mal im Ellsworth-Haus?«

»Nein, aber ich weiß, welches es ist. Das Sandsteinhaus im italienischen Stil in der Fifteenth Street.«

»Wenn Sie ein Haus räumen gehen, nehmen Sie da manchmal Hepplewhite mit?«

»Ein Haus räumen! Ich gehe nie ein Haus räumen! Ich befasse mich ausschließlich mit englischen Antiquitäten aus dem achtzehnten Jahrhundert.«

Nach seinem Gespräch mit Mary sah Qwilleran sich nach Koko um. »Komm, alter Junge«, sagte er ganz allgemein in den Raum hinein. »Ich habe einen Auftrag für dich.«

Er erhielt keine Antwort von Koko, doch Yum Yum starrte auf das dritte Regal des Bücherschranks, und das bedeutete, daß der Kater hinter den Biographien kauerte. Genau dort hatte Qwilleran Koko zum ersten Mal gesehen – auf einem Bücherregal, zwischen den Biographien von Van Gogh und Leonardo da Vinci.

Er zog den Kater hervor und zeigte ihm ein Gewirr aus blauen Lederriemen und weißer Schnur. »Weißt du, was das ist?«

Koko hatte die Leine nicht mehr getragen, seit er Qwilleran im vergangenen Herbst das Leben gerettet hatte. An jenem Tag hatte er mit der vier Meter langen Schnur, die als Leine diente, eine erstaunliche Pfotenfertigkeit bewiesen. Jetzt ließ er sich den Lederriemen über den Kopf ziehen und unter seinem weichen, weißen Bauchfell anschnallen. Sein ganzer Körper pulsierte im Rhythmus seines kehligen, erwartungsvollen Schnurrens.

»Yum Yum lassen wir hier, damit sie auf die Wohnung aufpaßt«, sagte Qwilleran zu ihm, »und wir gehen Bluthund spielen.«

Kaum war die Wohnungstür offen, sprang Koko wie ein Kaninchen auf die Möbel am vorderen Ende des Ganges zu, und bevor Qwilleran die Schnur einziehen konnte, hatte der Kater sich zwischen die Beine eines Stuhls gezwängt, war unter eine Kommode geflitzt, hatte den Sockel eines Spinnrades umkreist und die Leine erfolgreich verwickelt, sich selbst aber soviel Spielraum gelassen, daß er den Giebelreiter abschnüffeln konnte, der in dem Durcheinander versteckt war.

»Du hältst dich wohl für sehr schlau, was?« sagte Qwilleran, während er sich abmühte, die Leine zu entwirren und den Kater herauszuziehen. Ein paar Minuten später schleppte er den protestierenden Koko, der sich wand und zeterte, zur Wohnungstür der Cobbs. »Ich habe Neuigkeiten für dich. Hier werden wir unsere Erkundungen anstellen.«

Koko schnüffelte die Ecke des abgenutzten orientalischen Teppichs ab, bevor er eine Pfote darauf setzte. Dann marschierte er zu Qwillerans Entzücken schnurstracks auf den Apothekentisch zu; er hielt nur einmal inne, um sich an einem kupfernen Kohleneimer, der mit Zeitschriften gefüllt war, den Rücken zu kratzen. Beim Apothekentisch angelangt, sprang Koko auf den Stuhl und dann auf die Tischplatte, wo er mit seiner Nase von rechts nach links über ein Kuvert fuhr, das mit der Post gekommen war.

»Hast du etwas Interessantes gefunden?« fragte Qwilleran. Doch es war nur eine Telefonrechnung.

Danach erhob sich Koko auf die Hinterbeine und betrachtete die kleinen Schubladen – vierundzwanzig Stück, jede mit einem weißen Porzellanknopf – und suchte sich eine aus, an der er sich das Kinn rieb. Seine weißen Fangzähne klickten gegen die weißen Keramikknöpfe, und Qwilleran öffnete vorsichtig die betreffende Schublade. Sie enthielt ein falsches Gebiß aus Holz. Mit schlechtem Gewissen zog der Reporter auch andere Schubladen auf und fand zerbeulte Silberlöffel, einfache Brillen, dunkel angelaufenen Schmuck und ein paar Armbänder aus Menschenhaaren. Die meisten Schubladen waren leer.

Während Qwilleran derart beschäftigt war, schwebte eine Feder an seiner Nase vorbei. Koko war heimlich auf den Schubladenaufsatz geklettert und hatte seine Nase in die ausgestopfte Eule vergraben.

»Ich hätte es wissen müssen!« sagte Qwilleran angewidert. »Geh runter! Geh weg von diesem Vogel!«

Koko sprang auf den Boden. Dann schritt er hochmütig aus der Wohnung und führte den Journalisten an der lose durchhängenden Leine hinter sich her.

»Du enttäuschst mich«, sagte Qwilleran zu ihm. »Du warst doch mal gut in solchen Sachen. Versuchen wir es auf dem Dachboden.«

Der Dachboden war sehr romantisch umgestaltet worden, so daß er jetzt einer Scheune ähnelte: Die Wände waren mit silbergrauen, verwitterten Holzbrettern verkleidet und mit Melkschemeln, Öllaternen und alten landwirtschaftlichen Geräten behängt. Aus einem Stall in einer Ecke starrte ihn ein Ochse aus Papiermaché an, ein Relikt aus einem Fleischerladen aus dem neunzehnten Jahrhundert, und in einem Nest aus Stroh brütete ein weißes Leghorn-Huhn.

In der Mitte des Raumes standen kreisförmig angeordnet Stühle, und Qwilleran war fasziniert von ihrem altersschwachen Zustand. Er sah einen total verbogenen Drahtstuhl aus einem Eissalon; einen Windsor-Stuhl, an dessen Rückenlehne zwei Spindeln fehlten; einen Schaukelstuhl mit nur einer Armlehne und andere Sitzgelegenheiten in den verschiedensten Verfallsstadien. Während er sich diese Wracks ansah, pirschte Koko sich an die weiße, gefiederte Henne in ihrem Nest heran.

Qwilleran zog an der Leine. »Ich weiß nicht, was mit dir los ist«, sagte er. »Tauben – Eulen – Hennen! Ich glaube, ich gebe dir zuviel Geflügel zu fressen. Komm. Gehen wir.«

Koko sauste die Treppe hinunter und verlangte lautstark, in seine Wohnung gelassen zu werden, wo Yum Yum schrill nach ihm miaute.

»O nein, mein Lieber! Wir müssen erst noch etwas untersuchen. Und versuche diesmal, objektiv zu sein.«

In Bens Wohnung standen planlos zusammengepferchte Möbel, und auf jeder ebenen Fläche türmten sich zahllose Gegenstände, die kaum etwas wert waren. Bens langer gestrickter Schal hing unpassenderweise auf dem Kronleuchter, und die verschmutzten Quasten baumelten über dem Boden; seine zahlreichen Hüte – einschließlich des seidenen Zylinders und der Weihnachtsmannmütze – lagen auf Tischen, Hutständern, Stühlen und Lampenzylindern.

Qwilleran sah, daß die Wohnung ähnlich angelegt war wie seine eigene, nur daß es noch ein großes Erkerfenster zur Straße gab. Während er mit einem Ohr lauschte, ob die Haustür geöffnet wurde, ging er vorsichtig von Raum zu Raum. Wie erwartet, fand er im Spülbecken schmutziges Geschirr und an der Badewanne einen Schmutzrand. Im Ankleidezimmer, das bis zur Decke mit Bündeln und Schachteln vollgestopft war, suchte er Stiefel, doch Ben – wo immer er war – trug sie an den Füßen.

»Keine Hinweise hier«, sagte Qwilleran, ging wieder zurück zur Tür und nahm im Vorbeigehen seine rote Feder von Bens seidenem Zylinder. Er zog an der Leine. »Und du bist mir auch keine Hilfe mehr. Es war wohl ein Fehler, dir eine Gefährtin zu suchen. Du hast dein Talent verloren.«

Er hatte nicht bemerkt, daß Koko aufrecht wie ein Eichhörnchen dasaß und nach den Quasten von Bens langem Schal schlug.

Kapitel fünfzehn

Als die Zeit für die Versammlung im ›Leistenbruchtreff‹ nahte, erklomm Qwilleran den zweiten Stock, was für ihn ziemlich beschwerlich war.

Die Schmerzen in seinem Knie hatten sich zwar im Laufe des Tages gebessert, waren aber am Abend wieder schlimmer geworden, und er traf sichtbar humpelnd bei der Versammlung ein.

Die Händler saßen im Kreis, und bevor Qwilleran ihnen ins Gesicht sah, blickte er auf ihre Füße. Sie waren in ihrer Oberkleidung die Treppe heraufgestapft, und er sah Samtstiefeletten, einen einzelnen braunen Rauhlederschuh neben einem Gehgips, ein Paar makellos weiße Männerstiefel und diverse Gummistiefel und Überschuhe.

Er setzte sich auf den nächsten freien Platz – auf einer Kirchenbank mit fadenscheinigen Kissen – und saß damit zwischen Cluthras Gips und Russ Patchs Krücken.

»Hier sieht es aus wie an der Bushaltestelle nach Lourdes«, sagte die Rothaarige und lehnte sich vertraulich an Qwilleran. »Was ist denn mit Ihnen passiert?«

»Mich hat eine Lawine niedergestreckt.«

»Ich hätte mich ja gar nicht mühsam, Stufe für Stufe, diese Treppe hinaufgeschleppt – aber ich habe gehört, daß Sie auch kommen würden.« Sie zwinkerte ihm zu und stieß ihn freundschaftlich an.

»Wie war der Fototermin?« fragte er.

»Dieser Fotograf, den Sie uns geschickt haben, ist aber ein Koloß von einem Mann.«

»Hat er etwas kaputtgemacht?«

»Nur einen kleinen Porzellankrug.«

»Die Zeitungen schicken immer Elefanten in Porzellanläden«, erklärte Qwilleran. Er versuchte, sich die Schuhsohlen rundum anzusehen, doch alle Füße blieben fest auf dem Boden stehen. Er wandte sich an Russell Patch und sagte: »Schöne Stiefel haben Sie. Wo haben Sie bloß weiße Stiefel gefunden?«

»Die mußte ich anfertigen lassen«, sagte der junge Mann und streckte sein gesundes Bein aus, damit man es besser sehen konnte.

»Sogar die Sohlen sind weiß!« sagte Qwilleran. Er starrte auf die gerillte Unterseite und klopfte sich zufrieden auf den Schnurrbart. »Ich nehme an, diese Krücken sind eine ziemliche Behinderung, wenn Sie ein Haus räumen.«

»Ich schaffe es trotzdem, und ich werde sie nicht mehr lange brauchen.«

»Haben Sie etwas aus dem Ellsworth-Haus geholt?«

»Nein, das habe ich ausgelassen. Die Küchenschränke waren weg, bevor ich es schaffte, hinzukommen, und sonst interessierte mich nichts.«

Sie lügen, dachte Qwilleran. Alle diese Händler lügen. Sie sind alle Schauspieler, unfähig, Realität und Phantasie zu unterscheiden. Laut sagte er: »Was machen Sie mit Küchenschränken?«

»Die wirklich alten lassen sich gut als Einbauschränke für Stereoanlagen verwenden, wenn man sie im feudalen Landhausstil herrichtet. Ich habe selbst eine ganze Wand damit verkleidet und elektronische Geräte im Wert von etwa zwanzigtausend Dollar darin untergebracht. Sechsunddreißig Lautsprecher. Mögen Sie Musik? Ich habe alles auf Tonband. Opern, Symphonien, Kammermusik, klassischen Jazz –«

»Das muß ja eine ganz schöne Investition sein«, sagte Qwilleran; der offensichtliche Reichtum dieses jungen Mannes gab ihm zu denken.

»Unbezahlbar! Kommen Sie doch mal abends vorbei und hören Sie sich was an. Ich wohne direkt über meinem Laden.«

»Gehört das Haus Ihnen?«

»Also, das ist so. Ich hatte es eine Zeitlang gemietet und so viele Verbesserungen vornehmen lassen – das heißt, ich und mein Mitbewohner –, daß ich es kaufen mußte, damit meine Investitionen nicht verlorengehen.«

Qwilleran vergaß, ihn noch weiter auszufragen, weil Mary Duckworth eintraf. In einem kurzen, blaukarierten Rock setzte sie sich auf einen Küchenstuhl aus der Zeit Warren Hardings und schlug ihre langen, eleganten Beine übereinander. Zum ersten Mal sah Qwilleran ihre Knie. Was Knie anbelangte, betrachtete er sich als echten Kenner, und bei diesen hier stimmte einfach alles: Sie waren schlank, wohlgeformt und vom Design her für ihre Funktion perfekt – mit diesen gewissen senkrechten Grübchen links und rechts von der Kniescheibe, die Qwillerans Schnurrbartwurzeln in Erregung versetzten.

»Mein Gott! *Sie* ist auch da!« sagte eine rauchige Stimme in sein Ohr. »Halten Sie sie von mir fern, ja? Womöglich hat sie vor, mir auch noch das andere Bein zu brechen.« Der üppige Busen der Rothaarigen wogte vor Zorn. »Wissen Sie, sie hat diese gußeiserne Blumenschale absichtlich auf meinen Fuß fallen lassen.«

»Das hat Mary getan?«

»*Diese Frau*«, sagte sie mit zusammengebissenen Zähnen, »ist zu *allem* fähig! Ich wünschte, sie würde aus Junktown verschwinden! Ihr Geschäft gehört nicht hierher. Mit ihren teuren, edlen Sachen verdirbt sie uns anderen alles.«

Plötzlich ertönte Applaus, als Ben Nicholas, der die Leute unten an der Haustür empfangen hatte, mit einer Admiralsmütze auf dem Kopf seinen grandiosen Auftritt inszenierte. Dann begann die Versammlung.

Sylvia Katzenhide gab einen kurzen Überblick über das Straßenfest am Mittwoch. »Die Stadtverwaltung sperrt ein Areal von vier Häuserblocks ab«, sagte sie, »und schmückt die Strommasten mit Plastikengeln. Weihnachtsengel haben sie keine mehr, aber sie haben noch ein paar schöne lavendelfarbene Engel von Ostern übrig. Der Gesangsverein der Müllabfuhr stellt einen Chor zur Verfügung, der Weihnachtslieder singt.«

Qwilleran sagte: »Könnten wir die *Junkery* während des Festes aufmachen? Es widerstrebt mir, daß Mrs. Cobb dabei kein Geschäft macht. Ich wäre bereit, mich selbst ein paar Stunden um den Laden zu kümmern.«

Cluthra drückte seinen Arm und sagte: »Sie sind ein Schatz! Wir helfen auch mit – meine Schwestern und ich. Wir werden uns abwechseln.«

Dann schlug jemand vor, Blumen zu Cobbs Begräbnis zu schicken. Sie sammelten gerade Geld dafür, als plötzlich im Stockwerk unter ihnen ohrenbetäubender Lärm ertönte. Es war markerschütternde Popmusik – wüst, hektisch, laut. Mit offenem Mund hörten sie ein paar Sekunden zu, dann redeten alle auf einmal.

»Was ist das?«

»Ein Radio?«

»Wer ist da unten?«

»Niemand!«

»Woher kommt das?«

»Da unten ist irgend jemand!«

»Wer könnte das sein?«

»Wie könnte jemand hereingekommen sein?«

»Die Eingangstür ist doch abgeschlossen, oder?«

Qwilleran war als erster aufgesprungen. »Gehen wir hinunter nachsehen.« Er packte seinen hölzernen Vorschlaghammer, der an der Wand hing, und stieg die schmale Treppe hinunter, wobei er bei jeder Stufe den linken Fuß zuerst aufsetzte. Die beiden anderen Männer der Versammlung folgten ihm – Russ auf seinen Krücken und Ben, der mit einer Heugabel in der Hand schwerfällig hinter ihnen her trottete.

Der Lärm kam aus der Wohnung der Cobbs. Die Tür stand offen. Die Wohnung war finster.

Qwilleran griff hinein und tastete nach einem Lichtschalter an der Wand, worauf der Raum hell erleuchtet wurde. »Wer ist da?« rief er mit respekteinflößender Stimme.

Keine Antwort. Die Musik kam aus dem kleinen Radio auf dem Apothekentisch.

Die drei Männer durchsuchten die Wohnung, wobei Ben den beiden anderen in einem Sicherheitsabstand folgte.

»Keiner da«, verkündete Qwilleran.

»Vielleicht hat er eine eingebaute Zeituhr«, meinte Russ.

»Das Ding hat keine Zeituhr«, sagte Qwilleran und drehte den kleinen Störenfried ab. Er sah auf die Tischplatte und runzelte die Stirn. Überall lagen Papiere verstreut. Ein Bleistiftbehälter war umgeworfen. Vom Fußboden hob er eine Telefonrechnung und ein Adreßbuch auf – und eine graue Feder.

Als die Männer aus der Wohnung der Cobbs herauskamen, wagten sich gerade die Frauen vom Dachboden herunter.

»Ist es sicher?« fragten sie.

Cluthra sagte: »Wenn es ein Mann war, wohin ist er verschwunden?«

»Was war es? Weiß jemand, was es war?«

»Dieses verrückte Radio«, sagte Russ. »Es hat sich von ganz allein eingeschaltet.«

»Wie ist das möglich?«

»Ich weiß es nicht«, sagte Qwilleran ... aber er wußte es doch.

Nachdem die Händler aus dem Hause gegangen waren und Ben sich auf den Weg ins *Lion's Tail* gemacht hatte, schloß Qwilleran seine Wohnungstür auf und sah sich nach den Katzen um. Yum Yum saß mit leuchtenden Augen und gespitzten Ohren – beides eine Spur zu groß für ihr winziges, dreieckiges Gesichtchen – auf dem Kühlschrank. Koko schleckte gerade Wasser; sein Schwanz lag gerade ausgestreckt auf dem Boden, wie immer, wenn er besonders durstig war.

»Okay, Koko«, sagte Qwilleran. »Wie hast du es angestellt? Hast du dich mit Mathilda zusammengetan?«

Koko trank weiter und klopfte mit der Schwanzspitze leicht auf den Boden.

Qwilleran wanderte durch sein Zimmer und stellte in jedem Raum Spekulationen an. Er wußte, daß Koko ein Radio aufdrehen konnte, indem er sein hartes Kinn am Knopf rieb, aber wie kam dieser Houdini unter den Katzen aus der Wohnung heraus? Qwilleran rückte das Schwanenbett von der Wand weg und sah nach, ob in der Fußleiste eine Öffnung war. Er suchte das Badezimmer nach Putztürchen ab (um die Jahrhundertwende hatten die Klempner eine Vorliebe dafür gehabt), aber es gab nichts dergleichen. Die Kochnische hatte ein hohes Oberlicht, das auf den Gang hinaus ging – wahrscheinlich zur Belüftung –, und das wäre vom Kühlschrank aus leicht erreichbar gewesen, doch es war geschlossen und verriegelt.

Das Telefon klingelte.

»Qwill«, sagte Mary mit ihrer angenehmen Stimme, »tun Sie auch etwas gegen Ihr verletztes Knie? Sie haben heute abend ausgesehen, als hätten Sie Schmerzen.«

»Ich habe kalte Kompressen gemacht, bis die Schwellung abgeklungen ist.«

»Was Sie jetzt brauchen, ist eine Bestrahlungslampe. Darf ich Ihnen meine anbieten?«

»Da wäre ich Ihnen dankbar«, sagte er. »Ja, da wäre ich Ihnen wirklich sehr dankbar.«

Qwilleran bereitete sich auf seine Sitzung mit der Bestrahlungslampe vor, indem er ein Paar sportliche Bermudas anzog, die im vorigen Sommer ein Wochenende auf dem Lande überlebt hatten, und sich darin unter dem Motto ›Brust raus, Bauch rein‹, vor dem langen Spiegel im Ankleideraum bewunderte. Er hatte schon immer gedacht, daß er in einem schottischen Kilt hervorragend aussehen würde. Seine Beine waren gerade, fest, muskulös und mäßig behaart – gerade genug, daß er männlich aussah, aber nicht so sehr, daß er tierisch wirkte. Die Schwellung am linken Knie, die die vollkommene Form zunichte gemacht hatte, war zurückgegangen, wie er zufrieden feststellte.

Er sagte zu den Katzen: »Ich bekomme jetzt Besuch, und ich möchte, daß ihr beide etwas Taktgefühl an den Tag legt. Kein lautstarkes Gezänk! Und daß mir keiner durch die Luft saust und den Status quo stört!«

Koko kniff die Augen zusammen und legte die Schnurrhaare schräg, was aussah wie ein vielsagendes Lächeln. Yum Yum gab sich vollkommen gleichgültig – sie putzte die schneeweiße Stelle auf ihrer Brust, an der ihr Fell in zwei verschiedene Richtungen wuchs.

Als Mary mit einem Korb in der Hand kam, ging Koko sofort auf Distanz und musterte sie unfreundlich.

»Er ist nicht gerade überwältigt vor Freude«, sagte sie, »aber zumindest ist er diesmal höflich.«

»Er wird sich an Sie gewöhnen«, versicherte ihr Qwilleran.

In ihrem Korb hatte sie einen selbstgebackenen Früchtekuchen, eine Espressomaschine und eine Wärmelampe. Sie steckte die kleine silberne Kaffeemaschine an und stellte die Infrarotlampe so auf, daß sie auf Qwillerans Knie strahlte. Dann setzte sie sich auf den Schaukelstuhl aus gebogenen Weiden. Sofort wirkte der plumpe ländliche Schaukelstuhl graziös und hatte eine Art natürlicher Eleganz. Qwilleran fragte sich, wie er ihn je hatte häßlich finden können.

»Haben Sie eine Ahnung, was diesen plötzlichen Wirbel in der Wohnung der Cobbs verursacht hat?« fragte sie.

»Wieder eine von diesen verrückten Sachen, die in diesem Haus passieren ... übrigens habe ich mich gewundert, warum Hollis Prantz nicht an der Versammlung teilgenommen hat.«

»Die Hälfte der Händler ist weggeblieben. Wahrscheinlich wußten sie, daß wir Geld für die Blumen sammeln würden.«

»Prantz war heute nachmittag hier und hat nach alten Radios gesucht, die die Cobbs angeblich für ihn aufgehoben haben – das hat er zumindest gesagt. Ergibt das einen Sinn?«

»Aber gewiß. Die Händler machen das meiste Geld mit Dingen, die sie einander verkaufen ... Wie bekommt Ihnen die Wärme? Steht die Lampe zu nahe?«

Bald kündigte ein sprudelndes, gurgelndes Geräusch in der Küche an, daß der Espresso fertig war. Es schreckte Yum Yum auf, die in die entgegengesetzte Richtung lief, doch Koko marschierte in die Küche, um nachzusehen.

Gleichermaßen stolz und entschuldigend sagte Qwilleran: »Koko ist ein selbstbewußter Kerl, aber Yum Yum ist eher nervös; im Zweifelsfall verschwindet sie. Sie ist eine typische Miezekatze. Sie sitzt gern auf dem Schoß und fängt Mäuse – wie man sich eine Katze eben vorstellt.«

»Ich habe nie eine Katze besessen«, sagte Mary. Sie schenkte den Kaffee in kleine Tassen und gab ein Stückchen Zitronenschale dazu. »Aber als ich getanzt habe, habe ich Katzen wegen ihrer grazilen Bewegungen beobachtet.«

»Niemand besitzt je eine Katze«, korrigierte Qwilleran sie. »Man teilt eine gemeinsame Wohnung mit ihnen, auf der Basis von Gleichberechtigung und gegenseitigem Respekt ... obwohl die Katzen irgendwie stets besser abschneiden. Speziell Siamkatzen schaffen es immer, die Oberhand zu gewinnen.«

»Manche Tiere sind fast menschlich ... Bitte probieren Sie diesen Früchtekuchen, Qwill.«

Sie reichte ihm ein dunkles, saftiges, geheimnisvolles, aromatisch duftendes Stück Kuchen. »Koko ist mehr als menschlich. Er hat einen sechsten Sinn. Er scheint Zugang zu Informationen zu haben, die ein Mensch nur mittels mühevoller Ermittlungen zusammentragen könnte.« Qwilleran hörte sich das sagen und hoffte, daß es noch stimmte, doch tief im Innersten begann er zu zweifeln.

Mary drehte sich um und betrachtete das bemerkenswerte Tier. Koko saß auf dem Steißbein, hatte ein Bein in die Luft gestreckt und putzte sich am Schwanzansatz. Die rosa Zunge herausgestreckt, hielt er inne und erwiderte ihren bewundernden Blick, indem er sie überheblich anstarrte. Als er schließlich mit seiner Wäsche fertig war, begann das Ritual des Krallenschärfens. Er sprang auf die Chaiselongue, richtete sich auf den Hinterbeinen auf und kratzte an den Stellen der tapezierten Wand, wo die Buchseiten einander überlappten und an den Rändern verlockend abstanden.

»Nein! Runter! Hau ab! Verschwinde!« schalt Qwilleran. Koko gehorchte, aber erst, als er mit dem Krallenschärfen fertig war – und er ließ sich Zeit dabei.

Qwilleran erklärte seinem Gast: »Koko hat ein Wörterbuch als Kratzbrett bekommen, und jetzt glaubt er, er kann alles, was gedruckt ist, zur Pediküre verwenden. Manchmal bin ich überzeugt, er kann lesen. Auf die Art hat er einmal eine Reihe von Fälschungen aufgedeckt.«

»Ist das Ihr Ernst?«

»Absolut ... Sagen Sie, gibt es bei Antiquitäten viele Fälschungen?«

»Nicht in diesem Land. Ein skrupelloser Händler kann vielleicht eine Reproduktion eines Chippendale-Stuhls aus dem neunzehnten Jahrhundert als ein Stück aus dem achtzehnten Jahrhundert verkaufen, oder ein Künstler kann eine alte Leinwand unbeholfen bemalen und dann als das Bild eines frühen amerikanischen Primitiven ausgeben, aber Fälschungen im großen Stil gibt es meines Wissens nicht ... Wie schmeckt Ihnen der Früchtekuchen? Den hat einer meiner Kunden gemacht, Robert Maus.«

»Der Anwalt?«

»Kennen Sie ihn? Er ist ein erstklassiger Koch.«

»War er nicht Andys Rechtsvertreter? Ein recht bedeutender Anwalt für einen kleinen Laden in Junktown«, meinte Qwilleran.

»Robert ist ein passionierter Sammler und ein Freund von mir. Er hat Andy aus Gefälligkeit vertreten.«

»Hat er mit seinem juristisch geschulten Verstand jemals Andys sogenannten Unfall in Zweifel gezogen?«

Mary warf ihm einen besorgten Blick zu. »Haben Sie es noch immer nicht aufgegeben?«

Qwilleran beschloß, offen zu sein. Er hatte es satt, ständig von allen Frauen in Junktown zu hören, welch unübertreffliche Qualitäten Andy gehabt hatte. »Ist Ihnen klar«, sagte er, »daß Andy derjenige war, der der Polizei den Tip gegeben hat, daß Cobb ein Haus räumte?«

»Nein, ich kann es nicht glauben –«

»Warum hat er Cobb verpfiffen und nicht Russ oder einen der anderen Leute, die Häuser räumten? Hatte er etwas gegen Cobb?«

»Ich kann nicht –«

»Es ist möglich, daß Andy Cobb auch gedroht hat – daß er drohte, Iris von seinen Seitensprüngen zu erzählen. Ich sage es nicht gern, Mary, aber Ihr Freund Andy hat sich in anderer Leute Angelegenheiten eingemischt – oder er hat sein eigenes Süppchen gekocht. Vielleicht hat er gefunden, daß Cobb in seinem Revier wilderte, wenn er Cluthra besuchte.«

Mary errötete. »Also haben sie *das* auch herausgefunden!«

»Tut mir leid«, sagte Qwilleran. »Ich wollte Ihnen nicht zu nahe treten.«

Sie zuckte die Achseln, und sie war sehr reizvoll, wenn sie die Achseln zuckte. »Ich wußte, daß Andy sich mit Cluthra traf. Deshalb haben wir auch in der Nacht, als er umkam, gestritten. Andy und ich waren nicht wirklich fest liiert. Wir hatten ein Übereinkommen. Nicht einmal ein Übereinkommen – nur eine Art Arrangement. Aber ich fürchte, ich wurde allmählich zu besitzergreifend.« Sie schaltete die Bestrahlungslampe aus. »Ihr Knie hat lange genug geschmort. Wie fühlt es sich an?«

»Besser. Viel besser.« Qwilleran begann seine Pfeife zu stopfen. »Nachdem Andy in jener Nacht Ihr Haus verlassen hat – um die potentiellen Kunden zu treffen – welchen Weg nahm er da?«

»Er ging durch die Hintertür hinaus, durch die Gasse hinter dem Haus und dann an der Rückseite seines Ladens hinein.«

»Und als Sie ihm folgten, nahmen Sie da denselben Weg? Haben Sie in der Gasse hinter dem Haus jemanden gesehen?«

Mary warf Qwilleran einen kurzen Blick zu. »Ich glaube nicht. Kann sein, daß irgendwo einer dieser unsichtbaren Männer aus der Pension war. Die schleichen herum wie Gespenster.«

»Wieviel Zeit war vergangen, bis Sie Andy folgten?«

Sie zögerte. »Oh ... etwa eine Stunde ... Noch ein Stück Früchtekuchen, Qwill?«

»Danke. In dieser Zeit hätten die Kunden kommen, die Ladentür verschlossen vorfinden und wieder gegangen sein können – ohne zu wissen, daß Andy tot im Hinterzimmer lag. Bevor sie kamen, hätte jemand anderer Andy durch die Hintertür in seinen Laden folgen können – jemand, der ihn hineingehen sah ... Warten Sie mal, wie viele Gebäude stehen zwischen Ihrem Haus und Andys Laden?«

»Russ' Kutschenhaus, der Kramladen, dann dieses Haus und daneben die Pension, in der Ben sein Geschäft hat.«

»Jenes Gebäude und Ihr Haus sind genauso gebaut wie das Haus mit Andys Laden, nicht wahr?« fragte Qwilleran. »Nur schmaler.«

»Sie sind ein guter Beobachter. Die drei Häuser wurden von derselben Familie gebaut.«

»Ich weiß, daß Russ über seiner Werkstatt wohnt. Wer ist sein Mitbewohner? Ist er auch im Antiquitätengeschäft tätig?«

»Nein. Stanley ist Friseur.«

»Ich frage mich, woher Russ sein ganzes Geld hat. Das Kutschenhaus gehört ihm, er trägt exklusive Stiefel, hat eine Stereoanlage im Wert von zwanzigtausend Dollar, einen weißen Jaguar in der Garage ... Geht sein Geschäft so gut? Hielt ihn Andy für wirklich sauber? Vielleicht war Andy drauf und dran, ihn zu verpfeifen. Woher *hat* Russ das viele Geld? Hat er einen Nebenjob?«

»Ich weiß nur, daß er hart arbeitet. Manchmal höre ich noch um drei Uhr früh seine elektrischen Geräte.«

»Ich frage mich –« Qwilleran hielt inne, um seine Pfeife anzuzünden. »Ich frage mich, warum Russ mich heute abend angelogen hat. Ich fragte ihn, ob er sich etwas aus dem Ellsworth-Haus geholt habe, und er verneinte. Doch ich könnte schwören, daß diese Krücken und diese weißen Stiefel in dem Haus gewesen sind.«

»Händler sind sehr empfindlich im Hinblick auf ihre Bezugsquellen«, sagte Mary. »Es gilt als ungehörig, einen Händler zu fragen, woher er seine Antiquitäten hat, und wenn er Ihnen überhaupt eine Antwort gibt, fühlt er sich nicht verpflichtet, die Wahrheit zu sagen. Es gehört sich auch nicht, einem Händler zu erzählen, welche Schätze Ihre Großmutter auf dem Dachboden hat.«

»Wirklich? Wer erläßt denn diese feinen Benimmregeln?«

Mary lächelte stolz, was Qwilleran bezaubernd fand. »Dieselben Autoritäten, die den Zeitungen das Recht geben, in jedermanns Privatsphäre einzudringen.«

»Eins zu null für Sie!«

»Habe ich Ihnen von dem Zwanzig-Dollar-Schein erzählt, den

ich gefunden habe?« fragte sie, nachdem sie einander ein paar Sekunden anerkennend angesehen hatten.

»Manche Leute haben wirklich Glück«, sagte er. »Wo haben Sie ihn gefunden?«

»In der Tasche meines Pullovers – den ich in der Nacht von Andys Unfall anhatte. Der Pullover ist mit seinem Blut getränkt, und ich habe ihn zusammengerollt und in einen Schrank gesteckt. Meine Putzfrau hat ihn am vergangenen Wochenende gefunden, und da kam der Zwanzig-Dollar-Schein zum Vorschein.«

»Woher war er?«

»Ich habe ihn in Andys Werkstatt aufgelesen.«

»Wollen Sie damit sagen, Sie haben am Unfallort Geld gefunden? Und Sie haben es aufgehoben? War Ihnen denn nicht klar, daß das vielleicht ein wichtiger Hinweis sein könnte?«

Mary zuckte die Achseln und machte ein entzückend schuldbewußtes Gesicht. »Ich bin nun mal eine Bankierstochter«, erklärte sie.

»War der Schein gefaltet?«

Sie nickte.

»Wie war er gefaltet?«

»Der Länge nach – und dann zusammengeklappt.«

»Hat Andy sein Geld so gefaltet?«

»Nein. Er hatte eine Brieftasche.«

Qwilleran wandte plötzlich den Kopf. »Koko! Geh weg von der Lampe!«

Der Kater war heimlich auf den Tisch gesprungen, hatte sich zu der mit den rosa Rosen verzierten Lampe geschlichen und rieb sein Kinn an dem Rad, mit dem der Docht verstellt wurde. Im selben Augenblick durchzuckte Qwilleran an der altbekannten Stelle ein Gedanke, und er glättete mit dem Pfeifenstiel seinen Schnurrbart.

»Mary«, sagte er, »wer waren die Leute, die sich den Kronleuchter ansehen wollten?«

»Ich weiß es nicht. Andy sagte nur, eine Frau aus der Vorstadt wollte ihrem Mann den Leuchter zeigen, bevor sie ihn kaufte.«

Qwilleran beugte sich in seinem Morris-Sessel vor. »Mary, wenn Andy den Kronleuchter von der Decke nahm, als er stürzte, dann bedeutet das, daß die Kunden ihn kaufen wollten! Andy nahm das Ding herunter, damit sie ihn mitnehmen konnten! Verstehen Sie nicht? Wenn es ein echter Unfall war, dann heißt das, daß dieses Paar im Laden war, als es passierte. Aber warum haben sie dann nicht die Polizei geholt? Wer war es? Waren sie überhaupt da? Und wenn nicht, wer *war* da?«

Wieder machte Mary ein schuldbewußtes Gesicht. »Ich glaube, ich kann es Ihnen erzählen – jetzt ... Ich ging zweimal in Andys Laden, um mich zu entschuldigen. Das erste Mal habe ich hineingeschaut und gesehen, wie er mit jemandem sprach, daher habe ich mich hastig zurückgezogen und es später noch mal versucht.«

»Haben Sie die Person erkannt?«

»Ja, aber ich hatte Angst, jemandem zu erzählen, daß ich etwas gesehen hatte.«

»Was haben Sie gesehen, Mary?«

»Ich habe sie streiten sehen – Andy und C. C. Und ich hatte Angst, C. C. könnte *mich* gesehen haben. Sie können sich nicht vorstellen, wie erleichtert ich war, als ich heute morgen von seinem Unfall erfuhr. Ich weiß, das hört sich schrecklich an.«

»Und Sie haben die ganze Zeit in Angst vor diesem Mann gelebt! Hat er Ihnen Grund dazu gegeben?«

»Nicht wirklich, aber ... damals haben die mysteriösen Anrufe angefangen.«

»Ich wußte es!« sagte Qwilleran. »Ich wußte, daß an diesem Anruf neulich nachts etwas faul war. Wie oft –?«

»Ungefähr einmal in der Woche – immer dieselbe Stimme – offensichtlich verstellt. Es hörte sich an wie ein lautes Flüstern – krächzend – asthmatisch.«

»Was hat die Stimme gesagt?«

»Immer etwas Dummes und Melodramatisches. Vage Andeutungen über Andys Tod. Vage Bemerkungen über eine drohende Gefahr. Jetzt, wo C. C. tot ist, habe ich das Gefühl, daß die Anrufe aufhören werden.«

»Seien Sie nicht zu sicher«, sagte Qwilleran. »In jener Nacht war noch eine dritte Person in Andys Laden – der Besitzer jenes Zwanzig-Dollar-Scheins. C. C. hat eine Brieftasche verwendet und seine Scheine darin ungefaltet aufbewahrt. Irgend jemand anderer ... Ich frage mich, wie Ben Nicholas wohl sein Geld faltet?«

»Qwill –«

»Würde eine Frau einen Geldschein der Länge nach falten?«

»Qwill«, sagte sie, »das ist doch nicht Ihr Ernst, oder? Ich möchte nicht, daß bei den offiziellen Stellen das Interesse an Andys Tod wieder geweckt wird«, sagte sie ohne Umschweife und sah ihn fest an.

»Warum sagen Sie das?«

Ihr Blick wurde unsicher. »Angenommen, Sie machen mit Ihren Ermittlungen weiter ... und angenommen, Sie fänden etwas, das auf einen Mord hinweist ... dann würden Sie das melden, oder?«

»Natürlich.«

»Und dann käme die Sache vor Gericht.«

Qwilleran nickte.

»Und weil ich die Leiche gefunden habe, müßte ich als Zeugin aussagen, nicht wahr? Und dann würde meine wahre Identität ans Licht kommen!« Sie glitt vom Schaukelstuhl und kniete sich neben ihn auf den Boden. »Qwill, das wäre das Ende für all das, wofür ich lebe! Die Publicity – mein Vater – Sie wissen, was dann passieren würde!«

Er legte seine Pfeife beiseite, und sie fiel zu Boden. Aufmerksam betrachtete er ihr Gesicht.

»Ich habe Angst vor den Zeitungen!« sagte sie. »Sie wissen, wie sie auf *Namen* reagieren. Sie tun alles, um einen bekannten *Namen* bringen zu können! Lassen Sie die Dinge, wie sie sind«, bat sie. »Andy ist tot. Nichts wird ihn je wieder lebendig machen. Stellen Sie keine Nachforschungen mehr an, Qwill. Bitte!« Sie griff nach seinen Händen und starrte ihn mit weit aufgerissenen, flehenden Augen an. »Bitte, tun Sie es für mich.« Sie beugte den Kopf und rieb ihre glatte Wange an seinem Handrücken, und Qwilleran hob rasch ihr Gesicht zu dem seinen hoch.

»Bitte, Qwill, sagen Sie, daß Sie die ganze Sache fallenlassen werden.«

»Mary, ich kann nicht ...«

›Qwill, bitte versprechen Sie es.« Ihre Lippen waren sehr nahe. Es war ein atemloser Augenblick. Die Zeit stand still.

Und dann: »*Grrrauwrrr ... yeauwww!*«

Und dann ein Fauchen: »*Chhhhhhh!*«

»*Grrrauwrrr! Auwf!*«

»KOKO!« schrie Qwilleran.

»*Ak-ak-ak-ak-ak!*«

»Yum Yum!«

»*GRRRR!*«

»Koko, *laß* das!«

Kapitel sechzehn

In jener Nacht träumte Qwilleran von den Niagara-Fällen, und als der Lärm des Wasserfalls ihn schließlich weckte, schaute er sich in Panik im dunklen Zimmer um. Es war erfüllt vom lauten, tosenden Rauschen von Wasser. Und dann hörte es mit einem Ächzen und einem erstickten Stöhnen plötzlich auf.

Er setzte sich in seinem Schwanenbett auf und lauschte. Einen Augenblick später fing es wieder an, etwas weniger ohrenbetäubend als in seinem Traum – zuerst ein Sprudeln und Zischen, dann ein Schnauben, ein bebendes Ächzen, ein Schluchzen, und dann Stille.

Allmählich dämmerte es ihm in seinem schlaftrunkenen Zustand, woher der Lärm kam. Es war die Wasserleitung! Die uralte Wasserleitung in einem alten Haus! Aber warum lief sie nachts? Qwilleran schwang seine Beine aus dem Bett und taumelte ins Badezimmer.

Er schaltete das Licht ein. Da, auf der Kante der barocken Badewanne balancierend, stand Koko, eine Pfote auf den Porzellanhebel der altmodischen Toilette gelegt, und beobachtete aufmerksam und kurzsichtig das wirbelnde Wasser. Yum Yum saß im marmornen Waschbecken und zwinkerte im plötzlichen hellen Licht. Noch einmal stieg Koko auf den Hebel und sah fasziniert zu, wie das Wasser hinabsprudelte, schäumte und gurgelnd verschwand.

»Du Äffchen!« sagte Qwilleran. »Wie hast du denn diesen Mechanismus entdeckt?« Er war nicht sicher, ob er sich über die nächtliche Störung ärgern oder auf die mechanische Begabung des Katers stolz sein sollte. Er schleppte den schreienden, sich windenden Kater aus dem Badezimmer und warf ihn auf die Kissen des Morris-Sessels. »Was hattest du vor? Wolltest du Yum Yums Maus herausholen?«

Koko leckte sich das zerzauste Fell, als sei es von etwas unsagbar Widerlichem verunreinigt worden.

Die Dämmerung breitete ein bedrohliches gelb-graues Licht über den Winterhimmel und ließ neue Greueltaten an der Wetterfront erwarten. Qwilleran öffnete den Katzen eine Dose kleingehackte Muscheln und plante seinen Tag. Erstens wollte er herausbekommen, wie Ben Nicholas seine Geldscheine faltete. Außerdem wollte er wissen, wie diese rote Feder von einem Tweedhut auf einen seidenen Zylinder gekommen war. Er hatte Koko danach gefragt, doch Koko hatte bloß ein Auge zusammengekniffen. Was die Dachlawine anlangte, hatte Qwilleran die Geschichte mit Mary besprochen, und sie war sehr rasch mit einer Erklärung bei der Hand gewesen: »Also, sehen Sie, das Dachgeschoß in Bens Gebäude ist in Schlafräume aufgeteilt, und die werden beheizt.«

Er hatte Mary nicht direkt versprochen, daß er seine inoffiziellen Nachforschungen einstellen würde. Er war nahe daran gewesen, als Koko diesen Tumult veranstaltet hatte. Danach hatte Qwilleran nur gesagt: »Vertrauen Sie mir, Mary. Ich werde nichts tun, was Ihnen schadet«, und sie war wunderbar gefühlvoll geworden, und es war überhaupt ein sehr erfreulicher Abend gewesen. Sie hatte sogar seine Einladung zur Weihnachtsfeier angenommen. Sie sagte, sie würde als Mary Duxbury in den Presseclub kommen – nicht als die Trödelhändlerin Mary Duckworth, weil die Gesellschaftsreporter sie erkennen würden.

Nach wie vor stand Qwilleran jedoch vor einem Dilemma: Gab er seine Nachforschungen auf, dann entzog er sich seiner eigenen Vorstellung von Verantwortung; führte er sie weiter, dann schadete das Junktown, und dieses vernachlässigte Stiefkind der Stadtverwaltung brauchte einen Fürsprecher und nicht noch einen weiteren Gegner.

Als die Trödelläden öffneten und sich Qwilleran auf seine Tour machte, hielt das Wetter eine weitere Scheußlichkeit bereit: eine feuchte Kälte, die bis in die Knochen drang und über Junktown hing wie ein muffiger Putzlumpen.

Als erstes ging er zum *Bit o' Junk*, aber Bens Laden war geschlossen.

Dann probierte er es in dem Geschäft, das ›Tech-Tiquitäten‹ verkaufte, und zum ersten Mal, seit Qwilleran in Junktown war, hatte es geöffnet. Als er eintrat, kam Hollis Prantz gerade beschwingt aus dem Lagerraum hinter dem Geschäft. Er war dunkel gekleidet und hielt einen Pinsel in der Hand.

»Ich lackiere gerade ein paar Schaukästen«, erklärte er. »Bereite alles für den morgigen großen Tag vor.«

»Lassen Sie sich durch mich nicht stören«, sagte Qwilleran und sah sich verwirrt in dem Laden um. Er sah Röhren von fünfzehn Jahre alten Fernsehapparaten, uralte handgewickelte Spulen, prähistorische Radioteile und altmodische Verteilerköpfe von Automobilen Baujahr 1935. »Sagen Sie mir nur eines«, sagte er. »Erwarten Sie, daß Sie von diesen Sachen leben können?«

»Von diesem Geschäft lebt niemand«, sagte Prantz. »Wir brauchen alle eine zweite Einkommensquelle.«

»Oder einen extrem spartanischen Geschmack«, fügte Qwilleran hinzu.

»Ich habe zum Glück ein kleines Einkommen aus Grundstücksvermietungen, und ich bin Teilinvalide. Ich hatte voriges Jahr einen Herzinfarkt, und jetzt schalte ich zurück.«

»Sie sind noch recht jung für etwas Derartiges.« Qwilleran schätzte den Händler auf Anfang Vierzig.

»Man kann von Glück sagen, wenn man frühzeitig eine Warnung erhält. Ich vertrete die Theorie, daß Cobb einen Herzinfarkt hatte, als er das Haus auseinandernahm; das ist eine schwere Arbeit für einen Mann seines Alters.«

»Was haben Sie früher gemacht – vor dem Laden hier?«

»Ich war in der Farben- und Tapetenbranche«, sagte der Händler fast entschuldigend. »Nicht besonders aufregend, das Farbengeschäft, aber mein neuer Laden hier macht mir wirklich Spaß.«

»Wie sind Sie auf die Idee mit den ›Tech-Tiquitäten‹ gekommen?«

»Warten Sie, ich lege nur mal eben diesen Pinsel weg.« Gleich darauf kam Prantz mit einem alten Bürostuhl mit aufrechter Lehne wieder zurück. »Hier. Nehmen Sie Platz.«

Qwilleran studierte die zerlegten Teile aus dem Inneren einer primitiven Schreibmaschine. »Sie werden mich nicht leicht davon überzeugen können, daß dieses Zeug Käufer finden wird.«

Der Händler lächelte. »Ich werde Ihnen was sagen. Heutzutage sammeln die Leute einfach alles, weil es nicht genug gute Antiquitäten für alle gibt. Sie machen Lampen aus wurmstichigen Zaunpfählen. Sie rahmen zwanzig Jahre alte Varietéplakate. Warum sollen sie nicht die Bestandteile der frühen Auto- und Elektronikindustrie aufheben?« Prantz' Tonfall wurde vertraulich. »Ich arbeite an einer Werbekampagne, die sich auf ein Phänomen unserer Zeit gründet – der Kreation von Antiquitäten. Meine Idee besteht darin, die Antiquierung zu beschleunigen. Je früher etwas aus der Mode kommt, desto rascher wird es zum Sammelobjekt. Früher dauerte es hundert Jahre, bevor aus weggeworfenen Sachen Sammlerstücke wurden. Jetzt sind es dreißig. Ich habe vor, das auf zwanzig oder sogar fünfzehn Jahre zu verkürzen. ... Schreiben Sie das aber nicht«, fügte der Händler hastig hinzu. »Das ist noch im Planungsstadium. Seien Sie nett und behalten Sie es für sich.«

Als Qwilleran von Hollis Prantz wegging, verkroch er sich in seinen Mantel. Der Händler hatte ihm einen Fünf-Dollar-Schein gewechselt – die Dollarscheine waren quer gefaltet –, aber irgend etwas an Prantz wirkte unecht.

»Mr. Qwilleran! Mr. Qwilleran!«

Von hinten näherten sich eilige Schritte. Er drehte sich um und fing einen Armvoll braunen Kordsamt, Opossum-Fell, Schulhefte und wehende blonde Haare auf.

Ivy, die jüngste der drei Schwestern, war vollkommen außer Atem. »Bin gerade aus dem Bus ausgestiegen«, keuchte sie. »Heute vormittag hatte ich Aktmalen. Wollen Sie zu unserem Geschäft?«

»Nein, ich bin auf dem Weg zu Mrs. McGuffey.«

»Gehen Sie da bloß nicht hin! Mrs. McGuffey ist ein alter Muffel. Das hat Cluthra gesagt.«

»Geschäft ist Geschäft, Ivy. Bist du schon für Weihnachten bereit?«

»Stellen Sie sich vor! Ich bekomme eine Staffelei zu Weihnachten! Eine richtige Maler-Staffelei!«

»Ich bin froh, daß ich dich getroffen habe«, sagte Qwilleran. »Ich würde gerne meine Wohnung weihnachtlich schmücken, aber ich habe nicht deine künstlerische Ader. Außerdem macht mir dieses verflixte Knie –«

»Ich helfe Ihnen sehr gerne. Möchten Sie einen altmodischen Weihnachtsbaum oder etwas Schickes?«

»In meiner Wohnung würde sich ein Weihnachtsbaum ungefähr drei Minuten halten. Ich habe zwei Katzen, und die fliegen die meiste Zeit durch die Luft. Aber ich dachte, ich könnte vielleicht bei Lombardo ein paar Girlanden aus grünen Zweigen –«

»Ich habe im Laden eine Heftmaschine. Ich kann es jetzt gleich machen.«

Als Ivy in Qwillerans Wohnung kam, lagen die Zedernholzgirlanden im Wert von zehn Dollar mitten auf dem Boden auf einem Haufen, den Koko und Yum Yum mißtrauisch umkreisten. Letztere verließ beim Anblick der blonden Besucherin mit unbekanntem Ziel das Zimmer, doch Koko saß aufrecht da und beobachtete sie scharf, als könne man ihr nicht trauen.

Bevor Ivy mit dem Dekorieren anfing, bot ihr Qwilleran eine Cola an. Sie setzte sich auf den Schaukelstuhl aus gebogenen Weiden; die glatten blonden Haare fielen ihr auf die Schultern wie ein Schleier. Beim Sprechen schmollte ihr Kleinmädchenmund, die Lippen schürzten sich und verzogen sich immer wieder zu einem gewinnenden Lächeln.

Qwilleran fragte: »Woher habt ihr drei Schwestern so ungewöhnliche Namen?«

»Wissen Sie das nicht? Das sind drei verschiedene Arten von Kunstglas. Meine Mutter war verrückt nach Art Nouveau. Mir wäre es lieber, ich hieße Kim oder Leslie. Wenn ich achtzehn bin, werde ich meinen Namen ändern und nach Paris gehen und dort Kunst studieren. Ich meine, wenn ich das Geld bekomme, das mir meine Mutter hinterlassen hat – falls es meine Schwestern bis dahin nicht aufgebracht haben«, fügte sie stirnrunzelnd hinzu. »Sie sind meine Vormunde.«

»Ihr scheint ja in dem Laden recht viel Spaß miteinander zu haben.«

Ivy zögerte. »Eigentlich nicht. Sie sind ziemlich gemein zu mir. Cluthra will nicht, daß ich einen festen Freund habe ... Und Amberina versucht, mein Talent zu unterdrücken. Sie will, daß ich Buchhaltung oder Krankenpflege oder etwas ähnlich Ödes lerne.«

»Von wem bekommst du dieses phantastische Weihnachtsgeschenk?«

»Was?«

»Die Staffelei.«

»Oh! Also ... die bekomme ich von Tom. Das ist Amberinas Mann. Er ist wirklich toll. Ich glaube, er ist heimlich in mich verliebt, aber sagen Sie das *ja* niemandem.«

»Natürlich nicht. Ich fühle mich geschmeichelt«, sagte Qwilleran, »daß du das Gefühl hast, du kannst mir vertrauen. Was hältst du von all diesen Unfällen in Junktown? Sind die wirklich so zufällig passiert, wie es scheint?«

»Cluthra sagt, daß der Drachen dieses Ding absichtlich auf ihren Fuß fallengelassen hat. Vielleicht wird Cluthra sie auf eine Riesensumme Geld verklagen. Auf *fünftausend Dollar*!«

»Eine astronomische Summe«, pflichtete ihr Qwilleran bei. »Aber was ist mit den zwei Todesfällen in letzter Zeit in Junktown?«

»Der arme C. C.! Er war ein Fiesling, aber er hat mir leidgetan. Seine Frau war überhaupt nicht nett zu ihm. Wußten Sie, daß sie ihren ersten Ehemann ermordet hat? Natürlich konnte man es ihr nie beweisen.«

»Und Andy. Kanntest du Andy?«

»Der war traumhaft. Ich war verrückt nach Andy. War das nicht eine furchtbare Art, zu sterben?«

»Glaubst du, daß er vielleicht ermordet wurde?«

Ivys Augen weiteten sich vor Entzücken über diese Möglichkeit. »Vielleicht hat der Drachen –«

»Aber Mary Duckworth liebte Andy. So etwas hätte sie sicher nicht getan.«

Darüber dachte das Mädchen ein paar Sekunden nach. »Sie kann ihn nicht geliebt haben«, verkündete sie. »Sie ist eine Hexe! Cluthra hat das gesagt! Und jedermann weiß, daß sich Hexen nicht verlieben können.«

»Ich muß sagen, ihr habt hier in Junktown einen Haufen schillernder Typen. Was weißt du über Russell Patch?«

»Den hatte ich mal recht gern, bevor er sich die Haare bleichte. Ich glaube, er ist in irgendwelche krummen Geschäfte verwickelt, wie – ich weiß nicht ...«

»Wer ist sein Mitbewohner?«

»Stan ist Friseur im Skyline Towers. Sie wissen ja, wo diese ganzen reichen Witwen wohnen und Frauen, die sich aushalten lassen. Die erzählen Stan all ihre Geheimnisse und machen ihm phantastische Geschenke. Cluthra geht auch zu ihm. Sie tut, als hätte sie ihre natürliche Haarfarbe, aber Sie sollten sehen, wie *grau* ihre Haare sind, wenn sie nachwachsen.«

»Sylvia Katzenhide wohnt im selben Haus, nicht wahr?«

Das Mädchen nickte und überlegte. »Cluthra sagt, die wäre eine tolle Erpresserin. Sylvia weiß über jeden etwas.«

»Einschließlich Ben Nicholas und Hollis Prantz?«

»Weiß ich nicht.« Ivy trank ihre Cola, während sie im Geist mit den Möglichkeiten spielte. »Aber ich glaube, Ben ist rauschgiftsüchtig. Über den anderen bin ich mir noch nicht im klaren. Vielleicht ist er ein Perverser.«

Als die Kaminwand schließlich mit Girlanden geschmückt und Ivy mit ihrer Heftmaschine gegangen war, sagte Qwilleran zu Koko: »Kindermund tut die unglaublichsten Geschichten kund!« Außerdem hatte ihn das Experiment zehn Dollar gekostet, und die Dekorationen dienten letztendlich nur dazu, die übelgelaunte alte Schachtel über dem Kamin einzurahmen. Er beschloß, sie durch das Mackintosh-Wappen zu ersetzen, sobald er jemanden fand, der ihm half, es auf das Kaminsims zu heben.

Bevor er sich auf den Weg in die Innenstadt machte, um seinen Artikel abzuliefern, führte er noch zwei Telefongespräche und lud sich dann selbst bei ein paar Leuten ein. Zu Cluthra sagte er, er wolle sehen, wie Antiquitätenhändler leben, was sie sammeln, wie sie ihre Wohnung einrichten. Zu Russell Patch sagte er, daß er einen Siamkater habe, der verrückt nach Musik sei. Und zu Ben sagte er, er wolle selbst miterleben, wie es ist, ein Haus zu räumen. Außerdem bat er ihn, ihm einen Fünf-Dollar-Schein zu wechseln.

»Tut mir leid«, sagte Ben, »aber wenn wir einen Fünfer wechseln könnten, würden wir uns aus diesem elenden Geschäft zurückziehen.«

Am Nachmittag beim *Daily Fluxion* ging Qwilleran in die Feuilletonredaktion mit ihren parallelen Reihen moderner Metallschreibtische, die ihm immer so ordentlich und harmonisch vorgekommen waren. Doch plötzlich empfand er diese Umgebung eher als kalt, steril, eintönig und nichtssagend.

Arch Riker fragte: »Hast du gesehen, wie wir den Artikel über die Auktion in der heutigen Zeitung gebracht haben? Dein Beitrag hat dem Boß gefallen.«

»Die ganze letzte Seite! Das hätte ich nicht erwartet«, sagte Qwilleran und warf ihm die dreizeilig beschriebenen Blätter auf den Schreibtisch. »Hier ist die zweite Rate, und morgen kommt noch mehr. Heute früh habe ich einen Mann interviewt, der absurde Sachen verkauft, die er ›Tech-Tiquitäten‹ nennt.«

»Rosie hat mir von ihm erzählt. Er ist neu in Junktown.«

»Er ist entweder übergeschnappt, oder er hält die Leute zum Narren. Ehrlich gesagt, glaube ich, Hollis Prantz ist ein Schwindler. Er behauptet, er habe ein schwaches Herz, aber ich habe gesehen, wie er eine Treppe hinauflief und dabei zwei Stufen auf einmal nahm! Ich stoße jetzt auf allerlei üble Machenschaften in Junktown.«

»Laß dich nicht ablenken«, riet ihm Riker. »Konzentriere dich auf deine Artikel.«

»Aber Arch! Ich habe ein paar gute Hinweise im Fall Andy Glanz ausgegraben! Und in bezug auf Cobbs Tod habe ich auch so meinen Verdacht.«

»Um Himmels willen, Qwill, die Polizei sagt, es waren Unfälle. Belaß es doch dabei.«

»Das ist einer der Gründe für meinen Verdacht. Jedermann in Junktown beeilt sich, zu erklären, daß diese beiden Todesfälle Unfälle waren. Sie protestieren zu viel.«

»Ich kann sie verstehen«, sagte Riker. »Wenn Junktown in den Ruf kommt, ein Viertel mit hoher Kriminalität zu sein, werden die Sammler wegbleiben ... Hör mal, ich habe hier fünf Seiten, für die ich das Layout machen muß. Ich kann nicht den ganzen Tag mit dir diskutieren.«

Qwilleran ließ nicht locker. »Wenn ein Verbrechen begangen wurde, dann sollte es aufgedeckt werden«, sagte er.

»Na schön«, meinte Riker. »Wenn du Ermittlungen anstellen willst, dann tu es. Aber tu es in deiner Freizeit und warte damit bis nach Weihnachten. So, wie sich deine Serie über die Antiquitätenhändler entwickelt, hast du gute Chancen, den ersten Preis zu gewinnen.«

Als Qwilleran nach Junktown zurückkehrte, hatte Ivy verbreitet, daß er ein Privatdetektiv sei, der mit zwei Siamkatzen arbeitete, die den bösen Blick hatten und auf Menschen abgerichtet waren.

»Stimmt das?« fragte der junge Mann mit Backenbart und dunkler Brille im *Junque Trunque*.

»Stimmt das?« fragte die Frau, die das Geschäft namens *Nichts als Stühle* führte.

»Ich wünschte, es wäre so«, sagte Qwilleran. »Ich bin nur ein Zeitungsreporter, und mein Job ist nicht besonders aufregend.«

Sie sah ihn mit zusammengekniffenen Augen an. »Ich sehe Sie als einen Yorkshire Windsor. Jeder Mensch ähnelt irgendeinem Stuhl. Dieser zierliche kleine Sheraton ist eine Ballettänzerin. Der englische Chippendale dort sieht genau wie mein Vermieter aus. Und Sie sind ein Yorkshire Windsor. ... Wenn Sie ein wenig darüber nachdenken, werden sich alle Ihre Freunde in Stühle verwandeln.«

Nach dem Gespräch mit dieser Frau, Ivys Spekulationen und Hollis Prantz' dubiosen Theorien war es eine wahre Wohltat für Qwilleran, als er Mrs. McGuffey kennenlernte. Sie schien ein vernünftiger Mensch zu sein.

Er fragte sie, was der Name ihres Geschäfts bedeutete, und sie erklärte: »Das sind alles Holzgefäße. Ein ›*noggin*‹ ist ein Krug mit einem Henkel, wie eine Tasse. Ein ›*piggin*‹ hat eine Daube wie ein Faß und wird als Schöpfgefäß verwendet. Und ein ›*firkin*‹ ist eine Art Fäßchen und dient zur Lagerung von Lebensmitteln.«

»Woher haben Sie Ihre Kenntnisse?«

»Aus Büchern. Wenn keine Kunden im Geschäft sind, sitze ich hier und lese. Eine schöne Arbeit für eine pensionierte Lehrerin. Wenn Sie sich irgendein Buch über die amerikanische Geschichte oder über Antiquitäten ausleihen wollen, sagen Sie es mir.«

»Haben Sie etwas über die Geschichte von Junktown? Ich interessiere mich besonders für das Herrenhaus der Cobbs.«

»Das ist das wichtigste Haus in unserer Straße! Es wurde 1855 von William Towne Spencer gebaut, dem berühmten Gegner der Sklaverei. Er hatte zwei jüngere Brüder, James und Philip, die daneben zwei kleinere Kopien dieses Hauses bauten. Und eine unverheiratete Schwester, Mathilda, die von Geburt an blind war und im Alter von zweiunddreißig Jahren bei einem Sturz von der Treppe im Haus ihres Bruders ums Leben kam.« Sie sprach wie eine souveräne Expertin, was Qwilleran als angenehm empfand. Er hatte genug von Gerüchten und verworrenen Theorien.

»Mir ist aufgefallen, daß die Bewohner von Junktown dazu neigen, bei Stürzen zu Tode zu kommen«, sagte er. »Seltsam, daß das schon vor so langer Zeit angefangen hat.«

Die Händlerin schüttelte traurig den Kopf. »Die arme Mrs. Cobb! Ich frage mich, ob sie es schaffen wird, das Geschäft ohne ihren Mann weiterzuführen.«

»Ich habe gehört, er war die Leitfigur von Junktown.«

»Das stimmt wahrscheinlich ... aber im Vertrauen gesagt, ich konnte den Mann nicht ausstehen. Er hatte keine Manieren! So benimmt man sich nicht unter zivilisierten Menschen. Der wirkliche Verlust für Junktown war meiner Meinung nach Andrew Glanz. Ein wirklich netter junger Mann, überaus vielversprechend, und ein echter Experte! Ich sage das mit Stolz, denn er hat bei mir lesen gelernt – vor fünfundzwanzig Jahren, in Boyerville oben. Mein Gott, war das ein kluger Junge! Und so gut in der Rechtschreibung. Ich wußte, daß er einmal Schriftsteller werden würde.« Ihr faltiges Gesicht strahlte.

»Er hat Artikel über Antiquitäten geschrieben?«

»Ja, aber er schrieb auch an einem Roman, für den ich gemischte Gefühle hege. Er gab mir die ersten zehn Kapitel zum Lesen. Ich habe ihn natürlich nicht entmutigt, aber … ich fürchte, ich bin mit der schmuddeligen Literatur von heute nicht einverstanden. Aber es scheint sich gut zu verkaufen.«

»In welchem Milieu spielte Andys Roman denn?«

»Das Milieu war authentisch – ein Viertel mit Antiquitätenhändlern, ähnlich dem unseren –, aber die Personen waren lauter zwielichtige Gestalten: Alkoholiker, Spieler, Homosexuelle, Prostituierte, Rauschgifthändler, Ehebrecher!« Mrs. McGuffey schauderte. »Gott, wenn unsere Straße auch nur die geringste Ähnlichkeit mit diesem Buch hätte, würde ich wohl morgen mein Geschäft schließen!«

Qwilleran strich sich über den Schnurrbart. »Sie glauben nicht, daß in Junktown irgend etwas in der Art vor sich geht?«

»O nein! Ganz und gar nicht! Außer …« Sie senkte die Stimme und warf einen Blick auf einen Kunden, der in den Laden geschlendert war. »Erzählen Sie das bitte nicht weiter, aber … es heißt, daß der kleine alte Mann mit dem Obstladen ein Buchhalter ist.«

»Sie meinen ein Buchmacher! Nimmt er Wetten entgegen?«

»Das *sagt* man. Bitte schreiben Sie es nicht in der Zeitung. Das ist ein ehrbares Viertel.«

Der Kunde unterbrach sie. »Entschuldigen Sie bitte. Haben Sie Butterformen?«

»Einen kleinen Augenblick bitte«, sagte die Händlerin mit

einem liebenswürdigen Lächeln. »Ich bin gleich wieder für Sie da.«

»Was ist aus Andys Manuskript geworden?« fragte Qwilleran, während er zur Tür ging.

»Ich glaube, er hat es seiner Freundin, Miss Duckworth gegeben. Sie hat ihn so gebeten, es ihr zu zeigen, *aber*«, schloß Mrs. McGuffey triumphierend, »er wollte, daß seine alte Lehrerin es zuerst liest.«

Kapitel siebzehn

Mit hämischer Schadenfreude beschloß die Luftfeuchtigkeit, sich in einen kalten, widerwärtigen Regen zu verwandeln. Qwilleran lief so schnell, wie es sein Knie erlaubte, in den *Blue Dragon*.

»Heute nacht gehe ich verbotenerweise ein Haus räumen«, verkündete er Mary Duckworth. »Ben Nicholas wird mir zeigen, wie man das macht.«

»Wohin nimmt er Sie mit?«

»In ein altes Theater in der Zwinger Street. Er sagte, es ist mit Brettern vernagelt, aber er weiß, wie man durch den Bühneneingang hineinkommt. Es geht mir nur darum, es selbst zu erleben, damit ich einen Artikel über die Leute schreiben kann, die eine Verhaftung riskieren, um architektonische Schätze von historischem Interesse vor der Müllhalde zu bewahren. Ich glaube, man sollte das mit dem Ziel veröffentlichen, daß diese allgemein übliche Praxis endlich erlaubt wird.«

Mary strahlte ihn bewundernd an. »Qwill, Sie reden wie ein eingefleischter Antiquitätensammler! Sie sind bekehrt!«

»Ich erkenne eine gute Story, wenn ich sie sehe, das ist alles. Würden Sie mir inzwischen das Manuskript von Andys Roman borgen? Mrs. McGuffey hat mir davon erzählt, und da es von Junktown handelt –«

»Manuskript? Ich habe kein Manuskript.«

»Mrs. McGuffey hat gesagt –«

»Andy hat mir erlaubt, das erste Kapitel zu lesen, das war alles.

»Was ist dann damit passiert?«

»Ich habe keine Ahnung. Robert Maus wird es wohl wissen.«

»Rufen Sie ihn an?«

»Jetzt gleich?«

Qwilleran nickte ungeduldig.

Sie warf einen Blick auf die Standuhr. »Jetzt ist es gerade ungünstig. Er wird das Abendessen vorbereiten. Ist es wirklich so dringend?«

Sie wählte die Nummer.

»William«, sagte sie, »kann ich mit Mr. Maus sprechen? ... Bitte sagen Sie ihm, es ist Mary Duxbury ... Das habe ich befürchtet. Einen Augenblick.« Sie wandte sich an Qwilleran. »Der Hausdiener sagt, Bob macht gerade eine Sauce Hollandaise für den Kohlrabi und darf nicht gestört werden.«

»Sagen Sie ihm, der *Daily Fluxion* will über einen seiner Klienten ein abscheuliches Gerücht veröffentlichen.«

Der Anwalt kam ans Telefon (Qwilleran konnte ihn sich vorstellen – mit einer Schürze und einem tropfenden Kochlöffel in der Hand) und sagte, er wüßte nichts von einem Manuskript; unter den Papieren im Nachlaß von Andrew Glanz sei nichts dergleichen gewesen.

»Wo ist es dann?« fragte Qwilleran Mary. »Glauben Sie, es wurde vernichtet – von jemandem, der einen Grund hatte, den Druck verhindern zu wollen? Was stand in dem Kapitel, das Sie lasen?«

»Es ging um eine Frau, die plante, ihren Mann zu vergiften. Es weckte sofort das Interesse des Lesers.«

»Warum hat Andy Sie nicht mehr lesen lassen?«

»Er tat sehr geheimnisvoll im Hinblick auf seinen Roman. Glauben Sie nicht, daß alle Schriftsteller sehr heikel in bezug auf ihr Werk sind, bevor es veröffentlicht ist?«

»Vielleicht waren alle Personen aus dem richtigen Leben gegriffen. Mrs. McGuffey schien zu glauben, daß sie seiner wüsten Phantasie entsprungen sind, aber ich bezweifle, daß sie das beurteilen kann. Sie hat ein sehr behütetes Leben geführt. Vielleicht hat Andys Geschichte ein paar Geheimnisse von Junktown aufgedeckt, die sich als peinlich – oder belastend erweisen würden.«

»So etwas hätte er nie getan! Andy war so rücksichtsvoll –«

Qwilleran biß die Zähne zusammen. So rücksichtsvoll, so ehrlich, so brillant, so intelligent. Er kannte es schon auswendig. »Vielleicht kamen Sie in der Geschichte auch vor«, sagte er zu Mary. »Vielleicht wollte Andy Sie deswegen nicht weiterlesen lassen. Möglicherweise war so leicht zu erraten, um wen es sich handelt, daß Ihre wahre Identität aufgedeckt worden wäre und Ihre Familie Ihnen die Hölle heißgemacht hätte.«

Marys Augen blitzten. »Nein! So lieblos wäre Andy niemals gewesen.«

»Nun, jetzt werden wir es nie erfahren!« Qwilleran ging auf die Tür zu, drehte sich jedoch noch einmal um. »Sie kennen doch diesen Hollis Prantz. Er sagt, er sei früher in der Farben- und Tapetenbranche tätig gewesen und wegen seines schwachen Herzens in Pension gegangen, und doch ist er flink wie ein Wiesel. Als ich heute dort war, hat er gerade Schaukästen lackiert –«

»Lackiert?« fragte Mary.

»Er sagte, er bereite alles für das morgige Straßenfest vor, und dabei hat er kaum Waren anzubieten.«

»An einem solchen Tag hat er lackiert? Das wird niemals trocknen! Wenn Sie bei feuchtem Wetter etwas lackieren, bleibt es ewig klebrig.«

»Sind Sie da sicher?«

»Das ist eine Tatsache. Man glaubt vielleicht, es ist trocken, aber immer, wenn die Luftfeuchtigkeit hoch ist, wird es wieder klebrig.«

Qwilleran blies in seinen Schnurrbart. »Seltsam, daß er einen solchen Fehler macht, nicht wahr?«

»Für jemanden, der behauptet, in der Farbenbranche gearbeitet zu haben«, sagte Mary, »ist das ein unglaublicher Fehler!«

Später wurde aus dem Regen ein tückischer, nasser Schnee, der fein wie Nebel war, und Qwilleran ging in ein billiges Kleidergeschäft in der Gegend, um sich eine rote Jagdmütze mit Ohrenklappen zu kaufen. Außerdem lieh er sich in Vorbereitung seiner Premiere beim Häuserräumen Cobbs Taschenlampe und Brechstange aus.

Doch zuerst mußte er der Einladung nachkommen, zur Cocktailstunde bei Russell Patch vorbeizuschauen und sich die zwanzigtausend Dollar teure Stereoanlage anzuhören. Er ging nach Hause und legte Koko das blaue Halsband an. Die Leine war auf unerklärliche Weise verschwunden, doch die war für einen freundschaftlichen Besuch in der Nachbarschaft auch nicht nötig. Schon das Halsband verlieh Koko ein gepflegtes, seriöses Aussehen, und es gewährleistete, daß Qwilleran den Kater gut fassen konnte, während er ihn die Straße hinunter trug.

»Dieser Ausflug«, erklärte er seinem schnurrenden Komplizen, »dient nicht allein dem kulturellen Vergnügen. Ich möchte, daß du ein wenig herumschnüffelst und schaust, ob du etwas Wichtiges findest.«

Das Kutschenhaus war nur zwei Häuser weiter, und Qwilleran steckte Koko in seinen Mantel, damit er trocken blieb. Sie betraten das Haus durch die Werkstatt, und ihr Gastgeber führte sie eine schmale Treppe hinauf in eine außergewöhnliche Wohnung. Der Fußboden war schachbrettartig mit schwarzen und weißen Fliesen ausgelegt, und auf weißen Sockeln stand ein Dutzend weiße Marmorstatuen, die sich von den Wänden abhoben, die zum Teil matt schwarz und zum Teil leuchtend rot gestrichen waren.

Russell stellte seinen Mitbewohner vor, einen farblosen jungen Mann, der entweder schüchtern war oder im Hintergrund bleiben wollte und der an einem Finger einen unglaublich funkelnden Diamanten trug. Qwilleran stellte Koko vor, der jetzt auf seiner Schulter saß. Koko warf einen kurzen Blick auf die Fremden und reagierte auf der Stelle ablehnend – er drehte sich um und starrte in die andere Richtung.

Die Musik, die den Raum erfüllte, war die Art von hektischem Gefiedel und Gedudel, die Qwilleran nervös machte. Sie kam aus allen Richtungen.

»Mögen Sie Barockmusik?« fragte Russ. »Oder würden Sie etwas anderes vorziehen?«

»Koko hat lieber etwas Ruhigeres«, erwiderte Qwilleran.

»Stan, leg doch mal diese Schubert-Sonate auf.«

Die Stereoanlage stand auf einer Reihe von alten Küchenschränken, die in eine Kommode im Stil der italienischen Renaissance umgearbeitet worden waren, und Koko inspizierte sie sofort.

»Stan, mach uns einen Drink«, befahl Russell. »Na sowas, diese Katze ist ja gar nicht bösartig. Ich habe gehört, daß sie ganz wild ist!«

»Wenn Sie auch gehört haben, daß ich Privatdetektiv bin, dann ist das eine Lüge«, sagte Qwilleran.

»Da bin ich aber froh. Es wäre mir gar nicht recht, wenn sich jemand in Junktown herumtreibt, um Schmutz aufzuwühlen. Wir haben hart daran gearbeitet, uns ein gutes Image zu schaffen.«

»Aber ich habe etwas Interessantes entdeckt. Ich habe gehört, daß Ihr Freund Andy einen Roman über Junktown verfaßt hat.«

»Aber ja doch«, sagte Russ. »Ich habe ihm gesagt, damit verschwendet er nur seine Zeit. Wer kauft schon Romane, in denen nicht aus jeder Seite Sex quillt?«

»Vielleicht hat er ja genau so etwas geschrieben. Haben Sie das Manuskript gelesen?«

Russ lachte. »Nein, aber ich kann mir vorstellen, wie es war. Andy war ein Trottel, ein richtiger Trottel.«

»Das Komische ist, daß das Manuskript verschwunden ist.«

»Vielleicht hat er es weggeworfen. Ich habe Ihnen doch erzählt, was er für ein – Perfektionist war.«

Qwilleran nahm das Glas Ginger Ale entgegen, um das er gebeten hatte, und sagte zu Stan: »Sind Sie auch in der Antiquitätenbranche tätig?«

»Ich bin Friseur«, sagte Stan leise.

»Ein lukrativer Beruf, wie ich höre.«

»Ich kann nicht klagen.«

Russ warf ein: »Wenn Sie wissen wollen, womit er sich einen Jaguar und Diamantringe leisten kann – er spekuliert an der Börse.«

»Interessieren Sie sich für Aktien?« fragte Stan den Journalisten.

»Um die Wahrheit zu sagen, ich hatte nie etwas zu investieren, daher habe ich mich auch nie damit befaßt.«

»Sie brauchen nicht viel darüber zu wissen«, sagte Stan. »Sie können Ihr Geld in einem Investmenfonds anlegen oder es machen wie ich: Ich habe meinem Makler unbeschränkte Vollmacht gegeben, und er verdoppelt jedes Jahr mein Geld.«

»Ist das Ihr Ernst?« Nachdenklich zündete sich Qwilleran seine Pfeife an. Er stellte eine Berechnung an. Wenn er einen der Geldpreise des *Fluxion* gewann, dann könnte sich das in fünf Jahren auf ... zwei, vier, acht, sechzehn – zweiunddreißigtausend Dollar belaufen. Vielleicht vergeudete er wirklich nur seine Zeit, indem er versuchte, aus Mücken Mordfälle zu machen.

Koko hatte die Wohnung inzwischen untersucht und lag jetzt neben der Heizung; Schubert ignorierte er vollkommen.

»Hören Sie mal, ich würde gerne etwas ausprobieren«, sagte Russ. »Ich habe da so eine elektronische Musik, die hauptsächlich im hohen Frequenzbereich liegt – weißes Rauschen, Computermusik, synthetische Musik und so. Schauen wir mal, ob die Katze reagiert. Tiere können Dinge hören, die außerhalb der Wellenlänge liegen, die das menschliche Ohr wahrnehmen kann.«

»Mir soll's recht sein«, sagte Qwilleran.

Die Schubertsonate war zu Ende, und dann gaben die sechsunddreißig Lautsprecher ein Gejaule und ein Gewiehere von sich, ein Tuten und Piepsen, ein Klappern und Zwitschern, das die Trommelfelle in Verwirrung stürzte. Beim ersten Kreischton spitzte Koko die Ohren und war sofort auf den Beinen. Er wirkte verwirrt. Er lief quer durch den Raum, drehte sich um und sauste ziellos zurück.

»Es gefällt ihm nicht«, protestierte Qwilleran.

Die Musik verwandelte sich in ein hohles, widerhallendes, pulsierendes und vibrierendes Geflüster. Koko raste durch das Zimmer und warf sich gegen die Wand.

»Drehen Sie es lieber ab.«

»Das ist ja Wahnsinn!« sagte Russ. »Stan, hast du schon mal so etwas gesehen?«

Aus den Lautsprechern ertönte ein schauriges Kreischen. Koko erhob sich in die Luft, schneller, als das Auge es wahrnehmen konnte, und landete auf der Stereoanlage.

»Drehen Sie ab!« schrie Qwilleran, um den Lärm zu übertönen.

Es war zu spät. Koko hatte zum Sprung angesetzt und landete auf Russ Patchs Kopf. Er krallte sich daran fest, bis der Mann so laut brüllte, daß der Kater vor Schreck wieder durch die Luft segelte.

Russ faßte sich an die Schläfe und sah, daß seine Hand blutig war.

»Geschieht dir recht«, sagte Stan leise und schaltete die Stereoanlage ab.

Als Qwilleran gleich darauf Koko nach Hause brachte, war der Kater zwar äußerlich ruhig, doch der Reporter konnte spüren, wie er zitterte.

»Tut mir leid, alter Junge«, sagte er. »Das war ein gemeiner Trick.«

Er trug Koko zurück in die Wohnung und setzte ihn sanft auf den Boden. Yum Yum kam angelaufen und stupste ihn mit der Nase, doch Koko ignorierte sie. Er trank ausgiebig Wasser, stellte sich dann auf die Hinterbeine und krallte sich in Qwillerans Hose. Der Journalist hob ihn hoch und ging mit ihm im Zimmer auf und ab, bis es Zeit für seinen nächsten Termin war.

Er sperrte die Katzen in die Wohnung und ging zur Treppe, aber ein langgezogener, jämmerlicher Schrei hinter der geschlossenen Tür zerriß ihm das Herz. Während er langsam die Stufen hinunterging, wurden die Schreie noch lauter und kläglicher, und plötzlich fand Qwilleran nicht mehr, daß Koko viel zu selbständig war. Der Kater brauchte ihn. Insgeheim erfreut ging Qwilleran zurück in die Wohnung, hob seinen erwartungsvollen Freund hoch und nahm ihn mit zu seinem Besuch bei Cluthra.

Kapitel achtzehn

In einem reizvollen fragenden Tonfall hatte Cluthra Qwilleran eingeladen, erst am späteren (?) Abend (?) zu kommen; dann könnten sie sich beide entspannen (?). Doch er hatte gesagt, daß er noch eine andere Verabredung hätte, und sich im Hinblick auf ihre versteckten Anspielungen dumm gestellt.

Jetzt, um halb acht – eine unverfängliche Zeit – nahmen Qwilleran und Koko sich ein Taxi zum Skyline Towers, wo sie mit einem Expreßaufzug in den siebzehnten Stock fuhren. Koko hatte nichts gegen Aufzüge, die nach oben fuhren – nur gegen solche, die unter ihm nach unten sackten.

Cluthra begrüßte sie in einer wirbelnden Wolke aus hellgrünem Chiffon und Straußenfedern. »Ich wußte nicht, daß Sie einen Freund mitbringen«, sagte sie mit ihrem rauchigen Lachen.

»Koko hatte heute abend ein schlimmes Erlebnis, und er wollte nicht, daß ich ihn allein lasse.« Qwilleran erzählte ihr von Russells grausamem Experiment mit der elektronischen Musik.

»Hüten Sie sich vor jungen Männern, die von Kopf bis Fuß in Weiß gekleidet sind!« sagte sie. »Sie haben etwas zu verbergen.«

Sie führte ihn in ein gemütliches Wohnzimmer, das ganz in aufeinander abgestimmten Paisley-Mustern gehalten war: die Wände waren mit Paisley-Stoff verkleidet, es gab Paisley-Vorhänge und Kissenbezüge mit Paisley-Muster – alle in warmen Beige-, Braun- und Goldtönen. Durch den Stoff herrschte in dem Zimmer die erstickende Stille eines geschlossenen Sarges. Sanfte

Musik ertönte – irgend etwas Leidenschaftliches, mit Geigen. Cluthras Parfum war äußerst intensiv.

Qwilleran sah sich um – er war umgeben von den für das Paisley-Muster typischen Kaulquappen, und er versuchte, zu schätzen, wie viele es waren. Zehntausend? Hunderttausend? Eine halbe Million?

»Wie wär's mit einem Gläschen?« fragte Cluthra mit einem verschwörerischen Glitzern ihrer grünen Augen.

»Nur ein Club Soda. Keinen Alkohol. Viel Eis.«

»Aber mein Schatz, meinem Lieblingsreporter habe ich doch etwas Besseres zu bieten«, sagte sie. Sie brachte ihm einen perlenden rosa Drink, der überaus aromatisch duftete.

Qwilleran schnupperte und runzelte die Stirn.

»Hausgemachter Wildkirschensirup«, erklärte sie. »Männer mögen ihn, weil er bitter ist.«

Vorsichtig kostete er. Er schmeckte nicht schlecht. Eigentlich sogar sehr gut. »Haben Sie den gemacht?«

»Du liebe Güte, nein! Eine meiner überkandidelten Kundinnen. Sie hat sich ausgiebig mit Heilkräutern beschäftigt, und sie versetzt dieses Zeug mit Wacholder, Liebstöckel, Wollkraut und wer weiß was noch. Von Wollkraut bekommen Sie Haare auf der Brust, mein Lieber«, fügte Cluthra augenzwinkernd hinzu.

Qwilleran hatte auf einem harten Holzstuhl Platz genommen, und Koko saß auf seinem Schoß.

»Sie haben sich den einzigen unbequemen Stuhl in der ganzen Wohnung ausgesucht«, protestierte sie. Sie selbst saß jetzt in verführerischer Pose auf dem Paisley-Sofa, umgeben von Paisley-Kissen, und verbarg ihren Gehgips sorgfältig unter den Falten ihres Chiffonkleides. Unzählige Meter Straußenflaum umrahmten ihre Schultern, fielen über ihre üppigen Kurven und verliefen um den Saum.

Sie klopfte auf die Sofakissen. »Warum setzen Sie sich nicht zu mir her und machen es sich bequem?«

»Mit diesem kaputten Knie ist ein gerader Stuhl besser«, sagte Qwilleran, was auch mehr oder weniger stimmte.

Cluthra sah ihn mit zärtlich-vorwurfsvoller Miene an. »Sie

haben uns angeschwindelt«, sagte sie. »Sie sind gar kein Zeitungsreporter. Aber wir haben Sie trotzdem gern.«

»Wenn Ihre kleine Schwester Geschichten erzählt hat, vergessen Sie es«, sagte er. »Ich bin nur ein unterbezahlter, überarbeiteter Feuilletonschreiber für den *Fluxion*, der sich rein privat für plötzliche Todesfälle interessiert. Ivy hat eine überschäumende Phantasie.«

»Sie macht nur gerade so eine Phase durch.«

»Übrigens, wußten Sie, daß Andy einen Roman über Junktown schrieb?«

»Wenn Andy hierherkam«, sagte sie, die Erinnerung sichtlich genießend, »dann sprachen wir sehr wenig über Literatur.«

»Kennen Sie Hollis Prantz sehr gut?«

Cluthra verdrehte die Augen. »Verschonen Sie mich mit Männern, die graue Pullover mit Knopfleiste tragen!«

Qwilleran goß seinen eiskalten Drink herunter. Es war warm in der Wohnung, und Koko lag wie eine Felldecke auf seinem Schoß. Aber während sie sich unterhielten, entspannte sich der Kater und glitt schließlich – sehr zur Erleichterung des Reporters – auf den Boden hinunter. Bald darauf war Koko vor dem Hintergrund aus beige-braunem Paisley nicht mehr zu sehen. Qwilleran wischte sich über die Stirn. Er hatte das Gefühl, gleich zu ersticken. Es mußten über dreißig Grad sein, und er sah überall Kaulquappen. Wenn er auf den ungemusterten beigen Teppich hinunterschaute, sah er Kaulquappen; blickte er auf die weiße Decke hinauf, sah er Kaulquappen. Er schloß die Augen.

»Ist mit Ihnen alles in Ordnung, mein Lieber?«

»Ja, ich bin schon okay. Meine Augen sind müde, das ist alles. Und es ist ein wenig warm hier drinnen.«

»Möchten Sie sich hinlegen? Sie wirken irgendwie benommen. Kommen Sie, legen Sie sich auf das Sofa.«

Qwilleran überlegte. Das gut gepolsterte Sofa, die weichen Kissen – die Vorstellung war verlockend. Da bemerkte er hinter Cluthras roten Haaren eine Bewegung. Koko war leise und fast unsichtbar auf die Sofalehne gesprungen.

»Ziehen Sie doch die Jacke aus, legen Sie sich hin und machen Sie es sich bequem«, drängte ihn seine Gastgeberin. »Bei Cousine Cluthra brauchen Sie sich nicht um die Etikette zu kümmern.« Sie bedachte seinen Schnurrbart und seine Schultern mit einem anerkennenden Blick und klimperte mit den Wimpern.

Qwilleran wünschte, er wäre nicht gekommen. Er mochte Frauen, die etwas subtiler waren. Er haßte Paisley. Er hatte in letzter Zeit Probleme mit den Augen (vielleicht brauchte er eine Brille), und bei den vielen Mustern rundum wurde ihm ganz schwindlig. Oder war es der Drink? Er machte sich Gedanken über diesen Kirschensirup. Wacholder, Wollkraut, *Liebstöckel*. Was zum Teufel war Liebstöckel?

Dann nieste Cluthra plötzlich ohne Vorwarnung. »Oh! Entschuldigen Sie bitte!«

Qwilleran ergriff die Gelegenheit, das Thema zu wechseln. »Morgen begraben sie den alten C. C.«, sagte er. Er bemühte sich, lebhaft zu sprechen, obwohl er ein überwältigendes Bedürfnis verspürte, die Augen zu schließen.

»Das war ein richtiger Mann«, sagte Cluthra mit zusammengekniffenen Augen. »Von der Art gibt es nicht mehr viele, glauben Sie mir!« Wieder nieste sie. »Entschuldigung! Ich weiß gar nicht, was mit mir los ist.«

Qwilleran konnte es sich vorstellen. Koko hatte seine Nase in ihren Straußenfedern vergraben. »Iris nimmt es sehr schwer«, sagte er.

Cluthra zog aus irgendeiner verborgenen Tasche ein Chiffontaschentuch und drückte es gegen die Augen, die sich zu röten und zu tränen begannen. »Jetzt bird Iris keide Problebe bit Geistern behr habed, die ihr die Brille versecked«, sagte sie. »C. C. ist dachts ibber aufgestabded udd hat sie verlegt.«

»Das nenne ich wahre Liebe«, sagte Qwilleran. »Hören Sie mal! Sind Sie vielleicht allergisch gegen Katzenhaare?«

Der Besuch endete abrupt; als Qwilleran in die Kälte hinaustrat und die Kaulquappen aus seinen Gedanken verbannte, hatte er das überwältigende Gefühl, mit knapper Not entkommen zu sein.

Cluthra hatte ihm nachgerufen: »Sie büssen bich bächstes Bal ohde Ihred Freudd besuched.«

Er brachte Koko nach Hause und zog sich für seinen nächsten Termin seine Räuberkluft an. Doch vorher schlug er im Wörterbuch noch ein Wort nach. »Liebstöckel – altes Hausmittel.« Wofür oder wogegen, das stand nicht in dem Buch. Außerdem machte Qwilleran eine Dose Shrimps auf und gab Koko ein Häppchen, und er dachte geraume Zeit über Cluthras Stimme nach. Eine Whiskystimme hatte man das früher genannt.

Zur vereinbarten Zeit erwartete ihn Ben vor dem Haus in einem grauen Kombi, einer wahren Rostlaube; ein Kleiderbügel aus Draht diente als Antenne, und der rechte Scheinwerfer, der mit einer einzigen Schraube befestigt war, starrte verdrießlich in den Rinnstein. Der Fahrer war in einen dicken Wollmantel gehüllt und trug eine alte Fliegermütze und einen langen, gestreiften Schal.

Der Motor stotterte ein paarmal, das Auto erzitterte und fuhr dann schlingernd vom Straßenrand weg, wobei durch ein großes Loch unter dem Armaturenbrett eisig kalte, nasse Windstöße ins Wageninnere drangen. Glücklicherweise war die Fahrt zum Garrick-Theater im Abbruchviertel nur kurz. Stolz stand es inmitten anderer leerstehender Häuser; es sah aus wie ein Relikt aus dem Venedig des fünfzehnten Jahrhunderts.

»Ach, das arme Garrick! Wir kannten es gut«, sagte Ben düster »Hier sind einmal alle großen und glanzvollen Namen des Theaters aufgetreten. Dann ... Varieté. Dann Stummfilme. Dann Tonfilme. Dann Doppelprogramme. Dann italienische Filme. Dann Horrorfilme. Dann gar nichts. Und jetzt – nur Benjamin X. Nicholas, der vor einem Geisterpublikum spielt und Applaus von Tauben bekommt.«

Qwilleran trug die Brechstange. Beide hatten Taschenlampen dabei, und Ben gab dem Reporter Anweisungen, wie er die Bretter vom Bühneneingang brechen mußte. Die Bretter ließen sich leicht abmontieren, als seien sie es gewohnt, nachzugeben, und die beiden Männer traten in das dunkle, stille, leere Gebäude.

Ben ging voran in einen schmalen Gang, an der Portierloge

und am Skelett einer Eisentreppe vorbei, und auf die Bühne. Der Zuschauerraum war nur mehr eine leere Hülle – alles war staubbedeckt, tote Kabel hingen herum, und an den Stellen, wo die Verkleidung abmontiert worden war, waren die Wände und die beiden Reihen von ausgeschlachteten Logen nackt und schmucklos. Qwilleran richtete den Strahl seiner Taschenlampe auf die Decke; alles, was vom Glanz des Garrick-Theaters übriggeblieben war, waren die Fresken an der Kuppel – schwerelose Bilder von Romeo und Julia, von Antonius und Kleopatra. Wenn es nichts mehr zu räumen gab, warum hatte ihn Ben dann hierhergebracht? Bald konnte Qwilleran die Antwort erraten. Der alte Schauspieler war in die Mitte der Bühne getreten, und eine schaurige Vorstellung begann.

»Römer! Mitbürger! Freunde!« deklamierte Ben in leidenschaftlichem Tonfall.

»*Römer! Mitbürger!* –« hallte es aus der Ferne wider.

»Hört mich meine Sache führen!« sagte Ben.

»*Mitbürger! – Freunde! Römer – hört mich – Mitbürger – meine Sache – hört mich*«, flüsterten die Geister alter Schauspieler.

»Leider«, sagte Ben, als er die Ansprache gehalten und Qwilleran ihm mit behandschuhten Händen applaudiert und ein- oder zweimal »Bravo!« gerufen hatte. »Leider sind wir zu spät geboren ... Doch machen wir uns ans Werk! Was begehrt Ihr Herz? Ein Stück geschnitztes Holz? Einen Brocken Marmor? Die Auswahl ist nicht groß; die elenden Kreaturen haben das Haus ausgeraubt. Aber da!« Er stieß mit dem Fuß eine Heizungsverkleidung an. »Bronzener Tand, der Ihr Herz erfreuen möge!«

Die Einfassung zerbröckelte, und der Reporter konnte das schwarz angelaufene Gitter mühelos wegreißen. Eine Staubwolke stieg auf. Beide Männer husteten und würgten. Über ihren Köpfen schwirrte es, Flügel schlugen, und Qwilleran dachte an Fledermäuse.

»Machen wir, daß wir hier rauskommen«, sagte er.

»Bleiben Sie doch! Noch eine Kostbarkeit!« sagte Ben und leuchtete mit der Taschenlampe die Logen ab. Alle außer einer waren sämtlicher Verzierungen beraubt worden. An der ersten

Loge links war noch immer ein reliefartiges Wappen, das von trompetenblasenden, mit Blumengirlanden geschmückten Putten getragen wurde. »Das könnte ganz schön was bringen.«

»Wieviel?«

»Von einem Händler jederzeit hundert Dollar. Von einem klugen Sammler zweihundert. Von einem Idioten dreihundert.«

»Wie könnten wir das abmontieren?«

»Die anderen haben es auch geschafft. Lasset uns kühn sein!«

Ben ging voraus in den Mezzanin und von dort in die Loge.

»Sie halten beide Taschenlampen«, sagte Qwilleran zu ihm, »und ich sehe, was ich mit der Brechstange ausrichten kann.«

Der Journalist beugte sich über das Geländer, setzte das Brecheisen an und stemmte sich dagegen. Der Fußboden der Loge knarrte.

»Nur zu, Macduff!« rief Ben.

»Leuchten Sie mal über das Geländer«, wies Qwilleran ihn an. »Ich arbeite im Dunkeln.« Dann hielt er mitten in der Bewegung mit der Brechstange inne. Er drehte sich zu Ben um und wurde von zwei Taschenlampen geblendet. Ein Beben in seinen Schnurrbartwurzeln veranlaßte ihn, in den hinteren Teil der Loge zurückzuspringen. Holz splitterte, ein Krachen ertönte, und eine dichte Staubwolke stieg vom Boden auf. Zwei Lichtstrahlen tanzten wie verrückt über die Wände und die Decke.

»Was zum Teufel ist denn passiert?« keuchte Qwilleran. »Das Geländer ist losgebrochen!«

Das Geländer war verschwunden, und der durchhängende Boden der Loge fiel ins Nichts ab.

»Die Heiligen haben uns beigestanden!« rief Ben mit vor Erregung oder stauberstickter Stimme.

»Geben Sie mir eine Taschenlampe, und dann verschwinden wir von hier«, sagte der Reporter.

Mit dem Messinggitter auf dem Rücksitz fuhren sie zurück nach Junktown. Qwilleran schwieg und dachte daran, wie knapp er davongekommen war, und was er im Staub gesehen hatte.

»Unserem Auftritt heute abend mangelt es an Feuer«, sagte Ben entschuldigend. An seiner Nasenspitze glitzerte ein Eiszapfen.« Uns war bis in die Knochen kalt. Aber kommen Sie ins Pub und werden Sie Zeuge einer Vorstellung, die Ihr Herz entzücken wird. Kommen Sie mit und leisten Sie uns bei einem Glas Brandy Gesellschaft.«

Das *Lion's Tail* war in den zwanziger Jahren eine Bank gewesen – die Miniaturausgabe eines römischen Tempels, der jetzt von einer Neonreklame und Rundbogenfenstern mit Glasziegeln entweiht wurde. Der Raum, den sie betraten, war hoch, kahl, raucherfüllt und laut. Die Gäste standen an der Theke und okkupierten etwa die Hälfte der Tische – Männer in Arbeitskleidung und ein buntes Gemisch von Typen, die Junktown nach Einbruch der Dunkelheit bevölkerten.

Als Ben eintrat, begrüßen die Gäste ihn mit Beifallsrufen, trampelten mit den Füßen und hämmerten auf die Tische. Er dankte gnädig für den Beifall und gebot mit erhobener Hand Ruhe.

»Heute abend«, sagte er, »eine kurze Szene aus *König Richard der Dritte*, und dann Getränke für alle!«

Mit Aplomb schritt er durch die Menge, wobei ihm sein Schal bis zu den Fersen hing, und verschwand dann. Einen Augenblick später tauchte er auf einem kleinen Balkon wieder auf.

»Nun ward der Winter unsres Mißvergnügens ...«, begann er.

Der Mann hatte eine sehr eindringliche Vortragsweise, und das Publikum war ruhig, wenn auch nicht völlig aufmerksam.

» ... hüpft er behend in einer Dame Zimmer ...«, erklang es vom Balkon, und unten ertönte schallendes Lachen.

Mit melodramatischer, spöttischer Miene schloß Ben: »Bin ich gewillt, ein Bösewicht zu werden und feind den eitlen Freuden dieser Tage!«

Der Applaus war ohrenbetäubend, der Schauspieler verneigte sich demütig, und der Barkeeper begann die Gläser zu füllen.

Als Ben vom Balkon herunterkam, warf er ein Bündel gefaltete Geldscheine auf die Theke – der Länge nach gefaltet. »König Richard oder Charleys Tante – was macht das für einen Unterschied?« sagte er mit düsterer Miene zu Qwilleran. »Die Zeit der wahren Künstler ist vorbei. Heutzutage ist schon ein Slapstick-

Komiker ein ›Künstler‹. Und ebenso ein Stierkämpfer, ein Seiltänzer und ein langhaariger Gitarrist. Bald werden die Baseballspieler und die Maurer auch als Künstler gelten! Sir, die Zeit ist aus den Fugen.«

Bald darauf verlangte die durstige Menge eine Draufgabe.

»Entschuldigen Sie uns«, sagte Ben zu Qwilleran. »Wir müssen dem Publikum zu Diensten sein.«

Still und leise verließ der Reporter das *Lions's Tail*; er fragte sich, woher Ben das Geld hatte, sich den Applaus zu kaufen, nach dem er sich so sehnte – und ob er gewußt hatte, daß die Loge im Garrick-Theater eine Falle gewesen war.

Qwilleran ging nach Hause. Die Katzen schliefen auf ihren Kissen, die ihre Schnurrhaare zu einem leisen Lächeln krümmten, und er ging ebenfalls zu Bett. Ihm schwirrte der Kopf vor lauter Fragen. Womit machte Ben sein Geld? War der Schauspieler tatsächlich so verrückt, wie er wirkte? Hatte sein plötzlicher Reichtum mit dem Ellsworth-Haus zu tun? Ben war dort gewesen, da war Qwilleran sicher. Er hatte den Beweis dafür im Staub gesehen – fedrige Arabesken, die von den Quasten seines Schals stammten. Aber Bens Empfang im *Lion's Tail* ließ darauf schließen, daß sein Publikum an seine Großzügigkeit gewöhnt war.

Der Journalist erinnerte sich an etwas, das Cobb gesagt hatte. »Näher als in die Spielzeugabteilung von Macy's ist Ben nie an den Broadway herangekommen.« Und ein paar Minuten später hatte sich Cobb selbst widersprochen. »Ben hat was auf der hohen Kante. Er hat früher mal eine Menge Geld verdient.« Bei dieser Bemerkung hatte Iris ihren Mann erstaunt angesehen.

Hatte Ben einen Nebenjob, bei dem er soviel Geld verdiente, daß er sein Publikum bestechen konnte, damit es ihm zuhörte und applaudierte? Wußte Cobb davon? Qwillerans Antworten waren reine Vermutungen und ebenso unbeweisbar wie unwahrscheinlich, und die Fragen hielten ihn wach.

Bewußt wandte er seine Gedanken einem angenehmeren Thema zu: dem Weihnachtsabend im Presseclub. Er konnte sich vorstellen, wie die Gesellschaftsreporter – und Jack Jaunti – stutzen würden, wenn er mit Mary eintrat. Vor seinem geistigen

Auge sah er schon, wie die Meute von der Presse sich äußerlich cool gab, aber insgeheim von dem magischen Namen Duxbury sehr beeindruckt war. Qwilleran dachte daran, daß er den Abend mit einem Weihnachtsgeschenk für Mary krönen sollte, aber was konnte er der Tochter eines Millionärs schon kaufen?

Bevor er einschlief, kam ihm auf einmal wie eine Erleuchtung die Antwort. Es war eine großartige Idee – so großartig, daß er sich im Bett aufsetzte. Und wenn der *Daily Fluxion* mitspielte, würde sie Junktown retten.

Qwilleran nahm sich vor, am nächsten Morgen gleich den Chefredakteur anzurufen, und dann schlief er ein; das Kissen krümmte eine Seite seines Schnurrbarts zu einem leisen Lächeln.

Kapitel neunzehn

Als Qwilleran am Mittwochmorgen erwachte, spürte er vage einen Klumpen in seiner Achselhöhle. Es war Yum Yum, die sich unter die Bettdecke verkrochen und am sichersten Platz versteckt hatte, den sie finden konnte. Doch während sie sich in Sicherheit gebracht hatte, ging Koko dem ohrenbetäubenden Lärm nach, der sie beunruhigt hatte. Die Hinterbeine auf einem Stuhl, die Vorderpfoten auf dem Fensterbrett, beobachtete er die Eiskügelchen, die von den Glasscheiben abprallten.

»Es hagelt!« stöhnte Qwilleran. »Genau das brauchen wir, damit das Straßenfest ruiniert wird!«

Koko ging vom Fenster weg und holte Yum Yum aus dem Bett.

Der Hagel überzog die Stadt mit Eis, doch um elf Uhr am Vormittag besann sich das Wetter, und die Sonne brach durch. Junktown funkelte wie ein Juwel. Die Gebäude wurden zu Kristallpalästen. Die Stromleitungen, die Straßenschilder und die Verkehrsampeln waren mit glitzernden Eiszapfen eingefaßt, und selbst die Mülltonnen waren schön anzusehen. Das war die einzige anständige Geste, die das Wetter den ganzen Winter über gemacht hatte.

Um Mittag herum strömten die Antiquitätensammler in die Zwinger Street. Von den Straßenlaternen flogen Engel, Chöre sangen Weihnachtslieder, und Ben Nicholas gab mit einem weißen Bart und im Weihnachtsmannkostüm auf dem Treppenabsatz vor seinem Geschäft eine Audienz. Tiny Spooner war da und machte Fotos, und selbst der *Morning Rampage* hatte einen Fotografen geschickt.

Qwilleran mischte sich unter die Menschen und belauschte in den Geschäften ihre Gespräche, bis es Zeit war, in die *Junkery* zurückzugehen und den Laden zu betreuen. Als er hinkam, hatte Cluthra Dienst.

»Dieser Stuhl ist *sehr* alt«, sagte sie gerade zu einem Kunden. »Er hat noch die Originallackierung. Sie sollten ihn nehmen. Bei siebenundzwanzig fünfzig macht Mrs. Cobb keinen Penny Gewinn, das kann ich Ihnen garantieren. Hören Sie, in Cape Cod würden Sie fünfundsechzig Dollar dafür zahlen!«

Der Kunde kapitulierte, stellte einen Scheck aus und verließ das Geschäft überglücklich mit einem verrückten Stuhl mit abgesägten Beinen.

Cluthra übergab Qwilleran die Kasse und erklärte ihm die Preisschilder. »Verstehen Sie den Code, mein Lieber?« fragte sie. »Sie müssen die Zahlen rückwärts lesen, um den geforderten Preis zu bekommen, und dann können Sie ein paar Dollar mehr oder weniger verlangen, das hängt vom betreffenden Kunden ab. Vorsicht bei dem Stuhl dort mit der Sprossenlehne; ein Bein ist lose. Und vergessen Sie nicht, Sie haben das Recht, jede dritte Kundin, die Ihnen von ihrer Großmutter erzählt, zu erwürgen.«

Unmengen Menschen kamen und gingen, aber es gab weniger Leute, die kauften, als solche, die sich umsahen und Fragen stellten. Qwilleran beschloß, für Mrs. Cobb Buch zu führen:

- Zwei blaue Glasdinger aus Schaufenster verkauft, $ 18,50
- Frau hat nach Sheffield-Kerzenhaltern gefragt
- Mann hat nach Pferdekämmen aus Messing gefragt
- Verziertes Kästchen verkauft, $ 30
- Kundin geküßt und Blechbehälter für Messer verkauft, $ 35

Die betreffende Kundin hatte sich mit einem fröhlichen Aufschrei auf Qwilleran gestürzt. »Qwill! Was machst du denn hier?«

»Rosie Riker! Wie geht es dir? Gut siehst du aus!« Eigentlich sah sie matronenhaft und etwas lächerlich aus in ihren Sammlerklamotten.

»Wie geht es dir denn so, Qwill! Ich sage Arch ständig, er soll dich mal zum Abendessen mitbringen. Kann ich mich hinsetzen? Ich bin schon seit drei Stunden auf den Beinen.«

»Nicht auf den Stuhl mit der Sprossenlehne, Rosie. Da ist ein Bein lose.«

»Ich wünschte, sie würden diesen Chor mit den Weihnachtsliedern mal fünf Minuten abstellen. Was tust du denn eigentlich hier?«

»Ich kümmere mich um das Geschäft, während Mrs. Cobb beim Begräbnis ihres Mannes ist.«

»Du siehst gut aus. Ich bin froh, daß du noch diesen romantischen Schnurrbart hast! Hast du mal was von Miriam gehört?«

»Nicht direkt, aber meine Ex-Schwiegermutter setzt mich ab und zu unter Druck. Miriam ist wieder in diesem Sanatorium in Connecticut.«

»Du darfst dich von diesen Geiern nicht ausnutzen lassen, Qwill. Die haben genug Geld.«

»Nun, und wie geht es dir so, Rosie? Willst du etwas kaufen?«

»Ich suche ein Weihnachtsgeschenk für Arch. Wie geht es deinen Katzen?«

»Großartig! Koko wird immer klüger. Er öffnet Türen, schaltet das Licht ein und aus, und jetzt lernt er Schreibmaschine schreiben.«

»Du machst Witze.«

»Er reibt sein Kinn an den Hebeln und setzt den Wagen in Bewegung und stellt den Rand neu ein – nicht immer zum günstigsten Zeitpunkt.«

»Er putzt sich die Zähne«, erklärte Rosie. »Unser Tierarzt sagt, so versuchen Katzen, sich die Zähne zu putzen. Du solltest mit Koko zum Zahnarzt gehen. Unsere graue Tigerkatze hat gerade eine vorbeugende Zahnbehandlung hinter sich ... Sag mal, habt ihr irgendwas aus Blech? Ich möchte etwas für Arch kaufen.«

Sie entdeckte eine Messerschatulle, und Qwilleran, der nicht wußte, wem gegenüber er jetzt loyal sein sollte, reduzierte – schlechtes Gewissen – den Preis, den Mrs. Cobb verlangte, um zwei Dollar.

Rosie sagte: »Deinen Artikel über die Auktion fand ich großartig!«

»Die Geschichte hinter der Geschichte ist noch besser.«

»Was ist das für eine Geschichte? Arch hat mir nichts erzählt. Er erzählt mir nie was.«

Qwilleran schilderte ihr die Nacht von Andys Unfall. »Ich kann nicht glauben«, sagte er, »daß Andy einfach danebentrat und hinunterfiel. Er hätte ein Akrobat sein müssen, um so auf dem Giebelreiter zu landen, wie er es tat. Er erwartete in jener Nacht Kunden, die sich einen Kronleuchter anschauen wollten. Wenn er gerade dabei war, ihn von der Decke zu nehmen, dann würde das bedeuten, daß sie ihn schon gesehen hatten und kaufen wollten; mit anderen Worten, daß sie dabei waren, als er hinunterfiel! ... Irgendwas paßt da nicht. Ich glaube, daß sie gar nicht in den Laden gekommen sind. Ich glaube, der ganze Unfall war inszeniert und Andy war tot, als die Kunden eintrafen.«

Während er sprach, wurden Rosies Augen immer größer. »Qwill, ich glaube, Arch und ich ... ich glaube, daß wir vielleicht diese Kunden waren! Wann war das?«

»Mitte Oktober. Genau gesagt, am sechzehnten.«

»Wir wollten diesen Kronleuchter vor unserer Halloween-Party aufhängen, aber ich wollte ihn nicht kaufen, ohne daß Arch ihn gesehen hatte. Er kam zum Abendessen heim, und dann sind wir nach Junktown zurückgefahren. Andy wollte das Geschäft speziell für uns aufmachen. Aber als wir hinkamen, war alles zu, und kein Mensch war zu sehen. In der Zwischenzeit entdeckte ich im Schaufenster der Cobbs einen Kronleuchter, der gut aussah. Also haben wir statt dessen den gekauft.«

»Hatten die Cobbs denn so spät noch geöffnet?«

»Nein, aber ich habe jemanden die Treppe hinaufgehen sehen und ihn gefragt, ob es den Cobbs etwas ausmachen würde, uns den Leuchter zu zeigen. Er ging hinauf und holte Mrs. Cobb, und dann haben wir ihn gekauft. Erst ein paar Wochen später hat mir eine befreundete Sammlerin von Andys Unfall erzählt, und ich brachte das nie in Zusammenhang mit –«

»Wer war der Mann, der die Treppe zur Eingangstür der Cobbs hinaufging?«

»Er ist auch Händler. Ihm gehört das *Bit o' Junk*. So war es eigentlich viel besser für uns, weil der Beleuchtungskörper, den wir bei Mrs. Cobb gekauft haben, aus lackiertem Blech war, und mir wurde erst nachher klar, daß Andys Messingleuchter für unser Speisezimmer viel zu steif gewesen wäre.«

»Hast du gesagt, Messing?«

»Ja. So im Williamsburg-Stil.«

»Er war nicht aus Glas? Kein Kronleuchter mit fünf Kristallarmen?«

»O nein! Kristall wäre für unser Haus viel zu elegant.«

Und das war der Moment, in dem Qwilleran Rosie Riker küßte.

Später an jenem Nachmittag nahm er noch ein paar weitere Eintragungen vor:
- Tablett für Truthahnbraten verkauft, $ 75
- Kunde hat Glaskelch zerbrochen. $ 4,50 genommen.

Kannte kein Erbarmen.
- Apfelschäler verkauft, der in Lampe umgearbeitet werden soll. $ 12
- Bronzegitter aus Garrick-Theater verkauft. $ 45
- Fotograf setzte sich auf Stuhl mit Sprossenlehne.

Der *Fluxion* wird für den Schaden aufkommen.
- ROLLADENSCHREIBTISCH VERKAUFT, $ 750!

Die Frau, die in den Laden hereinstürzte und nach einem Rolladenschreibtisch fragte, war keine erfahrene Sammlerin. Qwilleran erkannte das an ihrer Begeisterung und an ihrer schicken Kleidung.

»Der Mann nebenan hat mir gesagt, Sie haben vielleicht einen Rolladenschreibtisch«, verkündete sie atemlos, »und ich brauche unbedingt noch vor Weihnachten einen.«

»Der, den wir haben, ist zur Zeit in Verwendung«, sagte Qwilleran, »und der Benutzer würde sich nur äußerst ungern davon trennen.«

»Es ist mir egal, was er kostet«, sagte sie. »Ich brauche ihn als

Weihnachtsgeschenk für meinen Mann. Ich stelle Ihnen einen Scheck aus, und mein Chauffeur wird ihn morgen früh abholen.«

An jenem Abend war Qwilleran sehr zufrieden mit sich. Er selbst hatte beinahe tausend Dollar für Mrs. Cobb eingenommen. Er hatte von Rosie Riker Informationen bekommen, die seine Theorie über den Vorfall mit dem Giebelreiter erhärteten. Und er war an den Chefredakteur des *Daily Fluxion* mit einer Idee herangetreten, die großen Eindruck gemacht hatte; wenn sie sich als realisierbar erwies –, und der Boß dachte das – würde sie für viele Menschen viele Probleme lösen.

Nach dem Abendessen räumte Qwilleran gerade seine Habseligkeiten aus den Fächern des Rolladenschreibtisches, als er schwere Schritte die Treppe heraufkommen hörte. Er öffnete die Tür und begrüßte seinen Nachbarn. Ben trug noch immer sein Weihnachtsmann-Kostüm.

»Ben, was ist ein Rolladenschreibtisch wert?« fragte Qwilleran. »Auf dem, den ich benutze, ist kein Preisschild, und ich habe ihn inklusive Stuhl für siebenhundertfünfzig verkauft.«

»Oh, welch fulminanter Streich«, sagte der Händler. »Sir, Sie sollten in diese Branche einsteigen.« Er trottete auf seine Wohnung zu, drehte sich dann um und trottete entschlossen zurück. »Würden Sie mir bei einem Schlückchen Brandy und einem Stückchen erlesensten Käses Gesellschaft leisten?«

»Der Käse reizt mich«, sagte Qwilleran. Er hatte gerade ein unbefriedigendes Abendessen hinter sich – Eintopf aus der Dose.

Sein Gastgeber nahm einen kupfernen Waschkessel von der Sitzfläche eines roßhaargepolsterten viktorianischen Sofas, der in dem Staub des schwarzen Bezuges eine ovale Aussparung hinterließ. Der Journalist setzte sich auf die saubere Fläche und betrachtete die Ausstattung des Raumes: eine Büste von Hiawatha, ein hölzerner Flugzeugpropeller, leere Bilderrahmen, ein Kinderwagen aus Korbgeflecht, ein lederner Eimer mit der Aufschrift FEUER, ein hölzernes Waschbrett, eine haarlose Puppe.

Auf einem Teller mit einer Werbung für eine 1870 patentierte Arznei gegen Juckreiz brachte Ben Qwilleran etwas Käse und Cracker. Dann ließ er sich selbst ächzend auf einen knarrenden, schimmeligen Korbstuhl nieder. »Wir sind ermattet«, sagte er. »Unsere Wunden schreien nach Balsam.« Affektiert trank er aus einer gesprungenen Teetasse.

Ben hatte seinen weißen Bart abgenommen und sah jetzt mit der roten Nase und den roten Wangen, den bleichen Kinnbacken und den gepuderten künstlichen Augenbrauen absurd aus.

Qwilleran sagte: »Ich bin jetzt seit einer Woche in Junktown, und ich weiß, ehrlich gesagt, nicht, wie ihr Händler euren Lebensunterhalt verdient.«

»Wir wursteln uns so durch. Wir wursteln uns so durch.«

»Woher habt ihr eure Waren? Woher kommt das alles?«

Ben deutete auf die Figur eines Engels, dem die Nase fehlte. »Sieh da! Ein abstoßendes kleines Juwel von der Fassade des Garrick-Theaters. Echt Stein, mit dem Original-Vogeldreck.« Dann deutete er auf eine verfärbte Waschschüssel mit Krug. »Eine Kostbarkeit aus Mount Vernon, mit dem Original-Schmutzrand.«

Eine halbe Stunde lang überschüttete Qwilleran seinen Gastgeber mit Fragen und erhielt blumige Antworten ohne jeglichen Informationsgehalt. Schließlich bereitete er sich zum Aufbruch vor, und als er auf ein paar Cracker-Krümel auf der schwarzen Roßhaarpolsterung sah, bemerkte er etwas anderes – ein steifes blondes Haar. Er hob es unauffällig auf.

In seine eigene Wohnung zurückgekehrt, sah er sich das Haar unter einer Lampe an. Es bestand kein Zweifel daran, was es war – etwa acht Zentimeter lang, leicht gebogen und am Ende zugespitzt.

Er ging ans Telefon und wählte eine Nummer.

»Mary«, sagte er, »ich habe eine Entdeckung gemacht. Wollen Sie etwas Interessantes sehen? Ziehen Sie sich den Mantel an und kommen Sie schnell zu mir herüber.«

Dann wandte er sich an die Katzen, die zufrieden auf ihren vergoldeten Stühlen lagen.

»Okay, ihr beiden!« sagte er. »Was wißt ihr darüber?«

Koko kratzte sich mit der Hinterpfote am linken Ohr, und Yum Yum leckte sich die rechte Schulter.

Kapitel zwanzig

Qwilleran hörte, wie Ben Nicholas das Haus verließ; bald darauf ertönte der Summer an der Eingangstür, und Mary Duckworth kam in einem pelzbesetzten Parka über einem Hosenanzug aus himmelblauem Kordsamt.

Sie sah sich das steife blonde Haar an.

»Wissen Sie, was das ist?« fragte Qwilleran.

»Eine Borste. Von irgendeiner Bürste.«

»Das ist ein Schnurrhaar«, korrigierte er sie, »von irgendeiner Katze. Ich habe es auf Bens Wohnzimmersofa gefunden. Entweder haben meine zwei Schlingel einen Weg in die Wohnung nebenan gefunden, oder der Geist von Mathilda Spencer wird ziemlich frech.«

Mary inspizierte das Katzen-Schnurrhaar. »Es ist gesprenkelt – weiß und grau.«

»Es stammt offenbar von Yum Yum. Kokos Schnurrhaare sind ganz weiß.«

»Haben Sie eine Ahnung, wie sie durch die Wand kommen könnten?«

Qwilleran winkte ihr, sie solle ihm folgen und ging voraus ins Ankleidezimmer. »Das Badezimmer habe ich kontrolliert. Die Wand ist vollständig gekachelt. Die einzige andere Möglichkeit ist hier drinnen – hinter diesen Bücherregalen.«

Koko folgte ihnen ins Ankleidezimmer und rieb sich an den Büchern am untersten Regalbrett hingebungsvoll das Kinn.

»Wunderschöne Einbände!« sagte Mary. »Die könnte Mrs. Cobb für ein paar Dollar pro Stück an Innenausstatter verkaufen.«

Koko maunzte, aber es war ein gedämpftes Maunzen. Qwilleran blickte hinunter und sah gerade noch eine Schwanzspitze zwischen zwei Büchern verschwinden – genau an der Stelle, an der er die gebundenen Exemplare von *The Liberator* herausgenommen hatte.

»Koko, komm heraus!« befahl er. »Da hinten ist es staubig.«

»Yau!« ertönte die leise Antwort.

Mary sagte: »Er hört sich an, als befände er sich auf dem Grund eines tiefen Brunnens.«

Qwilleran begann mit beiden Händen Bücher aus dem Regal zu nehmen und auf den Boden zu werfen. »Holen Sie mir die Taschenlampe, Mary. Sie liegt auf dem Schreibtisch.«

Er richtete den Strahl der Taschenlampe auf die Rückwand, und in ihrem Schein sah er eine Holztäfelung ähnlich der an der Kaminwand im Wohnzimmer – schmale Bretter mit abgeschrägten Kanten.

»Stabil«, sagte Qwilleran. »Ich werde noch mehr Regale abräumen ... Autsch!«

»Vorsicht! Achten Sie auf Ihr Knie, Qwill. Lassen Sie mich das machen.«

Mary kniete sich auf den Boden und spähte unter das unterste Regal. ›Qwill, da ist tatsächlich ein Loch in der Wand.«

»Wie groß?«

»Es sieht so aus, als würde ein einzelnes Brett fehlen.«

»Können Sie sehen, was dahinter ist? Nehmen Sie die Taschenlampe.«

»Da ist noch eine Wand – zirka sechzig Zentimeter dahinter. Es ist wie ein schmaler Raum –«

»Mary, glauben Sie ...?«

»Qwill, könnte das ...?«

Sie hatten beide gleichzeitig denselben Gedanken.

»Ein Versteck«, sagte Qwilleran.

»Genau!« sagte sie. »Schließlich hat William Towne Spencer dieses Haus gebaut.«

»Viele aktive Gegner der Sklaverei –«

»Haben Geheimzimmer eingebaut – ja!«

»Um entlaufene Sklaven zu verstecken.«

Mary steckte den Kopf wieder unter das Regal. »Sie läßt sich schieben!« rief sie über die Schulter zurück. »Die ganze Täfelung ist eine Schiebetür. »Da ist ein Morgenmantel drinnen.« Sie zog eine vier Meter lange weiße Schnur heraus. »Und eine Zahnbürste.«

»Yau!« machte Koko und tauchte plötzlich im Schein der Taschenlampe auf. Er trat aus seinem Versteck, schauderte leicht und schwankte ein wenig.

»Schließen Sie die Täfelung«, wies Qwilleran sie an. »Können Sie sie schließen?«

»Bis auf einen Zentimeter. Sie scheint verzogen zu sein.«

»Ich wette, Koko hat die Täfelung mit seinen Krallen geöffnet, und Yum Yum ist ihm hinein gefolgt. Sie ist diejenige, die die ganzen Sachen geholt und hineingeschleppt hat. ... Nun, damit wäre ein Rätsel gelöst. Wie wär's mit einer Tasse Kaffee?«

»Nein, danke. Ich muß nach Hause. Ich packe gerade Weihnachtsgeschenke ein.« Mary hielt inne. »Sie haben Ihren Schreibtisch ausgeräumt! Ziehen Sie aus?«

»Nur der Schreibtisch zieht aus. Ich habe ihn heute nachmittag für siebenhundertfünfzig Dollar verkauft.«

»Qwill! Tatsächlich? Er ist höchstens zweihundert Dollar wert.«

Er zeigte ihr die Aufzeichnungen seiner nachmittäglichen Aktivitäten in der *Junkery*. »Nicht schlecht für ein Greenhorn, nicht wahr?«

»Wer ist diese Frau, die Sheffield-Kerzenhalter wollte?« fragte Mary, als sie den Bericht überflog. »Sie hätten Sie zu mir schicken sollen. ... Und wer hat sich nach Pferdekämmen erkundigt? Kein Mensch kauft mehr Pferdekämme.«

»Was ist das?«

»Messingmedaillons, mit denen man Pferdegeschirr geschmückt hat. Die Engländer haben sie als Glücksbringer verwendet ... Und wer ist die Kundin, die geküßt wurde? Das ist aber eine hinterhältige Methode, um eine Messingschatulle zu verkaufen.«

»Das ist die Frau unseres Feuilletonredakteurs«, sagte Qwilleran. »Übrigens habe ich ein Geschenk für Arch Riker gekauft – nur als Scherz. Würden Sie es für mich einpacken?« Er gab Mary die verrostete blecherne Tabakdose.

»Ich hoffe doch«, sagte sie, als sie das Preisschildchen auf der Innenseite des Deckels sah, »daß die Schicksalsschwestern nicht zehn Dollar dafür verlangt haben.«

»Zehn Dollar?« Qwilleran spürte ein unangenehmes Gefühl auf der Oberlippe. »Sie haben zehn verlangt, sie mir aber dann für fünf gegeben.«

»Das ist nicht schlecht. Die meisten Geschäfte bekommen sieben fünfzig dafür.«

Qwilleran schluckte seine Beschämung hinunter und begleitete sie zum Haustor; als sie an Bens offener Tür vorbeigingen, fragte er: »Geht das *Bit o' Junk* gut?«

»Nicht besonders«, erwiderte sie. »Ben ist zu faul, sich nach guten Sachen umzusehen, daher verkauft er nicht viel.«

»Er hat mich gestern abend ins *Lion's Tail* mitgenommen, und er warf mit Dollarscheinen um sich, als hätte er seine eigene Gelddruckerei.«

Mary zuckte die Achseln. »Er muß wohl unerwartet zu Geld gekommen sein. Etwa einmal im Jahr kann ein Händler mit so etwas rechnen – zum Beispiel, wenn er einen Rolladenschreibtisch für siebenhundertfünfzig Dollar verkauft. Das ist eine der Faustregeln der Antiquitätenbranche.«

»Übrigens«, sage Qwilleran, »sind wir gestern nacht ins Garrick-Theater gefahren, um es zu räumen, aber das einzige, was noch da war, war ein Wappen an einer der Logen, und bei dem Versuch, es abzumontieren, habe ich mir fast den Hals gebrochen.«

»Ben hätte Sie warnen sollen. Diese Loge ist seit Jahren als gefährlich bekannt.«

»Woher wissen Sie das?«

»Die Baupolizei hat das Haus schon in den vierziger Jahren

auf die Abrißliste gesetzt und versiegeln lassen. Sie wird die ›Geisterloge‹ genannt.«

»Glauben Sie, Ben wußte das?«

»Jeder weiß es«, sagte Mary. »Deshalb wurde das Wappen nie abmontiert. Sogar Russ Patch war es zu riskant, und der ist ein Draufgänger.«

Qwilleran sah ihr nach, wie sie in ihr eigenes Haus zurückkehrte, und stieg dann nachdenklich die Treppe hinauf. Oben erwarteten ihn die Katzen in vollkommen identischer Haltung – aufrecht, die braunen Schwänze in der genau gleichen Krümmung um den Körper gelegt. Eine Schwanzspitze war fragend zwei Zentimeter aufgestellt.

»Ihr Halunken!« sagte Qwilleran. »Ich nehme an, ihr habt euch königlich amüsiert, als ihr durch die Wand gekommen und gegangen seid wie zwei Gespenster.«

Koko rieb sich das Kinn am Treppenpfosten, wobei seine winzigen weißen Fangzähne gegen das alte Mahagoni klickten.

»Möchtest du dir die Zähne reinigen lassen?« fragte ihn der Journalist. »Nach Weihnachten gehe ich mit dir zum Katzenzahnarzt.«

Koko rieb sich den Hinterkopf am Treppenpfosten – eine niedliche Geste.

»Tu nicht so unschuldig. Du täuschst mich nicht eine Minute.« Qwilleran fuhr gegen den Strich über das seidige Fell auf Kokos anmutig geschwungenem Rückgrat. »Was hast du sonst noch alles hinter meinem Rücken getan? Was hast du als nächstes vor?«

Das war am Mittwoch abend. Am Donnerstag morgen bekam Qwilleran seine Antwort.

Kurz vor Tagesanbruch drehte er sich in seinem Bett um und stellte fest, daß seine Nase auf Fell stieß. Yum Yum teilte sein Kissen. Ihr Fell roch sauber. Qwillerans Gedanken wanderten etwas über vierzig Jahre zurück zu einem sonnigen Hinterhof, in dem Wäsche auf einer Leine hing. Die frischgewaschene Wäsche roch nach Sonne und frischer Luft, und das war genau der Duft, den das Fell dieses Tierchens ausströmte.

Aus der Küche ertönte ein wohlbekannter Laut: »Yaaauuuck!« Das war Kokos Guten-Morgen-Gruß, kombiniert mit einem verschlafenen Gähnen. Danach hörte man leise Plumpsgeräusche, als der Kater vom Kühlschrank auf die Arbeitsfläche und von dort auf den Fußboden sprang. Als er ins Wohnzimmer kam, blieb er mitten auf dem Teppich stehen, streckte die Vorderbeine aus, das Hinterteil hoch und sich selbst in die Länge. Danach streckte er sehr, sehr vorsichtig ein Hinterbein – nur das linke. Dann kam er zum Schwanenbett und bestellte mit lauter Stimme das Frühstück.

Qwilleran machte keine Anstalten, aufzustehen, sondern streckte die Hand aus, um den Kater zu necken. Koko wich ihr aus und rieb sein braunes Gesicht an der Ecke des Bettes. Dann durchquerte er das Zimmer und rieb sich am Fuß des Bücherschranks. Und danach ging er weiter zum Morris-Sessel und rieb sich das Kinn an den kantigen Ecken.

»Was soll das denn?« fragte Qwilleran.

Koko spazierte zu dem kugelrunden Kanonenofen und sah ihn von oben bis unten an; dann suchte er sich den Riegel der Tür zur Aschenlade aus und rieb seinen Kiefer daran – zuerst die linke Seite, dann die rechte. Und die flache Tür klickte und ging auf. Sie öffnete sich nur einen kleinen Spalt, doch Koko zog sie neugierig mit der Pfote weiter auf.

In Sekundenbruchteilen war Qwilleran aus dem Bett und beugte sich über die Aschenlade. Sie war mit Papier vollgestopft – mit vollgetippten Blättern. Es war ein fünf Zentimeter hoher Stapel, der ordentlich in eine graue Pappdeckelmappe geheftet war. Die Blätter waren mit einer etwas defekten Schreibmaschine beschrieben worden – mit einer Maschine mit einem fliegenden ›E‹.

Kapitel
einundzwanzig

Im trüben Morgenlicht zwei Tage vor Weihnachten begann Qwilleran Andys Roman zu lesen. Die fragwürdige Heldin der Geschichte war eine konfuse Schwätzerin, die plante, ihrem versoffenen Mann Tetrachlorkohlenstoff in den Drink zu tun, um ihn loszuwerden und einen anderen Mann mit großer sexueller Anziehungskraft heiraten zu können.

Er hatte sechs Kapitel gelesen, als ein Chauffeur in Uniform und zwei Lastwagenfahrer kamen, um den Rolladenschreibtisch abzuholen. Danach war es Zeit, sich zu rasieren, anzuziehen und auf den Weg in die Innenstadt zu machen. Widerwillig steckte er das Manuskript wieder in die Aschenlade.

Die Besprechung mit dem Chefredakteur des *Fluxion* dauerte länger, als sie beide erwartet hatten. Ja, sie dehnte sich sogar zu einem langen Geschäftsessen mit ein paar wichtigen Männern in führenden Positionen in einem Extrazimmer des Presseclubs aus, und als der Journalist am späten Nachmittag nach Junktown zurückkam, jubelte er innerlich.

Sein Knie war jetzt viel besser, und er sprang die Eingangstreppe zum Herrenhaus der Cobbs hinauf und nahm zwei Stufen auf einmal, doch als er in die Eingangshalle trat, verlangsamte er den Schritt. Die *Junkery* der Cobbs war geöffnet, und Iris war da; sie bewegte sich wie in Trance und wischte mit einem Staubtuch über einen Schaukelstuhl.

»Ich habe Sie nicht so schnell zurückerwartet«, sagte er.

»Ich dachte, ich sollte den Laden aufmachen«, erwiderte sie

mit ausdrucksloser Stimme. »Vielleicht hat das Straßenfest ja Kunden angelockt, und ich kann das Geld weiß Gott gebrauchen. Dennis – mein Sohn – ist mit mir zurückgekommen.«

»Wir haben gestern für Sie verkauft«, sagte Qwilleran. »Ich habe meinen Schreibtisch nur ungern hergegeben, aber eine Frau war bereit, siebenhundertfünfzig Dollar dafür zu zahlen.«

Iris zeigte mehr Dankbarkeit als Überraschung.

»Ach, übrigens, haben Sie für Hollis Prantz alte Radios aufgehoben?« fragte er.

»Alte Radios? Nein, so etwas haben wir gar nicht.«

An jenem Abend las Qwilleran Andys Roman fertig. Er war genau so, wie er erwartet hatte. Die handelnden Personen waren ein Ehemann, der fremdging, eine sinnliche geschiedene Frau, ein armes reiches Mädchen, das inkognito ein protziges Antiquitätengeschäft führte und – in den letzten Kapiteln – eine pensionierte Lehrerin, die naiv bis an die Grenze der Dummheit war. Zusätzlich hatte Andy auch einen schurkischen Spieler eingeführt, ein Nymphchen, einen Drogenhändler, einen Sodomiten, einen korrupten Polizisten, der offenbar das Sprachrohr für die hochtrabenden Platitüden des Autors war.

Warum, so fragte sich Qwilleran, hatte Andy sein Manuskript in der Aschenlade des Kanonenofens versteckt?

Einmal wurde er durch ein Klopfen an der Tür beim Lesen unterbrochen, und ein junger Mann mit klaren Gesichtszügen, der ein weißes Hemd mit Fliege trug, stellte sich als Iris' Sohn vor.

»Meine Mutter sagt, Sie brauchen einen Schreibtisch«, sagte er. »Wenn Sie mir helfen, können wir den aus ihrer Wohnung herübertragen.«

»Meinen Sie den Apothekentisch? Den will ich ihr nicht wegnehmen –«

»Sie sagt, sie braucht ihn nicht.«

»Wie geht es Ihrer Mutter?«

»Nicht gut! Sie hat eine Tablette genommen und ist früh schlafen gegangen.«

Sie trugen den Tisch und einen Stuhl – einen Windsorstuhl mit massiver Sitzfläche und einer zierlichen Spindellehne – über den Gang, und Qwilleran bat Dennis, ihm zu helfen, das Mackintosh-Wappen auf das Kaminsims zu heben; es ersetzte die griesgrämige Alte.

Dann vertiefte Qwilleran sich noch einmal in Andys Roman. Er hatte schon schlechtere Bücher gelesen, aber nicht viele. Andy hatte kein Talent für Dialoge und kein Mitgefühl für seine Charaktere. Was den Journalisten jedoch faszinierte, war der geschilderte Rauschgifthandel. Einer der Antiquitätenhändler in der Geschichte verkaufte neben Mahagonianrichten und Meißner Waschkrügen auch Marihuana. Immer wenn ein Kunde in seinen Laden kam und nach einer Quimper-Teekanne fragte, war er in Wirklichkeit an ›Stoff‹ interessiert.

Nach vierhundert Seiten mit fliegenden ›E‹s waren Qwillerans Lider schwer, und die Augen taten ihm weh. Er lehnte den Kopf auf dem Morris-Sessel zurück und schloß die Augen. Quimper-Teekannen! Er hatte noch nie etwas von Quimper-Teekannen gehört, aber es gab viele Dinge, von denen er noch nichts gehört hatte, bevor er nach Junktown kam: Sussex-Schweine ... *piggins, noggins* und *firkins* ... *Pferdekämme.*

Pferdekämme! Qwillerans Schnurrbart sträubte sich, und er drückte ihn mit den Fingerknöcheln zurecht. Kein Mensch kauft mehr Pferdekämme, hatte Mary gesagt. Und doch – in der kurzen Zeit, die er in Junktown war, hatte er bereits zweimal jemanden nach diesem nutzlosen Zierat fragen hören.

Zum ersten Mal im *Bit o' Junk*, und Ben hatte den Kunden eher schroff abgekanzelt. Gestern hatte jemand in der *Junkery* ebenfalls danach gefragt. Die beiden Gebäude waren benachbart und sahen ähnlich aus.

Qwilleran kämmte sich den Schnurrbart, um seine Erregung zu dämpfen und legte sich einen Plan für den nächsten Morgen zurecht. Am vierundzwanzigsten Dezember würde er sehr viel zu tun haben: am Abend die große Party, am Nachmittag noch eine Besprechung mit dem Chefredakteur, Mittagessen im Presseclub mit Arch Riker, und am Vormittag – ein taktisches Manöver, das vielleicht ein weiteres Rätsel von Junktown lösen würde.

Am folgenden Tag wurde Qwilleran durch Lichtzeichen geweckt. Koko stand auf dem Bett und rieb sich zufrieden die Zähne am Lichtschalter an der Wand, wobei er das Licht ein- und ausschaltete.

Der Journalist stand auf, machte den Katzen eine Dose Cornedbeef auf, rasierte sich und zog sich an. Sobald er davon ausgehen konnte, daß der Botendienst des *Fluxion* geöffnet hatte, rief er an und bestellte für halb zwölf – nicht früher und nicht später – einen Botenjungen.

»Schicken Sie mir den magersten und schäbigsten, den Sie haben«, sagte er zu dem zuständigen Mitarbeiter. »Vorzugsweise einen mit einer schlimmen Erkältung und einer Nebenhöhlenentzündung.«

Während er auf seinen Komplizen wartete, räumte Qwilleran sein Papier und seine Stifte, die Büroklammern und den Klebstoff in den Apothekentisch ein. In einer der Schubladen fand er Iris Cobbs Kassettenrecorder und brachte ihn ihr zurück.

»Ich will ihn nicht«, sagte sie und versuchte matt zu lächeln. »Ich will ihn nicht mal sehen. Vielleicht können Sie ihn bei Ihrer Arbeit gebrauchen.«

Der Junge, der ihm von der Redaktion geschickt wurde, war ungepflegt, unterernährt und hatte rote Augen. Diese Beschreibung paßte auf die meisten Botenjungen des *Fluxion*, aber dieser hier war einsame Spitze.

»Igittigitt!« sagte der Junge, als er die Wohnung des Journalisten sah. »Zahlen Sie für diese Bude Miete, oder zahlt Sie der *Fluxion* dafür, daß Sie hier wohnen?«

»Schwing keine Reden«, sagte Qwilleran und griff nach seiner Brieftasche. »Tu einfach, was ich dir sage. Hier sind zehn Dollar. Geh in den Laden nebenan –«

»Seh'n Sie sich die verrückten Katzen an! Beißen sie?«

»Nur Botenjungen vom *Fluxion*. ... Jetzt hör gut zu. Geh in das Antiquitätengeschäft namens *Bit o' Junk* und frag den Mann, ob er Pferdekämme hat.«

»Pferde- *was?*«

»Der Mann, der den Laden führt, ist verrückt, also wundere

dich über nichts, was er sagt oder tut. Und sag ihm nicht, daß du mich kennst – oder daß du beim *Fluxion* arbeitest. Frag ihn nur, ob er Pferdekämme hat und zeig ihm dein Geld. Dann bring mir, was er dir gibt.«

»Pferdekämme! Sie machen wohl Witze!«

»Geh nicht direkt von hier aus hinein. Drück dich ein paar Minuten an der Häuserecke herum, bevor du zum *Bit o' Junk* gehst ... Und versuche, nicht zu intelligent auszusehen!« rief Qwilleran ihm – völlig unnötigerweise – nach.

Dann ging er gespannt im Zimmer auf und ab. Als eine Katze auf den Tisch sprang und in Streichelhöhe ihren gekrümmten Rücken präsentierte, strich Qwilleran geistesabwesend darüber.

Fünfzehn Minuten später kam der Botenjunge zurück. Er sagte: »Zehn Dollar für sowas? Sie müssen verrückt sein!«

»Ich glaube, du hast recht«, sagte Qwilleran beschämt, als er sich das Messingmedaillon ansah, das ihm der Junge reichte.

Das war ein Rückschlag, doch das erregte Gefühl in seinen Schnurrbartwurzeln sagte Qwilleran, daß er auf der richtigen Spur war, und er ließ sich nicht entmutigen.

Zu Mittag traf er sich im Presseclub mit Arch Riker und schenkte ihm die Tabakdose, die in eine Seite von *Harper's Weekly* aus dem Jahr 1864 eingepackt war.

»Die ist ja toll!« sagte der Feuilletonredakteur. »Aber du hättest nicht soviel Geld ausgeben sollen, Qwill. Verdammt, ich hab' dir gar nichts gekauft, aber dafür lade ich dich zum Essen ein.«

Am Nachmittag verbrachte Qwilleran eine befriedigende Stunde mit dem Chefredakteur und ging dann in die Frauenredaktion, wo es rosa Limonade und Weihnachtsgebäck gab. Danach nahm er an einer improvisierten Weihnachtsfeier im Fotolabor teil, wo er der einzige nüchterne Gast war. Dann ging er nach Hause.

Er hatte noch drei Stunden Zeit bis zu seiner Verabredung mit Mary. Er ging zur Aschenlade und las noch einmal das Kapitel in Andys Roman, in dem es um den Rauschgifthändler ging.

Um fünf Uhr sauste er aus dem Haus und holte den besseren seiner beiden Anzüge aus der Reinigung von Junktown, die auf raschen Service spezialisiert war. An dem Anzug hing ein rotes Schildchen.

»Sie müssen etwas in der Tasche gehabt haben«, sagte die Frau und kramte in einer Schublade, bis sie ein Kuvert mit seinem Namen fand.

Als Qwilleran sah, was darin war, sagte er: »Danke! Vielen Dank! Hier, kaufen Sie sich einen Drink zu Weihnachten!« und gab ihr einen Dollar Trinkgeld.

Es war das Maßband. Marys silbernes Maßband und ein zusammengefaltetes Blatt Papier.

Er spielte mit dem glatten Silbergehäuse und ging zurück in seine Wohnung, wo er aus dem Fenster in den Hof sah. Die zeitig einsetzende Winterdämmerung tat ihr bestes, um den Trödel im Hinterhof schmuddeliger als je zuvor wirken zu lassen. Im Hof standen die beiden Kombis – ein grauer und ein brauner; sie waren durch die Gasse hinter dem Haus hineingebracht worden.

In den Hof gelangte man offenbar durch den Laden der Cobbs, und Qwilleran zog es vor, Iris nicht zu begegnen, daher ging er zur Vordertür hinaus, um die Ecke und durch das Seitengäßchen nach hinten. Er warf einen Blick auf die Hoffenster der benachbarten Häuser und maß dann den grauen Kombi ab. Es war genau, wie er vermutet hatte: Die Dimensionen stimmten mit den Maßen überein, die er auf seinem Zettel notiert hatte.

Und als er um das schrottreife Fahrzeug herumging, sah er noch etwas, das paßte: Der linke vordere Kotflügel fehlte.

Qwilleran wußte genau, was er jetzt tun wollte. Er ging zu Lombardo, kaufte einen halben Liter vom besten Brandy und lief dann die Stufen zum *Bit o' Junk* hinauf. Die Haustür stand auf, doch Bens Geschäft war verschlossen und dunkel.

Er schaute in die *Junkery* hinein. »Wissen Sie, wo Ben ist?« fragte er Iris. »Ich möchte ihm frohe Weihnachten wünschen.«

»Er muß im Kinderkrankenhaus sein«, sagte Iris. »Dort fährt er jedes Jahr zu Weihnachten hin und spielt den Weihnachtsmann.«

Oben warteten die Katzen. Beide saßen aufrecht mitten auf dem Fußboden – in jener aufmerksamen Haltung, die besagte:

»Wir haben etwas mitzuteilen.« Sie starrten vor sich hin. Yum Yum mit ihrem Silberblick schaute ins Leere, doch das mit voller Konzentration. Koko starrte auf eine bestimmte Stelle mitten auf Qwillerans Stirn, und zwar so angestrengt, daß sein Körper vor innerer Spannung schwankte.

Diesmal ging es nicht um das Abendessen, das wußte Qwilleran. Diesmal handelte es sich um etwas Wichtigeres. »Was ist los?« fragte er die Katzen. »Was wollt ihr mir sagen?«

Koko wandte den Kopf. Er blickte auf einen kleinen, glänzenden Gegenstand, der neben dem Bücherschrank auf dem Boden lag.

»*Was ist denn das?*« keuchte Qwilleran, obwohl er keine Antwort brauchte. Er wußte, was es war.

Er hob das Stück Silberpapier auf und legte es auf den Tisch. Er schaltete das Licht ein. Auf den ersten Blick sah die Folie aus wie zertretenes Kaugummipapier, doch er wußte es besser. Es war ein sauber gefaltetes Rechteck, etwa so lang wie ein Bleistift und dünn wie eine Rasierklinge.

Als er das Päckchen aufmachen wollte, sprang Koko auf den Tisch, um zuzuschauen. Mit seinen braunen Füßen stieg der Kater anmutig über Bleistifte, Büroklammern, den Aschenbecher, den Tabakbeutel und das Maßband, und dann trat er genau auf den grünen Knopf von Iris' Kassettenrecorder.

»Haunnk ... sss ... haunnk ... sss ...«

Qwilleran drückte auf den roten Knopf des Gerätes und stellte den unangenehmen Lärm ab. Und da hörte er auf dem Gang schwere Schritte.

Der Weihnachtsmann kam schwerfällig die Treppe herauf und hielt sich am Geländer fest.

»Kommen Sie doch auf einen Weihnachtstrunk herein«, lud Qwilleran ihn ein. »Ich habe eine Flasche Brandy.«

»Werter Herr, das tue ich glatt!« sagte Ben.

Mit seinen großen, schwarzen, mit Fellimitation besetzten Stiefeln schlurfte er in Qwillerans Wohnung. Seine Augen waren glasig, und er hatte eine Fahne; er kam nicht direkt aus dem Kinderkrankenhaus.

»Ho ho ho!« sagte er in herzlichem Tonfall, als er die beiden Katzen erblickte.

Yum Yum flüchtete auf den Bücherschrank, doch Koko hielt die Stellung und starrte den Besucher finster an.

»Fr-r-rohe Weihnachten!« dröhnte die Weihnachtsmannstimme.

Kokos Rückenhaare sträubten sich. Er machte einen Buckel und sträubte den Schwanz. Mit angelegten Ohren und entblößten Fangzähnen fauchte er. Dann sprang der Kater auf den Tisch und beobachtete mit mißbilligend schräggestellten Ohren und Schnurrhaaren die weiteren Vorgänge. Von seinem Platz aus konnte er den Morris-Sessel sehen, auf dem Qwilleran saß und Kaffee trank, und den Schaukelstuhl, auf dem der Weihnachtsmann Brandy schlürfte. Außerdem hatte er einen guten Blick auf das Teetischchen, auf dem ein Teller mit geräucherten Austern stand.

Schließlich sagte Qwilleran: »Trinken wir auf unseren alten Freund Cobb, wo immer er jetzt sein mag!«

Ben schwenkte sein Glas: »Auf den falschen Hund!«

»Wollen Sie damit sagen, daß Sie kein Bewunderer Ihres verstorbenen Vermieters waren?«

»Schön ist häßlich, häßlich schön«, sagte der alte Schauspieler.

»Es würde mich interessieren, was in jener Nacht im Ellsworth-Haus passiert ist. Hatte Cobb einen Herzinfarkt, oder ist er auf der Treppe ausgerutscht? Vielleicht hatte er Schnee an den Sohlen seiner Stiefel, wissen Sie. In jener Nacht hat es doch geschneit, oder?«

Ben hatte seine rote Nase in das Brandyglas gesteckt und gab keine Antwort.

»Ich meine, irgendwann nach Mitternacht.« Qwilleran ließ nicht locker. »Können Sie sich erinnern? Hat es da nicht geschneit? Waren Sie in jener Nacht draußen?«

»Oh, es hat geschneit und geweht ... es schneete und wehte«, sagte Ben mit den entsprechenden Grimassen und Gesten.

»Ich bin am nächsten Tag zum Ellsworth-Haus gefahren, und unter Cobbs Auto lag kein Schnee, was bedeutete, daß es schneite, während er das Haus räumte. Das Komische ist: Zur gleichen Zeit hatte noch ein anderes Auto dort gestanden. Es hat seine Umrisse auf dem vereisten Boden hinterlassen, und aus der Form dieser Umrisse würde ich schließen, daß an diesem zweiten Auto ein Kotflügel fehlte.« Qwilleran hielt inne und beobachtete Bens Gesicht.

»Welch Schelmenstreich ist denn hier im Gange?« fragte Ben mit einem rätselhaften Blick.

Qwilleran versuchte es auf verschiedene Arten, aber ohne Erfolg. Der alte Komödiant war ein besserer Schauspieler als er. Der Journalist behielt die Uhr im Auge; er mußte sich noch rasieren und umziehen, bevor er Mary abholte.

Er unternahm noch einen letzten Versuch: »Ich frage mich, ob es stimmt«, sagte er, »daß der alte Ellsworth irgendwo Geld versteckt hat –«

Er wurde von Lärm vom Tisch unterbrochen: »Haunnk ... sss ... haunnk ...«

»Koko! Verschwinde!« schrie er, und der Kater sprang fast in einer einzigen fließenden Bewegung auf den Fußboden hinunter und auf das Kaminsims hinauf. »Wenn es stimmt, daß in dem alten Haus ein Schatz versteckt war«, fuhr Qwilleran fort, »dann hatte Cobb ihn vielleicht gefunden –«

Der Kassettenrecorder ertönte wieder: »Haunnk ... sss ... ppphlat!«

»Und vielleicht ist jemand dazugekommen und hat ihm einen Stoß versetzt.« Qwilleran saß ungezwungen auf seinem Sessel, beobachtete Ben aber scharf, und er glaubte, in Bens Blick ein Flackern zu sehen – ein Flackern, das nicht im Script des Schauspielers stand. »Es könnte ihn jemand die Treppe hinuntergestoßen und die Beute an sich gerissen haben ...«

»Haunnk ... ppphlat!« machte der Recorder. Dann: »Grrrammmph! Whasdas? Was machst du?« Dann das Rauschen des leeren Tonbands. Und dann: »Du kannst mir nichts vormachen, du alter Narr ... Ich weiß, was du im Schilde führst ... Du glaubst, du kannst dir alles erlauben ... Nur über meine Leiche!«

Das war Cobbs Stimme auf dem Tonband, und Qwilleran setzte sich aufrecht hin.

»Diese widerlichen Typen, die hier hereinkommen ... Pferdekämme, daß ich nicht lache! ... Ich weiß, woher du die Lieferungen bekommst. ... Du und das Garrick-Theater räumen! Das ist doch ein Witz!«

Ben ließ sein Brandyglas fallen und hievte sich aus dem Schaukelstuhl.

»Nein!« schrie Qwilleran, der vom Morris-Sessel aufsprang und auf den Tisch zu stürzte. »Ich muß das hören!«

Das Tonband lief weiter: »Damit ist jetzt Schluß ... Du wirst mich jetzt beteiligen, mein lieber Ben.«

Etwas Rotes sauste durch das Zimmer. Qwilleran sah es aus dem Augenwinkel. Es bewegte sich zum Kamin, und der Journalist wirbelte herum und sah gerade noch rechtzeitig, wie Ben nach dem Schüreisen griff. Dann stieß ein großer Weihnachtsmannstiefel zu, und das Teetischchen flog durch den Raum.

Qwilleran griff nach dem Schreibtischstuhl, ohne das rote Kostüm aus den Augen zu lassen. Er packte den Stuhl grob an der Rückenlehne, doch alles, was er zu fassen bekam, war eine Handvoll Spindeln; die Rückenlehne rutschte ihm aus der Hand.

Einen Augenblick standen die beiden Männer sich frontal gegenüber – Ben gegen den Kamin gestützt und das Schüreisen schwingend, Qwilleran mit ein paar nutzlosen Holzstäben in der Hand. Und dann – rutschte das Eisending nach vorn. Es rutschte vom Kaminsims und traf Ben am Hals. Das Schüreisen flog durch die Luft, Qwilleran duckte sich, glitt auf einer Auster aus und plumpste lautstark auf das rechte Knie.

Der Schauplatz der Handlung erstarrte zu einem lebenden Bild: der Weihnachtsmann, vom Mackintosh-Wappen niedergestreckt, auf dem Boden liegend; Qwilleran auf den Knien; Koko, der sich über eine geräucherte Auster beugte.

Nachdem die Polizei Ben abgeführt hatte und während Iris und Dennis das Zimmer aufräumen halfen, klingelte das Telefon, und Qwilleran ging langsam und unter Schmerzen zum Tisch.

»Was ist los, Qwill?« fragte Mary mit banger Stimme. »Ich habe gerade die Sirene gehört und gesehen, wie sie Ben in einem Polizeiwagen weggebracht haben. Ist etwas nicht in Ordnung?«

Qwilleran stöhnte. »Alles! Einschließlich meines Knies!«
»Haben Sie sich wieder weh getan?«
»Diesmal am *anderen* Knie. Ich bin bewegungsunfähig. Ich weiß nicht, was ich wegen der Weihnachtsfeier machen soll.«
»Wir können in Ihrer Wohnung feiern, aber was ist mit Ben?«
»Das erkläre ich Ihnen, wenn Sie hier sind.«

Sie kam in einem blauen Chiffonkleid und brachte Weihnachtsgeschenke mit. »Was in aller Welt ist mit Ben passiert – und mit Ihrem Knie?« fragte sie.

»Wir haben hier heute abend einen Mörder gefaßt«, sagte Qwilleran. »Mit Hilfe Ihres Maßbandes habe ich festgestellt, daß Ben am Schauplatz von Cobbs Unfall war.«

»Ich kann es nicht fassen! Hat er zugegeben, daß er C. C. umgebracht hat?«

»Nicht mit so vielen Worten. Er hat seinen Vermieter nur mit einem wohldosierten Stoß ins Jenseits befördert.«

»Hat das mit dem vergrabenen Schatz im Ellsworth-Haus gestimmt?«

»Nein, es handelte sich um Erpressung. Ben hat mit Heroin gehandelt, Mary. Er hat seinen Lieferanten in dem leerstehenden Theater getroffen und das Zeug in Fünf-Gran-Portionen abgepackt.«

»Wie haben Sie das entdeckt?«

»Die Katzen haben mir eine Portion aus Bens Wohnung gebracht, und Andys Roman hat mir einen weiteren Hinweis geliefert. Wenn die Junkies in Bens Laden kamen, gaben sie sich zu erkennen, indem sie nach Pferdekämmen fragten.«

»Das war eine raffinierte Methode.«

»Aber manchmal kamen die Rauschgiftsüchtigen ins falsche Geschäft, und Cobb hatte das offenbar spitzgekriegt. Und jetzt kommt das Unglaubliche an dieser Geschichte: Als Cobb einen Anteil an Bens Gewinn verlangte, wurde das gesamte Gespräch auf Tonband aufgenommen! Ich glaube, Koko hat Iris' Kassettenrecorder eingeschaltet, als Cobb versuchte, mit Ben ins Geschäft zu kommen.«

»Was für ein phantastischer Zufall!«

»Phantastisch, ja! Aber würden Sie Koko kennen, dann wären Sie nicht so sicher, daß das ein Zufall war. Es muß am Sonntagmorgen passiert sein, als Iris in der Kirche und ich im Drugstore war.«

»Koko, du bist ein Held!« sagte Mary zu dem Kater, der jetzt auf der Chaiselongue vornehm der Muße frönte. »Und du bekommst auch eine Belohnung. Ente in Aspik!« Zu Qwilleran gewandt, sagte sie: »Ich habe mir erlaubt, ein Abendessen zu bestellen. Es wird aus dem Toledo hergebracht. Ich hoffe, Sie mögen Austern Rockefeller und Ente in Aspik und Chateaubriand und französische Erdbeeren.«

»Aber keine üppige Mahlzeit mehr für die Katzen«, sagte er. »Sie haben eine ganze Dose geräucherte Austern gefressen, und ich habe Angst, daß ihnen schlecht wird.« Nachdenklich sah er Koko an. »Etwas werden wir nie erfahren. Wie kam es, daß das Mackintosh-Wappen im entscheidenden Augenblick vom Kaminsims rutschte? Genau in dem Moment, als Ben das Schüreisen hob, um mir damit den Schädel einzuschlagen, hat ihm dieses eiserne Ding einen Karateschlag versetzt.«

Nachdenklich und bewundernd sah er Koko an. Der Kater drehte sich auf den Rücken und leckte das helle Fell auf seinem Bauch ab.

Das Telefon läutete. »Wahrscheinlich unser Polizeireporter«, sagte Qwilleran. »Ich habe ihn gebeten, mich anzurufen, sobald die Polizei weitere Einzelheiten weiß.«

Er humpelte zum Tisch.

»Ja, Lodge. Irgendwas Neues? ... Das habe ich mir gedacht ... Wie hat er es entdeckt? ... Er hatte wohl über alles Bescheid gewußt, dieser Junge! ... Ja, ich habe ihn gekannt ... Nein, ich werde es nicht erwähnen.«

Der Journalist legte auf, erzählte Mary jedoch nicht, daß das Rauschgiftdezernat Junktown seit drei Monaten im Visier hatte und daß Hollis Prantz ein V-Mann war. Auch sagte er ihr im Augenblick nichts von Bens umfassendem Geständnis.

Das Abendessen aus dem teuersten Restaurant der Stadt wurde gebracht – in Warmhaltegeschirr, unter silbernen Hauben und auf Eis gebettet – und Mary überreichte ihre Weihnachtsgeschenke: eine Kiste Hummer in Dosen für die Katzen und ein Paar schottische Messing-Kerzenhalter für Qwilleran.

»Ich habe auch eine Überraschung für Sie«, sagte er zu ihr, »aber zuerst muß ich Ihnen ein paar unangenehme Fakten mitteilen. Andys Tod war kein Unfall. Er war Bens erstes Opfer.«

»Aber warum? Warum?«

»Ben hatte Angst, daß Andy ihn verpfeifen würde. Sowohl Andy als auch Cobb hatten von Bens Nebenjob erfahren. Unser Freund, der Schauspieler, war in Gefahr, das zu verlieren, was für ihn das Wichtigste auf der Welt war – ein Publikum – obwohl er sich den Applaus erkaufen mußte. In der Nacht vom sechzehnten Oktober sah er, wie Cobb aus Andys Geschäft kam, schlich hinein und inszenierte den sogenannten Unfall.«

»Und hat er auch den armen Mann in der Gasse hinter den Häusern umgebracht?«

»Nein. Dafür übernahm Ben keine Verantwortung. In diesem Fall hatte die Polizei recht. In einem von drei Fällen.«

Atemlos sagte Mary: »Aber was wird jetzt geschehen? Es wird einen Prozeß geben! Ich werde aussagen müssen!«

»Keine Angst«, sagte er. »Es ist alles in die Wege geleitet, daß Sie Ihr Versteckspiel aufgeben können. Die letzten beiden Tage habe ich Besprechungen mit der Geschäftsleitung des *Fluxion* und den Mitarbeitern des Bürgermeisters und Ihrem Vater gehabt. Ich habe etwas vorgeschlagen –«

»Mit meinem Vater!«

»Kein übler Kerl – Ihr Vater. Die Stadtverwaltung wird ein Komitee zur Erhaltung der Stadtkultur errichten, das vom *Fluxion* gefördert und von der Bank Ihres Vaters als gemeinnützige Stiftung finanziert wird. Er hat sich bereit erklärt, den Ehrenvorsitz zu übernehmen. Aber *Sie* werden das Projekt leiten.«

»Ich?«

»Ja, Sie! Es wird Zeit, daß Sie Ihr Wissen und Ihren Enthusiasmus einsetzen. Und noch etwas: Das Räumen von Abbruchhäusern wird legalisiert. Man muß sich nur eine Genehmigung besorgen –«

»Qwill, haben Sie das alles für Junktown getan?«

»Nein. Vor allem für Sie«, sagte er. »Und wenn Sie Ihren Beitrag zum Erfolg von Junktown leisten, dann glaube ich nicht, daß Sie noch weitere mysteriöse Anrufe erhalten werden. Irgend jemand wollte Ihnen Angst einjagen – um Sie von hier zu vertreiben. Ich glaube, ich weiß auch, wer das war, aber je weniger man darüber spricht, um so besser.«

Marys erfreuter und dankbarer Gesichtsausdruck war das schönste Weihnachtsgeschenk für Qwilleran – schöner, viel schöner als die Messing-Kerzenhalter – fast auch schöner als die 1000 Dollar, die er – er war sich da ganz sicher – gewinnen würde.

Seine Zufriedenheit währte jedoch nicht lange. Die Augen des Mädchens verdunkelten sich, und sie schluckte. »Wenn doch bloß Andy da wäre«, sagte sie traurig. »Wie würde er sich –«

»Koko!« rief Qwilleran. »Geh weg von dieser Wand!«

Koko stand auf dem Liegesofa und schärfte sich die Krallen an Andys sorgsam tapezierter Wand.

»Seit wir hier sind, bearbeitet er diese verdammte Wand«, sagte Qwilleran. »die Ecken stellen sich schon auf.«

Mary sah zur anderen Seite des Raumes und blinzelte mit tränenerfüllten Augen. Dann stand sie rasch auf und ging zu der Chaiselongue. Koko sauste davon.

»Qwill«, sagte sie, »da ist noch etwas.« Sie zog an einer aufgestellten Ecke, und eine Seite von *Don Quijote* löste sich.

»Unter dieser Seite ist etwas anderes aufgeklebt«, sagte sie und schälte sie langsam und vorsichtig ab.

»Dollarscheine!«

«Geld!«

Unter der Seite, die Mary ablöste, befanden sich drei Hundert-Dollar-Scheine.

Qwilleran löste eine Seite von Samuel Pepys ab und entdeckte drei weitere. »Iris hat gesagt, Andy habe ablösbaren Klebstoff verwendet, und jetzt wissen wir auch, warum!«

»Woher hatte Andy das Geld?« rief Mary. »Soviel Geld hat er nicht verdient! Er hat allen Gewinn wieder in Antiquitäten gesteckt!« Sie löste noch eine weitere Seite ab. »Diese ganze Wand ist mit Geldscheinen tapeziert! Wie hat Andy –«

»Vielleicht hatte er einen Nebenjob«, sagte Qwilleran. »Glauben Sie, er war mit Papa Popopopoulos im Geschäft?«

»Ich kann es nicht fassen!« sagte Mary. »Andy war so ... Er war so ... Warum hat er es *versteckt*?«

»Üblicherweise«, sagte Qwilleran und räusperte sich diplomatisch, »handelt es sich dabei um unversteuertes Einkommen.«

Er sagte es so sanft, wie er konnte, doch Mary brach in Tränen aus. Er legte seinen Arm um sie und tröstete sie, und sie war bereit, sich trösten zu lassen.

Keiner von ihnen bemerkte, wie Koko schwerelos auf das Schwanenbett sprang. Er stellte sich auf die Hinterbeine und rieb sein Kinn an den Schnitzereien. Er reckte den Hals und rieb sich das Kinn am Türpfosten. Er rieb sich am Lichtschalter, und in der Wohnung wurde es dunkel.

In den darauffolgenden Augenblicken war das Paar auf dem Bett viel zu angenehm abgelenkt, um Notiz von den beiden hellen, gespenstischen Wesen zu nehmen, die auf dem Eßtisch standen und sich über die Ente in Aspik beugten.

ENDE

Band 13 823
Marian Babson
Die neun Leben des Win Fortescue
Deutsche Erstveröffentlichung

Als der gefeierte Bühnenstar Win Fortescue während der Proben von einer Leiter auf die Theaterkatze Monty fällt, werden Mann und Katze jeweils in die Hülle des anderen katapultiert.
Während Monty reglos auf der Intensivstation liegt, schleicht Win nun mit gespitzten Ohren durchs Theater – und findet schon bald heraus, daß der Sturz kein Unfall war. Doch wer hatte ihn von der Leiter gestoßen? Seine leidgeprüfte Ehefrau, seine verrückte Ex-Frau, seine exzentrische Geliebte, oder gar der Kritiker, der sein letztes Stück so genüßlich verrissen hatte?
Ein atemberaubendes Katz-und-Maus-Spiel nimmt seinen Lauf, denn Wins Attentäter schreckt auch vor weiteren Attacken zurück...

Band 13 885
Jan Karon
Daheim in Mitford
Deutsche
Erstveröffentlichung

In Mitford, einem beschaulichen amerikanischen Städtchen, ist das Leben noch leicht und auf die Menschen Verlaß.
Und doch reißen bald ungeahnte Turbulenzen Timothy Kavanagh, den alle nur Pfarrer Tim nennen, aus seiner behaglichen Ruhe: Ein Hund von der Größe einer Limousine folgt ihm ungebeten ins Pfarrhaus. Ein schwer erziehbarer Junge wird ihm anvertraut. Und eine attraktive Witwe zieht in der Nachbarschaft ein, weckt Gefühle, die der liebenswerte, aber fehlbare Pfarrer schon lange begraben wähnte ...

Band 12816

Erma Bombeck

**Am Wühltisch fängt
der Dschungel an**

**Spritzig-humorvolle Studien der Bestsellerautorin
über 'das Tier im Menschen'**

Um die Gesetze des Dschungels kennenzulernen, muß man nicht erst auf Safari gehen. Ein Blick in den Rückspiegel reicht völlig aus. Oder der Besuch in einem Fitness-Center. Oder der Zusammenstoß mit einem Schnäppchenjäger. Oder, oder, oder ...

Mit spitzer Feder rückt Erma Bombeck dem Homo sapiens auf den Pelz – auf höchst vergnügliche Weise und frei nach dem Motto: Der Dschungel rückt täglich näher. Rette sich, wer kann!